An der Küste von Cornwall wurde vor zehn Jahren nach einem Erdrutsch ein sensationeller Fund gemacht: Es kam ein elftausend Jahre alter Sarkophag zum Vorschein, der neben dem Skelett eines Mannes Hunderte von beschriebenen Tontafeln enthielt, die von Wissenschaftlern in mehrjähriger Arbeit entschlüsselt werden. Die Sensation ist perfekt: Dies ist der Bericht eines Mannes namens Ashinn, eines Überlebenden von »Atlan«.

Dreißig Jahre bevor er als einer von wenigen noch rechtzeitig die untergehende Insel verlassen konnte, verdunkelte sich an einem strahlenden Sommertag zum erstenmal die Erde, und die goldene Zinne stürzte von der Zitadelle Atlans.

Aber niemand beachtete die Vorzeichen der Katastrophe. Atlan kehrte bald zu seinem geschäftigen Alltag zurück, zum Zauber seiner Tanzspiele im großen Amphitheater, zum Luxus seiner Festmähler in den schattigen Gärten der reichen Reeder, zum Dienst an seinen Göttern En und Kya.

Auf Atlan registriert man sehr wohl die Bedrohung, die vom Schmelzen der Polkappen am Ende der Eiszeit ausgeht. Eine Fraktion der Priesterschaft sieht darin eine Strafe der Götter, sucht Zuflucht im Gebet und bestraft die Ahnenden und Wissenden mit dem Opfertod in der Arena unter den Hörnern eines gottgeweihten Stieres.

Eine andere Fraktion um den Königshalbbruder Ivorr und um Ashinn, den Erzähler, plant eine Umsiedlung an andere Küsten. Unter dem zunehmenden Druck der inneren Zwistigkeiten und der sich verschlimmernden Klimakatastrophe können sich nur zwei kleine Personengruppen von der Insel retten.

Valerie M. Irwin ist das Pseudonym einer erfolgreichen englischen Autorin, die durch historische Romane bekannt wurde.

Valerie M. Irwin

Die Legende von Atlantis

Roman

Aus dem Englischen
von Hans Freundl

Fischer Taschenbuch Verlag

Veröffentlicht im Fischer Taschenbuch Verlag GmbH,
Frankfurt am Main, Oktober 1999

Lizenzausgabe mit freundlicher Genehmigung
des Verlages Rütten & Loening, Berlin GmbH
Die englische Originalausgabe erschien 1997
unter dem Titel ›The Fallen Pinnacle‹

Gesamtherstellung: Clausen & Bosse, Leck
Printed in Germany
ISBN 3-596-14344-6

Prolog

Vor zehn Jahren erschütterte ein Erdbeben den Norden von Cornwall und verursachte einen Erdrutsch in der Nähe von Land's End. Ein massives Felsstück rutschte ins Meer und hinterließ an dem Hang, von dem es sich gelöst hatte, eine kleine Höhle, die bald als Sarkophag-Höhle bekannt wurde.

Doch die Mutmaßungen über den außergewöhnlichen Inhalt dieser Höhle sind seither verstummt, vor allem, weil die Entwicklungen, die sich daraus ergaben, in den Nachrichten lange Zeit bewußt verschwiegen wurden. Die Bezeichnung »außergewöhnlich« stellte eine starke Untertreibung dar, doch es mußte sehr genau überprüft werden, ob es sich nicht um eine Fälschung handelte. Noch immer stehen die Wissenschaftler unter dem Eindruck der geheimnisvollen Geschichte des Piltdown-Mannes.

Sogar jetzt, da es den Anschein hat, daß es sich nicht um einen Schwindel handelt, zögerten wir, das Untersuchungsteam, unsere Ergebnisse zu veröffentlichen. Sogar jetzt noch herrscht unter den Geologen, Historikern, Archäologen und Laborexperten, die das Material untersuchen, viel Skepsis, ja Uneinigkeit.

Um es kurz zusammenzufassen: Der Erdrutsch riß einen massiven Granitblock mit sich, der bis dahin den Eingang zu einer kleinen Höhle in den Felsen zwischen Porthcurno und Land's End verschlossen hatte. Es ist möglich, daß dieser Felsen absichtlich an diese Stelle gesetzt wurde, aber man kann es nicht mit Sicherheit sagen.

Der Felskammer, die dadurch freigelegt wurde, gab man den Namen Sarkophag-Höhle, aber es ist anzumerken, daß diese Bezeichnung völlig irreführend ist. Obwohl die Höhle vermutlich natürlichen Ursprungs ist, sind deutliche Anzeichen erkennbar, daß sie künstlich erweitert wurde, wahrscheinlich um die Artefakte, die dort gefunden wurden, aufnehmen zu können. Deshalb bezeichnen wir sie lieber als »Felskammer« statt als Höhle.

Zudem war das Artefakt, das die Presse als »Sarkophag« zu bezeichnen beliebte, keineswegs ein Sarkophag, denn dieser Begriff wird im allgemeinen nur für die Särge im alten Ägypten verwendet. Wohl wurde in der Höhle ein Sarg gefunden, doch er hatte absolut nichts mit dem alten Ägypten zu tun.

Er war aus Stein, das heißt aus Granit aus Cornwall, und ungefähr 4,50 Meter lang, 1,20 Meter breit und 1,50 Meter tief. Seine Einzelteile – Boden, Seiten und Deckel – waren getrennt angefertigt und vermutlich im Sitzen zusammengefügt worden. Die Fugen und der Deckel waren mit Lehm abgedichtet. Dazu war weiße Porzellanerde aus Cornwall verwendet worden.

Seine Dimensionen wichen deutlich von denen eines normalen Sarges ab, und so nahm man an, daß es sich nicht um einen Bestattungssarg handelte. Zweifellos ließ sich die Entdeckung nicht mit den Bestattungsbräuchen in Verbindung bringen, die von den Bewohnern Cornwalls in der Stein-, Bronze- oder der Eisenzeit praktiziert wurden.

Aber als man den Deckel abnahm, stieß man tatsächlich auf das Skelett eines Mannes, der vermutlich in den Fünfzigern und ungefähr 1,78 Meter groß gewesen sein mußte. Aus gutem Grund war sein Sarg viel größer als er selbst: er teilte ihn mit etwas anderem.

Einer meiner Kollegen meinte, es wäre korrekter zu sagen, daß dieses »andere« ihn mit dem Skelett teilte. Der tote Mann war an das eine Ende plaziert worden, vermutlich in zusammengekauerter Stellung. Der Rest des Sargs war vollgepackt mit dünnen Lehmtafeln, auf die Schriftzeichen gemalt waren.

Jede Tafel maß ungefähr 30,5 mal 15 Zentimeter und besaß ein Loch an einer Ecke. Mit Hilfe von Ketten hatte man die Tafeln zu Bündeln zusammengepackt. Die Ketten waren durch die Löcher gezogen und an den Enden zusammengeschmiedet worden, was bestimmt nicht einfach gewesen war, da sie aus reinem Gold bestanden. Vor dem Aufmalen der Zeichen waren die Tafeln leicht gebrannt, danach glasiert und schließlich abermals gebrannt worden. Die Tinte und die Glasur waren durch aufwendige Techniken hergestellt worden: die Tinte bestand hauptsächlich aus Gallapfel und zerkleinerter Baumrinde; die Glasur hatte man aus Kieselerde und Pottasche hergestellt.

Bei den Zeichen handelte es sich offensichtlich um Schriftzeichen, jedoch einer uns unbekannten Schrift. Als man die Knochen nach der Radiokarbonmethode untersuchte, stellte sich heraus, daß sie ungefähr 10 500 Jahre alt waren – weniger bestimmt nicht, eher noch etwas älter. Der Mann, von dem sie stammten, hatte zwischen 9000 und 8500 v. Chr. gelebt, also 5000 bis 6000 Jahre vor der sumerischen und ägyptischen Zivilisation. Er hatte am Ende der Eiszeit gelebt, als die Menschen sich noch als Jäger und Sammler betätigten und ihre Werkzeuge aus Feuerstein herstellten.

Wir, das Wissenschaftlerteam, das mit der Aufgabe betraut war, den Fund zu untersuchen, starrten auf den Steinsarg, die unbekannte Schrift, die Formel für die sorgfältig hergestellte Tinte und Glasur und die unglaublich erscheinenden Ergebnisse der Radiokarbonuntersuchung, und uns wurde schwindlig.

Das Entziffern der Tafeln dauerte fünf Jahre, hauptsächlich deswegen, weil es so viele waren. Denn die Arbeit als solche erwies sich einfacher, als man angenommen hatte, da der Verfasser sehr weitblickend gewesen war. Er hatte gehofft, daß die Tafeln irgendwann in ferner Zukunft entdeckt werden würden, und vorausgesetzt, daß die Menschen diese Schrift dann wohl nicht mehr kennen würden. Eines der Bündel enthielt daher einen Schlüssel.

Er bestand aus einer Liste von Zeichen und Abbildungen des menschlichen Mundes und der Zunge; offensichtlich ein Versuch, darzustellen, welcher Laut erzeugt werden sollte. Er umfaßte ferner eine Art Lexikon, das heißt, neben jedem Wort befand sich eine Abbildung, die seine Bedeutung anzeigen sollte.

Dem Verfasser war es eindeutig schwergefallen, abstrakte Begriffe darzustellen. So hatte er zum Beispiel den Begriff, der schließlich als »Ärger« übersetzt wurde, zuerst als »geschlossene Finger« und dann als »Faust« dargestellt, bis man entdeckte, daß er auch in eine andere Begriffsgruppe eingegliedert war, die sich, wie wir inzwischen herausgefunden hatten, auf Gefühle bezog. Auch wenn dieses »Lexikon« sehr fragmentarisch war, stellte es doch eine wertvolle Hilfe dar und verkürzte die Zeit des Entzifferns ganz beträchtlich.

Die Schrift ist eine Mischung aus Begriffszeichen, phonetischen und silbischen Elementen. Es gibt 57 Grundzeichen, 22 davon sind Silben, die in der Sprache häufig verwendet werden, den Rest bilden einzelne Laute, einschließlich der Konsonanten und Vokale. Außerdem gibt es noch fast 100 Begriffszeichen für gewöhnliche Sätze oder Ausdrücke und für jedes von ihnen noch eine phonetische Übersetzung. In einigen Fällen existierte mehr als eine Variante eines Begriffszeichens. Es gibt zum Beispiel ein Zeichen für König, mit Varianten, die Prinz und Herr bedeuten, wobei jede Variante auch die entsprechende weibliche Form aufweist, also Königin, Prinzessin und Herrin. Ein anderes Begriffszeichen in männlicher und weiblicher Version steht für Priester und Priesterin.

Eine ganze Reihe von Begriffen bezieht sich auf religiöse Dinge. Es gibt getrennte Zeichen für verschiedene Götter und Göttinnen, ein Zeichen für den Begriff Tempel, mit einer Variante für den Haupttempel des Gottes En, sowie ein Zeichen für das Tanzritual, das den Kern der untergegangenen Religion bildete. Daneben gibt es Zeichen für verschiedene wichtige Feste.

Außerdem gab es ein Begriffszeichen für eine Grußformel, offensichtlich das Pendant zu »Wie geht's?«. Davon existierten verschiedene Versionen, je nachdem, ob derjenige, der begrüßt wurde, einen höheren oder niedrigeren sozialen Rang als der Sprecher besaß oder ihm gleichgestellt war, und wenn dies der Fall war, mußte nochmals unterschieden werden, ob es sich um einen Verwandten, einen engen Freund oder einen Außenstehenden handelte.

Die übrigen Begriffszeichen geben Aufschluß über die Themen, die für dieses unbekannte Volk von Bedeutung waren. Es gab Bezeichnungen für Geburt, Tod, Sex und Ehe und für Beziehungen wie Gatte, Gattin, Tochter, Sohn, Schwester oder Bruder, für Tanten, Onkel, Vettern und Cousinen und dergleichen. Es gab auch Termini für Konkubine (eine Beziehung mit legalem Status) sowie für Geliebter und Geliebte (ohne offiziellen Status), für Frau, Mann, Mädchen, Junge, Freund, Angestellter oder Chef, für Diener und Sklave.

Viel willkürlicher gewählt jedoch erschienen die Begriffe für Bankett, Schiff, Hafen, Wasserkanal, Krankheit, leichter vierrädriger Wagen, Pferd, Wagenrennen, Straße, Brücke, Palast, Amphitheater, Hinrichtung, Krieg, Arzt, Holz, Stier sowie für eine Reihe von Metallen einschließlich Gold, Silber, Bronze, Eisen und einem anderen Metall, bei dem es sich unserer Meinung nach um eine selten vorkommende, aber natürliche Verbindung aus Kupfer und Zink handelt.

Es gab ferner eine Anleitung für das damals gebräuchliche Rechensystem. Die Menschen kannten den Begriff Null, aber statt bis zehn oder hundert zu zählen, wie wir, benutzten sie ein Duodezimalsystem und rechneten, wie die Sumerer, in Zwölfern und Sechzigern.

Das stellte uns vor große Schwierigkeiten, als wir unsere Ergebnisse für die Veröffentlichung zusammenfaßten, denn unsere heutigen, mathematisch strukturierten Denkmuster sind so ganz anders. Die Zeitbegriffe erweisen sich als weniger problematisch, da diese Menschen den Tag in zwölf Abschnitte unterteilten, was zwei unserer Stunden entspricht. Aber sie rechneten in sogenannten Jahrsechzigern, während wir in Jahrhunderten denken. Wie sollten wir damit umgehen?

Sollten wir versuchen, die ursprüngliche Denkweise des Verfassers unverändert zu übertragen, oder sollten wir das Ganze in modernen Worten ausdrücken? Wir können uns vorstellen, daß Leser, die mit einem Begriff wie »zwölf Jahrsechziger« konfrontiert werden, eifrig an den Fingern abzählen oder nach ihrem Taschenrechner greifen, um schließlich auf die Zahl 720 zu kommen.

Schließlich unterließen wir jeglichen Versuch, Regeln aufzustellen. Wir haben den Begriff »Jahrsechziger« verwendet, wenn die Bedeutung offenkundig war, haben jedoch das moderne System eingeführt, wenn dies im Interesse der Verständlichkeit wünschenswert erschien.

Ebenso haben wir die Höhen- und Entfernungsmaßstäbe des Verfassers nur dann beibehalten, wenn sie eindeutig waren. Die Menschen jener Zeit berechneten die Höhe offensichtlich nach der Größe eines Mannes, die ungefähr 1,80 Meter betrug, da unser Verfasser (ja, die Knochen im Sarg stammten von ihm) sagt, er sei unter Mannslänge gewesen.

Ihr System zur Messung von Entfernungen gründete auf dem Schritt, der vermutlich etwa 0,914 Meter maß, und dem Marsch, der wohl zwischen 16 und 19 Kilometern betrug. In den meisten Fällen haben wir eine Umrechnung in moderne Maße vorgenommen.

Im Laufe dieser Geschichte werden zahlreiche weitere Details über die Welt unseres Verfassers aus grauer Vorzeit berichtet werden. Er lebte in einer erstaunlich fortgeschrittenen Zivilisation. Amüsant ist, wie er seine Nachwelt manchmal etwas gönnerhaft behandelt, wenn er zum Beispiel überlegt, ob wir wohl wissen, daß ein

Jahr nicht genau 365 Tage umfaßt, oder sich fragt, ob wir Eisen schmelzen können.

Seine Zivilisation verfügte bereits über Eisen, auch wenn dieses Metall erst in späterer Zeit aufkam. Die Leute kannten vermutlich noch nicht den Rundbogen, dafür aber Leinen, Keramik und Glas. Sie schrieben auf gegerbte Tierhäute, die als eine Art Pergament dienten, besaßen aber nur eine ganz primitive Drucktechnik.

Auch das Juwelierhandwerk war bei ihnen schon hoch entwickelt, obwohl sie keine Edelsteine wie Diamanten, Rubine oder Smaragde verwendeten. Statt dessen verwendeten sie heute als Halbedelsteine bezeichnete Steine wie Achat, Topas, Onyx und Amethyst. In dem Sarg wurden neben den Knochen ein Amethystanhänger an einer Goldkette sowie einige durchlöcherte und glatte Onyxperlen gefunden, die vielleicht einst zu einer Halskette gehörten.

Erzeugnisse aus dem Fernen Osten waren offensichtlich unbekannt; die Menschen wußten weder etwas von Seide noch von Reis, noch von Zucker oder Baumwolle. Aber erstaunlicherweise hatten sie schon Süd- und Mittelamerika erforscht und von dort Kartoffeln, Pfeffer, Kaffee und Mais mitgebracht.

Der Geschichte zufolge soll es früher als bisher angenommen Stämme in Mexiko und den Anden gegeben haben, die eher als vermutet diese Pflanzen angebaut haben. Bei der Übersetzung erschien uns zunächst der Begriff *Pfeffer* angemessen, dann jedoch fanden wir, daß die Bezeichnungen *Kartoffeln* und *Kaffee* zu modern und zu befremdlich klangen. Unser Erzähler kannte sie als *Batas* und *Corve*, und wir haben diese Begriffe übernommen. Den Mais bezeichnen wir als *Cobcorn*.

Das Volk des Verfassers besaß sehr viel Vieh, darunter Rinder, Schafe und anscheinend auch Pferde. Hühner gab es damals wohl noch keine, dafür aber Enten und Wildvögel verschiedener Art. Haustiere werden nur selten erwähnt, aber es wurden wohl ab und zu Affen gehalten. Die Atlantier hielten Hunde, aber nicht als Haustiere, sondern als Arbeitshunde, die zur Bewachung von Grundstücken, Herden und für die Jagd eingesetzt wurden. Auch die Falknerei war schon bekannt.

Die Sprache unseres Erzählers ähnelte keiner der bekannten Sprachen, aber ihre Struktur erinnerte an die indogermanischen Sprachen, auch wenn sie Laute enthielt, die wiederum keineswegs zu diesen Sprachen paßten. Aber sie war kompliziert und zeichnete sich durch ein intellektuelles Niveau aus, das jenem der alten Griechen mindestens ebenbürtig war.

Die Menschen, die diese Sprache verwendeten, besaßen ein komplexes Sozialgefüge und eine lange Geschichte. Sie verfügten über Legenden, Erzählungen, Dichtkunst, Literatur, Musik und Architektur. Sie waren in der Lage, imposante Schiffe zu bauen und Wasserwege zu konstruieren und hatten mindestens eine Großstadt errichtet. Sie standen kurz vor der Erfindung der Dampfmaschine, verehrten aber immer noch einen Sonnengott und eine Mondgöttin sowie Erd- und Meergottheiten. Sie wußten bereits, daß die Welt rund ist, sie wußten Bescheid über Planeten und Sterne, wußten, daß die Sonne ein Feuerball ist und der Mond aus totem Gestein besteht. Trotz ihres ausgeprägten Wissens huldigten sie ihrer alten Religion ungeachtet der Widersprüche, die sich daraus ergaben – ein Zustand, der heute nicht unbekannt ist.

Und wo lebten sie? Die Lehmtafeln beantworten auch diese Frage, doch ebendie Antwort nährte so lange den Verdacht, es könne sich um einen Schwindel handeln.

Nun, das macht nichts. Ob es nun stimmt oder nicht, auf jeden Fall ergibt es eine gute Geschichte. Interpretieren Sie's, wie Sie wollen.

So, nun wollen wir mit dieser Einleitung zu Ende kommen. Der Name des Mannes, der die Tafeln beschrieben hatte und dessen Knochen im Sarg liegen, lautete Ashinn (das doppelte »n« besagt, daß die zweite Silbe betont werden soll. In seinem »Lexikon« gibt es Unterstreichungen, die unserer Meinung nach die Betonung andeuten). Er scheint ein Haus auf einem Fleckchen Land besessen zu haben, das es heute nicht mehr gibt, aber das sich einst dort befand, wo heute die Azoren liegen.

Und wie hieß dieses Haus? Er benutzt dieselbe Bezeichnung für seine Stadt und sein Land. Sie enthält vier phonetische Symbole. Das erste scheint ein *a* gewesen zu sein, vermutlich ähnlich jenem, mit dem der Begriff Apfel beginnt. Das zweite ist ein zusammengesetzter Begriff, wie ein *t*, dem sich ein *l* anschließt wie in Bettler. Das dritte ist erneut ein *a* und das vierte ein *n*. Unterstrichen ist das *a* am Anfang.

Der Zusammenhang ist zu frappierend, als daß man an einen Zufall glauben möchte. Es ist auch kein Irrtum. Die Lautzeichen, die durch Ashinns Diagramme illustriert wurden, haben wir sorgfältig untersucht, und das Ergebnis ist eindeutig: Ashinn stammte aus der Stadt Atlan auf der Insel Atlantis.

Die Schlußfolgerung, daß er jener untergegangenen Kultur angehörte, von der in den Schriften des griechischen Philosophen Plato berichtet wurde, drängt sich förmlich auf.

Atlantis.

Die versunkene Stadt

Wir leben jetzt mit dem Barbarenstamm, der das Land im Norden besetzt hält, in Frieden. Endlich haben sie erkannt, daß wir keine Bedrohung für sie darstellen. Wir haben das schon viel länger gewußt. So viele von uns sind in den ersten Jahren nach unserer Ankunft gestorben. Sie wurden von den Angehörigen dieses Stammes getötet oder konnten einfach die primitiven Lebensbedingungen nicht ertragen, so daß wir nun nur noch knapp vierzig Personen zählen. Darunter sind nur zwölf junge Männer, die kämpfen können, und wir haben auch nur eine Handvoll Kinder, die später in ihre Fußstapfen treten können. Es wurden wohl viele Kinder geboren, aber die meisten haben die erste Zeit nicht überlebt.

Wir konnten niemanden bedrohen, auch wenn wir es gewollt hätten, und wir taten es nie wirklich. Wir wünschten uns einfach, hier zu leben.

Jedenfalls haben sich die Barbarenführer jetzt einverstanden erklärt, ihre Jagdgründe mit uns zu teilen. Sie haben sogar angeboten, unsere jungen Männer in der Spurensuche und in der Jagd zu unterweisen sowie in der Kunst, Speere mit Flintspitzen herzustellen. Bei unserer letzten Zusammenkunft erklärten uns ihre Vertreter gönnerhaft, daß es uns beträchtlich an diesen Fertigkeiten mangele.

Natürlich haben wir dafür einen Preis zu zahlen, und da ich nun zu meiner eigenen Überraschung selbst eine Art Stammesführer bin, oblag es mir, ja oder nein zu sagen.

Es gab eine Zeit, da es mir lieber gewesen wäre, meine Töchter wären tot als mit Barbaren verheiratet, eine Zeit, da ich meinen Söhnen gesagt hätte, daß sie, wenn sie Frauen dieses Stammes heiraten wollten, besser gleich im Lager der Barbaren leben sollten, weil ich ihnen nicht erlauben würde, diese gedrungenen, begriffsstutzigen Geschöpfe hierher zu bringen.

Doch jetzt begreife ich, wenn auch auf schmerzhafte Weise, daß die Jungen recht haben, wenn sie sagen: »Was spielt das für eine

Rolle? Ihre Lebensweise unterscheidet sich nicht stark von unserer, und wir sind nur noch so wenige und die meisten davon aus nur zwei oder drei besonders tapferen Familien, so daß unsere Kinder sich, wenn sie nicht in den Stamm einheiraten, mit ihren eigenen Cousins paaren müssen. Und außerdem könnten wir bessere Jäger werden. Das hätte zur Folge, daß wir auch besser essen könnten!

Unsere Gesetze erlauben nicht, daß Cousins und Cousinen heiraten, und ich befürworte dieses Gesetz nach wie vor. Und was unsere Lebensweise angeht – es stimmt: die Barbaren sind gar nicht so viel anders. In weniger als dreißig Jahren sind wir so tief gesunken. Noch eine Generation weiter, und alle Errungenschaften unserer Kultur werden vergessen sein.

Als die Abgesandten des Stammes hier waren, bot ich ihnen den Vertrag an und schlug vor, daß ich die Angehörigen des Stammes in der Töpferkunst unterweisen würde, wenn sie uns dafür das Jagen beibrächten. Das Land hier ist reich an Lehm. Aber sie zeigten sich nur belustigt. Geweihstangen und große Muschelschalen eigneten sich sehr gut für Schüsseln und Löffel, meinten sie. Weshalb solle man Zeit vergeuden, um etwas herzustellen, was die Natur sowieso hervorbringe? Sie würden die Heirat zwischen Blutsverwandten vorziehen.

Meine Kinder können töpfern, und mein ältester Sohn hat aus unserem Gold Schmuckstücke gefertigt, aber keiner von ihnen verfügt über viel freie Zeit oder Energie, um sich solchen Dingen zu widmen. Der Alltag, das heißt die Nahrungs-, Kleidungs- und Wohnungsbeschaffung erfordert so viel Kraft von uns allen. Ihre Fertigkeiten werden nicht weitergegeben werden. Wenn wir sterben, werden auch unsere Fertigkeiten verlorengehen, ebenso wie die Kunst der Eisen- und Bronzebearbeitung bereits in Vergessenheit ist, da es unter uns keine Schmiede mehr gibt. Ich selbst habe nie gelernt, Metall zu bearbeiten, und ich habe in dieser Gegend ohnehin noch keinen geeigneten erzhaltigen Felsen gesehen. Wenn die Metallwerkzeuge, die wir mitgebracht haben, alle kaputt sind, müssen wir uns mit Stein und Holz begnügen.

Mein jüngster Sohn Otter, der jetzt zwölf ist, hat natürlich nichts anderes als die Jagd im Kopf. Als einer der ersten unserer Jungen meldete er sich freiwillig zu einer Übungsexpedition mit den Barbaren.

Er ist noch nicht lange zurück von dieser Expedition. Etwas, das er nach seiner Rückkehr sagte, bewog mich, ein paar Kinder zu beauftragen, mir etwas Lehm, ein paar Galläpfel und andere Dinge zu bringen. Dann fertigte ich eine Reihe von Lehmtafeln an und brannte sie und verärgerte das Weibervolk, indem ich mir etwas Tinte zubereitete, was sehr geruchsintensiv ist. Unsere kleine Böschung und die Einfriedung des Abzuggrabens stanken danach. Viele schimpften über mich.

Doch mir schien dies plötzlich notwendig zu sein. Nun sitze ich hier vor meiner Hütte und genieße die Nachmittagssonne (die Sonne kann sehr warm sein, aber leider kommt der Winter nur allzuschnell), und mit einem Pinsel, den ich mir mühevoll aus Haaren anfertigte, die ich an einem kleinen Zweig befestigte, habe ich zu schreiben begonnen. Wenn ich lange genug am Leben bleibe und genügend Tafeln und Pinsel und Tinte zur Verfügung habe, werde ich einen Bericht darüber verfassen, was mit meinem Volk geschehen ist und was uns hierher geführt hat.

Otter war sechs Tage mit der Jagdgesellschaft unterwegs. Sie erlegten drei Rothirsche und brachten Fleisch und Felle mit (und einige Geweihstangen, aus denen die Stammesangehörigen Schöpflöffel und Kellen herstellen), und ich erhielt einen erfreulichen Bericht über Otter. Doch als ich ihn fragte, ob es ihm gefallen habe, blickte er nachdenklich drein.

»Man hat mir berichtet, du habest dich recht geschickt angestellt bei der Spurensuche«, sagte ich, »und könntest schon gut mit dem Speer umgehen. Warum siehst du so traurig aus? Ich habe immer geglaubt, du magst die Jagd.«

»Ja, das tue ich auch«, erwiderte er.

»Ja, wo liegt dann das Problem?«

Dann brach es aus ihm heraus. Er hatte Heimweh gehabt. »Ich mußte immer an unser Lager denken und wie ich mich hier zu Hause gefühlt habe. Ich wollte einfach wieder in unserer Hütte sein.«

Ich war Otter gegenüber immer recht nachsichtig gewesen. Seine Mutter starb, als er erst fünf Jahre alt war, es war ein schrecklicher Verlust für uns beide. Nur selten bin ich barsch zu ihm. Aber jetzt war ich es.

»Mein Junge«, sagte ich, »du weißt ja gar nicht, was Heimweh ist, und ich glaube, du wirst es auch nie wissen.«

Seine Miene zeigte plötzlich nachsichtige Langmut. Ich raunzte ihn an, er solle ein anderes Gesicht machen und Feuerholz holen. Er gehorchte mir widerspruchslos, blickte aber erstaunt und irgendwie gekränkt drein.

Nun, es stimmte, ich hatte mich schon früher zu diesem Thema geäußert, vielleicht zu häufig, und ich wußte, er hatte es nie richtig verstanden. Denn niemand kann wissen, was echtes Heimweh ist, wenn er es nicht selbst erlebt hat.

Glaubt mir, es ist nicht die Sehnsucht nach dem Zuhause, die ein Junge empfindet, wenn er auf der Jagd ist und ein paar Nächte in einem Schlafsack aus Ochsenhaut, mit den Füßen zum Lagerfeuer, schlafen muß. Es ist auch nicht die Sehnsucht, von der man fern der Heimat geplagt wird, wenn man durch einen feindlichen Überfall oder eine Seuche von zu Hause fortgetrieben wurde oder ein Verbrechen begangen hat und deshalb fliehen mußte.

Der Junge weiß, daß er bald heimkehren wird, und der Verbannte weiß, daß das Heim, das einst ihm gehörte, sich immer noch am selben Ort befindet, auch wenn er vielleicht nie mehr dorthin zurückkehren wird. Selbst wenn die Gebäude eingerissen und abgebrannt wurden, bleibt die Landschaft bestehen, die Wege, die er kannte, das Wäldchen, wo er seinem Mädchen den Hof machte, der Fluß, in dem er angelte, die Hügel, hinter denen er so oft die Sonne hatte untergehen sehen. Er sieht sie vor sich und denkt: irgendwo sind diese Bilder Wirklichkeit, auch wenn jetzt andere Liebende Hand in Hand durch den Olivenhain schlendern und andere Menschen den Sonnenuntergang hinter den Hügeln beobachten.

Bei mir ist das anders. Mein Heim ist für immer verloren, nicht nur für mich, sondern für die Welt. Der Ort, an dem ich aufwuchs, die große Stadt Atlan mit ihrer mächtigen Zitadelle, ihren prächtigen Häusern und engen Wohnungen; die gewundenen Wasserstraßen mit den Schiffen, die von Docks, Lagerhallen und Gärten gesäumt waren; die drei breiten, gepflasterten Straßen, die, von Bäumen gesäumt, die Unterstadt durchzogen und sich in majestätischen Serpentinen zur Oberstadt hochschlängelten; der Tempel des Sonnengottes En mit seiner silbernen Kuppel und seiner glänzenden goldenen Fiale – all das existiert nicht mehr.

Auch das Speisehaus meines guten Freundes Eynar am Jaison-Platz gibt es nicht mehr. Hier konnte man draußen auf der Terrasse sitzen und den Verkehr beobachten oder sich in einen abgelegenen Garten zurückziehen und beim Essen mit einem Mädchen flirten, eingehüllt in den Duft von Jasmin und den Rauch von der Kochstelle. Auch die Rennbahn für die Streitwagen ist Vergangenheit, ebenso die prächtigen Pferde und der Traum meines Pflegevaters, einen Wagen ohne Pferde zu bauen. Es gibt auch keine Weiden und Obstgärten mehr und keine Insel Xetlan, die ich nur im Sommer erlebte, so daß ich mich daran erinnere, daß dort immer Sommer herrschte. Sie wurden von der Erde gefegt, als hätten sie nie existiert, und falls noch irgendwelche Ruinen vorhanden sein sollten, dann sind sie tief unter dem Meer begraben.

O ihr Götter – wenn es euch wirklich geben sollte, woran ich ernsthaft zweifle –, wie vermisse ich dieses vergangene Leben! Ich vermisse die Geräusche und Gerüche, die hübschen Kleider und Juwelen, die klugen Gespräche, die wir über alles mögliche führten. Jahrelang habe ich nun nichts anderes mehr gehört als Gespräche über das Wetter und die Jagd und wieviel Erfolg unseren erbärmlichen Anstrengungen, Getreide anzubauen, dieses Jahr beschieden sein werde.

Ich sehne mich nach Wasser aus einem Wasserspender und nach reichlichem, gutem Essen. Wir sind oft hungrig, und mein Gaumen lechzt nach knusprig gebratenem Fleisch am Spieß und Bohnen, nach Brot ohne Rinde und köstlichen Früchten aus dem Norden. Meine ganze Familie kann gut kochen – und ich auch, da ich als junger Mann in einem vornehmen Hause als Küchenaufseher gearbeitet habe. Aber die meisten Nahrungsmittel und Gewürze, die einst als Selbstverständlichkeit galten, gibt es hier nicht.

Oh, wie gern würde ich wieder einmal Wein trinken! Das einzige, was wir hier herstellen können, ist ein leicht berauschendes Gebräu aus Honig sowie ein anderes, stärkeres Getränk aus der Rinde bestimmter Bäume. Man kann wohl einen Schwips davon bekommen, aber es fehlt der edle Geschmack.

Am meisten jedoch verfolgt mich die Erinnerung an die silbernen Ziegel und die goldene Turmspitze des Tempels von En, wenn sie im Frühnebel funkeln. Nicht daß ich En huldige, aber der Tempel symbolisiert Atlan, stellt das Beste und das Schlechteste in meinem Land und meiner Stadt dar, da er zur Gründung von Atlan führte, seinen Höhepunkt und seinen Untergang repräsentierte.

Und so habe ich mich entschlossen, diesen Bericht über das Ende von Atlan zu schreiben. Zum einen, um meine Jugend noch einmal heraufzubeschwören und, so gut es geht, meinen Kummer über den Verlust meiner Heimat zu lindern. Andrerseits aber auch als Warnung, weil ich hoffe, dadurch meine noch ungeborenen Nachfahren davor zu bewahren, daß auch sie ihre Heimat einbüßen.

Kein anderes Volk, das ich kenne, hat je eine solche Stadt gebaut und eine solche Kultur hervorgebracht wie unseres. Ob Überlebende an anderen Orten mehr Erfolg als unsere kleine Gruppe hatten, sie neu zu erschaffen, weiß ich nicht. Ich bezweifle es.

Doch ich bin überzeugt, daß eines Tages, auch wenn dies erst in ferner Zukunft der Fall sein sollte, ein anderes Volk Städte bauen, die Landwirtschaft, das Weben und den Handel erlernen und ebenso wie wir die Planeten beobachten wird. Dieser Bericht ist für sie bestimmt, sofern sie ihn finden und ihn lesen können.

Ich grüße das Volk dieser zukünftigen Städte, wo und wann auch immer es in Erscheinung treten wird. Und vielleicht erweist es sich klüger als wir es waren.

Ich werde nun in vier Jahren sechzig, ein hohes Alter für jemanden, der in diesem feuchten und schrecklichen Klima lebt. Ich werde jetzt im Geiste die Jahre zurückdrehen. Ich bin wieder ein junger Mann von fünfundzwanzig Jahren, und Atlan steht in seinem Zenit …

Die goldene Fiale

Doch sollte einer je diese Geschichte lesen, wie kann er sie verstehen, wenn er nicht die Welt kennt, in der sie spielt? Denn soviel ich weiß, wurden euch keine Legenden von Atlan überliefert, und wenn doch, sind sie wohl schrecklich verzerrt. Wir erzählen uns abends an unserem Kamin Geschichten über Atlan, und obwohl es noch keine dreißig Jahre her ist, seit wir es verloren haben, und mehrere von uns, die dort gelebt haben, noch am Leben sind, beginnen sich die Einzelheiten bereits zu verwischen. Wie oft korrigieren wir die Aussagen der jungen Leute.

Ihnen zufolge hatte Atlan ein Goldenes Zeitalter erlebt. Es gab keinerlei Verbrechen oder Krankheiten (ich traue meinen Ohren kaum, wenn ich das höre), und die Stadt war so gebaut, daß die Götter ihre Baumeister inspiriert haben mußten, denn kein Sterblicher konnte derartige Wunderdinge vollbracht haben.

Laut den bereits bekannten Legenden, die wie Unkraut wuchern, war Atlan von einem solch komplexen System von Wasserkanälen umgeben und besaß so viele Brücken und Tunnel, daß jeder, der sich dort neu ansiedeln würde, verrückt werden müßte, wenn er versuchen würde, von einem Platz zu einem anderen zu gelangen. Die Zitadelle soll Wände besessen haben, die mit Messing, Zinn und Orichalcum verkleidet waren, einem schönen, amberroten Metall, das sehr wertvoll ist, weil es so selten vorkommt.

Ja, es gab Orichalcum. Es wurde irgendwo an den Ufern der Seichten See geschürft. Dort gab es eine kleine Siedlung, die sich ausschließlich um die Mine kümmerte. Und außerdem verwendete man es in Atlan zu dekorativen Zwecken. Doch die Wände der Zitadelle haben wir nicht damit verkleidet, auch nicht mit anderem Metall. Mir wird schwindlig bei dem bloßen Gedanken, wieviel man davon benötigen würde, um die starken Mauern damit zu überziehen. Wenn ich mir vorstelle, wie sie im hellen Sonnenlicht glänzen würden, verschlägt es mir den Atem.

Zu eurer Information: Die echte Zitadelle bestand aus weißem Stein, besaß aber wuchtige Messingtüren. Ich glaube, ich hätte damit anfangen sollen, zunächst Atlan zu beschreiben, und zwar ganz genau.

Atlan hieß die Stadt und unsere größte Insel (wir wohnten auf mehreren Inseln). Sie lag viele Tagesreisen südlich und ein wenig westlich von dem Ort, an dem ich mich jetzt befinde und wo dieser Bericht eines Tages mit mir begraben werden wird. Außerdem lag es vier oder fünf Tagesreisen westlich des Östlichen Festlands und der Meerengen, die den Eingang zur Seichten See bildeten.

Die Insel Atlan erstreckte sich ungefähr 70 Meilen von Osten nach Westen und maß in der Länge etwa die Hälfte. Sie war überwiegend flach, doch an der Schmalseite gab es eine Reihe von niedrigen Hügeln. Im Osten erstreckte sich zwischen den Hügeln und dem Meer ein Streifen flachen Landes, und ein tiefer Fluß, der einer Quelle in den Hügeln entsprang, schlängelte sich durch die Ebene.

In der Mitte dieses flachen Landes erhob sich ein einzelner Hügel mit einem schalenförmigen Gipfel, auf dem die Stadt Atlan errichtet wurde und sich im Lauf der Zeit um ihn herum ausbreitete wie die Röcke eines Mädchens. Ganz oben auf dem Gipfel stand die Zitadelle, und die weiße Stadtmauer verlief auf dem Rand der Schale. Sie umschloß die königlichen Paläste, das Hauptquartier des Heeres, die Akademie, wo unsere intelligentesten jungen Männer studierten, und den Tempel von En, den ich ja bereits erwähnt habe.

Darunter, eingebettet in die Hänge und versehen mit Stufen und steilen gewundenen Pfaden und hübschen Wasserfällen, erstreckte sich die Oberstadt, wo die bessergestellten Bürger in schönen Häusern mit Ziegeldächern wohnten, die von Gärten umgeben waren.

Die drei großen Hauptstraßen von Atlan, die mit schwarzen, weißen und roten Steinen gepflastert waren (es handelte sich um öffentliche Straßen, doch jede besaß auch eine bestimmte zeremonielle Bedeutung), verliefen im Zickzack nach unten. Am Fuß des Hügels führten sie in die Unterstadt, und an dieser Stelle finden sich auch die Ursprünge jener außergewöhnlichen Geschichten über Wasserkanäle, Tunnel und Brücken.

Nach den Berichten unserer Historiker gab es etwas mehr als zehn Jahrsechziger, bevor ich geboren wurde, während der Regierungszeit von König Ereth, Spannungen zwischen Atlan und der Insel Xetlan jenseits der Meerenge im Norden. Xetlan weigerte sich, König Ereth als Herrscher zu akzeptieren, setzte einen eigenen König ein und versuchte dann, uns zu unterwerfen.

König Ereth gewann den Krieg und ließ seinen Rivalen hinrichten, aber es war ein glücklicher Sieg, denn Atlan hätte sich um ein Haar geschlagen geben müssen. Daraufhin entschloß sich Ereth, Schutzvorkehrungen für künftige Generationen zu treffen. Zu jener Zeit floß der Fluß am Hügel vorbei und bog dann nach Süden ab. Ereth ließ einen Teil des Wassers in einen Kanal im Norden ableiten. Dieser vereinigte sich mit dem Hauptstrom unterhalb der Stadt und bildete somit einen Schutzwall.

Diese kreisförmige Wasserstraße wurde zu meiner Zeit als Innerer Kanal bezeichnet. Der Fuß des Berges war anfangs von einer

Sandbahn umgeben, wo Wagenrennen und Wehrübungen stattfanden, dann außerhalb dieser Bahn auch vom Kanal. Die drei Straßen überquerten in Tunneln die Bahn, und der Kanal war über Brücken passierbar, die nach Osten, Südwesten und Nordwesten führten.

Die Straßen zogen sich durch die Unterstadt, die nach König Ereths Tod einen Aufschwung erlebte. Die Häuser in der Unterstadt, die Zugang zum Inneren Kanal hatten, waren bald genauso teuer wie Wohnhäuser in der Oberstadt, vor allem jene im Osten (im Westen lagen die Docks). Sie verfügten über Bootshäuser, und ihre Eigentümer besaßen gewöhnlich auch ein eigenes Boot.

Je weiter man aus dem Zentrum herauskam, desto schlichter wurden die Häuser, doch das eigentliche Leben in Atlan spielte sich in der Unterstadt ab. Hier, im Gewirr der kleinen Straßen, befanden sich die zahlreichen Geschäfte und Handwerksbetriebe, die den Ruhm von Atlan begründeten. Hier in der Unterstadt hörte man das Klappern der Webstühle der Tuchweber und der Walker. Es gab die stinkenden Viertel der Tuchfärber und Ledergerber; es gab Juweliere und Schreiner, Schneider, Töpfer und Wagenbauer, Waffenschmiede und Schmiede, Holzschnitzer und Pergamenthersteller und schließlich die Werkstätten der Buchhersteller.

Die Kunst des Schreibens kannten wir noch nicht; wir kannten aber eine Methode, Kopien eines Buches herzustellen. Dazu benutzten wir Buchstaben aus Metall oder Holz, die in Tinte getaucht und auf das Pergament gedruckt wurden. Jeder Bildungsbeflissene besaß ein Gestell mit ein oder zwei Buchrollen.

Zwischen diesen geschäftigen und von pulsierendem Leben erfüllten Bezirken gab es in der Unterstadt auch Gegenden, die genauso hübsch hergerichtet waren wie jene oben auf dem Hügel. Es gab öffentliche Gärten, Plätze mit eindrucksvollen Gebäuden wie zum Beispiel die Versammlungsorte der Zünfte und die Handelszentren, wo reiche Kaufleute Stoffe verkauften und Handwerker Fertigwaren in langen, überdachten Arkaden feilboten.

Die Unterstadt besaß ein paar ausgezeichnete Speisehäuser – habe ich nicht bereits Eynars Lokal am Jaison-Platz erwähnt? – sowie mehrere Schenken, Gebetshäuser und kleine Tempel, und im Norden der Stadt befanden sich die heißen Quellen und die öffentlichen Bäder. Die meisten Häuser, die etwas auf sich hielten, verfügten über heißes Wasser, das aus diesen Quellen gespeist wurde, aber man konnte auch die Bäder aufsuchen, um sich eine Massage geben zu lassen oder Freunde zu treffen. Ich hätte mich gefreut, wenn auch wir heiße Quellen besessen hätten.

Der nach König Jaison, Ereths großem Sohn, benannte Jaison-Platz war sehr imposant. Beide Männer waren von einer Vision beseelt gewesen, aber Jaison noch mehr als Ereth. Unter ihm entwickelte sich die Unterstadt, und er beschloß, auch sie zu schützen. Dazu ließ er den Äußeren Kanal bauen, ein großartiges Unterfangen, denn er umschloß über eine Länge von zwei Meilen den Hügel von Atlan, ließ aber der Stadt dennoch Raum genug, sich im Innern zu entfalten.

Auch dieser Kanal bezog das Wasser aus dem Fluß, der auf der meerzugewandten Seite zum Mündungsdelta floß. Jaison hatte diesen Kanal auch für die Schiffe geplant, die nun in Atlan gebaut wurden. An den Ufern des Äußeren Kanals reihten sich bald Docks und Lagerhäuser aneinander. Der Kanal war nie sauber. Alle möglichen seltsamen Dinge, die beim Entladen der Schiffe ins Wasser gefallen waren, trieben auf der schmutzigen Oberfläche dahin. Stets drängten sich hier Schiffe, und man vernahm die heiseren Rufe der Seeleute, die sich ihren Weg durch das Gewirr zu bahnen versuchten. Ich erinnere mich deutlich daran. Die Atmosphäre hier gefiel mir, es war alles so lebhaft.

Zu meiner Zeit waren auf dem Gebiet, das der Äußere Kanal umschloß, schon längst Wohnhäuser errichtet worden. Einige davon waren recht ansehnlich; das Fischerdorf Guter Fang an der Flußmündung war eine hübsche, rührige Gemeinde. Aber zwischen dem Kanal und dem Fischerdorf lag eine Barackensiedlung, wo die ärmsten Bewohner Atlans lebten, in Hütten, die aus Treibholz und den Überresten abgewrackter Schiffe gebaut worden waren; ein erschütternder Kontrast zu der strahlenden Stadt oben.

Im Westen, Süden und Osten gingen drei Wasserstraßen in den Inneren und den Äußeren Kanal über. Deshalb konnten sich die Schiffe mühelos zwischen den Kanälen bewegen und Waren zu den Märkten in der Unterstadt befördern. Die großen Märkte befanden sich immer in unmittelbarer Nähe dieser Wasserstraßen, die sich durch die Stadt wanden und deshalb viele Bezirke erreichten. Wo nötig, wurden Brücken und Tunnel gebaut; die Schiffe, die diese

Wasserstraßen benutzten, mußten ihre Masten senken, damit sie unter den Gebäuden passieren konnten.

Außerhalb der Stadt bestand die Insel Atlan aus Bauernhöfen und Obstgärten, Dörfern und den Landhäusern des Adels. Es war ein dicht besiedeltes Gebiet, das sich dennoch selbst versorgte. Das gleiche gilt für Xetlan, das zu meiner Zeit ebenfalls von unserem König regiert wurde, aber keine Städte besaß, nur ein paar große Dörfer. Außerdem hatte es keine Tempel im üblichen Sinne. Aber mitten auf Xetlan befand sich das Heiligtum von Mutter Kya, der Heilerin. Alle unsere Ärzte wurden dort ausgebildet.

Natürlich besaßen wir auch Stützpunkte in anderen Ländern. Neben der Minensiedlung an der Küste der Seichten See hatten wir ein paar Siedlungen an der Küste des Östlichen Kontinents, auch wenn sie klein waren und meist einen harten Existenzkampf zu führen hatten: Sumpf- und Dschungelfieber sowie kriegerische Einheimische bedrohten sie. Doch auf einigen Inseln weit im Westen besaßen wir eine wirklich blühende Kolonie. Diese Inseln des Sonnenuntergangs wurden von einem eigenen König regiert und hatten außer ihrer Verpflichtung zur Tributzahlung nicht viel mit uns zu tun. Doch diese Zahlungen waren wichtig, da sie aus Nahrungsmitteln und Heilpflanzen bestanden, die vom Westlichen Kontinent hinter den Inseln kamen. Die Bewohner der Inseln des Sonnenuntergangs trieben seit langem mit ihnen Handel.

Zu meiner Zeit wurden von den Inseln des Sonnenuntergangs und auch von Atlan Versuche unternommen, Stützpunkte im Westlichen Kontinent zu errichten. Durch den Handel waren die Stämme dort recht umgänglich geworden, aber man sagte, das Land sei noch heißer und undurchdringlicher als jenes im Osten. Die Einheimischen waren daran gewöhnt, unser Volk jedoch nicht. Ich weiß nicht, was mit den Inseln des Sonnenuntergangs geschah, ob es ihnen auch so erging wie uns, und wenn ja, ob es Überlebende gab. Ich hoffe, daß es auf beiden Kontinenten Überlebende von Atlan gibt, die eine Zukunft haben. Aber ich werde es wohl nie erfahren.

So, das war mein Atlan. Meine Wohnung lag in der Stadt. Wenn ich vor die Tür trat und hochblickte, konnte ich die hellen weißen Mauern der Zitadelle sehen, die Kuppel und die Fiale des Tempels, wohin sich Menschen aus allen Stadtteilen begaben, um am Tanz teilzunehmen.

Der Tanz war das große Ritual, durch das wir unsere Götter und Göttinnen ehrten. Wichtigster Gott war En, dem der Tempel geweiht war: En, dessen Gesicht die Sonne war. Seine Schwester hieß Lyuna; ihr Gesicht war der Mond. Zumindest damals. Unsere Vorfahren hielten die Sonne und den Mond für Gottheiten. Wir wußten, daß sie Kugeln aus Feuer und Felsen waren, die sich am Himmel drehten, ebenso wie die Erde (ich frage mich, ob ihr, meine noch nicht geborenen Leser, dies wißt?). Aber wir betrachteten die Sonne und den Mond auch als Symbole der Macht, die sie geschaffen hatte.

Dann hatten wir noch Kya, die Erdgöttin, die Gemahlin von En und Sayadon, der Gott und Göttin zugleich war und die Meergottheit verkörperte. Sayadon verliebte sich vor langer Zeit in Lyuna, doch sie hatte ewige Jungfräulichkeit geschworen. Er machte ihr den Hof, bot ihr Perlen an, aber ohne Erfolg. In seiner männlichen Form verfolgt Sayadon sie immer noch, aber seine donnernden, gierig haschenden Gezeiten ziehen sich enttäuscht wieder zurück, da sie sich ihm immer entwindet.

Seine weibliche Form erhielt er von En als Trost, nachdem Lyuna ihn das erste Mal zurückgewiesen hatte. Da die Göttin Sayadon, die Meergottheit, Ens erste Gemahlin war, entstand das erste Leben der Welt im Meer, lange bevor Kya ihre Jungfräulichkeit aufgab. Diese Dinge spielen in meinem Bericht eine Rolle, wie ihr noch sehen werdet.

Das Tanzritual wurde jeden Tag im Morgengrauen, zur Mittagszeit und kurz vor Sonnenuntergang im Tempel abgehalten. Eigentlich handelte es sich um einen Tanzzyklus, der täglich wechselte und von Musik und Gesang begleitet wurde. Jeder Tanz stellte eine der zahlreichen Götterlegenden dar. Bei einigen Tänzen galten die Schritte, der Text und die Musik als heilig und waren genau festgelegt, bei anderen konnten Änderungen vorgenommen werden. Alle Personen, die daran beteiligt waren, strebten danach, daß einige ihrer eigenen Ideen in den Tanz aufgenommen wurden.

Nun habe ich euch etwas über meine Stadt und mein Land berichtet und einige unserer Götter beschrieben. Stellt euch einen frühen Sommermorgen in der Stadt Atlan vor, einen Morgen, an dem ich bereits in der Dämmerung aufstand. Obwohl ich an diesem Tag viel zu erledigen hatte, stieg ich zur Zitadelle hinauf, um dem morgendlichen Tanzritual beizuwohnen.

Es war ein besonderer Anlaß, denn mit dieser Zeremonie begann das große zweitägige Fest der Vermählung von Kya und En, und es versprach ein schöner Tag zu werden. Der verblassende Mond und die letzten Sterne leuchteten hell am Himmel, und es wehte eine leichte Brise. Als ich auf die Straße hinaustrat, hörte ich aus der Ferne die gußeisernen Glocken des Tempels, die die Gläubigen zur Tanzzeremonie riefen.

Die Leute im Haushalt meines Herrn, Meister Chesnon, waren nicht fromm, auch die meisten meiner Freunde waren es nicht. Mein engster Freund Bryen sowie mein Pflegevater gingen nicht in den Tempel, da keiner von ihnen an die Götter glaubte, und Eynar, der mich bestimmt zu einer späteren Tageszeit begleitet hätte, haßte frühes Aufstehen. Deshalb machte ich mich allein auf den Weg.

Aber natürlich war ich nicht allein unterwegs. In Sänften, in Wagen und zu Fuß zog eine große Menge von Menschen den Hügel hinauf, wobei einige Laternen bei sich führten, um den Weg zu beleuchten. Obwohl die Sonne noch nicht am Himmel stand, funkelte die Turmspitze, in der sich der erste, schräg einfallende Sonnenstrahl gefangen hatte. Es war ein herrlicher Anblick. Ich hatte dieses Schauspiel schon unzählige Male gesehen, aber es berührte und berührt mich immer noch, wenn ich daran zurückdenke.

Meister Chesnons Haus befand sich in der Nähe der Brücke, wo die Weiße Straße über den Inneren Kanal verlief. Inmitten der bunten Menge überquerte ich die Brücke, ging durch den Tunnel unter der Rennbahn und die steilen gewundenen Wege zur Oberstadt hinauf. Da ich jung und sportlich war, nahm ich einige Abkürzungen, lief die Stufen hinauf und durch enge winkelige Gassen, da ich unbedingt rechtzeitig ankommen wollte, um noch einen Sitzplatz zu ergattern. Die Glocken läuteten unermüdlich, lockten uns an, als wäre ihr Klang ein Seil, das uns den Hügel hinaufzog.

Am Ende der Weißen Straße wandte man sich nach rechts, bog in einen kleinen Weg ein und gelangte zu der Flügeltür aus Messing, die offenstand. Links und rechts ragten Pfeiler aus weißem Stein sechs Mannslängen hoch auf und vereinigten sich mit dem weißen Felsstück über ihnen. Die Gläubigen, die unten vorbeigingen, wirkten von hier aus winzig. Im Innern befand sich eine Eingangshalle, die durch Fackeln, die in Wandhaltern steckten, beleuchtet wurde.

Eine weitere Tür führte zu dem riesigen Amphitheater, das nicht überdacht war.

Ich fand einen Platz auf einer der Bänke, die im Kreis aufgestellt waren. Der Boden bestand aus glattem Holz, auf den ein labyrinthartiges Muster in Rot gemalt war. Der Boden konnte hochgehoben und entfernt werden; darunter befand sich Sand. Das Amphitheater wurde außer für den Tanz auch noch für andere Veranstaltungen genutzt.

Als ich Platz genommen hatte, war es bereits Tag geworden. Mir gegenüber waren die kreisförmigen Sitzreihen durch die Priesterplätze unterbrochen und das mächtige Gesicht von En. En, der in roten Stein gemeißelt war und eine Krone aus Goldflammen und Orichalcum trug, blickte über das Amphitheater, beherrschte es. Seine Augen funkelten schwarz und wie lebendig. Ich war an den Anblick gewöhnt, und doch jagte er mir immer noch Angst ein. Wenn die jungen Leute meines jetzigen Stammes dieses Bild sehen könnten, würden sie vor Schreck erschauern. Unter dem Begriff des Majestätischen können sie sich allenfalls einen ausgewachsenen Hirsch vorstellen.

Der Hohepriester und die beiden Hohenpriesterinnen saßen auf Thronen direkt darunter, oberhalb der Tür, durch die sie über eine gewundene Treppenflucht eintreten würden. Sie würden eine bessere Sicht haben als ich, überlegte ich verärgert. Obwohl ich mich beeilt hatte, saß ich zu weit hinten. Als ich hereingekommen war, waren die besten Plätze bereits besetzt gewesen. Die Menschen saßen Schulter an Schulter, ein Block von Männern in hochgeschlossenen dunklen Gewändern und Frauen in langen, hellen Kleidern. Auch die Diener von En waren schon früh eingetroffen.

Diese Diener waren eine strenggläubige Sekte, die vor einigen Jahrsechzigern entstanden war. Sie warfen uns mangelnde Frömmigkeit vor, meinten, wir würden den Tanz als Unterhaltung betrachten und nicht als Ritual, und sahen es als ihre Pflicht an, uns mit gutem Beispiel voranzugehen. Sie befolgten strenge Regeln in bezug auf die Kleidung und bildeten eine geschlossene Gemeinschaft; sie heirateten auch nur untereinander, sofern sie nicht gegen das Inzest-Gesetz verstießen. Sie hatten einige alte Bräuche wieder aufleben lassen und fanden, daß ihnen die besten Plätze im Amphitheater zustanden.

Ich hatte mich einmal meinem Pflegevater gegenüber mißbilligend darüber geäußert.

»Nun, wenn sie meinen, wir sollten öfter am Tanzritual teilnehmen«, erwiderte er bissig, »und dabei verlangen, daß wir auf den schlechten Plätzen sitzen und einen steifen Hals bekommen, sollte man es am besten lassen. Warum bleibst du nicht einfach weg? Ich konnte verstehen, daß du hingegangen bist, nachdem Oxona gestorben war, aber jetzt ...«

»Es geht nicht um Oxona«, erwiderte ich. »Aber mach dir keine Sorgen. Ich gehe auch nicht hin, um die Götter zu ehren.«

Die Diener konnten nicht behaupten, daß die Tanzzeremonie an Festtagen wie diesem nicht gut besucht wurde. Die Menschen drängten geradezu ins Amphitheater. Bald war ich eingezwängt zwischen einer dicken Frau und einem mürrischen jungen Mann, der ungewaschen roch. In diesem Augenblick wurde ein Bronze-Gong angeschlagen, die Eingangstüren wurden geschlossen, um die Zuspätkommenden draußenzuhalten, und die Tür, durch die die Priester eintraten, öffnete sich. Der Hohepriester Jateph und die beiden Hohenpriesterinnen kamen herein.

In Atlan gab es viele kleine Tempel, die alle irgendeiner Gottheit geweiht waren; auch ihre Priester und Priesterinnen waren für die betreffende Gottheit zuständig. Ganz anders verhielt es sich mit den Hohenpriestern. Sie dienten nicht einzelnen Göttern, sondern dem, was sie deren Aspekte nannten.

Der Hohepriester Jateph stellte den männlichen Aspekt dar. Er repräsentierte En und den männlichen Sayadon. Er führte die anderen an, war prächtig gekleidet in Ens Farben Rot und Gold und trug einen Kopfschmuck aus goldenen Flammen. Sein Mantel und seine Schuhe waren blau und gold – die Farben von Sayadon.

Ihm folgten Seite an Seite Zula, die Priesterin der Jungfrauen, die sowohl Lyuna als auch die Jungfrau Kya darstellte, so wie sie zu Beginn des Jahres vor der Vermählung mit En war, und Janna, die Priesterin der Frauen, die Kya als Mutter, als alte Frau und als Heilerin symbolisierte, sowie Sayadon, die Göttin, die als erste im Meer Leben hervorgebracht hatte. Zula war jung und ganz in Weiß und Silber gekleidet. Später würde sie von ihrem Amt zurücktreten, vielleicht, um wieder eine schlichtere Priesterin zu werden, vielleicht auch, um die Rolle zu übernehmen, die Janna zur Zeit spielte.

Janna war stattlich, eine Frau in mittleren Jahren, in Grün und Gold gekleidet. Alle, außer den Dienern, hießen sie herzlich willkommen. Diese hielten sich an den alten Brauch, während der gesamten Zeremonie Schweigen zu bewahren.

Doch es war ganz natürlich, Janna zu applaudieren, die sehr beliebt war. Jeder wußte, daß sie fast alles, was sie trug, selbst anfertigte. Sie hatte ihr grünes Gewand gewebt und gefärbt, ihre grünen Pantoffeln gefertigt und die gesamte Goldstickerei selbst gemacht, außerdem hatte sie die Topas- und Bernsteinperlen ihres Schmucks in eigener Arbeit durchstochen und aufgereiht. Lediglich ihre Krone aus Topas und grünem Achat hatte sie von ihrer Vorgängerin erhalten.

Es war von jeher Brauch gewesen, daß die Hohenpriesterinnen einige ihrer Gewänder selbst anfertigten, aber Janna war die einzige, die sich daran gehalten hatte und auch so geschickt darin war. Sie war jetzt über fünfzig, sah aber immer noch sehr gut aus.

Sie stiegen die Stufen zu ihren Thronen oberhalb der Tür hoch. Dann hob Jateph die Hand und sprach die Worte aus, die den Beginn des Tanzes ankündigten. Musiker und Sänger stimmten die Eröffnungshymne an. Die Tänzer folgten.

Kya war nun Kya die Jungfrau, und Saraya sollte diesen Part tanzen.

Ich war wegen Saraya gekommen.

Vor einem Jahr war ich verlobt gewesen. Mein Freund Bryen war nicht nur mein Freund, sondern auch ein Freund der Familie. Sein Vater und mein Pflegevater hatten zusammen studiert und dann an der Akademie unterrichtet, und seine Schwester Oxona war sanft und schön. Beide Familien hatte es gefreut, daß wir einander zugetan waren.

Doch das geschäftige, überfüllte Atlan bildete einen guten Nährboden für Krankheiten. Es brach eine Epidemie aus, und Oxona starb. Da ich nach ihrem Tod wie vernichtet war, gewöhnte ich mir an, im Tempel für ihr Seelenheil Opfer darzubringen und dem Tanz beizuwohnen. Ich glaube, ich suchte Trost in einer Umgebung, wo man glaubte, daß das Leben den Tod überdauere. Ich wollte mir Oxona vorstellen, wie sie hinter den Sternen in den Sälen von En lebte, und hoffte, daß auch sie noch an mich dachte.

Aber ich konnte nie richtig daran glauben. Ich wäre wohl nicht mehr zum Tempel gegangen, wenn nicht genau zu dieser Zeit Saraya ihre ersten Vorstellungen gegeben hätte, und wie die halbe männliche Bevölkerung von Atlan verliebte auch ich mich in sie.

Nicht daß ich Oxona vergessen hätte; es war, als besäße ich, wie die Götter, verschiedene Aspekte. Oxona und Saraya stellten verschiedene Versionen von mir dar. Oxona war meine Verlobte gewesen, meine Liebste, ein Mädchen, das ich gut gekannt, das ich geküßt hatte, aber Saraya war eine Frau, die ich aus der Ferne verehrte. Ich hatte noch nie mit ihr gesprochen, sie noch nie von Angesicht zu Angesicht gesehen, nicht versucht, sie zu treffen, und wenn, hätte ich nicht erwartet, daß sie meine Einladung annahm.

Oxonas Tod hatte Wunden hinterlassen. Ich wollte mich nicht so schnell wieder verlieben, noch nicht.

Saraya stammte aus Xetlan und hatte die Grundlagen des Tanzes dort in einem kleinen Tempel erlernt. Es hieß, Saraya habe Xetlan im Alter von vierzehn verlassen. Damals soll sie zur Begleichung ihrer Überfahrt auf weltlichere Art getanzt haben. Dann habe sie sich im En-Tempel vorgestellt und sei sofort genommen worden.

Die Menschen unseres Volkes unterschieden sich äußerlich stark, doch Saraya war das Idealbild weiblicher Schönheit: Sie hatte einen pfirsichfarbenen Teint und dunkles welliges Haar. Sie war so geschmeidig wie die Leopardin in Prinz Ivorrs Menagerie. Ein paarmal, wenn ich einen Platz ergattert hatte, von dem aus ich sie besser sehen konnte, hatte ich bemerkt, daß ihre Augen von einem intensiven Dunkelbraun waren. Ich hatte ein Gedicht geschrieben und es ihr geschickt.

Auch jemand anderes hatte offenbar Gedichte verfaßt. Nachdem die Eröffnungshymne zu Ende war, kam der Herr des Amphitheaters heraus, um eine Ankündigung zu machen. Einer der Gesänge, den wir heute hören würden, sei umgedichtet worden. Er sagte, er hoffe, der Text werde uns gefallen. Wenn ja, sollten wir dies in der üblichen Weise kundtun. Das hieß: Wir sollten applaudieren. Natürlich würden sich die Diener nicht anschließen, und man konnte ihre Mißbilligung deutlich spüren.

Aber die Musiker hatten schon wieder zu spielen angefangen, und die Tänzer wiegten sich im Rhythmus. Es war der Vorabend von Kyas Vermählung. Kya die Jungfrau tanzte mit den anderen Jungfrauen, die sie bald verlassen würde, und zeigte ihnen ihr

Hochzeitsgewand. Die Musiker und die Sänger, die sich am Rand der Bühne bewegten, bildeten die musikalische Umrahmung. Behutsam legte Kya ihr Hochzeitsgewand in die Truhe zurück. Dann trat die jungfräuliche Göttin Lyuna herein, ganz in Weiß gekleidet wie die Hohepriesterin, um Kya die Freuden der Jungfräulichkeit zu zeigen. Aber sie wurde mit Gelächter und Entrüstung zurückgewiesen; die stimmlichen Widerparts auf beiden Seiten des Amphitheaters brachten ihre Argumente im Duett vor. Die Musik und die Tanzschritte waren bekannt. Aber nicht die Worte, denn heute wurde der neue Text gebracht. Und noch bevor die erste Strophe zur Hälfte vorgetragen war, erkannte man, daß es sich tatsächlich um einen neuen Text handelte. Aber noch zwölf Jahre vor der Zeit, von der ich berichte, hätte man diesen Text keinesfalls akzeptiert, da er ein überaus neues Element in die Diskussion zwischen Kya und Lyuna einführte.

Bislang hatte Lyuna einfach nur die Reinheit gerühmt sowie die damit einhergehenden Tugenden Heiterkeit und Freiheit. Doch heute ging sie zum Angriff über, indem sie behauptete, Kya würde nur eine Nebenfrau sein, da En bereits Sayadon als erste Gattin habe. Und Kya – was auch neu war – erwiderte verärgert, daß ihr das gleichgültig sei, und bedauerte Sayadon, die ihre Weiblichkeit nur deshalb erhalten habe, um Lyunas verstockte Keuschheit auszugleichen.

Ich weiß nicht, welche Art von Göttern ihr anbetet oder wie ihr euren Glauben praktiziert. Aber uns erschien diese Variation erstaunlich, ja revolutionär. Ich fand sie faszinierend, wie eine Tür, die aufging und das Wechselspiel von Ideen und Konflikten in den alten Geschichten zeigte. Meiner Ansicht nach hatte dieses neue Duett sehr wohl seine Berechtigung, da Lyunas Zurückweisung von Sayadon und seine Verwandlung in eine Frau erst vor kurzem das Thema des Tanzes gewesen war. Der neue Gesang verknüpfte ein Thema mit dem anderen, und zwar auf eine Art und Weise, die ich auf Anhieb ansprechend fand.

Die Diener jedoch keineswegs. Sie wurden auf ihren Bänken immer unruhiger. Während der Gesang fortgesetzt wurde, gerieten einige von ihnen so in Rage, daß sie ihr eigenes Schweigegebot brachen, aufstanden und zu schreien anfingen. Leute in anderen Teilen des Amphitheaters schrien zurück und befahlen ihnen, ruhig zu sein. Tempelwächter erschienen und entfernten mehrere Ruhestörer aus beiden Lagern. Es wurde wieder stiller, aber in den Mienen der Diener stand nach wie vor Empörung.

Der mürrische und ungewaschene junge Mann neben mir, der, obwohl er nicht als Diener erkennbar war, offensichtlich mit ihnen sympathisierte, murmelte verärgert, es habe eine Zeit gegeben, da es als Frevel betrachtet worden wäre, wenn jemand, der keine Jungfrau war, Kya tänzerisch dargestellt hätte, und daß Saraya neben dem Tanzen noch anderes getan habe, um sich ihre Überfahrt von Xetlan zu verdienen, und daß dies alles ein Zeichen der Zeit sei: nichts sei mehr heilig. Die dicke Frau an meiner anderen Seite zischte ihm zu: »Oh, sei ruhig, ich jedenfalls will das Lied zu Ende hören.«

Er blickte finster, schwieg aber. Als das Duett zu Ende war, spendeten die meisten Zuhörer Beifall. Ich schlug die Hände auf die Knie, wie es damals Mode war, jubelte den Sängern zu und kümmerte mich nicht weiter um den griesgrämigen jungen Mann.

Kya kam jetzt zum letzten Teil ihrer Darbietung, die nicht von Gesang begleitet wurde, sondern nur von jubelnder Musik, als sie erneut ihr Hochzeitsgewand aus der Truhe holte, es hin und her schwenkte, dann wieder in der Truhe verstaute und selbst in einem ekstatischen Finale über den Boden wirbelte; sie sprang hoch, bog sich, warf den Kopf in den Nacken, faltete die Hände über der Brust und über dem Kopf, gab sich ganz dem Tanz hin, voll freudiger Erwartung. Als sie fertig war, sprang ich mit anderen Zuschauern von den Bänken auf und spendete Beifall.

Doch nachdem ich das Amphitheater verlassen hatte, sah ich, daß ein Redner der Diener draußen Stellung bezogen hatte. Er stand auf einem Baumstumpf und prophezeite allen Atlantiern Ens Zorn, wenn der Tanz nicht auf der Stelle von frevelhaften modernen Verzerrungen bereinigt und künftig nur noch von wahrhaft reinen und hingebungsvollen Künstlern dargeboten werde.

Jemand erwiderte, da ja die Diener etwas gegen Konkubinen hätten, müßten sie Lyunas neue Argumente doch eigentlich unterstützen. Der Redner entgegnete, nicht einmal das sittlichste Gebot solle auf unsaubere und verwerfliche Art und Weise vorgebracht werden. Dann begann er törichterweise, Saraya zu kritisieren. Die Situation spitzte sich zu. Ich wollte dieser unangenehmen Szene schnellstens entfliehen. Sollte es zu einem Handgemenge kommen, würden die Tempelwächter erneut in Erscheinung treten, und jeder, der zufällig anwesend war, einschließlich der unschuldigen Passanten, würde in einer Zelle landen, bis er oder seine Familie die Geldstrafe für die Entlassung gezahlt hätten.

Meinem Herrn, Meister Chesnon, würde das keineswegs gefallen, ganz zu schweigen von mir. Ich war ein gesetzestreuer und friedfertiger junger Mann. Zusammen mit einer Menge anderer, die wohl das gleiche dachten wie ich, eilte ich davon in Richtung Weißer Straße. Hinter mir hörte ich, daß es tatsächlich zu einem Tumult gekommen war. Ich fing an zu rennen, bog überhastet um eine Kurve und wäre fast gegen ein Fahrzeug geprallt.

»Mein Gott, Ashinn!« sagte über mir wütend eine vertraute Stimme. »Saraya hat dir wohl mit ihrem Tanz die Sinne verwirrt; du taumelst durch die Gegend wie ein Fünfjähriger. Kannst du denn nicht achtgeben, wohin du trittst?«

Ich riß mich zusammen, trat zu den Kutschpferden meines Pflegevaters und tätschelte sie. »Tut mir leid. Es war mein Fehler, ich war in Eile.«

»Ist schon gut«, sagte Narr von seinem Sitz hinter dem Kutscher. »Wenn du an Saraya gedacht hast, wärst du wenigstens glücklich gestorben, was man von mir nicht sagen könnte, wenn ich nach dieser verdammten Ratsversammlung aus meiner Kutsche fallen würde.«

Mein Pflegevater Narr war ein talentierter und wohlhabender Mann. Dank seiner Begabung in Mathematik und Naturwissenschaften war er Leiter der Akademie geworden, wo ungefähr sechzig der klügsten jungen Männer von Atlan studierten, einige auf Kosten von Prinz Ivorr, König Rastinns Bruder. Die Akademie war von dem Prinzen gegründet worden; früher hatten die Lehrer in ihrer Wohnung unterrichtet oder in gemieteten Räumen, und nur diejenigen, die zahlen konnten, hatten daran teilnehmen dürfen, sofern nicht ein großzügiger Lehrer einen talentierten Jugendlichen umsonst unterrichtete.

Der Prinz war es auch gewesen, der für meinen Pflegevater einen Sitz im Königlichen Rat erlangt hatte. Doch die heutige Sitzung war sehr kurzfristig anberaumt worden, und erst als ich jetzt zu ihm hochblickte, bemerkte ich sein feierliches, mit Gold eingefaßtes Gewand, seinen goldbesetzten Umhang und seinen großen Topasanhänger. Er las meine Gedanken.

»Sag nichts. Ich kann nicht in unangemessener Kleidung die Ratsversammlung besuchen, und ich muß daran teilnehmen, wenn ich nicht krank bin. Aber es besteht wenig Hoffnung, daß ich dem armen Teufel helfen kann. Wie du weißt, war dein Onkel auf dieser Expedition. Ich habe ihn nicht gesehen, aber er hat mir durch einen Boten eine Nachricht gesandt, die besagt, ich solle den Rat bitten, ihm die Erlaubnis zu erteilen, für den Angeklagten aussagen zu dürfen. Rastinn hat ein offizielles Gesuch abgelehnt. Er wird ungeduldig, wenn er verärgert ist. Doch die Bitte eines Ratsmitglieds fällt ins Gewicht.«

Ich habe bereits erwähnt, daß sich die Menschen in unserem Volk äußerlich sehr unterscheiden. Ich war unscheinbar, hatte einen hellen Teint, durchschnittliche braune Augen, ein breitflächiges Gesicht und eine gewöhnliche Nase. Ich war nur mittelgroß, entschieden zu korpulent um die Taille und stark behaart, was nicht als schick galt. Narr dagegen war hochgewachsen, hatte einen bronzefarbenen Teint und eine unbehaarte Brust. Sein schmales lebhaftes Gesicht war hager; er besaß eine ausgeprägte Hakennase und bernsteinfarbene Augen. Als ich in seine Augen sah, bemerkte ich, daß er verärgert war. Ich wollte etwas sagen, aber Narr fuhr fort, den Blick in die Ferne gerichtet: »Schau dir das an, Ashinn, schau dir diese Stadt an. Ich schweife nicht ab. Tu einfach, was ich dir sage.«

Die Sonne stand jetzt hoch am Himmel. Die weißen Steinmauern, die die Straße begrenzten, leuchteten, und die Bäume in den Gärten dahinter blühten in Rot, Blau und zartem Rosa. Hier und da warfen blühende Kletterpflanzen lebhafte rote Muster auf das weiße Gestein. In den Gärten zwitscherten Vögel, und der Himmel darüber war ungetrübt blau, nur im Süden war er etwas bedeckt, wo, genau am Horizont, die Schwelende Insel im Meer aufragte. Aus ihrer kegelförmigen Spitze stieg Rauch auf.

Unter diesem leicht rauchfarbenen Himmel war unsere Stadt erwacht. Menschen eilten an uns vorbei, kamen vom Tempel herunter, um ihren Alltagspflichten nachzugehen. Unten füllten sich jetzt die Straßen mit Menschen, Wagen und Sänften; Tore standen offen, und Rauch stieg von den Feuerstellen hoch.

Die Wasserstraßen glitzerten in der Sonne, Schiffe zogen dahin, Segel flatterten, Paddel bewegten sich. Handelsschiffe stachen in See oder brachten Obst und Edelsteine, Kautschuk und Edelmetalle von den Inseln des Sonnenuntergangs oder den von beiden Kontinenten. Einige Schiffe transportierten auch Holz, denn auf unseren beiden Inseln war nur noch wenig Holz übrig, und es mußte sparsam damit umgegangen werden.

Man sah auch flache Barken auf dem Wasser, die Milch und andere Produkte vom Land in die Stadt beförderten. Außerhalb der Stadt konnte ich Felder, Weiden und Wohnhäuser sehen und im Norden den Flamingosee, der wie eine Silberscheibe in der Sonne funkelte. Plötzlich flatterte ein Schwarm Flamingos hoch. Sie bildeten ein geschlossenes Feld, so daß man sogar aus dieser Entfernung den rosaroten Schimmer ihres Gefieders erkennen konnte.

»Ein herrlicher Anblick, nicht wahr?« bemerkte Narr mit seiner volltönenden Stimme. »Das Leben in Atlan. Leben, Ashinn. Das Leben ist so kostbar. Wenn ein Mensch stirbt, geht eine Welt zu Ende. Ich hasse das aus tiefstem Herzen, was mir Rastinn, wie ich befürchte, noch vor Ablauf dieses Monats auftragen wird, und das, was meiner Meinung nach vor Sonnenuntergang eintreten wird.«

Ich wußte nicht, was ich sagen sollte. Ich überlegte, wie mir zumute sein würde, wenn ich heute sterben müßte, aber ich konnte es mir nicht vorstellen. Ich hatte mir auch nie vorstellen können, wie es wohl für Oxona gewesen sein mochte. Mit fünfundzwanzig ist der Tod unvorstellbar.

Narr hob erneut den Kopf und starrte zum Tempel. »Nun sieh dir das an«, sagte er grimmig und deutete nach oben. Die goldene Spitze glühte wie eine Flamme im Sonnenschein, so daß man geblendet war. Aber weiter unten, auf dem Mauerwerk, kauerten Krähen und Geier.

»Sie wissen es immer«, sagte Narr. »Aber wie wissen sie es? Man könnte fast glauben, an dem Unsinn, den die Priester verzapfen, wäre etwas Wahres dran ...«

»Doch ich muß mich auf den Weg machen«, meinte er dann, als besänne er sich. »Ich sollte besser nicht zu spät kommen. Heute abend sehe ich dich bei Chesnons Festmahl. Bryen wird auch dort sein, aber ohne seinen Vater – Bergen hat eine andere Verabredung. Fahr weiter, Fiahn!«

Der Kutscher nahm die Zügel in die Hand und trieb die Pferde an. Im gleichen Augenblick erhoben sich alle Krähen und Geier, die auf der Mauer des Amphitheaters kauerten, flatternd in die Höhe, und alle Vögel in den Gärten flogen mit einem ängstlichen Gezwitscher hoch.

Nichts rührte sich. Die Sonne verblaßte. Auch die Schatten, die der Wagen, die Mauer und die überhängenden Bäume auf die Straße warfen, schienen unnatürlich unbeweglich.

Und plötzlich fing der Boden unter uns zu beben an. Narrs Pferde wieherten und verdrehten die Augen. Er und Fiahn sprangen sofort vom Wagen, und zu dritt faßten wir in die Zügel. Die Menschen, die auf ihrem Rückweg vom Hügel an uns vorbeigegangen waren, blieben erschrocken stehen. In einer Hausmauer wurde ein Riß sichtbar, und von der Zitadelle hörte man einen Aufschrei und chaotisches Glockengeläut.

Ich umklammerte einen Zügel und versuchte, eines der Pferde zu beruhigen, als eine schnelle Bewegung über mir meine Aufmerksamkeit erregte. Ich wandte in dem Augenblick den Kopf, als die goldene Fiale wie ein Baum im Sturm zu schwanken begann.

Auch Fiahn und Narr starrten hinauf. »En schütze uns«, flüsterte Fiahn. Sogar Narrs Gesicht war blaß geworden. Noch nie zuvor hatte ich ihn so bestürzt gesehen. Da standen wir drei und beobachteten gebannt, wie die Turmspitze, als bestehe sie aus Pergament und nicht aus goldüberzogenem Stein, herunterpolterte und auf die Erde fiel. Plötzlich war der Himmel über der Zitadelle leer. Ein paar Herzschläge später übermittelte uns der Wind das Dröhnen seiner Zerstörung, und die Glocken läuteten noch wilder als zuvor. Dann wurde es vollkommen still.

Da trat Jateph, der Hohepriester, mit flatterndem Gewand und verrutschtem Kopfschmuck aus dem Eingang des Amphitheaters und fuchtelte mit den Armen. »Geht zurück! Geht zurück! Es ist nichts geschehen. Sie ist in einen Garten gefallen. Nur zwei Sklaven wurden getötet!«

»Janna«, schrie eine Stimme, »ist sie verletzt?« Ein anderer Chor rief: »Und Saraya?« Jateph formte seine Hände zu einer Trompete.

»Janna und Saraya geht es gut! Nur zwei Sklaven wurden getroffen. Es ist ein Wunder. Kehrt nach Hause zurück und seht nach, ob eure Familien in Sicherheit sind. Geht endlich!«

Jemand rief, die Diener hätten recht, es sei eine Warnung. Die versammelten Menschen begannen erneut aufgeregt durcheinander zu reden. Narr wandte sich mir zu. »Ich muß herausfinden, ob die Ratsversammlung noch stattfindet oder nicht. Ich gehe zu Fuß zum Palasttor. Fiahn, bring Ashinn zu den Chesnons, wenn sich die Pferde wieder beruhigt haben, und fahr dann heim. Ich schicke einen Boten, falls ich dich später benötige.«

Als wir den Hügel hinuntergingen, folgte ein weiteres kleines Erdbeben, so daß die Pferde sich erneut voller Furcht aufbäumten. Fiahn und ich griffen schnell in die Zügel. Doch dann war alles wieder ruhig, und wie sich herausstellte, war in der Stadt kein großer Schaden entstanden. Heute bin ich überzeugt, daß das Material, aus dem die Fiale bestand, wohl nicht stabil genug gewesen war. Daß sie heruntergestürzt war, hatte das Volk am meisten erschüttert. Überall standen Menschen mit weit aufgerissenen Augen herum und starrten zur Zitadelle empor.

Ich habe gesagt, es sei kein großer Schaden entstanden, aber es war eben doch einiges beschädigt worden. Wir kamen an Menschen vorbei, die ängstlich die Risse in den Mauern untersuchten. Umgeknickte Bäume, Dachziegel, Steine und Zweige lagen verstreut auf der Straße, und wir sahen eine Frau, die von einem Ziegel verletzt worden war und jetzt hilflos am Straßenrand saß.

Als wir die Brücke zur Unterstadt überqueren wollten, entdeckten wir die schlimmsten Unfälle. Ein Kahn war auf dem Inneren Kanal gekentert; die Ladung aus Zitrusfrüchten und Kokosnüssen war ins Wasser gefallen und hatte dabei den Kahnführer erschlagen. Ertrunkene wurden vom Wasser davongetragen. Ein Wagen auf der Brücke war umgestürzt. Die Pferde hatten sich losgerissen und standen jetzt zitternd und schäumend da, während Passanten versuchten, sie zu beruhigen. Sie schienen unverletzt zu sein, aber der Kutscher war herausgeschleudert worden; sein Genick war verdreht, und seine Hand, die einen Zügel umspannte, war unnatürlich abgewinkelt. Fiahn wandte den Blick ab.

»Hör zu«, sagte ich, »gehen wir jetzt lieber zu Fuß. Mach dich auf den Heimweg, ich begebe mich zu Meister Chesnon. Bitte, sag allen, daß es Narr und mir gutgeht. Ocean wird sich Sorgen machen. Kommst du mit den Pferden allein zurecht?«

Fiahn nickte. »Sie sind jetzt wieder ruhig, Herr, und Ihr kommt ohne uns schneller voran. Ich weiß, Ihr habt Eure Pflichten.«

Ja, das stimmte. Da ich jetzt nicht mehr die Pferde führen mußte, begann ich zu laufen.

Meister Chesnon hatte das beste Haus gekauft, das er sich leisten konnte, auch wenn es auf der anderen Seite der Stadt lag, weit entfernt von seiner Schiffswerft. Es wirkte wie ein wirklich großes Haus, ohne jedoch die erforderlichen Räumlichkeiten zu besitzen. Der Garten war nicht sehr groß, und nur die Hälfte davon konnte mit blühenden Sträuchern und schattenspendenden Bäumen bepflanzt werden. Der Rest wurde für Gemüse und Kräuter benötigt, die halfen, das Haushaltsbudget niedrigzuhalten. Obwohl es im Hof eine Quelle gab, war kein Springbrunnen vorhanden. Atlan besaß im Norden heiße Quellen, wie ich bereits erwähnte (sie rochen nach Schwefel, und immer war die Stadt leicht von ihrem ätzenden Geruch eingehüllt). Aber überall sprudelten kalte Quellen, und Springbrunnen schmückten unsere Heime.

Auch der Hof war nicht besonders groß. Aber das Leben meines Herrn hatte sich vor kurzem verändert. Seine betagte Mutter war vor einem Jahr gestorben. Sie war eine herrschsüchtige und schwierige Frau gewesen und wurde nicht sehr betrauert, nicht einmal von ihrem Sohn. Ich hatte die Familie schon gekannt, bevor ich in das Haus gekommen war, und ich konnte mich gut an sie erinnern. Sie hatte alle schikaniert, war unhöflich gegenüber Gästen gewesen und hatte das Gesetz ignoriert, demzufolge allen Sklaven eine gewisse

Freizeit zustand, in der sie ihren eigenen Geschäften nachgehen konnten, um eine Chance zu haben, sich eines Tages freizukaufen.

Meister Chesnon richtete seiner Mutter eine kostspielige Bestattung aus. Er sorgte dafür, daß sie oberhalb der Schwarzen Straße auf einem Scheiterhaufen im Tempelgelände verbrannt wurde. Danach ließ er ihre persönlichen Sklaven frei und ließ die Wand zwischen ihren Privatgemächern und dem Eßgemach niederreißen, um den Eßraum zu vergrößern. Dadurch konnte er jetzt stilvoller leben, und nachdem das böse Schandmaul seiner Mutter verstummt war, konnte er auch wieder Gäste einladen, die gern zu ihm kamen.

Als ich in den Hof eilte, sah ich, daß sich dort das ganze Haus versammelt hatte: unsere zwölf Sklaven, die vier ausgeliehenen Sklaven, die am Vortag geholt worden waren, damit sie bei den Festvorbereitungen halfen, und ein halbes Dutzend Diener, die alle aufgeregt durcheinanderredeten.

Ich konnte Meister Chesnon nicht entdecken, aber der Torwächter hatte seinen Posten verlassen, und sogar Jonard, der Haushofmeister, der im allgemeinen die höchste Verantwortung trug, schüttelte verständnislos den Kopf und fragte laut, was wohl noch alles passieren würde. Mein Gehilfe Keneth, der mit hoher Stimme kreischte und ein Fleischermesser schwenkte, versuchte die Küchensklaven wieder zur Arbeit zu treiben, aber sie beachteten ihn nicht.

Keneth war einer der begabtesten Köche, die ich jemals kennengelernt hatte, aber er konnte nicht mit den Menschen umgehen.

Meisterköche galten allgemein als temperamentvoll, und die meisten Lehrlinge hatten schauerliche Geschichten über sie auf Lager und erzählten, wie diese ihnen alle möglichen spitzen Gegenstände an den Kopf geworfen hatten. Auch ich hatte meine Erfahrungen gesammelt. Doch aus ebendiesem Grunde hatte ich mich entschlossen, daß ich mich, wenn ich es eines Tages zum Meisterkoch bringen würde, vernünftig und zivilisiert verhalten würde. Vermutlich war hier Narrs Einfluß spürbar: Narr schätzte vernünftiges und zivilisiertes Benehmen und geriet selten in Rage. Ich beschloß, schon sehr bald umzusetzen, was er predigte.

Doch wenn es erforderlich war, konnte ich auch meine Autorität unterstreichen. »Geht sofort wieder in die Küche!« schrie ich mit lauter Kommandostimme und trennte die Küchenhelfer von den anderen. Ich scheuchte sie ins Haus, als ob ich Gänse vor mir hätte.

»Ich weiß, die Fiale ist heruntergefallen. Aber die Welt ist nicht untergegangen, und wenn wir noch so lange zu der Stelle starren, wo sich die Fiale befunden hat, bringen wir sie doch nicht zurück. Wir haben genug zu tun.«

Das war nur allzuwahr. Ein einziger Blick über mein Reich sagte mir, daß noch einiges zu erledigen war. Sicher, bis vor kurzem war hier noch alles normal verlaufen. Enten lagen aufgereiht auf dem langen Tisch, andere hatte ich am Abend vorher in einer Marinade aus Wein und Gewürzen angesetzt. Auf dem Stein an der Wand standen mehrere Schüsseln, die verschiedene Ingredienzen und Mischungen enthielten, und ein kurzer Blick lehrte mich, daß auch keine von Meister Chesnons Pfeifen Schaden gelitten hatte.

Aber ein paar tönerne Schüsseln lagen zerbrochen auf dem Steinfußboden zwischen aufgeschlagenen Eiern und Zwiebeln, und von den drei Feuerstellen an der Rückwand brannte nur eine einzige. Eine war gelöscht worden, als der Kessel darübergekippt war; die andere lag unter einem Berg Ruß begraben, der vom Rauchfang herabgefallen war.

Ich wandte mich wütend an Keneth. »Was ist los mit dir? Du hattest lange genug Zeit, das alles aufzuräumen.«

»Ich habe es versucht.« Keneths dunkle Augen blickten so schmerzerfüllt wie die eines verwundeten Kalbs. Er war ungefähr in meinem Alter, aber ganz anders als ich, klein und schlank, mit anmutigen Gesten. Manchmal besuchte er auch das Tanzritual, machte aber dabei nicht Saraya, sondern den jungen Tänzern schöne Augen oder hatte es zumindest getan. In letzter Zeit war er nicht mehr dort gewesen, es hieß, er habe in der Unterstadt einen Liebhaber. »Aber sie gerieten alle in Panik. Sie wollten nicht auf mich hören, und ich konnte nicht alles allein aufräumen«, sagte er zerknirscht. »Die Erde bebte, und du warst verschwunden. Ich war ganz allein mit einem Haufen Sklaven und Schwachsinnigen. Ich hasse ausgeliehene Sklaven.« Er warf einen Blick auf die vier Hilfskräfte. »Sie kennen sich nicht aus, und die meisten von ihnen haben kaum Verstand, können eine Schöpfkelle nicht von einem Schneebesen unterscheiden, geschweige denn, daß sie eine Ahnung hätten, wie wir bis heute abend ein fürstliches Mahl auf den Tisch bringen sollen ...«

»Leg das Messer hin«, befahl ich ihm. »Werd jetzt ja nicht hysterisch. Warte.« Ich ging zurück in den Hof und stellte fest, daß Jonard sich wieder unter Kontrolle hatte und die anderen überredet hatte, ins Haus zurückzukehren. »Wo ist Meister Chesnon?« fragte ich.

»Er ist im Stallhof«, erwiderte er. »Ein Pferd ist verletzt worden, der Oberstallbursche hat ihn geholt.«

»Schick jemanden zu ihm. Sag ihm einen Gruß von mir, und frag ihn, ob das Fest wie geplant heute abend stattfinden soll. Wenn ja, versichere ihm«, sagte ich im Brustton grimmiger Überzeugung, »daß alles glattgehen wird.«

»Das wird nicht einfach sein«, meinte mein Freund Bryen, als ich ihm berichtete, daß ich für Meister Chesnon arbeiten würde. »Früher warst du dort Gast. Wie wirst du dich daran gewöhnen, ein Angestellter zu sein? Und wie soll ich mich verhalten, wenn ich dort Gast bin? Du mußt ja die Speisen auftragen, hast keine Zeit, dich zu mir zu setzen. Ich weiß nicht mehr, wer du bist, wenn du verstehst, was ich meine.«

»Nein, ich verstehe es nicht«, erwiderte ich kalt. »Ich werde weiterhin Ashinn sein. Der Unterschied ist nur, daß ich wohl in deiner Achtung steigen werde, weil der Posten eines Küchenaufsehers so hoch angesehen ist.«

»Ist aber schon ein komischer Beruf für Narrs Sohn«, brummte Bryen.

»Ich bin nicht Narrs Sohn«, erwiderte ich.

Es ist nun an der Zeit, daß ich etwas mehr über mich erzähle.

Ich habe meinen Bericht mit dem Tag des Erdbebens begonnen, weil es mir logisch erschien, damit anzufangen, aber man könnte einwenden, daß ich fünfundzwanzig Jahre früher hätte beginnen sollen, als ich noch ein kleines Kind war und sich ebenfalls gerade ein Erdbeben ereignet hatte.

Dieses Erdbeben war viel schlimmer gewesen als das heutige. Es herrschte große Furcht und Niedergeschlagenheit, denn obwohl aus den Tempelaufzeichnungen hervorging, daß es auch in der Vergangenheit schon Erdbeben gegeben hatte, waren seit dem letzten viele Jahre vergangen. Atlan war von diesem Beben überrascht worden, und seitdem hatte sich in der Stadt alles verändert.

Zum Beispiel hieß es, unter der Zitadelle verlaufe ein Netzwerk von Tunneln, die verschiedene Teile der Einfriedigung der Zitadelle verbanden und Ausgänge in die Stadt eröffneten. Die Priesterschaft und die königliche Familie hatten sie benutzt, um sich inoffiziell bewegen zu können und um Geheimaufträge erledigen zu lassen. Einige dieser Gänge stürzten ein und töteten Menschen, die sich damals darin befanden, darunter auch einen Bruder des Königs, was zur Folge hatte, daß man sie künftig nicht mehr benutzte.

Ein Bezirk auf der Westseite der Unterstadt lag völlig in Trümmern; Narrs Vater hatte sich damals dort aufgehalten und einen Freund besucht. Als er nicht zurückkehrte, ging Narr durch die verwüstete Stadt und suchte ihn. Er stapfte kniehoch durch Trümmer und stieß schließlich auf Leute, die sich an den Balken und Steinen des Hauses, das er suchte, zu schaffen machten.

Sein Vater war tot. Er war von einem Balken erschlagen worden. Doch in den Trümmern eines Bades lag auf einem Stück Fliesenboden, geschützt durch einen Steinbrocken, der schräg herabgefallen und durch einen Schutthaufen aufgehalten worden war, ein etwa drei Monate altes Baby, ein Junge, der lauthals schrie. Dieses Baby war ich, und Narr nahm sich meiner an.

Natürlich zog er Erkundigungen über mich ein, aber der ganze Bezirk lag in Trümmern, und es schien, als seien alle Menschen umgekommen, die mich hätten identifizieren können. Narr hoffte, meine Kleidung, die von guter Qualität war, könne Anhaltspunkte liefern. Es sah ganz danach aus, als sei ich nach einem Bad angekleidet worden, denn ich roch leicht nach Kräutern und trug ein Untergewand aus weicher weißer Wolle, die wohl nicht neu, aber hochwertig war. Außerdem hatte ich rote Filzschuhe an, die hübsch mit Silber bestickt waren. In meiner Nähe fand man die Leiche einer Frau, die das braun-weiße Gewand der Ammen trug; sie hielt noch ein Kinder-Obergewand umklammert, das ebenfalls aus gutem Stoff war. Vermutlich wollte sie es mir überziehen, als das Erdbeben sie überraschte. Aber es ließ sich auch niemand auftreiben, der diese Amme identifizieren konnte.

Also adoptierte mich Narr. Seine Frau Ocean hatte soeben eine Tochter geboren. Während ihrer Schwangerschaft hatte sich Narr eine Krankheit zugezogen, die nach Ansicht der Ärzte Unfruchtbarkeit zur Folge haben würde (was auch tatsächlich der Fall war). Ocean war bekümmert, weil sie keinen Sohn bekommen konnte, und Narr sagte, ihr Kummer habe ihn zu der Vermutung veranlaßt, daß ich vielleicht ein Geschenk der Götter sei, um diesen Mangel auszugleichen.

Als er mir das erzählte, klang seine Stimme spöttisch wie immer, wenn er die Götter erwähnte. Doch er liebte mich, und ich hätte mir keinen besseren Vater wünschen können.

Ich weiß nicht genau, ob Ocean eine gute Mutter war. Ich glaube, sie bemühte sich wirklich, mich zu akzeptieren, um ihrem Mann zu gefallen, aber es gelang ihr nie richtig. Sie überließ mich meistens den Kindermädchen, nur wenn ich krank war oder einen Alptraum hatte, kam sie stets zu mir, und ich war und bin ihr dafür dankbar.

Wenn alles normal lief, verbrachte Ocean nicht viel Zeit mit mir. Sie spielte nicht mit mir oder zeigte mir ihre Zuneigung. Aber das war nicht so wichtig, denn ich hatte ihre Tochter als Spielgefährtin, alle Hausgenossen mochten uns, und ich hatte Narr, der nicht nur ausgezeichnete Hauslehrer für uns engagierte, sondern auch viel Zeit damit verbrachte, uns selbst zu unterrichten. Außerdem sorgte er dafür, daß wir immer genügend Spielkameraden in unserem Alter hatten.

Später ging meine Stiefschwester nach Xetlan, um Ärztin zu werden (in Atlan hatten wir Heilerinnen, die die Frauen versorgten).

Es gab eine Zeit, da ich für Narr eine Enttäuschung war. Ich hatte großes Interesse an seinem Unterricht, der hauptsächlich Naturwissenschaften und Geschichte umfaßte, doch von klein auf entwickelte ich eine Vorliebe für die Küche, liebte es, den Köchen auf die Finger zu schauen. Später dann half ich ihnen.

Die Stammesleute hier bereiten ihr Essen über kleinen Feuerstellen zu, und jeder kümmert sich darum, der im Augenblick gerade nichts anderes zu tun hat. Für sie ist es unvorstellbar, daß sich jemand ein Leben lang der Kochkunst widmet und sich langen und komplizierten Prüfungen unterzieht und manchmal nachts kein Auge zutut, weil er fürchtet, eine bestimmte Zubereitung könne ihm mißlingen.

Doch in Atlan genoß die Kochkunst hohes Ansehen. Es galt als große Leistung, Meisterkoch zu werden, und auch die Stellung eines Küchenaufsehers, der sich in einem großen Haushalt um Essen und Trinken zu kümmern hatte, war, wie ich Bryen erklärte, hochgeachtet.

Zu dieser Zeit war Narr noch nicht so wohlhabend wie später, in seiner Küche gab es nur einen Koch. Aber der Mann war hochqualifiziert und ein geschätztes Mitglied des Haushalts. Er schlug vor, mich für diesen Beruf auszubilden.

Doch das war nicht gerade der Beruf, den sich Narr für seinen Sohn vorstellte. Narr war ein Mann der Wissenschaft, dem praktische Technologien lediglich als Hilfe dienten. Er neigte dazu, einen rein praktischen Beruf als minderwertig zu betrachten. Wir stritten darüber.

Aber zu meiner Überraschung konnte ich diesen Disput für mich entscheiden, indem ich etwas anführte, was er mich selbst gelehrt hatte.

»Schau«, sagte ich zu meinem schäumenden Pflegevater, »ich möchte nicht, wie du, mein Leben damit verbringen, an die Grenzen des Wissens zu stoßen oder, wie meine Schwester, Menschen zu heilen. Wir können nicht alle gleich sein. Die Menschen müssen essen, und du schätzt gutes Essen genauso wie alle anderen. Du hebst doch immer die Bedeutung der Kultur hervor; nur in einer kultivierten Gesellschaft ist aber Platz für Meisterköche. Ich erwarte nicht, daß die Barbaren gute Köche haben. Der Beruf, den ich ergreifen möchte, kann nur in einer Gesellschaft wie der unseren existieren, und er ist genausoviel wert wie der des Juweliers. Du könntest einwenden«, fuhr ich fort und geriet ins Schwärmen, »daß Juweliere und Meisterköche eine Art Schmuck sind; Schmuckstücke, die von der Zivilisation benutzt werden, um ihren Wert zur Schau zu stellen.«

»Bei En«, erwiderte Narr, »eines hast du doch von mir gelernt. Du weißt, wie man argumentiert. Oh, sehr gut.«

»Was ich vorhabe, ist nicht einfach«, sagte ich. »Aber ich hoffe, ich schaffe es und werde gut bezahlt.«

Auch das war ein starkes Argument. Ich brauchte einen Beruf – wie ich bereits erwähnte, war Narr damals noch nicht so wohlhabend. Nachdem er nachgegeben hatte, unterstützte er mich nach Kräften, das muß ich ihm zugute halten. Er schickte mich als Lehrling in ein großes Haus in der Oberstadt.

Natürlich mußte ich zunächst vergessen, was ich schon wußte. Ich mußte damit anfangen, Gemüse zu putzen und Pfannen zu scheuern wie der niedrigste Sklave. In den Küchen von Atlan waren viele Sklaven beschäftigt, die das Geschirr reinigten, die Kochtöpfe beaufsichtigten und die Zutaten vorbereiteten. Manche konnten auch einfache Gerichte zubereiten. Doch kein Sklave durfte eine anspruchsvolle Aufgabe übernehmen; man behauptete, ein Sklave sei dazu auch gar nicht in der Lage, was aber natürlich nicht stimmte. Außerdem wurden manchmal Männer zu Sklaven, die einst frei gewesen waren. Einige davon hatten als Köche gearbeitet, und die erworbenen Kenntnisse konnte ihnen niemand nehmen.

Aber ich erhielt eine umfassende Ausbildung in der Kochkunst und in den Geheimnissen des Einkaufens. Es war eine gründliche Lehre; wir lernten sogar etwas über Ackerbau und Viehzucht und über Töpferei. Leider reichte die Zeit nicht, sich mit der Herstellung von Metalltöpfen zu beschäftigen, was ich schon oft bedauert habe, aber zumindest konnte ich am Schluß die verschiedenen Getreidearten unterscheiden.

Ich beendete meine Lehre und legte meine Prüfungen ab. Dann nahm ich bei Meister Chesnon die Stelle des Küchenaufsehers an.

Ich hätte diesen Posten nicht bekommen, wenn ich nicht mit Narr verwandt gewesen wäre. Inzwischen hatte er sich einen Namen gemacht und sich in der Oberstadt ein großes Haus gekauft. Das war ihm gelungen, nachdem er entdeckt hatte, wie man Eisen aus dem Fels gewinnen und in hartes, haltbares Metall gießen kann. Dazu braucht man einen sehr heißen Schmelzofen (ich frage mich, ob auch ihr diese Fertigkeit schon beherrscht?).

Prinz Ivorr, der Bruder des Königs, der stets an wissenschaftlichen Entdeckungen interessiert war, erwarb das Patent, wodurch Narrs Vermögen sich kräftig mehrte. Er richtete Werkstätten ein, in denen Eisenwaren hergestellt wurden. Anfangs befürchteten die Bronzeschmiede, das neue Material würde sie arbeitslos machen, und es gab einige Probleme, vorsichtig ausgedrückt. Zweimal kam es zu recht heftigen Tumulten. Jemand bewarf Narr mit einem Stein, als er in seinem Wagen vorbeifuhr, verfehlte ihn aber zum Glück.

Prinz Ivorr jedoch garantierte, daß ein paar Jahre lang nur bestimmte Dinge wie Schwerter, Rüstungen und Pflugscharen aus Eisen hergestellt würden. Zudem verkündete er öffentlich, daß jeder Bronzeschmied, der daran interessiert wäre, das Eisenschmieden erlernen und damit viel Geld verdienen könne.

Es funktionierte. Die Situation beruhigte sich, und als die Jahre der Beschränkung auf bestimmte Güter verstrichen waren, vollzog sich der Wandel fast unmerklich. Es wurden nach wie vor viele Gegenstände aus Bronze verlangt, denn sie waren dekorativer und billiger als Eisen, dagegen wollte kein Soldat, der ein Schwert aus Eisen besaß, und kein Bauer, der sein Feld mit einer Pflugschar aus Eisen pflügte, wieder zu Bronze zurückkehren.

Kurz nachdem Narr seine Entdeckung gemacht hatte, ernannte man ihn zum Leiter der Akademie, und bald erhielt er auch einen Platz im Königlichen Rat. Aber er war schon bekannt, bevor er Ratsmitglied wurde, und Meister Chesnon gefiel die Vorstellung, jemanden in seinem Haushalt zu haben, der mit dem großen Narr verwandt war.

Meister Chesnon (ich nenne ihn Meister, da dies die korrekte Anrede eines Angestellten für seinen Herrn ist) war ein recht wohlhabender Mann, der eine große Werft am Inneren Kanal besaß. Außerdem wünschte er sich nichts sehnlicher, als die Freundschaft der Reichen und Mächtigen zu gewinnen.

Das entsprang zum einen dem natürlichen Wunsch, Schiffe für sie zu bauen, zum anderen wünschte er einfach, als »Freund von Herrn Narr« bekanntzuwerden oder daß man über ihn sagte: »Weißt du, Chesnon, der zum Kreis von dem und dem gehört.« Ich glaube, er hoffte, wenn ich in seinem Hause wäre, würden die richtigen Leute bei ihm zu Gast sein. Er erwartete aber auch, daß seine Küche ordnungsgemäß geführt wurde. Ich war eigentlich noch etwas zu jung für einen solch verantwortungsvollen Posten, und zu Anfang brachte ich einiges durcheinander. Aber ich lernte schnell. Narr hatte mir beigebracht, wie man mit einer unliebsamen Aufgabe fertig wurde, sie in Abschnitte unterteilte und dann entschied, in welcher Reihenfolge sie zu erledigen wären. Nach einem knappen Jahr als Meister Chesnons Küchenaufseher hatte ich die Arbeit schon wesentlich besser im Griff.

Nachdem er meine Nachricht erhalten hatte, kam Chesnon selbst in die Küche. Er sagte, daß er den Vorabend von Kyas Hochzeit natürlich wie vorgesehen feiern wolle. Er hatte seinen Boten bereits zu den Gästen geschickt, und nur zwei hatten abgesagt, einer, weil seine Gattin bei dem Beben leicht verletzt worden war, und der andere, weil er, ein Maurer, den ganzen Tag beschäftigt gewesen war.

Er rechnete damit, daß er auch die ganze Nacht würde arbeiten müssen. Doch die übrigen Gäste würden kommen.

»Ich hoffe doch«, sagte Meister Chesnon und ließ seine braunen Ochsenaugen ängstlich durch die Küche schweifen, »daß ihr es schafft? Meine Küche ist stark durcheinandergeraten, der Markt ebenfalls.«

»Die meisten Einkäufe wurden bereits gestern erledigt. Das Festmenü wird genau so zubereitet werden, wie es geplant war, Herr«, erwiderte ich im Brustton der Überzeugung.

In Atlan wurden bei einem Fest die Gänge gewöhnlich nacheinander aufgetragen; jeder bestand aus einer Anzahl von Gerichten, die für Abwechslung und Auswahl sorgten. Irgendwann erfreute sich auch die Küche von Xetlan großer Beliebtheit. Auf Xetlan, das in mancherlei Hinsicht andere Bräuche hatte als Atlan, liebte man es, die Speisen im Stück oder in großen Teilen zu servieren – zum Beispiel ganze Wachteln, Makrelen und Maiskolben. Manchmal wurde das Gericht bereits in der Sauce aufgetragen, oft aber auch wurde die Sauce getrennt serviert, und die Gäste konnten wählen zwischen mild oder scharf, heiß oder süß.

Die Speisen aus Xetlan waren köstlich und angenehm zuzubereiten. Ich hätte mich gefreut, wenn sich diese Geschmacksrichtung weiter durchgesetzt hätte. Aber dann lernte Prinz Ivorr, der Bruder des Königs, bei einem Essen mit einigen jungen Adeligen ein Gericht aus Forelle und Mandeln kennen. Die Diskussion drehte sich um Forellengerichte allgemein, und der Prinz (später behauptete er, er sei betrunken gewesen und es täte ihm jetzt leid) bemerkte, sein Meisterkoch kenne zwei Dutzend unterschiedliche Gerichte. Der Wirt erwiderte, sein Koch beherrsche mindestens drei Dutzend. Es kam, wie es kommen mußte: Sie beschlossen, ein Wettkochen zu veranstalten. Dazu sollte ein Doppelfest ausgerichtet werden: zwei Gastgeber, zwei Tische, zwei Meisterköche. An jedem Tisch sollte Forelle auf so viele Arten zubereitet werden, wie jeder Koch, der nichts von den Aktivitäten seines Rivalen wußte, sich ausdenken konnte.

Das Wettkochen fand statt, doch es wurde kein Gewinner ermittelt, denn den beiden Meisterköchen wurde nachgewiesen, daß sie als Sklaven verkleidete Spione in die Küche des Gegners eingeschleust hatten; außerdem war es zu einem erbitterten Streit darüber gekommen, ob zwei Saucen, die sich nur durch eine einzige Zutat unterschieden und jeweils über die ganze Forelle oder die Forellenportionen gegossen wurden, wirklich zwei verschiedene Gerichte darstellten. Der Prinz und sein ehemaliger Freund hatten sich immer noch nicht versöhnt.

Doch es wurde viel darüber geschwätzt und gelacht, und damit gerieten die Mahlzeiten im Xetlan-Stil allmählich aus der Mode. Jeder, der etwas auf sich hielt, wollte Feste geben, um zu beweisen, daß sein Koch Forelle, Wasservogel oder Hammel, Makrele, Kalb oder anderes auf die mannigfaltigste Art zubereiten konnte. Die Köche begannen zu murren, denn es stellte für sie eine große Belastung dar, immer neue Rezepte ausprobieren zu müssen. Köche und Gäste waren mit einer Vielfalt von Gerichten konfrontiert, die alle dieselben Hauptbestandteile enthielten, was nicht sonderlich anregend wirkte.

Doch dieser Trend hielt an, verbreitete sich wie eine Seuche, und so stand auch ich jetzt vor der Aufgabe, dreißig Variationen des wilden Wasservogels auf Meister Chesnons Tisch zu bringen sowie Beilagen, Süßigkeiten, Gebäck, heiße und kalte Getränke und Weine.

Heute finde ich es erstaunlich, daß es eine Welt gab, in der die Menschen Zeit und Energie für solche Dinge vergeudeten. Aber damals erschien es mir ganz natürlich, und ich setzte meinen Ehrgeiz daran, Meister Chesnons Festbankett trotz des Erdbebens zu retten, als hinge das Schicksal Atlans davon ab.

Ich erteilte Anweisungen, die Feuer wieder anzuzünden und den Boden zu reinigen. Dann eilte ich in meine Kammer, um in ein Arbeitsgewand zu schlüpfen, raste zurück, ließ die verdorbenen Speisen neu zubereiten und brachte meine Leute dazu, sich auf ihre Arbeit zu konzentrieren und nicht mehr an die schreckliche Leere am Himmel über der Zitadelle zu denken.

Es bildete ein Merkmal eines wohlhabenden Mannes, daß er Feste bei Einbruch der Nacht gab, denn es zeigte, daß er sich das Öl für die Lampen leisten konnte. Bronze- und Silberlampen erhellten Meister Chesnons Hof; kurz darauf trafen die ersten Sänften und Wagen ein.

Die Küchentür war weit geöffnet, um die Hitze und den Rauch

hinauszulassen, und von Zeit zu Zeit warf ich einen Blick in den Hof. Dabei entdeckte ich Narrs Wagen, der als erster in den Hof fuhr. Meine Pflegemutter Ocean saß neben ihm, eine würdige Matrone in ihrem eleganten bestickten Gewand und dem üppigen Schmuck, den die Damen von Atlan bei solchen Festen trugen. Ocean entstammte einer Diener-Familie, was sie nie ganz hatte ablegen können.

Fiahn lenkte den Wagen, und Oceans Zofe, die wie alle Sklavinnen von Ocean in Hellgrün und Dunkelblau gekleidet war, saß hinter ihrer Herrin. Sie und Fiahn würden während des Fests von Meister Chesnons Dienerschaft bewirtet werden.

Fast unmittelbar hinter Narrs Fahrzeug folgte das von Oceans Bruder Lion. Ich hatte ihn lange nicht mehr gesehen, da er in der Armee eine Sechziger-Einheit geführt und drei Monate abwesend gewesen war, um an einer Expedition in die Flache See teilzunehmen. Diese hatte unter keinem glücklichen Stern gestanden, und Lion gehörte zu den wenigen, die zurückgekehrt waren. Als er aus dem Wagen stieg, bemerkte ich, wie ernst sein schmales sonnengebräuntes Gesicht war. Er lächelte nicht einmal, als er seine Schwester begrüßte.

Er trug die rot-beige Uniform eines militärischen Führers. Sein roter Umhang war schwarz verbrämt, und unterhalb der Taille war sein beiges Gewand gefältelt. Wenn er sich bewegte, kamen scharlachrote Innenfalten zum Vorschein. Über seiner Brust funkelte seine goldene Führerkette aus schwarzem Bernstein und Granat. Die Tatsache, daß er Uniform trug, bedeutete, daß er für den Mißerfolg der Expedition nicht verantwortlich gemacht worden war.

Wir alle wußten, wer die Verantwortung trug.

Lion hatte sich ebenso wie Ocean aus der Diener-Sekte gelöst. Ocean hatte mit ihnen gebrochen, als sie Narr geheiratet und damit den Zorn ihrer Familie und Freunde heraufbeschworen hatte, da Narr in ihren Augen die personifizierte Schande darstellte. Nicht nur gehörte er zu ihnen, sondern er glaubte auch nicht an die Götter und machte überdies keinen Hehl daraus.

Für Lion hatte der Eintritt in die Armee den Bruch mit der Sekte bedeutet. Dieser Grund mag absurd erscheinen. Männer der Diener-Sekte mußten Gewänder tragen, die bis zum Boden reichten, genauso wie die Frauen. Männer und Frauen trugen das Haar lang;

die Frauen hatten es zu einem Zopf geflochten und diesen um den Kopf gewunden, die Männer banden es zu einem Pferdeschwanz.

Laut den Vorschriften in der Armee aber durfte das Haar nur bis zum Ohr reichen. Außerdem mußte der Soldat vom Frühjahr bis zum Herbst, sofern er nicht die Rüstung trug, ein kurzes Gewand mit einem tiefen Ausschnitt tragen, der einen Teil seiner Brust enthüllte und bei Kommandeuren und Angehörigen oberer Ränge einen Blick auf die jeweilige juwelenbesetzte Kette gewährte. Es gab keine Ausnahmen, und das hatte seinen Sinn. Zur Zeit von König Rastinns Vater hatte der Einfluß der Diener beängstigend zugenommen, doch Rastinn duldete sie nicht in seinem Heer. Diese Vorschriften stellten daher eine wirksame Methode dar, sie auszuschließen. Lion mußte sich entscheiden.

Ich weiß nicht, ob es ihm etwas ausgemacht hat, ich habe nie mit ihm darüber diskutiert. Er war viel jünger als Ocean, aber um einiges älter als ich.

Da ich jetzt im Dienst war, begrüßte ich keinen von ihnen, obwohl sie mich in der Küchentür stehen sahen. Ich hob nur kurz die Hand zum Gruß. Sie winkten mir zu, bevor sie sich ins Haus begaben.

Inzwischen war es Nacht geworden. Das Licht der Lampen im Hof vermischte sich mit dem Silberschein des abnehmenden Mondes, erhellte den Strahl des Brunnens und die glänzenden Blätter der kleinen Zierbäume, die in Töpfen die Terrasse schmückten. Oben auf der Galerie standen Körbe und Töpfe mit blühenden überhängenden Pflanzen, die die Nachtluft mit ihrem süßen Duft erfüllten. Es war eine angenehme Nacht, obwohl ich das nur flüchtig registrierte, da ich vollauf damit beschäftigt war, die Speisen aufzutragen. Ich servierte den ersten Gang, der aus aromatischen Früchten und Schalen mit schmackhaften Happen bestand. Dann trug ich unser köstliches Gericht aus Ente und Süßkartoffeln auf und hoffte inbrünstig, daß es allen unseren Gästen munden möge.

In der Küche ging nicht alles glatt vonstatten. Als einer meiner Aushilfssklaven ein paar Becher fallen ließ, brüllte ich ihn unbeherrscht an. Ich war davon überzeugt, daß das Fest ein Reinfall werden würde, das Fleisch zu roh oder zu weich wäre, die scharfen und heißen Saucen die Gaumen der Gäste reizen würden und das Kartoffelgericht sie zum Lachen brächte. Noch nie hatte meines Wissens jemand bei einem Prinzenmahl einen Gemüsegang serviert.

Aber bald würde ich es wissen. Wenn ein Fest gelungen war, wurde der Meisterkoch herausgebeten, um sich zu den Gästen zu setzen, mit ihnen Wein zu trinken und den Nachtisch einzunehmen. Das war wie der Säuretest beim Gold. Blieb die Einladung aus, dann war man mit dem Essen nicht zufrieden. Ich habe das einmal erlebt, kurz nachdem ich Küchenaufseher geworden war. Ich hatte es fast vergessen.

Als letzten Gang servierten wir Nüsse und Süßigkeiten sowie die Früchte. Außerdem wurde die vierte Weinsorte des Abends aufgetragen und die Flaschen mit Corve, einem belebenden Trank aus Bohnen, die auf dem Westlichen Kontinent angebaut wurden. Während ich die Tabletts kontrollierte, behielt ich stets den Hof im Auge. Ich hielt nach Jonard Ausschau, der die Einladung überbringen würde.

Doch er kam nicht.

Alle Tabletts waren jetzt hinausgetragen worden, ich befand mich immer noch in der Küche und hatte ein ungutes Gefühl im Magen. Wenn ein Küchenmeister an einem Festtag wie dem Vorabend von Kyas Vermählung nicht zu den Gästen gebeten wurde, war dies nicht nur ein Affront, sondern ein vernichtendes Urteil, das gewöhnlich die Kündigung zur Folge hatte. Keneth warf mir heimlich mitfühlende Blicke zu, aber ich vermied es, ihm in die Augen zu sehen.

Dann betrat Meister Chesnon persönlich die Küche.

»Ashinn!«

»Herr?«

»Mein lieber Ashinn, es war ein Triumph! Ich weiß nicht, wie du das nach all dem Trubel heute morgen geschafft hast! Du mußt sofort zu uns kommen. Natürlich so wie du bist.«

Auch das war ein Brauch. Der Küchenaufseher begab sich in seinem braunen knielangen Arbeitsgewand und seinen Ledersandalen zu den Gästen.

Ich folgte Meister Chesnon über den Hof, auf die Terrasse, betrat hinter ihm den Vorraum, wo sich die Gäste gewöhnlich vor dem Essen versammelten, und ging mit ihm in den Speisesaal. Dieser wurde von Stehlampen in Menschengestalt erleuchtet – Meister

Chesnon hatte eine Vorliebe für nackte Mädchen und verschlungene Liebespaare. Die Wände waren festlich geschmückt. Die Tür war mit einer schwarz-weißen Flagge verziert, die Decke bestand aus einer kunstvollen Holzvertäfelung. Balken erstreckten sich vom Boden bis zur Decke, verliefen dann schräg über den Zwischenraum zwischen Wand und Decke. Man konnte genau sehen, wo der Raum in die ehemaligen Gemächer von Chesnons Mutter überging. Die Wände hier wirkten noch ganz neu. Doch Meister Chesnon bedauerte, daß er die Schnitzarbeiten nicht mit Silber hatte unterlegen können, wie es sich für einen reichen Mann geziemte.

Gegenüber der Tür stand in einer Nische eine Statue der Kya. Sie war eine halbe Mannslänge groß und wie eine Braut in leuchtendes, goldbesticktes Grün gekleidet. Zu ihren Füßen lagen Blumengaben. Chesnon und ich verneigten uns vor ihr. Als wir weitergehen wollten, erhoben sich zu meinem Erstaunen alle von den Plätzen.

»Mein lieber Junge«, sagte mein Herr, während er mich zu dem Tisch geleitete. »Du hast mehr geleistet, als ein köstliches Mahl für meine Gäste zu zaubern. Du hast auch einen neuen Trend kreiert. Zwei Gänge! Meine Gäste sind zutiefst beeindruckt. Das wird bald Nachahmer finden!« Eine plumpe, haarige Hand tätschelte meine Schulter. »Wenn ich dich halten will, werde ich deinen Lohn erhöhen müssen, das ist mir klar.«

Wie betäubt ließ ich mich neben Narr nieder. Der Tisch zeigte deutliche Spuren des genossenen Mahls: leere Schüsseln, Berge von abgenagten Knochen auf den besten Silberplatten meines Herrn (für den Alltagsgebrauch hatten wir Platten aus Terracotta), die fleckigen Eß-Fingerhüte an den Fingern der Gäste. Jeder Gast trug solche maßgefertigten Fingerhüte aus Gold oder Silber. Meine eigenen Silberfingerhüte waren für mich zurechtgelegt worden.

Lion und Bryen, die mir gegenübersaßen, begrüßten mich und boten mir Trauben und eine Nachspeise aus Nüssen und Honig an. Narr goß mir Wein ein, hob den Becher und sagte in seiner üblichen ironischen Manier:

»Glückwunsch. Im Grunde haßt du ja dieses Prinzenmahl, wie die meisten deiner Kollegen, aber heute hast du ihm eine neue, atemberaubende Dimension hinzugefügt. Du mußt verrückt sein. Die Köche in Atlan werden dir keine Ruhe mehr lassen.«

»Ich wollte die Sklaven von der Turmspitze ablenken«, sagte ich.

»Und du hast die Herausforderung angenommen. Ein kultivierter Mann«, fuhr mein Pflegevater fort, »weiß immer, wann er auf eine Provokation nicht reagieren darf. Aber trotzdem war es ein hervorragendes Essen«, lenkte er ein.

»Ja, wir sind stolz auf dich, Ashinn«, sagte Ocean. »Auch Narr ist stolz auf dich. Die Ratsversammlung heute morgen verlief nicht gut, und seither hat er schlechte Laune, auch wenn er bisher keinen Ton verlauten ließ. Vielleicht kannst du ihn aufheitern.«

Ich konnte mir gut vorstellen, daß der heutige Rat Narr aufgebracht hatte; er hatte es nicht anders erwartet. Es leuchtete mir auch ein, daß er Ocean keine Einzelheiten darüber berichtet hatte; es war schon lange her, daß er so vertraut mit ihr gewesen war. Ich wollte, daß er wenigstens mir davon erzählte, aber er sagte mit Entschiedenheit: »Bitte, Ashinn, ich möchte mit niemandem darüber reden.« Dann sagte der junge Mann, der neben Lion saß, etwas, und Narr beugte sich vor, um etwas darauf zu erwidern. Das Ganze sah nach einem Streit aus, der wohl schon länger dauerte. Amüsiert stellte ich fest, daß mein Pflegevater einen neuen Partner zum Streiten gefunden hatte.

Einige der Gäste waren nicht nur mit Chesnon, sondern auch mit Narr befreundet, verkehrten regelmäßig in seinem Haus und nahmen teil an Diskussionsabenden beim Wein, Narrs Lieblingsbeschäftigung in der Freizeit. Aber Erin von Tarislan kannte Narr erst seit kurzem. Er hatte den jungen Mann kennengelernt, als dessen Vater gestorben war und er seinen Sitz in der Königlichen Ratsversammlung übernommen hatte.

Doch Erin, der erst zwanzig Jahre alt war, hatte noch viel mehr geerbt: ein hübsches Stadthaus in der Oberstadt, die Ländereien von Tarislan, im Nordwesten hinter dem königlichen Lehen, und eine Flotte mit sechs Handelsschiffen. Dieses Essen war ein ruhiges Ereignis für ihn. Seine eigenen Feste waren berühmt und berüchtigt zugleich, Anlässe, bei denen, wie wir in Atlan zu sagen pflegten, der Wein nicht aus den Fässern, sondern aus den Wasserhähnen floß. Regelmäßig gingen Möbel zu Bruch, und jeder Gast, der eine Prügelei wollte, konnte sie haben.

Erin war stolz auf seine adelige Abstammung, und in seiner Stimme und seinem Gesicht brachte er dies auch deutlich zum Ausdruck. Seine Sprache war elegant und distanziert. Er hatte hohe

Wangenknochen, geschwungene Augenbrauen und haselnußbraune, durchdringende Augen, die er im Augenblick herausfordernd auf Narr gerichtet hielt. Und Narr war, wie ich bemerkte, zu dem Schluß gekommen, daß er hier einen neuen und vortrefflichen Gegner gefunden hatte.

»... Ich habe noch niemals«, sagte Erin gerade, »den geringsten Anlaß gesehen, die Existenz der Götter anzuzweifeln. Natürlich glaube ich nicht, daß die Sonne, die morgens aufgeht, tatsächlich En selbst ist. Aber ich glaube, wie die Priester uns lehren, daß En glühende und lebenspendende Kraft besitzt und die Sonne sein Abbild ist, durch das er die Erde erwärmt. Ich sehe keine Veranlassung, dies in Frage zu stellen.«

»Euer Gehirn«, erwiderte Narr bewußt provozierend, »ist dafür da, um Fragen zu stellen.«

»Aber nicht, wenn die Antworten bereits gefunden wurden. Die Priester haben sie über Generationen gesucht. Jedem das Seine. Meine Aufgabe ist es, meine Ländereien zu verwalten und Geschäfte abzuwickeln; die Priester haben die Aufgabe, die tiefen Geheimnisse zu ergründen. Ich würde mich nicht an Jateph wenden, wenn ich entscheiden müßte, was ich aus dem Westlichen Kontinent importieren soll, doch ich würde mir auch nicht anmaßen, ihn in theologischen Angelegenheiten zu beraten.«

Erin war nicht allein zum Fest gekommen. Er hatte seine Ehefrau und seine beiden Konkubinen mitgebracht. Seine Gattin war eine kühle, vornehme Schönheit, die nicht viel redete, aber ihre prachtvollen Gewänder und ihren goldenen, mit Achaten besetzten Vermählungsreif und ihre zahlreichen Juwelen auf eine Art und Weise trug, die besagen sollte: Auch wenn er noch so viele Nebenfrauen hat, ich bin seine Gemahlin. Eine der Konkubinen war sehr jung und scheu, die zweite jedoch ganz anders. An ihren schlichten Goldarmbändern war zu sehen, daß sie eine Konkubine und nicht eine Ehefrau war. Der Status einer Frau war auf einen Blick erkennbar; unverheiratete Frauen trugen Silberarmreifen, Sklavinnen kupferne, verheiratete Frauen goldene mit Achaten und Konkubinen schlichte goldene. Bei Konkubinen handelte es sich sehr oft um Mädchen, die ehemals Sklavinnen gewesen waren, aber ich glaube nicht, daß es auf diese hier zutraf, obwohl natürlich die Möglichkeit bestand, daß sie die Tochter eines Mannes war, der ein Verbrechen begangen oder Schulden gemacht hatte und deshalb mit seiner gesamten Familie verkauft worden war.

Sie mischte sich jetzt ins Gespräch ein, redete ungezwungen, wie jemand, der daran gewöhnt war.

»Ohne die Götter wäre Atlan ein trauriger Ort«, sagte sie. »Der Tanzzyklus prägt das ganze Jahr, und die Feste sind wie alte Freunde. Ich hatte einst eine Tante, die unverheiratet war, aber dem Pfad von Lyuna folgte, allein lebte und ihr Leben der Göttin weihte. Sie wäre gern Priesterin geworden, durfte es aber nicht. Aber sie sagte, sie fände große Befriedigung in der Verehrung der Göttin, die voller Geheimnisse sei.«

Ich wünschte mir, sie hätte das nicht gesagt, denn Bryen hatte einst eine solche junge Frau geliebt, die ebenfalls den Pfad von Lyuna eingeschlagen hatte. Es gab ein Anleitungsbuch für die Frauen – es trug den Titel *Der Pfad von Lyuna* –, und ein Exemplar davon stand in der Bibliothek der Akademie. Ich hatte es gesehen. Nun war Bryen an seinen schmerzlichen Verlust erinnert worden.

»Ihr sagt, Ihr seht ein Mysterium darin«, sagte er scharf. »Das habe ich schon einmal gehört. Aber weshalb muß dieses Mysterium die Frauen vom normalen Leben ausschließen? Ich finde das unbegreiflich.«

»Vielleicht ist das ein Teil des Mysteriums«, erwiderte Erins redselige Konkubine. »Ich weiß, daß meiner Tante etwas gefehlt hätte, wenn sie sich davon gelöst hätte. Eine Zeitlang versuchte sie es. Und Ihr, Herr Narr, habt Ihr Euch nicht beraubt gefühlt, als Ihr Euren Glauben verloren habt?«

Erin zog ein Gesicht, als fände er ihre vorlaute Art unpassend. Aber Quinn, der Eisenschmied, mischte sich mit seiner volltönenden Stimme ein. »Das spielt doch keine Rolle. Die Feste und der Tanz sind wirklich sehr schön, aber man kann sie auch genießen, ohne an all die Geschichten zu glauben. Die Frauen vermuten ja hinter allem ein Geheimnis; nun, die Priester sagen zwar das gleiche, aber mir ist schleierhaft, was sie damit meinen.«

Quinn hatte als Bronzeschmied angefangen, sich aber später dem Eisen zugewandt und war einer der ersten Eisenschmiede geworden. Er besaß die Statur eines Ochsen und die überhängenden Brauen eines Affen und drückte sich ungeschliffen aus, aber das, was er sagte, verdiente für gewöhnlich Aufmerksamkeit.

Narr schien in Gedanken versunken zu sein, runzelte die Stirn. Aber Quinns Bemerkung holte ihn in die Gegenwart zurück. »Das ist ein faszinierender Punkt«, meinte er. »Eigentlich sind es zwei Punkte. Der eine, ob man den Tanz und die Feste genießen kann, ohne an die Götter zu glauben, und der andere natürlich, ob das überhaupt die entscheidende Frage ist. Wenn man die Wahrheit sucht, muß man erkennen, daß die Wahrheit so ist, wie sie ist, unabhängig davon, was man selber wünscht. Wenn man Gefallen daran findet, an einer unwahren Geschichte festzuhalten, muß man es auch verkraften können, die Wahrheit zu entdecken. Aber daran ist man schließlich selber schuld. Die Wahrheit ändert sich nicht, um Euch zu Gefallen zu sein.«

»Ihr habt nicht auf die Frage meines Mädchens geantwortet.« Erin schien jetzt interessiert und nahm wieder an der Unterhaltung teil.

»Habt Ihr es ertragen, Narr?«

Ich hatte mich schon öfter mit Narr über dieses Thema unterhalten. Ich wußte, was er sagen würde, und mußte unwillkürlich grinsen.

Mein Pflegevater schüttelte den Kopf und plötzlich blitzten seine Augen. »Ertragen? Ich bin, genau wie Ihr, Erin, mit der Religion von Atlan großgeworden. Ich glaube, ich war etwas älter als Ihr jetzt, als ich eines Morgens aufwachte und wußte, daß ich kein Wort davon glaubte. Dies war der größte Augenblick meines Lebens!« Seine Stimme klang triumphierend, die Ratsversammlung schien vergessen. »Ich hörte Glocken läuten, Türen und Fenster öffneten sich. Sonnenlicht und frische Luft strömten herein. Von da an konnte ich die Dinge so sehen, wie sie sind. Ich bin Wissenschaftler, ich suche Fakten. Ich brauche mich nicht länger zu fragen, wie dies und jenes sich mit den Lehren der Priester vereinbaren läßt. Zur Zeit von König Ereth starb ein Wissenschaftler in der Arena, weil er behauptet hatte, Sonne und Mond seien Planeten im Weltraum und nicht die Gesichter von Lyuna und En. Es heißt, der Wissenschaftler selbst habe sich anfangs Gedanken gemacht, weil ihn seine Untersuchungen zu diesem Ergebnis geführt hatten und dieses im Widerspruch zur Lehre der Priester stand. Zu jeder Zeit konnte jeder von uns Tatsachen feststellen, die der Lehre widersprachen. Ich hoffe, daß wir heutzutage kein Risiko mehr eingehen, wenn wir die Arena betreten. Zumindest muß ich mich nicht mehr mit den Lehren herumschlagen. Wenn eindeutige Tatsachen nicht mit der Lehre übereinstimmen, ist eben die Lehre falsch.«

»Es wäre doch möglich, daß auch die Tatsachen falsch sind«, wandte Erin ein. »Einst glaubte man, die Erde sei eine Scheibe, aber sie ist rund.«

»Ja, und die Priesterschaft war über diese Entdeckung keineswegs glücklich, da sie sich immer den Kopf darüber zerbrochen hatte, wo sie die Unterwelt der Verdammten ansiedeln sollte. Zur Zeit ist sie in diesem Fels- und Metallklumpen, auf dem wir leben, angesiedelt, was recht absurd erscheint. Oder befindet sie sich doch in einer anderen Dimension? Schon vor langer Zeit wurde es als gegeben betrachtet, daß die Welt rund ist, aber noch immer wird darüber diskutiert und auch darüber, wo sich die Unterwelt befindet«, sagte Narr schnaubend und lehnte sich zurück, nachdem er seine Meinung kundgetan hatte. Auf einmal waren sein Temperament und sein Triumph wie weggewischt. Ich sah, daß er wieder an die Ratsversammlung dachte. Ocean ließ den Blick von ihm zu mir wandern, und wir nickten uns in stillem Einverständnis zu.

Doch Erin, den die Diskussion über die Lokalisierung der Unterwelt anscheinend amüsierte, lachte, und Zebard, der Schiffbauer, bemerkte ebenfalls belustigt: »Ich würde sagen, es gibt wichtigere Dinge, über die man streiten kann.«

»Aber bestimmt nicht für Priester«, bemerkte Bryen, der sich von seinen Erinnerungen gelöst hatte. »Es ist schließlich ihr Geschäft. Das Problem ist: Während die Wissenschaftler bereit sind, aufgrund neuer Erkenntnisse ihre Ansicht zu ändern ...«

»Sogar Wissenschaftler können an einer Theorie festhalten und sie nur ungern aufgeben«, wandte ich ein.

»Ja, ich weiß. Aber im großen und ganzen sind wir bereit, neue Erkenntnisse zu akzeptieren. Ist es nicht so, Narr? Dagegen wollen die Priester immer an dem festhalten, was ist. Sie behaupten dann, das sei die Lehre und sie könne nicht geändert werden.«

Narr sagte nichts. Er war in Gedanken so weit weg, daß er wohl nicht einmal zugehört hatte. Dafür ergriff nun der einzige noch anwesende Gast das Wort: Rynard der Buchmacher. Rynard war noch recht jung und eher mein und Bryens als Narrs Freund. Ein ruhiger Bursche mit einem groben Gesicht, das ausdruckslos wirkte. Nur wenn er lächelte, leuchteten seine hellbraunen Augen auf. »Mein Vater wollte, daß ich Priester werde«, sagte er. »Aber ich habe es immer vorgezogen, Ideen zu verbreiten, statt sie zu kontrollieren.«

Ich weiß, ich sollte hier eine Pause einlegen, um einiges zu erklären. Eure Welt ist vermutlich ganz anders. Aber wenn ich meine Welt ausführlich beschreibe, habe ich das Gefühl, ich halte sie dadurch am Leben. Anderenfalls wird die Erinnerung daran verblassen, und diesen Gedanken kann ich nicht ertragen.

Ich habe von Menschen wie Rynard dem Buchmacher, Zebard dem Schiffbauer und Quinn dem Eisenschmied erzählt, und dies mag seltsam erscheinen, denn zur Herstellung von Büchern, Schiffen und Eisen benötigt man viele Schmiede und Schiffbauer, nicht nur jeweils einen. Ich habe bereits erwähnt, daß Meister Chesnon ein Schiffbauer war, aber nicht der Schiffbauer. Wenn ich Quinn, Zebard und Rynard so ausführlich erwähne, so um zu verdeutlichen, wie der Handel in Atlan organisiert war und welche wichtige Rolle sie darin spielten.

In Atlan wurden die einzelnen Berufszweige von Zusammenschlüssen ihrer erfolgreichsten Mitglieder geleitet, die die sogenannten Tafeln bildeten. Wenn sich eine Gruppe traf, war es Brauch, daß alle um einen Tisch saßen, und die meisten Berufe legten Wert darauf, einen unverwechselbaren, kunstvoll gefertigten Tisch zu besitzen.

Ich hatte mich den Prüfungen der Tafel der Meisterköche unterzogen; Meister Chesnon war ein Lehrling im Schiffbau gewesen und hatte später Prüfungen vor der Tafel der Schiffbauer abgelegt. Die Tafeln standen den Berufszweigen vor und sorgten dafür, daß neue Mitglieder fachgerecht ausgebildet wurden, sie legten Prüfungen fest und Löhne, untersuchten Klagen, hielten Wettbewerbe ab, kümmerten sich um die Witwen und Kinder verstorbener Mitglieder, finanzierten manchmal auch Experimente. Meister Chesnons Ziel bestand darin, daß man ihn eines Tages auffordern würde, sich der Tafel der Schiffbauer anzuschließen.

Jede Runde ernannte eines ihrer Mitglieder zum Sprecher. Die Sprecher der verschiedenen Gewerbezweige trafen sich regelmäßig zu einer eigenen Ratsversammlung. Diese war befugt, unter gewissen Umständen Delegierte in die Königliche Ratsversammlung zu entsenden, um sich von dieser beraten zu lassen oder um ihre Anliegen vorzubringen.

Die Königliche Ratsversammlung bestand überwiegend aus Priestern und Adeligen. Narr gehörte zu den wenigen, die weder das eine noch das andere waren und doch einen Sitz dort einnahmen. Natürlich war er ein Mitglied der Tafel der Wissenschaftler, und obwohl er nicht ihr Sprecher war, übte er starken Einfluß aus. Ihr Sprecher war Bryen, der diese Position von seinem Vater Bergen übernommen hatte. Und da jeder Berufszweig nur einen Sprecher besaß, war es Brauch, von diesem als dem Schiffbauer, dem Buchmacher usw. zu reden. Quinn, Zebard und Rynard waren allesamt Sprecher ihrer Gewerbe. Deshalb lud Meister Chesnon sie auch gern zum Essen ein.

Rynard war unverheiratet, aber Zebard hatte seine Gemahlin mitgebracht, eine hochgewachsene hübsche Frau (sie waren ein seltsames Paar, denn Zebard war sehr klein). Sie hieß Anlu. Unsere ernste Unterhaltung hatte sie etwas nervös gemacht, doch jetzt hatte sich ihr Blick aufgehellt. Fröhlich sagte sie: »Herr Narr! Laßt Eure Grübeleien. Da sind die Unterhalter.«

Meister Chesnon und Jonard hatten wieder den Speisesaal betreten. In ihrer Begleitung befanden sich ein Mann und eine Schar Mädchen, die Musikinstrumente trugen. Jonard trat einen Schritt vor und klatschte in die Hände. »Gäste und Freunde meines Herrn! Dies ist der berühmte Garreth mit seinen Mädchen, die nun für Euch singen und tanzen werden.« Er ließ die Truppe vortreten, und wir begrüßten sie, indem wir mit unseren Handflächen auf den Tisch schlugen, denn Garreth und seine Mädchen waren wirklich berühmt. Narr bedachte Anlu mit einem höflichen Lächeln und widmete der Truppe seine Aufmerksamkeit, wenn auch etwas unwillig.

»Aber«, begann Meister Chesnon mit wilder Entschlossenheit, »ich muß Euch sagen, daß ihre Haupttänzerin heute morgen verletzt wurde, nichts Schlimmes zwar ...« – man vernahm einen Aufschrei aus aller Munde – »... aber sie hat sich am linken Fuß eine Schnittwunde durch eine herunterfallende Vase zugezogen. Sie kann heute nicht auftreten. Doch es wurde ein Ersatz gefunden. Garreth?«

Garreth trat vor, seine sechssaitige Myalin in den Händen. Er verkündete, daß heute Juny tanzen werde, die seit drei Jahren zu seiner Truppe gehöre und mittlerweile das Tanzen so gut beherrsche, daß sie alle Anforderungen einer Tempeltänzerin erfülle – aber nicht dafür in Frage käme, da sie als Sklavin geboren sei.

Schweigen entstand. Wir waren bereit, unsere anspruchsvolle Unterhaltung für diese Darbietung zu unterbrechen, doch wir wollten erst dann über Juny ein Urteil fällen, wenn wir sie tanzen gesehen hatten.

Garreth jedoch forderte uns auf, Juny Applaus zu spenden, da sie noch nie alleine vor fremden Leuten getanzt habe. Chesnon warf uns allen einen auffordernden Blick zu und schlug gehorsam mit der Hand auf den Tisch, und die meisten von uns taten es ihm gleich.

Als der Beifall abgeebbt war und die Musik begann, sagte Narr: »Nicht daß es mir gleichgültig wäre, ob diese Juny ihre beste oder schlechteste Tänzerin ist oder ein Affe vom östlichen Festland. Aber ich bin nicht leichtfertig. Und mir kommt dieses Chronometer nicht mehr aus dem Sinn.«

Auf einem Regal stand ein Chronometer. Ich weiß nicht, wie ihr Nachgeborenen die Zeit meßt, aber wir besaßen Glasgefäße, die oben und unten bauchig waren und dazwischen einen winzigen Hals hatten. Gefärbtes Wasser oder feiner Sand floß oder rieselte von oben nach unten, benötigte dafür zwölf Stunden, und die Gefäße waren mit Markierungen versehen, damit man an dem Pegel die Tageszeit ablesen konnte. Die teuersten Gefäße drehten sich automatisch um, wenn der untere Teil voll war. Der Pegel des blauen Wassers in diesem Chronometer zeigte zwei Stunden vor Mitternacht an.

»Ich meine jetzt nicht die Zeit, sondern das Chronometer an sich«, fügte Narr hinzu. »Heute morgen habe ich ein solches auch in der Ratskammer gesehen.«

Vorsichtig bemerkte ich: »Willst du uns darüber berichten?«

»Ich glaube, ich kann doch nicht umhin. Zuerst konnte ich es nicht, aber ich kann es nicht verdrängen. Ich habe den Angeklagten gesehen, der beobachtete, wie die letzten Stunden seines Lebens verstrichen, und ich kann den Ausdruck in seinen Augen nicht vergessen. Da oben im Tempel ist alles vorbei. Man hat den Boden wieder aufgelegt und den Sonnenuntergangstanz abgehalten; vermutlich haben dieselben Zuschauer beides verfolgt. Sich vorzustellen, wie Menschen von ihren bequemen Plätzen aus beobachten, wie ein Mann stirbt, hat etwas Abstoßendes. Vor allem, wenn man nicht genau weiß, ob er wirklich ein Verbrechen begangen hat. Ein halbes Dutzend Mal schrie er, er könne Zeugen beibringen, die ihn entlasten würden. Aber die Wachen brachten ihn zum Schweigen, und auch daß die Turmspitze des Tempels herunterfiel, konnte ihm nicht mehr helfen.«

»Die Expedition war eine Katastrophe«, sagte Erin herausfordernd. »Man durfte sein Versagen nicht dulden. Wir mußten ein Exempel statuieren, damit die Expeditionsleiter in Zukunft darauf achten, daß so etwas nicht wieder passiert.«

»Es wäre vielleicht einfacher, es zu verhindern«, sagte Narr bissig, »wenn man genau wüßte, wie die Sache sich zugetragen hat. Erin, Ihr wart ja heute morgen nicht dort, aber ich kann Euch versichern, daß wir nicht erfuhren, was wirklich geschehen ist. Kein Wort wurde zugunsten des Angeklagten vorgebracht. Es wurde einfach nicht gestattet! Ich weiß es, weil der Sechziger-Führer Lion zugunsten des Angeklagten aussagen wollte, aber nicht zugelassen wurde. Ich wollte mich beim Rat selbst für ihn einsetzen und wurde niedergeschrien. Keine angenehme Erfahrung, das kann ich Euch sagen. Zu viele im Rat buhlen um die Gunst des Königs und Jatephs. Statt sich zu bemühen, die Wahrheit herauszufinden, erklärte der König, man müsse ein Exempel statuieren, und dann faselte Jateph, dieser alte Narr, man müsse En beruhigen, der gerade sein Mißfallen bekundet habe. Manchmal habe ich den Eindruck, Jateph ist inwendig ein Diener, denn diese pflegen so zu reden.«

Es herrschte ein leicht verlegenes Schweigen, da auch Ocean und Lion anwesend waren. Juny hatte auf dem hellen Boden vor Kyas Bildnis mit dem Tanz begonnen. Sie war ein hübsches kleines Ding mit schwarzblauem Haar, das sie nach der neuesten Mode frisiert hatte, nicht in aufgesteckten Zöpfen oder als lockige Hochfrisur, sondern in Kinnlänge und mit einem Pony. Ich betrachtete sie, fand, daß sie wohl sehr nett sei, aber daß ich noch immer an Saraya hing.

Dann räusperte sich Lion. »Ob er ein Diener ist oder nicht, spielt keine Rolle. Auch viele Menschen, die nicht zur Diener-Sekte gehören, glauben immer noch, daß En ein reales Wesen ist, das durch die Handlungen der Menschen erfreut oder verärgert werden kann.

Und wenn dies der Fall ist, war die heutige Hinrichtung mehr dazu angetan, ihn zu verärgern statt zu beruhigen. Ich wollte mehr tun, als nur für den Angeklagten aussagen; ich wollte seine Unschuld beweisen. Ich weiß, daß er nicht schuldig war.«

Einsame Männer

»Was soll das heißen, Ihr wißt es?« Erin musterte Lion durchdringend.

Lion hielt seinem Blick stand. »Ich weiß, was ich sage. Ich war bei dieser Expedition dabei und hatte auch schon an einer früheren in ebendieselbe Seichte See teilgenommen. Als ich zwei Tage vor der Ratsversammlung mein offizielles Gesuch, eine Aussage machen zu dürfen, einreichte, erklärte ich, daß ich aus den genannten Gründen ganz genau über den Fall Bescheid wisse. Aber ich erhielt keine Antwort.«

»Ich wünschte mir, ich wäre heute morgen dabeigewesen«, sagte Erin. »Ich kam von Tarislan und konnte wegen des Erdbebens die Rote Brücke über den Äußeren Kanal nicht überqueren. Der Brükkenwart ließ zwei Stunden lang niemanden passieren. Auch keine Fähre fuhr mehr. Als ich zur Zitadelle gelangte und feststellte, daß der Rat trotz des Erdbebens getagt hatte, war es sowieso schon fast vorbei. Ich habe die ganze Aufregung versäumt.«

»Ich habe doch schon erzählt, was du versäumt hast«, sagte Narr. »Eine jämmerliche Demonstration der Unvernunft, das war alles. König Rastinn hatte schon vorher seine Entscheidung getroffen, und wenn je eine Chance bestanden hatte, daß er sich im letzten Augenblick anders entscheiden würde, haben das Erdbeben und Jatephs Geschwafel über Ens Zorn sie zunichte gemacht. Prinz Ivorr versuchte mich zu unterstützen, als ich darum bat, Lion in den Zeugenstand rufen zu lassen, aber natürlich vergeblich.«

»Ich wartete am Tor des Königpalasts und hoffte, ich würde geladen«, erklärte Lion. »Auch wenn ich nicht wirklich damit rechnete. Du hast dein Bestes getan, Narr.« Juny drehte sich anmutig zu einer hübschen bekannten Melodie. Ocean hörte aufmerksam zu und wiegte sich im Takt der Musik. Die Diener billigten nur sakrale Musik, doch in dieser Hinsicht war meine Pflegemutter nicht ihrer Meinung. Alle Mädchen von Ocean mußten singen und die Myalin spielen können. Erins jüngere Konkubine und Anlu, die sich mehr für Schönheitspflege als für Fehlentscheidungen des Gerichts interessierten, tuschelten über Junys neue Frisur.

Aber wir übrigen nahmen den Tanz kaum wahr.

»Wenn ich heute dabeigewesen wäre, hätte ich dafür gestimmt, daß Ihr angehört werdet, Sechziger-Führer«, sagte Erin. »Vor allem, weil ich hätte wissen wollen, was in Ens Namen Ihr zu sagen hattet. Ihr behauptet, der Angeklagte sei nicht schuldig gewesen. Aber seit zwölf Tagen oder länger ist allgemein bekannt, daß dieser Dummkopf von einem Expeditionsleiter die Schiffe an der falschen Stelle landen ließ und dadurch die Besatzung dem Angriff auslieferte. Er hatte sich wegen seiner unglaublichen Inkompetenz eindeutig schuldig gemacht.«

»Wie ich bereits erwähnt habe«, erwiderte Lion, »war ich auch dabei, und ich sage dir, an seiner Stelle hätte ich den gleichen Fehler gemacht. Nach den Seekarten war er richtig gefahren. Wir verlassen uns auf die Karten. Narr hat ein Jahr damit zugebracht, eine Möglichkeit zu finden, wie man mit absoluter Genauigkeit die Position eines Schiffes auf See bestimmen kann, aber ...«

»Es gelang mir nicht«, sagte Narr. »Man kann anhand der Sterne den Breitengrad ermitteln, aber nicht den Längengrad. Man muß den Stand der Sonne mit einem fehlerfreien, sehr genauen Chronometer bestimmen, und ein solches Chronometer besitzen wir nicht. Ich habe es jetzt aufgegeben. Im Augenblick habe ich etwas anderes im Kopf – die Idee ist mir gekommen, als ich Ashinn in der Küche aufsuchte. Aber es ist im Moment nicht wichtig. Wir schweifen ab. Lion, ich habe dich seit deiner Rückkehr noch nicht gesehen. Aber das ist meine eigene Schuld, weil ich so beschäftigt war. Doch ich möchte deine Geschichte hören. Du sagst, der Angeklagte habe mit gutem Grund angenommen, er habe die Schiffe an der richtigen Stelle auf den Strand gesetzt?«

»Es ist eine schlimme Geschichte für den Vorabend einer Hochzeitsfeier«, sagte Lion. Er warf Meister Chesnon einen kurzen Blick zu. »Aber mit Erlaubnis des Gastgebers ...«

»Ich bin genauso neugierig wie alle anderen«, entgegnete Meister Chesnon. »Bitte, erzählt. Warum hat der Expeditionsleiter angenommen, er habe die richtige Stelle gewählt?«

Keiner von ihnen erwähnte den Angeklagten namentlich. Ich sollte nie erfahren, wie er hieß. In Atlan war es nicht Brauch, die Namen von Personen auszusprechen, die eines Kapitalverbrechens angeklagt waren, sofern sie nicht davon freigesprochen wurden. Dieser Mann war nicht freigesprochen worden. Er war bereits tot.

»Zugegeben«, sagte Erin herablassend, »viele Buchten und Meeresarme sehen gleich aus. Aber gewöhnlich gibt es irgendwelche Orientierungspunkte, um sie zu unterscheiden. Wenn man die Seekarten richtig liest, dürften einem keine solchen Fehler unterlaufen.«

»Die Karten wurden richtig gelesen«, wandte Lion ein. Alle Augen waren auf ihn gerichtet. »Vor fünf Jahren bin ich schon einmal dort gewesen. Ich hatte mich der Flotte angeschlossen, die mit einem Stamm Handel trieb, der aber dann einige unserer Händler getötet hat. Erinnert ihr euch? Es entstand ein Streit über die Bezahlung von Pelzen. Sieben unserer Männer wurden entführt und im Dorf des Stammes einer Gottheit aus Stein geopfert. Ihre Schiffskameraden entkamen, segelten heim und berichteten, was geschehen war. Wir schickten eine Flotte los, um dafür zu sorgen, daß so etwas nicht noch einmal passierte. Wir benutzten die gleichen Seekarten wie diesmal und fanden die richtige Stelle auf Anhieb. Sie lag an der Südküste der Seichten See, und als Orientierungspunkt diente eine Reihe von kleinen Inseln, die sich parallel zur Küste erstrecken ...«

»Kleine Inseln?« unterbrach ihn Narr.

»Ja, warum?«

»Der Angeklagte hat versucht, etwas über kleine Inseln zu sagen. Fahr fort.«

»Man muß westwärts auf der meerzugewandten Seite der Inseln segeln, da zwischen ihnen und der Küste gefährliche Untiefen lauern«, erklärte Lion. »Von da aus kann man die Küste sehen, nicht deutlich, aber immerhin kann man erkennen, wie niedrige Hügel landeinwärts in größere Berge übergehen. Wenn man die Inseln hinter sich gelassen hat, steuert man die Küste an und gelangt in eine Flußmündung zwischen zwei langen, niedrigen Landzungen.

Das Flußtal verläuft weiter landeinwärts. Ich konnte mich gut daran erinnern. Es war grün und fruchtbar, und dort lebte der Stamm.«

»Der unsere Männer geopfert hat?« fragte Zebard.

»Ja, aber wir haben es ihnen heimgezahlt«, antwortete Lion grimmig. »Nach unserem Besuch vor fünf Jahren waren nicht mehr viele am Leben. Aber wir erinnerten uns an das lange, fruchtbare Tal. Der Zweck dieser Expedition war es gewesen, wie ihr ja alle wißt, Land für eine neue Kolonie zu finden. Keiner hatte es zuvor von diesem Standpunkt aus gesehen. Das Tal mußte gründlich erforscht, kartographiert und die ganze Gegend nach Bewohnern überprüft werden – entweder den Überlebenden jenes Stammes, den wir dezimiert hatten, oder anderen. Wir hatten vier Schiffe mit einer vollzähligen Mannschaft, zehn Aufseher und meine Sechziger zum Schutz.«

Er hielt inne, und sogar Erin respektierte es: von Lions sechzig Mann waren nur zwölf zurückgekehrt. Wir sahen den Schmerz in seinen Augen und warteten schweigend, daß er weiterspreche. Wir vernahmen die Musik wie aus weiter Ferne.

»Dieses Mal«, fuhr Lion endlich fort, »haben wir genau das gleiche getan wie vor fünf Jahren. Nach einer fünftägigen Schiffsreise in südöstlicher Richtung vom Eingang zur Seichten See erreichten wir die Inseln. Wir segelten an ihnen vorbei und wandten uns südwärts in Richtung Küste. Wir gingen an Land und schlugen den Weg zum Tal ein. Ich war nicht der einzige, der schon dort gewesen war, aber keiner von uns ahnte, daß etwas nicht stimmen könnte. Die Landzungen besaßen die richtige Form. Ich bemerkte, daß das eine oder andere nicht so war, wie ich es in Erinnerung hatte, aber die Erinnerung kann täuschen, und auch die Jahreszeiten lassen die Dinge immer etwas anders erscheinen. Die Strafexpedition hatte Anfang des Jahres stattgefunden, deshalb war die Vegetation verändert, und auch die Hügel hatten eine andere Farbe.«

Er schüttelte den Kopf, als wundere er sich über etwas. Ein Sklave brachte einen Weinkrug, und er hielt ihm den Becher hin, damit er nachgieße, als freue er sich über den beruhigenden Inhalt.

»Als wir uns auf den Weg zum Tal machten«, fuhr er fort, »war ich verunsichert. Die Seiten des Tals erschienen mir zu steil, zu eng und zu felsig; der Fluß strömte durch einen engen, felsigen Kanal und rauschte stärker, als ich es in Erinnerung hatte. Ich sah noch immer ein breites flaches Tal vor mir mit saftigen Weiden. Als das Tal sich stark verengte und die Landvermesser meinten, dies sei keineswegs die Gegend, die sie erkunden sollten, war ich sicher, daß etwas nicht stimmte, und sandte einen Boten zum Expeditionsleiter. Er befahl der Gruppe zu halten und ließ mich holen. Er erklärte mir, daß er verunsichert sei, denn obwohl er noch nicht hier gewesen sei, hätte er eine Beschreibung der Gegend bekommen und fand jetzt, daß sie nicht paßte. Als wir uns darüber unterhielten, lösten sich plötzlich auf beiden Seiten des Tals Felsbrocken. Ihr alle kennt ja wohl das Ende der Geschichte.« Er machte eine Geste, die seine Wut und Verzweiflung ausdrückte. »Die Felsbrocken waren wie ... wie ein riesiger Hagelschauer. Ich blieb unverletzt und auch der Expeditionsleiter, da wir uns an der Spitze befunden hatten, und die Stammeskrieger – zumindest nehmen wir das an – hatten die Führer vorbeiziehen lassen, so daß der größte Teil der Männer in ihre Falle laufen würde. Sie fielen über uns her und führten zu Ende, was die Felsbrocken begonnen hatten. Mit einer Handvoll Männer und zwei Landvermessern entkamen wir zu den Schiffen, und wir schafften es nur, weil der Expeditionsleiter uns zusammenhielt und uns befahl, den Hügel hinaufzusteigen, wo wir unter einem überhängenden Felsen Schutz fanden. Hier konnten wir nicht von oben angegriffen werden und konnten selbst Felsbrocken lösen, wenn wir von unten unter Beschuß genommen wurden, was dann auch der Fall war. Zum Glück benutzen die Stammeskrieger keine Bogen oder Speere. Auf weite Entfernung stellt Geröll ihre einzige Waffe dar. Ohne den Mann, der heute abend gestorben ist, wäre wohl keiner von uns entkommen. Aber es wäre besser für ihn gewesen«, sagte Lion bitter, »wenn er an jenem Tag von einem Felsbrocken getroffen worden wäre.«

»Einer der Landvermesser hat bei der Verhandlung ausgesagt«, sagte Narr. »Natürlich war er dem Angeklagten feindlich gesinnt, sonst wäre ihm nicht erlaubt worden, auszusagen. Er warf dem Expeditionsleiter vor, er habe sie ins falsche Tal geführt, und meinte, nach der Beschreibung, die er gehabt hatte, hätte sich das richtige Tal nicht als Hinterhalt geeignet. Er sagte aus, daß die Rettung der wenigen Überlebenden dir zu verdanken sei, Lion.«

»Wirklich nett von ihm«, bemerkte Lion ironisch, »aber unwahr. Ich habe mein Bestes getan, aber wenn der Leiter nicht gewesen wäre, hätte ich den Männern befohlen, sich Rücken an Rücken aufzustellen, um dort zu kämpfen, wo wir standen. Und damit hätte ich einen Fehler gemacht. Wenn man mir erlaubt hätte, auszusagen, hätte ich das auch deutlich gesagt.«

»Es hätte Euch aber sehr geschadet«, sagte Quinn.

»Das nennt man die Ehrlichkeit eines Dieners«, sagte Narr und fing plötzlich an zu kichern.

»Ihr hättet genauso gehandelt und es geistige Integrität genannt«, meinte Lion geistesabwesend. Er war im Augenblick nicht daran interessiert, mit Narr die Klingen zu kreuzen.

»Es war mutig von dir, dich als Zeuge anzubieten«, sagte ich zu Lion. »Besonders, nachdem dir klargeworden war, daß der König es nicht wollte. Ich könnte es nicht ertragen, vom König oder Jateph ins Kreuzverhör genommen zu werden. Bestimmt würden sie einen ganz konfus machen.«

»Das würde ihnen bei mir nicht gelingen«, versicherte mir Lion. »Schließlich weiß ich, was geschehen ist. Ich weiß, daß es dem Expeditionsleiter zu verdanken ist, daß wenigstens einige von uns überlebt haben, denn er führte uns den Weg zurück, den Hügel entlang, zum Meer. Als es dunkel wurde, zogen sich die Stammeskrieger zurück, und es gelang uns, unsere Schiffe zu erreichen, da uns der Mond den Weg leuchtete. Am Strand erwarteten uns weitere Feinde, aber die Schiffe lagen außerhalb ihrer Reichweite, und wir waren so klug gewesen, unsere Beiboote im Schilf zu verbergen, eine kluge Vorsichtsmaßnahme, auf die er und ich bestanden hatten. Wir kämpften gegen die Männer, schlugen sie in die Flucht, holten die Boote und ruderten zu den Schiffen. Vor allem ihm war es zu verdanken, daß wir es schafften. Ich weiß auch, daß wir an der Stelle an Land gingen, die die richtige sein sollte. Ich stehe dazu.«

»Aber wie ist es dann passiert?« beharrte Erin. »Ihr habt es immer noch nicht erklärt.«

Lion schüttelte den Kopf. »Ich habe auch keine Erklärung dafür. Ich kann nur wiederholen, daß wir an der Stelle an Land gingen, die die richtige sein sollte. Es war, als habe sich das Tal verschoben. Es war immer noch dort. Bei unserer Flucht kletterten wir an einer schmalen Felsspalte vorbei, und einen Augenblick lang konnten wir ins benachbarte Tal hineinsehen. Die Sonne war noch nicht untergegangen. Wir sahen die Trümmer eines Dorfes vor uns, das wir vor fünf Jahren geplündert hatten. Es war das erste Dorf mit dem steinernen Gott. Wir hatten die Statue umgestürzt, beschädigt und in den Fluß geworfen. Sie war sehr groß, und es wäre schwierig gewesen, sie ganz zu zerstören, also versuchten wir es erst gar nicht. Sie lag immer noch da, deutlich sichtbar. Ein häßliches Ding«, sagte Lion grimmig. »Unsere Händler hatten Pech gehabt, daß sie gerade im Frühjahr hierherkamen. Immer im Frühjahr wurden junge Männer vor diesem Ding geopfert, damit die Antilope viele Junge bekäme und die Jagd in der nächsten Saison gut sein würde. Zu einer anderen Jahreszeit wäre der Streit zwischen ihnen und den Stammesleuten vielleicht weniger dramatisch ausgegangen. Wir tauchten die Statue ins Wasser«, fügte er hinzu, »um sie zu waschen. Sie war mit altem Blut verkrustet. Die Opfer wurden ihr immer in die Arme gedrückt, bevor man ihnen die Kehle durchschnitt.«

»Grauenhaft«, sagte Erins schüchterne junge Konkubine, die das Mitgefühl zum Reden brachte. »Wirklich barbarisch.«

Narr warf ihr einen kurzen Blick zu. Auch Atlan besaß seine barbarischen Sitten, konnte man in seinem Blick lesen. Vor vielen Jahrsechzigern schafften wir den Brauch, Menschen in tiefer Nacht zu opfern, ab und opferten statt dessen Stiere. Doch was heute geschehen war, war genauso abscheulich wie das, was die Stammeskrieger getan hatten.

»In dem Augenblick, als ich das ... das Ding da unten liegen sah«, sagte Lion, »wußte ich, daß wir in der falschen Bucht gelandet waren, obwohl ich nicht verstehe, weshalb. Aber ich weiß es. Während der Reise war ich oft mit dem Expeditionsleiter zusammen. Er ist ... er war ... Kapitän, und er war nicht nur unser Leiter, sondern auch Kapitän des Hauptschiffs. Ein sehr erfahrener Seemann. Als wir an den Inseln vorüberfuhren, studierte ich mit ihm die Karten. Keinen Moment hatte ich das Gefühl, daß etwas nicht stimmte. Ich kann das Unglück nicht erklären, aber ich versichere euch noch einmal, es war nicht seine Schuld.«

»Vielleicht handelte es sich bei der Seekarte um eine ungenaue Kopie«, sagte Quinn.

»Nein, es war eine der Karten, die wir schon vor fünf Jahren benutzt hatten«, entgegnete Lion. »Er sagte es mir, und ich konnte mich selbst davon überzeugen, daß sie alt und an den Ecken abgestoßen war.«

»Aber in diesem Fall ...«, sagte Meister Chesnon, hielt dann aber wie verblüfft inne.

Erin schüttelte den Kopf. »Es muß doch eine Erklärung geben«, sagte er. »Vielleicht habt ihr den falschen Kurs gewählt, nachdem ihr die Inseln umfahren hattet.«

»Nein«, erwiderte Lion. »Genau das haben wir nicht getan. Da!«

Über den Tisch war eine weiße Tischdecke gebreitet. Er schob die Schüsseln und das Geschirr beiseite und machte eine lange Falte in das Tuch. »Das ist die Küstenlinie. Und hier sind die kleinen Inseln.« Er nahm seine Fingerhüte ab, blickte auffordernd (es war klar, weshalb er ein Sechziger-Führer war!) auf die Hände seiner Tischnachbarn, nahm meine und Narrs Fingerhüte entgegen und legte sie in einer Reihe nebeneinander. »Und hier«, sagte er, indem er gegenüber den Fingerhüten einen Löffel behutsam in einen rechten Winkel zu der Falte legte, »ist das Tal, wo wir hätten ankommen sollen. Um es zu erreichen, mußte man die am weitesten entfernte Insel im Osten umfahren und direkt darauf zusteuern. Und genau das taten wir und nahmen dabei den Kompaß zu Hilfe, auf dem entsprechend der Seekarte die Position markiert war.«

Narr sagte langsam: »Es gibt eine Möglichkeit. Wie schon erwähnt, hat der Angeklagte heute morgen von den Inseln gesprochen, das heißt, er hat geschrien, daß sich die Inseln verändert hätten.«

Es entstand betretenes Schweigen. Juny hatte ihren Tanz beendet. Nun tanzten die übrigen Mädchen, und Garreth sang, wobei er sich selbst auf der Myalin begleitete. Es war bestimmt entmutigend, dachte ich, Menschen zu unterhalten, die so unaufmerksam waren. Aber auch ich war durch das Gespräch am Tisch gefangengenommen. Nur Jonard und die Sklaven genossen die Darbietung.

»Lion«, sagte Narr, »lag das Dorf, in dem ihr hättet ankommen sollen, im Westen oder im Osten des Dorfes, in dem ihr euch irrtümlich aufgehalten habt?«

»Im Osten.« Lion griff nach einem anderen Löffel und legte ihn entsprechend. »Da, so etwa.«

»Also seid ihr wohl zu früh auf die Küste zugesteuert?«

»Ja.« Lion nickte. »Und genau das sagte auch unser Leiter, als wir uns später darüber unterhielten. Er sagte, wir seien wohl nicht weit genug gesegelt. Aber er konnte nicht verstehen, wie das geschehen konnte. Laut den Karten ist es wegen der Inseln unmöglich, zu früh auf das Land zuzusteuern. Wie ich gerade erklärt habe, sollten wir die letzte Insel umfahren, was wir auch taten.«

»Liegen sie weit auseinander? Wie war die Sicht?« fragte Narr.

»Sehr gut. Und die Inseln liegen dicht beieinander. Wenn wir uns auf der Höhe einer Insel befanden, konnten wir immer schon die nächste sehen.«

Narr runzelte die Stirn. Juny hatte erneut zu tanzen begonnen, und während die Stille anhielt, beobachtete ich sie. Sie war anmutig wie ein junger Baum, und sie tanzte voller Hingabe: Ihr Kopf und ihre Hände waren in Bewegung, sie hatte einen geschmeidigen Körper, schlanke Beine und kleine bloße Füße. Sie schien sogar ihr flatterndes schwarzes Haar unter Kontrolle zu haben. Narrs bernsteinfarbene Augen verweilten kurz auf ihr, verrieten Bewunderung.

Doch in Gedanken beschäftigte er sich mit dem Geheimnis der Inseln. Er wandte den Blick von der Tanzfläche, wirkte in sich gekehrt. »Wie sehen die Inseln aus?« fragte er. »Kannst du sie beschreiben?«

Lion überlegte. »Die Inseln im Westen, die wir als erste passierten, sind die größten. Sie ragen hoch aus dem Wasser auf, sind kahl und felsig. Die erste ist lang und besitzt einen Hügelkamm; sie erinnert an den Rücken einer Eidechse. Die nächsten stellen unregelmäßige Felsaufschüttungen dar und beherbergen Seevögel. Nach Osten hin werden sie niedriger, flacher und grüner. Die letzten sind wie kleine grüne Flecken im Wasser.

»Verändern sie sich mit den Gezeiten?« fragte Rynard.

»In der Seichten See gibt es keine Gezeiten«, erklärte Narr. »Lion, hast du eigentlich die Inseln gezählt. Wie viele sind es?«

»Ich weiß es nicht; ich glaube nicht, daß sie je gezählt wurden. Es sind bestimmt über ein Dutzend, ohne die Felsen zu berücksichtigen, die dazwischen aus dem Wasser aufragen. Auf der Karte sind sie nicht einzeln eingezeichnet. Aber die großen Inseln im Westen sind eingetragen, und dann gibt es noch eine Reihe von Punkten und eine Anmerkung, in der von kleinen Inseln die Rede ist.«

»Aber du sagst, die Sicht sei gut gewesen? Gab es keinen Zweifel darüber, welche Insel wirklich die letzte war?«

»Nein. Nach der letzten Insel – die nur wenig aus dem Wasser aufragte, woran ich mich erinnerte – war das Meer klar. Als wir uns landwärts wandten, loteten wir das Wasser aus; es war tief genug, um sicher voranzukommen. Zwischen den Inseln ist dies nicht unbedingt der Fall.«

»Du sagst, das Wasser sei tief genug gewesen. Aber stimmte dies mit der auf der Karte angegebenen Tiefe überein?«

»Auf der Karte ist nur tiefes Wasser markiert. Zwischen den Inseln sind Untiefen eingezeichnet. Es sind keine Zahlen angegeben. Ich weiß nicht, was die Auslotung vor fünf Jahren ergeben hat.«

»Ich muß sagen«, stellte Narr fest, »daß dies alles mit dem übereinstimmt, was wir heute morgen gehört haben. Der Angeklagte sagte, die letzten zwei oder drei Inseln müßten verschwunden sein. Ich verstand nicht, was er meinte. Aber jetzt verstehe ich es. Wenn die Inseln im Osten verschwunden sind, dann wärt ihr natürlich zu früh auf die Küste zugesteuert und westlich der richtigen Stelle gelandet. Wenn ihr keine Zahlen über die Wassertiefe zur Verfügung hattet, konntet ihr nicht feststellen, ob sich die Tiefe verändert hat.«

»Aber das Wasser wäre in dem Fall wohl zu flach für uns gewesen. Und Inseln können nicht verschwinden«, widersprach Lion.

»Unter gewissen Umständen doch«, meinte Narr. »Unter Umständen, die auch eine veränderte Wassertiefe erklären würden.«

Ich betrachtete die Lampen und die Wände, Garreths Mädchen, die erneut Juny abgelöst hatten und Hand in Hand die Figuren eines komplexen Mustertanzes darboten, ich sah die goldenen und silbernen Fingerhüte, die Lions Inseln darstellten, das Amphitheater, dessen Boden hochgehoben worden war, damit der Heilige Stier heute nacht in der Sandarena einen unschuldigen Mann töten konnte.

En und Kya besaßen viele Kinder. Alles, was am Boden wächst, und alle Geschöpfe, die sich darauf bewegten, waren ihre Söhne und Töchter. Doch als wichtigster ihrer Söhne galt der Stier, wegen seiner Stärke und Männlichkeit.

Lange vor Beginn unserer Geschichtsschreibung war der Stier zum Henker von Atlan ernannt worden. Der unselige Führer der gescheiterten Expedition war nackt und allein in die Arena gestoßen worden, dann hatte man den Stier von der königlichen Weide außerhalb der Stadt herbeigeholt. Der Mann und der Stier mit den langen scharfen Hörnern, der vorher gereizt worden war, standen sich gegenüber. Die Hörner des Tieres waren in Goldfarbe getaucht, ihre Spitzen waren rot. Es war noch nicht lange her, daß sie durch etwas anderes als Farbe gerötet worden waren.

Ich hatte einmal eine Hinrichtung miterlebt. Doch ich war von Narr aufgezogen worden, der dies alles verabscheute, und stellte fest, daß es mir genauso ging. Nie wieder wohnte ich einer Hinrichtung bei.

»Prinz Ivorr«, meinte Narr, »hält monatliche Zusammenkünfte mit den Lehrern und Wissenschaftlern ab, die für ihn arbeiten. Er wünscht regelmäßige Berichte über unsere Arbeit. Das nächste Treffen findet übermorgen statt. Wir können Gäste mitbringen; jeder ist willkommen, der etwas beizutragen hat, was den Prinzen interessieren könnte. Lion, würdest du kommen und ihm berichten, was du uns hier vorgetragen hast?«

»Du meinst, ich sollte meine Aussage machen«, erwiderte Lion. »Aber es hat jetzt keinen Sinn mehr, der Mann ist tot.« Er schenkte sich einen weiteren Becher Wein ein und leerte die Hälfte davon in einem Zug. »Wenn ich richtig verstehe, glaubst du, daß sich die Küstenlinie der Seichten See irgendwie verändert hat?« sagte er.

»Wenn dem so ist«, erwiderte Narr, »dann sind die Seekarten überholt. Wenn sie nicht korrigiert werden, geraten in Zukunft noch mehr Seeleute in Schwierigkeiten. Und ...«

Er verstummte und furchte die Stirn.

»Die Seichte See«, fuhr er nach langem Schweigen fort, während dem ihn keiner anzusprechen wagte, »ist kein abgeschlossener See. Man kann von hier direkt dorthin segeln. Wenn es nur darum geht, daß die Küste absinkt, ist es nicht sonderlich schlimm. Aber was ist, wenn statt dessen der Meeresspiegel steigt? In diesem Fall werden sich die Küsten überall verändern. Letztes Jahr mußten wir die Wälle des Äußeren Kanals erhöhen, wenn du dich erinnerst. Wir mußten wegen der Gezeiten eine neue Eindämmung an jenem Teil des Flusses errichten, der unterhalb von Atlan verläuft, und das ist noch nie zuvor erforderlich gewesen. Wenn wir uns immer mehr gegen die Flut schützen müssen, wäre dann eine kleine Vorwarnung nicht sinnvoller?«

Narr benötigte einige Zeit, um Lion davon zu überzeugen, daß seine Anwesenheit bei dem Treffen durchaus von Nutzen sein würde. Lion war verärgert über das, was er als großes Unrecht betrachtete, aber schließlich gab er nach. Hier unterbrach ihn der

Eisenschmied Quinn, der meinte, wir verhielten uns Meister Chesnon gegenüber sehr unhöflich, der sich große Mühe gegeben habe, uns Unterhaltung zu bieten.

»Ich glaube, wir sollten den Tänzern mehr Beachtung schenken«, sagte er und richtete seine Aufmerksamkeit auf Juny, die sich gerade zu singen anschickte. Sie stand allein da, zupfte die Saiten der Myalin, und es erklang eine wohlbekannte Melodie.

Das Lied trug den Titel *Die Liebende Sklavin*, und es war die Klage eines Mädchens, das seinen Herrn liebt, aber von diesem nicht beachtet wird. Als er in den Krieg zieht, muß sie ihre Tränen verbergen. Es war eine traurige Melodie, die keine großen Ansprüche an die Stimme stellte, was auch gut war, denn Junys gesangliches Talent war nicht so ausgeprägt wie ihr tänzerisches. Doch dieses Lied lag ihr, und sie trug es sehr gefühlvoll vor. Als sie geendet hatte, schlugen wir mit der Handfläche auf den Tisch und warfen Münzen. Juny verbeugte sich, lächelte und warf Garreth die Myalin zu. Dieser mußte in die Knie gehen, um sie aufzufangen, schlug dann ein paar Purzelbäume, und während Garreth die Melodie nochmals spielte und die übrigen Mädchen das Lied vortrugen, tanzte Juny dazu.

Ihr Tanz war sehr ausdrucksvoll. Sie spielte das verträumte Mädchen, das den Boden fegt und dabei immer langsamer wird. Dann drückte sie den Besen an sich, der den Geliebten symbolisieren sollte, der all ihr Denken ausfüllte. Danach verwandelte sie sich in eine scheltende Wirtschafterin, die dieser verträumten Magd mit dem Finger drohte. Dann wieder stellte sie einen stolzen Mann dar, der sich von seiner Familie verabschiedete. Beim Weggehen zückte er das Schwert, um zu zeigen, was er mit dem Feind anstellen werde. Und schließlich war sie wieder die Sklavin, die sehnsuchtsvoll die Arme ausstreckt, als ihr Geliebter aufbricht.

Garreth hatte recht. Juny hätte sich zur Tempeltänzerin geeignet. Vielleicht war sie nicht so gut wie Saraya, aber zumindest eine gute zweite Tänzerin. Und auf jeden Fall war sie faszinierend genug, uns für den Augenblick von Ens Stier und der Seichten See abzulenken. Am Ende ihrer Darbietung sprangen wir auf und jubelten ihr zu.

Meister Chesnon zeigte sich erleichtert. »Nun, das hat sich doch gelohnt, oder? Ich war beunruhigt, als Garreth mir mitteilte, die erste Tänzerin könne nicht auftreten, aber ich würde sagen, Juny ist besser als sie.«

»Sie ist bezaubernd«, pflichtete ihm Narr bei.

Ich hatte schon bei anderer Gelegenheit diesen Tonfall bei ihm vernommen.

Ich warf Ocean einen flüchtigen Blick zu. Sie lächelte höflich, aber ihr Blick wirkte leer, und sie hatte die Hände im Schoß gefaltet. Ich lehnte mich zurück und sah, daß sie nervös an ihrem großen Perlenring zerrte.

Oh, Narr, Narr, dachte ich vorwurfsvoll und verspürte plötzlich kein Verlangen mehr, noch länger hier zu verweilen. Ich entschuldigte mich und kehrte in meine Küche zurück, wo ich mich genauso benahm, wie Juny die Wirtschafterin dargestellt hatte. Unablässig schikanierte ich Keneth und die Sklaven, befahl ihnen, das Geschirr zu waschen, Speisereste ordnungsgemäß zu verstauen und das Geschirr bereitzustellen, das wir für das Frühstück am nächsten Morgen benötigten.

Die Nacht war mild, und die Küchentür stand noch immer offen. Die meisten Gäste hatten sich schon zurückgezogen. Ein Wagen ratterte durch den Torbogen, und im Lampenschein erkannte ich, daß Ocean darin saß. Aber Narr befand sich immer noch im Hof, er unterhielt sich mit Meister Chesnon und, wie ich beim Näherkommen erkannte, mit Garreth. Dann jedoch bemerkte ich, daß sie sich weniger unterhielten als vielmehr miteinander stritten.

»... noch einmal, ich leihe meine Mädchen nur zum Singen oder Tanzen aus. Die Mädchen sind meine Existenz, und wenn sie schwanger werden, können sie nicht mehr auftreten.«

»Garreth, das ist Herr Narr!«

»Das weiß ich, Herr, und ich erinnere mich an sein Kompliment über Juny, aber so ist es nun einmal. Wie kann ich es Euch verständlich machen? Wenn sie ihren Wert als Tänzerin verliert, wo bleibe ich dann?«

Garreth war ungefähr in den Dreißigern, hatte aber bereits tiefe Falten im Gesicht. Wenn er gutgelaunt war, hatten seine Gesichtszüge etwas Affenartiges, aber wenn er ernst war, wie gerade jetzt, wirkten sie säuerlich.

»Aber Ihr braucht nur Euren Preis zu nennen!« entgegnete Meister Chesnon.

»Es tut mir leid, daß ich Euch nicht gefällig sein kann, Herr, aber Juny ist das vielversprechendste Mädchen in meiner Gruppe. Ich habe viel Geld investiert, um sie von einer ehemaligen Tempeltänzerin unterweisen zu lassen; ich will nicht, daß dies umsonst war. Sagt, Herr, wie wäre es denn mit Lona? Sie ist sehr hübsch, aber nicht besonders begabt fürs Tanzen. Ich könnte sie verkaufen und ersetzen. Aber Juny ...«

»Genau sie will ich«, beharrte Narr.

»Er ist Graf Narr«, betonte Meister Chesnon erneut, als ginge es darum, daß Narr ausgeliehen werden solle, und Chesnon versuchte den Preis hochzutreiben, indem er auf seinen Stammbaum verwies.

»Ich verstehe Eure Angst«, sagte Narr entschlossen zu Garreth. »Aber seid versichert, es ist unnötig. Ich werde Schutzmaßnahmen ergreifen, und Junys Talente werden keinen Schaden nehmen.«

»Ihr werdet mir vergeben, Herr«, erwiderte Garreth, »aber ich habe Augen im Kopf und durchaus gesehen, daß das Mädchen Euch erobert hat.« Garreth war einer der besten und teuersten Unterhaltungskünstler in der Stadt, und seine unterwürfige Art und der sorgfältig gewählte ehrerbietige Tonfall vermochten sein ausgeprägtes Selbstbewußtsein nicht zu verbergen. Garreth würde immer Kunden haben, er hatte es nicht nötig, sie zu umwerben. »Nach meiner Erfahrung«, sagte er, »verspricht ein Mann alles Erdenkliche, wenn es so um ihn steht. Aber das bedeutet nicht, daß er sich, wenn er erlangt hat, was er wollte, auch daran erinnert.«

»Garreth!« rief Meister Chesnon fast wimmernd.

»Ich versichere Euch, daß ich an mein Versprechen denke«, sagte Narr ruhig. »Wie wäre es, wenn ich Euch einen Solet für eine Nacht biete?«

Ich konnte sehen, wie Garreth vor Erstaunen den Mund aufriß. Meister Chesnon strich sich über die Brauen. Einen Solet.

Sechzig Kupferdols ergaben einen Silberarget, zwölf Argets den großen Silbermekel, und sechzig Silbermekel einen Goldsolet. Viele Menschen verdienten weniger als dreißig Mekel im Jahr.

Aus Narrs zufriedener Miene schloß ich, daß er die Symptome der Kapitulation erkannt hatte. »Werdet Ihr das Mädchen rufen?« sagte er. »Und sie fragen, ob sie bereit und in der Lage ist, die Nacht mit mir zu verbringen?«

»Sie ist in der Lage, Herr«, erwiderte Garreth, der sich wieder gefangen hatte. »Ich bin über den Gesundheitszustand meiner Mädchen genau im Bilde. Und was ihre Bereitschaft betrifft – wenn ich einverstanden bin, was noch nicht feststeht, wird sie es auch sein. Sie tut das, was ich ihr sage.« Im Speisesaal hatte Garreth, der seine Mädchen angelächelt, mit ihnen herumgeschäkert und gesungen hatte, den Eindruck erweckt, daß er ihr Freund war. Aber nun sprach der Sklavenbesitzer und Geschäftsmann aus ihm.

Meister Chesnon klatschte in die Hände, und einer der Haussklaven erschien. »Ich nehme an, Garreths Mädchen ziehen sich gerade um. Eines davon heißt Juny. Sie soll zu ihrem Herrn kommen. Hol sie.«

»Oh, Ashinn!« Narr hatte mich entdeckt. »Ich versuche hier gerade etwas auszuhandeln«, sagte mein Pflegevater trocken.

»Das habe ich mir gedacht«, erwiderte ich. Oceans Gesichtsausdruck im Speisesaal hatte mich verfolgt. Sie war mir gegenüber nie übermäßig freundlich gewesen, hatte aber ihr möglichstes getan, und dafür war ich dankbar. Die Vorstellung, daß sie verletzt würde, war mir zuwider. Die Angehörigen der Diener-Sekte nahmen sich keine Konkubinen und engagierten auch keine Frauen. Ich vermutete, daß Lion, der unverheiratet war, manchmal irgendwelche Arrangements traf, aber er ging dabei so diskret zu Werke, daß ich nicht sicher war. Narr dagegen verhielt sich keineswegs diskret. Er hatte vermutlich Ocean vorausgeschickt und ihr gesagt, er werde nachkommen. Dabei war ihm klar, daß sie genau begriffen hatte, warum sie alleine nach Hause fahren sollte. Zwischen den Pfeilern unter der Galerie blitzte etwas hell auf, und dann gesellte sich Juny zu uns. Sie hatte einen weißen Umhang übergeworfen. »Ihr habt nach mir gesandt, Meister Garreth?«

»Herr Narr verlangt nach dir, Juny.« Garreth hatte eine Entscheidung getroffen. Ein Goldsolet war ein starkes Argument. »Wir haben einen Preis vereinbart, und du wirst die heutige Nacht mit ihm verbringen.«

»Wenn du einverstanden bist, Juny«, ergänzte Narr.

Doch Garreth wollte das Geschäft jetzt unbedingt unter Dach und Fach bringen. »Herr, ich sagte ja schon, Juny tut, was ich ihr sage. Ich erhalte einen Solet für dich, also sorge dafür, daß du ihn auch wert bist.«

»Seid still, Garreth. Ich bin der Kunde. Ich bin derjenige, der mit dem Mädchen die Nacht verbringt«, sagte Narr. »Ich bin kein Vergewaltiger. Juny …«

»Bitte …«, gebot ihm Juny Einhalt. Narr schwieg.

»Meister Garreth hat recht«, sagte Juny ernst. »Natürlich gehorche ich ihm und komme mit Euch. Wollt Ihr, daß ich für Euch auch singe oder tanze? Soll ich die Myalin mitnehmen?«

»Sie ist ein braves Mädchen«, bemerkte Garreth.

Narr sagte ruhig: »Sehr gut. Ich möchte gern im Mondschein nach Hause gehen. Inzwischen wird Garreth so freundlich sein und eine Sänfte mit Vorhängen kommen lassen. Sie wird Juny zu meinem Haus bringen. Du wirst vor mir dort sein, Juny. Frag nach Harion, meinem Haushofmeister, damit er dich zu meinem Gästezimmer führt. Und, Juny«, fuhr Narr in sanftem Tonfall fort, der mir verriet, daß er etwas an ihr bemerkt hatte, was mir entgangen war, »du brauchst dich nicht zu fürchten. Ich habe ein sehr schönes Haus, und alle werden dich freundlich behandeln, ich natürlich auch. Ja, bring die Myalin mit.«

Mir fiel nichts ein, was ich dazu hätte bemerken können, zumindest nicht, solange Meister Chesnon und Juny anwesend waren. Aber als die Sänfte von dem Stand am Ende der Straße herbeigerufen worden war, Juny darin Platz genommen hatte, die Vorhänge zugezogen worden waren und sie sich auf den Weg gemacht hatte, verabschiedete sich Garreth, um mit seinen Mädchen nach Hause zu gehen. Meister Chesnon und ich begleiteten Narr zur Straße. Dann zog sich Chesnon zurück, und ich sagte zu meinem Pflegevater: »Ich gehe mit dir bis zur Weißen Straße.«

Lyuna stand hoch am Himmel, sie zeigte heute nacht ihr volles Gesicht, und die Luft war ruhig. Irgendwo hörten wir leise Musik aus einem Haus. Aus dem Geschäftsviertel und den kleineren Häusern im Norden vernahm man den gedämpften Lärm eines Straßenfestes. Die Nacht war von Blumenduft erfüllt.

»Vater«, sagte ich, »ich will dich nicht kritisieren. Du hast mehr für mich getan, als ein richtiger Vater jemals für seinen Sohn tun würde. Aber ..«

»Du möchtest mir wegen Juny Vorhaltungen machen?« bemerkte Narr amüsiert.

»Was ist mit Ocean?« fragte ich frei heraus.

»Ocean? Ihre Stellung als meine Frau ist nicht gefährdet, Ashinn. Das weißt du. Das Gesetz sorgt dafür. Eine gesetzlich angetraute

Ehefrau kann nicht wegen einer anderen Frau verstoßen werden, es sei denn, sie hat selbst den Wunsch zu gehen. Hör zu.« Er wurde ernst. »Es stimmt, daß ich meine Tage mit vielerlei Geschäftigkeiten verbringe: ich unterrichte, experimentiere in meiner Werkstatt, nehme an den Ratsversammlungen und den Prinzentreffen teil. Aber hast du dir je überlegt, mein Junge, daß ich trotzdem einsam sein könnte?«

Ich schwieg. Wir waren inzwischen an der Weißen Straße angelangt und blieben stehen. Einer der Sänftenträger erhob sich und kam zuversichtlich auf uns zu, doch Narr gab ihm ungeduldig ein Zeichen, sich zurückzuziehen.

»Nein, nein, ich gehe zu Fuß.« Er wandte sich mir zu. »Gute Nacht«, sagte er unvermittelt und entfernte sich. Ich blickte seiner hochgewachsenen Gestalt nach. Er hatte den Weg zur Oberstadt eingeschlagen. Mir blieb nichts anderes übrig, als in meine Küche zurückzukehren, um mich davon zu überzeugen, daß alles aufgeräumt war, meine Leute ins Bett zu schicken und selber schlafen zu gehen.

Doch der Abend, der so glanzvoll hätte werden sollen, war nun verdorben. Es war wie der Metallgeschmack eines Brotes, das zu schimmeln anfängt, wie die plötzliche Kälte, die im Wind lag, wenn er nach Norden drehte und frostige Luft von der weit entfernten Eiswand brachte, die nur wenige von uns gesehen hatten, aber deren Existenz uns allen bekannt war. Mir erschien es, als sei das Herabstürzen der Fiale heute morgen ein schlechtes Omen gewesen, das alles mit einem Fluch beladen hatte. In dieser Nacht schlief ich unruhig.

Die unerwünschte Aussage

Vor kurzem habe ich in meiner Erzählung innegehalten, um euch zu schildern, wie Atlan zu meiner Zeit aussah. Aber ich sollte auch etwas über seine Geschichte erzählen. Eigentlich wollte ich hier und da etwas davon einflechten, erkannte jedoch, daß zu viele Unterbrechungen den Erzählfluß stören würden. Also erledigen wir dies auf einmal.

Ich habe von König Jaison berichtet, der den Äußeren Kanal gebaut hatte, neuneinhalb Jahrsechziger vor der Zeit, als die Fiale herunterfiel. Wie ich bereits erwähnte, waren er und sein Vater, König Ereth, große Männer. Ereths und Jaisons Regierungszeiten gehörten zu den glanzvollsten, die Atlan je erlebte; es waren Zeiten der Entdeckungen und Erfindungen. Unter König Jaisons Herrschaft entwickelte ein Vorfahre von Narr – der ebenfalls Narr hieß (mein Pflegevater wurde nach ihm benannt) – eine Schrift, die mehr auf Lauten als auf Worten und Vorstellungen beruhte. Er erfand auch ein erstes Verfahren, um geschriebene Worte mühelos zu vervielfältigen, indem er geschnitzte Holzbuchstaben in einen Rahmen steckte, mit Tinte überzog und dann auf Pergament drückte.

Doch es gab Ärger deswegen. Die Schrift, die wir bis dahin benutzt hatten, war schwerfällig, sie bestand aus zu vielen Zeichen, so daß das Erlernen des Schreibens viel zu lange dauerte. Nur wenige Leute beherrschten mehr als eine Handvoll einfacher Zeichen, die sich meist auf das von ihnen ausgeübte Gewerbe bezogen. Kapitäne zum Beispiel konnten die Symbole für die Waren lesen, die sie beförderten. In meinem Beruf lernten die Meisterköche die Zeichen für Lebensmittel und verschiedene Maßeinheiten. Aber das war auch schon alles.

Nur die Priester und Priesterinnen und ein paar Gelehrte, meistens aus vornehmen Familien, deren Mitglieder so reich waren, daß sie nicht zu arbeiten brauchten, waren des Lesens und Schreibens mächtig. Die Buchherstellung wurde fast ausschließlich von den Priestern besorgt, die dadurch kontrollierten, was über Geschichte und Wissenschaft, Medizin, Philosophie und die Götterlegenden weitergegeben wurde. Einen Großteil des Wissens, vor allem auf dem Gebiet der Medizin, behielten sie für sich, da es ihnen Macht verlieh: Beleidigte man die Priester, bedeutete dies, daß man im Falle von Krankheit oder bei Verletzungen keine Hilfe von ihnen erwarten konnte.

Die Priester schrieben auch die göttlichen Offenbarungen nieder, die sie angeblich im Traum oder in Visionen erhalten hatten. Es war der Wille von En, so hatte er im Traum einem der früheren Hohepriester verkündet, daß jene, die die offizielle Theologie in Frage stellten, dem Stier vorgeworfen würden; und Lyuna verlangte, daß alle Bräute oder ihre Väter der Hohepriesterin bei der Hochzeit Abgaben entrichten sollten. Alles, was den Priestern gefiel, konnten sie als Befehl der Götter ausgeben. Seltsamerweise enthielten diese Offenbarungen nie irgendwelche Unannehmlichkeiten für die Priester selbst, obwohl diese nur allzuoft der Bevölkerung Unannehmlichkeiten bereiteten.

Die Priesterschaft also billigte die neue, vereinfachte Schrift keineswegs und noch weniger die mit Tinte überzogenen Holzbuchstaben. Das Volk war geteilter Meinung. Jener erste Narr hätte für seine Erfindungen Ruhm und Gold ernten sollen, und er wurde auch sehr bekannt, doch er bewirkte einen Bürgerkrieg zwischen der Priesterschaft und dem konservativen Teil der Bevölkerung einerseits und dem fortschrittlichen König Jaison und den weniger engstirnigen Bürgern andererseits.

Zum Glück mußte er nicht das Schicksal jenes Denkers teilen, der zu König Ereths Zeit in der Stierarena starb, weil er behauptet hatte, die Sonne und der Mond seien keine Götter, sondern physische Phänomene wie die Erde und das Meer, und bewegten sich am Himmel.

Er blieb verschont, weil König Jaison seine Hinrichtung verhinderte. Er befreite ihn aus dem Gefängnis, in das die Priester ihn geworfen hatten. Zu König Ereths Zeit dachte man noch nicht so fortschrittlich. Ereth war ein Visionär, der aus Atlan eine glanzvolle, anmutige Stadt machen wollte und viel tat, um seine Träume zu verwirklichen, doch er scheint die Ansichten der Priester niemals in Zweifel gezogen zu haben.

Natürlich galt es schon seit langem als selbstverständlich, daß die Erde und das Meer materielle Erscheinungen waren, die Wohnstätten von Kya und Sayadon, nicht aber die Gottheiten selbst. Wir besaßen Begriffe für Erde und Meer, die anders lauteten als die Namen der Gottheiten. Aber für die Menschen zu König Ereths Zeit waren En und Lyuna noch unantastbar, reine Geistwesen in sichtbarer Gestalt, und es galt als Blasphemie, anders zu denken. Ich glaube nicht, daß König Ereth sich fragte, ob dies vernünftig sei.

Doch bis zu König Jaisons Zeit hatten sich die Vorstellungen durchgesetzt, die der ermordete Philosoph verkündet hatte. Jaison dachte anders als sein Vater. Er schützte den ersten Narr, führte einen Krieg gegen die Priester, den er auch gewann, legalisierte die neue Schrift und die Erfindung des Drucks und beschnitt die Macht der Priester, indem er eine Akademie gründete, an der auch junge Leute studieren konnten, die weder Priester waren noch Anwärter auf das Priesteramt.

Doch festverwurzelte Vorstellungen lassen sich nicht von heute auf morgen tilgen. Sie waren sogar noch in meiner Zeit latent vorhanden. Wir hatten inzwischen Begriffe für die Sonne und den Mond gefunden, wußten, daß der Mond die Erde umkreiste und die Erde sich um die Sonne bewegte. Wir wußten sogar – ich frage mich, ob ihr dies auch schon entdeckt habt –, daß die Erde 365 Tage für eine Umkreisung benötigt.

Bevor wir erkannten, daß die Erde um die Sonne kreist, wußten wir bereits über die Länge des Jahres Bescheid. Rund tausend Jahre vor meiner Zeit wurde der Kalender erfunden, bei dem jedes 28. Jahr sieben Ausgleichstage hatte. Wir nannten solche Jahre Lyunas Jahre, da der Mondzyklus ebenfalls 28 Tage umfaßt.

Doch wir glaubten immer noch, die Sonne und der Mond seien die Gesichter von En und Lyuna, und sagten: »En geht auf« oder »Heute nacht ist Lyuna voll«, genau wie wir vom Sonnenaufgang und vom Vollmond reden. Es gab aber immer noch viele Menschen, denen die Unterscheidung zwischen den physischen und den spirituellen Aspekten der beiden Himmelskörper nach wie vor schleierhaft war.

Soeben merke ich, daß ich mitten in der Geschichte angefangen habe, und ich muß euch um Geduld bitten, denn ich muß nochmals anfangen.

Die Geschichte von Atlan reicht dreitausend Jahre zurück. Zumindest werden die frühesten Felsmalereien an der Küste von Xetlan so datiert, und wenn unsere Gelehrten diese Zeichnungen richtig deuteten, waren unsere Vorfahren hier in Booten gelandet, die in einem Sturm abgetrieben worden waren.

Diese Boote sehen wie ausgehöhlte Baumstämme aus, und die Felsmalereien zeigen, daß viele untergegangen waren. Die Überlebenden hatten wohl eine schreckliche Reise ins Unbekannte hinter sich. Man vermutete, daß sie vom östlichen Festland kamen, vielleicht über die Seichte See. Es lebten noch Stämme dort, deren

Sprache einige Worte mit unserer gemeinsam hatte, und im Erscheinungsbild glichen sie den Bewohnern von Atlan.

Unsere ältesten Vorfahren bewohnten bald auch Atlan. Aus späteren Malereien, die in den Höhlen von Atlan und Xetlan gefunden wurden, geht hervor, daß vor zweieinhalbtausend Jahren eine weitere Invasion durch einen aus dem Norden kommenden Stamm erfolgte. Diese Menschen waren kriegerisch und energiegeladen. Sie und ihre Vorgänger bekämpften sich, bevor sie zu einem Volk verschmolzen, in dem braune und schwarze Haare vorherrschten sowie braune, goldbraune, graue Augen oder auch Farbmischungen, wenngleich nur einige Sklaven aus dem Norden einen hellen Teint und blaue Augen, rotes oder blondes Haar hatten, wie bei den Stämmen, unter denen ich heute lebe.

Unser Tanzritual wies übrigens eindeutig auf einen nördlichen Ursprung hin, denn es betonte die Jahreszeiten, das Frühlingsfest von Kyas Hochzeit und das Winterfest. Doch im milden Atlan unterschieden sich die Jahreszeiten kaum, viele Getreidearten wurden das ganze Jahr über angebaut. Im Winter war es lediglich kühler und feuchter. Im Norden aber ist der Winter bitterkalt. Ich vermute, daß unsere nördlichen Vorfahren die Erinnerung an lange Winternächte mitbrachten, an die große Eiswand, die niemand überwinden konnte. Und wahrscheinlich zogen sie nach Süden, weil ihre Bevölkerung angewachsen war und sie neue Kolonien in wärmeren Gefilden gründen wollten.

Unsere Vorfahren aus dem Osten und Norden ließen sich in Atlan und Xetlan nieder, und man fand immer noch Spuren der mit Lehmmauern umgebenen Dörfer und der Höhlen, in denen sie gelebt hatten. Ungefähr vor 1800 Jahren entstanden die Steinhäuser. Die Menschen schienen in Gemeinschaften gelebt zu haben, die häufig miteinander im Streit lagen, und die Stadt Atlan entwickelte sich vermutlich aus einer Festung. Damals waren die Webkunst und Töpferei bereits bekannt; bald folgte die Verarbeitung von Gold, Silber und Bronze.

Die Gemeinschaften betrieben auch Handel. Bei beiden Einwanderungswellen wurden Tiere und Pflanzen mitgebracht, darunter Schafe, Rinder, Mais, Gemüse und verschiedene Fruchtsorten. Ungefähr vor 1600 Jahren wurden Pferde eingeführt, als unser Volk sich aufmachte, das östliche Festland zu erforschen.

Unsere Vorfahren reisten leidenschaftlich gern. Vor ungefähr 1500 Jahren zogen sie nach Westen, kolonisierten die Inseln des Sonnenuntergangs und entdeckten den Westlichen Kontinent. Bei ihren ersten Erkundungen dort fanden sie feuchte, dampfende Wälder vor, in denen Alligatoren und Jaguare hausten und Seuchen verbreitet waren. Andere, die nach Süden segelten, stießen auf trockenes, kühleres Land. Sie entdeckten einen Weg, der um die Spitze des Kontinents führte und auf dem sie in eine gebirgige Gegend ins Innere gelangten. Sie brachten Edelsteine von dort mit, Sklaven aus den verstreuten Barbarenstämmen und eßbare Pflanzen, die in Atlan noch unbekannt waren. Wir veredelten sie, so daß wir verschiedene Bohnen- und Paprikasorten hatten, Batas und Mais und Corve, das ich so sehr vermisse.

Wir kannten bereits Flachs, der irgendwo aus dem Osten eingeführt worden war, und hatten gelernt, Leinen daraus zu fertigen. Ungefähr vor 1200 Jahren wurde das Münzsystem erfunden, und zu dieser Zeit kam auch die erste primitive Bilderschrift auf. Wir besitzen noch immer Beispiele davon, die in Lehmtafeln eingeritzt sind. Die älteste erhaltene Bilderschrift stellte eindeutig eine Liste von Produkten dar. Sie wurde in der Akademie aufbewahrt, damit die Gelehrten sie studieren konnten. Narr nahm mich einmal mit, um sie mir zu zeigen.

Oben auf der Tafel war ein Gefäß mit Hals und Lippen abgebildet und daneben neun senkrechte Striche, die, so erklärte mir Narr, neun Gefäße symbolisieren sollten. Darunter war ein Schaf zu sehen und daneben vier Kreuze, und man glaubte, daß ein Kreuz eine größere Zahl bedeutete, zum Beispiel ein Dutzend, so daß hier wohl von vier Dutzend Schafen die Rede war.

Die beiden nächsten Zeichen waren schwieriger zu entschlüsseln. Das eine sah wie eine vereinfachte Getreideähre aus, und die Schnörkel daneben symbolisierten wohl Gewichte, erklärte Narr. Das andere mit den senkrechten Strichen stellte wahrscheinlich Stoffballen dar. Die letzten Zeichen waren eindeutig Messer, Schwerter und Bogen, und die Kreuze daneben bedeuteten, daß sie entsprechend der Zahl der Kreuze gebündelt waren.

Für Atlan stellte die Erfindung der Schrift einen großen Fortschritt dar. Da jedoch die Priester sie kontrollierten, konnten sie sie benutzen, um in der Gesellschaft von Atlan eine dunkle, mysteriöse

Seite zu fördern. Es war nützlich für die Priester, die Götter als unberechenbar und böse darzustellen, als Wesen, die man ständig besänftigen mußte, sogar mit Menschenblut.

1500 Jahre vor meiner Geburt war das Tanzritual schon weit entwickelt, und das Menschenopfer bildete einen Teil davon. Es wurde zur Wintersonnenwende um Mitternacht abgehalten. Bei Fackel- und Lampenschein fand der sogenannte Tanz des Todes statt, und das Opfer starb durch die Hand des Hohepriesters von En, der ihm mit einem Bronzemesser das Herz durchbohrte.

Anfangs war es Brauch, den König zu opfern. Die Sitte, die Königswürde vom Vater auf den Sohn zu vererben, war knapp tausend Jahre alt. Davor hatte man jedes Jahr durch das Los unter den vornehmsten Familien einen neuen König gewählt. Es war eine große Ehre für die entsprechende Familie, doch die auserwählte Person dürfte wohl weniger glücklich darüber gewesen sein.

Doch schließlich kam das Königsopfer aus der Mode. Einige Könige sammelten Beschützer um sich, verbarrikadierten sich in ihren Palästen und überstanden die Belagerung, bis die Wintersonnenwende vorüber war.

Die Priester verkündeten deshalb, En habe ihnen offenbart, daß die Opfer in Zukunft auf andere Weise ausgewählt würden. Künftig sollten jene geopfert werden, die die Autorität der Priester oder ihre Lehren in Frage gestellt oder versucht hatten, sich etwas von ihrem Wissen anzueignen.

Als Lyunas Jahre in den Kalender eingefügt wurden, verband man sie sofort mit besonderen rituellen Tötungen.

In Atlan waren die 365 Tage in dreizehn Monate mit jeweils 28 Tagen eingeteilt. Sie beruhten natürlich auf den Mondphasen, obwohl der Mondzyklus nicht exakt ist und schon längst überholt war. Außerdem gab es einen sogenannten Stillen Tag, der 24 Stunden umfaßte, und eine Tiefnacht zur Wintermitte. In den Lyuna-Jahren wurden die sieben Extratage nach Tiefnacht angesetzt und als Stille Zeit bezeichnet.

Der Tanz des Todes wurde in den Lyuna-Jahren jährlich in der Tiefnacht um Mitternacht abgehalten; die sieben Tage der Stillen Zeit wurden dadurch begangen, daß täglich zur Mittagszeit dem Stier ein Opfer vorgeworfen wurde. Dies bot den Priestern eine gute Gelegenheit, sich mißliebiger Personen zu entledigen.

Genau so starb auch der Philosoph, der als erster das wahre Wesen von Sonne und Mond verkündet hatte. Er war ein tapferer Mann, denn er wußte, wie gefährlich es war, offen seine Meinung kundzutun.

Viele Menschen wurden aber auch überraschend festgenommen, wenn private Äußerungen den Priestern zu Ohren gekommen waren. Die Priester ließen die Menschen beobachten und schickten ihre Spione in die Stadt, vermutlich durch Geheimgänge außerhalb der Zitadelle.

Ich glaube, nachdem man entdeckt hatte, wie man Mond- und Sonnenfinsternis voraussagen kann, wurden auch diese Ereignisse mit Blutopfern begangen. Es war bestimmt keine angenehme Zeit für die Menschen. Hochgestellte Männer konnten willkürlich Menschen niedrigeren Rangs töten und Gleichgestellte ermorden lassen, wenn der König seine Erlaubnis dazu erteilte. Sogar die Barbarenstämme hier verhalten sich zivilisierter. Wenn ein Barbar einen anderen tötet, ist dies nur dann gesetzlich, wenn es in fairem Kampf geschieht. Tötet jemand einen anderen außerhalb dieser Gesetze, muß er dessen Verwandten eine harte Strafe in Form von Fleisch und Fellen zahlen.

Doch fünf Jahre nach der Hinrichtung des Philosophen schwenkte die öffentliche Meinung plötzlich um, und es entstand eine feindselige Stimmung gegen die Priester. Wenn sie durch die Straßen gingen, wurden sie mit Steinen beworfen; die Bevölkerung wohnte nicht mehr dem Tanzritual bei. Bei der nächsten Tiefnacht versammelte sich eine Gruppe bei der Zitadelle, besetzte das Amphitheater, befreite die Gefangenen, die auf ihre Hinrichtung warteten, und folgte dem Beispiel jenes Königs aus längst vergangener Zeit, der einen Priester ergriffen und ihn statt seiner geopfert hatte. Dieses Mal war es nicht der Hohepriester von En, sondern ein einfacher Priester.

Bei derselben Gelegenheit opferten sie auch einige Adelige, die ihr Recht, ihre Untergebenen zu töten, über Gebühr mißbraucht hatten. Damit endeten der Brauch vom Tanz des Todes und die Hinrichtungen in der Stillen Zeit, und die Adeligen wurden vorsichtig. Ein paar Jahre später wurden Tötungen per Gesetz verboten. Gewöhnliche Verbrecher wurden weiterhin dem Stier vorgeworfen, doch das war etwas anderes, es konnte jederzeit erfolgen und wurde nicht als Opfer angesehen.

Mit dem Tod des Priesters hatte eine Entwicklung begonnen, die ihren Höhepunkt zwanzig Jahre später erreichte, als König Jaison seinen Kampf gegen die Priester führte und durchsetzte, daß jedermann das Schreiben oder sonstige Fertigkeiten erlernen durfte. Von nun an konnten auch Menschen, die nicht dem Priesterstand angehörten, Lehrer, Ärzte oder Wissenschaftler werden.

Noch vor Jaisons Tod waren die meisten Bücher, die in der alten Schrift abgefaßt waren, in die neue übertragen und allgemein zugänglich geworden. Sogar Sklaven lernten die neue Schrift, denn einige ihrer Herren wollten sie als Sekretäre beschäftigen. Und dennoch …

Der Tempel übte noch immer großen Einfluß aus, und die düstere Atmosphäre konnte durch nichts aufgelöst werden. Die Erinnerung an die Opferbräuche in der Tiefnacht und der Stillen Zeit war noch wach. Der Tanz des Todes wurde zwar nicht mehr zelebriert, aber die Tänzer lernten immer noch die Schritte, und viele Priester trauerten ihrer früheren Macht nach.

Dann, ungefähr zwei Jahrsechziger vor meiner Geburt, traten die Diener von En in Erscheinung.

Diese Gruppe wurde von einem Mann ins Leben gerufen, der sich Sturm nannte. Er war von gewöhnlicher Geburt und soll den Beruf des Bronzeschmieds ausgeübt haben. Er verkündete, En habe ihm im Traum enthüllt, daß er verärgert sei über Atlans zunehmende Ungläubigkeit und daß Ens Zorn über uns kommen werde, wenn wir den Göttern nicht mehr Aufmerksamkeit schenkten. Zu dieser Zeit wurde Atlan von Seuchen heimgesucht, von Unwettern und Mißernten. Und so gewann Sturm viele Anhänger.

Er wußte genau, was er wollte. Er wollte die Zeit zurückdrehen und erneut den Brauch einführen, Gotteslästerer bei Tiefnacht und in der Stillen Zeit zu opfern (obwohl er klug genug war, nicht den König als Opfer vorzuschlagen). Er – und auch seine Nachfolger – wollten, daß es gesetzlich verboten werde, offen an der Existenz der Götter zu zweifeln. Sie wünschten, daß jeder mindestens einmal in sechs Tagen die Tanzzeremonie besuchte. Sie sagten, die gesamte Erziehung solle in den Händen der Priester liegen und die Priester sollten um Erlaubnis gefragt werden, bevor ein Buch gedruckt oder verkauft würde. Noch zu meiner Zeit war diese Lehre der Diener-Sekte gültig.

Die Diener waren äußerst gefährlich. Weit gefährlicher als wir ahnten.

Am Tag nach dem Fest von Kyas Hochzeit nahm Narr seinen Schwager Lion zu einem Treffen mit Prinz Ivorr und einigen Wissenschaftlern mit. Auch Bryen war darunter. Ich traf Bryen am Nachmittag desselben Tages, und er berichtete mir, wieviel Aufruhr Lions Bericht verursacht hatte.

»Nach all dem Ärger, den wir in den letzten Jahren hatten, als wir den Äußeren Kanal wegen der Flut erweitern mußten, mußte ein solcher Bericht wie eine Bombe einschlagen. Jeder ist sich darüber im klaren. Das einzige Problem besteht darin, den Königlichen Rat darauf aufmerksam zu machen. Wenn sie Lion offiziell einladen, liefe dies auf ein Eingeständnis hinaus, daß sie durch die Hinrichtung des Expeditionsleiters einen Fehler begangen haben. König Rastinn ist immer noch wütend über die Katastrophe. Prinz Ivorr sagt, er will sein Möglichstes tun.«

Ich nickte, mäßig interessiert, da mir andere Dinge durch den Kopf gingen. Ich mußte noch ein weiteres Prinzenmahl mit zwei Menüs planen. (»Du könntest nicht ein Drei-Gänge-Menü daraus machen?« hatte Meister Chesnon hinterlistig gefragt. »Nein«, erwiderte ich energischer, als es einem Angestellten gegenüber seinem Herrn zustand.)

Ich hoffte, ich könnte kurz bei den Wagenrennen vorbeischauen und dem Tanz beiwohnen, bei dem Saraya die Rolle der Lyuna übernahm, ein anmutiger Tanz über eine Legende, in der Sayadon versuchte, seine widerstrebende Liebste in die Falle zu locken, indem er ruhig dalag, so daß sich ihr Gesicht in seinem Wasser spiegeln mußte. Er hoffte, sie würde sich nähern, um sich selbst zu bewundern, und dann könnte er nach ihr greifen. Doch Lyuna, die natürlich bar jeglicher Eitelkeit war, widerstand der Versuchung und entging somit der Falle.

Aber ein paar Tage später ließ mich Narr rufen. Er unterbrach mich, als ich ihm mit einem Wortschwall erklärte, wie sehr ich mich auf diese Vergnügungen freute. Er berichtete mir voller Befriedigung, daß Lion in den Königlichen Rat bestellt worden sei, aber daß es einiger Arrangements bedurft hatte.

»Und wer hat das arrangiert?« fragte ich.

»Prinz Ivorr«, antwortete Narr.

»Wirklich?« fragte ich staunend.

Ich wußte nämlich genau, wie schwierig es war, König Rastinn von etwas zu überzeugen, und insbesondere sein Bruder Ivorr tat sich schwer damit. Narr nickte. »Er mußte so schlau wie Sayadon sein«, sagte er, »aber erfolgreicher.«

Prinz Ivorr, vermutete ich, hatte Rastinn um eine Privataudienz gebeten. Schon das allein war schwierig zu erreichen, denn Rastinn war sehr beschäftigt. Er eilte von der Ratskammer zur Öffentlichen Audienz und weiter zum Bankettsaal; vom Wagenrennen zur Falkenjagd und weiter zu seinem Schiff, um eine Vergnügungsfahrt zu unternehmen. Dabei war er immer von einem Gefolge umgeben. Er unterhielt Priester und Adelige, Vertreter von Xetlan und den Inseln des Sonnenuntergangs, wichtige Schiffseigner und Kaufleute, die Sprecher von Gewerbetreibenden, an denen er aus irgendwelchen Gründen interessiert war, Befehlshaber der Armee, Tempelangehörige und Wachen. Was Einsamkeit bedeutete, wußte er kaum.

Natürlich besaß er in seinem Palast auch Privatgemächer. Diese befanden sich in einem Hof mit einem Schwimmbecken. Manchmal zog der König sich dorthin zurück, um sich zu entspannen und die Gesellschaft seiner beiden Konkubinen zu genießen. Seine Königin war schon lange tot, und er hatte nicht wieder geheiratet oder sich mit jungen Frauen umgeben. Er war kein besonders sinnlicher Mann, und die beiden Konkubinen waren, genau wie er, in mittleren Jahren und schon lange bei ihm.

In einem Gemach bewahrte er eine Sammlung von Glas-, Stein- und Tongefäßen auf, von denen einige viele Jahrsechziger alt waren. Gelegentlich lud er Freunde ein, die die Sammlung bewundern durften. Bitten um Privataudienzen wurden fast immer abgelehnt; jeder könne ihn bei öffentlichen Audienzen aufsuchen, erklärte Rastinn, sogar der ärmste Bettler aus den Elendsquartieren jenseits des Äußeren Kanals. Das sollte genügen.

Narr war einmal von ihm eingeladen worden, kurz nachdem er entdeckt hatte, wie man Eisen schmilzt, und er aus dem neuen Metall einige Modelle hergestellt hatte, um zu beweisen, daß man Kurven und scharfe Kanten damit formen konnte. Er sagte, es sei ein sehr formelles Gespräch gewesen.

Prinz Ivorr wurde jedes Jahr am Abend von Rastinns Geburtstag eingeladen. Darüber hinaus hatte er auch nicht mehr Gelegenheiten als andere, den König allein zu sprechen.

Dieses Mal aber mußte er unbedingt bis zu ihm vordringen. Narr berichtete mir, er habe nach einem besonderen Artefakt für Rastinns Sammlung gesucht und darum gebeten, es dem König persönlich überreichen zu dürfen. König Rastinn ließ sich mit seiner Antwort zwei Tage Zeit. Schließlich ließ er Ivorr ausrichten, er werde ihn am folgenden Tage bei Sonnenuntergang empfangen. Ivorr fand sich pünktlich bei ihm ein.

Nun befinde ich mich in einer schwierigen Lage. Obwohl ich bei dem Treffen nicht dabei war, weiß ich genau, wie es sich abgespielt hat, denn Narr und ich erfuhren es nach und nach von Ivorr selbst. Ich will es so berichten, als ob ich selbst dabeigewesen wäre. Ähnlich möchte ich noch an anderen Stellen dieses Berichts verfahren. Manchmal mag es so scheinen, als sei ich allgegenwärtig und könne erkennen, was sich im Gehirn der anderen abspielt oder habe ihre Unterhaltung belauscht.

Dadurch wird meine Geschichte lebendiger. Einiges wurde mir berichtet, einiges habe ich selbst erlebt, einiges scheine ich seltsamerweise zu wissen (ich gehe später noch näher darauf ein).

Rastinn empfing seinen Bruder sehr förmlich. Es war nur der Diener anwesend, der Ivorr hineingeleitete; die Konkubinen waren nicht zu sehen. Er führte ihn gleich zu dem Gemach mit den Sammlungen.

Es war ein hübscher Raum, mit kühlen weißen Steinwänden und einem Fliesenboden in leuchtenden Farben, Rosa, Grün und Violett, die sich im Licht veränderten. Betrat man das Gemach, wurde man als erstes durch dieses Licht gefangen, denn rechts in die Wand war ein großes Fenster eingelassen, durch das man auf das glitzernde Schwimmbecken sah. Lichter spielten auch an der weiß bemalten Decke.

In der Nähe des Fensters standen sich zwei weich gepolsterte grüne Leinensofas mit einem Berg bunter Kissen gegenüber. Zwischen ihnen befand sich ein niedriger Holztisch mit Perlintarsien. Am auffallendsten waren jedoch die kostbaren Kunstgegenstände. Sie standen auf polierten Holzregalen, die die ganze Wand einnahmen, bis auf einen kleinen Alkoven in der Mitte, in dem ein kleiner

Altar für En errichtet worden war, mit einem Bildnis des Gottes aus reinem Gold. Es war vielleicht dreißig Zentimeter hoch, zu seinen Füßen brannte eine Dauerlampe. Geschnitzte Türen konnten über den Regalen geschlossen werden. Zur Zeit des Erdbebens waren sie geschlossen gewesen, so daß glücklicherweise nur wenig zu Bruch gegangen war.

Prinz Ivorr überreichte sein Geschenk, ein kleines Pferd aus weißem, durchsichtigem Jade, das wunderbar poliert war. Es war ungefähr drei Jahrsechziger alt, und er war froh, es gefunden zu haben. Ein anderer Sammler war gestorben, und sein Erbe hatte seine Sammlung zum Verkauf angeboten. Der Anblick des kleinen Pferds rang Rastinn immerhin ein schwaches Lächeln ab.

Er untersuchte es mit liebevoller Sorgfalt, stellte es auf das Regal und stellte einige seiner Neuerwerbungen auf den Tisch, so daß er und Ivorr sich auf die Sofas setzen und sie bewundern konnten.

Der Diener brachte Wein, Fruchtsaft und Honigkuchen, der Gästen außerhalb der Mahlzeiten angeboten wurde. Der Diener wartete auf weitere Befehle, aber Rastinn entließ ihn mit einer ungeduldigen Geste. Ivorr bewunderte einen Delphin aus Onyx auf einer exquisit geformten Welle und eine Sandsteinfigur von Kya der Mutter. Doch dann hielt Rastinn, der sich lang und breit über die neuesten Veränderungen der Entwürfe ausließ, plötzlich inne, starrte seinen Bruder an und sagte kalt: »Du bist nicht gekommen, um meine Sammlung zu bewundern; sie interessiert dich doch gar nicht. Du ziehst die Löwen und Leoparden in deiner Menagerie vor. Ich hätte dich gern dabei beobachtet, wie du herumgesucht hast, bis du dieses Jadepferd gefunden hast, um mir zu schmeicheln. Ja, es gefällt mir. Doch wir sind jetzt allein, also erzähl mir, warum du gekommen bist.«

Ivorr lächelte. Er hatte eine solche Bemerkung erwartet. Zu behaupten, er und Rastinn seien Feinde, wäre eine Übertreibung gewesen, sie waren aber bestimmt keine Freunde. Tatsächlich waren sie Halbbrüder. Rastinn war fast fünfzig, zwanzig Jahre älter als Ivorr, Sohn der ersten Frau ihres Vaters. Rastinn hatte keine eigenen Kinder. Nach unserem Brauch fiel der Thron an den ältesten Sohn des Königs, ersatzweise an jenen Bruder, der ihm im Alter am nächsten stand. Also war Ivorr Rastinns Erbe. Er war beliebt, ein umgänglicher und eleganter Prinz, der oft selber den Wagen lenkte, ein guter Sohn, der seine Mutter bis zu ihrem Tod vor ein paar Jahren in seinem Palast aufgenommen hatte. Auch war er ein potenter Ehemann. Seine Gattin, Prinzessin Liya, hatte ihm gesunde Kinder geboren.

»Du hast natürlich recht«, erwiderte Ivorr ruhig. »Es gibt etwas, wozu ich deine Erlaubnis benötige. Ich möchte eine bestimmte Person zur nächsten Königlichen Ratsversammlung mitbringen.«

»Tatsächlich? Konntest du deine Bitte nicht bei einer öffentlichen Audienz vortragen?«

»Der Mann, den ich mitbringen möchte«, erwiderte Ivorr, den Blick auf die Göttin aus Sandstein gerichtet, »ist Lion, der Führer der Vierten Sechziger.«

»Oh«, rief Rastinn. »Ich verstehe.«

»Wirklich?« fragte Ivorr bewußt leise.

»Er führte bei der Expedition zur Seichten See eine Einheit an. Wie viele Männer brachte er zurück? Ein Dutzend? Es war nicht seine Schuld, was ihm auch nie unterstellt wurde. Doch wenn ein Anführer einer Sechziger-Einheit den größten Teil seiner Männer verliert, zieht er sich gewöhnlich für eine Zeitlang zurück. Ich wundere mich, daß er unbedingt darüber reden möchte. Der Mann, den die Schuld trifft, ist ja tot«, bemerkte Rastinn kühl. Er nahm den grünen Onyxdelphin in die Hand und strich mit den Fingerspitzen darüber. Rastinn hatte schmale Lippen, eine lange, schmale Nase, schlanke Finger, lange Beine. »Ich lehnte es ab, Lion beim Prozeß anzuhören. Warum sollte ich ihn jetzt anhören wollen? Glaubst du, wenn du unter vier Augen mit mir redest, könntest du mich umstimmen?«

»Ich konnte dich ja wohl kaum bei einer öffentlichen Audienz darum bitten, deinen Entschluß zu ändern. Aber eigentlich geht es gar nicht darum.« Prinz Ivorr machte ein ernstes Gesicht. »Glaub mir, Bruder, ich würde dich nicht ohne guten Grund darum bitten. Was Lion zu sagen hat, ist viel wichtiger als die Schuld oder Unschuld des Expeditionsleiters. Darf ich darüber mit dir sprechen, hier und jetzt? Dann kannst du dir dein eigenes Urteil bilden.«

Rastinn erhob sich brüsk und stellte seine Schätze in die Regale zurück. Seine behutsamen Gesten standen in deutlichem Gegensatz zu der harten Sprache, die er jetzt sprach.

»Was bei der Expedition geschah, war eine Katastrophe, und

nicht nur für die Expedition. Wir haben bei den Stämmen dieser Gegend an Ansehen verloren, ja sogar bei unserem eigenen Volk. Unsere Kolonien werden uns verspotten. Wir haben schon heute Probleme genug, ihre Tributzahlungen einzutreiben. Demnächst werden wir noch mehr Ausfälle haben als sonst, und die Entschuldigungen werden immer fadenscheiniger werden. Ich werde so etwas nicht dulden. Es gibt keine Entschuldigungen, und ich bin nicht bereit, mir irgendwelche anzuhören.«

»Lion möchte keine Entschuldigungen vorbringen. Er möchte lediglich etwas berichten, was er mit eigenen Augen gesehen hat.« Ivorr wurde plötzlich ungeduldig. »Darf ich in kurzen Worten zusammenfassen, was er mir erzählt hat. Er sagte, daß ...«

»Nein, Ivorr.«

»Aber ...«

»Ich sagte nein. Ich will nicht hören, was Lion gesagt hat, und ich verweigere dir die Erlaubnis, ihn zur Ratsversammlung mitzubringen. Damit würde ich vor allen Ratsmitgliedern wortbrüchig werden.«

»Aber ... willst du mir nicht wenigstens jetzt und hier zuhören? Keiner wird es erfahren.«

»Nicht einmal hier, Ivorr.«

»Warum denn nicht?«

Der König, der nun wieder auf dem Sofa Platz genommen hatte, sich zurücklehnte und die Beine übereinanderschlug, erwiderte: »Weil ich nicht zulasse, daß du mein Urteil anzweifelst. Selbst wenn wir unter uns sind. Ich bin dein König.«

»Ist das der einzige Grund? Oder weil dir vielleicht Zweifel kommen könnten, ob das Blut dieses Mannes nicht umsonst vergossen wurde?« Ivorrs Stimme war leise und zitterte.

»Es würde mir nicht gefallen, *dein* Blut fließen zu sehen«, entgegnete Rastinn sanft. Ivorr schwieg, die Kiefer angespannt.

»Damit ist die Angelegenheit wohl beendet«, meinte Rastinn. »Vergessen wir sie.« Er erhob sich wieder und holte eine andere Figur vom Regal. »Beinahe hätte ich versäumt, dir dies zu zeigen. Es ist ein Adler, der aus einem einzigen Amethyststein geformt wurde. Ich habe selten eine so kunstvolle Arbeit gesehen.«

»Mein lieber Bruder«, sagte Prinz Ivorr in müder Verzweiflung. »Bitte, glaube mir, ich bin froh, nur dein Bruder und ein Ratsmitglied zu sein. Ich will deine Autorität nicht herausfordern. Ich will, daß du erfährst, was Lion berichtet hat, weil …«

»Es ist eine herrliche Farbe, findest du nicht? Ein so dunkles Violett.«

Ivorr stimmte höflich zu und zog sich bald zurück.

Der Palast des Thronerben, der sich in der Zitadelle neben dem Rastinns befand, war kleiner, aber genauso luxuriös. Auch Prinz Ivorr besaß ein Schwimmbecken. Das Wasser sprudelte aus einer kalten Quelle. Doch obwohl die Paläste im südlichen Teil der Zitadelle lagen, die heißen Quellen Atlans dagegen im Norden, wurde im Winter heißes Wasser von dort in die Schwimmbecken gepumpt.

Als Prinz Ivorr in seinen Palast zurückkehrte, versuchte er, seine Wut durch ein Erfrischungsgetränk abzukühlen, was ihm aber nicht gelang. Als Prinzessin Liya aus ihren Gemächern trat, sah sie, wie er mit kräftigen Stößen das Becken durchschwamm, als befinde er sich in einem Wettkampf. Sie beobachtete ihn einen Moment lang ängstlich und rief dann nach ihm. Er hielt inne, blickte zu ihr hoch und rieb sich mit dem Handrücken das Wasser aus den Augen.

»Was ist los?« fragte sie.

»Nichts Besonderes«, erwiderte Ivorr.

»Du hast den König aufgesucht«, bemerkte Liya.

»Ich habe kein Wort davon erwähnt. Woher weißt du es?«

»Die Sklaven wissen immer alles. Rianna hat es mir berichtet.«

»Deine neue Sklavin? Ich habe sie gesehen, sie ist recht aufgeweckt«, sagte Ivorr. Er setzte sich an den Beckenrand und ließ die Füße ins Wasser baumeln. »Rastinn traut mir nicht«, erklärte er. »Er hat es nie getan und wird es auch nie tun, und wenn ich mich noch so sehr bemühe, ihn zu überzeugen. Das kränkt mich. Er vertraut deinem Vater, weil sie von klein auf Freunde waren, aber ich bin eben nur sein Bruder.«

»Das ist wohl der Grund, nicht wahr?« sagte Liya. »Du bist sein Erbe, und nach dir unsere Kinder.«

»Ja, als er uns verkuppelte, hat er nicht so weit gedacht. Er hätte mich mit Konkubinen umgeben und mir verbieten sollen, überhaupt zu heiraten.«

»Das hätte zu Getuschel geführt. Die Nachfolge mußte ja geregelt werden. Ivorr, kann ich dir helfen? Bitte, erzähl mir davon.«

Ivorr seufzte. »Das ist eine lange Geschichte.« Er war es nicht gewohnt, sich Liya anzuvertrauen. Das würde sie einander näherbringen, und der Gedanke, seiner Frau zu nahe zu sein, bereitete ihm Unbehagen. Es würde ihn an seinem Interesse an anderen Frauen zweifeln lassen und ihm den Spaß verderben. Doch ihre Sorge rührte ihn. »Du bist ein liebes Mädchen«, sagte er. »Rastinn arrangierte unsere Hochzeit, weil er sich darauf verlassen konnte, daß dein Vater seinen Schwiegersohn nicht ihm vorziehen und nicht mit mir gegen ihn intrigieren würde, und er hatte recht, aber ich glaube, Loyalität ist eine Tugend deiner Familie. Du hast immer Geduld mit mir, selbst wenn ich über die Stränge schlage.«

Liya erwiderte unverblümt: »Ich werde immer Prinzessin Liya sein, was auch geschehen mag; das weiß ich. Und ich weiß, daß ich keine Schönheit bin. Manchmal kann ich deine Wünsche nicht erfüllen. Dann muß ich dich loslassen, damit du bei jemand anderem findest, was du suchst. Aber ich möchte nicht darüber reden. Bitte, erzähl mir, was los ist.«

Ivorr wandte sich ihr zu und betrachtete sie verblüfft. Dann fing er plötzlich an zu lachen. »Ich glaube«, sagte er prustend, »du hast mir gerade gesagt, was ich zu tun habe.« Er erhob sich. »Ich muß einen Boten losschicken und mich zum Essen bei ... meinem Cousin Mandarr einladen. Ich glaube, er ist die richtige Person dafür. Aber ...« Er blieb stehen und küßte seine Frau. »Ich werde heute nacht bei dir sein. Wenn alles gut läuft, erzähle ich es dir ausführlich. Geh nicht zu früh schlafen, sonst muß ich dich wecken.«

Er war im Begriff, ein Opfer zu bringen. Eigentlich hatte er heute nacht Rianna zu sich bestellen wollen. Aber Schulden mußten bezahlt werden, und wenn der Plan klappte, den er nun verheißungsvoll vor sich sah, stand er tief in Liyas Schuld. Rianna würde auch noch in einer anderen Nacht zur Verfügung stehen.

Prinz Ivorrs Cousin Mandarr war der Herr von Loriar, dem Bezirk entlang der Nordküste, hinter Tarislan, was bedeutete, daß er dort größere Ländereien besaß und alle Bewohner Loriars ihm eine Pacht für den Boden zahlen mußten. Außerdem saß er über sie zu Gericht, kontrollierte Durion, den zweiten Hafen von Atlan, und besaß auch eine Handelsflotte. Er war ein mächtiger Mann. Das hatte zur Folge, daß er die Öffentlichkeit mied. In der Königlichen

Ratsversammlung hatte er einen erblichen Sitz, nahm aber nur gelegentlich an den Versammlungen teil.

»Ich bin ein Cousin ersten Grades von dir und dem König«, hatte er mehr als einmal Prinz Ivorr erklärt, »was bedeutet, daß ich dem Thron ziemlich nahestehe, und Rastinn ist mißtrauisch.« Ivorr wußte sehr wohl, daß sich hinter dieser Einstellung Scharfsinn und ein zynischer Humor verbargen. Mit seinem grauen Spitzbart, den Furchen im cremefarbenen Gesicht und den wissenden Augen wirkte Mandarr sehr maskulin. »Ich komme besser mit ihm aus, wenn ich nicht zuviel Interesse an der Regierung zeige. Warum, denkst du, habe ich keine offizielle Gemahlin oder Konkubine? Ich habe Kinder, aber die Söhne von Sklavinnen kommen für die Thronfolge nicht in Frage.«

»Ich würde Widerspruch anmelden, wenn sie's täten«, bemerkte Ivorr.

»Dein ältester Sohn ist erst sechs, mein guter Junge. Ich bin sechsundfünfzig Jahre alt. Bis zu meinem fünfzigsten Geburtstag war ich hinter dir an zweiter Stelle in der Thronfolge.«

Prinz Ivorr seufzte. »Als Rastinn noch jung war, erlebte er drei Umsturzversuche mit. Vater überstand sie alle – sonst wäre ich nicht hier –, aber ich glaube, seither ist Rastinn chronisch mißtrauisch. Doch du gehörst zu seiner Generation. Er kennt dich sein Leben lang.«

»Das, wenn es nach ihm geht, so lang wie möglich dauern sollte«, erwiderte Mandarr.

Als die letzte Ratsversammlung stattfand, hatte er sich, ebenso wie Erin, außerhalb der Stadt aufgehalten und war deshalb nicht zugegen, als der Expeditionsleiter verurteilt wurde. In sein Haus in der Oberstadt zurückgekehrt, hatte er erfahren, was sich bei dieser Ratsversammlung abgespielt hatte. Von Erin versuchte er mehr von dem zu erfahren, was bei Meister Chesnons Mahl geredet worden war. Und er war nicht überrascht, daß sich Ivorr den Großteil des Abends zornig über Lions Aussage ausließ und darüber, daß sie immer noch abgelehnt wurde.

Sie befanden sich allein in dem kleinen Gemach, in dem Mandarr zu Abend speiste, wenn er keine oder nur wenige Gäste hatte. Er hatte die Ellbogen aufgestützt und lauschte geduldig und mit ernstem Gesicht Ivorrs Erzählung. Nur selten warf er eine Bemerkung ein. Nach Beendigung des Mahls, als sie entspannt ihre Orangen schälten und an dem süßen starken Wein nippten, der mit dem Nachtisch gereicht wurde, sagte Ivorr, plötzlich das Thema wechselnd: »Es ist eine wundervolle Nacht. Lyuna ist noch fast voll. Dein Brunnen im Hof sieht im Mondlicht am reizvollsten aus, ich kann ihn gar nicht genug bewundern. Wollen wir nachher einen kleinen Spaziergang über den Hof unternehmen?«

»Gern«, stimmte Mandarr zu, und sie machten sich auf den Weg zum Springbrunnen, der das bläulich-weiße Schimmern des Mondes und das Licht der Hoflampen an der Mauer reflektierte und ein Muster aus Quecksilber und flüssigem Gold wob.

Am Brunnen angelangt, blieben sie stehen, genossen den Anblick und das Geplätscher. Plötzlich meinte Ivorr: »Einer meiner Haussklaven hat sich vor einem Monat freigekauft. Ich halte mich an das Gesetz und gebe meinen Sklaven jeden sechsten Tag frei, damit sie ihren eigenen Geschäften nachgehen können. An diesen Tagen verdiente er Geld als Schuhmacher. Aber er ging diesem Beruf noch nicht lange nach und konnte unmöglich in so kurzer Zeit das Geld für seinen Freikauf verdient haben. Ich habe einen weiteren Sklaven, der Kleider trägt, die nicht von mir stammen und die er sich bestimmt nicht leisten kann. Ich habe ihn einmal darauf angesprochen, und er sagte, er habe bei Rennen gewettet.«

Sie sahen einander im silbernen Mondlicht an.

»Unser Gespräch beim Abendessen …«, begann Ivorr.

»Dein Gespräch, mein lieber Junge. Du hast geredet, ich habe zugehört.«

»Und du weißt bestimmt, daß ich diesen Spaziergang ganz bewußt vorgeschlagen habe. Haben deine Sklaven ähnliche Geheimnisse?«

»Ja, drei von ihnen«, erwiderte Mandarr. »Der Sklave, der den Wein serviert, hat die Angewohnheit, an der Tafel stehenzubleiben, besonders wenn sich die Unterhaltung um Politik oder Religion dreht oder wenn die Namen bekannter Persönlichkeiten fallen. Vielleicht hast du es schon bemerkt. Außerdem habe ich eine Sklavin, die nach politischer Bildung dürstet und im Bett scheinbar naive Fragen stellt. Und dann besitze ich, genau wie du, einen Sklaven, der erstaunlichen Erfolg bei Rennen hat. Ich frage mich, ob alle drei von der gleichen Person bezahlt werden.«

»Ich bin zu dir gekommen«, sagte Ivorr, »um dich zu fragen, ob du mir helfen würdest, herauszufinden, wer hinter diesen Dingen steckt.«

»Ah«, bemerkte Mandarr. »Und was soll ich tun?«

Sie musterten sich aufmerksam. Der prachtvolle Hof und die laue, angenehme Nacht waren plötzlich von einer unbestimmten Gefahr erfüllt. Prinz Ivorr meinte später, es habe ihn verblüfft, wie stark dieses Gefühl gewesen sei. Es schien mehr zu sein als die Angst um sich selbst oder um seine Familie. Er berichtete, er habe unwillkürlich zum Himmel hochgeblickt, nicht zum Mond, sondern zu den Sternen, die man, wenn die Fiale des Tempels nicht heruntergefallen wäre, eigentlich nicht hätte sehen können.

»Ich glaube nicht, daß sie alle für den gleichen Mann arbeiten«, meinte Ivorr. »Rastinn läßt sich gern informieren, aber ebenso der Hohepriester Jateph. Ich nehme an, sie bewerkstelligen es unabhängig voneinander.« Als er dies sagte, ging ein Sklave nah bei ihnen vorbei; er trug schmutziges Geschirr in die Küche. Aber Ivorr redete in derselben Tonlage weiter, darauf vertrauend, daß der Brunnen seine Worte übertönen würde.

»Verzeih mir, aber ich verstehe nicht, wozu das alles dienen soll. Du willst, daß ich dir helfe, dem Sechziger-Führer Lion eine Aussage vor den Rat zu ermöglichen? Nein, warte.« Mandarr hob die Hand, als Ivorr zum Sprechen ansetzen wollte. »Bevor du fortfährst, muß ich dir etwas sagen, was damit zu tun hat. Rastinn hat dir verboten, Lion bei der nächsten Ratsversammlung als Redner mitzubringen, aber dafür bringe ich jemanden mit. Es ist einer meiner Kapitäne von der Handelsflotte. Er befand sich auf einer Fahrt in den Norden. Dabei ging es nicht nur um Handel, sondern wie bei dieser verhängnisvollen Expedition zur Seichten See auch darum, passende Plätze für neue Kolonien zu finden. Er wird vor dem Rat seinen Bericht abgeben, der einige Beobachtungen enthält, die dich bestimmt interessieren dürften. Im Zusammenhang mit der Flut, die uns gezwungen hat, den Äußeren Kanal zu befestigen, und dem, was du mir heute abend erzählt hast, sind sie für mich von großer Bedeutung, denn sie untermauern die Aussagen Lions.«

»Willst du damit sagen, daß dein Schiffskapitän ebenfalls Beweise für die Veränderung des Meeresspiegels hat?«

»Ich glaube schon. Ganz bestimmt aber für die Veränderung der Küstenlinien.«

»Na wunderbar. Damit habe ich nicht gerechnet. Das ändert einiges.« Ivorr war erleichtert. »Vielleicht ist es gar nicht so wichtig, daß Lion vor dem Rat spricht, auch wenn es natürlich besser wäre. Zwei Zeugen sind besser als einer. Nun, ich habe einen Plan.«

»Schließt er unsere spionierenden Sklaven mit ein?«

»Ja, hör zu.«

»Oh, mein lieber Junge«, bemerkte Mandarr überwältigt, als Prinz Ivorr ihm seinen Plan dargelegt hatte, »das gefällt mir! Ein sehr gut ausgetüftelter Plan. Den Feind mit seinen eigenen Waffen schlagen. Was natürlich nicht heißen soll, daß König Rastinn unser Feind ist …«

»In diesem Fall würde ich ihn durchaus als Feind bezeichnen«, bemerkte Ivorr freimütig.

»Paß auf, was du vor wem sagst«, empfahl ihm Mandarr.

Nachdem die beiden Männer den Springbrunnen von allen Seiten bewundert hatten, kehrten sie in den Palast zurück, und Mandarr bestellte neuen Wein. Sie besprachen ausführlich die seltsamen Erfahrungen, die Lion und Mandarrs Kapitän gemacht hatten, und die Ähnlichkeit ihrer Berichte. Der Sklave, der den Wein gebracht hatte, rührte sich nicht von der Stelle. »Und heute abend«, sagte Mandarr, als Ivorr sich schließlich verabschiedete, »schicke ich nach der Sklavin mit dem brennenden Interesse an Politik. Mit etwas Glück ist eine von ihnen Jatephs Geschöpf. Übermorgen werde ich mit dir speisen, und wir werden erneut über meinen Kapitän und deinen Lion reden …«

»Und mein eleganter Sklave serviert uns das Essen. Ich hoffe, es funktioniert«, sagte Ivorr.

Drei Tage später erhielt Lion eine Vorladung vom Hohenpriester Jateph.

Die schalenförmige Spitze des Hügels von Atlan war, wie ich bereits erwähnte, völlig von der weißen Mauer der Zitadelle umgeben. Im Innern gab es verschiedene eingefriedete Bezirke, in denen sich der Tempel und die Universität, die königlichen Paläste und die Armeebaracken befanden. Innerhalb und zwischen den Einfriedungen waren Gärten und Kanäle angelegt, befanden sich Brunnen und Statuen, weiß gepflasterte Wege und Steinbänke.

Alle Gebäude waren mit Mustern aus rot-weiß-schwarzen Steinen geschmückt, die in Atlan und Xetlan reichlich vorhanden waren. Die Türen und Säulen waren mit Schnitzereien verziert, mit Blenden aus kostbaren Metallen, Bronze, Silber und Gold versehen.

Die meisten Gebäude besaßen Höfe, und König Rastinns Palast befand sich inmitten dieser ineinanderlaufenden Höfe. Seine Rats- und Audienzräume lagen an der Nord- und der Südseite eines Hofs.

Beide Räume waren hoch, und der Audienzraum war auch recht hübsch eingerichtet; der Ratsraum wirkte dagegen eher nüchtern: die Wände bestanden aus weißem Stein, die Deckenbalken waren mit zarten goldenen Arabesken verziert; der Tisch, die Bänke und sogar Rastinns hochlehniger Stuhl bestanden aus einfachem, glattem Holz. Rastinn war der Meinung, die Ratsherren sollten bei der Sitzung nicht abgelenkt werden.

An den Versammlungen durften alle Hohenpriester und Hohenpriesterinnen teilnehmen. Aber in Wirklichkeit waren die Priesterinnen nur sehr selten anwesend, und auch viele andere Teilnehmer kamen nur sporadisch. Dreißig Mitglieder, darunter die Priesterinnen, hatten den unglücklichen Expeditionsleiter verurteilt. Gewöhnlich nahmen nur zwölf Personen an der Versammlung teil. Dieses Mal waren es elf. König Rastinn war natürlich anwesend, ebenso der Hohepriester Jateph in Begleitung seines jüngeren Nachfolgers. Diarr war ein ruhiger Mann mit verschlossener Miene und sah Rastinn ähnlich, was nicht verwunderlich war. Rastinns Vater hatte viele Kinder von seinen Konkubinen, und eines davon war Diarrs Vater gewesen.

Prinz Ivorr, Mandarr und Erin sowie Alanard, der ständige Vertreter der Inseln des Sonnenuntergangs, mein Pflegevater Narr und noch drei andere, zwei Adelige und Bryen als Sprecher der Wissenschaftler, nahmen diesmal an der Ratsversammlung teil. Die Sprecher mußten ein Ratsmitglied um Erlaubnis fragen, wenn sie an der Versammlung teilnehmen wollten, konnten aber auch von einem Mitglied eingeladen werden. Narr, der von Prinz Ivorr eingeweiht worden war, hatte Bryen eingeladen.

Es vollzog sich das übliche Zeremoniell. Der Sklave der Ratskammer schlug auf einen Bronzegong an der Wand, womit die Sitzung eröffnet war. Jateph war in vollem Ornat erschienen. Die goldenen Flammen seiner Krone standen so weit ab, daß links und rechts von ihm Platz freigehalten werden mußte, damit seine Nachbarn nicht an den Ohren verletzt wurden. Er flehte En um seinen Segen für die Versammlung an. Auf der Tagesordnung standen zuerst ein paar weniger wichtige Punkte.

Danach verkündete Rastinn, daß Mandarr einen Redner mitgebracht habe, und erkundigte sich, ob der Mann anwesend sei. »Ja, er ist hier«, antwortete Mandarr förmlich, und Rastinn nickte dem Sklaven zu. Der Gong wurde angeschlagen. Ein weiterer Sklave erschien und wurde beauftragt, Kapitän Collen zu holen.

Der Mann war kräftig und braungebrannt. Er hatte feine Falten um die Augen, da er sie immer zusammenkneifen mußte, um in die Ferne zu blicken. Er trug braune Geschäftskleidung und eine goldene Kette um den Hals. Unter den Arm hatte er eine Pergamentrolle geklemmt. Er setzte sich und ließ den Blick erwartungsvoll zwischen dem König und Mandarr hin und her schweifen.

»Mandarr?« forderte ihn der König auf.

»Kapitän Collen ist für meine Handelsflotte zuständig«, sagte Mandarr tonlos. »Vor zwölf Tagen kehrte er von einer Reise in den Norden zurück, auf der er Kiefernholz und verschiedene andere Dinge besorgt hat. Gleichzeitig sah er sich nach neuen Siedlungsplätzen um. Wie Ihr Euch erinnern werdet, Herr, wurde letztes Jahr vereinbart, daß in Anbetracht der Überbevölkerung in Atlan bei jeder Reise in die Ferne Ausschau nach geeigneten Plätzen für Siedlungen gehalten werden sollte.«

»Schon gut. Und Kapitän Collen hat uns etwas Wichtiges zu berichten?«

»Ja, Herr. Sprich, Collen.«

Es war ein schwüler Morgen. Narr, der mir von dieser Versammlung berichtete, sagte, daß er sich, obwohl eine wichtige Aussage angekündigt war, schläfrig fühlte. Und Collen, der von Xetlan stammte, sprach überdies mit dem typisch weichen, monotonen Xetlan-Akzent.

»Ich kämpfte nicht als einziger gegen die Schwere meiner Lider«, sagte Narr. »Bryen gähnte, und ein paar andere ebenfalls. Erst als wir begriffen, was der Mann sagte, wurden wir wieder richtig wach.«

Collen erzählte, er befehlige ein Schiff namens Weißer Flügel, das Leitschiff von Mandarrs Flotte. Sie seien gegen Ende des Winters aufgebrochen.

»Wir wollten nach Norden segeln, um Holz zu fällen, Eisenerz, Amethyst und Süßwasserperlen mitzubringen. Dort gibt es Stämme, die Amethyst und Perlen gegen bronzene Lanzenspitzen eintauschen.

Nun, wir fanden auch reichlich neue Siedlungsplätze. Dort ist das Klima rauher als bei uns, aber es gibt viel unbewohntes Land. Hier sind die Einzelheiten.« Er breitete seine Pergamentrolle auf dem Tisch aus und deutete mit dem Zeigefinger darauf. »Doch bevor ich näher darauf eingehe, möchte ich noch etwas anderes vortragen.

In den letzten sechs Jahren haben mich meine Handelsfahrten stets in den Westlichen Kontinent geführt, jemand anderes kümmerte sich um den Norden. Deshalb bin ich seit sechs Jahren nicht mehr dort gewesen. Und ich kann Euch versichern, einige der Plätze, die ich als Siedlungsorte vorschlagen würde, wären vor sechs Jahren noch indiskutabel gewesen. Es haben sich erstaunliche Veränderungen vollzogen. Zuerst dachte ich, meine Erinnerung spiele mir einen Streich, aber dem war nicht so. Auch andere hatten diese Veränderungen bemerkt, und sie hatten meine Karten mit Notizen versehen.

Tatsache ist, daß das Klima im Norden milder geworden ist. Heute wächst dort Gras. Wo einst Tundra war, wachsen jetzt junge Bäume, und das ist noch nicht alles. Einer der Stämme, der uns Amethyste verschafft, lebt ganz im Norden, in Nähe der Eiswand, zumindest war das früher so. Sie leben immer noch dort, aber es gibt kein Eis mehr. Die Leute erklärten uns, es habe sich von Jahr zu Jahr weiter zurückgezogen, und die Flüsse seien über die Ufer getreten. Ihre Hütten seien ihnen zweimal weggeschwemmt worden, und sie hätten sie weiter oben neu aufbauen müssen. Ihre Fischer seien in Gefahr geraten, da im Frühjahr so viele Eisschollen auf dem Wasser trieben. Auch die Küstenlinie hat sich verändert. Die Bucht, in der wir vor Anker gingen, ist jetzt tiefer und sicherer.«

Collen blickte mit ernstem Gesicht in die Runde. »Anfangs habe ich dem nicht viel Bedeutung beigemessen, ich habe mir nur gedacht, daß die Siedlungen, die Atlan gründen würde, mit Sorgfalt gewählt werden müßten. Sie müßten wohl an den Flüssen liegen, aber nicht zu nahe, etwas erhöht und ein Stück flußaufwärts. Doch auf der Heimfahrt erinnerte ich mich daran, wie auch der Äußere Kanal Hochwasser führte. Dabei dachte ich noch an ein paar andere Dinge, die mir in Xetlan und Atlan aufgefallen waren. In Xetlan hat es ein paar Erdrutsche gegeben, Felsen sind ins Meer gestürzt, und der Kai am Hafen Durion, von dem aus ich in See steche, mußte vor kurzem angehoben werden. Eine Legende besagt, daß vor langer Zeit die Eiswand weit im Süden lag. Ich überlegte«, fuhr Kapitän Collen fort, »wenn sie sich nun nach Norden verlagerte, mußte das Klima milder geworden und das Eis geschmolzen sein. Wenn das stimmt, wäre auch der Meeresspiegel gestiegen. Ist es möglich, daß sich das wiederholt? Ich dachte, ich müßte es berichten, denn dann wird man wohl die Kanäle ausbauen und das Flußufer anheben müssen, um Atlan und die Fischerdörfer zwischen hier und dem Meer zu sichern.«

Er hielt inne. Der Hohepriester Jateph räusperte sich. »Bevor wir Kapitän Collens vollständigen Bericht über die von ihm empfohlenen Siedlungsgebiete hören, möchte ich auch einen Redner aufrufen. Er kann Ähnliches über Veränderungen der Küstenlinie berichten, konkret von jener der Seichten See.« Er nickte dem Sklaven zu, der den Gong betätigte. »Ruf Sechziger-Führer Lion herein«, befahl Jateph.

Jateph besaß das Privileg, das keinem anderen Ratsmitglied, nicht einmal den anderen Priestern, zustand, Redner ohne vorherige Erlaubnis des Königs aufzurufen. Rastinn hob den Kopf als Lions Titel und Name erwähnt wurden. Er warf Jateph und dann Ivorr einen scharfen Blick zu. Der Prinz verzog keine Miene. Narr verhielt sich genauso. Er blickte beflissen aus dem Fenster, betrachtete den Himmel, der sich langsam bezog. Die Hitze war drückend.

Aber Rastinn unterwarf sich, wie alle anderen, den Gesetzen, die die Königliche Ratsversammlung bestimmten und die vor langer Zeit von König Jaison festgelegt worden waren. Jateph verhielt sich gesetzestreu. Lion wurde hereingerufen. Jateph erinnerte an die jüngste Expedition zur Seichten See, an die Katastrophe, die sich ereignet hatte. Dann forderte er Lion auf, zu reden; Rastinn konnte nichts dagegen unternehmen.

Lion jedoch bedachte ihn mit einem ernsten Blick, bevor er zu reden anfing, und seine ersten Worte verrieten bereits das Problem. »Was ich Euch zu berichten habe«, sagte er, »scheint ein Urteil in Frage zu stellen, das erst vor dreizehn Tagen von dieser Versammlung über einen Angeklagten verhängt wurde. Es tut mir leid, aber ich glaube, Ihr solltet erfahren, was ich gesehen habe. Meiner Meinung nach geschieht zur Zeit etwas Ungewöhnliches.«

Seine Erzählung entsprach im wesentlichen dem, was er bei Chesnons Festmahl berichtet hatte. Als er seinen Vortrag beendet hatte, bat Bryen, der sich mit Sternen, Planeten und Felsen beschäftigte, um Redeerlaubnis.

»Kapitän Collen und Sechziger-Führer Lion haben beide von Veränderungen der Küstenlinie an bestimmten Stellen gesprochen. Der Kapitän erwähnte mehrere Küstenstriche im Norden und Lion ein Flußtal, das zur Seichten See führt. Natürlich wissen wir alle über die Veränderungen am Äußeren Kanal Bescheid, und Durion scheint ebenfalls betroffen zu sein. Aber gibt es darüber noch weitere Berichte? Wie steht's mit den Inseln des Sonnenuntergangs, der Küste des Westlichen Kontinents und der Orichalcum-Minensiedlung im Norden der Seichten See?«

Rastinn zog ein grimmiges Gesicht. Er wußte nicht, wie Ivorr es arrangiert hatte, aber er wußte genau, daß er irgendwie dahintersteckte und ihn damit herausforderte. Aber er mußte sich notgedrungen alles anhören. »Alanard?« wandte er sich an den Vertreter der Inseln des Sonnenuntergangs.

»In den letzten Jahren hatten wir zur Zeit der Wirbelstürme jedesmal eine Überschwemmung«, erklärte Alanard kühl. Er war ein gedrungener, dunkelhäutiger Mann, füllig wie Meister Chesnon, aber ohne dessen Kontaktfreudigkeit. Alanards Augen waren zusammengekniffen, sie schienen sich auf eine innere Landschaft zu konzentrieren.

»War diese Überschwemmung ungewöhnlich?« fragte Jateph. »Erfolgte sie jedes Jahr? Und waren die Fluten höher als vorher?«

Alanard, der sich nicht von der Stelle rührte, erweckte den Eindruck, auf Distanz zu gehen. »Das kann ich nicht sagen. Ich glaube, so etwas erfolgt in einem Zyklus. Ein paar Jahre hindurch tritt die Flut auf, dann wieder zwölf oder mehr Jahre nicht, und dann wiederholt sich das Ganze.«

»Aber waren die Überschwemmungen in letzter Zeit schlimmer?«

»Ich wiederhole mich, ich kann es nicht sagen.« Die Inseln des Sonnenuntergangs können für sich selber sorgen, schien seine Haltung auszudrücken. Wir wollen nicht, daß ihr neue Dämme für uns baut und dann zusätzlichen Tribut verlangt, damit wir unsere Dankbarkeit bezeugen.

Rastinn hatte Lions Aussagen nicht hören wollen und genauso wenig die von Kapitän Collen, doch diese Verzögerungstaktik ärgerte ihn sichtlich.

»Aber in den letzten drei Jahren habt Ihr Überschwemmungsschäden als Vorwand für eine Schmälerung der Tributzahlungen angeführt«, warf er ein. »Ich nehme an, daß die Flut einfach ungewöhnlich hoch war.«

Alanard verneigte sich höflich und lief vor Wut dunkelrot an.

Collen bat ums Wort und sagte: »Ich kann einiges berichten über die Küste des Westlichen Kontinents und die nördliche Seichte See. Natürlich ist an vielen Stellen ein Anstieg des Wasserspiegels nicht sichtbar – zum Beispiel an den Klippen oder im Sumpfland. Aber letztes Jahr suchte ich einen Handelsposten im Westlichen Kontinent auf. Man hatte hier gerade einen neuen Hafendamm fertiggestellt, der höher als der alte war. Es war dieselbe Situation wie in Durion. Und von anderen Seeleuten habe ich gehört, daß an der Flußmündung, wo die Schiffe mit Orichalcum beladen werden, die Lage ähnlich ist. Vor zwei Jahren im Frühjahr verursachte ein Sturm mit heftigen Regenfällen eine Überschwemmung. Einige Hütten und Lagerschuppen wurden weggeschwemmt und konnten nicht an der gleichen Stelle wieder aufgebaut werden, weil sich der Pegel des Flusses verändert hatte. Der Hafen mußte verlegt werden. Es kann sein, daß es sich dabei nur um Geschwätz von Seeleuten handelt, aber wiederum stimmt es mit dem überein, was hier gesagt wurde.«

»Ich verstehe«, bemerkte Rastinn.

Er war kein Dummkopf und erkannte zweifellos, daß seine Verurteilung des Expeditionsleiters bei weitem übereilt erfolgt war und daß hinter der ganzen Katastrophe ein Ereignis von unbekannter Dimension lag. Ob es gefährlich war oder nicht, es mußte auf jeden Fall erforscht werden, und er mußte einen Weg dahin finden, ohne einzugestehen, daß er sich geirrt hatte. Die tiefe Furche zwischen seinen Brauen sprach Bände.

Inzwischen wurde den Teilnehmern der Versammlung bewußt, daß die Luft immer stickiger wurde. Die Gesichter waren schweißgebadet, und Narr hatte das Gefühl, an seiner Bank festzukleben. Alanard fuhr sich mit dem Handrücken übers Gesicht. »Heute ist die Luft wie eine Wolldecke«, sagte er unvermittelt.

Prinz Ivorr warf dem Sklaven am Gong einen Blick zu und befahl: »Bringt kalte Getränke.«

Während die Sklaven kühle Fruchtsäfte und Weißwein servierten, sagte Prinz Ivorr: »Ich glaube, was wir vor allem benötigen – und zwar möglichst bald – sind mehr Informationen. Die Küstenlinien um Atlan und Xetlan und auf beiden Kontinenten, um die Seichte See und die Inseln des Sonnenuntergangs sollten gründlich überprüft werden.«

»Du hast recht, Ivorr. Aber du bist immer zu ungeduldig«, sagte Rastinn, der nun eine Möglichkeit sah, sein Gesicht zu wahren. »Ich meine, bevor wir irgend etwas unternehmen, sollten wir daran denken, welche Rolle die Götter dabei spielen. Solch seltsame Veränderungen, sofern sie sich wirklich vollziehen, müssen dem Willen von En, der über alles gebietet, entsprechen. Der Hohepriester Jateph hätte vor dir sprechen sollen, Ivorr. Jateph?«

»Dem Prinzen fehlt es nicht an Weisheit, auch wenn er nicht zur Priesterschaft gehört«, sagte Jateph taktvoll. »Derartige Überprüfungen sollten natürlich mit Einwilligung des Königs erfolgen.« Rastinn lächelte gequält. »Aber als Hoherpriester von Atlan«, fuhr Jateph fort, »besteht meine erste Aufgabe darin, den Willen der Götter in dieser Angelegenheit zu erforschen. Die Überprüfungen dürfen nicht verzögert werden, aber sie benötigen eine gründliche Vorbereitung. Diarr, was meinst du dazu?«

Die Hohenpriester pflegten ihren designierten Nachfolgern öfters die Chance zu geben, ihre Ansicht kundzutun. »Nun, es ist ein Zeichen, nicht wahr? Eine weitere Warnung.« Der junge Priester sprach sehr gespreizt. Seine Stimme klang wie aus weiter Ferne, als halte er ein Selbstgespräch. »Es erinnert an den Fall der goldenen Fiale«, sagte er.

»Du meinst«, sagte Jateph, »die Götter sind erzürnt.«

»Ja, und wir sollten herausfinden, weshalb«, pflichtete ihm Diarr mit erstickter Stimme bei. Es trat Stille ein. Alle warteten darauf, daß er weiterreden würde. »Was es auch sein mag, wir müssen es in Ordnung bringen«, bemerkte er jedoch nur.

»Ja, Narr?« wandte sich Rastinn an meinen Pflegevater, als er dessen wütenden Gesichtsausdruck bemerkte.

»Wir alle kennen Herrn Narrs Ansichten in dieser Angelegenheit«, meinte Jateph mit mattem Lächeln.

»Ich möchte sie aber trotzdem hier aussprechen«, sagte Narr. »Wenn die Berichte von Kapitän Collen und Sechziger-Führer Lion wirklich das bedeuten, was sie zu bedeuten scheinen, dann dürfte es sich um eine ernste und dringliche Angelegenheit handeln. Die Überprüfungen sollten vorgenommen werden, und wir sollten bereit sein, danach zu handeln, was auch immer nach Meinung der Priester der Wille der Götter ist oder das Wesen dieser geheimnisvollen Provokation, durch die wir sie angeblich gereizt haben.«

»Ich stimme Narr zu«, mischte sich Bryen ein. »Ich will meine Bücher studieren und herausfinden, ob in der Vergangenheit schon etwas Ähnliches vorgekommen ist, aber auch ich dränge auf rasches Handeln.«

Es entstand eine kurze Pause, und alle Blicke hefteten sich auf König Rastinn. Dieser schien nachzudenken.

»Wir hatten die Berichte von Collen und Lion«, sagte Narr, als er mir später von dieser Ratssitzung berichtete. »Sie brachten beide das gleiche zum Ausdruck; ein zweijähriges Kind hätte erkennen können, daß es hier ein Geheimnis gab, das erforscht werden mußte. Aber Rastinn – ich kenne ihn, ich lese in ihm wie in einem offenen Buch – saß da und fragte sich, ob es Ivorr war, der Lion in den Rat eingeschleust hatte, und wenn ja, ob er ein Bündnis mit Jateph eingegangen sei. Jateph wiederum beobachtete mich und Bryen und wappnete sich innerlich gegen diese gottlosen Männer, die seinen Einfluß schmälern wollten. Auch ihn kenne ich gut. Und Diarr, dieser personifizierte Ehrgeiz, der überlegte, wie er seinen Vorteil aus der Situation ziehen könnte. Und dann«, sagte Narr zornig, »kam Rastinn zu dem Schluß, daß es taktisch am klügsten wäre, Jateph zu unterstützen, wodurch er Zwietracht zwischen Jateph und Ivorr säen würde. Er faltete die Hände wie zum Gebet – was immer ein schlechtes Zeichen ist – und sagte mit scharfer Stimme: ›Ich habe natürlich nichts dagegen, daß mein Bruder und die Wissenschaftler ihre Überprüfungen anstellen. Aber ich bin zutiefst überzeugt, daß dies im wesentlichen eine Angelegenheit des Tempels ist. Ich ersuche Euch, Hoherpriester Jateph, Eure heiligen Bücher zu befragen und um ein Zeichen von En zu bitten, daß er uns den richtigen Weg zeigt.‹ In diesem Augenblick«, fuhr Narr fort, »rutschten die Becher mit den kühlen Getränken, die auf dem Tisch vor den Ratsmitgliedern standen, langsam in Rastinns Richtung. Er streckte die Hand danach aus. Plötzlich vernahm man aus der Ferne dumpfe Laute, wie ein Grollen tief in der Erde. Das Gebäude wackelte, und man hörte erschreckte Schreie, das Gebrüll der Wildkatzen in Prinz Ivorrs Menagerie in der Nähe des Palastes. Leise erklang der Gong, und die bronzenen Tempelglocken bimmelten mißtönend. Dann trat wieder Ruhe ein.«

Die Ratsmitglieder blickten sich verwirrt an. Der Gong-Sklave umklammerte nervös seinen Stock.

Dann erbebte die Erde erneut. Die Bronzeglocken läuteten abermals, nun aber schwächer. Die stickige Luft vibrierte. Dann wurde es ruhig.

Von der Mauer, wo die Wachen patrouillierten, hörte man Schreie und kurz darauf wieder die Tempelglocken, diesmal sehr laut. Das bedeutete Alarm.

An diesem Tag wurde Kapitän Collens Bericht über geeignete Siedlungsplätze nicht mehr verlesen.

Die Flutwelle

Während der Rat tagte, besuchte ich die Wagenrennen.

In den ersten zwölf Tagen nach der Vermählung von Kya gab es immer viel Unterhaltung. Im Laufe dieser Tage hatte ich zwei Prinzenmahle arrangiert, dazu weitere, weniger aufwendige Abendessen für andere Gäste. Danach sagte Meister Chesnon, wie er es häufig zu tun pflegte: »Nimm dir einen Tag frei und geh zu den Rennen.« Diesmal aber fügte er hinzu und versuchte dabei vergeblich beiläufig zu klingen: »Morgen sind die Endausscheidungen, und dieses Jahr nimmt mein Gespann daran teil.«

Mein Freund Eynar entschloß sich, seinem Gehilfen das Speisehaus anzuvertrauen und mit mir zu kommen. Bryen hielt sich leider im Rat auf und konnte uns nicht begleiten. Wir drei hatten bereits viele Male gemeinsam Rennen besucht. In Atlan waren Wagenrennen sehr beliebt.

Das ist eigentlich eine Untertreibung. Manche Leute waren ganz verrückt danach, entweder wegen der Wetten, wegen des Schauspiels, das geboten wurde, oder wegen beidem. Die Wagenlenker waren freie Männer, hochbegabt und mutig, Helden, bei deren Anblick die Mädchen in Verzückung gerieten. Jeder angesehene Landbesitzer hielt sich ein oder zwei Gespanne. Graf Erin züchtete auf seinem Gut in Tarislan Rennpferde.

Meister Chesnon, der so bemüht beiläufig erwähnt hatte, daß sein Gespann an den Endausscheidungen teilnahm, besaß kein eigenes, das konnte er sich nicht leisten. Pferde waren teuer, auch das Training verschlang viel Geld, und die Teilnahmegebühr für die Rennen war sehr hoch. Aber er war schließlich Chesnon, und in irgendeiner Form an den Rennen teilzunehmen förderte das Ansehen. Deshalb hatte er sich in ein Syndikat eingekauft, das Männer in ähnlicher Lage gegründet hatten, und so besaß er einen Viertelanteil an einem Gespann mit zwei Pferden.

Manche setzten bei den Rennen ein Vermögen ein: Grundstücke und Häuser, Geschäfte und Geld. Jedes Jahr wurden ein paar Familien als Sklaven verkauft, damit die bei den Rennen angefallenen Schulden beglichen werden konnten. Außerdem wurden immer wieder Wagenlenker bestochen, damit sie absichtlich verloren; auch diese degradierte man zu Sklaven.

Obwohl es der letzte Tag des Rennens war, würden wir keine Schwierigkeiten haben, einen Sitzplatz zu bekommen, denn wir konnten Narrs Platz benutzen. Einige der besten Plätze gehörten Privatpersonen, und mein Pflegevater hatte ein halbes Dutzend für Ocean und deren Freundinnen auf der Frauentribüne gekauft sowie mehrere auf der allgemeinen Tribüne gegenüber.

Da es sich um die Finalrennen handelte, waren die besten Rennpferde am Start. Es waren schöne Tiere: cremefarbene, rötliche oder kastanienbraune, gefleckte, milchweiße oder schwarze. Alle besaßen üppige Mähnen und mit Federn geschmückte Schweife, und ihre Köpfe mit den verschnörkelten Ohren und geblähten Nüstern bewegten sich nervös. Sie würden um ganz besonders kostbare Preise kämpfen, die vom König und den Kya-Priesterinnen (die Göttin war eine Schutzpatronin der Pferde, die zu ihren Lieblingskindern gehörten) ausgesetzt waren.

Chesnons Pferde waren von einem von Erins Pächtern gehalten und trainiert worden und trafen auf einem Schleppkahn ein. Ich sah, wie sie an Land tänzelten. Sie hatten wohl keine Chance auf den Hauptpreis, aber gute Aussichten, eines der nachrangigen Rennen zu gewinnen. Es waren ein Brauner und ein Schecke.

»Ich werde auf sie wetten«, sagte ich zu Eynar. Er entgegnete, das werde er wohl auch tun.

»Es hat keinen Sinn, auf das Hauptrennen zu setzen, denn hier ist Prinz Ivorrs Gespann der Favorit«, erklärte er. »Gestern beim Halbfinale gewann es mit fünf Längen. Schau, da ist die Barkasse des Prinzen.«

Ivorrs zwei Pferde waren cremefarben. Sie sahen großartig aus und hatten auch schon Beachtliches geleistet – seit zwei Saisons liefen sie Rennen und waren noch nie geschlagen worden. Gute Chancen im Hauptrennen räumte man auch Graf Mandarrs Grauen ein. Einer war gescheckt, der andere gesprenkelt.

Unsere Sitze befanden sich auf den Steinterrassen am anderen Ende der Rennstrecke. Um dorthin zu gelangen, mußten wir den Tunnel unter der Rennstrecke durchqueren. Bevor wir darin untertauchten, blieb ich kurz stehen.

»Der große En bewahre uns«, sagte ich. »Wer hat denn dieses Geschmiere fabriziert? Als ich gestern hier gewesen bin, war es noch nicht da.«

Viele Leute pflegten, was sie dachten und fühlten, auf die Mauern in der Stadt zu schreiben. Es mußte unbedingt ein Gesetz erlassen werden, das verbot, daß auch die Mauern der Zitadelle derart verschandelt wurden. Die Buchstaben, die jemand über Nacht hier hingeschrieben hatte, waren eine Mannslänge hoch, tintenschwarz und hoben sich deutlich von dem weißen Stein ab.

Hütet euch vor Ens Zorn und *Verflucht seien die Ungläubigen*, so stand da. »Die Diener sind wieder einmal am Werk«, bemerkte Eynar ironisch.

»Sie sind wie die Pest«, erwiderte ich. »Was kommt als nächstes?«

»Los, gehen wir«, sagte Eynar. »Ich möchte nicht rennen müssen.«

»Du bist zu dick«, entgegnete ich in der geringschätzigen Art eines alten Freundes.

»Ich esse das, was ich selbst koche, und ich koche gut«, meinte Eynar.

Alle Wagenrennen endeten an der gleichen Stelle, in der Nähe der Weißen Brücke. Die Ausgangspunkte variierten, aber keiner war weiter als drei Meilen entfernt. Die längeren Rennen fanden im Winter statt, heute würde die längste Strecke anderthalb Meilen umfassen.

Unsere Plätze befanden sich im mittleren Bereich. Von hier aus hatten wir eine gute Sicht nicht nur auf die Rennbahn, sondern auch auf die Unterstadt. Es war ein strahlend schöner Tag, wir konnten die Lagerhäuser am Äußeren Kanal sehen sowie die Dächer der Barackensiedlung darunter. Diese Behelfsunterkünfte waren zu schnell gewachsen und mithin ein Grund, weshalb König Rastinn nach Siedlungsgebieten in fremden Landen Ausschau hielt. Er wollte die Barackenbewohner schlichtweg aussiedeln.

Am fernen Horizont konnte man im Süden die Schwelende Insel erkennen, die offensichtlich noch nicht versunken war.

Eynar knuffte mich in die Seite. »Schau, dort drüben.«

Ich richtete meinen Blick auf die gegenüberliegende Tribüne. Zuerst begriff ich nicht, was Eynar meinte. Er knuffte mich erneut und sagte: »In der Königsloge, Dummkopf.« Ich blickte hoch. Ganz oben auf der Gegentribüne befanden sich die mit einem Baldachin versehenen, gepolsterten und mit Gold durchwirkten Plätze der Königsfamilie. Ich entdeckte Prinz Ivorrs Gattin, Prinzessin Liya, die sich mit ihren Hofdamen eingefunden hatte.

Das war an sich nichts Ungewöhnliches, doch heute erregte die Prinzessin Aufmerksamkeit. Nachdem sie ihrem Gemahl vier Kinder geboren hatte, war sie ziemlich dick geworden – allerdings war sie noch nie eine Schönheit gewesen –, aber heute sah sie blendend aus. Sie trug teure Gewänder und hatte das Haar wie die Tänzerin Juny geschnitten, im neuen, kinnlangen Stil mit einem Pony.

»Morgen wird die Hälfte aller Damen in Atlan ihre Frisur ändern«, bemerkte Eynar grinsend.

»Das mag sein«, stimmte ich ihm zu. Ich wußte, wenn Prinzessin Liya plötzlich Wert auf ihr Aussehen legte, bedeutete dies, daß Prinz Ivorr sich eine neue Geliebte zugelegt hatte. Er neigte dazu, seine Geliebten unter den Sklavinnen seiner Frau auszuwählen, und sehr wahrscheinlich war auch Prinzessin Liyas Rivalin bei ihr – vielleicht das reizende Mädchen, das gerade die Kissen ihrer Herrin arrangierte. Ich empfand Mitleid mit der Prinzessin.

Doch es gab noch jemanden, an den ich voller Mitgefühl dachte. Prinzessin Liyas Frisur hatte mich daran erinnert. Ich hatte Narr seit Meister Chesnons Fest nicht mehr gesehen, doch durch den Nachrichtendienst der Diener hatte ich erfahren, daß Juny nicht zu Garreth zurückgekehrt war, sondern noch immer im Hause meines Pflegevaters wohnte. Es bekümmerte mich wegen Ocean.

In diesem Augenblick erspähte ich meine Pflegemutter. Auch sie saß auf der Frauentribüne und befand sich in Begleitung ihrer Zofe. Mir wurde schwer ums Herz: Ocean zeigte sich selten ohne Narr in der Öffentlichkeit – es sei denn, sie hatten Streit.

Das erste Rennen wurde zwischen vier Gespannen ausgetragen. Die Teilnehmer kamen auf ihrem Weg zum Start an uns vorbei. Die Pferde schnaubten, die Wagenlenker ließen ihre Muskeln spielen und verneigten sich vor den Damen, die vor Freude kreischten. Einige warfen ihren Favoriten Blumen zu.

Die Buchmacher favorisierten ein Paar Braune. Als diese auf der Rennbahn hinter der Kurve verschwanden, hörten wir, wie neben uns ein Mann dreißig Mekel auf sie setzte. Er hatte eine Frau und eine erwachsene Tochter dabei, die ihm Vorhaltungen machten. Aber er erklärte ihnen herablassend, er verstehe nicht, weshalb ihnen nicht klar sei, daß eine große Wette auf einen Außenseiter einen höheren Gewinn bringen würde als eine kleinere auf einen Favoriten.

Aber es war deutlich zu erkennen, daß er sich diese dreißig Mekel nicht unbedingt leisten konnte. In der Ferne hörten wir den Gong, der den Beginn des Rennens ankündigte. Der Mann umklammerte die Lehne der Bank vor ihm. Seine Knöchel wurden weiß, als sich der Wagen der Braunen unter den peitschenschwingenden Anfeuerungen der Wagenlenker in den Rädern eines anderen verfing. Nun jubelten jene, die zwei Rotschimmel mit wenig Aussicht auf Erfolg unterstützt hatten. Sie strichen schmunzelnd ihre Gewinne ein.

Frau und Tochter des leichtsinnigen Wettfreundes brachen dagegen in Tränen und Beschimpfungen aus.

Eynar und ich hatten ebenfalls die Braunen favorisiert, wenn auch nur mit bescheidenem Einsatz. »Weshalb machen die Leute so blöde Wetten?« fragte Eynar. Er gehörte nicht zu den Menschen, die gern ein Risiko eingingen. »Wenn dieser Mann nicht aufpaßt, landet er mit seiner Familie noch in der Sklaverei.«

»Und das wissen sie auch«, stimmte ich zu.

Doch nun war bereits ein neues Rennen im Gange, das unsere Aufmerksamkeit verlangte. Es verlief ohne Zwischenfälle und endete in einem aufregenden Schlußspurt, bei dem die Wagenlenker ihre Peitschen schwangen, auf ihre Pferde einbrüllten und die Zuschauer ihre Favoriten anfeuerten. Allmählich wurde die Hitze drückend, und der Himmel verdunkelte sich, so daß sich die Rauchspur von der Schwelenden Insel darin verlor.

Eynar hatte vorsorglich Wasser in einer Lederflasche mitgebracht, und wir tranken abwechselnd daraus, während wir beobachteten, wie der Sieger im Triumph weggeführt wurde. Der Luftdruck sank immer mehr. Ich fürchtete, es könnte ein Gewitter losbrechen, und fluchte. Nun kam nämlich das Rennen, an dem Meister Chesnons Syndikat-Gespann teilnahm, und ich setzte darauf. Ich wußte, daß eines der Pferde bei Gewitter nervös wurde.

Bei diesem Rennen mußte eine längere Distanz zurückgelegt werden als bei den beiden vorherigen. Es waren sechs Teilnehmer, aber als das Feld schließlich in Sicht kam, sah ich, daß zwei von ihnen zurückgefallen waren und sich ein junges schwarzes und ein braunes Gespann ein Kopf-an-Kopf-Rennen lieferten; dahinter folgten zwei exotisch gepunktete Wallache und das Syndikat-Gespann mit dem Rotbraunen und dem Schecken.

Das schwarze Gespann lag knapp an der Spitze. Wir sprangen hoch und bemerkten, daß die gepunkteten Wallache langsamer wurden, während unsere Pferde auf der Innenseite der Kurve mit angelegten Ohren und schäumenden Mäulern aufholten.

Auch die übrigen Zuschauer hielt es nicht länger auf den Sitzen. Unsere Wasserflasche, die auf der Bank zwischen uns lag, fiel zu Boden.

Plötzlich ertönten von der Gegentribüne Schreie, und ich entdeckte einen Riß, als habe jemand von oben bis unten eine dunkle

Linie gemalt. Die Sitze zu beiden Seiten dieser Linie senkten sich schräg auf sie zu, die Menschen schrien vor Angst und versuchten, festen Boden unter die Füße zu bekommen.

Auf der Rennbahn entstand ein Chaos, da die Pferde außer Rand und Band gerieten, stampften, wieherten und in alle Richtungen davonstoben. Die beiden letzten Wagen prallten aufeinander und stürzten um, die Pferde schlugen aus und wieherten ängstlich. Meister Chesnons Pferde versuchten, die Tribüne hochzuklettern; die gepunkteten Wallache bäumten sich auf.

Allmählich beruhigten sich die Pferde. Die Wallache und die drei übrigen Wagen kamen zum Stehen. Männer eilten den umgestürzten Wagen zu Hilfe.

Aber die Zuschauer waren noch völlig aufgelöst; sie kreischten und versuchten, von der zusammengestürzten Tribüne zu fliehen. Als ich nach oben sah, entdeckte ich, daß die Rauchsäule von der Schwelenden Insel wieder aufgetaucht war, eine sich ausbreitende Federwolke unter einem dunkelbronzenen Himmel, der düster und bedrohlich wirkte.

Ich griff nach Eynars Arm. »Dort ist meine Pflegemutter. Ich muß zu ihr.«

»Was, du willst über die Rennbahn? Wenn die Pferde durch irgendwas aufgescheucht werden, trampeln sie uns zu Tode!« rief Eynar entsetzt. Doch trotz dieses Einwands gehörte Eynar zu jenen Menschen, die durch nichts zu erschüttern sind, und so ging er voraus, als wir uns unseren Weg zur anderen Seite bahnten. Ich sah, wie Ocean die Treppe herunterstieg und auf eines der Tore zueilte. Bestimmt hatte sie Angst. Ich mußte zu ihr.

In dem Augenblick erbebte die Erde zum zweitenmal. Ein Teil der zusammengebrochenen Tribüne rutschte herunter und landete polternd auf der Rennbahn. Jene Zuschauer, die sich noch auf ihren Plätzen befanden, wurden mitgerissen; sie wirkten wie bunte Puppen unter den Gesteinsbrocken.

Wir wollten gerade über ein zerstörtes Geländer klettern, hielten nun aber inne und kauerten uns auf den Boden. Die Wagenlenker schwangen ihre Peitschen, und Meister Chesnons Pferde und die Wallache entschwanden unseren Blicken. Als sich der Staub verflüchtigte, erhoben wir uns hustend. Durch den Staubvorhang hörten wir erneut Pferde wiehern.

Der Wagen mit den jungen schwarzen Pferden, der das Rennen vermutlich gewonnen hätte, wurde zwischen Felsbrocken eingeklemmt. Der Wagenlenker wurde von seinem Sitz auf die Bahn geschleudert. Die Pferde verschwanden. Ein Mädchen in einem grünblauen Gewand kam herbeigelaufen und kniete sich neben den Wagenlenker nieder. Sie bettete seinen Kopf in ihre Arme und schluchzte bitterlich.

»Dieses dumme Mädchen, es können doch noch mehr Steine herunterpoltern«, schimpfte Eynar. Kaum hatte er ausgesprochen, hörte man abermals ein Grollen, und erneut lösten sich Felsbrocken über uns. Wir kauerten uns wieder auf den Boden und hielten schützend die Arme über den Kopf.

Im selben Augenblick erblickte ich Ocean, die ihren Rock gerafft hatte und über das Geröll stieg.

»Oh, En!« schrie ich wütend, und ungeachtet der Gefahr, daß eine dritte Katastrophe nahen könnte, schwang ich mich über das kaputte Geländer und rannte los. Eynar folgte mir. Als wir bei Ocean angelangt waren, stützte ich sie und versuchte sie wegzuzerren, doch sie wehrte sich energisch.

»Das ist Niomy, mein Mädchen! Sie ist ein gutes Mädchen, sie war in den Wagenlenker verliebt. Das arme Kind, ich gab ihr manchmal frei, damit sie ihn bei den Rennen bewundern konnte ... Laß mich los, ich muß zu ihr.«

»Komm mit mir, Pflegemutter, du kannst ihr nicht helfen«, bat ich sie.

Eynar untersuchte den Schotter und zerrte an einem schweren Holzstück. Dann trat er zurück und wischte sich die Hände an seinem Gewand ab. »Sie liegen beide darunter«, sagte er knapp, »sie sind beide tot.«

»O nein«, schluchzte Ocean, und Tränen liefen über ihre Wangen. Plötzlich erstarrte sie und klammerte sich an mich, als wäre ich der einzige Halt in einer sich auflösenden Welt. Ihr Blick richtete sich nicht auf die Rennbahn oder die dunkle Lache von Niomys Blut, sondern auf jene Stelle, wo man durch eine schmale Öffnung auf die Unterstadt blicken konnte. Ich folgte ihrem Blick.

Ich glaube, wir entdeckten es den Bruchteil eines Augenblicks früher als die anderen. Um uns herum hörten wir ein Aufstöhnen, das in einen gemeinsamen Schreckensschrei überging.

Hinter der Unterstadt, dem Äußeren Kanal und den Baracken lagen die Sümpfe, dahinter das Meer, und dort ereignete sich etwas Außergewöhnliches. Das Wasser stieg und stieg, es schwoll zu einer glänzenden Riesenwelle an mit einer Gischtkrone. Ich traute meinen Augen nicht, denn es war doch nicht möglich, daß man eine Welle aus dieser Entfernung erkennen konnte. Jene, die ihr näher waren, behaupteten, sie habe sich dreimal sechzig Fuß hoch erhoben. Sie verharrte kurz drohend über den Sümpfen und den hilflosen kleinen Fischerdörfern. Dann brach sie donnernd hernieder.

Einen Moment lang konnte man die Sümpfe und die Behausungen noch erkennen, dann waren sie verschwunden. Wir sahen nur noch eine weiße Wolke und hörten ein vernichtendes Rauschen. Am Himmel blitzte es, der Donner grollte, und zwischen uns und der Schreckensszene am Fuß des Berges von Atlan fiel dichter Regen.

Ein Ereignis und seine Folgen

In den nächsten Tagen herrschte das Chaos. Schon allein das Erdbeben hatte viel Schaden angerichtet, aber die Folgen der Flutwelle waren noch furchtbarer. Zwischen Atlan und der Küste, vom Äußeren Kanal bis zum Meer, wo Lagerhäuser und Liegeplätze, Baracken, Fischerdörfer und Jagdhütten gestanden hatten, gab es nur noch Ruinen. Die Fluten hatten alles verschlungen, was am Fuße des Hügels von Atlan gelegen war, auch den Flamingo-See. Dabei waren auch alle Fische umgekommen. Die Welle hatte zudem Ländereien von König Rastinn und Prinz Ivorr überschwemmt, Bauernhöfe, Menschen, Schafe und Vieh unter sich begraben.

Im Meer schwammen alle möglichen Gegenstände, die einst Menschen gehört hatten: Pfannen, Stühle und Tische mit abgebrochenen Beinen, Kinderspielzeug, Stoffreste von Kleidern und Vorhängen.

Und dann kamen die Leichen. Als wolle er sie nicht bei sich aufnehmen, schwemmte Sayadon sie mit der nächsten Flut ans Ufer.

Rastinn beauftragte Prinz Ivorr mit den Rettungsarbeiten, wozu die Königliche Garde und die Stadtgarde eingesetzt wurden. Außerdem suchte man Freiwillige, um die Schäden zu reparieren und die Obdachlosen unterzubringen. Meister Chesnon entsandte mehrere Angestellte, darunter auch mich. Ich hatte Ocean nach Hause gebracht und war dann zu Meister Chesnon zurückgekehrt. Doch noch am selben Tage beteiligte auch ich mich an den Aufräumungsarbeiten.

Anfangs wurden wir durch das schlechte Wetter stark behindert. Als das Gewitter abgeklungen war, stand immer noch eine unheilverkündende rötliche Wolke am Himmel, die aus Staub oder Rauch zu bestehen schien und noch mehr Wind, Regen und Gewitter ankündigte, was weitere Schäden und Überschwemmungen verursachen würde.

Wir errichteten notdürftige Behausungen, beschafften und verteilten Nahrungsmittel und versuchten, Überlebende zu ihren Verwandten oder Freunden zu bringen. Eynar stellte zusammen mit anderen Besitzern von Speisehäusern täglich frisch gekochte Mahlzeiten zur Verfügung. Mein Pflegevater Narr stellte eine Liste über die derzeitigen Unterkünfte all jener zusammen, die obdachlos geworden waren.

Eine der schwierigsten Aufgaben bestand darin, die Menschen in wasserdichten Häusern unterzubringen. Natürlich wußte ich seit Jahren über die Überbevölkerung in Atlan Bescheid, hatte erlebt, wie sich die Baracken hinter dem Äußeren Kanal immer weiter ausbreiteten. Aber ich wußte nicht, was Überbevölkerung praktisch bedeutete, bis ich erfuhr, daß es in der gesamten Unterstadt kaum eine Wohnung gab und nur zwei leerstehende Häuser, die Prinz Ivorr beschlagnahmen konnte, um Überlebende darin unterzubringen.

Es gibt Erinnerungen, die schmerzlich berühren. Ich entsinne mich einiger Barackenbewohner, die das Glück hatten, nicht unter der Welle begraben zu werden. Danach kehrten sie zu ihren Wohnungen zurück, fanden aber nur noch Ruinen vor. Einige verhielten sich apathisch, andere weinten oder riefen nach ihren Verwandten oder Bekannten, die verschwunden waren.

Besonders trostlos war die Lage der Kinder. Barackenkinder wurden früh selbständig; ihre Eltern schickten sie in die Stadt, damit sie auf den Märkten bettelten und stahlen. Als die Flutwelle kam, hatten sich viele in der Stadt aufgehalten und so überlebt. Nun streiften sie umher und riefen nach ihren Eltern; es war ein herzzerreißender Anblick.

Ich erinnere mich auch an einen alten, grauhaarigen Mann, der ein schlichtes Fischergewand trug. Er stand an der Flußmündung, wo sich das Fischerdorf Guter Fang befunden hatte. Er starrte über das Meer. Das Wetter hatte sich inzwischen gebessert, aber das Meer brodelte immer noch. Als mir der alte Mann das Gesicht zuwandte, lag darin so viel Verzweiflung und Bitterkeit, daß ich unwillkürlich stehenblieb. Ich erkannte, daß alles, was er geliebt hatte, von diesem schmutzigen, gierigen Wasser verschlungen worden war. Ich wollte ihn fragen, ob er eine Unterkunft brauche. Doch bevor ich meine Stimme wiederfand, wandte er sich um und stürzte sich von der Mole. Ich rannte los, aber er war verschwunden. Doch selbst wenn es mir gelungen wäre, ihn zurückzuholen, wäre das Leben für ihn noch lebenswert gewesen?

Als die Flutwelle den Äußeren Kanal erreichte, hatte sie ihre Kraft verloren. Wohl waren einige der Häuser am Innenufer überflutet worden, aber die meisten blieben stehen. Auch ihre Bewohner hatten überlebt, doch mußten einige aus den oberen Stockwerken gerettet werden. Die meisten mußten sich in Notunterkünfte begeben und ihr Besitztum zurücklassen, was unvermeidlich Plünderungen nach sich zog. Es wurde verkündet, daß Plünderer streng bestraft würden, doch einige Waghalsige ließen sich dadurch nicht abschrecken. Später erfolgten elf Hinrichtungen.

Nur wenige Familien in der Stadt waren von der Flutwelle verschont worden. Die beiden Häuser, die Prinz Ivorr beschlagnahmt hatte, lagen in vornehmen Vierteln. Doch bald schon hörte man Beschwerden von den umliegenden Hausbesitzern, daß die Bewohner, die überwiegend von den Baracken kamen, sie mit lauten Klageliedern störten und ihre schmutzigen, in Lumpen gehüllten Gestalten ein unerträglicher Anblick für die vornehmen Leute dieser Gegend seien.

Meister Chesnon war in anderer Weise betroffen. Als ich meine Arbeit wieder aufnahm, stellte ich fest, daß Keneth, der mich vertreten sollte, fehlte. Die Sklaven erzählten, er sei davongelaufen, als er hörte, was geschehen war, und habe gerufen, er müsse nachsehen, ob sein Geliebter in der Unterstadt wohlauf sei. Er war nicht zurückgekehrt.

»Ich möchte, daß du ihn suchst«, sagte Meister Chesnon zu mir.

»Gut, aber wo fange ich an?«

»Vielleicht wissen es die Sklaven. Frag sie.«

Ich hatte mich mit Keneth nie über sein Privatleben unterhalten. Ich interessierte mich nicht dafür, und er wußte das auch. Aber die Sklaven berichteten mir, sein Liebhaber heiße Vanar und wohne im Myrtenhof in der Straße der Lampenverkäufer. Mit einer Straßenkarte von Meister Chesnon machte ich mich auf den Weg.

Ich brauchte lange, bis ich die Straße endlich gefunden hatte. Als ich dort angelangt war, staunte ich. Keneth war ein anspruchsvoller Mensch. Hätten wir gewußt, daß er mit jemandem liiert war, der aus einer solchen Gegend kam, hätten wir versucht, ihn davon abzubringen. Zumindest hätte ich ihn gezwungen, nach jedem Besuch ein Bad zu nehmen.

Die Straße der Lampenverkäufer lag im Ostteil der Unterstadt und war nur knapp von der unheilvollen Flutwelle verschont worden. Sie befand sich so nah am Äußeren Kanal, daß man die Dächer der zum Meer gelegenen Lagerhäuser hinter den verwahrlosten Unterkünften entlang der Straße sehen konnte. Die Straße selbst glich eher einer Gasse voller Unrat und war von einem fauligen Geruch erfüllt. Weit und breit war kein Lampenverkäufer zu sehen oder sonst ein Händler. Ich war für diesen Ausflug zu gut gekleidet, überlegte ich grimmig, schob meinen Beutel am Gürtel unter meinen Umhang und wimmelte die Bettler ab, als ich an den schäbigen Häusern vorüberging.

Die meisten Behausungen in Atlan waren um einen Haupthof errichtet, doch fast jeder Raum wurde von einer anderen Familie bewohnt. Um die gemeinsame Küche entbrannte häufig Streit. In der Straße der Lampenverkäufer erfolgte die Wasserversorgung durch einen völlig überlasteten Brunnen.

Das Erdbeben hatte auch hier Schäden verursacht. Einige Torbogen waren eingestürzt. Hinter einem davon erblickte ich ein Haus, das teilweise eingestürzt war. Auf dem Bogen stand: Haus des Sonnenuntergangs. Anscheinend legten die Bewohner dieses wenig reizvollen Viertels Wert auf poetische Namen. Ein kleiner barfüßiger Bengel mit Entzündungen am Mund, aber klugen Augen meinte, als ich ihn fragte, daß er vielleicht wisse, wo Myrtenhof sei, und legte den Kopf zur Seite.

»Ich laufe hier nicht mit einer Tasche voller Geld herum«, erklärte ich ihm. Doch ich hatte ein paar Münzen eingesteckt und gab ihm eine. »Am Ende der Straße«, sagte er. »Links, letztes Tor.«

Das letzte Tor auf der linken Seite führte in einen Hof, der sich durch nichts von den anderen unterschied. Weit und breit keine Myrtenbüsche. Auch hier lungerten Kinder herum. Als ich sie fragte, starrten sie mich nur an. Doch das Haus war unversehrt, und eine Frau lehnte sich über die Brüstung des ersten Stocks. Ich rief zu ihr hoch, ob dies wirklich der Myrtenhof sei und wo ich Vanar finden könne.

»An der Ecke die Treppe hoch, diese Tür«, erklärte sie gestenreich. Ihre Stimme klang jung, aber ihr Gesicht wirkte alt. »Keneth ist dort, der arme Kerl«, sagte sie plötzlich.

»Warum ist er ein armer Kerl?« fragte ich.

»Wenn Ihr ein Freund von ihm seid, dann geht zu ihm. Wenn ich könnte, würde ich ihm helfen, aber er braucht einen Mann, der ihm hilft«, fügte sie achselzuckend hinzu.

Ich mußte an die Tür hämmern, damit Keneth mich einließ. Er war unrasiert, hatte blutunterlaufene Augen. Im Raum herrschte völliges Chaos, eine Truhe war umgekippt worden, und persönliche Dinge – Gürtel, Kleidungsstücke, Pergamentrollen, Federkiel und Kämme – waren auf dem Boden aufgeschichtet. Lauter billiges Zeug.

»Ich habe alles durchwühlt«, murmelte Keneth, setzte sich neben den Stapel und starrte vor sich hin. »Er ist tot«, fuhr er fort. »Ertrunken. Meistens ging er morgens zum Fischen. Er hatte einen Lieblingsplatz am Fluß. Sein Fischspeer fehlt, also befand er sich wohl dort, als die Flutwelle kam. Er ist tot.«

»Keneth, es tut mir leid.« Ich setzte mich neben ihn auf den schmutzigen Boden und tätschelte seine Schulter.

»Er ist tot«, wiederholte er monoton. »Der arme Vanar ist tot. Ob er Schmerzen hatte? Hat es lange gedauert? Ich frage mich, ob er große Angst hatte und ob er an mich gedacht hat?«

Keneth hatte seit gestern nichts mehr gegessen. Ich ging zum nahegelegenen Markt, um etwas zu holen. Es war schon Abend, und seit der Flutwelle gab es nicht mehr viel zu kaufen. Ich besorgte Fruchtsaft, Bier und ein paar kalte Fleischpasteten. Nach unserem

Mahl wurde Keneth etwas gelöster. Ich half ihm, Vanars Habe anzusehen, um zu entscheiden, was zu behalten und was zu verschenken wäre.

»Warum um alles in der Welt«, erkundigte ich mich, »wohnte Vanar hier? Schließlich verdienst du ja nicht schlecht.«

»Es war nicht meine Schuld«, erwiderte Keneth abwehrend. »Er wollte nichts von mir nehmen. Er wurde früh Waise, war anfällig für Krankheiten. Mehr konnte er sich nicht leisten, aber er war stolz. Er sagte, er wolle von niemandem Almosen nehmen, nicht einmal von mir. Er verkaufte die Fische, die er fing, auf dem Markt.«

So hatten sie sich wohl kennengelernt, vermutete ich. Keneth war zum Markt gegangen, um frischen Fisch zu kaufen, und hatte hier seinen Liebhaber gefunden.

Als wir fertig waren, meinte ich, daß es Zeit sei, nach Hause zurückzukehren.

»Es ist schon spät. Können wir uns hier irgendwo eine Sänfte mieten?«

»O nein«, wehrte Keneth ab, »ich kann noch nicht heimgehen. Ich möchte hierbleiben und – an ihn denken.«

Ich wandte meine ganze Überredungskunst auf, um ihn zum Mitkommen zu bewegen. Ohne Erfolg. Schließlich packte mich der Zorn.

»Wenn du noch eine Sekunde länger hier bleibst, bist du ein Narr«, sagte ich unumwunden. »Meinst du, ich will, daß du all die Krankheiten der Elendsviertel in meine Küche einschleppst? Oder glaubst du, Meister Chesnon ist scharf darauf? Wenn du nicht sofort mitkommst, ist deine Stellung in Gefahr.«

Das wirkte. Schließlich fanden wir ein paar Sänften, die uns heimbrachten. Höchstpersönlich geleitete ich Keneth ins Bad. Später zeigte er sich in der Küche, sauber gewaschen und frisch gekleidet. Dann half er mir bei der Zubereitung des Abendessens.

Er schlief in dem Raum, der an meinen angrenzte. Nachts wachte ich auf und hörte, wie er schluchzte. Ich hatte das Gefühl, daß er heimlich hoffte, ich würde zu ihm kommen und ihn trösten, aber das widersprach meiner Natur.

Inzwischen trafen in Atlan Nachrichten aus der Welt jenseits unserer Küsten ein. Ein Schiff, das schreckliche Stürme überstanden hatte, lief mit gebrochenem Mast und halber Mannschaft ein; der andere Teil war über Bord gespült worden. Die Seeleute informierten uns, daß die Flutwelle und die Staubwolke von der Schwelenden Insel gekommen waren. Nachdem sich die Staubwolke aufgelöst hatte, sei der vertraute Rauch nicht wieder aufgetaucht und die Insel sei mittlerweile verschwunden. Übriggeblieben sei nur eine kleine, zerklüftete Felsspitze, die aus dem Meer aufragte. Vermutlich habe eine Eruption stattgefunden.

Ich erfuhr dies in Eynars Speisehaus, und am nächsten Tag ging ich zu Narr, um mit ihm darüber zu reden.

Aus Höflichkeit suchte ich zuerst meine Pflegemutter auf.

Narrs Haus lag in der Oberstadt, in der Nähe der Weißen Straße. Zum Glück hatte es durch das Erdbeben keinen Schaden erlitten. Es besaß einen Stallhof mit eigenem Eingang. Der Haupthof war als Innengarten angelegt, mit dem üblichen Brunnen zwischen Grasflächen und Büschen und gepflasterten Wegen. Meine Pflegemutter saß auf einer Bank neben dem Brunnen. Ich hatte sie nicht mehr gesehen, seit ich sie am Tag der Flutwelle heimgebracht hatte. Ich entschuldigte mich bei ihr und sagte, ich sei froh, daß sie wohlauf sei, und fragte sie, ob sie schon einen Ersatz für Niomy gefunden habe. »Ich weiß, du hast sie gemocht, aber du brauchst wieder ein Mädchen.«

»Seit neuestem kümmert sich dein Vater um die Besorgung der Mädchen«, antwortete Ocean bissig. Ich sah sie fragend an. »Er hat das Mädchen Juny von Garreth gekauft und sie im Haus untergebracht – in diesem Haus.«

Sie schien jeden Augenblick in Tränen ausbrechen zu wollen, beherrschte sich dann aber. Verächtlich bemerkte sie: »Warum, glaubst du, habe ich ohne Narr die Rennen besucht? Zur Zeit habe ich sehr wenig mit ihm zu tun. Wahrscheinlich hält er sich gerade in seinem Spielraum auf.«

»Du meinst seinem Arbeitsraum?«

»So wird er bezeichnet. Ich nenne ihn Spielraum, denn das paßt besser. Er spielt dort mit seinen verrückten Ideen und seinem Metall. Nun, geh zu ihm.«

Ich küßte sie zum Abschied und suchte Narr. Er hielt sich nicht in seiner Werkstatt auf, sondern saß ganz gegen seine Gewohnheit ruhig im Garten, allerdings weit entfernt von Ocean. Er hatte sich einen kühlen Platz ausgesucht, unter einem schattigen Baum, neben einem kleinen Wasserfall.

»Ashinn«, begrüßte er mich. »Komm, setz dich zu mir. Es ist so friedlich hier, als ob es die Flutwelle nie gegeben hätte.«

Ich nahm neben ihm Platz. »Hier herrscht auch eine ganz andere Atmosphäre als im Haus. Ich habe Ocean gesehen, sie wirkte bedrückt.«

»Das ist sie auch, aber im Augenblick möchte ich lieber nicht darüber reden. Du kannst nichts daran ändern.« Narrs Ton duldete keinen Widerspruch. Dann erzählte er, was man über die Eruption auf der Schwelenden Insel wußte, denn in der Ratsversammlung war darüber geredet worden.

»Bryen möchte eine Expedition aussenden. Er überlegt, genau wie ich, ob die Erdbeben, der gestiegene Meeresspiegel und die Klimaveränderung miteinander in Zusammenhang stehen. Wir wollen so viel wie möglich darüber herausbekommen. Prinz Ivorr ist einverstanden, und da er sich mit seinem Engagement für die Opfer der Flutwelle allseits sehr beliebt gemacht hat, hörten Rastinn und Jateph auf ihn. Diarr war weniger begeistert. Ich glaube, er betrachtet praktische Vorschläge als Bedrohung der priesterlichen Autorität. Er beharrte darauf, wir müßten erst den Willen von En in Erfahrung bringen. Jateph äußerte sich diplomatisch, daß wir auch beides tun könnten.«

»Und hat Jateph schon eine Antwort von En erhalten?«

»Aber Ashinn, wie kannst du nur so respektlos sein?«

»Das habe ich von dir«, entgegnete ich. »Nun, hat er? Wie erfahren die Priester überhaupt Ens Willen? Was tun sie?«

»Ich glaube, sie fasten und atmen Weihrauch oder ähnliches ein, was sie in einen Zustand der Trance versetzt, in dem sie Träume haben. Diese müssen dann mit Hilfe der übrigen Priester gedeutet werden. Ja, Jateph hat eine Antwort erhalten. Demzufolge hat En kundgetan, daß er über etwas verärgert ist, hat aber noch nicht näher angegeben, worüber. Wir sollen in unser Herz schauen und unser Gewissen erforschen. Dann faselte er etwas von der Laschheit des modernen Gottesdienstes und den Versuchen der Tänzer, den heiligen Tanz zu sehr zu verfälschen. Diarr saß da und nickte.«

»Und was ist bei der Versammlung herausgekommen?«

Narr seufzte. »Im Rat gingen die Meinungen auseinander. Ich

konnte mir Rastinn förmlich vorstellen, wie er überlegte, ob er Ivorr unterstützen und die Priester verärgern oder sich auf Jatephs und Diarrs Seite stellen sollte, wodurch Ivorr jedoch beim Volk weiter an Popularität gewinnen und sich zu einer konkurrierenden Macht entwickeln würde. Ich glaube nicht, daß Ivorr etwas dergleichen beabsichtigt, aber er könnte dazu verleitet werden. Oh, ich habe das alles so satt«, sagte Narr.

Er sieht müde aus, dachte ich. Ich entdeckte eine tiefe Falte, die sich von der Nase zum Mund zog, und einen dichten Kranz von Falten um seine bernsteinfarbenen Augen. »Ich verstehe nicht«, sagte ich, »weshalb Rastinn so begierig darauf ist, sich bei der einen oder anderen Seite einzuschmeicheln. Er ist doch der König. Sie müßten doch um seine Gunst buhlen. Was hat er denn für eine Meinung?«

»Ich bezweifle, ob er überhaupt eine hat. Er ist zu sehr damit beschäftigt, sein Territorium zu verteidigen«, sagte Narr. »Er hat keine Kinder, das ist sein Problem. Er hat keinen Erben. Es gibt nur Ivorr und Ivorrs Kinder. Das nagt an Rastinn. Dadurch fühlt er sich als Mann minderwertig. Und weil er nicht davon überzeugt ist, daß das, was er im Kopf hat, für Atlan genauso wertvoll sein kann, wie das, was sich unter seinen Beinkleidern verbirgt, muß der Rat stundenlang darüber diskutieren, was getan werden soll, obwohl doch die Antwort auf der Hand liegt. Weißt du, Ashinn, wir haben den ganzen Tag hin und her geredet, konnten uns aber noch nicht endgültig auf eine Expedition einigen. Wir müssen weitere Treffen einberufen und die Meinung des Rats der Sprecher hören, was bedeutet, daß sich alle Zünfte treffen müssen, um dem Rat der Sprecher zu berichten, der dann die Königliche Ratsversammlung informieren wird – ich bin schon jetzt erschöpft, und dabei hat die eigentliche Arbeit noch gar nicht begonnen.«

»Tut mir leid«, sagte ich unbeholfen. Ich hätte mich gerne weiter über meine Pflegemutter unterhalten, wußte aber, daß Narr sich nicht darauf einlassen würde. Daß er so schlecht aussah, beunruhigte mich.

»Es gelang mir, den Rat davon zu überzeugen, daß wir den Küstenschutz verbessern und die Mauern beider Kanäle höher bauen sollten«, sagte er. »Ich glaube, das ist ein schöner Erfolg. Graf Erin unterstützte mich. Ivorr gab ihm ein Zeichen, es zu tun.« Er schnaubte. »Wir wußten alle, daß Rastinn eher einem Vorschlag zustimmen würde, der nicht unmittelbar von einem seiner engen Verwandten stammte. Diese verdammten Banalitäten!« brummte Narr.

Die Zünfte trafen zusammen und erstatteten dem Rat der Sprecher Bericht; dieser wiederum informierte den Königlichen Rat. Es wurde deutlich, daß das Volk von Atlan darauf wartete, daß gehandelt wurde. Man begann mit dem Küstenschutz, und es wurde eine Inspektionsflotte zusammengestellt, die alsbald in See stach.

Eigentlich waren es mehrere Expeditionen, denn wir entsandten Schiffe in vier Richtungen: zur Seichten See, zu den Küsten des Östlichen und des Westlichen Kontinents (das heißt den Sonnenuntergangs-Inseln) und in den Norden. Ich muß Rastinn gegenüber fair sein. Nachdem er sein Einverständnis gegeben hatte, sorgte er dafür, daß alles sorgfältig ausgeführt wurde.

Inzwischen normalisierte sich das Leben in Atlan wieder. Es gab keine Erdbeben mehr, auch keine drastischen Wetterumschwünge. Obwohl ich über die deutliche Entfremdung zwischen meinen Pflegeeltern beunruhigt war, gab es in meinem Leben auch erfreuliche Entwicklungen, denn im Sommer erlebte ich einen beruflichen Aufstieg.

Mein Zwei-Gänge-Menü für das Prinzenmahl hatte Aufsehen erregt. Als wieder ausreichend Lebensmittel zur Verfügung standen, kam das Zwei-Gänge-Menü, wie Meister Chesnon vorausgesagt hatte, in Mode. Man redete aber auch über mich, und ich wurde eingeladen, in die Tafelrunde einzutreten. Das war eine große Ehre für einen so jungen Mann wie mich. Ich erinnere mich gut, mit welchem Herzklopfen ich an meiner ersten Zunftversammlung in dem schönen Gebäude am Jaison-Platz teilnahm, wo ich offiziell den anderen Zunftmitgliedern vorgestellt wurde und den gold- und bernsteinfarbenen Anhänger erhielt, der mein Abzeichen darstellte.

Doch später legte sich meine Begeisterung ein wenig. Obwohl ich Narr in einem Brief, der ihm von Alexahn, Meister Chesnons Boten, überbracht worden war, von meiner Beförderung berichtete, reagierte er nicht darauf, um mir zu gratulieren.

Sein Schweigen kränkte mich. Ich erfuhr, daß Meister Chesnon, der sich über meinen Erfolg freute und weiterhin Feste gab, um meine Kochkünste vorzuführen, meine Pflegeeltern zweimal eingeladen und eine Absage erhalten hatte. Als ich ungefähr einen Monat später einmal einen freien Tag hatte, begab ich mich zu Narrs Haus.

Es war nicht besonders weit entfernt, aber ich brauchte länger als gewöhnlich, um dorthin zu gelangen, denn es fand gerade der Sklavenmarkt statt, bei dem immer starkes Gedränge herrschte. Ich bahnte mir meinen Weg vorbei an Karren und Wagen, Sänften und Fußgängern. Angemietete Marktschreier priesen die Sklaven an und forderten die Bürger zum Kauf auf. Ich sah eine Familie, die aneinandergekettet war und weinte. Ich habe es schon einmal erzählt: Wenn ein Schuldner nicht zahlen konnte, wurden seine Habe und sein Haus verkauft. Reichte das nicht aus, wurde er mit der gesamten Familie verkauft; auch die Familien überführter Krimineller wurden als Sklaven verkauft. Natürlich war das kein angenehmer Anblick, es sollte aber als Warnung dienen.

Zu dieser unglücklichen Familie gehörte auch eine ältere Frau, die hinkte. Sie würde bestimmt nicht viel kosten, da man sie nur in eine Ecke setzen konnte, damit sie Wolle aufrollte oder Gemüse putzte. Bestimmt würde sie bald vor Kummer, Heimweh und Erschöpfung sterben. Es war schrecklich für einen älteren Menschen, in eine solche Lage zu geraten, nachdem er sein ganzes Leben in einem vornehmen Haushalt verbracht hatte.

Narrs Haushofmeister Harion begrüßte mich. Er war ein Sklave, aber da er im Haushalt von Narrs Vater aufgewachsen war, betrachteten wir ihn als Familienmitglied. Er war verwitwet und hatte eine Tochter, die im Haushalt mithalf. Gewöhnlich war er lebhaft und munter. Heute aber blickte er ungewöhnlich bekümmert drein.

»Ihr wollt meinen Herrn sehen«, sagte er unumwunden. »Er ist in seiner Werkstatt.«

»Ich habe eine Nachricht von ihm erwartet«, bemerkte ich, »habe aber nichts von ihm gehört. Was ist denn los?«

»Mein Herr befindet sich bei guter Gesundheit«, sagte Harion ausweichend. »Ich nehme an, er freut sich, Euch zu sehen. Bitte, geht hinein.«

»Es sind doch nicht gerade Studenten bei ihm, oder?« Narr empfing oft Studenten und hatte einen eigenen Raum, in dem er sie unterwies.

»Nein, Herr, keine Studenten. Meister Bergenn und Meister Bryen waren vor kurzem hier; Ihr habt sie um ein Haar verpaßt.«

Seltsam, wie er sich benahm. »Ich sollte vielleicht erst meine Pflegemutter begrüßen«, sagte ich. »Sie hält sich wohl in ihren Gemächern auf?«

»Die Herrin ist nicht … oh, En!« platzte Harion heraus und vergaß für einen Augenblick seine würdevolle Haltung. »Ich rate Euch, Meister Ashinn, geht direkt zu Eurem Pflegevater und laßt es ihn erklären. Aber sagt nichts der Herrin davon.« Ich blickte ihn stirnrunzelnd an und begab mich ohne weitere Diskussion zu Narr.

Mein Pflegevater beanspruchte einen großen Teil des Hauses für sich. Er besaß seine persönlichen Gemächer, den Studentenraum und eine Bibliothek für Schriftrollen. Eine ganze Seite des Hinterhofs nutzte er für seine Gästekammern, die sich über zwei Stockwerke erstreckten. Außerdem gab es noch seine Werkstatt.

Dieser Arbeitsraum war durch einen bogenförmigen Eingang geteilt. Die eine Hälfte diente als Studierraum und war mit einem Regal voller Schriftrollen sowie einem Schreibtisch, Schemel und einem alten Sofa ohne Kissen ausgestattet. In der anderen Hälfte befand sich eine große Werkbank aus Stein, ein Gestell mit Werkzeugen, mit denen Holz und Metall bearbeitet werden konnten, und ein kleiner Ofen mit einem Rauchabzug. Hier hielt sich Narr, dessen Geist stets arbeitete, mit Vorliebe auf.

Ich wandte mich dem Studierraum zu. Narr war nicht da, aber es sah nach Arbeit aus. Auf dem Schreibpult lagen verschiedene Schriftrollen, ein Blatt mit Notizen und eine Skizze: Räder waren an einem seltsamen Aufbau aus Stangen, Zylindern und knollenförmigen Gefäßen befestigt. Es war erstaunlich heiß hier, obwohl es in einem Raum aus Stein kühler hätte sein müssen als im Hof. Man hatte das Gefühl, als stehe man in einer dampfenden Küche.

Ich betrat den zweiten Teil des Raums und wurde sofort von einer Rauchwolke eingehüllt. Ich sah Narr, der an der Werkbank stand und mir den Rücken zukehrte, er hatte mich nicht gehört. Er war mit einer Vorrichtung beschäftigt, die jene von der Skizze zu sein schien. Sie bestand aus Bronze und Glas und befand sich auf einem Ständer. Die Räder zeigten in die Luft. Auf der Bank lagen noch alle möglichen anderen Teile herum.

Der Ofen war nicht eingeheizt, aber auf dem Boden stand ein glühendes Kohlenbecken, darüber ein kräftig dampfender Kessel. Als ich eintrat, sprühte mir der feuchte Dampf entgegen.

»Vater! Was in aller Welt ... ?«

Narr wandte sich mir zu. »Ashinn! Mein lieber Ashinn, ich hätte dich aufsuchen sollen. Wie nett von dir, daß du mir zuvorkommst.«

»Geht es dir gut, Vater?« Ich trat auf ihn zu. »Ich habe lange nichts von dir gehört.«

Narr legte das Werkzeug zur Seite und strich sich über die feuchte Stirn. »Du hast mir geschrieben, und ich habe nicht geantwortet. Ich entschuldige mich. Ich sollte dir ja wohl gratulieren. Hast du deine Einführungszeremonie schon hinter dir?«

»Ja, und es ging alles gut. Aber warum hast du nicht reagiert? Stimmt etwas nicht? Harion sah so besorgt aus.«

»Ich war sehr mit meiner neuen Erfindung beschäftigt.« Narrs Stimme verriet leichte Abwehr. »Da du ja jetzt hier bist, muß ich es dir erklären. Du bist im richtigen Moment gekommen. Bergenn und Bryen haben mir vorher geholfen, aber sie konnten nicht so lange bleiben, bis ich es ausprobierte, und ich kann nicht warten, bis sie wiederkommen. Ich bin gerade im Begriff, meine Erfindung zu testen. Ich glaube, dieses Mal funktioniert es. Dadurch könnte sich das ganze Leben in Atlan verändern. Die Erfindung ist genauso bedeutend wie die Entdeckung, wie man Eisen schmilzt. Das richtige Modell muß zum Teil aus Eisen angefertigt werden. Weißt du ...«

»Ist diese Erfindung der Grund, weshalb Harion mich davon abhielt, Ocean aufzusuchen, und mir riet, zuerst zu dir zu gehen?«

»Nein, natürlich nicht«, erwiderte Narr kurz angebunden und wandte sich wieder seiner Arbeit zu. Ich wartete ab. Er wich meinem Blick aus und machte sich an einem Rad zu schaffen. Es fiel herunter und mir vor die Füße. Er sagte: »Ich hätte dich aufgesucht. Ich muß mit dir über Ocean reden.«

Ich hob das Rad auf und reichte es ihm. »Ist sie krank?«

»Nein«, erwiderte Narr und fuhr in seiner Arbeit fort. »Erinnerst du dich an Juny, das Mädchen, das ich bei Meister Chesnon traf?«

»Ja.«

»Sie ist ... hm ... sie ist immer noch hier. Ich habe sie von Gareth gekauft. Und ich will sie zu meiner offiziellen Konkubine machen. Aber Ocean ist nicht einverstanden.«

Ich stöhnte.

In Atlan konnte sich ein Mann nur einmal durch eine Hochzeitszeremonie vor einem Priester Ens verheiraten. Aber er konnte so viele Konkubinen nehmen, wie er sich leisten konnte. Dies war ein gesetzliches Arrangement, das sich von einer Liebesaffäre unterschied. Es bedurfte dazu einer Zeremonie, bei der der Mann vor Zeugen gelobte, für das Mädchen zu sorgen und es zu beschützen. Sollte sie sich als treulos erweisen, durfte er sie gleichwohl nicht mittellos wegschicken. Auf jeden Fall mußte er für die Kinder aufkommen, die sie ihm gebar. Im Falle der Trennung durfte sie die Kinder behalten, es sei denn, es wurde etwas anderes vereinbart. Eine Ehefrau konnte sich von ihrem Mann nicht scheiden lassen, wenn er sich eine Konkubine nahm, und auch er konnte sich nicht von ihr scheiden lassen. Ihre Stellung war gesichert.

Aber Ocean stammte aus einer Familie, die der Diener-Sekte angehörte, und diese gestattete keine Konkubinen. Im Lauf der Jahre hatte sie sich mit Narrs zahlreichen Affären abgefunden, aber ich wußte, daß sie oft unglücklich und wütend war. Jetzt war Narr einen Schritt zu weit gegangen.

Narr nahm den pfeifenden Kessel vom Feuer und befestigte das eine Ende eines Bronzerohrs an der Öffnung. Das andere machte er an seiner Vorrichtung fest und stellte den Kessel erneut auf das Feuer.

»Ich sagte«, wiederholte er, »daß ich Juny zu meiner Konkubine machen will.«

»Mit der formellen Zeremonie?«

»Natürlich. Wie denn sonst?«

»Aber ...«

»Hör zu«, forderte mich Narr auf, »hör einfach nur zu.« Er stellte sich neben mich. Sein Blick war noch immer auf seine Erfindung gerichtet. »An jenem Abend hatte ich nicht vor, mir eine Konkubine anzuschaffen«, fuhr er fort. »Ich wollte lediglich eine Nacht oder ein paar Nächte mit Juny verbringen. Aber als ich nach Hause kam und sie mich in meiner Gästekammer erwartete ...«

Irgend etwas geschah mit Narrs Apparatur. Der Dampf drang in die Unterseite eines vertikalen Zylinders, wodurch ein Kolben im Zylinder nach oben gestoßen wurde. Eine Stange oberhalb des Zylinders bewegte sich mit dem Kolben nach oben. Die Stange war an weiteren Stangen befestigt, die mit den Rädern der Vorrichtung verbunden waren. Langsam begannen die Räder sich zu drehen.

Ich beobachtete das Ganze, war froh, Narr nicht in die Augen sehen zu müssen. Ich fühlte mich sehr unwohl. Narr war im allgemeinen sehr diskret. Wohl wußte man über seine Affären Bescheid, aber er hatte Ocean nie mit einer seiner Geliebten konfrontiert oder in ihrer Gegenwart darüber gesprochen; mit mir redete er ganz offen über sein Liebesleben.

»Harion hat seine Anweisungen«, sagte er. »Wenn ein Mädchen auf meinen Wunsch ins Haus gebracht wird, führt er sie in eine Gästekammer. Es wird ihr eine Erfrischung angeboten und ein Bad mit duftenden Zutaten bereitet. Danach hüllt sie sich in ein Badetuch. Juny saß wartend auf dem Bett. Sie hatte gebadet, sich parfümiert und war in ein scharlachrotes Tuch gehüllt. Ich sah ihre zarten, weichen Schultern, ihre glänzende Haut. Sie sah zum Anbeißen aus.«

Ich scharrte ungeduldig mit den Füßen. »Ich schenkte ihr Wein ein und erklärte ihr, sie könne nein sagen, wenn sie wolle, was ich ihr ja schon bei Chesnon dargelegt hatte. Ich sagte, ich begehre sie, aber ich sei ein Mann und kein Bock. Ich wünschte mir, daß sie für mich singe und tanze. Wenn sie wolle, würde ich auf dem Fußboden schlafen, und sie würde am anderen Morgen das übliche Geschenk erhalten.«

Die Apparatur gab ein Geräusch von sich. Ich bemerkte, daß das, was ich für einen Tank mit Reservewasser gehalten hatte, zu dem Arrangement gehörte und der Dampf durch eine Röhre vom Zylinder in sehr schlanke Bronzeröhren geleitet wurde, die sich durch diesen Tank wanden. Der Dampf verwandelte sich dadurch wieder in Wasser. Eine andere Röhre leitete das Wasser in einen großen Bronzebehälter. Als der Dampf aus dem Zylinder austrat, tropfte der Kolben, richtete sich aber sofort wieder auf, als mehr Dampf hineingepreßt wurde.

»Wenn der Dampf aus dem Zylinder tritt, wird ein Vakuum erzeugt und der Kolben fällt hinein«, erklärte Narr. »Der Luftdruck preßt ihn nach unten. Erinnerst du dich an die öffentliche Präsentation, die ich veranstaltete, als du noch ein Junge warst?«

»Ja«, erwiderte ich, »noch sehr deutlich. Wir waren auf der Rennbahn inmitten einer großen Menschenmenge. Du hast einen Kessel aufs Feuer gestellt, einen Zylinder und einen Kolben, genau wie dieser, aber viel größer. Drumherum standen Männer mit einem Seil.«

»Ja. Ich erzeugte ein Vakuum unter einem Kolben, und die Männer konnten den Kolben mit dem Seil nur ganz wenig hochziehen. Damit bewies ich die Kraft des Luftdrucks. Aber seit damals grübelte ich, wie ich das umsetzen könnte. Eines Tages sah ich in deiner Küche bei Meister Chesnon, wie sich Topfdeckel hoben, und plötzlich kam mir die Idee: Die Dampfkraft kann mehr als nur ein Vakuum erzeugen. Sie kann Dinge bewegen.«

Der Kolben bewegte sich jetzt ständig auf und ab, wobei seine Geschwindigkeit zunahm. Die Räder drehten sich gleichmäßig. Narr betrachtete das Ganze dennoch zweifelnd und schnalzte mit der Zunge. Mit einer Drahtzange regulierte er etwas. »Das Ding wird zu heiß«, sagte er und trat zurück. »Ich muß nachdenken, wie ich das vermeiden kann.«

»Die Sache mit Juny ...«, sagte ich, denn ich wollte es hinter mich bringen.

»Ja, Juny.« Narr starrte auf seine Erfindung. »Sie nippte an dem Wein und blickte mich mit ihren dunklen mandelförmigen Augen an: ›Ihr werdet der erste sein. Garreth hat mich noch nie zuvor dafür ausgeliehen, weil ich Tänzerin bin. Dieses Mal war er nur deshalb einverstanden, weil Ihr soviel Geld geboten habt und weil Ihr eine wichtige Persönlichkeit seid. Doch früher oder später wird er eine andere Tänzerin finden, die genausogut sein wird wie ich, oder es wird jemand anderes kommen, der auch einen hohen Preis bietet, so daß ich so oder so bei irgendeinem Mann landen würde. Ich bin froh, daß Ihr es seid.‹«

Ich wußte nicht, was ich sagen sollte, und schwieg.

»Sie hat sich gewählt ausgedrückt«, sagte Narr. »Ich nehme an, sie ist in einem guten Haushalt aufgewachsen. Sie meinte, ich sehe recht ansehnlich aus, und sie glaube auch, daß ich freundlich sei.« Erstaunt stellte ich fest, daß er leicht errötete. »Und dann fuhr sie fort: ›Vor allem seid Ihr der ehrenwerte Herr Narr.‹ Ashinn, sie wußte alles über mich. Sie kann weder lesen noch schreiben, aber sie wußte trotzdem alles über mich – über das Schmelzen von Eisen und meine Mitgliedschaft in der Ratsversammlung. Sie bat mich, ihr zu erklären, wie ich herausgefunden hatte, wie man Eisen zum Schmelzen bringt, und was es mit dem Rat auf sich hätte. Und sie war ernsthaft interessiert. Ich weiß genau, wann mir jemand nur aus Höflichkeit zuhört und wann aus echtem Interesse. Ich erkenne das an den Fragen. Juny interessiert sich wirklich. Sie wollte wissen, worin sich die Bronze- von der Eisenherstellung unterscheidet und wie Orichalcum bearbeitet wird. Juny ist ungebildet, aber wissensdurstig.«

Ich schwieg noch immer. Doch was hätte ich auch sagen sollen.

»Es war ... es war einfach wunderbar!« rief Narr. Er klang schwärmerisch wie ein Junge. »Wir haben die halbe Nacht geredet. Und als wir zu Bett gingen, geschah es fast ... geistesabwesend. Als hätten sich unsere Liebkosungen aus unserem Gespräch ergeben. Wir schliefen ganz selbstverständlich miteinander, ganz sanft ... Bestimmt hat noch kein Mädchen seine Unschuld so gern verloren und war dabei so glücklich. Und jetzt kann ich nicht mehr von ihr lassen. Aber Ocean will einfach nicht Vernunft annehmen.«

»Sie akzeptiert es vermutlich nicht. Aber wenn du entschlossen bist«, sagte ich und beobachtete, wie der Apparat vibrierte, »kann sie dich nicht aufhalten. Du brauchst ihre Zustimmung nicht.«

»Nein«, gab Narr zu. »Aber sie kann sich in ihren Gemächern einschließen, mich nicht mehr hineinlassen und dem Küchenpersonal befehlen, mir keine Mahlzeiten mehr zuzubereiten. Eine Ehefrau hat das Recht, die Küche zu leiten.«

»Wie?« sagte ich, »das hat sie getan?« Unwillkürlich mußte ich lachen. Ich lachte immer noch, als Narr auf mich zusprang, mich umklammerte und mit mir durch den Raum wirbelte, bis wir auf dem Boden landeten.

Ich hörte das Klirren, als ein Teil der Bronze von dem Gerät sprang und gegen die Wand prallte, dann explodierte die Vorrichtung.

Da wir weit genug entfernt waren, wurden wir nicht verletzt. Dampf und kochendheißes Wasser schossen aus dem Zylinder und dem Wasserkessel. Wir kauerten in der Ecke, nur Narr war von einem Bronzestück an der Schulter getroffen worden und hatte einen Schnitt davongetragen. Als sich der Dampf verflüchtigte, setzten wir uns auf und blickten zur Werkbank.

Sie war umgeben von abgesprungenen Rädern, Stäben, Zylinder- und Gefäßteilen. Das Rohr des Kessels war gebrochen. Kochendes Wasser ergoß sich auf den Boden. Wir sprangen hoch. In diesem Augenblick eilte Harion in Begleitung von Juny herein. Drei Haussklavinnen wurden gerufen. »Rührt ja nichts an!« schrie Narr. »Das Zeug ist heiß. Ich werde selbst alles aufräumen«, erklärte er ihnen.

»Doch ich will erst die Überreste untersuchen, um herauszufinden, was schiefgelaufen ist.«

Gegen meinen Willen mußte ich Juny bewundern, denn sie verstand es, seine Verletzung zu behandeln. Sie ließ sauberes warmes Wasser kommen sowie Salben und hatte in Kürze mit flinken, sanften Fingern die Wunde gewaschen, mit Salbe bestrichen und verbunden.

Sie machte kein Drama aus dem Vorfall. Als sie fertig war, erklärte ihr Narr, daß er mit mir allein reden wolle. Nachdem sie ihm eingeprägt hatte, daß er auf den Verband achten solle, zog sie sich stillschweigend zurück und nahm die Sklavinnen mit.

Wir begaben uns in den Studierraum, setzten uns und starrten uns an.

»Was war das für ein Ding, das uns da fast umgebracht hätte?« fragte ich. Obwohl sich die Nachricht von dem Unfall bestimmt schnell im Haus verbreitet hatte, war Ocean nicht erschienen, um nach uns zu sehen.

»Es ist ein Wagen«, erklärte Narr.

»Ein Wagen? Ich dachte, es sei ein Experiment.«

»Es ist ein Versuchswagen«, sagte Narr. »In Miniatur. Wenn es mir gelingt, ihn zum Funktionieren zu bringen, baue ich einen richtigen Wagen, der Menschen befördern kann. Dafür eignet sich Eisen am besten ...«

»Ein Wagen aus Eisen, der groß genug ist, um Menschen zu befördern, und durch Dampf bewegt wird? Er würde doch viel zu schwer sein.«

»Das glaube ich nicht, wenn der Druck des Dampfes stark genug ist. Das Problem ist, daß er einem zu schnell aus der Hand gleitet. Das ist ein Rückschlag«, bemerkte Narr mürrisch. »Ich hatte mir geschworen, vor dem Herbst einen richtigen Wagen zu konstruieren, den man vorführen kann. Ich muß alle Teile noch einmal prüfen, um herauszufinden, wo der Fehler liegt. O Ashinn, deshalb bin ich so wütend auf Idioten wie Jateph und Diarr. Es ist eine solche Zeitverschwendung, mit ihnen herumzustreiten, um etwas Praktisches auf die Beine zu stellen. Ich habe viele Stunden im Rat vergeudet, die ich besser hätte nutzen können, an dieser Vorrichtung zu arbeiten.«

»Wenn es dir gelingt, diesen Wagen zum Funktionieren zu bringen ...«

»Keine Angst, ich werde es schaffen«, erwiderte Narr. »Ashinn, im Dampf liegt eine ungeheure Kraft, mehr als du dir vorstellen kannst. Bryen äußerte sich ähnlich, als er heute morgen mit seinem Vater bei mir war. Ich stehe erst am Anfang. Ich habe noch nicht alle Möglichkeiten erschöpft; ich weiß nur, daß es welche gibt, ich spüre sie. Mit dem Dampf könnten wir alles verändern. Das soll nicht heißen, daß wir künftig nur noch Wagen ohne Pferde hätten ...«

»Wir haben nur Holzkohle«, sagte ich. »Und heute schon müssen wir den Großteil unseres Brennholzes einführen.«

»Die Einfuhr wäre leichter, wenn wir Schiffe hätten, die nicht auf den Wind oder die Sklaven an den Rudern angewiesen wären.«

»Schiffe? Dampfbetriebene Schiffe?«

»Wenn der Dampf einen Wagen antreiben kann, warum nicht auch ein Schiff? Nachts bin ich wachgelegen, Ashinn, und habe überlegt, welchen Fortschritt dies für uns bedeuten würde. Das lenkte mich von Ocean ab. Wir könnten Dampf für alles mögliche einsetzen, ja, wir könnten ohne Sklaven auskommen.«

»Eine interessante Vision«, sagte ich zweifelnd.

»Mehr als das.« Narr hieb mit der Faust auf die Lehne des Stuhls. »Es könnte Wirklichkeit werden.« Plötzlich wechselte er das Thema. »Ich nehme an, du hast bemerkt, daß Ocean nicht herbeigelaufen kam?«

Ich schwieg erneut. Narr seufzte und stand auf.

»Ich räume später auf. Ich schließe den Raum ab, und wir gehen in meine Gemächer. Ich habe zumindest einen Wein dort, wenn auch nichts zu essen.«

»Tut mir leid, daß ich darüber gelacht habe«, bemerkte ich.

»Nun, es ist ja auch komisch. Der große Herr Narr, Ratsmitglied und Freund von Prinz Ivorr, Entdecker des Eisens, von allen Atlantiern geachtet, muß Speisehäuser aufsuchen oder sich Essen kommen lassen, weil seine Frau ihm unter seinem eigenen Dach keine Mahlzeit gönnt. Komm.«

Ich bot ihm an, in die Küche zu gehen und ihm eigenhändig etwas zu kochen, dachte aber nicht daran, daß ich als Sohn des Hauses keinen Zugang zur Speisekammer oder zu den Kochutensilien hatte. Aber Narr sagte, das käme nicht in Frage, er würde lieber essen gehen. »Doch laß uns zuerst einen Schluck Wein trinken.«

Beim Wein sagte er: »Lassen wir den Dampfwagen und reden wir über Juny. Du mißbilligst es, nicht wahr? Du bist auf Oceans Seite.«

Ich antwortete zögernd: »Hast du etwas anderes erwartet?«

»Vielleicht nicht. Ich nehme an, du hast Mitleid mit ihr.«

»Ich verstehe ihren Standpunkt.«

»Und der wäre?«

»Muß ich dir das wirklich erklären?«

»Ja, da wir nicht denselben Blickwinkel haben. Sag mir, welches Oceans Standpunkt ist.«

»Vater, ich ...«

»Ich weiß, ich weiß. Du schuldest mir soviel. Ich habe dich aus den Trümmern eines Hauses geholt und dich wie meinen eigenen Sohn aufgezogen, und du wärst in deinem Beruf nicht so weit gekommen, wenn ich nicht gewesen wäre. Also willst du mich nicht kritisieren. Dein Gesicht spricht Bände. Ich wiederhole, Ashinn: Sag mir, was Ocean für einen Standpunkt vertritt.«

Ich holte tief Luft. »Denk aber daran, daß du mich dazu aufgefordert hast.«

»Ich habe ein ausgezeichnetes Gedächtnis. Also schieß los.«

»Sie kommt aus einer Familie, die der Diener-Sekte angehört. Sie hat ihr die Stirn geboten, als sie dich heiratete, das war bestimmt nicht einfach. Sie hat all die Jahre ihr Bestes getan, um dir zu gefallen. Deine Vorstellungen standen bestimmt in krassem Widerspruch zu dem, was sie gelernt hatte. Ich meine damit zum Beispiel Dinge wie Ausgehen, sich mit anderen Leuten unterhalten, über alle möglichen Themen ... und ich weiß, sie war enttäuscht, weil sie nur ein Kind mit dir haben konnte. Du hast es mir ja selber gesagt. Und jetzt, da sie nicht mehr jung und schön ist, wendest du dich dieser hübschen Tänzerin mit der goldfarbenen Haut und den glänzenden schwarzen Haaren zu. Wenn ich Ocean wäre«, sagte ich, »würde ich sie wohl vergiften.«

»Daran mag ja durchaus etwas Wahres sein«, erwiderte Narr. »Bei En! Durchaus. Aber trotzdem hast du nicht völlig recht. In jener Nacht bei Chesnon versuchte ich, die Wirklichkeit im Auge zu behalten. Ich hätte voraussehen müssen, was geschehen würde, als ich mich in Ocean verliebte, aber ich war ein junger Mann und ungestüm.« Sein Blick wurde nachdenklich, als er in die Vergangenheit abschweifte.

»Ocean war als junges Mädchen reizend. Sie war schlank und scheu wie eines von Prinz Ivorrs Rehen ..., und ich war bereit, mich zu verlieben.«

Ich schwieg dazu nachdrücklich, so daß Narr sagte: »Ich weiß, du denkst, ich habe immer noch eine starke Neigung, mich rasch zu verlieben. Gut, es stimmt. Aber da ist noch mehr. Es gab eine Zeit, da Ocean mit dem Leben an meiner Seite durchaus zurechtkam, auch wenn es ihr noch so fremd erscheinen mochte. Sie war nie eine gute Unterhalterin, weder privat noch in der Öffentlichkeit, aber sie konnte sehr aufmerksam zuhören und hie und da eine kluge Bemerkung machen. Es stimmt, sie war sehr bekümmert, weil wir keine weiteren Kinder bekamen, aber sie ist ja nicht wirklich kinderlos. Wir haben eine Tochter, die eine angesehene Ärztin ist. Darauf können wir stolz sein. Und es ging alles gut, bis sie in die Wechseljahre kam. Sie hat sich verändert, Ashinn, umgekehrt.«

Ich verstand nicht. »Umgekehrt?«

»Ja. Die Diener legen eigentlich wenig Wert auf Esprit und Schönheit ihrer Frauen, aber bei den jungen Mädchen schätzen sie solche Dinge bis zu einem gewissen Grad, denn auch sie sind nur Männer. Ein Mädchen, das einen Ehemann finden will, wäscht sich das Haar, steckt es adrett hoch und trägt auch etwas Schmuck. Ihre jungen, unverheirateten Frauen tragen Silberarmbänder, genau wie unsere Frauen, und die jungen Ehefrauen schmücken sich mit hübschen Gold- und Achatarmbändern, die manchmal sogar erlesener als unsere sind. Aber wenn sie keine Kinder mehr bekommen können, vergessen sie das alles. Sie schenken ihre Ehearmbänder ihren Schwiegertöchtern. Eine Frau in mittleren Jahren verwandelt sich fast über Nacht in eine Matrone. Das erwartet man von ihr. Genau das ist mit Ocean geschehen. Sie hat jegliches Interesse verloren, Ashinn. Sie will nur noch die ganze Zeit zu Hause bleiben, die Küche überwachen, ein paar Freundinnen einladen, sich mit kleinen häuslichen Angelegenheiten beschäftigen. Sie benutzt keine Schminke und versteckt ihr Haar unter einem Tuch. Erinnerst du dich an ihr Mädchen, das bei dem Rennen umkam? Ihre jetzige Zofe ist verzweifelt, da sie ihre Herrin kaum dazu überreden kann, sich regelmäßig zu baden oder saubere Kleidung anzuziehen. Ich will ein neues junges Mädchen kaufen und hoffe, ein frisches Gesicht wird sie etwas in Schwung bringen. Wir schlafen schon lange nicht mehr miteinander, lange vor Junys Auftauchen, und seit letztem Jahr oder länger hört sie mir nicht einmal mehr zu. Sie blickt sich lediglich im Raum um und gibt vage Bemerkungen von sich, die beweisen, daß sie überhaupt nicht zugehört hat. Ihr Geist, ihre Phantasie sind verkümmert. Aber mit Juny kann ich reden.«

»Du kannst auch mit mir reden«, wandte ich ein. »Oder mit Prinz Ivorr, mit Bergenn oder Bryen oder deinen Studenten.«

»Ich habe zur Zeit ein paar hochbegabte Studenten«, sagte Narr und schenkte uns Wein nach. »Weißt du, es gibt immer einige Versager darunter. Stolze Eltern zahlen für die hoffnungslosesten Kinder, damit diese die Akademie besuchen und sie dann sagen können: ›Mein Sohn studiert Astronomie oder Mathematik in der Zitadelle.‹ Aber zur Zeit habe ich einige wirklich vielversprechende Studenten in meiner Schule. Aber es sind eben nur junge Männer. Sie, du, Bergenn, Bryen und Ivorr – ihr seid alles Männer.«

»Warum betonst du das? Willst du mit Frauen über das Schmelzen von Eisen und dergleichen reden?«

»Ja, genau. Der weibliche Geist sieht die Dinge anders. Ich mag das. Erinnerst du dich, wie das Meer manchmal bei Sonnenuntergang aussieht? Als ob das Wasser sich in gesponnenes Gold verwandelt habe. Man sieht wohl die Details, die Wellen, die sich kräuseln, aber über allem liegt eine goldene Patina. Wenn Felsen im Wasser sind, sehen sie dunkler aus und zeichnen sich deutlicher ab als bei anderem Licht.«

»Und Juny bietet dir das? Ein Tanzmädchen, eine Sklavin?«

»Ja. Sie besitzt einen scharfen Verstand, ist neugierig. Mit mir wird sie sich weiterentwickeln.«

»Vielleicht bis zu einem bestimmten Punkt«, sagte ich. »Aber du könntest auch mit ihr eine ähnliche Entwicklung erleben wie mit Ocean. Sie ist doch als Sklavin geboren, oder? Das wolltest du doch sagen, als du meintest, sie sei in einem guten Haus aufgewachsen?«

»Ja, warum?«

»Dann wurde sie auch nach einem bestimmten Muster aufgezogen, und der Intellekt bildet nur einen Teil dieses Musters. Sklaven werden nicht zur Intelligenz ermutigt. Sogar Harion ist immer darauf bedacht, nicht zu klug zu erscheinen.«

»Auch du stammst von Sklaven ab«, bemerkte mein Pflegevater trocken.

»Wenn das der Fall ist, dann hat deine Erziehung dies ausgeglichen. Aber manchmal habe ich mich gefragt«, erklärte ich ihm, »ob mich irgendein Sklavenvorfahre gedrängt haben mag, einen Beruf zu ergreifen, bei dem man mit den Händen arbeiten muß, um Bankette für andere auszurichten.«

»Dein Beruf«, entgegnete Narr verärgert, »erfordert großes Talent und ist sehr kreativ. Das habe ich immer gesagt.«

Das stimmte nicht. Ich verkniff mir ein Grinsen. »Aber es geht nicht um mich, sondern um Juny.«

»Manchmal meine ich, mich reden zu hören, wenn du sprichst«, sagte Narr.

»Juny«, fuhr ich fort, »ist schön, und das betört dich. Ihre Schönheit, ihre Jugend, ihr Talent als Tänzerin und ihre wundervolle Singstimme. Genauso hast du dich damals in die hübsche, schlanke Ocean verliebt. Du weißt, ich habe recht. Behalte Juny bei dir, schlafe mit ihr, und wenn du sie leid bist, verkauf sie an eine gute Familie oder laß sie mit einer ausreichenden finanziellen Grundlage ziehen. Sorge für sie, aber mach sie nicht zu deiner offiziellen Konkubine. Du wirst es später bereuen.«

»Ashinn, ich habe ihr bereits erzählt, was ich vorhabe. Erwartest du von mir, daß ich wortbrüchig werde? Du hättest ihr Gesicht sehen sollen. Sie sah aus, als hätte ich ihr die ganze Welt geschenkt.«

»Oh, das kann doch nicht wahr sein!« rief ich.

Doch dann empfand ich Reue, denn plötzlich wirkte Narrs Gesicht eingefallen. Er wird älter, dachte ich bedrückt. »Ich habe versucht, es dir zu erklären«, sagte er. »Wenn du es nicht verstehst oder verstehen willst, kann ich es auch nicht ändern. Ich respektiere deine Besorgnis um Ocean. Wenn du willst, kannst du etwas für sie tun.«

»Und das wäre?«

»Besuch Ocean«, sagte er. »Nicht heute, denn du wirst dir überlegen müssen, was du ihr sagst, aber bald. Besuch sie und versuche sie zu überreden, diese Fehde gegen mich zu beenden und Juny zu akzeptieren. Würdest du das tun?«

»Nein, das kann ich nicht akzeptieren.«

»Du brauchst nicht vorzugeben, daß du mit mir einig bist«, bemerkte Narr. »Du kannst ihr ruhig sagen, ich sei ein Ungeheuer, was immer du willst. Aber versuch ihr klarzumachen, daß dies nicht das

Ende ist. Sie ist nach wie vor meine Ehefrau, die Hausherrin und von allen respektiert. Juny wird sie achten, das verspreche ich. Sprich mit ihr, Ashinn, und tröste sie. Ich werde meine Meinung nicht ändern, aber ich will nicht, daß sie leidet. Tu es für sie, nicht für mich.«

Ich lehnte dieses Ansinnen entschlossen ab. Nachdem Narr eine Weile nachdenklich mein Gesicht studiert hatte, sagte er: »Nun gut.« Er wiederholte seinen Vorschlag nicht mehr, sondern wechselte das Thema. Ich war verärgert, versuchte aber dennoch, sachlich zu antworten. Natürlich redete er über seinen Dampfwagen. Er wollte eine weitere Miniatur-Version davon anfertigen, und dieses Mal wollte er es richtig machen. Wenn er damit fertig war, würde er das Modell seinen Studenten vorführen, und sie würden ihm helfen, einen richtigen Wagen zu bauen, der öffentlich vorgestellt werden konnte.

»Prinz Ivorr interessiert sich dafür. Er ist einer der wenigen, denen ich das Projekt erklärt habe – du, Bergenn und Bryen, ihr seid die einzigen, die darüber informiert sind. Er sagt, er will als erster damit fahren.«

»Ich glaube, du bist vollkommen verrückt«, sagte ich brüsk. »Es wird nie funktionieren.«

»Eines Tages wirst du selbst damit fahren«, prophezeite Narr. »Wart es ab. Mußt du bald wieder zu Meister Chesnon zurück? Oder kannst du mit mir bei Eynar einen Happen essen, wenn wir uns eine Sänfte nehmen? Mittag ist schon vorbei, und ich habe Hunger.«

Ich erkannte, daß dies eine versöhnliche Geste sein sollte, die ich nicht zurückweisen wollte. Ich mißbilligte sein Verhalten gegenüber Ocean, aber ich hatte Narr mein Leben lang als Vater geliebt. Also ließ er nach einer Sänfte schicken (Narr besaß nur Wagen, und es war ungesetzlich, einen Wagen am Jaison-Platz abzustellen), und so begaben wir uns zu Eynar und setzten uns an einen Tisch im Freien, von wo aus wir den Verkehr beobachten konnten.

Auf der anderen Straßenseite befanden sich die Geschäftsräume eines Reeders, wo Kaufleute Schiffe mieten konnten, und neben dem Speisehaus lag das Haupthaus meiner Zunft. Ich traf einige Bekannte, die die Treppe herunterkamen und mir zuwinkten.

Wir aßen Obstpasteten und Lammfleisch, das am Spieß geröstet worden war, und tranken noch etwas Wein. Narr schlug vor, einen Bummel durch die Stadt zu machen und abends nochmals bei Eynar einzukehren. Die Speisekarte war verlockend. Es war immer schwierig, Fisch zu bekommen, da viele unserer Fischer bei der großen Flutwelle umgekommen waren, und die Überlebenden waren immer noch damit beschäftigt, ihre Häuser und Boote zu reparieren. Und Eynar offerierte Flußfisch, in Weinblättern gebacken und mit Mandeln verziert. Narr und ich liebten dieses Gericht.

Aber Meister Chesnon hatte heute abend Gäste, und auf Keneth war kein Verlaß, da er immer noch von Kummer gequält wurde. Also mußte ich auf Narrs Einladung verzichten. Er sagte, er würde auf jeden Fall zu Eynar gehen, was bedeutete, daß er nach Hause zurückkehren und Juny abholen würde. Ich verkniff mir eine Bemerkung.

Doch er begleitete mich zu Meister Chesnons Haus, als könne er sich nicht von mir trennen. Als wir durch das Tor schritten, kam uns unser junger Bote Alexahn mit einem Korb entgegen. Er war ein dunkler, schlanker Bursche, der das Leben von der heiteren Seite nahm. Er sah mich an, und ich blieb stehen.

»Willst du mir was sagen, Alexahn?«

»Keneth hat mich gebeten, auf den Markt zu gehen, um Schellfisch zu besorgen, und es ist mir gelungen, ein paar Garnelen aufzutreiben.«

Meine Stimmung besserte sich. Meister Chesnon liebte Garnelenpastetchen. »Gut gemacht«, lobte ich Alexahn.

»Ich hatte Glück, Herr, denn der Markt wird jetzt abgebaut.«

»So früh schon?«

»Einer von Ens Dienern fing dort zu predigen an. Er sagte, die große Flutwelle sei ein Zeichen von Ens Zorn, da unser Gottesdienst so lasch sei.« Alexahn verhielt sich formell, wie ein Sklave, der einen freien Mann anspricht, aber sein Gesicht verriet jetzt deutlich Spott. »Es versammelten sich so viele Leute um ihn, daß der Markt gestört wurde. Irgend jemand muß die Stadtwache benachrichtigt haben. Sie traf gerade ein, als ich mich auf den Weg machte. Sie ordnete an, daß alle nach Hause gehen sollten, auch die Besitzer der Marktstände.«

Ich trug ihm auf, seine Schätze in der Küche abzuliefern, und wandte mich Narr zu. Dieser starrte mich seltsam an.

»Was ist los?« fragte ich.

»Du hast mir einmal gesagt, nur in einer zivilisierten Gesellschaft könnten Meisterköche existieren. Du hattest recht. Und Atlan ist die einzige zivilisierte Gesellschaft, die es gibt. Nirgendwo außerhalb von Atlan und seinen Inseln existiert ein Ort, wo die Zubereitung von Speisen eine Kunstform darstellt.«

Ich blickte ihn fragend an.

»Ich mag es nicht, daß Bedienstete auf den Markt gehen«, meinte er.

Nie wechselte er grundlos von einem Thema zum anderen. Ich wartete.

»Ich könnte nirgendwo anders als in Atlan leben«, fuhr er fort. »Wir haben hier etwas geschaffen, das einmalig ist, einen Lebensstil, der Menschen erlaubt, zu denken, zu entdecken und schöpferisch tätig zu sein, da sie nicht ständig ums Überleben kämpfen müssen. Das ist wunderbar.«

»Ja, ich verstehe, das heißt, ich verstehe nicht. Was hat das mit den Bediensteten zu tun?«

»Sie könnten sich zu einer Gefahr entwickeln«, meinte Narr. »Erinnerst du dich an deine Geschichte? Wie die Priester versuchten, das Volk in Unwissenheit zu halten? Wie sie Menschen töteten, die behaupteten, die Sonne sei nicht identisch mit dem Gott En? Die Diener wollen die Vorherrschaft der Priester wieder einführen. Ich hoffe, wir erleben keine weiteren Überflutungen oder Erdbeben.«

»Aber wenn der Meeresspiegel sich wirklich hebt?«

»Dann muß man mit weiteren Überschwemmungen und Beben rechnen. Ja, ich weiß. Das macht mir auch Sorgen. Sie könnten es ausnützen, um Einfluß zu gewinnen. Ashinn ...«

»Ja?«

»Halte mich nicht für einen alten Narren, aber ich bin beunruhigt; ich verstehe selbst nicht, weshalb. Ich will meine Arbeit so schnell wie möglich zu Ende führen, bevor ... nun, bevor mir irgend etwas Einhalt gebietet. Dafür brauche ich Ruhe. Bitte, geh zu deiner Pflegemutter. Um ihretwillen, um meinetwillen und wegen meiner Arbeit. Du bist ein friedfertiger Mensch, Ashinn. Versuch bitte, den Frieden zwischen mir und Ocean wiederherzustellen.«

Er machte auf dem Absatz kehrt und entfernte sich. Ich stand da wie vom Donner gerührt und starrte ihm hinterher. Mir war klar, nichts würde Narr von Juny abbringen. Wenn mir etwas an ihm oder an Ocean lag, mußte ich tun, was er von mir verlangte, auch wenn ich es mißbilligte.

Ocean in Aufruhr

Am nächsten Tag bat ich um Erlaubnis, Alexahns Dienste in Anspruch nehmen zu dürfen. Ich schickte ihn mit einer Botschaft zu Narr, in der ich ihm mitteilte, daß ich in Kürze Ocean einen Besuch abstatten würde, und ich bat ihn, bis dahin noch mit der Konkubinats-Zeremonie zu warten. Dann zögerte ich meinen Besuch tagelang hinaus und grübelte darüber nach, was ich sagen sollte. Ich fand keinen Grund, weshalb Ocean Junys Eindringen in ihren Haushalt akzeptieren sollte.

Ich wußte, eines Tages würde auch ich heiraten. Ich würde Oxona nie vergessen, doch Saraya hatte mir gezeigt, daß sich Trauer allmählich verändert. Es kommt die Zeit, da selbst ein Mensch, den man zu seinen Lebzeiten innigst liebte, der Vergangenheit angehört. Oxonas Bild verblaßte immer mehr. Eines Tages würde ich eine andere Frau kennenlernen, die ich heiraten würde. Und ich würde ihr nicht zumuten, eine Konkubine neben sich dulden zu müssen.

Vielleicht war diese Einstellung Oceans Erziehung zu verdanken. Wie oft hatte ich erlebt, daß meine Pflegemutter angewidert das Gesicht verzog, wenn das Thema auf Konkubinen kam, und oft gab sie mißbilligende Kommentare ab. »Ich verstehe nicht, weshalb die Männer so etwas tun«, sagte sie dann. »Ich finde es sehr unfair der Ehefrau gegenüber.«

Einmal meinte sie: »Das Mädchen ist eine junge Schlampe, aber er sieht das nicht. Er ist fünfzig, und in diesem Alter werden die Männer manchmal eigenartig. Sie müssen sich als Mann beweisen und kümmern sich nicht um die Gefühle der Ehefrauen, die sie verletzen.«

Ich würde nicht sagen, daß Juny zu dieser Kategorie Mädchen

gehörte. Aber Narr war über fünfzig. Vielleicht hatte er Angst vor dem Alter und wollte es nicht wahrhaben. Doch welche Motive ihn auch immer bewegen mochten, ich wußte, daß nichts ihn aufhalten konnte, und deshalb benötigte Ocean Hilfe. Schließlich nahm ich mir einen Nachmittag frei und machte mich auf zu ihr.

Vor Narrs Haustor begegnete ich einer untersetzten Frau mit harten Gesichtszügen, die stark geschminkt war und viele Armbänder und Ringe trug und ein sehr kostbares Kleid mit Goldstickerei. Sie war in Atlan sehr bekannt, insbesondere in diesem Bezirk. Lavindy war die erfolgreichste Sklavinnenhändlerin der Stadt.

Sie pflegte unbedarfte junge Mädchen zu kaufen und sie in vielerlei Fertigkeiten zu unterrichten, angefangen vom Putzen und von der Küchenarbeit bis zum Anpflanzen von Gemüse, aber auch in Handarbeit, im Singen und Tanzen, im Spielen von Musikinstrumenten und in erotischen Spielen im Bett.

Ihr Haus wurde gut geführt. Es gab mehrere ähnliche Unternehmen, aber die meisten waren nur bessere Bordelle.

Lavindy machte aus ihrem Gewerbe keinen Hehl. Sie war allgemein nicht sehr beliebt, und ihre Mädchen waren teuer. Doch ob man bei ihr eine Frau fürs Bett erwarb oder eine Zofe, eine Näherin oder eine Küchenmagd, man bekam stets, was man wollte: gut ausgebildete Mädchen, die ihren Preis wert waren.

Natürlich erkannte sie mich. Menschen wie Lavindy erkannten jeden, der ein potentieller Käufer war, und so schätzte sie mich ein. Ich grüßte sie höflich und fragte sie, was sie hergeführt habe.

»Ein reizendes Mädchen für die Hausherrin«, antwortete sie. »Interessiert Ihr Euch nicht für weibliche Begleitung?« Ihre dunklen Raubtieraugen musterten mich mit verwirrendem Wohlwollen. Die Mädchen, die sie kaufte, mußten sich unter diesem scharfen Blick wohl ziemlich unbehaglich fühlen, dachte ich.

»Nur wenn Ihr mir Saraya anbieten könnt«, erwiderte ich fest. »Keine andere als die.«

Lavindy lachte. »Ich verstehe, ein junger Mann mit Scharfblick. Frauen dieser Güte werden mir jedoch selten angeboten. Nun denn, ich hoffe, Dame Oceans neue Zofe benimmt sich gut. Wenn nicht, soll sie sie mir zurückschicken. Das biete ich immer an. Das bin ich meinem Ruf schuldig. Einen schönen Tag noch, Meister Ashinn.«

Ich ging hinein und winkte dem Torwächter zu. Harion kam mir im Hof entgegen und wollte mir erklären, daß Narr in der Akademie sei, doch ich schüttelte den Kopf. »Ich will meine Pflegemutter besuchen.«

»Sie ist in ihren Gemächern«, sagte Harion. »Ich hoffe, sie empfängt Euch«, fügte er ängstlich hinzu.

»Weshalb sollte sie nicht? Los, Harion, sprich schon.«

Harion seufzte. »Seit Eurem letzten Besuch gab es zwischen ihr und dem Herrn einen großen Krach wegen dieser Sache mit den Konkubinen«, berichtete er verlegen. »Dann schloß sie sich in ihre Räume ein und wollte niemanden mehr sehen. Es bedurfte meiner ganzen Überredungskunst, daß sie zumindest Lavindy mit dem neuen Mädchen empfing. Aber Ihr gehört ja zur Familie, Euch wird sie bestimmt empfangen.«

Oceans Gemächer lagen oben. Ich ging hinauf zur Galerie, klopfte an die Tür und kündigte mich laut an.

Erst blieb es still. Dann sagte Oceans Stimme voller Mißtrauen: »Hat Narr dich geschickt?«

Ich räusperte mich und entschloß mich, zu lügen. »Nein, Pflegemutter. Ich will dir nur einen Besuch abstatten.«

Erneut wurde es still, bevor Ocean die Tür entriegelte und mich mürrisch begrüßte. »Und?« fragte sie barsch.

Meine Begegnung mit Lavindy hatte mich auf eine Idee gebracht. »Ich glaube, das Anliegen meines Besuches hat sich schon erledigt«, sagte ich strahlend, als ich eintrat. »Ich wollte dir dabei helfen, ein neues Mädchen zu finden. Doch ich habe gerade Lavindy getroffen und vermute, ich komme zu spät. Aber da ich nun schon einmal hier bin, Pflegemutter«, sagte ich, griff nach ihren Händen und musterte sie besorgt. »Bist du krank? Warum willst du keinen Besuch empfangen?«

»Hast du ganz bestimmt nicht mit Narr geredet?«

»Heute nicht«, antwortete ich, was diesmal durchaus der Wahrheit entsprach. »Ich habe ihn seit meinem letzten Besuch hier nicht mehr gesprochen. Weshalb fragst du?«

Ocean starrte mich an und brach ohne Vorwarnung in Tränen aus. »Aber, aber«, sagte ich unbehaglich. »Bitte nicht. Nein, nicht … komm, setzen wir uns.«

Ocean besaß, wie die meisten Damen ihrer Gesellschaftsschicht, eine eigene Suite mit mehreren Gemächern. Dazu gehörte ein Schlafzimmer mit einem Schrank, der ihre Kleider enthielt. In einem kleinen Nebenraum schlief ihre Zofe, außerdem gab es ein Bad und ein Wohnzimmer. In diesem konnte die Dame sich entspannen, sich der Näharbeit oder einem Buch widmen, leichte Erfrischungen zu sich nehmen und Freundinnen empfangen. Oceans Wohnzimmer war mit weichen, bequemen Diwanen ausgestattet sowie mit niedrigen Tischen und mehreren Regalen. Darauf befanden sich halbfertige Stickarbeiten, ein Schachbrett, ein Teller mit Honig- und Mandelgebäck, Fruchtsaft und eine Schale mit Früchten, von denen einige schon fast faul waren. Auf dem Boden lagen ein Paar Pantoffeln herum, auf einem Diwan eine Bürste und ein Kamm.

Der Raum hätte ein fröhlich stimmendes weibliches Heiligtum sein sollen, wurde dieser Vorstellung aber nicht gerecht. Er war aufgeheizt und stickig, die Unordnung symbolisierte nicht nur Oceans Leben, sondern verriet auch Hoffnungslosigkeit und Elend.

Ich drängte sie zu einem der Diwane, schob einige Dinge zur Seite und setzte mich neben sie. Die Tür zum Schlafzimmer öffnete sich, und ein verhuschtes Mädchen trat ein, die Hände ehrerbietig über der Brust gefaltet. »Herrin, braucht Ihr mich?«

»Das ist meine neue Niomy, die mir Lavindy vorhin gebracht hat.« Ocean wischte sich eine Träne aus den Augen. »Ich habe sie so genannt, weil ich es gewohnt bin, Niomy um mich zu haben. Nein, meine Liebe, du kannst nichts für mich tun – halt, da ist doch etwas. Bring uns etwas Kühles zu trinken. Ananas- oder Orangensaft. Geh hinunter in den Hof zur Küchentür und sag ihnen, ich habe dich geschickt. Ich lasse die Tür unverschlossen, doch komm bald wieder.«

»Ich wäre nur ungern ein Sklave«, sagte ich, als Niomy davoneilte. Ihr schlanker junger Körper brachte mit jeder Bewegung zum Ausdruck, wie sehr sie sich bemühte, ihrer Herrin zu gefallen. »Wenn man sich vorstellt, daß man nicht einmal das Recht auf einen eigenen Namen hat.«

Ich hatte das recht unbedacht gesagt. »Ich danke dir«, sagte meine Pflegemutter, die erneut den Tränen nahe war. »Wenn du mich nur kritisieren willst, hätte ich dich lieber nicht hereinlassen sollen.«

»Es tut mir leid«, sagte ich schnell. »Ich habe es nicht so gemeint.

Natürlich hast du das Recht, dem Mädchen einen Namen zu geben, wenn es dir beliebt. Verzeih mir.«

»Es gibt Schlimmeres«, bemerkte Ocean verbittert, »als kein Recht auf einen eigenen Namen zu haben. Wenn einem zum Beispiel das Recht auf den eigenen Mann streitig gemacht wird.«

Vorsichtig sagte ich: »Was meinst du damit?«

»Daß Narr sich eine Konkubine nimmt. Juny. Hast du es nicht gewußt? Du hast doch gesagt, du hättest mit Narr gesprochen.«

»Das habe ich auch, aber ...« Wieder verschwieg ich die Wahrheit. »Er hat mir nur von seinem neuen Projekt erzählt. Er versucht einen Wagen zu erfinden, der durch Dampf und nicht mehr durch Pferde angetrieben wird.«

»Oh, er hat immer so verrückte Ideen. War er also so sehr damit beschäftigt, daß er vergessen hat, Juny zu erwähnen? Er will dieses Mädchen, diese gewöhnliche kleine Sklavin, die er von einem Unterhalter erworben hat, zu seiner offiziellen Konkubine machen, die meinen Platz einnimmt«, sagte Ocean und ballte ihre kleinen drallen Hände im Schoß.

Erst jetzt bemerkte ich, daß sie eine Art Trauerkleidung trug, nicht gerade ungebleichtes Leinen, aber ein graugrünes Gewand ohne Stickereien oder Verzierungen und mit langen Ärmeln, wie man es von der Diener-Sekte kannte. Diese düstere Farbe ließ ihre Haut fahl erscheinen. Zudem war sie ungeschminkt. Sie hatte Augenringe und scharfe Linien um den Mund, der einst weich und hübsch gewesen war. Sie ließ die Schultern hängen. Ihr wirres schwarzes Haar war in einem Pferdeschwanz gebändigt; es war lange nicht mehr gebürstet worden.

Plötzlich erkannte ich, was Narr schon seit langem beobachtet hatte: Ocean war eine Frau, die ihre Jugend hinter sich hatte, aber nie eine Persönlichkeit entwickelt hatte, die sie hätte ersetzen können. Kein Wunder, dachte ich, daß Juny, die körperlich und geistig so lebendig war, ihm so begehrenswert erschien.

»Warum konnte er sich nicht einfach mit ihr als Sklavin amüsieren?« fuhr Ocean fort. »Damit wäre ich fertiggeworden. Ich bin schon oft damit fertiggeworden. Manchmal kann ich es sogar verstehen. Ich kann es mit Narr nicht aufnehmen; ich verstehe die Themen nicht, über die er reden möchte; sie ermüden mich. Und ich mag auch diese Dinge nicht mehr, du weißt schon. Aber ich habe mich immer bemüht. Er ist es mir schuldig, daß er keiner anderen Frau eine Stellung in diesem Haus einräumt. Das ist doch nicht zuviel verlangt! Ja, ich weiß, ich betrachte diese Dinge immer noch aus der Perspektive der Diener-Sekte, aber er hätte es mir ersparen können.«

»Sie wird dir immer unterstellt sein«, wandte ich behutsam ein. »Eine Ehefrau ist überlegen.«

»Ich will nicht, daß sie mir untergeordnet ist. Ich will, daß sie Sklavin bleibt, nicht aber ausgewählt und über die anderen erhoben wird. Ich will sie nicht anerkennen. Warum kannst du das nicht verstehen?« Ocean brach abermals in Tränen aus.

In diesem unpassenden Augenblick öffnete sich die Tür. Ein schlanker brauner Arm hielt sie auf, so daß Niomy mit ihrem Tablett durchschlüpfen konnte. Dann trat die Besitzerin des braunen Arms in Erscheinung. Es war Juny.

Ich beobachtete klopfenden Herzens, wie sie zu Ocean ging, niederkniete, die Hand aufs Herz legte und sagte: »Herrin, schon lange wollte ich Euch meine Ehrerbietung erweisen, wie eine Tochter gegenüber der Mutter, und Euch fragen, ob ich Euch in irgendeiner Weise dienen kann.«

Sie benutzte formelle Worte, die eine Konkubine gegenüber einer Ehefrau oder einer älteren Konkubine am Ende der Zeremonie zu sprechen pflegte, die ihre Position legalisierte. Oceans Wut hatte das ganze Haus in Aufruhr versetzt, und Juny versuchte die Wogen zu glätten, indem sie diese Worte der Zeremonie zitierte.

Ihr Gesicht, das zu Ocean hochblickte, war jung und irgendwie verletzlich. Ich ahnte Böses und sollte mich nicht irren.

Ocean stieß einen angewiderten Laut aus, als habe sie in den Falten ihres Gewandes ein ekelerregendes Insekt gefunden. Ihr Fuß hätte Junys Brust getroffen, wenn diese nicht rechtzeitig zur Seite gesprungen wäre. Juny riß die Augen auf.

Dann entdeckte Ocean Niomy, die mit dem Tablett neben ihr stand. Voller Wut fegte sie das Tablett zu Boden und versetzte Niomy eine Ohrfeige.

»Wie kannst du es wagen, dieses Geschöpf hierherzubringen? Wie kannst du es wagen?« schrie Ocean.

Niomy kreischte auf und hielt sich die Hand an die Wange. In ihren Augen standen Tränen. »Aber was habe ich denn getan?«

»Stell mir keine Fragen. Räum das hier auf!« Ocean war außer sich. Sie deutete mit zitterndem Finger auf das heruntergefallene Tablett und den verschütteten Saft. »Räum es auf, sagte ich. Du fragst, was du getan hast? Du bringst dieses Ding in meine Gemächer und fragst, was du getan hast?«

»Was ... was für ein Ding?« stammelte Niomy. Sie ging in die Knie und machte sich daran, die Scherben aufzulesen.

»Sie meint mich«, mischte sich Juny ein. »Ich bin das Ding.«

»Sie war in der Küche, als ich den Saft holte.« Niomy, die noch immer auf dem Boden umherkroch, wandte Ocean ihr tränenüberströmtes Gesicht zu. »Sie folgte mir und fragte mich, ob sie mich begleiten könne, weil Sie Euch, Herrin, aufsuchen wollte. Ich weiß nicht, wer sie ist, ich bin den ersten Tag hier und ...«

»Keine Entschuldigungen.«

»Bitte, Herrin, es ist wahr. Ich habe ihr nicht gesagt, wer ich bin, sie konnte es nicht wissen ...«

»Rede nicht mit mir, du ... du ...«

»Pflegemutter, bitte!« rief ich und zog Niomy von den Scherben weg. »Laß das, du wirst dich noch schneiden. Hol Besen und Schaufeln. Das Mädchen konnte nicht wissen, wer Juny ist«, sagte ich, als sich Niomy schluchzend zurückzog. »Ich flehe dich an, Pflegemutter, sei vernünftig.«

»Ich gebe sie Lavindy zurück!«

»Du weißt, das wäre sehr ungerecht.«

»Die Schuld liegt bei mir«, sagte Juny. »Ich wußte, daß sie neu ist, deswegen fragte ich sie. Alle anderen hätten mich abgewiesen. Ich wollte unbedingt zu Euch und Euch versichern, daß ich Euch eine Tochter sein möchte, aber ich wußte, Ihr würdet mich nicht empfangen, wenn ich nicht ...«

»Wenn du nicht gewaltsam hier eingedrungen wärst zu einer Zeit, da ich Besuch hatte. Was hast du überhaupt in meiner Küche zu suchen? Es ist meine Küche, und es ist mein Haus, und Narr ist mein Mann ...«

»Herrin, er hat mich hierhergeholt. Ich konnte nicht nein sagen. Und in die Küche ging ich nur, um mich umzusehen.«

»Ja, ich verstehe, damit du dann behaupten kannst, sie gehöre dir und du seist die Herrin hier. Raus mit dir, raus, raus!« Ocean stand auf. »Geh und bring dich um, Hure! Die Diener-Sekte predigt, daß Huren getötet werden sollten. Raus, raus, raus!«

»Ich bin keine Hure!« Juny stand entschlossen da und errötete, was ihr hervorragend stand. »Ich habe gesagt, daß Euer Mann mich hierhergebracht hat. Ich war Sklavin und ...«

»Du bist immer noch eine Sklavin!« schrie Ocean ihrer Rivalin ins Gesicht.

»Nein, ich bin frei«, entgegnete Juny. »Er hat mich im Amt als frei registrieren lassen, mit Wohnsitz in diesem Haus. Aber ...«

»Wenn du frei bist, dann geh doch! Niemand kann dich aufhalten!« kreischte Ocean und spuckte Juny ins Gesicht.

Niomy hatte sich auf Zehenspitzen zurückgezogen, umklammerte Bürste und Schaufel und hatte einen Eimer Wasser aus dem Baderaum geholt. Sie rutschte über den Boden und versuchte das Chaos zu beseitigen. Ich wand mich an ihr vorbei und griff nach Junys Arm. »Komm«, sagte ich. »Komm mit mir, es ist besser so.«

Ihr Arm fühlte sich zart an, aber sie entzog ihn mir mit erstaunlicher Kraft. Sie wischte sich mit dem Handrücken das Gesicht ab und wandte sich, ohne mir die geringste Aufmerksamkeit zu schenken, an Ocean.

»Ich kann nirgendwo hingehen. Freiheit ist ein Begriff, der nicht viel bedeutet.«

Juny wirkte wie verwandelt, sie strahlte Würde aus. Es war etwas in ihrem Wesen, das Bewußtsein ihres eigenen Wertes, das sie als Sklavin nicht besessen hatte.

»Oh, ich bin davon überzeugt, daß du deine Freiheit nicht dazu nutzen wirst, das Haus zu verlassen«, rief Ocean wütend. »Du hast ja jetzt ein hübsches Heim, nicht wahr? Und du hast meinen Mann. Du hast beides und wirst es bestimmt nicht hergeben.«

Juny wollte etwas erwidern, doch Ocean sprang ihr an den Hals.

»Jetzt reicht es aber!« schrie ich und warf mich zwischen sie. »Seid ruhig, alle beide! Juny, geh in deine Kammer. Ohne die ausdrückliche Erlaubnis meines Pflegevaters darfst du nicht mehr hierherkommen. Und du, Pflegemutter, setz dich!«

Ocean ließ sich auf den Diwan fallen, jammerte und kämpfte gegen einen Schluckauf. Sie war häßlich und bemitleidenswert. Das Ganze ginge mich nichts an, meinte sie schluchzend.

»Doch, das tut es sehr wohl«, entgegnete ich. »Ich bin der Sohn des Hauses, und wenn Narr nicht hier ist, vertrete ich ihn. Was würde er wohl dazu sagen?« Aus dem Augenwinkel sah ich, wie

Juny den Raum verließ, worüber ich erleichtert war. »Pflegemutter, hör mir zu«, fuhr ich fort. »Es ist ungerecht, Niomy einen Vorwurf zu machen. Sie konnte es nicht wissen. Niomy, ich glaube, du verstehst jetzt die Situation. Dein Herr will Juny zur Konkubine nehmen – Pflegemutter, bitte! Ich muß es ihr erklären –, und das hat deine Herrin erzürnt. Wisch dir jetzt die Tränen ab und mach deine Arbeit fertig, so daß wir über den Boden gehen können, ohne auszurutschen. Dann hol uns frischen Saft – oder vielleicht einen Kräutertee, was noch besser wäre, er beruhigt die Nerven. Und dann laßt uns alle versuchen, uns zivilisiert zu benehmen.«

Niomy schniefte, tat aber, was ich ihr aufgetragen hatte. Ich setzte mich neben die immer noch wimmernde Ocean. »Bitte, nimm doch die Dinge nicht so schwer. Das ist eine ganz gewöhnliche Angelegenheit und …«

»Uns zivilisiert zu benehmen!« kreischte Ocean. »Erzähl mir nichts von zivilisiertem Benehmen. Ich will dir erzählen, wie …«

»Was in Ens Namen ist hier los?«, fragte Lion, der ohne zu klopfen hereinspazierte. »Ich habe euer Geschrei schon vor dem Tor gehört. Ocean, was ist los?«

Ocean fiel ihrem Bruder um den Hals und erzählte ihm schluchzend die ganze Geschichte.

»Habe ich es richtig verstanden?« Lion konnte seine Wut kaum verbergen. »Narr ist im Begriff, sie zu hintergehen, indem er sich eine offizielle Konkubine nimmt, die das Haus meiner Schwester besichtigt hat, als wäre es ihr eigenes? Und dann ist sie auch noch in Oceans Räume eingedrungen? Habe ich das richtig verstanden?«

»Ja!« schrie Ocean.

»Nein«, erwiderte ich. »Gewiß, Narr will sich eine Konkubine nehmen. Aber Juny, so ist ihr Name, hat nicht das Haus besichtigt. Sie ging aus Neugier in die Küche, und dann kam sie herauf und bot Ocean ihre Dienste an. Aber Ocean ist außer sich, wie Ihr ja seht und …«

»Hast du gewußt, was Narr vorhatte?« Ich seufzte und sagte zögernd: »Ja, und ich habe mit ihm darüber gestritten.«

»Du hast es also gewußt und mich belogen«, rief Ocean, während sie sich schluchzend auf dem Diwan hin und her wiegte. »Narr hat dich hergeschickt, um mit mir zu reden. Du solltest mir mitteilen, ich solle mich zivilisiert benehmen. Nun, das werde ich nicht tun, nie und nimmer.«

»Ah«, bemerkte Lion. »Hat er dich geschickt, Ashinn? Es würde ihm ähnlich sehen.«

Ich haßte dieses Kreuzverhör. »Würdest du bitte auch meine Lage berücksichtigen?« erwiderte ich scharf. »Ich bin beider Sohn. Ja, ich bin hergekommen, um Frieden zu stiften, und es stimmt, Narr hat mich darum gebeten, Ocean zuliebe. Ich wollte zur Beruhigung beitragen, aber ...«

»Du hast gesagt, du seist gekommen, um dich zu erkundigen, ob ich noch ein neues Mädchen brauche«, sagte Ocean voll boshaften Triumphs.

»Es gibt ja so etwas wie Takt«, entgegnete ich.

»Es gibt auch so etwas wie List«, wandte Lion ein.

»Sei nicht so rechthaberisch«, schnauzte ich ihn an. »Tatsache ist, daß ich auf keinen meiner Pflegeeltern Einfluß habe, aber ich verhalte mich beiden gegenüber loyal. Ich tu mein Bestes! Wie, glaubst du, ist mir zumute?«

Lions Blick zeigte kein Verständnis. Im Augenblick war er ganz der Mann der Diener-Sekte. Wenn jemand eine Regel brach, war es die Aufgabe der anderen, den Betreffenden zu verurteilen. Das wurde ihnen von klein auf eingebleut. Lion faßte es in die Worte:

»Wenn Narr mein Vater wäre«, sagte er, »selbst der leibliche, würde ich ihn von heute an nicht mehr als meinen Vater anerkennen.«

Mich packte jetzt die Wut.

»Was redest du denn da? Ich verdanke ihm mein Leben und alles, was ich bin. Das kann ich nicht einfach abschütteln, und wenn, was wäre daran so bewundernswert? Lion, du hast dich von der Diener-Sekte gelöst, und ich habe ihr nie angehört, also predige mir keine von ihren Regeln. Natürlich kann ich Narr nicht verurteilen, selbst wenn ich es versuchte. Dein Ansinnen ist absurd.«

»Und es ist unmoralisch, ihn gegenüber meiner Schwester zu verteidigen«, erwiderte Lion. Wir blickten uns finster an. Plötzlich war im Hof das Rollen von Wagenrädern, dann Narrs Stimme zu hören.

Lion eilte hinaus, wobei sein schwarzroter Umhang flatterte, und schrie: »Narr! Komm sofort hoch in Oceans Gemächer!« Er führte sich auf, als sei er der Hausherr und Narr ein Besucher oder Sklave.

Sein Verhalten war sehr unklug, doch Narr folgte seiner Aufforderung. Er eilte die Galerie entlang und betrat mit ängstlichem Gesicht den Raum. »Was ist los? Ocean, bist du krank?«

Ocean mied seinen Blick und schwieg. Lion, der hinter Narr in den Raum trat, sagte: »Nur vor Kummer.«

»Oh«, erwiderte Narr, »ich verstehe.«

Niomy stand mit einem Tablett mit Säften, Bechern und einer Teekanne in der Tür. Ich nahm es ihr ab und flüsterte: »Bleib auf der Galerie, in Reichweite.« Dann schloß ich die Tür. Wir hatten nun genug unerwartete Besucher empfangen.

»Ich habe gerade die ganze wenig erbauliche Geschichte vernommen«, sagte Lion und wandte sich an Narr. »Bei meinem Volk würde man dich deswegen verfemen. Wenn die Gesetze der Diener gelten würden, wäre dir und dem Mädchen der Tod gewiß. Den größten Teil meines Lebens war ich der Ansicht, daß die Gesetze meines Volkes in dieser Hinsicht zu streng sind und daß Atlan gut daran tut, solche Todesurteile abzulehnen. Doch nun habe ich meine Meinung geändert.«

»Ich nahm an, du hättest deine gräßliche Herkunft mittlerweile abgeschüttelt«, erwiderte Narr. Mein geliebter Pflegevater war wie immer zu einem Streit aufgelegt. »Wenn die Diener bereit wären, Juny und mich zu töten, dann sind sie abscheuliche Ungeheuer. Würdest du eine Sklavin verurteilen, nur weil sie ihrem Besitzer gehorcht hat?«

»Ja, denn die Sklavin würde wissen, daß es sich um eine ungesetzliche Anweisung handelt.«

»Unfolgsame Sklavinnen können verkauft werden, auch wenn sie ihr Verhalten noch so gut zu rechtfertigen vermögen. Sie haben Angst, im Steinbruch zu landen oder über Gerbertöpfen zu schwitzen oder endlos Böden schrubben zu müssen. Sei vernünftig, Lion. Bei En, du benimmst dich wie jemand, der mit einer Kinderkrankheit infiziert ist, die jetzt erst ausbricht. Du ...«

Lion schüttelte den Kopf. »Die Zeit, als du dich darüber lustig machen konntest, ist vorbei, Narr. Die Lage ist ernst, ich spiele nicht mit dir. Du hast geschworen, meine Schwester zu lieben. Du hast es ihr geschworen, als du sie gebeten hast, dich zu heiraten, und du hast es bei der Hochzeitszeremonie erneut geschworen. Du brichst deinen Schwur!«

Narr blickte Ocean nicht an, als er sagte: »Glaub mir, Lion, ich weiß, was Liebe ist. Und auch ich brauche sie.«

Ich war wie erstarrt, hoffte, Ocean würde die Bemerkung nicht verstehen. Aber ich hatte mich getäuscht. Sie brach abermals in Schluchzen aus. Ich hätte meinen Pflegevater schütteln können. Gewiß, Ocean war ihm nie eine richtige Gefährtin gewesen, und nach ihrem eigenen Eingeständnis war sie es auch nicht mehr im Bett. Doch was immer er ihr vorzuwerfen hatte, er durfte es nicht vor anderen tun.

Auch Lion begriff es. Einen Augenblick lang sah er aus, als wolle er sich auf Narr stürzen. Ich glaube, er hätte es auch wirklich getan, wenn nicht plötzlich die weinende Ocean zu reden angefangen hätte.

»Sie hat gesagt, sie wolle wie eine Tochter zu mir sein! Dieses Mädchen hat gesagt, es wolle meine Tochter sein! Ich will sie nicht. Ich habe eine eigene Tochter. Ich will Oriole. Meine Oriole soll heimkommen.«

Oriole

Ich erinnere mich nicht genau, wie diese unerquickliche Szene in Oceans Räumen endete. Irgendwann stellte sich heraus, daß Lion eigentlich gekommen war, um sich zu verabschieden, weil seine neue Sechziger-Einheit mit der letzten Erkundungsflotte aufbrechen sollte, um die Küsten zu überprüfen. Wie ich bereits erwähnte, waren die meisten Expeditionen schon unterwegs, aber diese letzte sollte zur Küste der Seichten See aufbrechen, deren Bewohner uns sehr feindlich gesinnt waren. Um die Soldaten besser auf ihre Aufgabe vorbereiten zu können, war die Expedition verschoben worden, denn Lion war entschlossen, dieses Mal seine Truppe nicht zu verlieren.

Soweit ich mich erinnere, überredeten wir ihn schließlich, sich zurückzuziehen. Ocean wurde ihrem Wunsch entsprechend mit Niomy allein gelassen, Narr und ich begaben uns in dessen Räume.

Ich entsinne mich, daß ich sagte, meine Bemühungen als Friedensstifter seien wohl nicht gerade von Erfolg gekrönt gewesen.

»Du hast dein Bestes getan«, meinte Narr. »Ich muß dich noch um etwas bitten, das heißt, um zwei Dinge.«

»Worum geht es?«

»Ich werde Juny nicht aufgeben, ich möchte die Zeremonie abhalten. Dabei will ich dich zum Zeugen. Natürlich wird Ocean nicht daran teilnehmen, und so möchte ich, daß du für sie Junys Schwur, ihr wie eine Tochter zu sein, entgegennimmst.«

»Und wenn ich mich weigere?«

»Ich wäre bekümmert«, erwiderte Narr schlicht. »Und auch verwirrt. Denn es ist Brauch, daß Mitglieder des Haushalts an solchen Zeremonien teilnehmen. Ich werde Gäste einladen, und deine Abwesenheit würde auffallen. Es wird schon peinlich genug sein, daß Ocean nicht dabei ist.«

Ich stöhnte. »Und was ist das zweite?«

»Ich möchte, daß du nach Xetlan fährst«, sagte er. »Orioles Ausbildung ist schon lange beendet; sie ist freiwillig bei den Heilern von Xetlan geblieben. Aber sie kann genausogut unter den Frauen von Atlan arbeiten, und sie könnte ihre Mutter beruhigen. Ich möchte, daß du sie heimholst.«

Ich verspürte nicht die geringste Lust, diese beiden Aufgaben zu erledigen. Die erste gefiel mir ganz und gar nicht, und die zweite war mir ungeheuer lästig. Einerseits konnte ich mich nicht einfach freimachen, um eine mehrtägige Reise anzutreten, andererseits hatte ich vor kurzem entdeckt, daß man als Mitglied einer Tafelrunde einen viel höheren gesellschaftlichen Rang einnahm. So hatte ich Saraya, der Tänzerin, eine Nachricht übermitteln lassen, in der ich sie um eine Begegnung bat, und sie hatte sich einverstanden gezeigt.

Ich wollte mit Narr aber nicht über Saraya reden, und meine Bemühungen, Meister Chesnon als Vorwand zu nehmen, um mich der Aufgabe zu entziehen, stießen auf taube Ohren.

»Ich werde Chesnon für deine Abwesenheit eine Entschädigung zahlen. Bestimmt kann dein Gehilfe dich ein paar Tage vertreten.«

»Selbst mit Geld kann man nicht verhindern, daß Keneth in Panik gerät, wenn er ein Zwei-Gänge-Menü für das Prinzenmahl zusammenstellen muß. Er hat sich gerade erst wieder etwas gefangen, denn er hat einen neuen Liebhaber: Alexahn, der Bote von Chesnon. Du hast ihn gesehen. Aber auf Keneth ist kein Verlaß im Fall einer Krise.«

»Wenn es sein muß, kann sich Chesnon meinen eigenen Küchenmeister ausleihen.«

»Keneth hätte das nicht gern«, wandte ich ein. »Erst würde er sich ganz ruhig verhalten, aber dann würde er plötzlich einen Wutanfall bekommen und ein Messer nach deinem Küchenmeister werfen. Ich kann nicht nach Xetlan reisen«, sagte ich. »Wenn du nicht selber fahren kannst, wie wäre es dann mit Harion?«

Aber am nächsten Tag ging Narr zu Meister Chesnon und sprach mit ihm und Keneth. Chesnon hatte seine Zweifel und meinte, er werde darüber nachdenken, und Keneth machte sich Sorgen um das Menü, wie ich vorausgesehen hatte. Aber dann wurde ihm von ganz unerwarteter Seite Hilfe zuteil.

»Ashinn, du kannst nach Xetlan fahren«, sagte tags darauf Meister Chesnon. »Ich werde Alexahn bitten, Keneth zu helfen. Er ist älter als die meisten übrigen Boten, und er hat sich bewährt. Ich fand außerdem heraus, daß er gut organisieren kann. Zudem war er ein enger Freund von Keneths verstorbenem Freund.«

»Ja«, erwiderte ich, »ich weiß.«

»Nun, wenn ich ihn in die Küche stecke und ihm die Befugnis erteile, Keneth zu helfen, kannst du gerne ein paar Tage wegbleiben, obwohl ich natürlich froh bin, wenn du wieder zurück bist, versteh mich nicht falsch.«

Ich nickte, war aber keineswegs begeistert. Mein Rendezvous mit Saraya sollte in zwei Tagen stattfinden. Da ich es um nichts auf der Welt versäumen wollte, mußte ich meine Reise hinausschieben.

Auch Narr wünschte nicht, daß ich sofort aufbrach, denn er wollte am folgenden Tag die Konkubinen-Zeremonie abhalten und brauchte mich dafür.

Ich hatte persönlich nichts gegen Juny. Und was konnte sie selbst auch schon tun? Sie war zweifellos ein hübsches Geschöpf mit einem strahlenden Gesicht. Bei der Zeremonie fand ich sie sogar rührend. Sie trug das traditionelle rot-grüne Gewand (Grün und Gold wurden nur von Bräuten bei der Eheschließung getragen). Sie war höflich zu den Gästen, wich aber ihren Blicken aus. Es waren ungefähr sechzig Gäste gekommen; Narr hatte die Feier gründlich vorbereitet.

Eine Priesterin von Kya leitete die Zeremonie. Narr gab die üblichen Versprechungen ab, Juny und ihre Kinder zu beschützen, zu unterhalten und auch weiterhin für sie zu sorgen, wenn er die Beziehung beenden sollte. Juny versprach, ihm treu zu sein und sich mit keinem anderen Manne einzulassen, sofern er es nicht verlangte. Als er sie in die Freiheit entlassen hatte, hatte er ihr den silbernen Armreif einer unverheirateten freien Frau geschenkt. Nun nahm er ihr diesen ab und ersetzte ihn durch den goldenen Armreif einer Konkubine. Dann kniete Juny vor mir nieder und gelobte, sich Narrs erster Frau gegenüber wie eine Tochter zu verhalten. Mitten im Fest zogen sich Narr und Juny zurück, wie es die Tradition verlangte. Ich mußte so tun, als amüsierte ich mich.

Ich hatte behauptet, einen Tag für die Reisevorbereitungen zu benötigen, und traf mich am nächsten Abend mit Saraya am Tempeltor der Zitadelle.

Ich weiß nicht, wieviel ich über Saraya berichten soll. Sie war nur eine Episode in meinem Leben, und doch eine wichtige. Ich führte sie in eine ruhige Schenke in der Oberstadt, nicht weit vom Heiligtum der Kya entfernt, deren rundliche Priesterin die Zeremonie für Juny geleitet hatte. Ich war noch nie zuvor in dieser Schenke gewesen, doch sie hatte einen guten Ruf. Oft trafen sich hier Liebespaare, und der Küchenmeister gehörte auch meiner Tafelrunde an.

Wir speisten in einer Ecke des Gartens neben einem kleinen Wasserfall und einem Olivenbaum, der einen langen Schatten auf das Gras neben uns warf. Dann gingen wir in den inneren Hof, wo eine kleine Musikgruppe aufspielte, und lauschten den Liebesliedern.

Nachdem wir das Vorspiel dezent hinter uns gebracht hatten, geleitete uns ein höflicher Sklave, der keinen Blick in unsere Gesichter warf und uns deshalb auch nicht wiedererkennen würde, zu einem ruhigen, ansprechend möblierten Raum mit einem Diwan, einem Frisiertisch mit verschiedenen Parfümflakons und einem Tischchen, auf dem sich eine Weinflasche, zwei Glaspokale und ein Teller mit Gewürzkuchen befanden. Eine Tür in der Ecke führte zu einem kleinen, aber hübschen Baderaum mit einem runden Becken, das in den Boden eingelassen war. Die Wand und der Boden bestanden aus seegrünen Keramikfliesen mit kleinen gemalten Szenen von Fischen, die durch Meerlandschaften schwammen.

In der Liebe hielt Saraya, was sie versprach. Sie war geschmeidig und stark, und ihre goldene Haut duftete nach Aprikosen. Sie kannte unzählige Stellungen und wußte über meinen Körper und wie sie ihn erregen konnte, mehr als ich selbst. Wir liebten uns bis zum Morgengrauen, und ich hatte das Gefühl, als habe ich ein Ritual durchlaufen, das mich zu einem richtigen Mann machte.

Und irgendwann in dieser Nacht wurde Oxona für mich endgültig Vergangenheit. In Sarayas leidenschaftlichen Umarmungen, die mich zur Ekstase trieben und mir dann wieder Entspannung verschafften, befreite ich mich von Oxona. Ob sie in einem Palast aus Mondlicht lebte oder im dunklen Nichts, wie unsere Legenden besagten, es spielte keine Rolle. Sie war tot, und ich lebte, und eine Zukunft voller Leben lag vor mir.

Allerdings hatte ich nicht vor, sie in Sarayas Gesellschaft zu verbringen. Längere Beziehungen zwischen Tänzerinnen und Männern von außerhalb des Tempels kamen nur selten vor. Saraya verhielt sich in der Liebe wie beim Tanz, sie demonstrierte ihre körperliche Geschicklichkeit mit atemberaubender Perfektion, aber sie hatte nicht viel Verstand. Eine Unterhaltung mit ihr ging über Gemeinplätze nicht hinaus; Juny war bei weitem intelligenter.

Ich dankte ihr für die Nacht und gab ihr ein Geschenk. Ich war froh, daß ich als Entschuldigung vorgeben konnte, am nächsten Tag auf Reisen gehen zu müssen.

Doch am folgenden Tag tobte ein heftiger Sturm, so daß keine Schiffe auslaufen konnten. Gewöhnlich fuhr jeden Tag ein Schiff nach Xetlan. Zum Glück war die Flotte mit Lion an Bord bereits aufgebrochen. Ich war froh darüber, denn Narr und ich fühlten uns befreiter, nachdem er uns verlassen hatte.

»Aber vermutlich ist der Hafen Durion noch intakt«, meinte Narr. »Er ist windgeschützt, und die Fähren können vielleicht noch die Meerenge passieren. Wenn sich der Wind bis morgen nicht legt, schlage ich vor, du reist nach Durion. Du kannst einen meiner Wagen nehmen. Doch schone meine Pferde. Ocean jammert, weil alles so lange dauert; sie möchte, daß Oriole sofort heimkommt. Aber du kannst dir schon zwei Tage Zeit lassen.«

Und so begab ich mich am nächsten Tag bei einem Sturm, der mir die Haare zerzauste und die Pferde nervös machte, endlich auf die Reise.

Ich habe noch nicht viel über die Umgebung von Atlan erzählt. Wie die meisten Stadtbewohner war auch ich der Meinung, daß Atlan das Herz und der Kopf sei und alles andere drumherum unwichtig. Aber natürlich können Kopf und Herz nicht ohne den restlichen Körper funktionieren. Die Stadt Atlan wäre ohne das Umland nur halb soviel wert gewesen.

Zu den ärgerlichen Ungenauigkeiten in den Legenden über Atlan gehört die Geschichte mit den zehn Königen. Diese Geschichten, die heute an kalten Winterabenden am Kamin erzählt werden, berichten, Atlan habe aus zehn Inseln bestanden. Jede sei von einem eigenen König regiert worden, und der Herrscher über unsere Insel sei der Hohe König gewesen.

Das ist alles Unsinn. Gewiß, wir besaßen zehn Inseln, wenn man Atlan, Xetlan und die acht bewohnten Inseln des Sonnenuntergangs dazu rechnet. Aber wir hatten nur zwei Könige.

Der eine war König Rastinn, der über Atlan, Xetlan und über die Inseln des Sonnenuntergangs im Westen und die kümmerlichen Kolonien an den Küsten des Östlichen und des Westlichen Kontinents herrschte.

Der andere war König Argen, der die übrigen Inseln des Sonnenuntergangs und die westlichen Kolonien regierte und Rastinn unterstellt war. Xetlan besaß einen Gouverneur, bei dem es sich um einen Adligen handelte, der auf diesen Posten berufen wurde. Zu meiner Zeit war es ein Mann namens Erec.

Die Legende der zehn Könige gründete wohl darauf, daß die Insel Atlan in zehn Lehen aufgeteilt war, die jeweils einen eigenen Oberherrn hatten. Die beiden, die an die Stadt, das wichtigste Lehen, angrenzten, gehörten König Rastinn und Prinz Ivorr. Erin besaß Tarislan im Nordwesten; Mandarr regierte Loriar, das auch den Hafen von Durion mit einschloß. Daneben gab es fünf weitere Lehen: Westhügel im äußersten Westen, Südhügel entlang der Südküste, Shondian, wo Gold und schwarzer Basalt abgebaut wurden, Kerislan, das wegen seiner Weine und Oliven berühmt war und im Innern der Insel lag, sowie Flußtreffen im Osten, wo sich drei Flüsse vereinigten und einen neuen, großen Strom bildeten. Jedes Gebiet hatte seinen eigenen Charakter, aber alle waren sehr reizvoll.

Ich fuhr über die Rote Straße, passierte das nördliche Westtor und schlug den Weg ein, der eine kurze Strecke über das Lehen des Prinzen führte und dann weiter nach Tarislan und Loriar. Die Straße bestand hauptsächlich aus festgetretener Erde, einige Abschnitte waren sogar gepflastert. Jeden Fluß konnte man über eine stabile Brücke überqueren. Der Oberherr eines Lehens war gesetzlich verpflichtet, Straßen und Brücken instandzuhalten.

Der Weg führte durch die niedrigen Hügel im Westen der Stadt. Auf der anderen Seite lag flaches, fruchtbares Ackerland. Der Wind wehte noch immer, war aber im Inneren der Insel weniger heftig, zudem zeigte sich die Sonne. Ich kam an Weilern und Gehöften vorbei, gelegentlich auch an Landhäusern mit Palisaden und Torbögen und prächtigen Gärten, an Weizenfeldern, Ananas- und Bohnenfeldern, hübsch angelegten Weinbergen, Oliven- und Orangenhainen, an Obstgärten, in denen Pfirsiche und Kirschen reiften. Einige der Früchte waren durch den Wind abgerissen worden. Ich passierte auch Weiden, wo Schafe und Rinder grasten, und Koppeln mit Stuten und Fohlen. Erin förderte die Pferdezucht.

Im Norden konnte ich die Hügelspitzen zwischen der Ebene und der Küste sehen. Es waren sanft geschwungene Hügel. Atlan war nicht so wild wie dieses Land, in dem ich heute lebe. Hier gibt es hohe, zur Küste hin steil abfallende Klippen. Atlan besaß an der Seeseite nur einige niedrige Klippen, und das Inselinnere wurde von abgerundeten Hügeln beherrscht, die von Tälern und Flüssen durchschnitten wurden. Mein Atlan war ein freundlicher, sonniger Ort.

Ich machte vor einem abseits gelegenen Rasthaus halt. Während die Pferde versorgt wurden, genehmigte ich mir eine Mahlzeit mit Wein. Ich saß an einem Fenster, von wo aus ich die Zitadelle sehen konnte. Die Sonne bestrahlte das silberne Tempeldach. Doch das Fehlen der goldenen Fiale versetzte mir erneut einen Stich im Herzen. Also dachte ich lieber an etwas anderes und konzentrierte mich auf meine Stiefschwester Oriole.

Vielleicht mutet es seltsam an, daß ich sie noch nicht beschrieben habe. Aber dafür gibt es Gründe. Obwohl ich jetzt auf dem Weg zu ihr war, hatte ich bisher nicht viel an sie gedacht, denn meine Gedanken waren um Ocean, Narr und Juny gekreist, auch um Saraya, die einerseits so verheißungsvoll war, andererseits so enttäuschend. Auch an Meister Chesnon hatte ich gedacht und daran, ob Keneth in meiner Abwesenheit wohl alles gut machen würde.

Ich hatte Oriole das letzte Mal gesehen, als sie zwölf Jahre alt war, und deshalb erschien sie mir heute unwirklich. Jetzt, in dem kleinen Rasthaus, erinnerte ich mich, wie wir als Kinder miteinander spielten. Wir – Bryen, Oriole und ich – waren eine eingeschworene Clique. Sie sprühte vor Witz und Temperament und konnte uns alle ganz schön in die Klemme bringen. Sie besaß die bernsteingelben Augen ihres Vaters und seinen scharfen, analytischen Verstand. Von Ocean hatte sie nur sehr wenig geerbt.

Einen Monat nach ihrer Namensgebung in diesem ihrem zwölften Lebensjahr brach Oriole nach Xetlan auf. Ein paarmal hörte ich, wie sie ihr Interesse bekundete, Heilerin zu werden, aber ich war überzeugt, daß Narr dieses Interesse bewußt gefördert hatte, um sie von Ocean fernzuhalten. Vermutlich hatte er schon lange mit dem Gedanken gespielt, denn er hatte sie gut vorbereitet. Gemeinsam waren wir in Anatomie und Botanik unterrichtet worden, und Oriole war speziell im Gebrauch von Heilpflanzen unterwiesen worden.

Als ich in diesem Rasthaus über die Vergangenheit nachdachte, überlegte ich, ob es irgendwelche Anzeichen gegeben hatte, daß Oriole mit der Diener-Sekte sympathisierte. Ich konnte mich an keine erinnern. Auf mich hatte Ocean keinen Einfluß gehabt. Doch Oriole war ein Mädchen und Oceans leibliche Tochter. Bestimmt war sie von ihrer Mutter stärker beeinflußt worden als ich. Ich orientierte mich von jeher stärker an Narr.

Im letzten Monat bekam ich meine Stiefschwester nicht oft zu Gesicht, denn wir waren beide mit unterschiedlichen Dingen beschäftigt. Oriole arbeitete mit dem Tutor, den Narr für sie engagiert hatte, damit sie weitere Unterweisungen in Kräuterkunde und fortgeschrittener Anatomie erhielt, denn sie durfte die einschlägigen Kurse der Akademie nicht besuchen, weil sie ein Mädchen war.

Ich hatte auch mit einem Kurs an der Akademie begonnen. Obwohl Narr schon damals befürchtete, ich könnte meine Zukunft nicht in der Welt der Wissenschaft sehen, setzte er noch immer Hoffnungen in mich. Also besuchte ich Kurse in naturwissenschaftlichen und mathematischen Fächern, was bedeutete, daß ich vier Tage in der Woche zur Zitadelle gehen mußte. Wenn ich Oriole begegnete, redete sie mit mir wie gewöhnlich, äußerte sich aber nicht über Xetlan. Einmal fragte ich sie, ob sie wirklich Lust habe, dorthin zu gehen, und sie bejahte das, ließ sich aber nicht näher darüber aus.

Sie weinte verhalten, als sie in den Wagen stieg. Seither hatte ich sie nicht wiedergesehen.

Anfangs schrieb sie mir und berichtete mir über ihre Studien. Sie mußte manchmal auch niedrige Arbeiten verrichten, den Boden scheuern und Wunden auswaschen oder die Instrumente nach Operationen reinigen.

Aber nach ungefähr einem Jahr wurden ihre Briefe seltener, und irgendwann hörte ich gar nichts mehr von ihr. Eine Zeitlang bekümmerte es mich, aber da ich sehr beschäftigt war und meine erste Liebesgeschichte erlebte, dachte ich nicht mehr darüber nach. Gelegentlich schrieb sie noch an ihre Eltern. Sie war eine Fremde geworden, eine Erinnerung, wie die Erinnerung an einen Verstorbenen.

Und in zwei Tagen sollte ich sie wiedersehen.

Die nächsten dreißig Meilen gönnte ich Narrs Pferden zweimal eine Pause. Für die Nacht mietete ich mich in einem Rasthaus aus Lehmziegeln ein. Ich mußte in einem gemeinschaftlichen Schlafraum nächtigen und mit anderen Reisenden zusammen essen. Überwiegend handelte es sich dabei um die Besitzer oder die freigeborenen Vorarbeiter der Steinbrüche in den Hügeln im Norden. Der weiße Stein von Atlan wurde hier abgebaut (der schwarze Stein stammte, wie ich bereits sagte, aus Shondian auf der anderen Seite der Insel, der rote aus Xetlan).

Ein Steinbruchbesitzer, der mir bei Tisch gegenübersaß, warnte mich, ich solle in den Hügeln, durch die ich morgen fahren würde, vorsichtig sein, und riet mir, mich ihm anzuschließen, bis er abbiegen würde. In den Steinbrüchen arbeiteten zum größten Teil Sklaven, die wegen irgendwelcher Verbrechen hierher verlegt worden waren. Wenn sie entflohen, konnten sie gefährlich werden. Sie töteten Reisende und beraubten sie. Manchmal flohen sie auch auf Booten – nicht nach Xetlan, wo sie wegen des Brandzeichens auf ihrer

Stirn auffallen würden, sondern zum Festland, wo allein En wissen mochte, was aus ihnen wurde. Angeblich gab es in der Nähe zur Seichten See eine inoffizielle Kolonie solcher Leute.

Grimmig erzählte der Mann, daß vor kurzem zwei seiner Sklaven geflohen seien. Er war ein großer, knorriger Typ, der es wohl mit jedem entflohenen Sklaven aufnehmen konnte; dennoch wurde er von zwei Leibwächtern begleitet. Ich dankte ihm für seinen Rat und nahm sein Angebot an. Am nächsten Tag fuhr er mit seinem Wagen voraus, fast den ganzen Weg bis zu der Stelle, an der die Straße nach Durion abzweigte. In den Hügeln war die Bodenschicht dünner als auf dem Flachland, und hie und da funkelten weiße Steine in der Sonne. An einer Stelle führte die Straße durch einen Einschnitt mit Steinwänden aus leuchtendem Weiß, die von überhängenden Bäumen beschattet wurden. Der Weg war eng, eine Stelle, die sich gut für einen Überfall eignete, und ich war froh, daß ich unbehelligt blieb.

Als die weißen Mauern und roten Ziegeldächer von Durion in Sicht kamen, trennte ich mich von meinem Beschützer und fuhr auf die Stadt zu.

Ich war schon früher in Durion gewesen. Es war noch genauso, wie ich es in Erinnerung hatte, mit dem Meergeruch und der kühlen Luft und den hübschen Häusern an den Berghängen.

Als ich im Hafen anlangte, hatte sich der Sturm gelegt. Heute bekam ich keine Fähre mehr, aber das spielte keine Rolle, da ich in jedem Fall einen Brief von Narr an Bergenn zu übergeben hatte, der sich zur Zeit in Durion aufhielt. Dazu mußte ich um den Hafen herumfahren. Auf diesem Weg bekam ich den Eindruck, daß sich auch hier etwas verändert hatte, aber ich kam nicht dahinter, was es war.

Und dann bemerkte ich, daß noch nie zuvor der Mast eines Fischerbootes den Hafendamm so hoch überragt hatte, nicht einmal bei Flut. Ich verlangsamte meine Fahrt und musterte den Kai, der in dem natürlichen Hafen in den Klippen eingerichtet worden war. Es herrschte Flut. Ich betrachtete die Stufen, die zum Kai hinunterführten; die Ladekräne und die großen Bronzeringe für die Liegeplätze der Dreimaster …

Die Bronzeringe waren offensichtlich alle erneuert worden. Mein Blick wanderte von einem Ring zum nächsten, verweilte auf den

Stufen dazwischen und schweifte dann zu den Stufen unterhalb des Wassers.

Gewöhnlich ist Hafenwasser schmutzig, auch Durion bildete hier keine Ausnahme. Als ich ins Wasser starrte, erkannte ich die dunklen Kreise der ursprünglichen Ringe. Kein Wunder, daß der Kai angehoben werden mußte; diese Ringe waren einst über dem Wasserspiegel gelegen, selbst in den Fluten bei Vollmond im Frühjahr und im Herbst. Zur Zeit aber war Sommerende, und der Mond stand in seinem dunklen Viertel. Der Wasserspiegel mußte also beträchtlich angestiegen sein. Ich brachte die Pferde zum Stehen und starrte hinunter. Nun sah ich sogar die Grenzlinie, wo das neue Mauerwerk an den Kai angefügt worden war, um ihn zu erhöhen. Das Meer war so weit gestiegen, daß selbst eine normale Flut nicht nur die ursprünglichen Ringe bedeckte, sondern auch die Oberseite des Kais. Wenn es noch höher stieg, würde es den Klippenrand überfluten, über dem die Straße verlief, und die Stadt überschwemmen. Mein Magen verkrampfte sich.

Schließlich riß ich mich zusammen und fuhr weiter zu Bergenn. Ich hatte nicht mehr die Zeit gehabt, ihn über mein Kommen zu unterrichten. Doch ich traf ihn an, er kümmerte sich gerade um ein paar junge Apfelbäume im Garten seines Hauses, das er erst vor kurzem auf der Landzunge westlich des Hafens gebaut hatte.

Er war so erfreut über mein Kommen, daß mir der Verdacht kam, daß er sich in Durion einsam fühlte. Ich fand, er war gealtert. Er war jetzt eher mager als drahtig, und seine Haare waren seit unserer letzten Begegnung sichtlich grauer geworden.

»Ich bin immer sehr beschäftigt«, sagte er, als wir uns auf einer Bank unter einer Zypresse niedergelassen hatten und uns an Wein labten, der auf einem Tisch vor uns stand. »Ich arbeite im Garten – meine Sklaven sind entsetzt, daß der Herr höchstpersönlich Unkraut jätet –, und ich beschäftige mich mit Fischen und Vögeln. In gewisser Hinsicht ähneln sie sich. Vermutlich deshalb, weil sie in drei Dimensionen leben; sie können sich über oder unter Hindernissen bewegen oder sie umrunden. Das erleichtert ihre Wanderungen auf weite Entfernungen beträchtlich.«

Ich lachte. Die Unterhaltung mit Bergenn verlief immer ähnlich wie die mit Narr; man wußte nie, welches Thema er als nächstes anschneiden würde.

»Es ist nur gut, daß sich die Menschen nicht auch zur Gewohnheit machen zu wandern«, sagte ich, indem ich den Ball zurückwarf. »Es wäre doch sehr schwierig, wenn man jedesmal Kleider, Möbelstücke und Kochtöpfe mitschleppen müßte.«

»Die Menschen würden jedesmal eine komplette Einrichtung mitnehmen, wenn sie könnten«, bemerkte Bergenn amüsiert. »Dabei sollte man nur das Nötigste mitführen.«

»Einige unserer Adeligen tun das in gewisser Weise«, stimmte ich zu. »Wenn sie zwischen ihren Landgütern und ihren Häusern in Atlan hin und her reisen. Du tust es eigentlich auch. Du bist ja nicht im Guten von Atlan weggegangen. Von Narr erfuhr ich, daß du dir einen langen Urlaub genommen habest, um dich umzusehen, wie dir Durion gefällt. Übrigens habe ich Briefe für dich von Bryen und Narr«, fügte ich hinzu und griff in meine Gürteltasche.

Bergenn nahm sie entgegen. »Ich werde sie später lesen. Weißt du, du tust mir gut.« Er beugte sich vor, um meinen Becher neu zu füllen. »Du kannst ebenso wie Narr eine Unterhaltung bestreiten. Das vermisse ich hier, auch wenn ich der Stadt überdrüssig bin. Sie fing an, mir auf die Nerven zu gehen. Die Leute, die sich alle gegenseitig zum Essen einladen, die endlosen Streitereien mit anderen Lehrern und Wissenschaftlern an der Akademie, dann diese Leute von der verdammten Diener-Sekte, die überall zu sein scheinen. Ich habe erlebt, wie hochgebildete Dozenten der Akademie mit größtem Respekt von ihnen sprachen und sich beeindruckt zeigten von ihrem starken Glauben. Ich pflegte darauf zu erwidern: ›Es geht nicht darum, wie stark ihr Glaube ist, sondern darum, was sie glauben.‹ Aber es bildete sich eine Front gegen mich.«

»Ich weiß«, sagte ich. »Narr hat es auch bemerkt.«

Bergenn musterte mich eingehend. »Weißt du, Ashinn, ich hätte dich gern als Schwiegersohn gehabt, und ich vermisse Oxona noch. Aber wenn sie am Leben geblieben wäre und ihr geheiratet und Kinder gehabt hättet, würde ich mir Sorgen um diese Kinder gemacht haben. Ich wage nicht, mir auszumalen, wie Atlan in dreißig Jahren sein wird. Und doch ...«

»Ja?«

»Ich liebe das Meer«, sagte Bergenn. »Ich kam hierher, um ganz nah am Meer zu leben, nicht getrennt von ihm durch Sümpfe und

Kanäle. Aber jetzt, da ich hier lebe, vermisse ich den Trubel, und ich vermisse Bryen.«

»Vielleicht wirst du ihn schon bald wiedersehen«, sagte ich. Am Abend, bevor ich aufbrach, hatte mir Bryen berichtet, er werde, sobald es das Wetter erlaube, ein kleines Schiff nehmen und zu der Erkundungsflotte stoßen, die die Küsten Atlans erforschte. Er mußte jetzt irgendwo im Bereich der Südlichen Hügel sein. Bald würde er in Durion landen. »Bestimmt steht alles in dem Brief, den ich dir von ihm überbracht habe«, fügte ich hinzu.

»O ja, die Erkundungsflotte.« Bergenn lachte. »Warum kommt sie nicht direkt nach Durion? Laut den Aussagen der Hafenleute sind die Fluten jetzt zweieinhalb Mannslängen höher als vor drei Jahren.«

Ich war erleichtert über diese Bemerkung, denn ich hatte schon befürchtet, ich bilde mir alles nur ein. »Ich habe gesehen, daß die Oberseite der alten Kaimauer bereits überflutet ist«, sagte ich. »Steigt der Meeresspiegel immer noch?«

»Ich glaube, ja. Aber um ehrlich zu sein, ich bin nicht so oft am Hafen, wie ich es eigentlich vorhatte.«

Am nächsten Morgen verabschiedete Bergenn sich ausgesprochen ungern von mir. »Auf der Rückreise komme ich mit meiner Stiefschwester vorbei«, sagte ich. »Warum kehrst du nicht mit uns zurück? Schließlich mußt du ja nicht hierbleiben, wenn du nicht willst.«

»Nein, vielen Dank. Ich möchte diesen Garten hier in ein Schmuckstück verwandeln«, sagte Bergenn. »Aber bitte, komm vorbei, wenn du nach Hause fährst. Ich freue mich immer, dich zu sehen.«

Er winkte mir vom Tor aus nach und wirkte dabei sehr einsam. Er tat mir leid.

Aber als ich die Fähre nach Xetlan bestiegen hatte, besserte sich meine Stimmung. Es war eine stürmische Überfahrt. Als ich am Südhafen, dem wichtigsten Hafen Xetlans, an Land ging, stellte ich fest, daß die Pferde ganz durcheinander waren. Ich entschloß mich, an diesem Tag nicht weiterzufahren, und stieg in einem Rasthaus ab.

Ich wußte, daß der Schrein von Kya, der Heilerin, sich im Innern der Insel befand. Die qualifizierten Ärzte aller Inseln hatten dort studiert, und viele waren geblieben, weil es hier ein Haus gab, in dem die Kranken besser als andernorts betreut wurden und wo auch Operationen durchgeführt werden konnten. In Atlan besaßen wir dergleichen nicht. Bei uns arbeiteten die Ärzte gewöhnlich zu zweit oder zu dritt und begaben sich entweder zum Haus des Patienten oder nahmen diesen in ihr eigenes auf.

Auf der Fahrt dorthin sah ich mich neugierig um, denn Xetlan war mir recht unbekannt. Es war eine hügelige, grüne Insel mit fruchtbarem Grasland, wo Bienen summten und Heuschrecken sich wohl fühlten. Die meisten Bauernhöfe wirkten wohlhabend; die Häuser waren aus Lehmziegeln errichtet.

Es war schon Mittag vorbei, als ich endlich an den Rand des schüsselförmigen Tals im Innern der Insel gelangte. Unter mir lag das ungefähr eine Meile entfernte Tal und in seiner Mitte der Schrein, der jedoch gar nicht so imposant aussah, wie ich erwartet hatte. Es besaß keine Tore und auch keine Dächer aus Gold und Silber oder Orichalcum.

Ich erblickte ein Gehölz mit dunklen Bäumen, die die Mitte der Talsohle ausfüllten. Auf einer Lichtung stand ein Gebäude aus rotem Stein mit einem Dach aus grauen Ziegeln. Außerdem sah man einen kleinen, ebenfalls ziegelgedeckten Dom und einige locker aneinandergereihte Gebäude, von einem Garten umgeben, durch den ein Fluß strömte. Es war ein klarer Tag, und ich konnte sehen, wo der Fluß auf der anderen Seite neben einem Wasserfall ins Tal floß. Er schlängelte sich durch das Wäldchen und die Lichtung weiter nach Norden.

Aber dies war der richtige Platz, das erkannte ich auf Anhieb. Dieser Ort strömte eine heilige Ruhe aus, die sich über das gesamte Tal verbreitete.

Vorsichtig fuhr ich hinunter, da der Weg steil und kurvenreich war. Unten führte der Pfad zu dem Wäldchen und unter ein Dach aus dunkelgrünen Blättern, wo der Boden flach war, so daß ich die Pferde traben lassen konnte.

Eingetaucht in Sonnenschein, durchquerte ich den Garten und gelangte in einen Hof. Hier sprudelte der übliche Brunnen. Mehrere Menschen, einige davon Patienten, saßen auf Stühlen oder schlenderten langsam umher. Andere trugen den hellblauen Kittel des Arztes mit goldbestickten Streifen an Hals und Saum, die den Dienstgrad bezeichneten. Sie kümmerten sich um die Patienten.

Eine junge Frau, deren Streifen sie als Ärztin mittleren Grades auswiesen, saß am Rande eines Brunnens. Zu ihren Füßen lag ein Bündel. Als ich in den Hof fuhr, erhob sie sich. Sie war nicht groß, und in ihrem dunklen, aufgesteckten Haar spielten rote Lichter. Sie ging mir entgegen. Als sie neben dem Wagen stehenblieb, erkannte ich, daß ihr Gesicht das weibliche Abbild von Narrs Gesicht darstellte, auch wenn es keineswegs so lebhaft war: es hatte hohe Wangenknochen, eine Adlernase und vor allem diese charakteristischen Bernsteinaugen.

»Sei gegrüßt, Oriole!«

Ich erwartete ein Lächeln, aber ihr Gesicht blieb ausdruckslos. »Ich bin Oriole«, sagte sie mit monotoner Stimme. »Und Ihr seid …«

»Hast du mich vergessen? Bestimmt habe ich mich verändert, seit wir uns das letzte Mal gesehen haben. Ich bin dein Pflegebruder Ashinn.« Ich warf einen Blick auf ihr Bündel. Darauf lag ein brauner Reiseumhang. »Du hast mich doch nicht etwa erwartet?«

»Doch, das habe ich«, entgegnete Oriole.

Die Pferde wieherten, waren durstig, und ich ließ sie vom Brunnen trinken. Oriole ging neben mir. »Was soll das heißen, du hast mich erwartet?« fragte ich. »Das kann doch gar nicht sein, denn ich habe keinen Boten geschickt.«

»Ich wußte nicht, wer mich abholen würde«, erklärte Oriole. »Ich wußte nur, daß jemand kommen würde, vermutlich gegen Mittag. Also habe ich mich fertiggemacht. Es gibt Ärger zu Hause, nicht wahr? Meine Mutter braucht mich.« Dieses Mal klang ihre Stimme bitter, und ich entdeckte, daß ihr Gesicht Feindseligkeit verbarg. »Ich wußte immer, daß es schließlich passieren würde«, sagte sie. »Ich wußte immer, daß man mich eines Tages hier wegholen würde.«

Geistesabwesend tätschelte sie den Nacken des Pferdes, neben dem sie herlief. »Ich wußte erst, wer du bist, als du mir deinen Namen genannt hast«, erklärte sie. »Du hast dich wirklich sehr verändert.«

»Es wäre ja wohl erstaunlich, wenn es nicht so wäre«, erwiderte ich etwas schroff. »Wie hast du erfahren, daß es zu Hause Ärger gibt? Niemand kann mir zuvorgekommen sein.«

»Meine Mutter«, antwortete Oriole ruhig, »ist seit Anfang des

Sommers von Zeit zu Zeit mit mir in Kontakt getreten. Vermutlich nicht absichtlich, einfach so. Oh, ich weiß, mein Vater glaubt nicht an Übersinnliches, und ich nehme an, er hat dir beigebracht, auch so zu denken wie er. Aber er irrt sich. Vor kurzem wurde mir klar, daß meine Mutter meine Rückkehr nach Atlan wünscht, und dann wußte ich plötzlich, daß jemand unterwegs war, um mich zu holen, ja, ich wußte sogar, wann ich diese Person erwarten konnte. Deshalb bin ich also reisefertig.« Sie betrachtete meine Pferde, die noch immer gierig Wasser tranken, und fügte hinzu: »Aber vielleicht solltest du deine Pferde erst ausruhen lassen, bevor wir zurückfahren. Möchtest du inzwischen etwas essen? Dann kannst du mir in allen Einzelheiten berichten, was sich zu Hause ereignet hat.«

Ich riß mich zusammen. »Du mußt mir verzeihen«, sagte ich, »aber ich habe noch nie mit jemandem zu tun gehabt, der die Gabe der Hellsichtigkeit besitzt.«

Es ist nötig, meine Geschichte abermals kurz zu unterbrechen, um eine Erklärung einzuflechten, denn ich weiß nicht, ob auch bei euch die Hellsichtigkeit bekannt ist.

Hellsichtigkeit bedeutet, daß jemand imstande ist, gedankliche Botschaften – die nicht immer bewußt ausgesendet werden – von anderen Menschen zu empfangen, die Zukunft vorauszusehen und die Stimmen der Götter zu hören.

Einige Menschen bei uns behaupteten, mit dieser Fähigkeit ausgestattet zu sein, andere dagegen besaßen nicht die geringste Veranlagung dazu. In der Priesterschaft konnte man es ohne diese Gabe überhaupt nicht weit bringen, auch für Ärzte wirkte sie sich vorteilhaft aus, so versuchte man, sie darin zu schulen.

Ich selbst hatte keine rechte Meinung zu diesem Thema. Ich hatte noch nie eigene Erfahrungen damit gemacht, und als Koch brauchte man diese Fähigkeit auch nicht unbedingt. Orioles Offenbarung traf mich daher ziemlich unvorbereitet.

»Habe ich dich damit überrascht?« Ihr Ton war freundlich, aber mir fiel auf, daß sie wie eine Person von beträchtlicher Autorität sprach. Nun, als ausgebildete Ärztin war sie es zweifellos gewohnt, daß man ihr respektvoll zuhörte. »Es verblüfft Leute immer, wenn sie noch nichts damit zu tun hatten«, fuhr sie ruhig fort. »Aber diese Fähigkeit ist sehr nützlich bei der Behandlung von Patienten.

Manchmal kann ich in ihrem Geist lesen, woran sie wirklich kranken.«

»Warum sagen dir denn die Patienten nicht einfach, was ihnen fehlt?« fragte ich.

»Weil sie es nicht immer wissen«, antwortete Oriole. »Einige kommen und klagen über Kopfschmerzen oder Magenbeschwerden, brauchen aber statt dessen Hilfe in ihrer unglücklichen Ehe oder sie sind verschuldet und haben Angst. Manchmal machen die Sorgen sie krank, aber daß ein Zusammenhang zwischen beiden besteht, erkennen sie oft erst, wenn ich es ihnen sage. Darum ist es sehr hilfreich, wenn ich in ihren Gedanken lesen und erkennen kann, daß sie wegen diesem oder jenem Angst haben. Normalerweise geben sie es dann zu und erkennen häufig auch den Zusammenhang.«

»Und das gelingt dir oft?« fragte ich belustigt und überlegte, ob diese so sehr von sich eingenommene Fremde wirklich meine Stiefschwester war, mit der ich früher auf einem Boot über den Inneren Kanal gerudert war. Ihre Augen ähnelten denen von Narr, aber wo steckte das Glitzern, an das ich mich erinnerte, der Funke der Begeisterung für das Leben und allen möglichen Unfug?

»Nicht, wenn ich müde bin oder mich nicht konzentrieren kann«, sagte sie. »Und auch nicht, wenn das Gegenüber seinen Geist vor mir verschließt. Aber ich habe durchaus meine Erfolge. Wir sind da.«

Wir hatten einen Flügel umrundet und standen nun vor den Nebengebäuden, die ich von oben gesehen hatte. Stallburschen eilten herbei, um uns zu begrüßen. »Du kannst ihnen vertrauen«, sagte Oriole, als einer von ihnen mir die Zügel abnahm. »Deine Pferde werden anständig versorgt. Und wenn du etwas essen willst ...«

Ein Speisesaal grenzte an eine Terrasse, und wir ließen uns heiße Corve, frisches Brot, kaltes Wassergeflügel und, wie es auf Xetlan Mode war, ein aromatisches Gericht geben, in das man das Fleisch eintunkte. Speisen nach Xetlaner Art waren in Atlan schon vor der Erfindung des Prinzenmahls beliebt gewesen.

Nachdem wir uns auf der Terrasse an einen Tisch gesetzt hatten, sagte Oriole: »Jetzt erzähl mir, was zu Hause nicht in Ordnung ist.«

»Was hast du damit gemeint, als du sagtest, deine Mutter sei mit dir in Kontakt getreten?«

Sie wurde ungeduldig. »Ich träumte von ihr. Sie streckte die Hände nach mir aus. Dann drängten sich ihr Bild und der Klang ihrer Stimme auch tagsüber in meinen Kopf. Und mir wurde klar, daß jemand kommen würde, um mich zu holen. Ich redete mit Mutter Melindy, der Priesterin von Kya, die diese Einrichtung leitet, und nachdem sie sich meine Schilderungen angehört hatte, meinte sie, ich habe wahrscheinlich recht. Letzte Nacht wußte ich dann, daß der Betreffende, wer immer es sein mochte, heute ankommen würde. Ich berichtete es ihr, und sie übertrug meine Arbeiten jemand anderem und erteilte mir die Erlaubnis, mich auf die Abreise vorzubereiten. Und jetzt bist du hier«, sagte Oriole, die plötzlich zornig zu werden schien, »und willst mir nicht sagen, was geschehen ist. Ich kann es nicht aus deinem Geist herausziehen, du hast den Zugang versperrt. Warum?«

Sie hatte recht. Während meiner Reise war ich immer mehr zu der Überzeugung gelangt, daß es nicht einfach sein würde, meiner Schwester beizubringen, was ihr Vater getan hatte. Das war auch der eigentliche Grund, weshalb ich mich gesträubt hatte, nach Xetlan zu reisen.

»Deine Mutter ...«, fing ich an, brach jedoch gleich wieder ab.

»Ja?«

»Dein Vater ...«

»Ja?«

»Deine Mutter ist unglücklich«, sagte ich schließlich, »aber ich möchte nicht, daß du auf Narr böse bist. Er ... sie haben sich im Laufe der Jahre auseinandergelebt. Er war einsam und hat sich deshalb ...«

»... eine Konkubine genommen«, sagte meine Stiefschwester leichthin. »Das war immer schon eine Möglichkeit. Meine Mutter hat einmal davon gesprochen. Sie redete darüber sehr offenherzig mit mir am Tag vor meiner Namenszeremonie. ›Dein Vater hat ein Auge auf ein hübsches Mädchen geworfen‹, sagte sie zu mir ziemlich verbittert.« Oriole starrte mit düsterem Gesicht hinunter in ihren Becher Corve. »Und das war etwas, was sie überhaupt nicht verstehen oder ertragen konnte. Schon die gewöhnlichen Seitensprünge meines Vaters machten ihr zu schaffen. Aber eine andere Frau, die formell im Haus aufgenommen werden, mit ihm das Bett teilen sollte ... Es stimmt doch, oder? Genau das hat er getan?«

»Ja. Sie heißt Juny«, sagte ich verlegen. »Sie ist hübsch und recht aufgeweckt«, fuhr ich fort, »und hat sich sehr bemüht, deiner Mutter den nötigen Respekt entgegenzubringen. Sie hat sich nicht im geringsten aufgespielt. Ich bin sicher, wenn du sie siehst …«

»Hör auf, ihn zu verteidigen!« Orioles Wut brachte Bewegung in ihre Gesichtszüge. Sie sah Narr nun wieder sehr ähnlich. »Meine Mutter tut mir leid«, sagte sie. »Aber trotzdem will ich nicht nach Atlan zurück. Oh, ich weigere mich nicht, ich möchte es nur einfach nicht.«

»Warum?« Auch ich wurde allmählich zornig. Dieser herrische Befehl, ich solle Narr nicht in Schutz nehmen, hatte in mir ebendiesen Wunsch geweckt. »Warum hast du aufgehört zu schreiben?« fragte ich sie.

»Das habe ich nicht.« Oriole riß an einem Geflügelbein und tunkte es in die Soße. Wir aßen mit bloßen Fingern, denn Fingerhüte zum Essen kannte man nur in Atlan. Ungeduldig tauchte sie die befleckten Fingerspitzen in eine Schale mit Wasser. »Ich habe meinem Vater jedes Jahr geschrieben«, sagte sie.

»Das weiß ich. Ein Pflichtbrief vor der Tiefnacht. Ein höfliches kleines Grußschreiben mit belanglosem Inhalt. Er las uns deine Briefe immer laut vor, daher weiß ich, was darin stand. Ich rede von richtigen Briefen, in denen du schreibst, was du denkst und fühlst, dich danach erkundigst, wie es uns geht, und in denen du dein eigenes Leben beschreibst. Und ich rede auch von Briefen an deine Mutter und mich.«

»Mutter kann nicht lesen.«

»Auch diese Briefe hätte man laut vorlesen können! Ich jedenfalls kann lesen, und auch mich hast du ignoriert. Nachdem du ein Jahr weg warst, hast du kaum noch geschrieben, und nach dem zweiten Jahr hast du dich bei deiner Mutter und mir überhaupt nicht mehr gemeldet.«

»Ja.« Oriole wirkte nicht sonderlich zerknirscht. »Zuerst hatte ich Heimweh. Ich habe euch geschrieben, weil es mir dadurch besser ging. Anfangs war das Leben hier sehr hart. Wenn man neu ist, muß man die Drecksarbeit machen. Aber allmählich hat sich das geändert.«

Sie schwieg eine Weile. »Weiter«, sagte ich.

In den Augen meiner Stiefschwester erschien für einen Augenblick jenes Glitzern von einst. »Ich habe begonnen zu lernen, richtig zu lernen. Es gibt hier einen Kräutergarten. Ich kannte die Pflanzen ja bereits und wußte auch, wofür man sie verwendet; hier aber lernte ich, wie man sie anbaut und Arzneien daraus herstellt. Außerdem erhielt ich Unterricht in Anatomie, ich lernte, wie man Krankheiten diagnostiziert und behandelt. Nach einiger Zeit erlaubte man mir, Ärzten bei der Behandlung von Patienten zuzuschauen. Ich war froh und glücklich und begriff schließlich, daß ich entkommen war.«

»Entkommen?« fragte ich überrascht. »Wem entkommen?«

»Meinen Eltern vor allem«, erwiderte Oriole. »Meinem Vater, der mir immer vorschrieb, was ich denken sollte, woran ich glauben sollte und woran nicht ...«

»Du warst doch erst zwölf Jahre alt, als du fortgingst!«

»Mit zwölf kann man schon in mancherlei Hinsicht selbständig denken. Auf der anderen Seite war meine Mutter. Auch sie sagte mir, was ich denken und glauben sollte, nur war es das genaue Gegenteil von dem, was mein Vater verlangte. Sie empfand immer eine gewisse Sehnsucht nach der Lebensweise der Diener, mußt du wissen. In den letzten Monaten vor meiner Namenszeremonie versuchte sie, mich an sich zu binden und mir ihre Art zu denken aufzuzwingen. Sie sagte immer, ich solle nicht so häufig ausgehen, nicht so viel Zeit mit dir und Bryen verbringen, nicht so viel reden. Ich stellte mich taub gegen diese gegensätzlichen Ratschläge, die auf mich einprasselten. Aber erst hier im Schrein konnte ich endlich selbständig über mein Leben entscheiden.«

»Und wofür hast du dich entschieden?«

»Ich habe erkannt, wie richtig es für mich war, hierherzukommen und wie sehr ich mich danach sehnte, Ärztin zu werden.«

»Weil diese Tätigkeit deinen Geist beansprucht? Weil es besser ist, als bei deiner Mutter und deren Freundinnen herumzusitzen?«

»Ja, besser als Süßigkeiten in sich hineinzustopfen, sich über die Missetaten der Hausskaven oder die jüngste Fehlgeburt irgendeiner Bekannten zu unterhalten oder sich Stickarbeiten zu widmen. Hier dagegen«, sagte Oriole, »kann ich denken und mich weiterentwickeln. Vater hätte meine Entwicklung behindert, meine Mutter auch, jeder auf seine Art. Bei ihm hätte sich meine Gabe der Hellsichtigkeit nicht entfalten können. Er glaubt nicht daran und hätte mich niedergebrüllt, wenn ich versucht hätte, sie ihm zu erklären.«

»Gewiß. Doch ihr beide teilt das Verlangen nach geistigen Herausforderungen. Oriole, verstehst du nicht, daß dein Vater sich einsam gefühlt hat? Trotz all seiner Fehler, die ich weiß Gott kenne, ist er ein großartiger Mensch. Deine Mutter konnte einfach nicht ...«

»Und diese Juny«, sagte Oriole abschätzig, »diese süße, aufgeweckte Juny, sie versteht ihn also? Diskutiert sie die ganze Nacht mit ihm über akademische Fragen?«

»Warte doch bitte, bis du wieder zu Hause bist, bevor du ein Urteil fällst«, erwiderte ich.

»Mein Vater kann nicht erwarten, daß ich sein Verhalten billige. Ich werde doch nach Hause zitiert, um meiner vergrämten Mutter zur Seite zu stehen, oder?«

»Ja. Sie braucht dich dringend. Und in Atlan kannst du genauso wie hier in deinem Beruf arbeiten. Da es bei uns nicht genug Ärzte gibt, wirst du keinen Mangel an Patienten haben.«

Oriole nahm einen Schluck Corve. »Aber in Atlan darf ich nur Frauen behandeln, außer in einem Notfall. Hier dagegen kann ich jedermann als Patienten annehmen.«

»Wirklich? Das wußte ich nicht. Nun, auch bei uns gibt es Notfälle, und sie dürften sogar bald zunehmen. Bei der Flutwelle wurden viele Menschen verletzt«, sagte ich. »Ich nehme an, du hast davon gehört.«

»Ja, natürlich. Sie schlug auch gegen die Westküste von Xetlan, hat aber nicht viel Schaden angerichtet, weil die Küste überwiegend aus Klippen besteht. Aber warum sagst du, daß die Notfälle zunehmen werden? Wird eine weitere Flutwelle erwartet?«

»Vielleicht«, antwortete ich. »Ich habe dir einiges zu erzählen, was du noch nicht weißt.«

»Muß ich also auf eine Katastrophe hoffen? Ist das die einzige Möglichkeit, die Dinge zu ändern?«

»Welche Dinge?« fragte ich verwirrt.

»Die Dinge, die Frauen in Atlan nicht erlaubt sind«, erwiderte Oriole ungeduldig.

Ich starrte sie an. »Wovon um alles in der Welt sprichst du? Frauen können in Atlan tun, was ihnen beliebt, sofern sie nicht der

Diener-Sekte angehören, natürlich. Sie können sich frei bewegen, Eigentum und Sklaven besitzen, Geld verdienen und Geschäfte eröffnen ...«

»Also mit Sklaven handeln, Schenken und sogar Speisehäuser betreiben? Aber du bist doch irgendwo Küchenchef geworden, nicht wahr? Vater hat mir in einem Brief davon berichtet. Du bist Meisterkoch.«

»Ja, das stimmt. Und sogar Mitglied einer Tafelrunde. Aber du willst doch schließlich nicht Meisterköchin werden.«

»Das wäre mir gar nicht möglich, selbst wenn ich es wollte«, gab Oriole zurück. »Frauen dürfen in keinem Beruf die Meisterprüfung ablegen und können auch nicht Mitglieder von Tafelrunden werden. Sogar die Hohenpriesterinnen im Königlichen Rat nehmen nur an den Sitzungen teil, wenn sie eigens dazu eingeladen werden. Außerdem können Frauen nicht die Akademie besuchen.«

»Aber Frauen wollen doch gar nicht Meisterprüfungen ablegen oder in die Akademie aufgenommen werden«, entgegnete ich. »Sie ...«

»Warum wird es ihnen dann durch Gesetz verboten?«

Ich kratzte mich am Kopf. »Du bist Narrs Tochter«, sagte ich ironisch. »Hast immer gleich eine Antwort parat, genau wie er. Trotzdem, die meisten Frauen ...«

Sie unterbrach mich brüsk. »Die meisten ist nicht das gleiche wie alle. Selbst wenn nur einige von uns den Wunsch hätten, sich Zünften anzuschließen oder Sprecher einer Tafelrunde zu werden, sollte man ihnen diese Möglichkeit nicht verbauen. Das ist der Grund, weshalb ich nicht nach Atlan zurückmöchte.«

»Und ist hier so vieles anders?«

»Hier im Schrein schon. Hier kann ich meine Dienste jedermann anbieten, wenn ich mich nicht gerade auf Frauenkrankheiten spezialisieren will. Außerdem«, fügte sie hinzu, »wenn ich zurückkehre, wird Mutter mich zu überreden versuchen, zu heiraten.«

Ich wies sie darauf hin, daß dies die meisten Leute taten, und erzählte ihr von Oxona. »Selbstverständlich wünschen deine Eltern, daß du dich beizeiten verheiratest. Aber ich glaube nicht, daß deine Mutter dich allzusehr drängen würde. Sie möchte dich vorerst nur bei sich haben.«

»Vielleicht, aber bald wird sie anfangen, mir irgendwelche Heiratskandidaten vorzustellen. Ich will jedoch gar nicht heiraten. Ich möchte einfach nur hier meine Ruhe haben.«

Ich wußte nicht, was ich darauf erwidern sollte. Mit sanfterer Stimme fuhr Oriole fort: »Aber es tut mir leid um Oxona. Ich erinnere mich an sie. Sie hat manchmal mit uns gespielt, nicht wahr? Man hätte sie hierher bringen sollen. Hier hätten wir sie heilen können.« Sie leerte ihren Becher und stand auf. »Möchtest du dich im Schrein umsehen, bevor wir aufbrechen?«

Bei der Besichtigung begann ich zu begreifen, was Oriole hier hielt.

Ich begegnete einigen ihrer Kollegen und bemerkte, daß sie sie – ob alt oder jung, Mann oder Frau – als ebenbürtig und gleichberechtigt behandelten.

Ich sah die Räume der Patienten, den warmen, blubbernden Schwefelteich, in dem man einige Beschwerden durch Bäder behandelte, den Kräutergarten, in dem Oriole ein eigenes Fleckchen für ihre Pflanzen besaß, und den Arbeitsraum, wo ein ausgebildeter Arzt und zwei Studenten Kräuter hackten und klopften und die brodelnden Kessel beaufsichtigten, in denen die Arzneien kochten.

»Jeder muß das einmal machen«, sagte der verantwortliche Arzt, während er eine zähe, scharf riechende Flüssigkeit durch ein Tuch abseihte. »Einige von uns stellen auch gerne ihre eigenen Medikamente her. Mutter Melindy fördert das. Oriole verbringt oft ein paar Stunden hier oder im Garten.«

»Ich genieße es«, sagte Oriole. Sie blickte traurig im Arbeitsraum umher, bevor wir gingen. Draußen blieb sie stehen, um noch einmal den Duft der blühenden Kräuter einzuatmen. »Wenn ich erschöpft bin oder von irgendwelchen Sorgen geplagt werde, arbeite ich hier, jäte Unkraut, sammle die Kräuter ein und verarbeite sie. Das tut mir gut. Ich werde es vermissen.«

Als wir zum Gebäude zurückgekehrt waren, zeigte mir Oriole einen sauberen, hellen Raum aus Stein, in dem Patienten, die man durch Drogen in Schlaf versetzt hatte, operiert wurden. Dann führte sie mich in einen zweiten, ähnlichen Raum, in dem jedoch eine andere Atmosphäre herrschte. Hier wurden Verstorbene untersucht, um die Todesursache herauszufinden.

Mich fröstelte. Über dem Steintisch in der Mitte lag ein gläserner Schild. »Weil manchmal giftige Dämpfe oder Gerüche freiwerden, wenn ein Leichnam geöffnet wird«, erklärte Oriole sachlich. »Durch den Schild kann man sehen, was die Hände darunter tun, ist aber einigermaßen geschützt. Und die Löcher im Tisch dienen als Abfluß ...«

Ich bat sie, woandershin zu gehen, woraufhin Oriole mich mit einem matten, überlegenen Lächeln in eine Kammer mit einem gekachelten Gewölbe führte.

Es war ein Tempel der Göttin Kya, kreisförmig, abgedunkelt und ruhig. In einer Nische gegenüber dem Eingang stand eine Statue der Göttin in Menschengröße. Sie hatte ein schlichtes, ebenmäßiges Gesicht und schwere Brüste. Ihre dicken Arme waren über einem aufgeblähten Bauch verschränkt, der auf stämmigen Beinen ruhte. Die Figur war aus grünem Marmor gehauen. Kya, ob sie die Jungfrau, die Mutter oder die Alte verkörperte, wurde stets mit einem grünen Gewand dargestellt, das allerdings meist nur entsprechend bemalt war. Dieser seltene Marmor mußte von einem weit entfernten Land herbeigeschafft worden sein. Die Kraft, die die Statue ausstrahlte, veranlaßte mich, im Türrahmen stehenzubleiben.

»Sie ist sehr eindrucksvoll, nicht wahr?« meinte eine Stimme. Eine Frau trat aus einer Ecke hervor und begrüßte uns. Sie war von kräftiger Statur und mittleren Alters und hatte ebenso dicke Arme und Beine wie die Skulptur sowie ein schwaches Oberlippenbärtchen. Oriole legte sogleich eine Hand auf ihr Herz und sagte: »Mutter Melindy!« Ich verbeugte mich, als ich begriff, daß es sich um die Priesterin des Schreins handelte.

»Das ist Ashinn, mein Stiefbruder, Ehrwürdige Mutter«, sagte Oriole. »Er ist gekommen, mich nach Hause zu holen.«

Mutter Melindy musterte mich. Mir wurde unbehaglich zumute. Ihre großen braunen Augen schienen fast in meine Seele zu blicken. »Diese Statue«, hob sie an, »ist nicht besonders anmutig. Statuen von Kya der Mutter sind es selten. Euch gefällt sie wohl nicht.«

»Ich begreife eines nicht«, erwiderte ich. »Kya die Jungfrau wird immer als junges, schönes Mädchen dargestellt. Aber wenn sie sich zu Kya der Mutter entwickelt, wird sie schrecklich. Ich habe das nie verstanden. Warum zeigt man sie nicht weiter als junge, lächelnde Frau mit einem Kind auf dem Arm?«

»Hübsch und bezaubernd?«

»Ja. Warum nicht?«

»Und auch verletzlich?«

»Nun ...«

»Hübsch und bezaubernd zu sein bedeutet auch, verletzbar zu sein. Eine hübsche, bezaubernde Mutter Kya würde Euch keine Angst einflößen.«

»Angst einflößen? Warum sollte sie das?«

»In erster Linie«, erklärte Mutter Melindy, »um das Gleichgewicht aufrechtzuerhalten. Mit ihren Muskeln und ihren lauten Stimmen fällt es den Männern leicht, uns einzuschüchtern. Es ist nötig, euch Männer daran zu erinnern, daß wir Fähigkeiten und Kräfte besitzen, die euch fehlen.« Die großen braunen Augen nahmen mich erneut ins Visier. »Beschäftigt Euch dieses Thema schon länger?«

Ich hatte zum ersten Mal darüber nachgedacht. »Ich glaube schon«, antwortete ich.

»Aber jetzt habt Ihr es erstmals zur Sprache gebracht?«

»Ich hatte bisher nur selten Gelegenheit, mich mit Priesterinnen zu unterhalten.«

»Ah, Ihr seid also Herrn Narrs Pflegesohn, natürlich.« Mutter Melindy nickte. Sie vertiefte das Thema jedoch nicht weiter. »Ich habe Oriole bereits meinen Segen erteilt und ihr eine gute Reise gewünscht, aber da ihr beide nun zusammen hier seid, möchte ich euch noch einmal segnen.« Sie streckte die Hände aus, die Handflächen nach unten, und ihre Stimme bekam eine rituelle Strenge. »Geht in Frieden. Möge die Mutter Kya über euch wachen. Möge man dir, Oriole, erlauben, eines Tages zu uns zurückzukehren, wenn es dein Wunsch ist. Und möget Ihr, Ashinn, lange leben und Euch nicht allzusehr ängstigen müssen.«

»Vor der Mutter Kya?« fragte ich.

»Überhaupt. Ich vermute, ihr werdet beide Gefahren zu bestehen und Entbehrungen zu erdulden haben. Laßt euch dadurch nicht entmutigen.«

Das war eine seltsame Art von Segen, dachte ich.

»Wenn du ihm deine private Kammer und den Gemeinschaftsraum zeigen möchtest«, fuhr Mutter Melindy fort, »kannst du das gerne tun.«

»Möchtest du es?« fragte Oriole, nachdem die Priesterin gegangen war.

»Was?« fragte ich zurück.

»Die Unterkünfte der Ärzte sehen. Es ist ein Privileg. Ich darf sie dir nur zeigen, weil ich die Erlaubnis der Oberin besitze.«

»O ja, sehr gern.«

Die Privatgemächer hatten eine Überraschung parat. Das Haus, das von außen wirkte, als besitze es nur die üblichen zwei Stockwerke, hatte in Wirklichkeit drei. Unter dem Giebeldach gab es noch eine weitere Ebene mit kleinen Kammern, die zu beiden Seiten eines Mittelgangs angeordnet waren. Sie besaßen schräge, spitz zulaufende Wände, die das Tageslicht hereinließen, und waren alle gleich groß, bis auf die erste, die sich als Weberei offenbarte.

»Wir stellen den größten Teil unserer Kleidung selbst her«, sagte Oriole. »Hast du vergessen, daß Mutter Kya auch diese Fertigkeit verkörpert?«

»Ich glaube schon«, gab ich zu, als wir in den Raum hineinschauten und zwei Frauen in Ärztekleidung erblickten sowie eine, die einen einfachen Kittel trug. Sie arbeiteten an den Webstühlen.

»Wir wechseln uns ab, auch die Patientinnen helfen gelegentlich mit.« Oriole schloß behutsam die Tür. »Eine der drei war eine Patientin. Es beschleunigt den Genesungsvorgang, wenn Patienten etwas zu tun haben. Ich kann mit der Nadel nicht besonders gut umgehen, aber das Weben wirkt sehr beruhigend auf mich. Meine Mutter hat es mich gelehrt. Besitzt sie den Webstuhl noch?«

»Nein«, antwortete ich. »Sie hat ihn vor ein paar Jahren verschenkt. Wir kaufen jetzt unsere Kleidung oder bekommen sie aus Bergenns beziehungsweise nun Bryens Haushalt. Ihre Sklaven weben noch. Oxona hat sie immer ermutigt und mitgearbeitet. Dein Vater bewahrt Schriftrollen im ehemaligen Webraum auf. Er hatte schon immer so viele davon, daß er nicht wußte, wo er sie unterbringen sollte.«

»Ich erinnere mich. Ein Raum war für ihn erst dann vollständig eingerichtet, wenn es darin Regale für Schriftrollen gab.« Oriole betrat einen langen Gang. »Jetzt zeige ich dir, wo wir schlafen. Die Schlafgemächer von Mutter Melindy und den meisten leitenden Ärztinnen liegen in einem anderen Teil, aber wir sind hier oben untergebracht.«

Sie öffnete eine Tür nach der anderen, so daß ich einen Blick in die Schlafräume werfen konnte.

Die Kammern waren unterschiedlich eingerichtet, je nach den Vorlieben ihrer Bewohnerinnen. Einige sahen sehr aufgeräumt aus, in anderen lagen Schriftrollen, Schreibgerät, Sandalen und Gewänder ungeordnet umher. Auch die Wände waren in den verschiedensten Farben gestrichen.

»Und das ist meine Kammer«, sagte Oriole und öffnete die Tür eines Raumes, der nahezu kahl wirkte. Das Regal war halb leer; auf der anderen Hälfte waren Schriftrollen nebeneinander aufgereiht. Die Wände, der Boden und alle Möbel waren weiß gestrichen. In einer Ecke des Raumes stand eine kleine Silberstatue von Lyuna auf einem Wandregal. Sie war nackt, schlank und graziös und trug in ihrer linken Hand einen runden Schild, der wie ein Vollmond aussah, sowie eine Waffe, die an einen Sichelmond erinnerte, in der rechten.

»Dieser Schrein ist Lyuna gewidmet«, sagte ich verwirrt. »Aber du hast dich doch Kya der Mutter verschrieben.«

»Das gilt für dieses Gebäude und für unsere Arbeit. Aber wir dürfen daneben auch unsere eigenen Vorlieben pflegen. Und ich habe mich für Lyuna entschieden.«

Ich schaute mich in dem kalten, kahlen Raum um. Orioles Gesicht zeigte dabei keinerlei Regung. Mir erschien es wie ein seltsam verzerrtes Spiegelbild von Narrs Gesicht. Aber sie war nicht Narr. Doch da sie äußerlich und auch geistig soviel von ihm geerbt hatte, konnte ich es kaum glauben, daß sie sich aus freien Stücken für diese außergewöhnliche Kargheit und Strenge entschieden hatte.

»Deine Kammer sieht nicht sehr bewohnt aus«, bemerkte ich.

»Von einer Anhängerin Lyunas erwartet man, daß sie die eigene Wohnung sauberhält und nicht mit unnötigen Dingen überlädt.«

»Aber ...«

»Ja?« sagte Oriole kühl und zog die Augenbrauen hoch.

»Glaubst du wirklich an das alles? An Mutter Kya und an Lyuna?« fragte ich ziemlich unfreundlich.

»Du willst damit andeuten, daß mein Vater das nicht tut, oder? Für ihn ist die Erde der Boden, auf dem man sich bewegt, und der Mond eine Gesteinskugel, die sich im All dreht und das Sonnenlicht widerspiegelt. Für ihn gibt es hinter der äußeren Erscheinung keine andere, tiefere Wirklichkeit. Und du hast dir seine Sichtweise zu eigen gemacht.«

»Ich halte sie für vernünftig«, erwiderte ich.

»Eben.« Oriole klang ruhig, kochte aber innerlich. »Und du kannst dir nicht vorstellen, daß ich vielleicht anders denke. Nun, genau das tue ich. Als ich noch zwischen Narr und meiner Mutter stand, wußte ich nicht, woran ich glauben sollte. Ich sagte dir, daß sie ständig versucht haben, mir gegensätzliche Standpunkte nahezubringen. Ich wußte, daß ich mich mit den Idealen der Diener nicht würde anfreunden können. Sie verachten Frauen. Meiner Mutter hat man nicht einmal das Lesen beigebracht. Doch ich selbst hatte keine Meinung. Dann kam ich hierher und machte meine ersten Prüfungen, um festzustellen, ob ich eine Begabung zur Hellsichtigkeit besitze, und es zeigte sich, daß dies der Fall war. Damals erkannte ich, daß sich Vater in einigen Dingen irrt. Ich befragte Mutter Melindy darüber. Sie sagte, die Götter gibt es wirklich. Sie kann sogar mit Kya reden, in sich selbst ...«

»Nun, ich bin davon überzeugt, daß sie glaubt, was sie sagt. Aber ...«

»Ja, das tut sie, und ich glaube ihr auch. Aber Kya ... Frauen, die Kya folgen, heiraten immer«, sagte Oriole. »Mutter Melindy war mit einem Priester von En verheiratet. Er starb, bevor sie hierherkam. Ich aber möchte nicht heiraten. Ich arbeite als Heilerin Kyas, aber mein Herz gehört Lyuna.«

»Was heißt das genau?« fragte ich. Eine Schriftrolle am Ende des Regals erregte meine Aufmerksamkeit. Sie steckte in einer silbernen Röhre. In der Bibliothek der Akademie hatte ich schon einmal eine solche Rolle gesehen. Ich löste die Spange von der Hülle und ließ das Pergament in meine Hände gleiten.

Ich hatte recht. *Der Pfad der Lyuna* lautete die Überschrift, die von Hand auf einer silbernen Folie an der Außenseite der Rolle aufgebracht war. Ich warf einen Blick auf den Anfang des Textes.

... ist nicht der einfachste Glaubensweg und ein Pfad, der nur wenigen Frauen offensteht. Doch für diese wenigen gibt es keine andere Lebensweise, die sie mehr erfüllen könnte. Kein anderer Weg bietet ihnen so viel Freiheit von Zerstreuungen, so viel Raum für ihr geistiges Wachstum ...

... man muß im Geiste, in der Vorstellung Lyuna werden, ihre Zurückweisung Sayadons voll verstehen und nachvollziehen, Sayadon durch ihre Augen sehen, sich ebenso wie sie hingezogen fühlen zur unbeschwerten und kontemplativen Weite des Himmels ...

...um dies zu erreichen, ist es notwendig, alle Legenden über Lyuna auswendig zu kennen, jedes Wort, das sie gesprochen hat. Darüber hinaus müssen ihre Anhänger den Tanz vom Anfang bis zum Ende kennen, denn er ist voller verborgener Verweise auf sie, sogar in jenen Sequenzen, die nicht offenkundig von ihr handeln ...

... man muß imstande sein, sich im Geiste zwischen den Legenden des Tanzes zu bewegen, sie mit Lyuna zu verbinden, auf daß sie sich mit dir verbinde und dich erfülle und keinen Raum mehr lasse für die irdischen Begierden, die Kya verkörpert. Ohne diese würde niemand Lyuna anbeten, doch unter ihrer Last kann der Mensch niemals den Frieden und die Reinheit der privaten Zitadelle, der unverletzten Grenze erfahren ...

Ich überflog den Rest des Textes rasch, während ich das Pergament mit der rechten Hand entrollte und mit der linken wieder aufrollte. Die Überschriften der einzelnen Abschnitte waren in großen schwarzen Buchstaben auf rechteckige Silberfolien gedruckt und leicht zu lesen.

DIE LEGENDEN VON LYUNA ... Die Göttin weist Sayadon zum ersten Mal zurück ... Lyuna streitet mit Kya der Jungfrau am Vorabend einer Vermählung ... Sayadon nimmt wieder seine männliche Gestalt an und setzt sein Werben fort ...

»Wir führen hier auch die Tanzzeremonie auf, allerdings in einer eingeschränkten Version«, sagte Oriole über meine Schulter. »Einmal am Tag, bei Tagesanbruch. Wir haben aber nur wenig Leute. Wenn ich wieder nach Atlan komme, kann ich den Tanz in seiner ursprünglichen Form sehen.«

»Atlan hat eben auch seine Vorteile«, bemerkte ich beiläufig, während ich weiterlas.

MEDITATIONEN. Die angehende Priesterin der Lyuna ... Priesterin?

... soll täglich meditieren, sich mit allen Legenden, die Lyuna betreffen, und allen Aspekten der Göttin beschäftigen. Doch was diese Aspekte bedeuten, hat die angehende Priesterin durch das Studium der Legenden selbst herauszufinden. Sobald sie zu Schlußfolgerungen gelangt ist, die ihr vertretbar erscheinen, soll sie zu einer älteren Priesterin gehen und sie vortragen. Die ältere und weisere Frau wird allen Unrat aus dem Geiste der Aspirantin hinwegfegen, dabei jedoch auch neue Wahrheiten und Einsprengsel von reinem Silber entdecken, die Lyunas Schätzen hinzugefügt und mit anderen geteilt werden können ... Auf diese Weise wächst der Reichtum Lyunas, und alle, die sich ihr anschließen, besitzen das Recht, in sich selbst zu suchen, alleine und unbehelligt, um neue Schätze zu finden, die sie ihr vermachen können ...

DIE HELLSICHTIGKEIT ... ist eine allgemeine Eigenschaft der Priester, gilt jedoch bei den Priesterinnen Lyunas als besonders ausgeprägt, denn ihr reiner Geist ermöglicht ihnen die klarsten Visionen. Die Energie, die bei anderen in die Erde abgeleitet wird, kann bei ihnen frei fließen. Sie sollten sich von Zerstreuungen weitgehend fernhalten. Jene, die sich der Kunst der Hellsichtigkeit widmen wollen, benötigen Ruhe und Abgeschiedenheit, um sich konzentrieren zu können, wenngleich sich bei den besonders Begabten diese Fähigkeit häufig auch spontan äußert. Jene, die darin ausgebildet werden, müssen lernen, sie durch die Kraft ihres Willens zu steuern ... Für eine Priesterin der Lyuna ziemt sich ein schlichter Raum, in dem keinerlei Farben für Ablenkung sorgen ...

Ich legte die Schriftrolle beiseite. »Hast du vor, eine Priesterin zu werden?« Was um alles in der Welt würde Narr wohl dazu sagen? dachte ich.

Orioles Gesicht hatte sich leicht gerötet. Sie schüttelte den Kopf.

Ich schob die Rolle zurück in die Röhre. »Du hast dich doch damit beschäftigt? Aber ich sehe, daß du die Schriftrolle nicht eingepackt hast, um sie mit nach Hause zu nehmen.«

»Ich habe eine Abschrift in meinem Gepäck. Mutter Melindy hat sie mir zum Abschied geschenkt. Ich brauche nicht zwei. Diese hier hatte ich gekauft.«

»Sie ist bestimmt wertvoll.« Ich klopfte an die silberne Röhre. »Gibt es hier solche Dinge zu kaufen?«

»Natürlich. Buchhändler von Atlan schicken Agenten mit Bücherlisten hierher. Wir bestellen, was wir brauchen, und nach ungefähr einem Monat kommt der Agent und bringt uns die Schriften.«

»Aber warum wolltest du ausgerechnet dieses Werk?« fragte ich, obwohl ich mir die Antwort eigentlich denken konnte.

»Ich kann keine Priesterin werden«, antwortete Oriole. »Ich bin Ärztin und stelle die Heilkunst an die erste Stelle. Eine Priesterin der Lyuna gibt Lyuna den Vorrang vor allem anderen. Aber ich kann ihr dennoch mein Leben widmen. Ich kann die Texte studieren und privat dem Pfad der Lyuna folgen. Und das tue ich.«

»Ich sehe es.«

Sie starrte mich feindselig an. »Das ist meine Angelegenheit«, sagte sie. »Dir gefällt es nicht, das ist mir klar. Schließlich hast du lange unter dem Einfluß meines Vaters gelebt. Aber ich entscheide selbst, woran ich glaube. Keiner von euch hat das Recht, sich einzumischen.«

»Ich weiß«, erwiderte ich. Ich war erschüttert, nicht nur, weil ich mir ausmalte, wie Narr reagieren wurde. Er würde natürlich toben, aber ich war nicht verpflichtet, ihm und Oriole dabei zu helfen, miteinander auszukommen.

Oriole war meine Stiefschwester und nicht mit mir blutsverwandt. Sie war eine anziehende junge Frau mit kritischem Verstand, zu der ich mich durchaus hingezogen fühlen durfte. Seit dem Augenblick, als ich sie am Rand des Brunnen sitzen sah und während unserer ganzen Unterhaltung im Schrein hatte ich Oriole begehrt.

Ich blickte in ihre Augen und begann für einen kurzen Moment, ihren Standpunkt einzunehmen. Ich stimmte ihr nicht zu, ich war noch immer Ashinn und hatte meinen eigenen Verstand. Aber ich lebte zugleich auch in Orioles Geist, sah die Bilder, die sie beherrschten, fühlte, was sie empfand. Einen Augenblick lang verstand ich: die ungestörte Ruhe, deren Repräsentantin Lyuna war, der emotionale Schutzwall, den die Jungfräulichkeit bot, innerhalb dessen man sich voll und ganz der Arbeit widmen konnte.

Aber das war noch nicht alles. In diesem außergewöhnlichen Augenblick geistiger Verschmelzung drang ich beinahe tiefer in Orioles Gedanken ein, als ihr selbst es möglich war. Ich wußte, der Pfad der Lyuna entsprach ihr nicht, sie würde auf diesem Weg nicht ihr Glück finden. Sie ähnelte viel zu sehr Narr und würde erst zur Ruhe kommen, wenn sie die Stürme durchgestanden hatte, die sie erwarteten. Irgend etwas, vielleicht der Konflikt zwischen ihren Eltern, hatte ihr wahres Wesen verschüttet. Wie bei Bryen und seinem Mädchen hatte es den Anschein, als würde auch ich meine künftige Gemahlin Lyuna entreißen müssen. Aber anders als er wollte ich dabei erfolgreich sein. Nicht meinetwegen, sondern Orioles wegen, nicht um sie von ihrer Arbeit abzuhalten, sondern um sie ihr zu ermöglichen.

»Oh, meine Liebe«, sagte ich leise. »Oh, meine Liebe.«

Die Heimkehr

*E*s gab in Atlan kein Gesetz, das es mir untersagt hätte, meine Stiefschwester zu heiraten, falls ich dies beabsichtigt hätte. Wir waren nicht blutsverwandt, und das Gesetz über die Verwandtenehe betraf uns daher nicht.

Auch diese Regelungen waren weder von König Ereth noch von König Jaison niedergelegt worden. Wir hatten noch weitere reformwillige Könige gehabt, wie zum Beispiel Darren, der rund 200 Jahre vor Ereths Geburt geherrscht hatte.

Zu jener Zeit sah Atlan noch wesentlich anders aus als zu meiner Zeit, doch es gab schon eine Stadt auf dem Hügel, und wir waren eine hochentwickelte Gemeinschaft. Doch die Bevölkerungszahl war noch gering, und die adeligen Kreise gingen allmählich dazu über, nur noch untereinander zu heiraten, was ihre Wahlmöglichkeiten weiter einschränkte. Eine ähnliche Entwicklung vollzog sich unter den Angehörigen bestimmter Gewerbezweige. So kam es in Mode, daß Cousins und Cousinen heirateten, Onkel und Nichten, manchmal sogar Brüder und Schwestern.

Diese langjährige Praxis zeitigte schwerwiegende Folgen. Erbkrankheiten und Mißbildungen breiteten sich aus, Geisteskrankheiten nahmen ebenfalls zu. Auch König Darren humpelte, da er von seinem Vater und vielleicht auch von seiner Mutter eine Mißbildung des linken Beins geerbt hatte. Seine Mutter besaß zwar normale Beine, aber sie war eine Cousine ersten Grades ihres Ehemannes, und ihr gemeinsamer Großvater hatte ebenfalls an dieser Behinderung gelitten.

In vielen Gemeinschaften – vor allem bei den Stämmen an der Seichten See – wurden mißgebildete Kinder getötet, doch viele der betroffenen Familien in Atlan wiesen ohnehin eine geringe Fruchtbarkeit auf, wohl auch eine Folge der Inzucht. Kinder erfreuten sich daher großer Wertschätzung. Aber als Darren, der mit einer seiner Cousinen verheiratet war, erkannte, daß seine Frau schwachsinnig war, begann er nach Gründen für diese Probleme zu suchen.

Man mußte nur die Erfahrungen von Völkern heranziehen, die Pferde oder Rinder züchteten, um festzustellen, daß ein Überhandnehmen von Ehen zwischen Verwandten eine Gefahr in sich barg, insbesondere wenn erbliche Krankheiten und Mißbildungen bereits verbreitet waren.

König Darren lud Kaufleute und Seefahrer vor und verlangte von ihnen eine genaue Beschreibung der körperlichen Merkmale und der geistigen Fähigkeiten jener Völker, mit denen sie auf den beiden Kontinenten und an den Küsten der Seichten See in Berührung gekommen waren.

Er ließ eine Liste von Stämmen aufstellen, deren Angehörige nach den Maßstäben Atlans als gutaussehend bezeichnet werden konnten und denen man zutrauen durfte, sich in das Leben in der Stadt einzugewöhnen. Dann schickte er Expeditionen zu diesen ausgewählten Völkern, um dort junge Mädchen für die Männer Atlans zu kaufen oder, falls nötig, auch zu rauben.

Hunderte junger Frauen wurden geholt, was schließlich dazu beitrug, daß die Bevölkerung Atlans schon zu meiner Zeit ein sehr vielfältiges Erscheinungsbild bot. Junys dunkle, schrägstehende Augen wiesen zum Beispiel darauf hin, daß ihre Vorfahren wahrscheinlich vom Westlichen Kontinent stammten.

Darren ließ sich von der Frau scheiden (die ihm keine Kinder geschenkt hatte) und heiratete ein Mädchen von der Nordküste der

Seichten See. Sie war eine Häuptlingstochter und stand im Ruf, sowohl schön als auch klug zu sein. Sie wurde als Barbarenkönigin bekannt, ihr eigentlicher Name indes geriet in Vergessenheit. Doch sie gebar ihrem Mann Kinder. Ereth und Jaison sowie alle Könige bis hin zu Rastinn stammten von ihr ab.

Nach seiner Heirat befahl Darren allen alleinstehenden Männern aus Adelsfamilien, Frauen von außerhalb zu ehelichen, und dehnte diese Anweisung schließlich auch auf die Angehörigen niederer sozialer Stände aus. Dieses Edikt blieb in Kraft, bis der Nachschub an ausländischen Mädchen versiegte.

En allein weiß, wie es um diese erzwungenen Ehen bestellt war. Viele der Mädchen dürften unfähig gewesen sein, auch nur ein Wort von der Sprache ihres Mannes zu verstehen. Aber es kamen Kinder, eine neue, gesündere Generation wuchs heran. Die Zufuhr frischen Blutes erleichterte es den Menschen später, Ehepartner zu finden, mit denen sie nicht verwandt waren, und Atlan gewann wieder an Lebenskraft.

Danach erließ Darren das Gesetz über die Verwandtenehe, das Eheschließungen zwischen Cousins zweiten Grades und näher Verwandten untersagte. Paare, die dagegen verstießen, wurden zu Sklaven erklärt, und falls sie bereits Sklaven waren, zwang man ihre Herren, sie billig zu verkaufen – ein Verlust für ihren Besitzer und eine Katastrophe für den Sklaven, der dann in ein Bergwerk oder eine Färberei geschickt wurde, wo er meist nach kurzer Zeit starb.

Doch das Gesetz betraf nicht jene, die nicht blutsverwandt waren, auch wenn sie wie Bruder und Schwester aufgewachsen waren. Oriole konnte meine Frau werden, wenn ich es wollte und sie sich einverstanden erklärte.

Und ich wollte es. Wie aus heiterem Himmel hatte ich plötzlich meine Lebensgefährtin gefunden.

Doch ob Oriole dem zustimmen würde, war eine andere Frage.

Ich begriff sehr schnell, daß ich mich bei meinem Versuch, Oriole vom Pfad der Lyuna abzubringen, sehr ungeschickt angestellt hatte. Dieses spontane »Oh, meine Liebe« war ein Fehler gewesen. Dahinter verbarg sich der unausgesprochene Gedanke: »Oh, du dummes kleines Ding. Wie wenig weißt du über dich selbst, und wie viel weiß ich über dich.«

Oriole hatte die Beleidigung durchaus verstanden und zeigte mir nun die kalte Schulter. Der Aufenthalt im Schrein ging abrupt zu Ende. Wir traten die Heimreise in einer unterkühlten Atmosphäre an, die bis zum nächsten Tag anhielt, als wir Durion erreichten.

Dort suchten wir Bergenn auf, was ein wenig zur Entspannung der Situation beitrug; er war sehr gastfreundlich, bewirtete uns mit Wein und unterhielt sich angeregt mit uns. Als wir wieder aufbrachen, sprachen wir zwangsläufig über ihn. Ich machte mir Sorgen.

»Ich hoffe, er ist nicht krank«, sagte ich zu Oriole. »Er scheint ganz plötzlich gealtert zu sein.«

»Es ist schon lange her, seit ich ihn das letzte Mal gesehen habe«, sagte sie, »aber ich kann mich noch einigermaßen erinnern, wie er damals war. Wir sollten mit seinem Sohn über ihn reden.«

»Bryan ist zur Zeit wahrscheinlich gerade auf See und erforscht die Küsten Atlans«, erwiderte ich.

»Richte ihm aus, wenn er wieder zurück ist, daß er so schnell wie möglich seinen Vater aufsuchen soll«, sagte Oriole. Sie sprach wie eine Ärztin, kurz angebunden und streng, und erneut drohte sich Schweigen über uns zu senken. Aber ich stellte noch ein paar Fragen über ihr Leben auf Xetlan, und sie fand sich immerhin bereit, mir darauf zu antworten. Sie erzählte, wie einer der maßgebenden Ärzte an sich selbst eine neue Kräutermedizin ausprobiert hatte und dabei fast umgekommen wäre. Dann berichtete sie von einem komischen Zwischenfall mit einem Heiltrank, dessen Gärung sich so stark beschleunigt hatte, daß sich in der Nacht der Verschluß der Flasche gelöst und die Flüssigkeit den ganzen Arbeitsraum überschwemmt hatte. »Die Masse erstarrte und wurde so glatt, daß der verantwortliche Arzt – ein dicker Mann, den niemand sonderlich mochte –, auf die Nase fiel und über den Boden schlitterte, als er am nächsten Morgen hereinkam.«

Während sie diese Geschichte erzählte, huschte ein fröhliches Lächeln über ihr Gesicht. Es war erstaunlich, denn dadurch verwandelten sich ihre Züge und strahlten eine ansteckende Heiterkeit aus, die mich sofort zum Lachen brachte.

In etwas gelösterer Stimmung setzten wir unsere Reise fort und fanden schließlich ein Rasthaus, in dem wir unsere zweite Nacht verbrachten. Am folgenden Tag erreichten wir gegen Mittag die Stadt, durch deren Nordwesttor wir auf die Rote Straße gelangten.

Wir hatten erst eine kurze Strecke zurückgelegt, als wir am Straßenrand haltmachen mußten, um eine Prozession vorüberziehen zu lassen.

Prozessionen waren ein vertrauter Anblick in Atlan. Man umrahmte damit religiöse Feste, von denen wir sehr viele hatten. Und jedesmal, wenn ein Mitglied der Hohen Priesterschaft die Zitadelle verließ (was die Priester ziemlich häufig taten, um neue Schreine oder Schiffe zu segnen oder einfach nur, um ihre Familien zu besuchen), ließen sie sich von Soldaten der Tempelgarde und einem oder zwei Hauptleuten in Festwagen begleiten. Der Priester oder die Priesterin saß dann majestätisch in einer Sänfte, die von einem Dutzend Männern getragen wurde, nickte gelegentlich der Menge zu, gab sich ansonsten aber würdevoll und unnahbar.

Die meisten jedenfalls verhielten sich so. Aber Janna, die Hohepriesterin der Frauen, wich davon ab; sie lachte, liebte es, mit der Menge neckische Zurufe auszutauschen, und ließ manchmal sogar die Sänfte halten, um jemanden zu begrüßen, der ihr aufgefallen war oder der ihr eine Petition übergeben wollte. Ich hatte gehört, daß dies anfangs für gehörige Verstimmung unter den übrigen Priestern sorgte, doch Janna ließ sich nicht beirren, und so gewöhnte man sich allmählich daran.

Und dies war eine Prozession Jannas, wie wir an dem Gelächter der Menge erkannten. Janna, eine beeindruckende, üppige Gestalt in einem grüngoldenen Gewand, warf ihren Bewunderern Blumen zu. Als sie vorüberzog, fing ich ihren Blick auf und verbeugte mich, ebenso Oriole. Janna befahl daraufhin ihren Trägern zu halten, und winkte uns zu sich heran.

Einer der Wächter griff sofort nach dem Zügel meines Pferdes. Oriole und ich stiegen überrascht, aber gehorsam ab, und die Menge teilte sich vor uns, als wir zur Sänfte gingen. Janna beugte sich herunter, um uns zu begrüßen. »Ich kenne Euch vom Sehen«, sagte sie zu mir. »Ihr seid Ashinn, der Stiefsohn von Herrn Narr, nicht wahr? Und das ist seine Tochter? Er sagte gestern abend bei der Tagung des Rates, er habe Euch beauftragt, sie nach Hause zurückzubringen.«

»Ja, Dame Janna, das ist Oriole.«

»Die als Ärztin bei Kya gearbeitet hat, der Heilerin von Xetlan? Welchen Abschluß habt Ihr, Oriole?«

»Ich bin Ärztin des zweiten Grades, Dame Janna«, antwortete Oriole.

»In Kyas Namen heiße ich Euch auf Atlan willkommen. Es gibt bei uns nicht genügend Heilerinnen, aber viele Frauen bevorzugen sie.« Janna lächelte. Sie hatte ein warmes Lächeln und ein einnehmendes Wesen. Mutter Melindy wirkte dagegen hart und maskulin. »Möget Ihr beide ein Leben lang glücklich sein«, sagte sie. Immer noch lächelnd lehnte sie sich in ihre Kissen zurück und rief: »Weiter!« Die Träger setzten sich in Bewegung, und die Audienz war beendet.

»Das war sehr freundlich von Janna«, sagte ich, als wir wieder in unserem Wagen saßen und ich die Pferde durch die allmählich kleiner werdende Menschenmenge lenkte.

»Ja. Aber sie war so traurig.«

»Traurig?« Ich wandte mich überrascht zu ihr. Janna, die berühmt war für ihre Freundlichkeit, stets lächelte, aufwendig gekleidet war, auf ihren weichen Kissen ruhte und die Menschen liebte und von ihnen geliebt wurde, war mir durchaus fröhlich erschienen.

»Ich habe es in ihr gelesen«, sagte Oriole. »Früher muß sie einmal furchtbar verletzt worden sein, sehr tief und nachhaltig.«

»Aber wie kannst du ... Läßt sich Hellsichtigkeit auch auf diese Art einsetzen?«

»Ja, manchmal. Es war ungewollt und auch nicht sehr deutlich, aber es ist ein Teil dieser Kunst.«

Ich dachte darüber nach, als wir weiterfuhren. »Es muß ermüdend sein«, sagte ich schließlich, »ständig mit den Schmerzen anderer Menschen umgehen zu müssen. Kein Wunder, daß du sie selbst so weit wie möglich vermeiden willst.«

»Darüber habe ich noch nicht nachgedacht.« Oriole wirkte überrascht. »Aber – ja, vielleicht hast du recht.«

Ich sah ihr in die Augen. »Aber kannst du ihnen auf diese Weise wirklich entkommen?«

»Ich kann es versuchen«, erwiderte Oriole.

Ich entschloß mich, diese Angelegenheit vorerst nicht weiter zu verfolgen. Im Augenblick waren wir Freunde. Ich wollte es dabei belassen.

Wir bogen von der Roten Straße ab, fuhren durch schmalere Gassen, passierten den Hügel der Zitadelle und erreichten schließlich die Weiße Straße. Wir überquerten die Brücke zur Oberstadt, dann legten sich die Pferde kräftig ins Geschirr und zogen unseren Wagen die Steigung zu Narrs Haus hinauf. Der Torwächter läutete freudig die Glocke, als er uns kommen sah, und Harion eilte heraus, um uns am Torhaus zu begrüßen und Oriole vom Wagen herunterzuheben.

»Wo ist mein Pflegevater?« fragte ich ihn. »Unterrichtet er?«

»Nein, Meister Ashinn, es ist doch einer seiner freien Tage. Er arbeitet in seiner Werkstatt. Prinz Ivorr ist bei ihm. Er hat gesagt, wenn Ihr heute zurückkehrt, sollt Ihr gleich zu ihnen kommen. Euch, Oriole, soll ich zu Eurer Mutter bringen. Sie wird sich freuen, Euch zu sehen. Sie ist lange aufgeblieben an den beiden letzten Abenden, falls Ihr in der Nacht noch angekommen wärt. Sie hat große Sehnsucht nach Euch.«

»Ich werde Narr berichten, daß du wohlbehalten hier angekommen bist«, sagte ich, und Oriole nickte. »Danke, Ashinn, daß du mich abgeholt und auf der Reise alles geregelt hast. Ich muß jetzt zu meiner Mutter.«

Die Reise, das entnahm ich ihrem Tonfall, war jetzt vorüber, ebenso der Streit und die Freundschaft. Sie klang so distanziert höflich, als wäre ich nicht ihr Bruder, sondern ein für sie abgestellter Begleiter. Ich legte eine Hand auf mein Herz und sagte: »Es ist alles in Ordnung, Herrin.« Dafür erntete ich einen unfreundlichen Blick, bevor sie davoneilte. Ich grinste. Ich wußte, was ihr nicht paßte. Sie hatte gespürt, daß mein Interesse an ihr nicht rein brüderlicher Natur war, und wußte nicht, wie sie damit umgehen sollte. Harion schaute mich überrascht an und fragte sich wohl, was mich so amüsiert hatte. Ich klopfte ihm auf die Schulter und sagte, ich sei froh, wieder zu Hause zu sein. Dann kam Fiahn, um den Wagen zum Stall zu bringen, und ich machte mich auf zu Narr.

In der Werkstatt traf ich nicht nur Narr und Prinz Ivorr an, sondern auch Quinn, den Sprecher der Eisenschmiede, und drei junge Akademiestudenten, Schüler von Narr.

Ich hatte keinen seiner Schüler näher kennengelernt, und heute, nach so langer Zeit, kann ich mich nur noch an die Namen einiger von ihnen erinnern. Sherin war ungewöhnlich, weil sein Vater keine Akademiegebühren für ihn bezahlte. Er war der Sohn eines Schäfers, dessen Herde auf den Wiesen oberhalb von Durion weidete, und auch Sherin hatte seine Kindheit draußen bei den Schafen verbracht. Doch unter dem Sternenzelt zu schlafen hatte seine Neugier für diese Himmelskörper geweckt, und er stellte seinem Vater und seinen Onkeln ständig Fragen, die keiner von ihnen beantworten konnte.

Ein Lehrer in Durion hörte von ihm, bat darum, mit ihm zu sprechen, und erbot sich schließlich, ihn kostenlos zu unterrichten. Sherin hütete noch immer die Schafe und mußte sich sehr anstrengen, um dem Unterricht zu folgen, doch sein Lehrer war so zufrieden mit ihm, daß er Sherins Vater um die Erlaubnis bat, den Jungen nach Atlan zu bringen und Narr vorzustellen. Narr unterzog ihn einer Prüfung und war so beeindruckt, daß er ihn ohne Gebühren als Schüler annahm.

In der Werkstatt herrschte eine geschäftige Atmosphäre; jeder der Anwesenden trug alte Kleider und dicke Handschuhe. Die einzige Ausnahme bildete Prinz Ivorr. Auch er hatte Handschuhe an, trug dazu jedoch ein hellblaues Obergewand und war wie üblich reichlich mit Armreifen geschmückt; um seinen Hals hing ein türkis- und goldfarbener Kristall. Ohne Schmuck fühlte sich Prinz Ivorr nur halb angezogen, und häufig, wie auch heute, erschien er unangemeldet bei Freunden, wobei er selbst seinen Wagen lenkte.

Ich weiß nicht, wie sich Fürsten und andere hochgestellte Persönlichkeiten in eurer Welt verhalten. König Rastinn machte keinen Schritt ohne einen Leibwächter mit glänzendem Brustschutz und zwei Herolde, die ihm durch Fanfaren den Weg bahnten. Er billigte die ungezwungene, wenig förmliche Art seines Bruders nicht. Ich hingegen mochte sie sehr.

Die Werkstatt erschien auf eine seltsame Weise überfüllt, obwohl sie durchaus so vielen Leuten Platz bot. Dann sah ich, daß der Raum hinter der Werkbank zum größten Teil durch einen massigen, mit einem Tuch bedeckten Gegenstand eingenommen wurde. Narr und die anderen standen über ein neues Modell von Narrs Dampfwagen gebeugt. Sie drehten sich um, als ich hereinkam, und lächelten. Ich legte eine Hand auf mein Herz, verbeugte mich vor dem Prinzen und meinem Pflegevater und sagte: »Ich habe Oriole wohlbehalten zurückgebracht. Sie ist gleich zu ihrer Mutter gegangen.«

»Hast du ihr gesagt, warum ihre Mutter wollte, daß sie zurückkam?« fragte Narr.

»Ja.«

»Und was hat sie darauf erwidert?«

»Sie möchte selbst mit dir reden«, antwortete ich. Mir war nicht danach zumute, Orioles komplizierte Reaktion zu erklären, vor allem nicht angesichts dieses interessierten Publikums.

»Das heißt, sie ist wütend auf mich.«

»Mehr als das«, antwortete ich. »Sie wollte Xetlan nicht verlassen. Aber meiner Ansicht nach war es höchste Zeit, daß sie es tat. Du wirst begreifen, was ich meine, wenn du mit ihr gesprochen hast.«

»Hm. Und was willst du damit sagen? Nun, ich werde sie ja bald sehen. Aber jetzt komm, Ashinn, schau dir das an.«

Ich war müde von der Reise und sehnte mich nach einem Bad und einem Mahl, aber schon während dieser kurzen Unterhaltung waren meine Blicke immer wieder zu dem kleinen Wagenmodell auf dem Tisch gewandert. Es war größer als sein Vorgänger, besaß einen eigenen Dampfkessel, und innen brannte ein Feuer, das Sherin sorgfältig mit Holzkohle unterhielt. Schon stiegen Rauchschwaden aus einem kleinen Kamin, und das Gerät begann sich zu bewegen. Langsam tuckerte es über den Tisch, Ivorr streckte eine behandschuhte Hand aus und fing es auf, bevor es über die Tischkante purzeln konnte. Er drehte es um, und es bewegte sich wieder in die andere Richtung.

»Aber das ist … das ist einfach wunderbar!« Plötzlich wurde mir klar, worum es sich bei dem abgedeckten Gegenstand handelte. »Ist das der Wagen in voller Größe?«

»Hergestellt in der Eisenschmiede der Zitadelle«, sagte Prinz Ivorr stolz und hielt das Modell abermals auf.

Ich schaute zu den Türen und dann wieder zu dem Objekt hinter der Werkbank. »Wie habt ihr es hier hereingebracht?«

»Es war in Teile zerlegt. Es besteht nicht aus einem Guß«, antwortete Narr. »Dadurch läßt es sich leichter verladen. Willst du es dir vielleicht mal ansehen, Ashinn? Es könnte nicht schaden, wenn du dich ein bißchen damit vertraut machst. Dann kannst du mir bei der öffentlichen Präsentation zur Hand gehen.«

Wir speisten an diesem Abend bei Quinn und kehrten dann zu Narrs Haus zurück, wo ich in dem Raum übernachtete, den ich als Junge bewohnt hatte. Auch Oriole schlief in ihrer früheren Kammer. Unsere Gemächer lagen an der Hofseite gegenüber Oceans

Räumen, aber seit unserem Auszug war diese Seite praktisch unbewohnt gewesen; in einem Raum empfing Narr gelegentlich Studenten, ein anderer wurde in letzter Zeit von Juny genutzt.

Üblicherweise brachte Narr Gäste in diesem Flügel unter, die meiste Zeit jedoch stand er leer. Das Haus war für einen Mann mit einer Familie angelegt, und ich wußte, Narr hatte gehofft, Oxona und ich würden nach unserer Heirat diesen Flügel beziehen und mit Kindern füllen. Er malte sich diese Vorstellung in sentimentalen Bildern aus, aber im wirklichen Leben hätte er wahrscheinlich den Kindern abwechselnd den Kopf getätschelt und sie dann wieder angeschrien, ruhig zu sein und ihn nicht bei seiner Arbeit zu stören.

Ich genoß es, wieder in die privilegierte Welt des Sohnes eines großen Hauses einzutauchen. Am Morgen brachte mir ein leichtfüßiger Sklave, der freundlich lächelte, heiße Corve und frisches Obst, fragte, was ich an diesem Tag anziehen wolle, legte die entsprechender Gewänder zurecht, ließ mir ein heißes Bad ein, schrubbte mir den Rücken und rasierte mir das Kinn. Das Quellwasser in den Rohren war an diesem Morgen ziemlich heiß, so daß wir jemanden bitten mußten, ein paar Krüge kaltes Wasser hereinzubringen.

Frisch gebadet, rasiert und fertig angezogen, ging ich nach unten und gesellte mich zu Narr, der bereits im Garten beim Frühstück saß, was er bei schönem Wetter häufig tat. Duftendes, warmes Brot, Garnelenpasteten, gebratene Scheiben von Geräuchertem, Obst, ein Topf mit Kräutertee und ein Krug Corve waren auf dem Gartentisch aufgebaut.

»Ich habe Ocean dazu gebracht, mir nicht mehr zu verbieten, daß meine eigene Küche mich versorgt«, sagte er. »Ich habe ihr damit gedroht, Niomy, ihre Zofe, zu verkaufen. Sie hat das Mädchen inzwischen richtig liebgewonnen. Aber sie nimmt ihre Mahlzeiten noch immer in ihren eigenen Räumen ein. Vorübergehend soll Oriole sie mit ihr teilen.«

»Hast du Oriole schon gesehen?« Ich nahm Platz, setzte mir die Fingerhüte auf und bediente mich.

»Gestern abend und heute morgen«, antwortete Narr düster. »Ocean hat ausführlich mit ihr gesprochen, darüber, wie verkommen und grausam ich sei und was für ein kleines Biest Juny sei. Juny sollte eigentlich hier sein, aber ich habe ihr gesagt, sie soll heute in ihrer Kammer frühstücken, falls Oriole sich zu uns setzen will. Morgen wird Juny mir wieder Gesellschaft leisten, und wenn Oriole sich zu uns bemühen will, muß sie sich einfügen. Sie war höflich zu mir«, sagte er und nahm einen Schluck Corve. »Sehr höflich. Aber auch kühl und distanziert. Sie ist wütend auf mich, aber ich habe das Gefühl, daß sie auch nicht besonders gut auf ihre Mutter zu sprechen ist. Du hast recht, sie wäre wahrscheinlich am liebsten auf Xetlan geblieben. Das hat sie jedenfalls gesagt.«

Ich trank gedankenversunken. »Sie hat sich stark verändert, seit sie nach Xetlan ging«, sagte ich zögernd. Narr schien das Ausmaß ihrer Veränderung nicht erkannt zu haben. Er bedachte mich mit einem seiner strengen Blicke. »Sie interessiert sich jetzt für Religion«, fuhr ich fort.

»Sie hat in einem Schrein gelebt. Das war zu erwarten«, meinte Narr. »Mir wäre es lieber, wenn sie sich dem Kult von Kya der Heilerin zuwenden würde, anstatt sich mit den Dienern einzulassen. Ich hoffte, sie würde sich in erster Linie damit beschäftigen, Ärztin zu werden.«

»Bis zu einem gewissen Grad hat sie das auch getan. Nun ... du solltest es wissen«, sagte ich verlegen. »Oriole betrachtet sich als Anhängerin Lyunas.«

Narr stellte seinen Becher ruckartig auf den Tisch. »Was meinst du damit? Der Schrein von Xetlan ist Kya gewidmet.«

Ich erklärte es kurz. Narr starrte mich entsetzt an. »Höre ich richtig? Sie wäre Priesterin geworden, wenn sie sich dafür als geeignet empfunden hätte?«

»Ja. Sie hat sich eine Abschrift des *Pfads der Lyuna* besorgt«, sagte ich, »und ich glaube, sie lebt in der Vorstellung, die Gelübde abgelegt zu haben. Auch das Gelübde der Keuschheit. Das meinte ich, als ich sagte, es war höchste Zeit, daß sie Xetlan verließ. Ich glaube, es ist noch nicht zu spät«, ergänzte ich.

»Das hoffe ich auch! Ich hatte ja keine Ahnung, nein ... das darf einfach nicht wahr sein.« Narr riß sich zusammen und widmete sich wieder seinem Frühstück. »Sicher, es gab Hinweise. Sie erzählte mir mit ausdrucksloser Stimme, sie habe durch eine seherische Gabe gewußt, daß sie zurückgerufen werden würde, und habe sich bereits vor deiner Ankunft darum gekümmert, daß jemand anderes sich ihrer Patienten annahm. Diese Bemerkung über die Hellsichtigkeit hätte mich stutzig machen müssen. Aber ich habe ihr keine große

Bedeutung beigemessen. Ich dachte, sie habe es nur erwähnt, um mich zu ärgern. Aber das geht zu weit! Sie glaubt tatsächlich an Lyuna und an Hellsichtigkeit? Ich weiß, daß man Ärzten anbietet, sich in dieser Kunst ausbilden zu lassen, und da sie in einem Schrein lebte, mußte sie natürlich unter den Einfluß einer Priesterin geraten, aber nach der Erziehung, die sie in meinem Hause genossen hat, hätte ich erwartet, daß sie in der Lage ist, Sinn von Unsinn zu unterschieden. Gütiger En!« Narr, der nun plötzlich begriff, wie weit sich seine Tochter geistig von ihm entfernt hatte, unterbrach sein Frühstück abermals und schaute mich bestürzt an.

»Als ich ankam«, sagte ich vorsichtig, »hatte sie bereits alle ihre Habseligkeiten gepackt. Sie sagte mir, durch ihre Sehergabe habe sie gewußt, daß jemand kommen würde, um sie zu holen.«

»Das ist doch lächerlich!«

»Aber wie konnte sie es im voraus wissen?«

»Schau, Ashinn …«

»Du hast mir immer gesagt, daß es von intellektueller Unehrlichkeit in höchstem Grade zeugt, Tatsachen zu leugnen, weil sie nicht ins Bild passen. Wenn eine bewiesene Tatsache einer Überzeugung widerspricht, hast du mir immer gesagt, dann muß die Überzeugung aufgegeben werden. Daß Oriole mich mit ihren gepackten Sachen erwartete, ist eine Tatsache. Ich habe es mit eigenen Augen gesehen.«

»Verdammt, Ashinn! Was bezweckst du, wenn du meine eigenen Worte gegen mich wendest?« Narr wollte sich der Herausforderung nicht stellen und wich auf ein anderes Thema aus. »Ich freue mich, daß du dich gut entwickelt und eine Stelle in deinem Beruf gefunden hast. Im Leben erfolgt nichts ohne Zweck. Auch mir macht meine Arbeit Freude, aber ich vermisse die Diskussionen mit dir. Ich möchte gern, daß du heiratest und einen Hausstand gründest. Du mußt eine Möglichkeit finden, deine Kenntnisse umzusetzen, ohne für jemanden anderen zu arbeiten. Du mußt mehr aus dir machen. Hast du einmal daran gedacht, Schüler anzunehmen? Ich möchte auch, daß Oriole endlich heiratet«, fügte er hinzu. »Ich glaube, sie braucht es.«

Wir schwiegen beide. Es war zu früh, etwas zu sagen, dachte ich. Ich wollte zuerst um sie werben.

»Natürlich sollte sie jemanden heiraten, der sich keine Konkubinen nimmt«, fügte Narr grimmig hinzu. »Ashinn, mir kommt es vor, als hätte ich meine Tochter verloren.«

Zum ersten Mal in meinem Leben fühlte ich mich älter als mein Pflegevater. »Vielleicht solltest du sie gehen lassen«, sagte ich zu meiner eigenen Überraschung.

»Zurück nach Xetlan? Zu diesem Schrein?«

»Nicht unbedingt. Aber es ihr überlassen, was sie denken oder glauben will.«

»Ich vermute, es dürfte schwierig sein, sie aufzuhalten. Aber ich bin froh, daß du nicht gesagt hast, ich solle sie nach Xetlan zurückkehren lassen, denn das kann und werde ich niemals tun. Was auch immer geschehen mag«, sagte Narr, »sie wird hierbleiben!«

Nur selten hatte ich ihn so entschlossen über eine Person verfügen hören. Das sah Narr gar nicht ähnlich.

Die grandiose Erfindung

Einige Tage später erschien ein Bote von Narr, der Meister Chesnon bat, mich für zwei Tage freizustellen. Ich sollte Narr bei der öffentlichen Vorführung seines pferdelosen Wagens helfen.

Meister Chesnon erhob keine Einwände, sondern sagte nur, er hoffe, bei der Vorstellung einen guten Sitzplatz zu bekommen. Ich warf ein paar Kleider in einen Sack und machte mich auf den Weg.

Als ich Narrs Werkstatt betrat, schickte dieser sich gerade an, seinen Dampfwagen einigen letzten Tests zu unterziehen, bevor er ihn auf den Karren lud.

Er ordnete an, alle Tore des Hauses zu schließen, untersagte allen Besuchern den Zutritt und ließ das Gefährt im Hof hin und her tuckern, während er ein Sicherheitsventil ausprobierte, durch das überflüssiger Dampf entweichen sollte, und überprüfte den Hebel, mit dem man die Bremse auslösen konnte.

Der Bremshebel bewegte sich in einem Schlitz vor und zurück; um die Maschine zum Stehen zu bringen, mußte er zu einem Ende des Schlitzes gezogen und dort mit einem Riegel befestigt werden.

Dieser Riegel war außerordentlich starr, und ihn zu lösen erforderte einige Kraft. Er müsse neu eingestellt werden, bemerkte Narr verärgert, als habe irgend jemand anders dies verschuldet, aber nun sei dafür keine Zeit mehr. »Ich mußte an so viele andere Dinge denken«, sagte er zu seiner Rechtfertigung.

Auch Sherin und zwei weitere Studenten waren gekommen, um zu helfen. Narr scheuchte uns erbarmungslos umher. Man hätte den Eindruck bekommen können, wir seien dumme Tölpel, die nicht einmal in der Lage seien, eine Kerze anzuzünden oder einen Topf Wasser zu erhitzen, geschweige denn einen Dampfkessel einzuheizen. Narr schien uns dafür verantwortlich zu machen, daß der Wagen schnaubte und fauchte und so fürchterlich lärmte, daß wir die Pferde aus dem Stall führen und weit entfernt von dem Ungetüm im Garten festbinden mußten.

Mich beschlich bei diesen Tests ein ungutes Gefühl; ich mußte immer daran denken, wie das erste Miniaturmodell explodiert war. Aber Narr meinte, es bestehe keine Gefahr. »Dafür haben wir ja das Sicherheitsventil«, erklärte er. »Es ist wichtig, dafür zu sorgen, daß der Dampf niemanden verletzt, wenn er abgelassen wird. Deshalb ist der Messingtrichter so groß. Der überschüssige Dampf muß sofort hinausgepreßt werden. Das Hauptproblem aber«, fuhr er fort und schaute besorgt drein, »besteht darin, sicherzustellen, daß immer genug Dampf vorhanden ist. Holzkohle verbrennt zu schnell. Um eine längere Strecke zurückzulegen, muß man große Mengen Brennstoff mit sich führen oder auf Versorgungslager an der Straße zurückgreifen können.«

Das schnaubende und tuckernde Monstrum explodierte dieses Mal nicht, und Narr war zufrieden mit dem Test. Doch seine Nervosität würde erst verschwinden, wenn der folgende Tag erfolgreich zu Ende gegangen wäre. Das Spektakel war groß angekündigt worden und würde bestimmt eine Menge Zuschauer anziehen, doch war es auch so befremdlich, daß die Leute wohl gleichermaßen lachen und staunen würden, und nur eine überzeugende Vorführung der Maschine würde ihre Skepsis zerstreuen können. Doch als Narr das Gefährt zerlegte und auf den Karren lud, erkannte ich, daß seine Anspannung und Aufgeregtheit nicht nur der Angst um seine Erfindung entsprangen.

Obwohl ich Juny im Torbogen entdeckt hatte, bemerkte ich wie beiläufig, daß keine Frauen gekommen seien, um dem Schauspiel beizuwohnen. »Ich nehme an, Ocean hegt kein allzu großes Interesse dafür, aber Oriole müßte doch neugierig sein. Wo ist sie? Ist sie weggegangen? Ich werde nach ihr sehen, sobald wir hier fertig sind.«

Narr nahm mich am Ellbogen, führte mich außer Hörweite der anderen und sagte leise, aber bestimmt: »Du wirst dich von Oriole fernhalten. Das ist ein Befehl. Ich will darüber nicht mehr reden.«

»Was heißt das, es ist ein Befehl?« fragte ich verärgert. »Sie ist meine Stiefschwester. Ich habe sie von Xetlan geholt. Ich habe ein Recht ...«

»Sie ist meine Tochter, das ist mein Haus, und ich bin hier derjenige, der Rechte hat. Ocean hat dieses verdammte Haus gespalten«, stieß er hervor. »Schon die Sklaven ergreifen Partei. Das ist unerträglich. Aber ich werde Oriole wieder zur Vernunft bringen, ihr zeigen, daß sie keinen Grund hat, beleidigt zu sein, weil ich ihrer Meinung nach ihre Mutter hintergangen und sie von ihrem geliebten Xetlan weggeholt habe. Und das wird mir schneller gelingen, wenn du dich heraushältst. Nein, Ashinn, sag nichts mehr. Komm und hilf mir, die Stricke festzumachen.«

Die Schatten wurden länger, wir beendeten schließlich unsere Arbeit und nahmen das dringend nötige Bad. An diesem Abend speisten Ocean und Oriole privat, und niemand erwähnte sie. Doch es herrschte im ganzen Haus eine gespannte Atmosphäre. Ich konnte nicht einschlafen. Nachdem ich mich einige Stunden lang in dem stickigen Raum im Bett herumgewälzt hatte, stand ich auf, zog ein Obergewand und Sandalen an und ging in den Hof hinaus, um mich an den Brunnen zu setzen. Es überraschte mich nicht, vom zweiten Hof das Geräusch von Schritten und murmelnde Stimmen zu hören. Als ich hinüberging, stieß ich auf Narr und Sherin, die, mit Laternen bewaffnet, auf dem Wagen herumkrochen und mit dem Bremshebel hantierten.

Als wir am Morgen aufbrachen und hinter gemieteten Ochsen herritten, die den Karren mit dem sorgfältig eingepackten Dampfwagen zogen, waren wir schon müde, noch bevor die Vorstellung überhaupt begonnen hatte.

Wir hatten nur eine kurze Strecke zurückzulegen, trafen unterwegs aber schon viele Menschen. Die Vorführung war von Ausrufern, die Narr und Prinz Ivorr engagiert hatten, in den Straßen von Atlan kundgetan worden. Tagelang hallten in der Stadt die Stimmen wider, die ankündigten, daß in zwölf ... in elf ... in drei ... in zwei Tagen ... morgen, ... drei Stunden nach Tagesanbruch auf dem Rennplatz ein besonderes Ereignis stattfinden werde. Prinz Ivorr, der Schutzherr der Wissenschaften, werde anwesend sein, ebenso Graf Narr der Eisenmacher, der ein Wunder vorführen werde, von dem noch nie jemand unter Ens Himmel geträumt habe: einen Wagen, der sich ohne Pferde oder Träger bewegte.

Diese unfaßbare Maschine, verkündeten die Ausrufer, werde sich an der Weißen Brücke in Bewegung setzen, wo die Rennen endeten. »Kommt alle! Meister und Damen, gebt euren Dienern und Sklaven frei, bringt euren gesamten Haushalt mit zu diesem Schauspiel! Schuster, verlaßt eure Werkstätten, Kaufleute, baut eure Verkaufsstände an der Rennbahn auf! Schiffbauer, zeigt euren Kunden dieses Spektakel! Studenten sollen ihre Studien unterbrechen, Lehrer ihre Schüler allein lassen. Kommt alle, kommt alle ...!«

Und dieser Aufforderung waren die Leute gefolgt. Als wir die Rennbahn erreichten, drängte sich dort eine immer noch wachsende, gutgelaunte Menschenmenge. An Renntagen durften die Zuschauer die Bahn nicht betreten, heute aber wimmelte es darauf von Menschen. Familien nahmen die Sitzplätze in Beschlag oder ließen sich im Sand nieder, komplett ausgerüstet mit Krügen und Picknickkörben.

Meister Chesnon hatte seinen gesamten Hausstand mitgebracht, auch Keneth und Alexahn, die sich an den Händen hielten. Chesnon begrüßte uns freudig erregt, er war stolz darauf, die Hauptpersonen dieses Ereignisses persönlich zu kennen.

Mädchen liefen zu dritt oder viert umher, hatten sich untergehakt und kicherten; junge Männer blinzelten ihnen zu. Es fehlte natürlich auch nicht der unvermeidliche Prediger der Diener-Sekte, der die Leute aufforderte, zur wahren Verehrung Ens zurückzukehren, und uns alle vor Ens Zorn warnte, falls wir nicht wieder regelmäßig die Tanzzeremonie besuchten und unsere Konkubinen und widernatürlichen Praktiken aufgäben. Doch an diesem milden Sommermorgen und angesichts des bevorstehenden außergewöhnlichen Ereignisses fand der Prediger nicht allzuviel Gehör. Die Menge schien ihn eher als Teil des Unterhaltungsprogramms zu betrachten, ebenso wie die Artisten, die in der Mitte des Rennplatzes Kunststücke vorführten, die Musiker, die sich unter die Leute mischten, die Buchmacher, die Wetten darüber entgegennahmen, ob Narrs Erfindung ihren selbstgesetzten Ansprüchen genügen würde, und die Händler, die Speisen, Getränke und Schmuck verkauften.

Ich sah, wie Junys Sänfte ankam und die junge Frau, die von einer Dienerin begleitet wurde, unter den Damen Platz nahm. Ich wußte, daß Ocean fernbleiben würde, war jedoch überrascht, Oriole zu sehen.

Mein Freund Eynar hatte sein Speisehaus an diesem Morgen geschlossen, und ich sah seine unförmige Gestalt herannahen, als wir den Ochsenkarren in die Mitte des Rennplatzes lenkten und zu entladen begannen. Die Verantwortlichen der Rennbahn halfen uns, die Menge zurückzuhalten; einer von ihnen verstellte Eynar den Weg, aber ich rief ihm zu, er solle ihn durchlassen.

Wir bildeten bereits eine kleine Gruppe, als wir uns daranmachten, den Wagen zusammenzubauen, denn inzwischen hatte sich auch Quinn zu uns gesellt sowie zwei Lehrerkollegen Narrs von der Akademie, die jeweils von einigen ihrer Schüler begleitet wurden. Da wir das Zusammenbauen mehrmals geübt hatten, brauchten wir dafür nicht lange. Als wir die letzten Teile an ihren Platz setzten, entstand am Tor zur Weißen Straße ein kleiner Tumult, als ein von zwei edlen Füchsen gezogener Pferdewagen hindurchfuhr. Prinz Ivorr traf gerade ein.

»Sagt Eurem Wagenlenker, er soll die Pferde wegbringen«, warnte ihn Narr. »Sie würden erschrecken, sobald die Maschine ihre seltsamen Geräusche von sich gibt. Deswegen habe ich Juny durch eine Sänfte bringen lassen.« Er blickte zum Tor. »Wie ich sehe, hat sich auch meine Tochter einer Sänfte bedient«, fügte er hinzu.

Ich drehte mich ruckartig um. Eine Sänfte wurde über den Platz zu uns getragen; darin saß Oriole, aufwendig nach der neuesten Mode gekleidet. Ich bezweifelte, daß ihre Mutter diesen Aufzug gebilligt hatte. An Orioles Erscheinung erinnerte nichts auch nur im entferntesten daran, daß sie Ärztin war oder etwas mit der Diener-Sekte oder dem Pfad der Lyuna zu tun hatte. Frauen, die dem Pfad der Lyuna folgten, kleideten sich weiß.

In diesem Jahr bevorzugten die Frauen von Atlan bei ihren Kleidern einen tiefen V-Ausschnitt, der mit den langen Ärmeln kontrastierte, die an den Handgelenken zusammengebunden wurden. Juny trug eine dezentere Version in Gelb. Doch Orioles flammenfarbenes Gewand verkörperte die extremste Ausprägung dieser neuen Mode, hatte weite Ärmel und einen V-Ausschnitt, der fast bis zu ihrem Nabel reichte. Außerdem hatte sie sich mit einem schweren Anhänger aus Gold und Carnelian geschmückt und Goldfäden zwischen ihre hochgebundenen Haare gezogen.

»Gütiger En«, murmelte ich. Oriole sah einfach umwerfend aus.

Narr verfolgte mit dem Ausdruck großer Zufriedenheit, wie Oriole der Sänfte entstieg. »Meine bedauernswerte Tochter«, sagte er, »sie kann nichts dafür. Auf der einen Seite Ocean und die Diener-Sekte, auf der anderen dieser Humbug mit dem Pfad der Lyuna, den sie auf Xetlan aufgeschnappt hat. Das ist nicht sie selbst, Ashinn. Es mußte etwas geschehen, und ich habe es versucht. Als sie wieder zu Hause war, hat sie sich als erstes mit ihrer Mutter eingeschlossen, die natürlich sofort wieder begonnen hat, sie gegen mich aufzuhetzen. Nachdem du zu Chesnon zurückgekehrt warst, hatte ich zwei höchst unerfreuliche Begegnungen mit ihr. Aber sie ist mir ähnlich, mußt du wissen. Ich könnte es nicht aushalten, tagelang in Oceans stickigen Räumen eingeschlossen zu sein und mir dieses ständige Gejammer anzuhören. Sie mußte also über kurz oder lang den Drang verspüren, wieder ins Freie zu kommen, und fand auch bald einen Grund, hinauszugehen. Aber wenn ich versucht hätte, sie darin zu unterstützen, hätte sie sich sofort wieder zurückgezogen. Also mußte ich mir eine List überlegen.«

»Eine List?« fragte Prinz Ivorr, der aufmerksam zugehört hatte.

Oriole, die alleine gekommen war, zahlte nun die Sänftenträger aus. Narr grinste. »Sie ist Ärztin. Erst vor kurzem hat sie einem Sklaven, der krank geworden war, ein Mittel verschrieben, und auch Harion hat sie etwas gegen seinen Rheumatismus gegeben. Natürlich ohne Bezahlung, um nicht gegen das Gesetz zu verstoßen, wonach Ärztinnen nur Frauen behandeln dürfen. Aber dann ließ sie durch Oceans Freundinnen Mundpropaganda für sich machen, und viele Frauen kamen zu ihr, um sich offiziell bei ihr Rat zu holen. Als sie herauszufinden versuchte, was in meiner Werkstatt vor sich geht, habe ich ihr gesagt, es sei etwas, das eine Frau wohl kaum interessieren dürfte. Ich wußte, das würde ihr keine Ruhe lassen.«

»Natürlich«, meinte ich. »Aber wie ...?«

»Sie bestand darauf, alles über meine neue Erfindung zu erfahren. Sie war so begierig darauf, daß sie mit mir sogar über etwas anderes redete als nur darüber, wie schlecht ich ihre Mutter behandelte. Aber ich ließ mich lange bitten. Nur zögernd und widerwillig erklärte ich ihr den Dampfwagen und erzählte ihr, daß ich diese Vorführung beabsichtigte. Aber ich lud sie nicht dazu ein. Ich sagte vielmehr, es sei eine Veranstaltung, die wohl nur Männer interessieren dürfte. Sie wurde daraufhin sehr zornig, wie ich erwartet hatte, und hielt mir vor, daß Frauen sich keineswegs nur unter ihresgleichen aufhalten und sich nicht nur mit Hausarbeit beschäftigen wollten, wie ich offenbar annähme. Dann eröffnete sie mir, daß sie eine Anhängerin Lyunas geworden sei, was ich jedoch bereits wußte, und fügte hinzu, daß der Pfad der Lyuna nicht das Ziel verfolge, Frauen in ihrer geistigen Entwicklung zu behindern, sondern, im Gegenteil, sie zu fördern. Schließlich hielt sie mir noch einen Vortrag über Meditation und meinte, auch ich könne daraus Nutzen ziehe, wenn ich sie praktizierte.«

»Da wäre ich gern dabeigewesen«, meinte Prinz Ivorr.

Das galt auch für mich. Ich begann zu lachen.

»Ich sagte, mir wäre ihre Vorliebe für langweilige Kleider aufgefallen und ich hätte angenommen, sie würde sich nach der Mode der Diener kleiden, und schickte sie dann zurück zu ihrer Mutter«, sagte Narr. »Kurz darauf erfuhr ich, daß sie Schneider und Juweliere zu sich gerufen und ihnen auf eigene Kosten Aufträge erteilt hatte – das Resultat seht ihr. Ich bot an, ihre Rechnungen zu bezahlen, aber sie erklärte mir hochmütig, sie werde selbst dafür aufkommen. Sie habe auf Xetlan ein Gehalt bezogen und suche nun hier nach zahlenden Patienten.«

Narr kicherte. »Ich wollte dich von ihr fernhalten, Ashinn, weil mein Plan es erforderte, ihren Umgang soweit wie möglich auf Frauen zu beschränken. Und nun siehst du, was dabei herausgekommen ist! Sie hat sich von der Kleidermode des Pfades distanziert, weil man dies als Sympathie für die Diener-Sekte deuten könnte, und sie ist zu dieser Vorführung gekommen. Meine Strategie zahlt sich aus. Ich fürchtete gestern, du würdest mir den Gehorsam verweigern, Ashinn, und sie dennoch aufsuchen.«

»Ich habe daran gedacht«, gab ich zu. »Aber ich wollte dich nicht unnötig aufregen, da wir diese wichtige Aufgabe vor uns haben.«

»Dafür bin ich dir sehr dankbar. Ich sorgte dafür, daß sie erfuhr, wann die Vorführung beginnen würde, und da ist sie nun und hat sich durchgesetzt! Oriole, meine geliebte Tochter!«

»Phantastisch!« rief Prinz Ivorr bewundernd.

Oriole legte eine sorgfältig manikürte Hand auf ihr Herz und verbeugte sich graziös vor uns. »Ich hoffe«, sagte sie zu ihrem Vater, »daß ich hier willkommen bin. Ich möchte nicht bei Juny sitzen.«

»Ich bezweifle, ob Ihr ferngeblieben wärt, auch wenn Euer Vater es Euch befohlen hätte«, sagte Ivorr. »Aber ich erlaube Euch zu bleiben.«

»Ich kann dem Prinzen nicht widersprechen«, sagte Narr, der seine Freude kaum verbergen konnte. »Auch ich erlaube es. Aber paß auf, daß dein Kleid nicht schmutzig wird.«

»Du siehst wunderbar aus«, sagte ich aufrichtig zu meiner Stiefschwester.

Über uns erklangen Fanfaren. König Rastinn und seine beiden Konkubinen betraten die Königsloge, gefolgt von Prinzessin Liya mit ihren Kindern und drei Bediensteten. »Anscheinend gehört der gesamte Königshof zu unseren Zuschauern«, bemerkte ich. »Doch machen wir weiter.«

Narr wurde lebhafter. »Sherin, füll den Brennstoffbehälter mit Holzkohle. Und wenn du schon hier bist, Oriole, will ich dir erklären, wie das alles funktioniert. Hier gibt es einen Dampfkessel für das Wasser ...«

»Ihr habt mir versprochen«, sagte Prinz Ivorr, »daß ich damit fahren darf.«

»Aber nicht als erster«, erwiderte Narr entschlossen. »Ich mache zunächst eine Probefahrt, bei der nur ich an Bord sein werde. Wenn ich mich überzeugt habe, daß alles ordnungsgemäß läuft, lasse ich Euch fahren. Falls es einen Unfall gibt, möchte ich, daß nur ich verletzt werde. Ashinn, füllst du bitte den Dampfkessel mit Wasser? Da drüben gibt es eine Pumpe.«

Der Dampfwagen war nun fast startbereit. Ich spreche von einem Wagen, weil das Gefährt große Ähnlichkeit mit einem gewöhnlichen, von Pferden gezogenen Fahrzeug hatte, abgesehen davon, daß neben dem Lenkrad nur ein Passagier Platz fand und beide zudem stehen mußten. Aber das Gefährt war darauf ausgelegt, einen herkömmlichen Wagen zu ziehen, und wir hatten für die Vorführung auch einen solchen Wagen vorbereitet, der jedoch mit Mehlsäcken statt mit Passagieren beladen war.

Während Sherin und seine beiden Studienkollegen den Brennstoff in den Behälter schaufelten, half mir Quinn beim Füllen des Kessels. Mehrmals forderten wir Prinz Ivorr auf, seinen Wagen und die Pferde wegbringen zu lassen, aber er schüttelte nur den Kopf.

»Ich möchte den Wagen benutzen, um Narrs Erfindung besser beobachten zu können. Macht Euch keine Sorgen. Meine Pferde sind an Menschenmengen und Lärm gewöhnt.«

Er erklärte sich jedoch einverstanden, den Wagen ein bißchen weiter nach hinten zu stellen, und lud Oriole galant ein, ihm dort Gesellschaft zu leisten. Zu meiner Verärgerung nahm sie das Angebot an.

»Verdammt«, sagte Narr, »das ist eine Komplikation, mit der ich nicht gerechnet habe.«

»Das könnte doch zu unvorhersehbaren Folgen führen, nicht wahr?« fragte ich unbehaglich.

»Woher soll ich das wissen?« erwiderte Narr kurz angebunden und spähte in das Innere des Dampfwagens. »Er ist ein Prinz und gewohnt, seinen Willen durchzusetzen. Außerdem sieht er gut aus. Sogar Oriole dürfte einige weibliche Schwächen haben. Aber darüber kann ich mir jetzt keine Gedanken machen. Wir können nun damit beginnen, den Dampfkessel zu beheizen.«

Nachdem das Feuer entzündet war, mußten wir eine Weile warten, bis das Wasser zu kochen begann und genügend Dampf erzeugt wurde, damit sich das Fahrzeug in Bewegung setzte. Wir schaufelten Brennstoff hinein, während die Unterhaltungskünstler die Menge bei Laune hielten. Als aus dem Messingabzug Dampf zu entweichen begann, ertönten überraschte Rufe.

Aber das Publikum wurde unruhig, als Narr verlangte, die Bahn freizumachen, und die Wachmänner damit begannen, Familien und Spaziergänger, Akrobaten, Musiker und Buchmacher sowie den Prediger der Diener zurückzudrängen. Einige Händler, die ihre Verkaufsstände auf der Sandbahn errichtet hatten, mußten sie abbauen und sich an den Rand der Bahn zurückziehen.

Die Sandbahn war nun frei und erstreckte sich vor uns. Die Sonne beschien sie freundlich. Einige Ausrufer, die bereitgestanden hatten, marschierten auf ein Zeichen Narrs vor den Zuschauern auf und ab und kündigten den Beginn der Vorführung an. Ich schaute zu Narr, blickte dann an mir herunter und mußte lachen. Wir waren von Kopf bis Fuß von Schmutz bedeckt. Wir sahen nicht im entferntesten aus wie der berühmte Wissenschaftler Narr, der sich hier mit seinen Kollegen und Freunden, seinem Pflegesohn und dessen Freund versammelt hatte. Nur Quinn, der von Beruf Eisenschmied war, hatte sich einigermaßen saubergehalten.

Narr bestieg das Gefährt. »Also fahren wir!«

»Ich nehme an, unter ›wir‹ verstehst du dich selbst und deine Erfindung«, sagte ich und schwang mich neben ihm auf die Plattform. »Aber ich komme auch mit.«

»Nein, Ashinn. Wie ich schon sagte, ich fahre wegen des Risikos zuerst allein.«

»Als wir es zu Hause ausprobierten«, erwiderte ich, »hast du mir versichert, daß keine Gefahr besteht. Jetzt sagst du, du möchtest das Risiko allein auf dich nehmen. Welches Risiko?«

»Ashinn, die Maschine ist neu, und ich teste sie jetzt zum ersten Mal über eine längere Strecke. Es wäre töricht, zu behaupten, daß alles vollkommen sicher ist.«

»Entweder du hast Vertrauen in diese Maschine und bist überzeugt, daß sie nicht in die Luft fliegen wird, oder du traust ihr nicht«, entgegnete ich. »Warum fährst du dann überhaupt mit und läßt das Gefährt nicht lieber ohne Passagier über den Sand fahren?«

»Gütiger En! Was habe ich für einen Sohn aufgezogen? Dir fehlt es doch an jeglichem Respekt.«

Narr funkelte mich ungehalten an. »Du hast dich verändert«, sagte er schließlich. »Warum nur?«

Ich wußte es nicht, aber vielleicht hatte mein neu erwachter Wunsch, Oriole zu heiraten, etwas mit meiner Kühnheit zu tun. Ich antwortete nicht. Plötzlich lachte er. »Um eine ganze Meile zurückzulegen, braucht das Gefährt einen lebenden Passagier. Jemand muß das Feuer schüren. Nun gut, du sollst es übernehmen.«

Einige der anderen protestierten, denn sie wollten auch mitkommen, aber Narr brachte sie ungeduldig zum Schweigen. »Ashinn gehört zur Familie, das ist etwas anderes.« Auf ihrem Wagen, der nun fünfzig Längen entfernt stand, erhoben sich Ivorr und Oriole, um besser sehen zu können. Narr bedeutete mir durch ein Nicken,

Brennstoff nachzulegen. Ich tat es und hoffte, er möge das Zittern meiner Hände nicht sehen. Er betätigte einen der Regler, worauf aus dem Messingabzug eine enorme, noch nie gesehene Dampfwolke entwich. Durch die Reihen der Zuschauer links und rechts von uns ging ein Raunen. Dann begann das Meer von Gesichtern an uns vorüberzugleiten. Wir bewegten uns.

Auf der Sandbahn war der Dampfwagen einer Pferdekutsche eindeutig unterlegen. Er war unbeholfen und hatte schwerfällige Räder. Auf dem gepflasterten Boden des Innenhofes war er schneller, wenngleich mit größerem Lärm vorangekommen, nun aber kroch er mühsam vorwärts, da er durch den Sand behindert wurde. Aber immerhin bewegte er sich und tuckerte vorsichtig dahin, wobei er Dampf und Rauch ausspie.

»Dieser verdammte Sand«, sagte Narr. »Wenn dieses Ding jemals als normales Verkehrsmittel benutzt werden soll, dann braucht es gute, gepflasterte Straßen. Mehr Brennstoff, Ashinn!«

»Es frißt die Holzkohle förmlich«, keuchte ich und schürte das Feuer.

Aber wir kamen voran. Die Gesichter glitten nun rascher an uns vorüber. Wir bewegten uns wie in einem flotten Trab, mit einer Geschwindigkeit von ungefähr acht Meilen in der Stunde, und wurden zusehends schneller. »Mindestens zwölf Meilen in der Stunde!« rief Narr einige Augenblicke später triumphierend. »Und wir wären doppelt so schnell, wenn wir nicht diesen verfluchten Sand unter uns hätten.«

Die Zuschauer schrien und lachten, aber es war kein höhnisches Lachen. Wir boten ihnen spannende Unterhaltung.

»Wir könnten sie mitnehmen für einen Dol pro Fahrt«, sagte ich.

»Nicht heute.« Narr legte einige Regler um und drosselte unsere Geschwindigkeit. Dampfwolken stiegen über uns auf, als sei unser Gefährt eine Miniaturausgabe der Schwelenden Insel. Narr packte den langen Bronzestab, der uns als Steuer diente, und lenkte den Wagen nach rechts. Als wir nach links hin genug Platz hatten, wendete er in einem langsamen, weiten Bogen, so daß wir wieder zurückzockeln konnten. Unterwegs sahen wir die tiefen Furchen, die unser Gefährt im Sand hinterlassen hatte. Der Boden war noch feucht von den heftigen Regenfällen, die vor einigen Tagen niedergegangen waren.

»Man wird den Boden glätten müssen, bevor hier wieder Rennen stattfinden können«, meinte Narr belustigt. »Die Räder der Rennwagen könnten in unseren Furchen steckenbleiben.«

Prinz Ivorr hatte seinem Wagenlenker aufgetragen, uns in gebührendem Abstand zu folgen und umzudrehen, wenn auch wir wendeten. Nun stand der Wagen des Prinzen wieder an seinem ursprünglichen Platz, so daß er und Oriole uns beobachten konnten. Narr ließ ein bißchen überschüssigen Dampf ab, und mit einem Ächzen kamen wir zum Stehen. Nachdem er den Bremshebel nach hinten gezogen hatte, gelang es uns mit vereinten Kräften, den Sperriegel einzulegen.

Aus der Menge ertönten Beifallsrufe, dann liefen die Leute auf die Bahn, um die Wundermaschine aus der Nähe zu sehen und zu berühren. Narr schob die allenthalben ausgestreckten Hände beiseite und rief nach den Wachen, damit sie uns die Leute vom Hals schafften. Jemand zog an dem Hebel, der den Dampfdruck verstärkte, irgendein Bengel kletterte sogar nach oben, um in den Abzug hinunterzuschauen, und mußte gewaltsam heruntergeholt werden, bevor ihm der heiße Dampf das Gesicht verbrühte.

Die Prinzengarde sorgte wieder für Ordnung. Wir stiegen herunter. Ich warf einen besorgten Blick zu Ivorrs Wagen. Die Pferde spitzten zwar die Ohren, aber wir hatten einen ausreichenden Sicherheitsabstand gewählt. Wenn man sich an Bord befand, kam einem der Wagen ziemlich laut vor, aber in dem umgrenzten, gepflasterten Innenhof hatte er noch lauter gewirkt. Hier im Freien und auf dem sandigen Untergrund verflüchtigte sich der Lärm schneller.

Der Prinz winkte uns zu sich. Wir überließen den Dampfwagen der Obhut der Wächter und gingen zu ihm. Auf dem Weg wurden wir mit Glückwünschen überschüttet und mußten viele Fragen beantworten. Quinn packte Narrs Hand und schüttelte sie überschwenglich. Erfreut stellte ich fest, daß sich Oriole an die Seite ihres Vaters begeben hatte. Ihr Gesicht strahlte vor Stolz. Narr sah sie an, und ich bemerkte einen tiefen Ausdruck der Freude auf seinem Gesicht.

Auch der Redner der Diener-Sekte kämpfte sich durch die Menge und fragte mit lauter Stimme, ob Narr denn glaube, daß dieses unnatürliche Gerät im Einklang mit dem Willen Ens stehe. Schließlich seien die Pferde die Kinder Ens und uns gegeben worden, um uns als Freunde und Helfer zu dienen, dieses Gefährt aber würde sie überflüssig machen.

Prinz Ivorr trat vor den erzürnten Narr. »Ich habe Herrn Narr bei allen Experimenten begleitet, die zu dieser Erfindung führten. Ich hege nicht den geringsten Zweifel daran, daß es zu den Aufgaben des menschlichen Geistes gehört, Neues zu entdecken. Wer seine ganze Kraft dafür einsetzt, den wissenschaftlichen Fortschritt zu fördern, darf nicht verurteilt werden als …«

Ein Schrei ertönte. Wir drehten uns um.

Es ließ sich nur schwer erklären, was passiert war. Vielleicht war die Bremse nicht fest genug eingelegt gewesen, möglicherweise auch hatte Narr die Dampferzeugung nicht genau kontrolliert, nachdem der übermütige Zuschauer an dem Regler hantiert hatte. Jedenfalls hatte sich unser Gefährt von allein wieder in Bewegung gesetzt.

Zunächst glaubten wir unseren Augen nicht zu trauen. Dann begann ich zu laufen. Andere folgten mir: Prinz Ivorr und Narrs Lehrerkollegen. Sherin und die übrigen Studenten überholten uns, und hinter mir hörte ich Quinn keuchen. Weder Narr noch Oriole hatten sich uns angeschlossen, aber ich hatte keine Zeit, mir darüber Gedanken zu machen. Ich fürchtete vielmehr, daß unsere Anstrengung umsonst sein würde, denn der Wagen würde rasch an Geschwindigkeit gewinnen. Ich war noch nie ein guter Läufer gewesen und fiel bald zurück.

Die Menge stob auseinander, als das außer Kontrolle geratene Gefährt herannahte. Während es Dampfwolken ausstieß, die nach hinten zogen und uns zum Husten brachten, setzte es unbeirrt seinen Weg fort. Gefährlich wurde es, als der Wagen die Kurve erreichte, jedoch geradeaus weiterfuhr.

»Er wird in die Begrenzung rasen!« rief Ivorr, der neben mir zum Stehen gekommen war. »Vielleicht explodiert er.«

Auch die anderen waren stehengeblieben. »Wenn irgend jemand dort in der Nähe ist …«, stieß Quinn atemlos hervor.

Ich hatte mich zu sehr verausgabt, um reden zu können. Entsetzt schaute ich zu und wußte nicht, was ich tun sollte. Da hörte ich hinter mir Hufschlag, und Quinns große Hand packte mich an der Schulter und riß mich zur Seite.

Narr und Oriole hatten nicht versucht, zu Fuß dem Gefährt nachzulaufen, sondern das Gespann des Prinzen genommen. Nun standen sie nebeneinander auf dem Platz des Kutschers und trieben die Pferde an. Für einen Moment sah ich den Wagenlenker des Prinzen, der mit aufgerissenem Mund auf der Bahn stand, dann war der Wagen auf gleicher Höhe mit mir. Narr warf sein ganzes Gewicht in die Zügel, die Pferde scheuten, bäumten sich auf und wirbelten mit den Hinterbeinen Sand auf. Oriole riß die Wagentür auf, streckte mir eine Hand entgegen, und ehe ich mich versah, wurde ich an Bord gezogen.

»Wir brauchen dich!« rief Narr, während er mit der Peitsche schnalzte und die Pferde wieder in Galopp fielen. »Du kannst mit dem Ding umgehen!«

Ich rappelte mich vom Boden auf. »Paß auf, daß die Räder nicht in den Furchen steckenbleiben.«

»Die Räder des Dampfwagens sind bereits steckengeblieben«, sagte Oriole über die Schulter. »Zum Glück«, fügte sie hinzu und lachte.

Es stimmte. Die Maschine wäre in die Seitenbegrenzung gerast, hätten sich die Räder nicht in den tiefen Rillen verfangen, die der Wagen bei unserer ersten Fahrt im Sand hinterlassen hatte. Daher folgte er nun der Kurve der Rennbahn. Doch das würde nur kurze Zeit dauern. Am Ende der Kurve würde er wieder geradeaus rasen und Unheil anrichten.

»Wenn ihm doch nur endlich der Brennstoff ausgehen würde!« japste ich.

»Das ist nicht zu erwarten. Du hast ihn schließlich für eine zweite Fahrt geschürt«, sagte Narr.

Doch nun kamen wir unserem Opfer näher. Behindert durch den Sand, konnte der Wagen nicht schneller als zwölf Meilen in der Stunde fahren; auf kurzer Distanz war ihm daher jedes Pferdegespann überlegen. Der Wind pfiff in unseren Ohren, und der Wagen schwankte unter der Geschwindigkeit. Aber die Pferde zeigten keine Anzeichen von Beunruhigung, als sie aufholten, wahrscheinlich, weil der Qualm vom Wind weggeweht wurde und das Geräusch ihrer eigenen Hufe das Rattern und Schnauben ihres mechanischen Konkurrenten übertönte.

Narr hielt den Wagen auf der Innenseite der Bahn, um die Entfernung zu verringern und uns von den Furchen fernzuhalten. Wir sahen nun, wo sie endeten.

»Schneller!« schrie Oriole aufgeregt.

»Am Ende drehen die Furchen nach rechts und wenden sich dann in einem weiten Bogen nach links. Aber seine Geschwindigkeit wird den Wagen weiter geradeaus treiben«, sagte Narr. Es klang, als spreche er zu sich selbst.

Ich war mittlerweile wieder zu Atem gekommen. Als ich mich vorbeugte, sah ich, wie Narr Oriole die Zügel in die Hand legte und das Geländer des Wagens umklammerte. »Wir kommen von rechts an ihn heran«, rief er mir zu. »Wenn wir auf gleicher Höhe sind, springen wir beide hinüber.«

Entsetzen packte mich. »Das kannst du nicht tun!« schrie ich. »Laß mich allein springen!«

»Er ist meine Erfindung«, erwiderte Narr.

»Und ich bin nur halb so alt wie du.«

Der Dampfwagen näherte sich dem Ende der Furchen, drehte nach rechts und kam uns dadurch näher. Er schien noch immer zu beschleunigen.

»Ich hätte nie gedacht, daß er so schnell fahren kann«, sagte Narr. Es klang wie ein Jammern.

Aber nun waren wir bald auf gleicher Höhe. Ich konzentrierte mich und machte mich bereit zum Sprung. Unsere Pferde bekamen jetzt Angst; sie hatten die Ohren flach angelegt und rollten die Augen angesichts des lärmenden Ungetüms neben ihnen, aber sie hatten nun ihr Spitzentempo erreicht. Die Räder der beiden Wagen kamen sich gefährlich nahe; ich stellte mir schaudernd vor, wie sie sich ineinander verhakten und die Wagen wie siamesische Zwillinge unzertrennlich in die Katastrophe rasten. Ich empfand tiefes Mitleid mit den Pferden. Da es nicht mehr genug Platz gab, um die Wagentür zu öffnen, mußte ich darübersteigen und von der Lenkerplattform aus springen.

Ich legte ein Knie auf die obere Kante der Tür und sah den schmalen Streifen Sand zwischen den beiden Fahrzeugen. Ich fühlte mich schwach, schaffte es aber dennoch, Entschlossenheit in meine Stimme zu legen, als ich Narr zurief: »Versuch es ja nicht!« Ich packte seine Schulter, setzte erst einen, dann den zweiten Fuß auf die Tür und stieß mich ab.

Ich landete mit dem Gesicht nach unten auf der Plattform. Als ich mich aufrappelte, sah ich, wie die Begrenzung der Rennbahn immer näher kam. Als erstes mußte ich den Wagen wieder auf die Bahn lenken, dann konnte ich sein Tempo drosseln. Ich wußte, wie man das machte, doch das Lenkrad war bei dieser Geschwindigkeit nur schwer zu bewegen. Narrs Pferde blieben zurück und ließen mich allein mit dem Ungeheuer. Vielleicht hatte der Diener-Prediger doch recht. Solche Maschinen waren in der Tat etwas Unnatürliches. Mein außer Kontrolle geratenes Roß schlingerte gefährlich, als ich mit ihm kämpfte. Mit einer Hand versuchte ich, sein Tempo zu verringern, und brachte es dazu, eine riesige Dampfwolke auszustoßen, die mit gewaltigem Getöse entwich.

Einen Augenblick später überholten mich die Pferde des Prinzenwagens, die vor Schweiß troffen und in blankem Entsetzen vorwärtsstoben. Ihr Wagen torkelte und schwankte heftig. Ich sah Narr und Oriole, die aschfahl geworden waren und mit vereinten Kräften an den Zügeln zerrten und vergeblich versuchten, wieder die Kontrolle über ihre Pferde zu gewinnen. Mein eigenes Teufelsfahrzeug wurde nun langsamer. Schließlich brachte ich es zum Stehen, legte die Bremse ein, schob den Riegel vor und stieg ab.

Narr und Oriole waren um die Kurve der Rennbahn verschwunden. Erneut kamen Zuschauer herbeigeströmt, und nur einen Augenblick später raste ein anderer Wagen heran, der offensichtlich einem Zuschauer gehörte, aber von Ivorrs Kutscher gesteuert wurde. Der Prinz, Quinn und Sherin sprangen herunter, liefen auf mich zu und bestürmten mich mit Fragen.

»Ich bin unverletzt. Aber Narrs Pferde sind durchgegangen.« Meine Knie wurden seltsam weich, und ich lehnte mich an den Dampfwagen.

»Alles in Ordnung. Dort kommen sie«, sagte Prinz Ivorr und deutete zur Kurve der Rennbahn. Er und Oriole waren beide wohlbehalten. Als mich Erleichterung überkam, knickten meine Knie abermals ein. Wir warteten, bis Narr in sicherem Abstand hielt und der Wagenlenker wieder sein Gefährt übernehmen konnte. Narr und Oriole stiegen aus und eilten auf uns zu.

»Ashinn, bist du wohlauf?«

»Seid ihr unverletzt? Als ich sah, wie die Pferde mit euch durchgingen, da ...«

»Besser, sie gehen auf der Rennbahn durch als auf der Straße.« Oriole konnte bereits wieder lachen. »Es gelang uns, sie zu beruhigen, indem wir wendeten.«

»Das hast du gut gemacht, Ashinn! Wirklich sehr gut!« rief mein Pflegevater. Seine Augen blickten besorgt und freundlich, als wir uns anschauten; wieder erschien es mir wie eine Begegnung unter Ebenbürtigen. Trotz der Nachwirkungen der Angst und der Anstrengung empfand ich Stolz.

»Sherin, hol den Ochsenkarren«, sagte Narr. »Wir bauen dieses Ding auf der Stelle auseinander. Ich werde nicht versuchen, es noch einmal zu fahren. Die Ausrufer sollen verkünden, daß die Vorführung zu Ende ist.«

»Nicht bevor ich meine Abschlußrede gehalten habe«, widersprach Prinz Ivorr. »Und die ich am Start vortragen möchte. Bringen wir die Maschine zur Weißen Brücke, und beenden wir das Ereignis mit Würde.«

Nachdem wir uns wieder zum Start begeben hatten und der Dampfwagen zerlegt und auf dem Ochsenkarren verstaut war, hielt Prinz Ivorr von seinem Wagen herunter die Abschlußrede und verkündete den Zuschauern, daß sie Zeugen der ersten Vorführung einer neuen Technik geworden seien: des Einsatzes der Dampfkraft zur Bewegung von Rädern. In der Zukunft, sagte er, würden weitere Verbesserungen dieser Technologie das Leben in einem Ausmaß verändern, das sich noch niemand vorstellen könne. Er hoffe, daß die unbeabsichtigten Vorfälle dieses Tages nicht für zuviel Aufregung gesorgt hätten. Glücklicherweise sei niemand verletzt worden, was man als Zeichen dafür betrachten könne, daß der große En nichts gegen dieses Wunderwerk einzuwenden habe, das Narr und seine Mitarbeiter erfunden hätten.

Als alles vorbei war, begaben wir uns zu Narrs Haus, um zu feiern. Ocean hielt sich natürlich fern, aber das tat unserer guten Stimmung keinen Abbruch. Narr war zu dem Schluß gelangt, daß der Tag trotz des Zwischenfalls erfolgreich verlaufen war, und er war überglücklich, daß Oriole an seiner Seite saß und nicht mehr mit ihm zankte, sondern die Erleichterung mit ihm teilte, daß es ihnen gelungen war, die durchgegangenen Pferde zum Stehen zu bringen.

»Ich dachte, der Wagen würde zu Bruch gehen, als wir an diesen Stein stießen ...«

»Wenn du dich nicht in den linken Zügel gehängt und sie gezwungen hättest, ihre Köpfe umzudrehen ... Du hast Ruhe bewahrt und dich bewundernswert verhalten, Oriole. Ich bin stolz auf dich.«

»Es war keine Zeit, Angst zu haben. Das kam später. Ich dachte, ich würde ohnmächtig werden, als ich vom Wagen herunterstieg. Aber hat sich Ashinn nicht wirklich tapfer geschlagen?«

In diesem Augenblick bedachte sie mich mit einem Lächeln, das mir wie ein warmer Dolch ins Herz fuhr, denn es war das altvertraute Lächeln meiner Schwester und Spielkameradin, und ich hätte mich eigentlich darüber freuen sollen. Aber sie war nun eine anmutige junge Frau und ich, wenngleich ein bißchen rund um die Hüften, ein vorzeigbarer junger Mann, der gerade eine Heldentat vollbracht hatte. Ich wollte in Orioles Lächeln etwas mehr als nur schwesterliche Zuneigung sehen. Doch zumindest hatte sie ihre frühere abweisende Haltung abgelegt.

Als nach dem Mahl die Gäste im Garten spazierengingen, gesellte sie sich zu mir. Ich fragte sie vorsichtig, wie es ihr denn bei ihrer Mutter erginge.

»Sie bevormundet mich, wie ich befürchtet habe. Eigentlich braucht sie mich gar nicht«, antwortete Oriole trotzig. »Ihre Zofe Niomy kann mehr für sie tun als ich. Wie ich hörte, soll das Verhältnis der beiden am Anfang ziemlich schlecht gewesen sein, aber inzwischen hängt Niomy sehr an ihr.«

»Und was ist mit Juny?« Während des Mahls hatte Juny Oriole schüchtern gefragt, wie alt sie gewesen sei, als sie das Wagenlenken erlernt hatte, und Oriole hatte ihr höflich Auskunft gegeben. Ich drehte den Kopf, um ihren Gesichtsausdruck zu sehen, als sie diese Frage beantwortete. Sie runzelte die Stirn.

»Juny ist harmlos«, sagte sie. »Sie ist einfach nur ein nettes junges Ding. Sie kann nichts dafür.« Ihre Stimme wurde heiser. »Ich weiß nicht, ob ich mich auf die Seite meiner Mutter oder meines Vaters stellen soll. Ich wünschte, ich hätte auf Xetlan bleiben können.«

Wenn du noch auf Xetlan wärst, Liebste, dachte ich, dann hättest du nicht dieses aufregende Erlebnis gehabt – und ich weiß, daß diese Verfolgungsjagd mit den durchgegangenen Pferden sehr aufregend für dich war. Es hat dich zum Leben erweckt, und ich werde dafür sorgen, daß du nicht wieder einschläfst. Aber das wollte ich ihr nicht sagen. Eines Tages würde sie es selbst merken.

Es freute mich auch sehr, daß Oriole, obwohl sie auf Ivorrs Wagen gestanden hatte, von dem Prinzen nicht sonderlich beeindruckt zu sein schien. An diesem Abend legte ich mich zufrieden schlafen, als ein Mann, dessen Zukunft unter einem guten Stern stand.

Doch am folgenden Tag erhielt meine Zuversicht wieder einen Dämpfer. Bevor ich zu Meister Chesnons Haus zurückkehrte, wollte ich noch Oriole einen Besuch abstatten. Wir hatten einen Augenblick der Gefahr und der Dramatik miteinander geteilt. Nun war es an der Zeit, dachte ich, den ersten Schritt zu wagen. Ich sagte, ich würde sie gerne auf einem Ausflug begleiten, wann immer es ihr recht sei. Ich hoffte, meine Augen würden ihr sagen, daß ich an mehr als nur daran interessiert war. Das sei sehr freundlich von mir, erwiderte sie, aber in der nächsten Zeit habe sie sehr viel zu tun. Sie bereite die Einrichtung einer Frauenklinik vor und wolle damit beginnen, selbst Arzneien herzustellen.

Es war noch zu früh. Enttäuscht kehrte ich zu Chesnon zurück.

Zwölf Tage später kehrte das erste Erkundungsschiff zurück.

Als die Schiffe nach Hause kamen

An Bord dieses Schiffes, das die Küsten Xetlans und Atlans erforscht hatte, befand sich auch Bryen. Die übrigen, die weitere Reisen unternommen hatten, sollten in den nächsten Monaten folgen. Ihre Berichte stimmten weitgehend überein.

In allen Häfen und an nahezu allen Küsten, wo man Vergleiche mit der Vergangenheit anstellen konnte, war der Wasserpegel gestiegen. Viele kleine Inselchen waren überflutet worden oder ganz verschwunden. Zahlreiche Flußmündungen hatten sich bis zur Unkenntlichkeit verwandelt. An einem Küstenstreifen an der Seichten See, der früher bewaldet gewesen war, standen die Bäume nun im Wasser und starben ab. Ein paar wagemutige Männer, darunter

Lion, hatten ein Boot zu Wasser gelassen und waren zwischen den Bäumen umhergerudert.

Lion gehörte zu den Delegierten, die dem Königlichen Rat darüber Bericht erstatteten. Er beschrieb den Bootsausflug als ein außergewöhnliches Erlebnis. Es war ziemlich gefährlich gewesen, da die Baumwurzeln und Büsche nur knapp mit Wasser bedeckt waren, aber es sei, so sagte Lion, auf eine gewisse Weise auch schön gewesen, denn es habe eine Strömung geherrscht, und man habe das Boot lautlos durch den Wald gleiten lassen können.

In den übrigen Berichten tauchten ähnliche Einzelheiten auf. Auf den Inseln des Sonnenuntergangs waren tiefliegende Felder im Meer verschwunden, und an den von Dschungel überzogenen äquatorialen Küsten des Östlichen und des Westlichen Kontinents standen große Waldgebiete unter Wasser, und einstmals trockenes Land hatte sich in Sumpf verwandelt.

Diese Berichte wurden vor der Öffentlichkeit geheimgehalten, dennoch sickerte im Laufe der Zeit einiges durch. Bald verbreitete sich das Gerücht, daß Corve und Pfeffer, die auf den Inseln des Sonnenuntergangs wuchsen, im nächsten Jahr teurer werden würden, weil so viele Plantagen überflutet worden seien.

Ich erfuhr von diesen Berichten durch Narr, der an den Ratsversammlungen teilgenommen hatte. Nachdem das letzte Erkundungsschiff zurückgekehrt war, wurde eine Sondersitzung des Rates einberufen, um eingehend über die Bedeutung dieser Erkenntnisse und die Konsequenzen, die daraus zu ziehen waren, zu beraten.

Einige der Schiffe waren mit leichten Beschädigungen zurückgekommen. Keines war untergegangen, aber es hatten sich mehrere kleinere Unfälle ereignet. Einige Schiffe hatten Felsen gerammt, die früher über der Erdoberfläche gelegen hatten und sichtbar gewesen waren, und auf den Werften, auch auf jener von Meister Chesnon, gab es daher viel zu tun. Chesnon sagte zwei Bankette ab, die er geplant hatte, so daß ich nur wenig Arbeit hatte und mich für einen Besuch bei meinem Pflegevater freimachen konnte.

Es herrschte eine gespannte Atmosphäre in der Stadt. Als meine Sänfte zur Weißen Straße getragen wurde, hörte ich vom Garten der Orangenbäume eine klagende Stimme, die wahrscheinlich einem Prediger der Diener-Sekte gehörte. Aus der Ferne vernahm ich zwei

Ausrufer, die ständig etwas wiederholten, aber ich konnte nicht verstehen, was sie riefen. Einige Augenblicke später mußten meine Träger wegen eines Ochsenkarrens stehenbleiben, der Sand und Steine geladen und sich offenbar verfahren hatte und nun in der Weißen Straße zu wenden versuchte, wodurch er den gesamten Verkehr zum Erliegen brachte.

»Wo willst du denn hin?« rief einer meiner Träger dem Ochsentreiber zu.

»Zum Äußeren Kanal. Jemand hat uns in die falsche Richtung geschickt!« bellte der Mann zurück.

Schließlich löste sich das Durcheinander auf, und wir setzten unseren Weg fort. Ich erwähne diese Episode, weil sie und das fortdauernde Geschrei der Ausrufer in der Ferne diesem Tag eine besondere Note verliehen. Ich erinnere mich, daß er mit lauten Stimmen angefüllt war.

Und als ich den Hof von Narrs Haus betrat, hörte ich als erstes Orioles wütende Stimme, die wissen wollte, wo Niomy geblieben sei.

»... Ja, ich weiß, ich habe es ihr erlaubt! Sie bat mich um einen Besorgungsgang, durch den sie aus dem Haus kommen würde, und ich habe sie mit einem solchen beauftragt. Aber das war vor drei Stunden! Wo steckt sie? Hat ihr jemand noch irgendeine andere Aufgabe gegeben, nachdem sie zurückgekommen ist?«

Ich eilte über den Hof und trat auf die Terrasse, als ich jemanden sagen hörte: »Nein. So etwas würde ich niemals tun. Ich habe nicht das Recht, Niomy mit Besorgungen zu beauftragen. Ich habe sie heute noch gar nicht gesehen. Sie weiß noch nicht so gut Bescheid über die Pflichten einer Sklavin.«

Die zweite Stimme gehörte Juny. Ich ging in den Salon, wo meine Augen eine Zeitlang brauchten, bis sie sich an das Halbdunkel gewöhnten. Die beiden standen sich gegenüber, ihre Gesichter waren leicht gerötet. »Oh ... Ashinn!« rief Oriole.

»Was ist los?« fragte ich.

»Ich hatte Niomy zum Kräutermarkt an der Schwarzen Straße geschickt«, erklärte Oriole etwas gereizt. »Aber ich sagte ihr, sie solle eine Sänfte nehmen, und inzwischen müßte sie längst zurück sein. Ich verstehe das nicht.«

»Ich habe ihr keinen weiteren Auftrag gegeben«, sagte Juny.

»Dame Ocean würde sehr zornig werden, wenn ich so etwas täte. Ich vermute, es würde sie sogar stören, wenn sie wüßte, daß ich manchmal mit Niomy rede, aber ich tue es, weil Niomy Hilfe braucht, Meister Ashinn. Eines Abends habe ich sie weinend in einer Ecke gefunden und sie gefragt, was los sei. Es macht ihr angst, Sklavin zu sein. Sie macht Fehler, ohne es zu erkennen. Sogar noch nach mehreren Wochen mit Lavindy, sagt sie, spreche sie manchmal Menschen falsch an oder schaue sie nicht in der richtigen Art an. Sie ist als Freie geboren und wurde erst Sklavin, als ihre Familie Anfang dieses Jahres verkauft wurde. Es ist sehr schwer für sie. Ich habe nur versucht, ihr zu helfen und sie ein wenig aufzuheitern.«

»Aber bestimmt weiß sie doch, daß es einer Sklavin verboten ist, bei einem Besorgungsgang zu trödeln«, meinte Oriole.

»Lavindy müßte es ihr eigentlich beigebracht haben«, stimmte ihr Juny zu. »Ich habe nur versucht, sie ein bißchen zu trösten.« Sie warf Oriole einen traurigen Blick zu, und wie schon damals bei der Auseinandersetzung in Oceans Gemach erkannte ich ihre innere Würde. »Dame Oriole«, sagte sie, »ich glaube nicht, daß es ein Fehler war, mit Niomy zu sprechen. Aber ich bin überzeugt, daß es falsch war, daß wir beide so selten miteinander geredet haben. Ich gehöre schließlich jetzt auch zu diesem Haushalt.« Sie schwieg einen Moment, warf mir einen Blick zu und fuhr dann fort: »Weil Meister Ashinn hier ist, bin ich etwas mutiger als sonst. Ich glaube, wenn wir uns besser kennenlernen würden, könnten wir Freunde werden.«

Oriole ließ ein erschöpftes Seufzen hören und setzte sich auf einen Diwan.

»Ja, ich habe dich gelegentlich angefahren«, sagte sie schließlich. »Aber in letzter Zeit nicht mehr, auch wenn Meister Ashinn nicht da war, wie du bemerkt haben wirst. Ich möchte ehrlich sein. Ich habe erkannt, daß alles nicht so einfach ist, wie ich dachte. Ich wurde deinetwegen von Xetlan weggeholt, aber ich weiß mittlerweile, daß nicht du dafür verantwortlich warst.«

Oriole seufzte abermals und schenkte Juny ein zaghaftes Lächeln. Juny erwiderte es. »Aber schließlich«, fuhr Oriole fort, »bin ich in der Lage, als Ärztin zu arbeiten, in Atlan wie auf Xetlan, wie du siehst.« Mit einer Handbewegung deutete sie auf das hellblaue Ärztegewand, das sie trug. »Und damit komme ich auf meine Frage zurück. Ich habe Niomy weggeschickt, um Kräuter zu holen. Wo ist sie geblieben? Abgesehen von allem anderen brauche ich diese Kräuter. Ich muß Salben herstellen und Aufgüsse brauen.«

Ich neigte den Kopf, weil ich Schritte hörte. »Vielleicht kommt Niomy gerade.«

Oceans Sklavin betrat den Raum; sie hatte einen Lederbeutel bei sich. »Bitte entschuldigt, daß ich mich verspätet habe. Ich bin dumm. Ich habe die Sänftenträger in die falsche Richtung geschickt, und dann war ich mir nicht mehr sicher, welche Marktstände ich aufsuchen sollte. An einem mußte ich ziemlich lange warten, bis ich bedient wurde, und stellte dann fest, daß es doch nicht der richtige Stand war. Es tut mir sehr leid. Bitte verzeiht mir, Dame Oriole.«

Es mochte ihr schwerfallen, sich in die Sklaverei zu finden, aber sie machte gute Fortschritte. Sie redete wie eine Sklavin: der Hinweis auf die eigene Dummheit, das entschuldigungsheischende Jammern. Sie stand und ging auch schon so, wie man es von Sklaven gewohnt war. Mit ihren dunkelbraunen Haaren und ihrer hellen Elfenbeinhaut war Niomy auf ihre Art mindestens so schön wie Oriole oder Juny. Aber wie sie jetzt neben ihnen stand, wirkte sie, als sei es den beiden gelungen, sie gewissermaßen zu vernichten.

»Seid bitte nicht zu streng mit ihr«, sagte Juny leise zu meiner Stiefschwester.

Ohne darauf einzugehen, faßte Oriole Niomy scharf ins Auge. »Ich bin froh, daß du wohlbehalten zurückgekehrt bist. Aber ich hoffe, dir ist klar, daß es durchaus Häuser gibt, in denen man dich wegen dieser Nachlässigkeit schlagen würde. Paß in Zukunft besser auf. Ich werde versuchen, mich bei meinen künftigen Anweisungen so unmißverständlich wie möglich auszudrücken. Aber jetzt laß sehen, ob du auch wirklich das eingekauft hast, was ich brauche.« Sie öffnete den Beutel und untersuchte seinen Inhalt. »Ja ... ja ... Ich wünschte, du hättest mehr Mohnsamen mitgebracht, aber fürs erste reicht es ...«

»Ich habe alles gekauft, was der Händler hatte, Herrin. Es gab nur einen Stand, an dem Mohnsamen verkauft wurde«, erwiderte Niomy.

»Und ich habe gesagt, es genügt für den Moment. Jetzt geh zu meiner Mutter und unterhalte sie. Ich habe zu arbeiten.«

Niomy eilte davon. »Ich hoffe, ich war nicht zu grob zu ihr«, sagte Oriole zu Juny. »Aber ich würde ihr keinen Gefallen tun, wenn ich zu nachsichtig wäre.«

»Sie wird es schon noch lernen«, bemerkte ich trocken. »Bald wird niemand mehr vermuten, daß sie als Freie geboren ist ... Aber eigentlich bin ich ja gekommen, um meinen Pflegevater aufzusuchen«, fügte ich dann hinzu. »Ist er in seinem Arbeitsraum?«

»Nein, Meister Ashinn. Er ist in der Akademie«, antwortete Juny.

»In der Akademie? Aber heute hat er doch keinen Unterricht. Hat sich sein Lehrplan geändert?«

Oriole lachte. »Komm mit. Ich zeige dir etwas.«

Wir machten uns auf den Weg, und Juny, die sich offenbar als eingeladen betrachtete, begleitete uns. Oriole führte uns zu Narrs Werkstatt und trat dann beiseite, um mich als ersten hineingehen zu lassen. Es verschlug mir den Atem.

Die Werkstatt hatte sich völlig verändert. Der Raum, in dem sich Narrs Zeichentische und Bücher befanden, war durch einen Vorhang zweigeteilt worden. Die Hälfte, in der wir standen, war in einen Empfangsraum umgewandelt, mit Stühlen, Liegen und Vasen voller Blumen. Ich schob den Vorhang zurück und stieß auf weitere Liegen, einen Tisch mit Schreibmaterial und ein Bücherregal.

Sogar der Geruch in dem Raum hatte sich verändert. Früher hatte es hier immer nach Büchern und Metall, in letzter Zeit auch nach Dampf gerochen. Nun war er erfüllt von aromatischen Düften, in denen sich Süße und Schärfe mischten.

Ich warf Oriole einen fragenden Blick zu, erhielt aber nur ein rätselhaftes Lächeln zur Antwort. So ging ich weiter in jenen Teil des Raums, in dem Narrs Schmelzofen und die Werkbank untergebracht waren. Diese Einrichtungen waren zwar noch vorhanden, dienten nun aber anderen Zwecken – was die Ursache für den veränderten Geruch war. Überall standen Töpfe und Glasgefäße: auf dem Boden, den Regalen, auf der Werkbank; in einigen lief offensichtlich gerade ein Gärungsprozeß ab. Ein Kohlenbecken war zum Anzünden vorbereitet. Daneben stand ein Kessel mit einer Flüssigkeit, die nach oben zu steigen schien und einen außergewöhnlichen Geruch verströmte, der zugleich belebend und abstoßend wirkte.

»Das ist ein Einreibemittel gegen rheumatische Beschwerden«, sagte Oriole hinter mir. Sie klang belustigt.

»Aber … das bereitest du hier zu?«

»Ja. Hier stelle ich meine Arzneien her. Im anderen Teil des Raumes warten die Patienten, und dort behandle ich sie auch, indem ich sie nacheinander hinter den Vorhang rufe. Ich praktiziere nur an drei von sechs Tagen, sonst würden meine Medikamente zu schnell ausgehen. Ich beabsichtige, mir einen eigenen Kräutergarten anzulegen. Mein Vater möchte nicht, daß ich nach Xetlan zurückkehre. Er ist sogar entschlossen, mich daran zu hindern«, sagte Oriole. »Wir haben darüber gestritten. Aber meine Mutter braucht mich nicht so sehr, wie sie erwartete. Ich habe sie enttäuscht, und sie kommt besser mit Niomy aus. Mein Vater möchte, daß ich meinen Beruf ausübe, und hat mir deshalb seine Werkstatt zur Verfügung gestellt. Er hat aber auch gesagt«, fügte sie mit einem Glitzern in den Augen hinzu, »daß ich hier keinen Altar der Lyuna aufstellen darf. Deshalb habe ich ihn in meiner Schlafkammer untergebracht.«

»Hängst du noch immer dem Pfad der Lyuna an? Das Kleid, das du am Tag der Vorführung getragen hast, paßte aber gar nicht dazu.« Ich konnte mir diese Bemerkung nicht verkneifen.

»Wenn ich schlichte Kleidung trage, meinen meine Eltern gleich, ich würde mich der Diener-Sekte annähern«, sagte Oriole. »Meine Mutter ist erfreut, mein Vater verärgert, ich kann es keinem recht machen. Deshalb versuche ich das Problem zu umgehen, indem ich so oft wie möglich die Ärztekleidung trage. Aber eigentlich spielt es gar keine Rolle. Wichtig ist nur, was in meinem Kopf vorgeht, nicht die Kleider, in die ich meinen Körper stecke. Ich habe Ausrufer losgeschickt, die meine Dienste anpreisen, und es kommen schon viele Frauen zu mir. Wir brauchen in der Stadt noch mehr Ärztinnen. Atlan ist heute so dicht bevölkert wie nie zuvor.«

Zwischen dem Vater und der Tochter standen die Zeichen also noch immer auf Sturm. Aber vielleicht war das nur natürlich. Narr befand sich immer im Zentrum irgendeines Sturms, und Oriole ähnelte ihm sehr.

»Aber was ist mit Narr?« fragte ich. »Was ist mit seiner Arbeit, die er hier verrichtete?«

»Er arbeitet jetzt in der Akademie«, antwortete Juny. »Ich glaube, dort hat man in letzter Zeit einige neue Werkstätten eingerichtet. Er geht jetzt an den meisten Tagen zur Zitadelle.«

»Wenn du mich jetzt bitte entschuldigst, Ashinn«, sagte Oriole. »Ich muß bis morgen ein halbes Dutzend Tränke und Salben fertigstellen. Wenn du meinen Vater sprechen möchtest, kann ich Fiahn bitten, dir den freien Wagen zur Verfügung zu stellen oder jemanden zu schicken, der eine Sänfte holt. Oder vielleicht kannst du auch zu Fuß gehen.«

Peinlich berührt bemerkte ich, daß sie meine Hüften musterte. »Ich gehe zu Fuß«, sagte ich.

Das Gebäude der Akademie stand auf einem Platz, der früher zur Ausbildung verschiedener Garden diente. Da das Gelände jedoch nur selten benutzt wurde, weil die Wachen neben ihren Kasernen und auf der Sandbahn um den Stadthügel genügend Möglichkeiten zum Üben fanden, hatte Prinz Ivorr bei König Rastinn um die Erlaubnis nachgesucht, darauf eine Akademie zu errichten. Nachdem ihm dies gestattet worden war, hatte er ein großzügig bemessenes Gebäude bauen lassen und die besten Lehrer Atlans zusammengeholt. Es gab Räume für Vorlesungen und Studien, eine Bibliothek, die eine ganze Seite des Hofes einnahm, Lager mit Schreibmaterial und ein Observatorium für Astronomen.

Auch für Werkstätten war genügend Platz vorgesehen. Narr hatte seine ersten Experimente mit Eisen in der Akademie durchgeführt, woraufhin Prinz Ivorr eine große Esse hatte bauen lassen. Nur an diesem Ort wurden Gegenstände aus Eisen hergestellt. Ein Teil der Erlöse floß der Akademie selbst zu und wurde zur Instandhaltung der Gebäude, zur Anschaffung von Büchern und zur Bezahlung der Lehrer verwendet.

Erst vor kurzem waren einige neue Anbauten errichtet worden. Als ich beim Torwächter nach Narr fragte, sagte dieser mir, ich würde ihn »im neuen Hof« finden.

»Im neuen Hof?«

»Richtig. Geht durch den Hof der Mathematiker, dann seht Ihr am hinteren Ende einen Bogen. Dahinter liegt der neue Hof.«

Ich hörte den Krach bereits, als ich den Hof der Mathematiker überquerte, und beschleunigte meine Schritte. Der Hof hinter dem Bogen war rot gepflastert und ziemlich leer; nur in der Mitte stand ein kleiner Baum, der von einer steinernen Bank umschlossen wurde. An allen Seiten gab es hohe und breite Tore, die es erlaubten, auch größere Gegenstände hindurchzuschaffen. Aus zahlreichen Kaminen stieg Rauch.

Zu meiner Rechten stand eines dieser Tore offen. Von dort kam das Geschrei. Narr war maßgeblich daran beteiligt. Mit einem Gefühl, als hätte ich das alles schon einmal erlebt, trat ich hindurch.

Der Raum war dunkel und höhlenartig und besaß nur ein paar kleine Fenster unter der Decke. Tageslicht flutete durch die Tür hinter mir und erhellte den Boden unter meinen Füßen. Durch eine Öffnung in einer der Wände drang roter Feuerschein, der, wie ich bald erkannte, von einer Esse ausging.

Diese Esse jedoch dürfte kaum heißer gewesen sein als Narrs Temperament. »Hört auf mit diesen Ausreden!« brüllte er zwei junge, schweißüberströmte Studenten an, die einen völlig niedergeschlagenen Eindruck machten. »Es gibt keine Entschuldigung! Wir brauchen genaue Messungen, ihr Dummköpfe, wie oft soll ich euch das noch sagen?«

Er deutete mit einer Hand zu einem im Schatten liegenden Gegenstand im Hintergrund. Ich warf einen Blick darauf und konnte einen gewaltigen roten Messingzylinder erkennen, der auf einem Wagen mit Rädern lag. »Er paßt nicht hinein, weil er zu groß ist! Erzählt mir nicht, er sei nur um ein Haar zu groß! Ob er um ein Haar oder einen ganzen Arm zu groß ist, wo liegt der Unterschied? Er paßt in keinem Fall!«

Einer der Studenten warf ein, man könne vielleicht die Basis des Zylinders ein wenig abfeilen. Sogleich aber bereute er seine Kühnheit.

»Abfeilen? Das ganze Ding abfeilen? Einen ganzen Fußbreit von diesem Messing abfeilen? Ja, vielleicht versuchst du das, ihr beide könnt es ja versuchen. Geht hinaus ins Freie, wo ihr besser sehen könnt. Los, zieht ihn hinaus!« Er drehte sich zur Tür, als wolle er ihnen die Richtung zeigen, und erblickte mich. »Guten Morgen, Ashinn! Was führt dich hierher?«

»Die Ratsversammlung«, antwortete ich. »Ich möchte gern wissen, was bei der Ratsversammlung besprochen worden ist. Ich bin zu deinem Haus gegangen, aber inzwischen scheint sich Oriole deiner Werkstatt bemächtigt zu haben. Nun, wie ich sehe, bist du sehr beschäftigt. Ich komme besser ein anderes Mal.«

»Ich habe Zeit«, versicherte mir Narr und trat zur Seite, als seine Studenten den Räderwagen an ihm vorüberzogen. »Sie sind es, die viel zu tun haben. Komm mit nach draußen.«

Wir gingen hinaus und setzten uns unter einen Baum. »Du möchtest, daß ich dir erzähle, was im Rat geschehen ist?« fragte er.

»Heißt das, du weißt es noch nicht?«

»Natürlich nicht. Wie sollte ich?«

»Wenn deine Ohren einigermaßen funktionieren, hätte es dir nicht schwerfallen sollen, es zu erfahren. Hast du nicht die Ausrufer gehört?«

»Von ferne. Ich konnte nicht verstehen, was sie riefen. Ich hoffte, Bryen würde kommen und mir von der Ratsversammlung berichten, aber er ist ausgeblieben. Also, was war los?«

»Bryen«, sagte Narr, »ist so angewidert, daß er sich seinen privaten Interessen widmet. Er fertigt jetzt zu Hause einige Zeichnungen für mich, von verschiedenen Teilen meines Dampfwagens. Prinz Ivorr ist noch bei seinem Vater und der Priesterschaft und versucht sie zu überzeugen, aber wahrscheinlich vergeblich. Und was mich betrifft, ich lasse meine Wut an meinen Studenten aus.«

Die jungen Männer hatten nun den Zylinder hinaus in den Hof geschafft und starrten ihn unglücklich an. Narr betrachtete sie düster. »Was sie getan haben, ist bedauerlich, aber keine Katastrophe. Es läßt sich wieder korrigieren.«

»Was ist das für ein Ding?«

»Erkennst du es nicht? Es ist ein Trichter für den Dampfwagen. Ich baue eine größere und bessere Version. Bryen war vor kurzem mit Quinn hier; er ist sehr dankbar, daß er sich mit meinem Wagen beschäftigen kann. Wir können diese starre Bremse und einige der Regler verbessern und eine vollkommene Version herstellen, die problemlos funktioniert. Nun zur Versammlung. Du weißt, was die Leute von den Erkundungsschiffen berichtet haben?«

»Ja. Überall steigt der Meeresspiegel.«

»Richtig. Das Eis im Norden zieht sich anscheinend noch weiter zurück und schmilzt; man ist deshalb der einhelligen Meinung, daß sich das Klima erwärmt haben muß.« Er legte ein Bein über das andere. »Es muß irgend etwas Praktisches getan werden, zugegeben. Man muß die Wälle an beiden Kanälen erhöhen, Entwässerungsgräben ausheben und die Deiche vor den Küstendörfern verstärken, auf Atlan, Xetlan und wahrscheinlich auch den Inseln des Sonnenuntergangs. Aber ...«

»Ich wurde auf meinem Weg hierher durch einen Ochsenkarren aufgehalten, der mit Steinen und Sand beladen war. Er wollte zum Äußeren Kanal.«

»Das freut mich zu hören. Nicht, daß du aufgehalten wurdest, sondern daß man mit den Befestigungsarbeiten inzwischen begonnen hat. Es kam fast zu Handgreiflichkeiten in der Ratskammer, als diese Entscheidung anstand. Weißt du, was dieser alte Narr Jateph und der junge Dummkopf Diarr dazu gesagt haben?«

»Nein, was?«

»Ihrer Ansicht nach«, antwortete Narr, »ist dies alles ein Zeichen für Ens Zorn. Wahrscheinlich werde das Klima immer wärmer werden, damit jene, die nicht ertrunken seien, durch die Hitze zugrunde gehen. Es sei sinnlos, das Unvermeidliche aufhalten zu wollen. Statt dessen müßten wir herausfinden, weshalb En so zornig sei, aber sie vermuten, unsere laxe Einstellung zur Religion sei der Grund dafür, und das haben die Ausrufer in den Straßen verkündet. Als erster Schritt, um En zu besänftigen und die Fluten des Gottes Sayadon aufzuhalten, wurde ein Gesetz erlassen, das jedermann verpflichtet, die Tanzzeremonie zu besuchen, in sittsamer Aufmachung und mindestens einmal in sechs Tagen. Es ist kein Applaus mehr erlaubt, auch neue Musik oder neue Texte werden nicht mehr geduldet. Alle Veränderungen, die das Tanzritual in den letzten zwölf Jahren erfahren hat, werden widerrufen; diese modernen Einflüsse hätten dazu beigetragen, Ens Zorn hervorzurufen. Nun, Ashinn, wie findest du das?«

Die neuen Vorschriften bezüglich des Tanzes wurden bald umgesetzt. Die Namen der Besucher des Amphitheaters wurden festgehalten, und die Tempelwache durchkämmte nach dem Zufallsprinzip Häuser in allen Teilen der Stadt, erfaßte die Namen der Bewohner und überprüfte, ob sie auf den Besucherlisten der letzten sechs Tage erschienen waren. Falls nicht, wurden die Betroffenen mit schweren Strafen belegt.

Prinz Ivorr, der diese Veränderungen mit Ingrimm zur Kenntnis nahm, empfahl uns dennoch, die neuen Gesetze zu befolgen. Es würde für ihn einfacher sein, sagte er, wenn seine Freunde nicht die

Tempelautoritäten gegen sich aufbrächten, da er für die Errichtung der Befestigungen an der See verantwortlich war und die Arbeiten schneller vonstatten gehen würden, wenn die Priesterschaft ihn unterstützte.

»Sie brauchen sich nur dagegen auszusprechen, dann legt die Hälfte der Männer die Arbeit nieder. Wir hatten bereits einige derartige Fälle, die durch die Propaganda der Diener ausgelöst wurden. Ihre Redner hielten Ansprachen an die Steinmetze und Vorarbeiter. Einer stellte es besonders geschickt an. Er behauptete, sie seien von den bedauernswerten Sklaven und den bezahlten Lügnern – womit er die Forscher meinte – irregeführt worden, sie würden sich gegen den Willen der Götter stellen und sollten ihre Arbeit auf der Stelle abbrechen. Einige haben das auch getan.«

Auch Lion riet zu gesetzeskonformem Verhalten. Überraschend stattete er uns einen Besuch ab. Er war sehr steif und förmlich und ließ erkennen, daß er es Narr noch immer nicht verziehen hatte, daß dieser Juny in sein Haus aufgenommen hatte. Aber er sagte, wenn wir uns gegen die Gesetze auflehnten, müßten wir mit strenger Bestrafung rechnen und würden es später bereuen.

Narr versuchte, ihn wie früher durch scherzhafte Bemerkungen aufzuheitern, aber er ging nicht darauf ein. Als jedoch Oriole hereinkam, hellte sich sein schmales, dunkles Gesicht ein wenig auf. »Du hast nichts zu tun mit der Auseinandersetzung, die ich mit deinem Vater hatte«, sagte er zu ihr. »Du bist an die Seite deiner Mutter zurückgekehrt, wie es sich für eine Tochter geziemt. Allein schon deinetwegen möchte ich nicht, daß dieses Haus in Schwierigkeiten kommt.«

Oriole dankte ihm höflich. Dann ging Lion.

»Ich glaube, wir tun am besten, was er sagt«, bemerkte Narr resigniert. »Er empfiehlt uns das gleiche wie Prinz Ivorr. Was auch immer passiert, die Arbeit darf nicht unterbrochen werden.«

»Aber ich kann auch sonst keinen Sinn darin erkennen, gegen das Gesetz zu verstoßen«, sagte ich. »Was würden wir denn damit erreichen? Ich bin dafür, daß wir uns dem Erlaß fügen.«

»Du willst nur keine Unannehmlichkeiten haben«, schnaubte Narr. Doch wie wir alle begann auch er, mehr oder weniger regelmäßig die Tanzzeremonie zu besuchen.

Ich verfolgte dabei auch einen eigennützigen Zweck, denn dadurch bot sich mir eine Gelegenheit, in Orioles Nähe zu sein. Ich begleitete Oriole nicht nur zum Tanz, sondern mehrmals auch zum Schrein der Lyuna im Tempel der Zitadelle, wo sie Opfergaben niederlegte.

Normalerweise versuchte ich sie zu überreden, den Ausflug auszudehnen. Ich war gerne mit ihr unterwegs, nicht nur, weil ich mich um sie kümmerte, sondern auch, weil sie so hübsch war. Bei diesen Ausflügen trug sie nicht ihr Ärztegewand und auch nicht die triste Kluft, die von Anhängern der Diener und des Pfades der Lyuna bevorzugt wurde, sondern Alltagskleider in sehr angenehmen Farben. Weder Narr noch ich brachten dies jemals zur Sprache, waren aber beide sehr erfreut.

Ein- oder zweimal nahm ich meine gutaussehende Stiefschwester zu Eynars Speisehaus mit, und einmal, als wir mit einem Wagen zur Zitadelle gefahren waren, verließen wir auf der Weißen Straße die Stadt, nahmen den Weg, der um das Gelände verlief, auf dem vor der großen Flut die Hüttensiedlung gestanden hatte, und erreichten schließlich einen Platz, wo wir den Wagen abstellen und zu Fuß eine kleine Klippe erreichen konnten.

Von dort aus beobachteten wir, wie die Sonne im Westen versank, während Lyuna im Osten aufging. Oriole wollte warten, bis Lyuna höher gestiegen war und eine silberne Lichtspur auf das Meer warf. »Das ist der Pfad der Lyuna«, sagte sie zu mir. »Schau nur, es ist fast, als könnte man darübergehen und bis zu ihren Füßen gelangen.«

»Dann bist du noch immer eine Anhängerin des Pfads der Lyuna?« fragte ich, und zu meinem Bedauern nickte sie. Doch der Anblick des Mondes über dem Meer war wirklich zauberhaft, das konnte ich nicht bestreiten. Ich stand neben ihr, während sie schweigend auf das silbern glänzende Wasser schaute, und auch ich empfand eine gewisse Anziehung, den Wunsch, die Fesseln des Körpers abzustreifen und diesen reinen, tanzenden Pfad zu Lyuna zu beschreiten, bis ich vor der Göttin stehen und ihr in die Augen sehen würde.

Aber es war alles nur eine Phantasie. »Oriole«, sagte ich, »die Verehrung der Lyuna paßt zu einem jungen Mädchen, das noch nicht im heiratsfähigen Alter ist. Aber die meisten Frauen lassen diese Phase irgendwann hinter sich. Hast du noch nicht gespürt, daß ich dich liebe? Daß es an der Zeit wäre, die Verehrung von Lyuna gegen jene von Kya einzutauschen?«

Ich legte einen Arm um sie. Sie erstarrte, aber ich versuchte dennoch, sie an mich zu ziehen. Dabei stieg mir der Duft ihres Haares in die Nase. Ich vergrub mein Gesicht darin.

Oriole entwand sich mir so ungestüm, daß ich beinahe an den Rand der Klippe gedrängt worden wäre. Sie griff nach meinem Arm und zog mich zurück, ließ aber in dem Augenblick los, in dem ich in Sicherheit war. Wir schauten uns an und zitterten beide.

»Du hättest mich fast umgebracht«, rief ich.

»Das wollte ich nicht. Es tut mir leid. Aber wie konntest du das nur wagen?« Ihre Stimme hob sich, sie konnte ihre Wut kaum bezähmen.

»Was wagen?«

»So mit mir über Lyuna und Kya zu reden! Du glaubst weder an die eine noch an die andere, genausowenig wie mein Vater. Wie konntest du es wagen, dich derart über mich lustig zu machen?«

»Ich wollte dich nur davon überzeugen, daß es kein Vergehen wäre, wenn du zulassen würdest, daß ich dich liebe, und habe versucht, dafür passende Argumente zu finden.«

»Ich habe dir gesagt, daß ich Lyuna gehöre und an sie glaube. Das sollte dir genügen. Ja, ich wußte, daß du mehr als nur brüderliche Gefühle für mich hegst, aber ich hatte gehofft, ich hätte dir zu verstehen gegeben, daß ich nichts als deine Schwester sein will. Und ich war mir sicher, daß du mich hier, in Lyunas Gegenwart, nicht bedrängen würdest mit deiner Lüsternheit«, rief Oriole wütend. »Es ist ... es ist fast eine Blasphemie.«

»Dich bedrängen mit meiner Lüsternheit? Ich rede von Liebe«, erwiderte ich. »Ich empfinde sie immer noch, obwohl du mich beinahe von der Klippe gestoßen hättest. Liebe, Oriole. Das bedeutet heiraten, das ganze Leben zusammenbleiben, Kinder großziehen, sich um den anderen kümmern, wenn er krank ist, und natürlich auch miteinander schlafen. Und um dir dies zu sagen, dafür – nein, bitte, unterbrich mich nicht – dafür erscheint mir dieser Ort durchaus passend. Das hat überhaupt nichts Blasphemisches, es ist nur natürlich. Für solche Gespräche eignet sich das Mondlicht sehr gut.«

»Ich glaube, wir kehren am besten zum Wagen zurück und fahren nach Hause«, erwiderte Oriole frostig.

Wir machten uns auf den Heimweg. Ich bemühte mich, über unverfängliche Themen zu reden, und allmählich löste sich die gespannte Atmosphäre zwischen uns ein wenig. Ich war nicht einmal besonders unglücklich. Ich hatte damit gerechnet, daß ich bei meinem ersten Versuch auf Ablehnung stoßen würde. Das würde sich eines Tages ändern. Es mußte sich ändern, sonst war Orioles Leben für immer verpfuscht. Es war ein komisches Gefühl, die Gewißheit zu haben, daß ich viel mehr über sie wußte als sie über mich.

In den folgenden Tagen bemühte ich mich, sie so häufig wie möglich zu sehen und dabei so zu tun, als sei überhaupt nichts geschehen. Nachdem sie mir eine Zeitlang die kalte Schulter gezeigt hatte, schien sie es zu akzeptieren. Sie wirkte glücklicher, denn sie hatte nun damit begonnen, sich in ihrem Haus und in Atlan einzurichten. Sie erwarb sich allmählich einen Ruf als Ärztin, verhielt sich freundlich gegenüber Ocean und Narr, ohne sich zu sehr an einen von ihnen zu binden, und sie hatte auch zu einem spannungsfreien Verhältnis mit Juny gefunden.

Ich unterstützte sie, soweit es in meiner Macht stand, übte mich in Geduld und wartete darauf, daß sie beginnen würde, sich selbst zu verstehen.

Auch mir gegenüber verhielt sie sich nun wieder freundlicher, wenngleich sie sich weigerte, noch einmal alleine mit mir auszugehen. Gelegentlich wagte ich es, ihr ein Kompliment zu machen oder sie auf eine Weise zu streicheln, die über eine rein brüderliche Zuneigung hinausging, doch sie schien das eine nicht zu hören und wehrte das andere ab. Mir kam es vor, als würde ich versuchen, eine polierte Marmorsäule hinaufzuklettern.

Zu allem Unglück erfuhr ich schließlich auch, daß ich nicht der einzige Mann war, der sich für Oriole interessierte. Mehrere Male, wenn wir und die übrigen Mitglieder von Narrs Haushalt den Tanz besuchten, schloß Bryen sich an, und ich erkannte bald, daß er es Orioles wegen tat.

Der gutaussehende, lebhafte und begabte junge Mann vermochte durchaus Orioles Aufmerksamkeit zu erregen. Er brachte sie zum Lachen, und immer, wenn dies geschah, packte mich wilde Verzweiflung, denn Bryen war mein Freund, und ich haßte die Vorstellung, eifersüchtig auf ihn sein zu müssen. Oriole schien ihn zunächst nur als einen guten Bekannten zu betrachten, aber wie lange mochte das anhalten?

Trotz der Störmanöver durch die Diener wurden die Schutzdeiche am Meer schließlich fertiggestellt. Prinz Ivorr fuhr mit Prinzessin Liya und ihren Kindern in seinem Wagen über die Rote Straße hinunter, um das Ergebnis zu begutachten. Daß er die Rote Straße gewählt hatte, war symbolisch: damit brachte er zum Ausdruck, daß er dies als einen Krieg betrachtete, einen Krieg gegen das Meer.

Dann kam der Winter. Wolken hingen tief am Himmel, und Stürme fegten über die Inseln. Doch das schlechte Wetter durfte nicht als Entschuldigung dafür dienen, den Besuch der Tanzzeremonie zu vernachlässigen. So waren Oriole und ich auch an jenem Tag anwesend, als En unmißverständlich erklärte, daß nichts, was die Menschen bisher unternommen hatten, dazu angetan war, ihn zu besänftigen.

Und danach hatte ich lange keine Zeit mehr, mich mit Liebe zu beschäftigen.

Der Tanz, der an diesem Tag dargeboten wurde, handelte von jener Zeit, in der Sayadon aufgehört hatte, Lyuna nachzustellen, und En ihm dafür angeboten hatte, ihn in eine Frau zu verwandeln. Im vergangenen Jahr hatte dieser Tanz noch wesentlich mehr Zuspruch gefunden, denn damals hatte er noch einen Geistertanz von Lyuna und einige geistreiche Lieder umfaßt, die alle in den vergangenen zwölf Jahren hinzugefügt worden waren. Doch diese hatte man nun alle gestrichen, und die ursprüngliche Version war nur allzu vertraut und zu wenig dramatisch.

Sie war etwa zur Hälfte vorüber, als der Wind aufzufrischen begann.

Innerhalb kurzer Zeit wurde die gedämpfte Musik durch das Heulen eines Sturms übertönt, und es ging ein Wolkenbruch nieder, der die Tänzer in die Flucht schlug.

Die Bühne des Amphitheaters war offen, doch einige Sitzreihen hatte man überdacht, was den Besuchern einen gewissen Schutz bot. Dort suchten die meisten Zuschauer Unterschlupf. In Atlan gab es ein Gesetz, wonach die Tanzzeremonie, wenn sie durch irgendeinen Vorfall nicht zu Ende geführt werden konnte, später fortgesetzt werden durfte, vorausgesetzt, es geschah binnen einer Stunde nach der Unterbrechung. Diese Stunde war jedoch schon längst vergangen, als der Regen schließlich nachließ. So schickten wir uns an, das Amphitheater zu verlassen.

Wir waren zu fünft – ich und Narr, Bryen, Oriole und Juny. Wir hatten die Hälfte der Vorhalle durchquert, als ein Soldat der Königlichen Garde, der die blauen und goldenen Farben von Prinz Ivorrs Abteilung trug, sich durch die Menge drängte und zu Narr etwas sagte, der sich dann zu uns umdrehte. »Prinz Iworr möchte, daß ich ihn aufsuche und meine Begleiter mitbringe, wenn sie wollen.«

Wir machten uns natürlich alle auf den Weg. Prinz Ivorr war ein Freund, aber er gehörte zum Herrscherhaus, und eine Einladung von ihm war wie ein Befehl. Außerdem wollten wir wissen, worum es ging. Wir folgten den Wachleuten durch eine Seitentür. Wolkenfetzen trieben über den Himmel, als würde es jeden Augenblick von neuem zu regnen beginnen. Der Wind wurde wieder stärker.

Eingehüllt in unsere Umhänge, überquerten wir den Weg zu den Schreinen und eilten durch einen Garten und eine Tür in einer hohen Mauer. Wir fanden uns in einem weiteren Garten wieder, der mit Statuen und Büschen unterschiedlichster Art durchsetzt war. Der Wächter führte uns durch einen Bogen, und wir gelangten in einen kleinen Hof, der mit Blumen in Urnen aus Orichalcum und Silber geschmückt war. »Hier war ich schon einmal«, sagte Narr. »Wir befinden uns im Palast des Thronerben.«

Prinz Ivorr kam uns entgegen. »Es ist schade, daß die Tunnel unter der Zitadelle schon seit zwei Jahrzwölften oder länger nicht mehr benutzt werden können. Dann hättet Ihr durch sie hierherkommen können und wäret vor dem Unwetter geschützt gewesen. Tretet ein.« Er geleitete uns in eine quadratische Eingangshalle. Der Himmel war inzwischen so dunkel geworden, daß ein Sklave mit einer Fackel einige der Wandleuchter entzünden mußte.

»Die Flut kommt herein, und ihr folgt der Sturm«, sagte der Prinz unvermittelt und wandte sich uns zu. »Die Kanäle und Flüsse führen bereits Hochwasser. Es wird die höchste Flutwelle werden, die wir jemals erlebt haben, sie wird unsere neuen Deiche einer ersten Bewährungsprobe unterziehen. Ich bin froh, daß wir noch rechtzeitig damit fertig geworden sind. Ich möchte beobachten, was sich draußen abspielt, und dachte mir, es würde Euch vielleicht auch interessieren. Prinzessin Liya möchte ebenfalls mitkommen. Ich habe Wagen bereitstellen lassen. Was meint Ihr?«

Es war nicht einfach, einen Aussichtspunkt zu finden, von dem aus wir das Ansteigen der Flut im Äußeren Kanal beobachten konnten. Der Kanal wurde zu beiden Seiten von Lagerhäusern und Werftanlagen gesäumt, so daß die Straßen ihn nur an einigen Stellen berührten.

Doch alle drei großen Straßen überquerten ihn auf Brücken, und Prinz Ivorr meinte, die Brücke der Weißen Straße würde einen guten Ausblick bieten, da sie nicht allzuweit von jener Stelle entfernt war, wo der Fluß aus dem Äußeren Kanal ins Meer mündete.

»Die Brücke steht hoch über dem Kanal und ist vor der Flut sicher«, sagte Ivorr. »Da die Prinzessin bei uns ist ...«

Wir wurden in einen Hof geführt und schickten uns an, die Wagen zu besteigen. Prinzessin Liya fuhr in ihrem eigenen Wagen, mit ihrem Kutscher und zwei Hofdamen. Sie lächelte uns zu. »Ich möchte kein Risiko eingehen«, sagte sie, »aber ich will Euch zeigen, Prinz Ivorr, daß ich Eure Arbeit sehr schätze. Wenn die Flut sicher eingedämmt ist, möchte ich, wenn Ihr erlaubt, in der Zitadelle ein Fest zu Ehren der Steinmetze und aller Arbeiter ausrichten.«

In der Öffentlichkeit verwendete sie stets die formelle Anrede, wenn sie mit ihrem Mann sprach. Ich überlegte, wie sie es wohl im privaten Bereich halten mochten. Ich sah sie zum ersten Mal aus der Nähe. Mit ihrer kräftigen Statur und ihrem nicht sonderlich ebenmäßigen Gesicht wirkte sie wie eine durchschnittliche, schlichte Frau, aber sie hatte freundliche Augen und ein angenehmes Lächeln. Oriole hatte mir gegenüber einmal ihr Mitleid mit ihr bekundet. »Ivorr betrügt sie häufig und macht daraus auch gar kein Hehl, wie ich hörte. Sogar mit ihren Sklavinnen schläft er! Sie unterstützt ihn bei all seinen Vorhaben, aber ich vermute, es geht ihr dabei in erster Linie um ihr Ansehen in der Öffentlichkeit.«

Wäre Liya nicht die Tochter eines wohlhabenden Edelmannes gewesen, hätte sie sich wohl allein durchschlagen müssen. Statt dessen besaß sie Rang und Namen, war materiell abgesichert und hatte mit Ivorr, trotz all seiner Verfehlungen, mehrere Kinder. Außerdem erfreute sie sich der Freundschaft ihres Ehemannes, wenn auch nicht seiner Liebe. Der Prinz erwiderte nun ihr Lächeln mit ausgesuchter Freundlichkeit.

»Eine ausgezeichnete Idee«, sagte er. »Ich übernehme die Kosten. Aber jetzt müssen wir los.«

Es gelang mir, im selben Wagen wie Oriole Platz zu bekommen. Bryen saß auf ihrer anderen Seite, aber das konnte ich nicht ändern. Narr und Juny fuhren mit dem Prinzen. Wir rumpelten über die gewundene Weiße Straße hinunter und beeilten uns, denn die Flut stieg ständig. Eine Eskorte der Prinzengarde begleitete uns, insgesamt dreißig Männer, von denen zwei Drittel in zwei großen, von vier Pferden gezogenen Wagen uns vorausfuhren, der Rest folgte hinter uns.

Die Nachricht, daß eine außergewöhnlich große Flutwelle erwartet wurde, hatte sich rasch in der Stadt verbreitet, und als wir die östliche Brücke erreichten, hatten sich hier ungeachtet des schlechten Wetters bereits viele Leute versammelt. Einige standen an den Kais – die man während der jüngsten Ausbesserungsarbeiten erhöht hatte –, andere schauten aus den Fenstern der Lagerhäuser. Einige besonders Furchtlose liefen auf der neuen Deichmauer umher, die breit genug war, daß drei oder vier Personen nebeneinander stehen konnten.

Wir warteten, bis die drei Wagen der Wachleute vor uns über die Brücke gefahren waren und für uns Platz gemacht hatten. Wir hielten auf der Mitte der Brücke, so daß wir die Stadt im Rücken hatten.

Von dieser Position aus konnten wir auf den Kanal hinunterblicken. Er war zwar schon fast so voll wie üblicherweise bei Hochwasser, aber sonst deutete nichts auf eine besondere Situation hin. Das schlammige braune Wasser rauschte unter uns dahin, wurde durch den Wind leicht gekräuselt und umspülte die Pfeiler der Brücke. Ein paar Barkassen, die am Kai festgemacht waren, zerrten an ihren Tauen. Prinz Ivorr schickte zwei Männer hinunter, um sie besser zu sichern. Wir warteten.

Ein Regenguß verscheuchte einige der Zuschauer. Die Wagen des Prinzen waren mit Lederverdecken ausgestattet, die man hochziehen konnte, um die Insassen zu schützen. Der Regen hörte auf, aber der Wind nicht. Es war auch ziemlich kalt geworden, und uns fröstelte, obwohl wir wollene Obergewänder und Umhänge trugen.

Der Wasserspiegel stieg langsam, aber unaufhörlich. Prinz Ivorr verließ seinen Wagen und kam herüber zu uns. Er wirkte erleichtert. »Die Flut wird sich in einer Viertelstunde drehen. Ich glaube nicht, daß das Wasser bis zur Spitze des Deichs steigen wird. Es ist noch genug Spielraum.«

»Was ist das für ein Lärm?« fragte Bryen.

Er erhob sich halb und stieß mit dem Kopf an das Verdeck. Von irgendwo unten am Fluß ertönte Geschrei. Ich reckte meinen Hals und erblickte am Ufer Leute, die wild gestikulierten. Auch die Zuschauer in den Fenstern der Lagerhäuser hatten ihre Köpfe in diese Richtung gedreht. Dann gab es eine plötzliche, ruckartige Bewegung; die Köpfe wurden zurückgezogen, und die Menschen flohen in Panik von den Kais und der Mauer.

»Was ist los?« fragte Prinz Ivorr.

Eine Abteilung der Wachleute hatte sich am Ende der Brücke postiert. Von dort kamen zwei Soldaten auf uns zugelaufen. »Herr! Weiter unten ist das Wasser durchgebrochen!«

»Was? Soll das heißen, daß es die Deiche überspült hat?«

»Nein, Herr! Es bricht durch sie hindurch. Das Mauerwerk verschiebt sich.« Der ältere der beiden Männer klang höchst besorgt. »Am besten, Ihr verlaßt die Brücke und zieht Euch vom Kanal zurück. Vielleicht bricht es auch noch an anderen Stellen durch.«

»Großer Gott!« Der Prinz lief zum Wagen seiner Frau und rief dem Kutscher einen knappen Befehl zu. Dieser setzte unverzüglich die Pferde in Bewegung. Prinz Ivorr eilte zu seinem eigenen Wagen und sprang hinein. Er bedeutete uns durch heftiges Winken, ihm zu folgen.

Was dann geschah, ging so schnell, daß es kaum zu glauben war, und schien sich doch so langsam zu vollziehen, daß man alle grauenhaften Einzelheiten beobachten konnte. Alle unsere Wagen machten sich auf den Weg zur Stadt, Prinzessin Liyas Gefährt voneweg. Unter uns wirbelte und gurgelte das Wasser, und eine der Barkassen begann gefährlich zu schwanken. Ich fürchtete schon, daß sie im nächsten Augenblick gegen die Mauer krachen würde.

Dann sah ich, wie sich ein Steinblock an der der Stadt zugewandten Seite der Kanalmauer zu bewegen begann. Ich glaubte meinen Augen nicht zu trauen. Ein schwerer Marmorquader, zwei Mannslängen hoch und eine Mannslänge breit, konnte durch den Druck von Wasser doch nicht einfach beiseite geschoben werden!

Aber es war so. Ich sah, wie das Wasser durch die Öffnung schoß, und einen Augenblick später prallte der Marmorblock an die Front eines Lagerhauses, das daraufhin zusammenklappte, als habe es aus Pergament bestanden.

Im selben Moment begann Prinzessin Liyas Kutscher zu schreien und mit der Peitsche auf seine Pferde einzuschlagen. Sie donnerten über die Brücke. Nein, dachte ich, nein, das kann nicht wahr sein, ich bilde mir das alles nur ein! Doch auch Prinz Ivorr und Narr schrien nun, und unser Wagenlenker trieb die Pferde zu einer schnelleren Gangart.

Dem ersten Block war ein zweiter gefolgt, der auf eine freie Stelle neben der Brücke herunterstürzte, wodurch sich die Öffnung für die Fluten vergrößerte. Als Prinzessin Liyas Gefährt das Ende der Brücke erreichte, umspülte das Wasser bereits die Räder ihres Wagens und die Beine der Pferde. Dennoch hätten sie sich noch in Sicherheit bringen können.

Doch nun riß sich die schaukelnde Barkasse aus ihrer Verankerung los. Die Strömung erfaßte sie und trug sie über die Mauerreste. Einen Augenblick trieb sie torkelnd auf dem Wasser dahin, dann schoß sie, wie von unsichtbarer Hand gelenkt, in Prinzessin Liyas Wagen.

Ein grauenhafter Anblick bot sich uns: die Barkasse lag kieloben am Ende der Brücke, und an einer Seite bewegte sich ein Pferdekopf ruckartig auf und ab. Dann sahen wir, wie eine gewaltige braune, schaumgekrönte Welle, die Unmengen an Geröll mit sich führte, den Kanal heraufrollte. Sie schwappte gegen das Loch in der Mauer und verschlang die Barkasse und den Wagen gleichermaßen.

Wir selbst standen noch sicher oben auf der Brücke, während unten die Mauer Stück für Stück einbrach und ein Lagerhaus nach dem anderen zusammenstürzte und das Wasser in die Unterstadt strömte. Auch die äußere Seite des Kanals wurde überflutet, doch hier waren die Auswirkungen weniger schlimm, weil die meisten Hüttensiedlungen in letzter Zeit weiter landeinwärts angelegt worden waren. Wo sie sich früher befunden hatten, war jetzt nur noch Marschland, das sang- und klanglos unterging.

Schmerzensschreie erhoben sich in der Stadt; viele Menschen konnten sich gar nicht mehr in Sicherheit bringen oder wurden mit den Ruinen ihrer Behausungen hinweggespült.

Auch viele Leute, die wir kannten, mußten sich unter den Opfern befinden. Zwei Mitglieder von Narrs Haushalt, seine Küchenaufseherin und sein Bote sowie ein paar von seinen Studenten, darunter auch Sherin, sein bester Schüler, hatten sich zusammen auf einem der Kais aufgehalten, als die Wellen über ihnen zusammenschlugen. Eine Gruppe von Sprechern, darunter auch der Sprecher unserer Tafelrunde der Meisterköche, hatte die Vorgänge vom Fenster eines Lagerhauses aus verfolgt, als eine einstürzende Mauer sie unter sich begrub. Alle kamen dabei ums Leben.

Als sich das Wasser wieder zurückgezogen hatte, barg man ihre Leichen und bestattete sie im Marschgebiet. Der Leichnam von Prinzessin Liya wurde nie gefunden. Sie, ihre beiden Hofdamen, ihr Kutscher, ihr Wagen und die Pferde sowie die Barkasse, die sie zermalmt hatte, verschwanden mit der Ebbe.

Sayadon, so flüsterten sich die Leute zu, habe beschlossen, sie zu sich zu holen.

Als die Flut wieder zurückkehrte, kroch sie langsam, als habe sie das Recht dazu, über das flache Marschland zwischen der Stadt und dem Meer. Und ebenso ruhig überflutete der Kanal abermals das Land zu beiden Seiten, streckte Wasserarme in den Norden und den Süden der Stadt aus, nahm Straßen in Besitz und vertrieb die Trupps, die unter dem Schutt nach Toten suchten.

Die Wege trennen sich

Am Ende dieses Tages kehrte Prinz Ivorr, der noch am Morgen gemeinsam mit seiner Gattin die Zitadelle verlassen hatte, als Witwer zurück. Er hatte seine Freunde bereits weggeschickt und sein Gefolge gebeten, Abstand zu wahren. Doch die Nachricht war ihm vorausgeeilt. Am Tor der Zitadelle erwarteten ihn sein Bruder, König Rastinn, der Hohepriester Jateph und Zymon, sein Haushofmeister, der ihm schon sein ganzes Leben lang diente. Ihre Gesichter verrieten Entsetzen und Mitgefühl.

Ivorr entstieg seinem Wagen, verneigte sich formell vor seinem Bruder und vor Jateph und verabschiedete sich kurz angebunden: »Verzeiht, ich möchte allein sein. Zymon, sorge dafür, daß niemand am Palasteingang herumlungert. Vor allem keine der Hofdamen. Wissen es meine Kinder schon?«

»Nein, Herr. Noch nicht.«

»Man muß es ihnen sagen. Die Prinzessin hat sie immer am Abend aufgesucht. Ihre Ammen sollten es ihnen beibringen. Ich werde morgen früh nach ihnen sehen. Kümmere dich darum, Zymon.«

Prinz Ivorr betrat die Räume, die er mit Liya geteilt hatte. Sie waren luxuriös ausgestattet: mit Sofas und bunten Kissen, herrlich geschnitzten Tischen, Wandgemälden, Gold- und Silberschalen mit Früchten und Süßigkeiten, Kommoden und Schränken mit prächtigen Gewändern. In den Regalen standen seine Bücher und Landkarten sowie Liyas Brettspiele und Nähschachteln. Da war auch ihr Toilettentisch mit all den Salben und Wässerchen, ihr Bett …

Ivorr wanderte durch den Raum, hob Dinge auf und legte sie wieder zurück. Eine unfertige Stickarbeit lag auf dem Sofa, als habe Liya sie nur für einen Augenblick unterbrochen. Das Bett mit den feinen Leinenlaken und bestickten Decken war für ihre Rückkehr vorbereitet.

Und für seine.

In den vergangenen zwölf Nächten hatte er das Bett nicht mit ihr geteilt. Und die geliebte Liya hatte sich nicht beschwert. Heute nacht hatte er hier schlafen wollen, aber nun war nur noch ihr Geist anwesend.

Vielleicht würden heute nacht die Tränen kommen. Er würde seinem Schmerz freien Lauf lassen und den unglaublichen Augenblick des Grauens noch einmal in seiner Erinnerung vorüberziehen lassen, als er sah, wie sich die Barkasse zwischen ihn und Liya schob. Und wie er mit angehaltenem Atem darauf wartete, daß der Wagen auf der anderen Seite wieder auftauchen würde.

Er ging weiter durch die Gemächer bis zu jenem Raum, der hinaus zum Schwimmbad führte. Der graue Himmel ließ das Wasser im Becken zinnfarben schimmern. Er war oft gemeinsam mit Liya hier schwimmen gewesen, und manchmal hatte sie ihm einfach auch nur zugeschaut. In letzter Zeit hatte er sich allerdings mehr mit anderen Frauen hier aufgehalten, während Liya sich zurückgezogen hatte …

Das Leben im Haus ging weiter, stellte er fest. Überall hinter den Türen waren die Mitglieder seines Hofstaats mit ihren alltäglichen

Verrichtungen beschäftigt: seine Sklaven und Diener, seine Wachen, seine Kinder nebst ihren Ammen, die Hofdamen seiner Frau. Zwei waren mit ihr umgekommen. Aber es gab noch weitere zehn, und eine von ihnen hatte ihm in den vergangenen zwölf Nächten Gesellschaft geleistet.

Er konnte die Frauen weinen hören. Ein Schauer lief ihm über den Rücken, er entfernte sich von der Tür, von wo aus man ihn sehen konnte, und zog sich in seine privaten Gemächer zurück. Das Abendmahl war auf dem Tisch angerichtet in Schalen, die auf einem kleinen Ölöfchen warmgehalten wurden. Er versuchte, etwas zu essen, brachte aber kaum einen Bissen hinunter.

Auch sein eigenes Bett war für die Nacht bereitet. Er ließ sich, so wie er war, mit Obergewand und Umhang bekleidet, darauf niederfallen. Es war ihm gleichgültig, daß alles lehmverschmiert und feucht war. Er machte sich nicht einmal die Mühe, seine Sandalen auszuziehen.

Aber es hielt ihn nicht im Bett. Er erhob sich und ging in sein Bad. Alles war gerichtet, Handtücher, Salben und ein sauberer Morgenmantel lagen bereit. Ohne seinen Badesklaven zu rufen, drehte er die Wasserhähne auf und zog seine schmutzigen Kleider aus.

Draußen dämmerte es bereits. Nach dem Bad legte er sich in Prinzessin Liyas Bett, wo er die Nacht verbrachte, ohne ein Auge zuzutun. Der Augenblick ihres Todes schwebte ihm stets vor Augen, und außer sich vor Schmerz stieß er die Fäuste in die Kissen und weinte um sie.

Am nächsten Tag begab sich Ivorr zu seinen Kindern und vergoß gemeinsam mit ihnen Tränen um die Verstorbene, bevor er sich dazu aufraffte, König Rastinn und dem Hohenpriester Jateph gegenüberzutreten und die Beileidsbekundungen der Mitglieder des Königlichen Rats entgegenzunehmen. Auch die Hohenpriesterinnen Janna und Zula sowie Jatephs designierter Nachfolger Diarr waren gekommen.

Die Tage vergingen. Weitere Kondolenzbesucher erschienen. Von seinem Hofstaat sah Prinz Ivorr kaum jemanden außer Zymon, seinen Kindern und deren Dienern. Für sein alltägliches Wohl wie Essen und Kleidung wurde gesorgt, ohne daß ihm die dafür zuständigen Sklaven ständig über den Weg liefen.

Er bat um einen Bericht über die Schäden in der Unterstadt, der ihm alsbald geliefert wurde. Einige Bezirke standen noch immer unter Wasser, und das umgebende Land war zum zweiten Mal überflutet worden, fruchtbare Äcker und der Flamingo-See waren unter den Wassermassen verschwunden. Er erteilte Anweisungen, wie das Leid der Überlebenden zu lindern sei, brachte aber nicht die nötige Energie auf, um die Arbeiten persönlich zu überwachen.

Sechs Tage später sprach er mit Zymon und sagte: »Der Haushalt ist seit ... seit dem Tod der Prinzessin sehr gut weitergelaufen. Ich glaube, ich muß bald einige Entscheidungen treffen, was mit ihren ... Habseligkeiten geschehen soll. Auch um ihre Hofdamen muß ich mich kümmern. Ich habe die armen Frauen weinen hören. Sie haben sich sehr tapfer verhalten, sie sind mir nie zur Last gefallen. Ich möchte mich bei dir bedanken, daß du mir alles so umsichtig abgenommen hast.«

»Das war nicht allein mein Werk«, gestand Zymon.

»Oh?«

»Als uns die Nachricht erreichte, Herr, herrschte größte Verwirrung und Unruhe. Die Frauen rannten umher und jammerten, gaben immer wieder neue Anweisungen, tu dies, tu das nicht ... Sie waren nicht sicher, wie sie sich verhalten sollten. Sollten sie bei Eurer Rückkehr anwesend sein oder nicht? Was sollte mit den Sachen der Prinzessin geschehen, sollte man sie wegräumen oder alles an Ort und Stelle lassen?« Zymon hielt kurz inne. »Wer allein in dieser Situation einen kühlen Kopf behielt und mich gut beraten hat, war eine der Hofdamen der Prinzessin. War Rianna.« Zymon sprach den Namen so unbekümmert aus, als habe er für Ivorr keine besondere Bedeutung.

»Laß sie rufen, Zymon.«

Als Rianna hereinkam, blieb sie einen Augenblick lang stehen und schaute Ivorr schweigend an. Man konnte sie nicht unbedingt als schön bezeichnen, dafür war sie zu groß. Aber sie besaß eine wohlproportionierte Figur, hatte glänzende Lippen und lange Wimpern. Ihre Haut besaß einen matten elfenbeinfarbenen Ton, und ihr dunkles Haar war weich und glänzend. Ihre Augen strahlten warm; sie hatten die Farbe von süßen Kastanien. Ivorr freute sich, sie zu sehen.

»Es sieht so aus, als schulde ich dir Dank. Du sollst Zymon gut beraten haben.«

»Ich wollte nur helfen«, sagte Rianna und lächelte. »Ihr solltet selbst entscheiden können, was Ihr bei Eurer Rückkehr tun wolltet. Die Prinzessin war sehr gut zu uns. Wir alle trauern um sie.«

»Komm und setz dich neben mich. Ich bin dir dankbar. In den letzten Tagen mußte ich mich um nichts kümmern. Alles, was ich brauchte, war einfach da.« Ivorr verstummte. »Außer der Prinzessin«, fuhr er dann mit belegter Stimme fort.

»Ich vermag Euch nicht zu trösten«, sagte Rianna. Sie saßen nebeneinander und sahen sich in die Augen. »Ihr habt mich nachts in Eurer Schlafgemach rufen lassen, und wir liebten uns, aber wir haben nicht viel miteinander gesprochen. Wir haben keine Brücken gebaut mit Worten, und selbst wenn uns dies gelungen wäre, hätten uns in schwierigen Situationen wie dieser die Worte gefehlt. Alle Worte der Welt können nicht ungeschehen machen, was passiert ist. Ich kann nur sagen, wie traurig wir alle sind, aber was hilft das. Es muß ...«

Sie verstummte und wandte den Kopf ab.

»Es muß so schrecklich für sie gewesen sein«, flüsterte sie schließlich.

»Ich weiß. Ich träume immer davon.«

»Ich auch.«

Rianna war eine Sklavin, aber ihre Familie lebte bereits seit vielen Generationen im Palast. Sie benahm sich Ivorr gegenüber recht ungezwungen, besaß sowohl Stolz als auch genügend Feingefühl, um ihn nicht mit ihrem Körper trösten zu wollen. Aber aus ihrem Gesicht sprach Mitgefühl, und als sie ihn erneut ansah, glänzten Tränen in ihren Augen, die sie zu unterdrücken versuchte, denn Ivorrs Schmerz war um so vieles größer als ihrer.

»Die anderen Frauen weinen nicht um die Prinzessin, sondern um sich selbst«, erklärte sie dann. »Einige fürchten, daß sie verkauft werden. Könnt Ihr sie diesbezüglich beruhigen?«

»Ich weiß, ich muß Vorkehrungen für sie treffen. Sag ihnen, daß ich jede der Reihe nach zu mir rufen werde. Ich werde versuchen, eine Lösung für alle zu finden. Ich werde viel zu tun bekommen«, meinte Prinz Ivorr, »obwohl das vielleicht sogar gut für mich ist. In zwei Tagen wird der Rat über die Katastrophe beraten. Sie haben die Versammlung meinetwegen aufgeschoben. Aber jetzt bin ich bereit, mich meinem Schmerz zu stellen und über die Zukunft zu diskutieren.«

Er sprach, und sie hörte zu. In dieser Nacht teilten sie erneut das Lager. »Ich weiß nicht, was ich für dich empfinde, und ich weiß nicht mehr, was ich für sie empfand«, gestand Ivorr ihr im Dunkeln. »Ich weiß es einfach nicht. Aber ich brauche jemanden in meiner Nähe. Ich brauche dich, Rianna.«

»Dann werde ich hier sein. Wenn ich Euch irgendwie helfen kann, etwas aus den Trümmern zu retten, so sagt es mir.«

Der Prinz setzte sich ruckartig auf. »Irgendwie bist du Liya sehr ähnlich.«

»Ähnlich?«

»Ja. Auch sie hatte diese außerordentliche Begabung, mir genau in der richtigen Situation den richtigen Rat zu geben. Es war ihr selbst nicht einmal bewußt ... Oh, gütiger En, ja, warum habe ich das nur nicht schon früher begriffen? Ganz Atlan wird in Trümmer fallen, wenn nicht etwas geschieht! Unglaublich! Ich wußte es die ganze Zeit und habe es dennoch nicht begriffen.«

»Ich verstehe nicht.«

»Nein, ich weiß. Es tut mir leid, aber ich muß es erst selbst durchdenken. Ich könnte mich täuschen.«

Er sprang aus dem Bett und eilte hinüber zum Fenster. Von den oberen Gemächern des Palastes aus hatte man einen guten Ausblick auf die Mauern der Zitadelle. Über ihm war ein Stück Himmel zu sehen, aber es schien kein Mond. Die Stadt lag tief unter ihm, allerdings kaum sichtbar im Licht der Sterne. Dahinter erstreckte sich drohend die dunkle Weite des Meeres, das nun nähergerückt war.

Nein, er täuschte sich nicht. Seine furchtbare Vorahnung würde sich bewahrheiten, wenn nicht er oder ein anderer unverzüglich handelte. Und dafür brauchte er seinen ganzen Verstand und sein Herz. Er mußte die Erinnerung an Liya verbannen, um sich Gedanken über die Zukunft zu machen. Es würde schwer werden, den Schmerz zu verdrängen. Aber wenn ihm das nicht gelang, würde nichts gerettet werden können.

Er kam zum Bett zurück. »Hör mir zu.«

Rianna lauschte wie erstarrt seinen Worten. Dann zündete sie eine Kerze an, damit sie einander in die Augen sehen konnten. »Ihr glaubt wirklich, daß ...«

»Ja.«

»Werdet Ihr das morgen dem Rat berichten?«

»Nein, dazu ist es noch zu früh. Ich muß erst selbst die Fakten studieren und mich mit bestimmten Personen besprechen. Kann ich mich darauf verlassen, daß du niemandem ein Sterbenswörtchen darüber verrätst? Es wird nicht für immer ein Geheimnis bleiben. Das geht auch gar nicht.«

»Ihr könnt mir vertrauen«, versicherte Rianna ihm. Sie zitterte, und Ivorr versuchte, sie zu beruhigen. Keiner von beiden fand in dieser Nacht Schlaf, aber es war ihnen auch nicht möglich, in der Liebe Vergessen zu suchen. Sie ließen die Kerze brennen, denn die Dunkelheit war so furchteinflößend.

Es bedurfte einiger Zeit, um mit Sicherheit sagen zu können, wer alles zu den Opfern gehörte. Erst am nächsten Tag begriff Narr, daß einige seiner Studenten fehlten und daß die abwesenden Mitglieder seines Haushalts nie mehr zurückkehren würden. Ich war am Abend nach der Katastrophe in das Haus von Meister Chesnon zurückgekehrt, aber bereits am folgenden Morgen ließ Narr mich holen. Als ich ankam, führte mich Harion gleich in Narrs Privaträume. Das Gesicht meines Ziehvaters sah entsetzlich aus, ganz eingefallen, als habe der Schmerz jegliches Blut herausgesaugt.

»Sherin«, sagte er. »Vor allem Sherin. Dieser junge Mann hatte Verstand. Oh, Ashinn! Er hatte eine große Zukunft vor sich. Er wurde als Sohn einfacher Hirten geboren, aber er besaß jene Art von Intellekt, die nur einem oder zwei Menschen in einer Generation gewährt wird. Und nun ist er nicht mehr, sein Leben ist einfach ausgelöscht, als habe jemand ein Kreidezeichen weggewischt.«

Ich wußte nicht, was ich darauf hätte antworten können, aber plötzlich lagen wir uns in den Armen. Ich habe gesehen, wie Krieger der hiesigen Stämme dies nach einem Kampf tun. Es ist Ausdruck des Schmerzes über den Verlust der Gefallenen und Erleichterung darüber, selbst noch am Leben zu sein.

»Ich bin nicht der einzige, der betroffen ist«, erklärte Narr, als wir uns voneinander lösten. Er setzte sich. »Die Fluten haben die königlichen Lehen schwer in Mitleidenschaft gezogen. So viele Menschen, so viele Tiere sind umgekommen, so viele Ernten sind vernichtet. Graf Erin hat einen Bericht für den König und für Prinz Ivorr zusammengestellt. Es ist alles so schrecklich.«

Einige Tage später trat der Rat zusammen, um über die Katastrophe zu diskutieren. Am folgenden Tag ging ich bei Narr vorbei, um mich zu erkundigen, was beschlossen worden sei. Narr erzählte mir, Prinz Ivorr habe darum gebeten, die Versammlung kurzzuhalten und auf einen späteren Termin zu vertagen. »Wir haben ihm unser Beileid ausgesprochen. Dann wurde der Beschluß gefaßt, die Schäden zu reparieren. Das war alles. Wir werden uns in sechs Tagen erneut zusammenfinden. Der Prinz brütet etwas aus, davon bin ich überzeugt. Ich weiß nur noch nicht, was.«

Ich kehrte zu Meister Chesnon zurück. In der Zwischenzeit hatten zwei Läufer Botschaften für mich gebracht. Eine kam von Prinz Ivorr, es war eine Einladung zu einer Konferenz in seinem Haus. Die zweite stammte von meiner Tafelrunde. Man bat mich zu einem Treffen. Meister Chesnon seufzte, machte mir aber keinerlei Schwierigkeiten. Botschaften mit dem Siegel des Prinzen konnte man nicht ignorieren, außerdem galt es als eine besondere Ehre, vom Prinzen und von der Tafelrunde zu Besprechungen eingeladen zu werden. »Ich glaube, ich werde dich von nun an kaum noch sehen«, meinte er. »Aber Keneth und Alexahn werden schon zurechtkommen.«

Die Versammlung beim Prinzen war bereits für den folgenden Tag anberaumt. Als ich im Prinzenpalast eintraf, führte man mich in einen Saal im Erdgeschoß. Außer mir waren Narr und Erin anwesend sowie der Cousin des Prinzen, Graf Mandarr. Ivorr betrat den Raum in Trauerkleidung. Ohne seinen Schmuck wirkte er merkwürdig fremd. Sein Gebaren war jedoch sehr geschäftsmäßig. Er bat uns nicht zu Tisch und bot uns auch keine Erfrischungen an, sondern führte uns hinaus zu den Ställen, wo er uns in Wagen Platz nehmen ließ.

Wir verließen die Zitadelle in nordwestlicher Richtung. Am höchsten Punkt der Roten Straße ließ Ivorr anhalten. Er deutete nach unten. »Seht euch das an.«

Von unserem Aussichtspunkt aus hatten wir einen guten Überblick über den nordwestlichen Teil der Stadt und das dahinterliegende Land. Es war ein trauriger Anblick. Die Unterstadt war nicht überflutet worden, aber man brauchte nur den Kopf ein wenig nach rechts zu wenden, um sehen zu können, wie das Wasser die Felder der königlichen Lehen bedeckte und auch jene Stelle, wo sich einmal der Flamingo-See befunden hatte.

Schweigend blickten wir hinab. »Ich verstehe«, meinte Narr nach einer kurzen Pause. »Ich glaube zumindest zu verstehen. Der Berg von Atlan ist noch keine Insel, aber eines Tages wird er es sein. Habt Ihr uns deshalb hierhergebracht, Hoheit?«

»Ja, auch, aber es ist noch nicht alles. Ich sehe, ihr habt die Zusammenhänge noch nicht verstanden. Ich werde es euch noch einleuchtender zeigen. Folgt mir.«

Wir fuhren die Rote Straße hinunter. Der Prinz führte uns aus der Stadt hinaus und schlug den Weg ein, den ich bei meiner Reise zu Oriole genommen hatte. Er war noch nicht überflutet und schien einigermaßen passierbar zu sein. Von den Bauernhöfen in den Bergen von Tarislan gelangten über diese Straße Lebensmittel in die Stadt. Einige Güter waren zwischenzeitlich knapp geworden, was die Preise hatte steigen lassen, doch die Situation war noch nicht ernst.

Ivorrs Wagen fuhr uns in hohem Tempo voraus, bis wir schließlich in den Bergen eine Anhöhe erreichten, von wo wir das Innere der Insel überblicken konnten. Hier hielt er an. Mit einer ausholenden Armbewegung deutete er auf die Landschaft vor und hinter uns.

»Versteht ihr jetzt?« rief er.

Wir schauten zurück, auf den Berg von Atlan und das Meer jenseits davon und dann wieder über die Täler vor uns. Ungeduldig meinte Graf Erin: »Hoheit, um Eurem Wunsch Folge zu leisten, habe ich meine eigentliche Aufgabe vernachlässigt. Ich sollte nämlich eine Liste erstellen, wie viele Eurer Pächter bei der Katastrophe umgekommen sind und wie viele ihr Dach über dem Kopf verloren haben. Was sollten wir denn unbedingt hier bemerken? Sagt es uns.«

»Schaut noch einmal hin.« Ivorrs Stimme war weithin hörbar. »Schaut hinab auf Atlan und dann zurück auf die Fluten. Schaut, um Ens willen, schaut.«

Narr erhob sich, sah nach der einen und sah nach der anderen Seite. Er runzelte die Stirn, als versuche er, ein Problem einzukreisen. »En stehe uns bei«, meinte er mit leiser Stimme. »Jetzt begreife ich. Jedenfalls glaube ich es.«

»Was begreifst du?« fragte ich ungeduldig.

»Hast du keine Augen im Kopf, Ashinn? Prinz Ivorr!«

»Narr?«

»Sagt mir, ob ich recht habe. In den Berichten steht, daß das Eis sich immer weiter zurückzieht und der Meeresspiegel steigt. Aber es gibt noch immer viel Eis, das schmelzen kann. Der Prozeß ist sicher noch nicht beendet. Wolltet Ihr uns darauf hinweisen?«

»Ja.« Ivorr sprang aus seinem Wagen, und wir taten es ihm nach. »Versteht ihr nicht?« fragte Ivorr. »Narr hat es begriffen. Warum könnt ihr es nicht? Selbst dieser kleine Vorsprung, auf dem wir uns jetzt befinden, liegt kaum zweihundert Fuß über dem Meeresspiegel. Die Hügel rund um die Stadt sind nicht viel höher. Und sie werden von Flüssen durchzogen; dem Land inmitten der Insel bieten sie wenig Schutz. Der größte Teil von Atlan liegt etwa auf der gleichen Höhe wie der Meeresspiegel jetzt.«

Wir starrten ihn entgeistert an.

»König Rastinn sollte das sehen«, meinte Narr.

»Ich weiß. Aber ich wollte mir durch Zeugen bestätigen lassen, daß ich es mir nicht einbilde. Gestern nacht wurde mir auf einmal alles klar. Wenn der Meeresspiegel noch weiter ansteigt, werden die Stadt Atlan und die Gipfel unserer bescheidenen kleinen Berge alle zu Inseln. Dorthin werden sich all unsere Einwohner flüchten müssen. Es wird keine Bauernhöfe mehr geben, die die Menschen ernähren können, weil der größte Teil von Atlan unter den Wassermassen verschwunden sein wird.«

Der Rat trat erneut zusammen. Es war eine Vollversammlung, zu der auch die Sprecher der Zünfte geladen waren, unter ihnen ich.

Bei der Katastrophe, in der Prinzessin Liya umgekommen war, hatte meine Tafelrunde ihren früheren Sprecher verloren, außerdem drei oder vier der älteren Mitglieder. Ich war ein Neuling, aber auch Narrs Pflegesohn. Narr und ich waren beide mit Prinz Ivorr befreundet, und ich galt als der kluge junge Mann, der das Prinzenmahl erfunden hatte, das inzwischen in Mode gekommen war. Zu meiner großen Überraschung hatte das Treffen meiner Tafelrunde allein dem Zweck gedient, mich zum neuen Sprecher zu ernennen.

Meister Chesnon hatte schon den einen oder anderen Scherz über meine ständige Abwesenheit gemacht, aber er war immer stolz darauf gewesen, mich in seinem Haus zu beherbergen. Und er war mehr als zufrieden, als er erfuhr, daß ich am nächsten Ratstreffen teilnehmen würde.

Mein Einzug als Delegierter in den Ratsraum war für mich ein großer Augenblick. Aber meine Gefühle an jenem Tag sind ohne Belang. Das eigentlich Wichtige bestand in der Tatsache, daß die Sitzung sehr stürmisch verlief und sich fast alle Delegierten einem von zwei Lagern anschlossen.

Die eine Seite vertrat Prinz Ivorr, der mit Unterstützung von Mandarr, Erin und Narr den Standpunkt verteidigte, daß ganz Atlan durch das Meer bedroht sei und daß unverzüglich eine Reihe von Maßnahmen getroffen werden sollte.

Die andere Seite, angeführt von König Rastinn, dem Hohenpriester Jateph und dessen Stellvertreter Diarr, beharrte darauf, daß eine Große Anrufung Ens erforderlich sei, um zu erfahren, welches Verhalten Gott von uns erwartete.

Rückschauend kann ich sagen, daß Ivorrs verzweifeltes Drängen seiner Sache schadete. Narr beging denselben Fehler. Sie waren beide brillant, nahmen aber keine Rücksicht auf andere, die langsamer dachten. Erin und Mandarr taten ihr Bestes, um sie zu unterstützen, und es gelang ihnen auch, einige der Ratsmitglieder auf ihre Seite zu ziehen, aber es waren nicht genug und zudem nicht die richtigen. Jedenfalls nicht König Rastinn, Jateph oder Diarr.

Der Prinz und Narr hätten besser daran getan, einfach nur das Gesehene zu beschreiben. Sie hätten den Ratsmitgliedern Zeit lassen sollen, dessen Bedeutung zu begreifen. Statt dessen preschten sie zu hastig vor und machten Vorschläge, die selbst mir, der ich auf ihrer Seite stand, als sehr extrem erschienen.

»Ihr seid verrückt«, erklärte Rastinn ihnen geradeheraus. »Wie können wir überhaupt in Erwägung ziehen, das ganze Volk von Atlan umzusiedeln?«

»Wir haben keine Alternative«, beharrte Ivorr. »Warum sollte es unmöglich sein? Es wäre nur eine Erweiterung unserer ursprünglichen Pläne, neue Kolonien auf dem Festland zu gründen. Wir sind übervölkert und suchen Orte, wo sich ein Teil der überzähligen Menschen niederlassen kann. Nur geht es inzwischen nicht mehr darum, nur einen Teil der Bevölkerung umzusiedeln, sondern alle Einwohner.«

Doch Jateph, unterstützt von Diarr, beharrte auf der Ansicht, daß eine so weitreichende Entscheidung erst getroffen werden könne, wenn man den Willen Ens erfragt habe. Er gestand durchaus ein, daß die Umstände schwerwiegend seien, vertrat jedoch den Standpunkt, daß auch weniger drastische Maßnahmen möglich seien.

Der König erstickte Ivorrs Widerspruch mit der Warnung, er werde ihn notfalls durch seine Garde entfernen lassen, sollte er abermals ohne Erlaubnis das Wort an sich reißen.

Ens Wille

*I*ch haßte dieses Ratstreffen. Ich war mit Freude dorthin aufgebrochen, war stolz darauf gewesen, meine Tafelrunde vertreten zu dürfen, doch kaum hatten wir eine halbe Stunde getagt, wünschte ich mich schon weit weg an einen anderen Ort.

Ich war ein ziemlich normaler junger Mann. Ich genoß die Gesellschaft der anderen Menschen im Haushalt meines Vaters, wenn sich Gäste versammelten, um über Ideen zu diskutieren. Für mich waren solche Debatten eine Art geistiger Sport.

Aber sie hatten nichts zu tun mit der Wirklichkeit. Diese bestand in der Ausübung meines Berufes, der weit entfernt war vom Glanz und dem Disput der öffentlichen Welt, wo Priester und Wissenschaftler um die Vorherrschaft stritten. Persönlich erwartete ich mir im Leben, meine Arbeit gut zu erledigen und dafür geehrt zu werden und anderen mein Wissen weiterzugeben. Und Oriole zu heiraten und mit ihr eine Familie zu gründen.

Bei besagter Ratsversammlung war mein Beruf jedoch ohne jede Bedeutung. Statt dessen sah ich mich gezwungen, im Kampf zwischen Priestern und Wissenschaftlern Stellung zu beziehen. Damals wurde mir zum ersten Mal bewußt, wie gern ich mich aus diesem Konflikt herausgehalten hätte. Ich steuerte wenig zur Diskussion bei, obwohl Narr sich an mich wandte und mich fragte, ob ich seine Argumente unterstützen würde. Und ich stimmte ihm ausdrücklich zu.

Später überlegte ich, ob ich mehr hätte tun, zum Beispiel das Wort hätte ergreifen sollen, um ihm zu helfen. Heute glaube ich, ich hätte meine friedfertige Natur in den Dienst der Sache stellen sollen, um unsere Argumente in einem ruhigeren Ton und mit Vernunftgründen vorzubringen.

Aber wahrscheinlich hätte es keinen Unterschied gemacht. Schließlich versuchten Erin und Mandarr es ebenfalls, doch auch sie erreichten nichts.

Es hatte seit Menschengedenken noch keinen Anlaß gegeben, der es erforderlich gemacht hätte, daß der Hohepriester von En die Große Anrufung zelebrierte. Gelegentlich wurden allerdings sogenannte geringere Anrufungen durchgeführt. Dies geschah zu bestimmten Jahreszeiten und manchmal auf Ersuchen eines einzelnen Gläubigen. Fischer fragten in einer schlechten Fangsaison bei Sayadon, der Mutter des ersten Lebens, um Hilfe nach. Männer und Frauen, die unsicher waren, ob sie heiraten oder eine andere Verbindung eingehen sollten, baten En, Kya oder Lyuna um Erleuchtung.

Doch die Große Anrufung zu betreiben, die bedeutete, En, den Schöpfer allen Lebens, auf die Erde herabzurufen, um von ihm in einem Notfall, der ganz Atlan betraf, Hilfe zu erflehen, war etwas anderes.

Oriole wußte darüber mehr als ich oder selbst Narr, weil Mutter Melindy ihr einmal die Zeremonie beschrieben hatte. »Jede Anrufung ist anders«, erklärte sie. »Aber alle setzen sie völlige Versunkenheit voraus, und ich weiß, wie schwierig es sein kann, eine Meditation eine halbe Stunde lang durchzuhalten. Man muß jahrelang üben, um selbst eine geringe Anrufung ausführen zu können, denn das bedeutet, gemeinsam mit anderen über Stunden hinweg zu meditieren, bevor man schließlich den Rauch einatmen darf, der die Visionen ermöglicht. Aber dieses Mal geht Jateph weit über das normale Maß hinaus. Er muß seine Vision ohne die Hilfe des Rauches erlangen. Ich hoffe, er überlebt es. Er ist schließlich nicht mehr der Jüngste. Er muß in den Schrein von En gehen und ...«

Mutter Melindy hatte ihr die Grundrisse des Tempels erklärt, und Oriole offenbarte sie wiederum uns. Wir kannten nur das Amphitheater und die öffentlichen Schreine und hatten noch nie die übrigen priesterlichen Gebäude gesehen, mit den privaten Schreinen, den Sälen, in denen sich die Priester versammelten, um zu beraten oder das Essen einzunehmen. Auch nicht die Bibliothek, die Häuser und Gärten, wo die Tänzer und die Akoluthen wohnten. Auch die abseits gelegenen Wohnhäuser der Hohenpriester, in denen diese mit ihren Dienern und den Anwärtern beziehungsweise Anwärterinnen auf das Priesteramt lebten, hatten wir noch nie betreten.

Jeder Priester und jede Priesterin sowie jeder Anwärter besaß ein Gemach für sich allein mit einem persönlichen Schrein. In diesen Räumen war es immer ganz still, erklärte Oriole, denn Meditation erlerne und übe man am besten in Ruhe und Frieden.

Vor allem Stille betrachtete man als besonders wichtig für die Anwärter. »In den Gärten des Seminars herrscht völliges Schweigen«, erzählte sie uns. »Es gibt keine Springbrunnen, nicht einmal Sträucher, auf denen sich zwitschernde Vögel niederlassen könnten. Der Boden ist mit Gras bewachsen, um die Schritte zu dämpfen. Mutter Melindy hat dort ihre Ausbildung absolviert. Sie sagte, daß diese Gärten trotz ihrer Einfachheit das Schönste seien, was sie je gesehen habe.«

Aber das Wichtigste war der Schrein von En, ein rundes Gebäude aus rotem Stein, das sich genau in der Mitte der priesterlichen Anlage befand. Einst war er mit der goldenen Fiale versehen gewesen. Die Spitze war nicht ersetzt worden. Und es herrschte Einmütigkeit unter den Priestern, daß der Stumpf als Warnzeichen erhalten bleiben solle, bis die Katastrophen, die Atlan heimsuchten, vorüber seien oder En seinen Willen offenbart habe.

Der Schrein besaß keine Fenster und nur eine Tür, die vergoldet war und in Richtung Osten zeigte. Trat man ein, kam man in einen schmalen spiralförmigen Irrgarten, der etwa doppelte Mannslänge hatte. Die Mauern und Wege waren in Rot gehalten. Darüber lag ein rotgedecktes Dach mit Lüftungsschlitzen. Der Schrein wurde ständig durch Lampen erhellt, die Sklaven in die Wandnischen stellten.

Das Muster des Irrgartens entsprach der Spirale, die am Boden des Amphitheaters aufgezeichnet war und in vielen Tanzsequenzen eine Rolle spielte. Es war schon so alt, daß sich niemand mehr an seinen Ursprung erinnern konnte, aber Narr meinte, es symbolisiere die Fruchtbarkeit.

Das Labyrinth war voller Sackgassen und unvermuteter Windungen. Er war so groß, daß jemand, der nicht mit dem Muster vertraut war oder den Schrein nicht kannte, sich stundenlang verirren konnte. Und selbst jemand, der sich hier auskannte, benötigte einige Zeit, um zu der vergoldeten Tür zu gelangen, die in das Herz des Schreins führte. Der Innenbereich war ebenfalls rund und nach oben offen. Inmitten des Platzes stand ein Turm ganz aus rotem Stein. Es war dieser Turm, der einst von der goldenen Fiale überragt worden war und nun einen gezackten Rand aufwies. Es gab nur eine Tür, die in den Turm führte. Auch diese war goldfarben, aber sie war wesentlich schmaler und niedriger als die anderen. Ein Mensch, der das Innerste des Heiligen Schreins von En betreten wollte, mußte den Kopf beugen.

Drinnen war der Fußboden ganz in Gold gehalten. Der Hohepriester und sein gewählter Nachfolger selbst fegten und polierten ihn. Die Fläche war allerdings nicht groß, sie bestand nur aus einem Ring um einen riesigen schwarzen Steinblock, der etwa zwölf Fuß dick und dreimal so hoch war. Diesen Steinblock nannten einige Leute den Phallus von En, durch den der Gott das Leben auf die Erde gebracht habe.

Der goldene Fußboden reichte nicht ganz bis zu dem schwarzen Stein. Zwischen dem Rand des Bodens und dem Steinblock verlief ein dunkler Graben, aus dem häufig warme Luft aufzusteigen schien. Ein Geschenk von En, der als Quelle des Feuers und allen Lebens galt.

Das Ritual der Anrufung begann abends, genau in der Mitte zwischen Mittag und Mitternacht. Der Hohepriester mußte es allein ausführen. Bekleidet mit seinem Zeremoniengewand und mit einer Laterne aus Glas und Gold in der rechten Hand und einer schweren goldenen Schatulle mit den anderen heiligen Gegenständen in der Linken, trat der Hohepriester durch die Tür in das Labyrinth. Gleichzeitig zogen sich alle Priester und Priesterinnen, ja selbst die Akoluthen, in ihre Privatgemächer zurück und meditierten dort schweigend auf dem Boden mit überkreuzten Beinen. Sie beteten dafür, daß der Bote ungehindert zur göttlichen Allmacht finden möge.

In dieser außergewöhnlichen Nacht stand kein Mond am Himmel. Es war sehr dunkel, als Jateph den Irrgarten betrat. Er war mit dem Zeremoniell vertraut, weil er es regelmäßig geübt hatte. Es war Teil seiner Priesterausbildung gewesen. Aber er hatte das Ritual noch nie in voller Länge ausgeführt und den Turm auch noch nie nachts betreten. Selbst am Tag hatte ihn immer Diarr begleitet.

Die Lampen warfen seinen Schatten groß an die Wände, wenn er um eine Ecke ging, verschwand er wieder. Der Schatten glich einem geräuschlosen monströsen Begleiter. Und in der Stille hallten Jatephs Schritte wider.

Jateph war kein ängstlicher Mann. Sein Vater war der Herr von Südhügel gewesen, wie jetzt sein Bruder. Beide hatten in der Königlichen Garde gedient. Jateph war als Junge in den Tempel eingetreten in der Hoffnung, dort eine berufliche Zukunft zu finden, die jener seines Bruders in nichts nachstehen würde. Er hatte das Beste aus seinen Chancen gemacht und es mit Geschick zum Hohenpriester von En gebracht. Die Einführung in das Amt war nichts für zaghafte Naturen. Dabei wurde unter anderem verlangt, eine Nacht allein im Amphitheater zu verbringen und sich den bösen Geistern zu stellen, die dort ihr Unwesen treiben mochten.

Nun sollte er andere Kräfte herausfordern, zwar keine bösen, aber mächtige Geister. Er durfte auf keinen Fall einen Fehler machen. Er durfte nicht einmal einen Augenblick zögernd stehenbleiben oder auch nur einen Schritt vom vorgeschriebenen Weg abweichen. Dann wäre die Zeremonie ungültig und könnte nicht wieder aufgenommen werden.

Die Notwendigkeit, sich auf den Weg zu konzentrieren, half ihm, den riesigen tanzenden Schatten und die flüsternden Geister in Schach zu halten. Schließlich gelangte Jateph sicher und ohne Fehler in den offenen Platz vor dem Turm. Hier hielt er unter freiem Himmel inne, um seine Laterne anzuzünden. Sie beleuchtete die goldene Tür zum Turm. Er schob den Riegel zurück, beugte sich hinab und trat ein.

Von innen verriegelte er die Tür und umrundete einmal auf dem golden gepflasterten Weg den riesigen Stein, um sich zu vergewissern, daß sich hier keine unerlaubte Person versteckte.

Danach drehte er erneut eine halbe Runde, bis er sich genau an jener Stelle befand, die diametral der Tür gegenüberlag. Dort kniete er nieder, stellte die Laterne auf den Boden und öffnete die Schatulle.

Sie enthielt eine Sanduhr, die die Zeitspanne einer Stunde zählte. Dazu gehörte ein Ständer mit vierundzwanzig kleinen runden Löchern am Rand, eine bestickte Tasche, die kleine goldene Bälle enthielt, ein Ölbehälter mit frischem Öl für die Laterne, eine Wasserflasche und eine Schachtel aus Orichalcum. Er ließ die Schachtel, wo sie war, und nahm nur die anderen Gegenstände heraus.

Dann setzte er sich im Schneidersitz auf den Boden und sprach die ersten Worte der Anrufung. Er hatte sie zuvor mehrmals geübt.

»Großer En. Dein Sklave ist gekommen im Auftrag Deines Volkes, um Deinen Willen zu befragen. Offenbare ihn uns, so bitte ich Dich, denn wir sind in großer Furcht. Wir haben die Zeichen Deines Ärgers wahrgenommen. Wir haben die Turmspitze fallen sehen und leiden unter den Folgen der großen Flutwelle. Wir haben Sturm und Regen außerhalb der vorgesehenen Jahreszeiten erlebt. Wir haben gesehen, wie Sayadon sich erhob, und viele unserer Leute sind in den Fluten umgekommen. Sayadon hat sich nicht zurückgezogen, wie er dies tun sollte. Doch hätte er sich niemals gegen uns gewendet, wenn er nicht Deiner Zustimmung gewiß wäre, großer Gott En. Was haben wir verbrochen? Und was sollen wir tun, um weitere Katastrophen abzuwenden und Dich wieder zum Lächeln zu bringen?«

Er legte seine Hand auf sein Herz und ließ sie dort liegen, während er bis zwölf zählte. Dann stellte er die Laterne und die Flaschen mit Öl und Wasser auf seine linke und die Sanduhr auf seine rechte Seite. Alles war still.

Er fror nicht, denn Wärme stieg aus der Tiefe auf. Zugleich aber auch der Geruch von schwefelhaltigem Tang; die Luft war muffig und dörrte seine Kehle aus. Die Dunkelheit wirkte bedrohlich. Die Geister befanden sich ebenfalls im Turm. Doch er durfte nicht an sie denken, nur an En, seinen Herrn, der ihn beschützen würde, solange er nichts tat, um ihn zu kränken.

Als Jateph den Tempel zum ersten Mal im Alter von zwölf Jahren betreten hatte, war ihm das Amt des Priesters lediglich als ein Weg zum Erfolg erschienen. Es war ein Wunder, so sagte er sich manchmal, daß En ihn wegen seiner Blasphemie nicht verstoßen hatte.

Aber En hatte ihn aufgenommen, wenn auch nicht sofort. Der ehrgeizige und arrogante junge Mann, der Jateph einmal gewesen war, hatte sich im Tempel zuerst nicht leichtgetan. Er hatte keinerlei Begabung zur Hellsichtigkeit besessen, ohne die er nicht einmal für das Amt eines niederen Priesters in Frage gekommen wäre. Er stritt sowohl mit den ihm gleichgestellten Priesteranwärtern als auch mit seinen Lehrern. Man belehrte ihn, schlug ihn, drohte ihm mit Entlassung. Er wußte nicht, weshalb man ihn nicht weggeschickt hatte. Irgend jemand mußte etwas Wertvolles in ihm gesehen haben.

Er konnte sich nicht mehr genau erinnern, wieviel Zeit verging bis zu jenem wundersamen Morgen, als er aus seiner Kammer in den Innenhof hinaustrat auf das weiche Gras von Mutter Kya und feststellte, daß seine Fußstapfen dunkelgrüne Spuren in dem hellen, vom Morgentau feuchten Grün hinterließen. Sofort tat ihm dies leid, denn da, wo er hingetreten war, glitzerte nicht länger der Tau.

Er hatte hinauf in die Sonne geschaut, und in diesem Augenblick hatten ihn zum ersten Mal Bewunderung und Staunen ergriffen. Er sah in dem glitzernden Gras die Freude über die Vereinigung von En und Kya und war sich bewußt, daß er selbst Teil all dessen war, was dieser Vereinigung entsprang.

Von einem Augenblick zum anderen hatte er En, seinen Herrn, gefunden. Von nun an ließ En ihn auch der Gabe der Hellsichtigkeit teilhaftig werden, und sein Weg war ab jetzt klar vorgezeichnet.

Er gewann alle weltliche Macht, die er anstrebte, aber er begriff jetzt, daß er in den Augen Ens, seines Herrn, nur ein Sklave war, den dieser nach Gutdünken benutzen oder vernichten konnte. Diese Erkenntnis erboste ihn nicht, sondern bildete die Erfüllung seines Lebens.

Während dieser ersten Stunde, deren Verlauf Jateph an der Sanduhr ablesen konnte, meditierte er über seine Begegnung mit En und über den Charakter des Herrn der Schöpfung, des Gottes mit dem Gesicht einer Flamme.

Als die Stunde vergangen war, drehte er die Sanduhr um, nahm einen kleinen goldenen Ball aus der Schatulle und steckte ihn in eines der Löcher am Fuß der Sanduhr. Er goß Öl in die Lampe und trank eine vorgeschriebene Menge von dem Wasser. Dann lehnte er sich gegen die Wand und begann in ritualisierten Worten und in einer bestimmten Reihenfolge, manchmal in Prosa, manchmal in Reimform, all die Geschichten über En und Kya, Lyuna und Sayadon zu rezitieren, die die Grundlage der Tanzzeremonie bildeten.

Als die Sanduhr erneut eine Stunde anzeigte, drehte er sie abermals um, legte einen weiteren Ball ein, füllte die Laterne auf und trank ein wenig Wasser. Dann fuhr er mit den Rezitationen fort.

Er erzählte die Geschichte, wie En und Lyuna, Bruder und Schwester, aus der Tiefe von Zeit und Raum auftauchten, ohne Eltern und aus dem Nichts.

In Gedichten von Geboten und Wünschen, Flehen und Verweigerung, Verlust und Sehnsucht, Vereinigung und Freude erzählte er, wie der Gott En Kya und Sayadon schuf, und wie Sayadon um Lyuna warb und zurückgewiesen wurde, wie Lyuna beteuerte, daß sie nur die Gesellschaft ihrer Dienerinnen, der Sterne, wünsche, und wie En Sayadon befahl, sich in ein weibliches Wesen zu verwandeln, und ihm Ens erste Kinder anvertraute.

Er erzählte, wie später En Kya zur Frau nahm und Sayadon sich in Eifersucht gegen ihn erhob.

Er erzählte die Geschichte der Jahreszeiten: wie der Gott En sich in jedem Winter zurückzieht und Kya trauert, wie jedes Jahr ihre Jungfernschaft wiederhergestellt wird und En zurückkehrt, um sie erneut zu ehelichen und neues Leben zu erschaffen. Er erzählte die Geschichte, wie En einmal in der Verkleidung eines Mannes auf die Erde kam und sich in ein irdisches Mädchen verliebte. Diese empfing ein Kind von ihm, den ersten Abkömmling der königlichen Familie. Denn es hieß, daß unsere regierende Familie von En selbst abstamme.

Als er die Sanduhr zum zwölften Mal umgedreht hatte, machte er eine Pause, die einzig erlaubte.

»Ich bin nur ein Mensch, großer Gott En, und ich kann in Deiner Gegenwart nicht vorgeben, etwas anderes zu sein. Ich muß hin und wieder etwas trinken. Und jetzt muß ich essen und mich entleeren.«

Er nahm die Orichalcum-Schachtel heraus. Sie enthielt ein Stück Brot und eine Frucht. Er aß beides und stellte die geschlossene Schachtel wieder in die Schatulle. Anschließend verrichtete er seine Notdurft.

Dann nahm er seinen Platz wieder ein und begann erneut mit dem Rezitieren.

Draußen war es Mittag. Die Sonne drang nicht bis in den Turm, aber es wurde sehr heiß. Jateph schwitzte in seinem Zeremoniengewand, und seine Stimme war heiser. Aber er geriet nicht ins Stottern.

Als es Mitternacht wurde und vierundzwanzig goldene Kugeln ihren Platz im Fuß der Sanduhr gefunden hatten, klang Jatephs Stimme nur noch wie ein dünner Gesangsfaden. Die Rezitation war zu Ende.

Erneut trank er Wasser, aß etwas, erleichterte sich. Er hatte den Hunger eigentlich schon überwunden, aber er war durstig. Sein Mund schien ausgetrocknet, und vor seinen Augen tanzte das Bild eines sprudelnden Brunnens.

Er war sehr schwach. Seine Hände zitterten, als er die Sanduhr mit den goldenen Bällen und die Orichalcum-Schachtel zurück in die Schatulle legte und sie schloß. Dann löschte er die Laterne und sprach: »Großer Gott En, ich bin im Dunkeln. Bringe mir Licht.«

Sein Kopf sank auf die Brust. Er begann zu murmeln. Er sprach alte Weisen, die ihre Bedeutung verloren hatten, aber einen wunderbaren Klang besaßen. Schließlich schlief er ein oder gelangte doch in einen tranceartigen Zustand.

Er erwachte bei Morgengrauen, als die Hohenpriester und sein Stellvertreter Diarr ihn holen kamen. Nur Diarr war es erlaubt, den Turm zu betreten, und er durfte es auch nur tun, wenn auf sein Klopfen nicht geantwortet wurde.

Es kam eine Antwort, doch sie war kaum mehr als ein Krächzen. Sie warteten. Im Turm erhob sich Jateph langsam und steif, sein Atem ging schwer. Er tastete nach der Laterne und der Schatulle und suchte den Weg zur Tür.

Er öffnete sie und ließ die Morgenluft herein. Zunächst mußte er die Augen schließen, weil ihn das Licht blendete. Dann trat er nach draußen. Janna, die Hohepriesterin der Frauen, stand mit vor der Brust verschränkten Händen vor ihm und richtete das Wort an ihn. »Hoherpriester von En, habt Ihr eine Antwort erhalten?«

Jateph zwang sich, die Augen zu öffnen und sie anzusehen. Sie war eine gutgewachsene Frau, jünger als er. Aber die Jahre hatten ihrem Gesicht Autorität verliehen. Sie wartete darauf, daß er zu sprechen begann.

Mühsam tat er es. »Ich habe eine Antwort erhalten. Unser großer Gott En hat zu mir gesprochen.«

»Und wie lautet sein Rat?«

Jateph erschauderte, und plötzlich schwankte die Welt um ihn her. Sie fingen ihn auf, als er zusammenbrach. Sein Atem ging schwer, und seine Stimme war kaum hörbar, aber er mußte der Hohenpriesterin antworten, oder die Zeremonie würde ungültig sein. Auch durfte er keinen Schluck Wasser trinken, bevor er nicht gesprochen hatte.

»Es ist schrecklich«, flüsterte er. »Schrecklich.«

Schmerzen durchzuckten seinen Körper. Aber er brachte die Worte der göttlichen Offenbarung dennoch über seine Lippen und fühlte sich erleichtert. Nun war er von jeder Last befreit und konnte die Augen schließen, seine schwache Stimme verstummen lassen, sich zurücklegen und Wasser zu sich nehmen. Er konnte dem Schmerz und der drohenden Dunkelheit nachgeben. Er konnte sterben.

Eine weitere Vollversammlung war bereits anberaumt worden für den Tag nach der Großen Anrufung. Als der Rat sich versammelte und die Priester eintraten, bemerkte man nicht sofort, daß Jateph fehlte, weil das Amtsgewand und der Kopfschmuck des Hohenpriesters von En so überwältigend waren, daß man den Mann darunter kaum wahrnahm. Erst als er Platz genommen hatte und wir sahen, daß der Sitz des Stellvertreters leerblieb, schauten wir dem Hohepriester ins Gesicht und erkannten ihn.

»Oh, nein«, stöhnte mein Pflegevater. »Nicht Diarr als Hoherpriester von En. Oh, nein!«

Aber es ertönte bereits der Gong, der die Versammlung für eröffnet erklärte. König Rastinn erhob sich und begann eine lange Rede, in der er uns die Fakten darlegte.

Jateph, der Hohepriester von En, habe die Große Anrufung durchgeführt, sei zusammengebrochen und gestorben – an Auszehrung und Erschöpfung, nachdem er den Priestern Ens Antwort übermittelt habe. Er sei ein großer Mann gewesen, ein treuer Sklave des Gottes En. Und jetzt befinde er sich an der Seite seines Herrn, um in Ehre und Glanz für alle Zeiten bei ihm zu leben. Diarr, sein Nachfolger, sei in einer Tempelzeremonie noch am gleichen Tage inthronisiert worden.

Er machte eine kleine Pause, in der Versammlung wurde es totenstill.

Die Antwort des großen Gottes En, so erklärte Rastinn, sei ernst und stimme bedenklich.

Ich saß nicht in der Nähe des Königs, konnte ihn aber gut genug sehen, um zu erkennen, daß sein Gesicht wie verzerrt war. Seine Stimme war tonlos, er schien nicht aus vollem Herzen zu sprechen.

Wir hätten recht gehabt, so fuhr er fort, zu vermuten, daß En verärgert sei. Atlan habe die rechte Form der Gottesverehrung aufgegeben, und En habe daran Anstoß genommen. Die bereits ergriffenen Maßnahmen genügten nicht. Neue Tempel müßten überall auf der Insel errichtet und mit Priestern, Priesterinnen und Tänzern gefüllt werden, so daß selbst der entlegenste Bauer alle sechs Tage an einer Tanzzeremonie teilnehmen könne.

Allen blasphemischen Versuchen, Atlans althergebrachte Form der Gottesverehrung zu ändern, müsse ein Ende bereitet werden. Alle neumodischen Weisen und Tanzschritte seien bereits untersagt worden und dürften nie wieder verwendet werden. Das Volk von Atlan müsse angehalten werden, den Göttern Opfer zu bringen, denn es sei Ens Wille, daß die goldene Fiale wiederhergestellt werde als Zeichen der Ehrerbietung seiner Untertanen.

An dieser Stelle wäre Narr beinahe aufgesprungen, ich hielt ihn jedoch zurück. Und Rastinns schrecklicher Bericht von der Großen Anrufung ging weiter.

Bevor nicht all dies geschehen sei, so erklärte er mit noch immer flacher Stimme, würde En seinem Freund Sayadon befehlen, sich weiter zu erheben und uns alle zu zerstören. Atlan und Xetlan, die Inseln des Sonnenuntergangs und alle Kolonien auf dem Festland wären dem Untergang geweiht und würden von den Fluten verschlungen werden.

Das könne zwar auch dann noch passieren, wenn wir schnell und gründlich den Forderungen Folge leisteten. Denn En sei in der Tat sehr verärgert und nicht leicht zu besänftigen. Er könne zu der Auffassung gelangt sein, daß unsere Verderbtheit so weit gediehen sei, daß dieser Prozeß nicht mehr umgekehrt werden könne. Denn selbst wenn wir nach außen hin gehorchten – würden unser Verstand und unser Herz die begangenen bösen Taten wirklich bereuen? Würden wir uns wahrhaftig wieder Gott zuwenden? Nur jeder einzelne von uns könne auf dem Grund seiner Seele die Antwort finden. Die Reinigung unserer Seelen sei die einzige Hoffnung für unsere Rettung.

»Hört das Wort von En!« rief Diarr laut und sprang auf, als König Rastinn fertig war.

Es entstand Unruhe. Rastinn hob die Hand, um die Anwesenden zum Schweigen zu bringen. Erneut mußte ich Narr auf seinem Platz halten. »Überlaß es Prinz Ivorr«, flüsterte ich. »Er will etwas sagen, glaube ich.«

»Aber versteht denn niemand, was passieren wird?« murmelte mir Narr wütend ins Ohr. »Sollen wir hilflos herumsitzen und ... ertrinken?«

Prinz Ivorr erhob sich und bat um das Wort.

»Bitte«, sagte der König, »dieses Mal werde ich nicht damit drohen, dich hinauswerfen zu lassen.«

»Ich glaube, Rastinn wünscht, daß Ivorr spricht«, zischte ich Narr zu. »Hör zu.«

Ivorr hatte aus seinem unbeherrschten Vorgehen in der letzten Ratsversammlung gelernt.

»Mir scheint«, begann er mit ruhiger Stimme und ließ den Blick über die ängstlichen Gesichter vor ihm schweifen, »daß ein sehr wichtiger Punkt fehlt. Wie mein Bruder, der König, bereits gesagt hat, kann nur jeder selbst wissen, wie es in ihm aussieht. Aber es muß doch viele hier unter uns geben, und auch draußen in Atlan, die niemals eine Gottlosigkeit begangen haben, nicht einmal in Gedanken. Unser großer Gott En aber scheint nicht gewillt, diese zu verschonen, wenn er den Untergang der Menschen befiehlt. Ich finde das sehr bedauerlich. Selbst ein einfacher Mensch kann erkennen, daß das ungerecht ist. Warum nicht ein Gott?«

Lautes Geschrei erhob sich bei diesen Worten. Einige stimmten dem Prinzen zu, andere meinten, das sei eine noch schlimmere Gottlosigkeit. Einige der Anwesenden verlangten, Ivorr einzusperren, andere protestierten lautstark dagegen. Rastinn brach mit jeglicher Tradition, sprang auf, nahm dem verblüfften Sklaven den Schlagstock für den Gong aus der Hand und schlug selbst zu. Der Lärm war so ohrenbetäubend, daß wir uns unwillkürlich die Hände an die Ohren hielten. Danach kehrte völlige Stille ein.

»Hört zu, was der Prinz zu sagen hat«, befahl Rastinn.

»Meine Freunde«, begann Ivorr erneut, »ich bin genauso erschrocken wie ihr über das, was ich gehört habe. Ich habe Angst, daß ich, schuldig oder unschuldig, unter den Wogen des Meeres begraben werden soll. Ich fürchte um meine Kinder, die noch zu jung sind, um irgendeine Gottlosigkeit begangen haben zu können. Meine Freunde, wir sind weder Sklaven noch Tiere. Haben wir nicht das Recht, uns vor einer Gefahr zu retten? Selbst wenn sie von den Göttern kommt? Und vor allem, haben wir nicht das Recht, unsere Kinder zu beschützen?«

Erneut brach ein Tumult los, und abermals erreichte der König mit einem Gongschlag, daß alle verstummten. Janna, die Hohepriesterin der Frauen, hatte sich erhoben.

»Ich möchte zugunsten von Prinz Ivorr etwas sagen.« Diarr wollte sie unterbrechen, aber Janna ignorierte ihn einfach. »Auch ich spreche für die Kinder.« Sie wandte sich der Ratsversammlung zu. »Ob wir schuldig sind oder nicht, spielt hier keine Rolle, aber wir dürfen die Kinder nicht zu Opfern machen. En und Kya gaben uns die Macht, Kinder zu empfangen. Sie pflanzten in uns die Liebe zu ihnen ein. Ich sage, wir müssen alle Maßnahmen ergreifen, um sie zu retten. Selbst vor En, wenn das nötig ist. Frauen haben Kinder auch früher schon vor wütenden Vätern beschützt.«

Sie setzte sich. Prinz Ivorr meldete sich noch einmal zu Wort. »Als dieser Rat das letzte Mal zusammentrat, habe ich Euch meine Meinung über die gegenwärtige mißliche Lage mitgeteilt und eine Lösung vorgeschlagen. Ihr wolltet damals nicht auf mich hören.

Ich habe die Berichte der Erkundungsschiffe studiert und die Flutwellen analysiert, die uns heimgesucht haben. Ich habe mir unser geliebtes Atlan betrachtet. Im Innern der Insel liegt ein Großteil des Landes kaum höher als der Meeresspiegel. Von den Erkundungsschiffen haben wir erfahren, daß der Meeresspiegel überall steigt und sich das Eis im Norden zurückzieht. Selbst wenn En Erbarmen zeigt, läßt sich dieser Prozeß vielleicht nicht mehr aufhalten. Bald könnte es sein, daß von Atlan nur noch die Berge am Rand und der Hügel der Zitadelle übrig sind. Wollen wir hier sitzen bleiben, unsere Seelen erforschen und darauf warten, daß die Fluten uns überrollen? Sollten wir nicht besser handeln? Wenn es Ens Wille ist, daß wir sterben müssen, dann werden wir sterben. Aber ich bin nicht bereit, zu sterben, ohne den Versuch unternommen zu haben, mich und meine Kinder zu retten. Was ist Eure Meinung?«

»Wollt Ihr etwa erneut den wahnwitzigen Vorschlag machen, daß wir die Stadt Atlan auf dem Festland neu erbauen sollen? Wollt Ihr die gesamte Bevölkerung verpflanzen?« Diarr lachte auf und schaute Zustimmung heischend in die Runde. Diesmal jedoch erfuhr er wenig Unterstützung.

Graf Erin, der zunehmend unruhig hin und her rutschte, verkündete: »Ich glaube an die Götter und respektiere sie, aber ich bin auch ein praktischer Mann. Die Hälfte der königlichen Lehen ist bereits jetzt überflutet. Zahlreiche Menschen sind ertrunken, dazu viel Vieh. Tarislan wird als nächstes an die Reihe kommen. Ich kann den Vorschlag sehr wohl nachvollziehen, an einem anderen Ort, wo Trockenheit herrscht, neu anzufangen.«

Narr murmelte: »Erin ist auf unserer Seite. Gut.« Ein anderer Sprecher meinte: »Ich sehe das genauso. Was sonst können wir tun?« Eine dritte Stimme meldete sich: »Baut bessere Dämme gegen das Meer.« Alle Augen waren auf Ivorr gerichtet.

»Natürlich müssen die Dämme verstärkt werden«, erwiderte der Prinz. »Eine neue Stadt zu erbauen braucht Zeit. Und wir müssen uns schützen, bis wir umsiedeln können. Aber wir wissen nicht, wie weit der Meeresspiegel noch ansteigt. Dämme und tiefe Kanäle reichen vielleicht nicht aus.

Meine lieben Mitbürger, ich liebe unser Atlan. Und mir mißfällt der Gedanke sehr, es zu verlassen. Aber wenn es notwendig ist, müssen wir es tun. Ich schlage vor, daß wir erst Entscheidungen treffen, wenn wir die Berichte der Erkundungsschiffe erneut gründlich studiert haben. Wenn wir dann ein neues Atlan planen, laßt uns dafür einen schönen und sicheren Platz suchen, wo es fruchtbares Land für unsere Bauern und Ausbreitungsmöglichkeiten für die Bevölkerung gibt. Laßt uns ein noch herrlicheres Atlan bauen.

Mein Bruder, der König, hat euch berichtet, daß unser Gott En mehr Tempel wünscht. Dann sollten wir mehr Tempel bauen, aber nicht solche, die bald von den Fluten verschlungen werden. Laßt uns im Neuen Atlan viele neue Tempel auch für die anderen Götter errichten. Laßt uns in der neuen Stadt Atlan einen Tempel für En bauen, der zehnmal schöner ist als der jetzige und wo der Tanz zu seinen Ehren eine noch viel bessere Wirkung entfalten kann. Laßt uns die Verehrung Ens unter den Stämmen jener Länder verbreiten, wo wir uns niederlassen. Würde das En nicht gefallen? Doch in seinem Namen laßt uns jetzt handeln, bevor es zu spät ist.« Seine Stimme wurde lauter. »Glaubt ihr nicht, daß En vielleicht genau das will? Daß er uns dazu anleiten will?«

Er machte eine Pause, und sofort erhob sich Diarr, ohne dazu aufgefordert worden zu sein.

»Wir haben den Willen von En vernommen. Nichts verhieß darin neue Städte oder eine Flucht auf das Festland!«

Rastinn schaute Diarr an. Ein wenig ängstlich, fand ich. Dann bat er Ivorr: »Antworte ihm, Bruder.«

»Mir scheint, daß wir in den Augen von En vielleicht nicht schnell genug waren, neue Kolonien zu gründen. Vielleicht will er uns mit diesen Maßnahmen zur Eile treiben. Damit wir nicht nur kleine Vorposten schaffen, sondern ein größeres Atlan bauen mit noch größerem Einfluß. In der Botschaft von En gab es keine konkreten Hinweise auf das Neue Atlan, aber wann waren die Worte der Götter jemals ganz klar? Sie sprechen stets in Rätseln, um uns die Illusion zu lassen, daß wir in Übereinstimmung mit unserem eigenen Willen handeln, auch wenn wir immer nur den ihren ausführen. Wie lautet eure Antwort, meine Freunde?«

Es gab zustimmende Rufe und ablehnende, die Ivorr der Blasphemie beschuldigten. Ich schaute mich um, blickte in hoffnungsvolle Gesichter und sah Menschen mit herabgezogenen Mundwinkeln. Die freundlich dreinblickenden Personen stellten die Mehrzahl dar. Aber schon hatte sich Diarr wieder erhoben.

Er hielt eine lange Rede. Er war kein so guter Redner wie Jateph, seine Stimme klang etwas gekünstelt. Aber er sagte klar und deutlich, was er dachte. Der Vorschlag sei purer Wahnsinn, und En würde uns deswegen verdammen.

Am Ende faßte Rastinn beide Standpunkte zusammen. Er sprach mit flacher Stimme, als wolle er selbst keine eindeutige Stellung beziehen. Schließlich bat er um Abstimmung.

Die Idee, Atlan an einem anderen Ort neu zu errichten, wurde von den Grafen und der Priesterschaft (außer Diarr) im Prinzip befürwortet. Fürs erste sollte jedoch Stillschweigen darüber bewahrt werden, weder die Offenbarung Ens noch das Vorgehen des Rates sollten nach draußen dringen. Die Sprecher wurden angewiesen, ihre Tafelrunden zu informieren und sie um Zustimmung zu bitten.

Auch sei zu erforschen, welchen Beitrag die verschiedenen Zünfte zu einem solchen Unterfangen leisten könnten.

»Die Antworten der Tafelrunden können auf einer weiteren Sitzung des Großen Rats vorgestellt werden. Der Termin wird noch bekanntgegeben.« Rastinn schloß die Sitzung.

»Mein Sekretär könnte die Antworten sammeln und bündeln«, bot Prinz Ivorr an. »Wir könnten dann eine Zusammenfassung präsentieren. So sparen wir Zeit.«

Rastinn warf seinem Bruder einen scharfen Blick zu. Ich sah, wie Diarr bei dieser Konfrontation zwischen den beiden Mitgliedern des Königshauses den Mund zu einem Grinsen verzog.

»Der Rat kann es sich leisten, einer solch wichtigen Sache die nötige Zeit einzuräumen. Ich ziehe es vor, daß die Sprecher ihre Antworten selbst überbringen und detailliert vorstellen. Ich wünsche keine Zusammenfassung. Die Sprecher vertreten die Bevölkerung von Atlan. Wenn das Volk das Projekt nicht freiwillig unterstützt, wird es scheitern. Selbst die Macht des Königs ist begrenzt.«

»Ens Macht ist dagegen unbegrenzt«, meldete sich Diarr zu Wort. »Wo auch immer die Stadt Atlan erbaut werden möge, er kann sie zerstören.«

»Zweifelsohne. Aber er kann auch Barmherzigkeit walten lassen, wenn er sieht, daß wir sein Geschenk des Lebens schätzen und all unsere Kraft daransetzen, es zu verteidigen«, entgegnete Rastinn. Narr sprang auf, ohne daß ich ihn zurückhalten konnte. »Hört den König!« Zustimmende Rufe kamen aus unseren Reihen, und Rastinn warf Diarr ein angedeutetes Lächeln zu, das ihn zugleich einschüchtern sollte. Diarr erkannte, daß er ausgespielt hatte. »Es sei, wie der König befiehlt«, sagte er und neigte zustimmend den Kopf.

Ich traute ihm nicht und war mir auch nicht sicher, ob ich Rastinn Glauben schenken konnte. Denn dieser hatte kein Vertrauen in Ivorr und große Angst vor der Macht eines Hohenpriesters.

Ich war gemeinsam mit Narr in seinem Wagen zur Ratsversammlung gekommen. Auf der Heimfahrt stritten wir miteinander.

»Wieso hast du mich ständig am Arm festgehalten? Das war impertinent.«

»Das habe ich nur getan, um dich vor Schaden zu bewahren, Vater.«

»Vielen Dank, Ashinn. Wenn ich möchte, daß du mir hilfst, frage ich dich schon. Du gehst wirklich ein bißchen weit. Immer willst du alles friedlich lösen. Meinst, man solle seine Meinung nicht offen sagen, um keine Probleme zu bekommen. Aber manchmal muß man Schwierigkeiten in Kauf nehmen. Sonst werden wichtige Dinge nicht gesagt.«

»Prinz Ivorr hat doch das Wort ergriffen.«

»Und ich wollte ihn unterstützen. Manchmal ist es nicht richtig, still zu sein. Wie oft hast du mir in der Vergangenheit zugestimmt nur um des lieben Friedens willen?«

»Häufig. Aber jetzt sage ich die Wahrheit.«

»Schon gut«, meinte er versöhnlicher. »Du veränderst dich, Ashinn. Du bist mir gegenüber nicht mehr so respektvoll wie früher. Und noch etwas, Ashinn ...«

»Ja?«

»Wir hatten doch eigentlich genug Zeit, um über diese Angelegenheit nachzudenken. Nichts, was wir heute erfuhren, war wirklich neu. Wir haben uns den ganzen Vormittag über Aktionen gestritten, die Prinz Ivorr und ich schon vor der Großen Anrufung vorgeschlagen hatten. Jetzt tut jeder, als wäre das nie geschehen. Ich habe Angst, Ashinn.«

»Ich auch.«

Schließlich trennten wir uns freundschaftlich.

Als ich in Meister Chesnons Haus zurückkehrte, fand ich ein gehöriges Chaos vor. Keneth und Alexahn hatten einen Streit unter Liebenden gehabt, und so war Meister Chesnon gezwungen gewesen, seinem Gast halbgares Fleisch mit bitterer Soße anzubieten. Und das bei einem Auftraggeber, der gerade drei neunzig Fuß lange Vergnügungsjachten bestellt hatte.

Im Geiste war ich noch immer bei der niederschmetternden Ratsversammlung. Dennoch entschuldigte ich mich bei Meister Chesnon und bat Keneth und Alexahn in mein Gemach, um ihnen zu erklären, daß ihre privaten Geschichten ihre Arbeit nicht beeinflussen dürften. Dann überwachte ich die Zubereitung des Abendmahls mit größter Sorgfalt, damit Meister Chesnon keinen Grund fand, sich ein zweites Mal über schlechtes Essen zu beschweren.

Am nächsten Morgen mußte ich mich schon wieder entschuldigen, da ich das Treffen meiner Tafelrunde zu arrangieren hatte.

Meister Chesnon zeigte sich verständnisvoll. »Ich habe dergleichen erwartet, Ashinn. Ich weiß, daß du kein Sterbenswörtchen von der Ratsversammlung verraten darfst, aber es laufen Gerüchte um. Mein Kunde von gestern wollte die Schiffe für eine Fahrt auf dem Inneren Kanal während der Hochzeit seiner Tochter im kommenden Jahr bestellen. Falls es dann noch einen Inneren Kanal gebe, meinte er. Das war als Witz gedacht, aber so lustig war das gar nicht. Ich habe das Gefühl, daß du genug mit den Angelegenheiten des Rates zu tun haben wirst. Ich werde mich wohl für eine Weile daran gewöhnen müssen, nur von Keneth und Alexahn verpflegt zur werden. Sorg nur dafür, daß sie sich gut benehmen.«

Ich schrieb die Einladungen zu dem Treffen, heuerte einige Läufer an und schickte sie fort. Ich fühlte mich hundsmiserabel und hatte das Gefühl, bald nicht mehr der Küche von Meister Chesnon vorstehen zu können.

Und ich ahnte, daß ich, falls unsere Welt wirklich verpflanzt werden würde, bald ganz andere Dinge zu tun bekommen würde.

Im allgemeinen dauert es eine Weile, bis man den vollen Umfang einer Katastrophe erkennt. Daß Atlan an einem anderen Ort errichtet werden mußte, um den Fluten zu entkommen, das hatte ich begriffen. Aber mir dämmerte erst allmählich, was das alles mit sich brachte. Alltägliche Dinge wie Hochzeitsausflüge würden ausfallen und Geschäfte hinfällig werden, weil niemand mehr Boote für Ausflüge kaufte. Und Leute, die wie ich ihr Leben, ihre Arbeit und ihren Alltag planten, würden aus ihrer Routine aufgescheucht werden. Dieser letzte Gedanke gefiel mir ganz und gar nicht.

Später an diesem Tag begegnete ich in Eynars Speisehaus Zebard, dem Sprecher der Schiffbauer, und Rynard, dem Buchmacher. Es tröstete mich, daß sie meine Niedergeschlagenheit teilten. Zebard, ein unsentimentaler kleiner Mann, machte seine Scherze.

Er meinte, wenn Atlan irgendwohin aufs Festland verlegt würde, bräuchte man eine Menge Schiffe. Schiffbauer könnten sich also auf rosige Zeiten freuen.

Rynard verkündete, daß dringend Handeln geboten sei. »Offiziell ist zwar noch nichts verlautet, aber die Gerüchteküche brodelt ganz ordentlich.«

»Ich weiß«, steuerte ich meinen Teil bei. »Meister Chesnon hat auch schon was gehört.«

Wir saßen da und schauten hinaus auf den Jaison-Platz. Es herrschte allgemein eine gedrückte Stimmung. Überall kauerten Menschen an Straßenecken zusammen und unterhielten sich mit besorgten Mienen.

Am nächsten Tag erlebte ich als Sprecher meiner Tafelrunde eine unangenehme Überraschung. Die Mitglieder meiner Zunft lehnten den Vorschlag nämlich ab.

Das hatte ich nicht erwartet. In den vergangenen Monaten hatte ich ohne jeden Grund neues Selbstbewußtsein gewonnen und es als selbstverständlich angenommen, daß man mich anhören und meinen Vorschlägen, Atlan anderswo neu zu erbauen, zustimmen würde. Oder zumindest darüber diskutieren würde.

Ich informierte sie über alle Einzelheiten und sagte ihnen auch, daß die Fluten bereits die Untere Stadt und die umliegenden Felder erreicht hätten.

Ich erläuterte, daß die Idee, Atlan in einem anderen Land neu erstehen zu lassen, auf den ersten Blick zunächst phantastisch erscheinen müsse. Aber ich wollte, daß meine Zunftbrüder zumindest über den Vorschlag nachdachten und überlegten, was unser Gewerbe dazu beitragen könne.

Die Gesichter waren unbeeindruckt; also versuchte ich es ein weiteres Mal und schilderte ihnen in drastischen Bildern, wie es sein würde, von einer riesigen Flutwelle hinweggerissen zu werden.

Die Alternative dazu sei, so erklärte ich, daß wir alle in einer winzigen Enklave auf dem Zitadellenhügel landen würden, an allen Seiten umgeben von Wasser. Viele unserer Liebsten würden ertrunken sein, und wir selbst wären einem langsamen Tod ausgeliefert.

»Könnt ihr euch das vorstellen?« fragte ich kühn. »Ich kann es nicht. Ich möchte all dem entkommen, wenn es einen Ausweg gibt. Und wenn die einzige Lösung darin besteht, Atlan zu verlegen, dann müssen wir das eben in Angriff nehmen. Laßt es uns zumindest versuchen!«

»Aber«, widersprach eines der älteren Mitglieder der Tafelrunde, dem es offensichtlich widerstrebte, einen Jüngling wie mich zum Sprecher zu haben, »das geht am Wesentlichen vorbei. Es ist nicht wichtig, ob es sich um ein großes Unterfangen handelt. Es zählt einzig und allein das, was En uns in seiner Offenbarung an Jateph hat übermitteln lassen. Er sagte, daß wir unsere Gotteslästerungen einstellen und um seine Gnade bitten sollen. Und nicht, daß wir davonlaufen, um unsere Gotteslästerung anderswo fortzusetzen.«

»Stimmt. Worin liegt der Sinn? Wenn En unser Verderben will, kann er das überall erreichen«, meinte ein anderer und schaute sich zufrieden um.

Schließlich stimmten sie gegen die Umsiedlung, nicht weil ihnen die Idee zu gigantisch oder zu unpraktisch vorkam, sondern weil sie nicht dem Willen Ens zu entsprechen schien.

Weil es falsch war.

Ich traute meinen Ohren nicht. Und dann fiel mir etwas auf.

Ich bemerkte, daß ein beträchtlicher Teil der Mitglieder der Tafelrunde Obergewänder trug, die höher am Hals geschlossen waren und einen längeren Saum hatten, als es die Mode vorschrieb. Und viele schienen sich die Haare wachsen zu lassen.

Diener sollten nicht Mitglieder einer Tafelrunde sein. Aber sie hatten uns unterwandert und tauchten nun allmählich aus ihren Verstecken auf.

Im Anschluß an die Sitzung kehrte ich nicht gleich zum Haus von Meister Chesnon zurück, sondern wanderte ziellos durch die Stadt. Zufällig traf ich Bryen und erfuhr, daß in seiner Tafelrunde der Wissenschaftler ebenfalls Probleme aufgetreten waren. Dennoch hätten sie seinem Vorschlag zugestimmt. »Es ist ein anderer Menschenschlag. In deiner Tafelrunde will man, daß alles so bleibt, wie es ist. Wissenschaftler wollen immer etwas bewegen. Das ist ihre Natur. Ja, und auch mir fielen ein paar dieser Obergewänder nach Art der Diener ins Auge. Aber es waren nur wenige.«

Wir sprachen nicht über Oriole, sondern besuchten eine Schenke, in der man uns nicht kannte. Und da betranken wir uns. Ich weiß nicht mehr genau, wie ich nach Hause kam; später jedenfalls erzählte man mir, Jonard habe mich persönlich ins Bett gebracht.

Während ich niedergeschlagen Atlan durchstreifte, machten sich auch andere Menschen Sorgen um ihre Zukunft.

Im Tempel hatte Janna, die Hohepriesterin der Frauen, ihre üblichen Morgenrituale absolviert. Sie hatte den Schrein im Gelände des Tempels aufgesucht, um Mutter Kya und Sayadon ihre morgendlichen Gebete zu widmen, und hatte an dem Tanz der Morgendämmerung teilgenommen.

Doch danach hatte sie einer jüngeren Priesterin befohlen, an ihrer Stelle am Mittagstanz teilzunehmen, und sich in ihr Gemach eingeschlossen, um dort vor ihrem persönlichen Schrein zu meditieren. Dieser war ebenfalls Kya und Sayadon geweiht. In den weißen Stein des Schreins waren ihre Bilder eingemeißelt.

Janna bat um ihren Rat.

Erst spät am Nachmittag beendete sie ihre Meditation. »Möge alles, was ich sage und tue, in Übereinstimmung mit euren Wünschen geschehen«, erklärte sie schließlich, erhob sich etwas steif und ging in den Vorraum, um sich zu ihren Frauen zu gesellen. Sie aß und trank etwas und nahm ein Bad, bevor sie frische Kleider anzog und sich auf die Suche nach Diarr machte.

Er hielt sich in seiner Bibliothek auf und bereitete eine Rede vor, die er auf der nächsten Ratsversammlung halten wollte. Er nickte nur kurz, als sie eintrat, ließ sie aber warten, indem er so tat, als gelte seine ganze Aufmerksamkeit dem, was er gerade geschrieben hatte.

Janna wartete geduldig. Sie ließ sich nicht aus dem Konzept bringen und erkannte, daß er das nur tat, um sie einzuschüchtern und ihr klarzumachen, daß er einen höheren Status hatte als sie.

Sie wußte sehr viel über Diarr, dessen Vater ein Halbbruder von König Rastinn gewesen war. Diarr hatte es als Kind schwergehabt, weil seine Großmutter nur die Konkubine des Königs gewesen war. Das bedeutete, daß er in der Thronfolge keine Rolle spielte.

Er glaubte aufrichtig an En und daran, daß En ihn zur Priesterschaft berufen hatte, um zu zeigen, daß er in den Augen der Götter wertvoll war. Er verstand nicht, wie sein Streben nach Macht sich mit seinem Glauben verbunden hatte, um das Bild eines furchterregenden Gottes zu schaffen. Diarrs En konnte so unumschränkt über seine Untertanen herrschen, wie sein Vertreter sich dies auf Erden ersehnte.

Diarr war sich dessen vielleicht nicht bewußt, aber Janna hatte es begriffen. Sie hatte jedoch wenig Hoffnung, Diarr auf den Weg des echten Glaubens zurückzubringen; dennoch mußte sie es versuchen. Als er schließlich den Kopf hob und sie fragte, was er für sie tun könne, kam sie gleich zur Sache.

»Hoherpriester Diarr, ich glaube, Ihr seid gegen die Umsiedlung von Atlan.«

»Ihr wart doch bei der Versammlung zugegen. Ihr habt die Antwort Ens vernommen und meine Rede gegen den neuen Vorschlag gehört. Warum also die Frage?«

»Euer Ton ist nicht höflich, Hoherpriester Diarr«, erwiderte Janna.

Er hatte sie nicht aufgefordert, Platz zu nehmen. Daher stand sie noch immer vor ihm und verwandelte dies in einen Vorteil für sich, indem sie sich drohend vor ihm aufbaute. Janna konnte sehr beeindruckend wirken. Diarr versuchte seine Überlegenheit zurückzugewinnen, indem er sie kühl anlächelte. Das Blinzeln seiner Augen sollte ihr bedeuten, daß er ihr Verhalten nur für die Laune einer Frau hielt und ihr diese verzieh. Doch Janna schaute ihn weiter unverwandt an, bis das Lächeln von seinem Gesicht verschwand.

»Ich bitte um Verzeihung. Ich habe gestern nacht nur wenig Schlaf gefunden. Bitte nehmt Platz und erklärt mir offen, was es Eurer Meinung nach zu sagen gibt.«

Janna setzte sich. »Es ist nicht mein Wunsch, einen Streit vom Zaun zu brechen.« Sie bemühte sich um einen etwas weniger förmlichen Ton. »Hoherpriester Diarr, predigt nicht gegen diesen Versuch, Atlan zu retten. Laßt mich meine Worte von der Ratsversammlung wiederholen. Wir müssen es um der Kinder willen tun. Wir mögen gesündigt haben, aber die Kinder gewiß nicht. Wollt Ihr die Kinder den Meeresfluten überlassen?«

»Alles liegt in den Händen von En«, erwiderte Diarr. »Unsere Aufgabe ist es, ihm zu gefallen und ihn um seine Milde anzuflehen.«

Janna schüttelte den Kopf. »Auch ich habe gebetet, zu den Müttern. Sie haben mir geantwortet. Ihr Wunsch ist es, Atlan zu retten mit allen nur möglichen Mitteln. Ich glaube, vielleicht werden sie sich bei En für uns einsetzen. Vielleicht hört er auf sie. Solltet Ihr das nicht mit einbeziehen, Diarr?«

Sie verließ schnell den Raum, ohne seine Antwort abzuwarten. Danach begab sie sich unverzüglich zu Zula. Sie fand sie nicht beim Beten oder bei der Arbeit. Zula war in ihrem kühlen, weiß und silberfarben gehaltenen Wohnraum, unterhielt sich mit ein paar jüngeren Priesterinnen von Lyuna und trank mit ihnen Tee. Janna forderte sie mit einem eindringlichen Blick zum Gehen auf. Zula bot ihr etwas verwirrt einen Platz an und sandte nach frischem Tee.

»Das wäre sehr nett, Dame Zula«, bedankte sich Janna. »Aber dies ist kein privater Besuch. Ihr wart während der gestrigen Ratsversammlung sehr still. Auf welcher Seite steht Ihr?«

»Dame Janna, ich weiß es nicht.« Zula besaß denselben Status wie Janna, war jedoch viel jünger und zeigte sich sehr ehrerbietig. Sie hatte sich gerade angeregt mit ihren Freundinnen unterhalten, aber jetzt wurde ihr Gesicht ernst. »Als Ihr hereinkamt, habt Ihr bestimmt gedacht, wie kann man jetzt so albern sein. Aber das war nur vorgetäuscht. Was wir auf der Ratsversammlung vernahmen, war so schrecklich, daß ich gar nicht darüber nachdenken mag. Was hätte es auch für einen Sinn?«

Der Kräutertee wurde gebracht. Zula schickte die Sklavin weg und schenkte mit zitternder Hand ein.

»Aber wir müssen darüber nachdenken«, sagte Janna geradeheraus. »Es muß eine Entscheidung gefällt werden. Und jeder von uns sollte überlegen, was wir tun können, um sie in die richtige Richtung zu lenken.«

»Aber welches ist die richtige Richtung?«

»Was glaubt Ihr?«

Zula schaute sie furchtsam an. »Der Hohepriester Diarr sagt, alles liege in der Hand von En. Und wir müßten tun, was er uns durch Jateph als Botschaft übermittelt hat. En muß sehr erzürnt sein, sonst hätte er Jateph nicht umgebracht oder die Turmspitze abbrechen lassen. Oder die Fluten geschickt. Aber ich habe Angst, hier in der Falle zu sitzen, wenn das Meer weiter steigt. Und nach dem, was die Erkundungstrupps berichtet haben ...«

Zula mochte jung und schüchtern sein, aber sie war auch intelligent. Sonst hätte sie nicht die Position einer Priesterin, geschweige denn einer Hohenpriesterin erreichen können.

»Sie sprachen von schmelzendem Eis und veränderten Ufern«, fuhr sie fort. »Und es scheint ja immer schlimmer zu werden. Es ist, wie wenn ein losgerissener Wagen bergab rast. Könnte En ihn dann überhaupt noch aufhalten? Prinz Ivorr hat gestern diese Frage gestellt, aber ich hatte auch bereits daran gedacht. Ich habe große Angst, Dame Janna.«

»Ihr liebt das Leben und möchtet darum kämpfen?«

»Ja, das möchte ich.«

»Euer Vater En und Eure Mutter Kya, die Euch das Leben schenkte, haben Euch auch den Willen verliehen, es zu verteidigen. Sie haben das nicht ohne Grund getan«, fuhr Janna fort. »Ich habe größeres Vertrauen in die Güte von En und in die Macht von Kya als Diarr. Folgt den Instinkten, mit denen sie Euch ausgestattet haben, und vertraut ihnen. Wenn der Rat erneut zusammentritt, sprecht für das Neue Atlan. Sagt dort, was Ihr mir hier anvertraut habt. Werdet Ihr es versuchen?«

»Ja, Dame Janna«, antwortete Zula dankbar für diesen Rat.

In Narrs Haus fanden innerhalb kurzer Zeit zwei Gespräche statt, eines zwischen Oriole und ihrer Mutter und eines zwischen Oriole und ihrem Vater.

»Oriole, mein Kind«, beschwerte sich Ocean, »wo bist du in den letzten Tagen gewesen? Dein Onkel Lion war hier und hoffte dich zu treffen, aber du hast dich in dein Behandlungszimmer zurückgezogen, wie du es nennst …«

»Aber es ist *mein* Behandlungszimmer.«

»…. und du hast einen Sklaven vor die Tür gestellt, der nur Patienten oder Boten eintreten läßt. Das ist kein Verhalten, wie ich es von meiner Tochter erwarte …«

»Wenn Patienten bei mir sind, haben sie das Recht auf meine ganze Aufmerksamkeit. Warum wollte mich Onkel Lion sehen?«

»Er hat zwar alle Beziehungen mit Narr abgebrochen, aber er hat weder mich noch dich im Stich gelassen. Er hätte gern erfahren, ob du schon ans Heiraten denkst. Und er hat sogar angeboten, sich nach einem passenden Kandidaten umzusehen.«

»Wenn du ihn das nächste Mal siehst, richte ihm meinen Dank aus«, erwiderte Oriole. »Aber ich habe den Pfad der Lyuna eingeschlagen und möchte nicht heiraten.«

Später an diesem Tag suchte Narr sie auf. Oriole war gerade in ihrem Labor und zerstampfte getrocknete Heilkräuter in einem Mörser, wobei ihr Marsha, die Tochter Harions, zur Hand ging.

»Darf ich dich unterbrechen? Ich kann dir helfen, wenn du möchtest. Marsha kann ruhig eine Pause machen.«

»Vielen Dank, Vater. In Ordnung, Marsha. Geh dich ein wenig amüsieren.« Oriole schaute ihren Vater fragend an.

»Ich möchte ernsthaft mit dir reden, Oriole. Wir leben in unsicheren Zeiten. Und ich kann dir nicht einmal sagen, worum es genau geht …«

»Atlan muß für seine Gotteslästerung büßen, sonst wird En noch verheerendere Katastrophen schicken. Und im Rat sind sie völlig zerstritten darüber, ob es besser ist, gläubig unseren Untergang abzuwarten oder etwas Praktisches zu tun, um dieses Los von uns abzuwenden. Man will ganz Atlan verlegen, die Stadt, die Bauernhöfe, einfach alles.«

»Woher weißt du das?« fragte Narr erstaunt. »Der Rat hat Geheimhaltung beschlossen.«

Oriole zuckte mit den Schultern. »Ich habe bereits von dir und Bryen gehört, was die Erkundungsschiffe herausgefunden haben. Und noch vor der Großen Anrufung hatte Prinz Ivorr vorgeschlagen, ganz Atlan zu evakuieren. Das hast du mir berichtet. Und was die Ratsversammlung anbetrifft: manche Männer glauben anscheinend, daß es nicht zählt, wenn sie ihr Wissen an ihre Frauen weitergeben. Manche denken auch, daß ihre Sklaven taub sind. Außerdem können einige Frauen in der Seele ihrer Männer lesen wie in einem offenen Buch.«

Narr schnaufte laut. Oriole schaute ihn mißbilligend an. »Ich weiß, du glaubst nicht, daß das möglich ist, aber es ist so. Und die Wahrheit hat sich bereits in ganz Atlan herumgesprochen. Heute waren schon drei ängstliche Frauen bei mir, die mich um ein Mittel baten, um schlafen zu können. Also, die Zukunft ist ungewiß. Und …?«

»Ich möchte, daß du das Leben genießt, solange es noch möglich ist. Oriole, ich möchte, daß du eine Heirat in Betracht ziehst. Nein, unterbrich mich jetzt nicht. Ich will nichts vom Pfad der Lyuna wissen. Ich habe einen Bewerber, der …«

»Nein«, widersprach Oriole.

Ich habe schon mehrere Ratstreffen ausführlich beschrieben und möchte nicht eine weitere Beschreibung hinzufügen. Und doch muß ich erklären, was auf der Versammlung geschah, die sich knapp dafür aussprach, daß Atlan an einem sicheren Ort wiederaufgebaut würde.

Es war ein Großes Ratstreffen, zu dem erneut alle Sprecher geladen waren. Und ich hatte die unglückliche Aufgabe, erklären zu müssen, daß meine Tafelrunde gegen das Projekt gestimmt hatte. Ich war als einer der ersten an der Reihe – was nichts mit dem Status der Meisterköche zu tun hatte, sondern mit einer bestimmten Ordnung der Schriftzeichen, nach der die Berufe und Zünfte aufgerufen wurden.

Und so erklärte ich denn in meiner Rede auch, daß sich einige Mitglieder meiner Tafelrunde seit kurzem im Stil der Diener kleideten.

Ich erlebte, daß ich nicht der einzige Sprecher war, der ein negatives Ergebnis zu vermelden hatte. Ermutigt durch meine Worte berichteten einige andere, daß auch sie Pferdeschwanz-Frisuren und längere Obergewänder unter ihren Mitgliedern festgestellt hätten.

An diesem Tag erfuhr ich erstmals, wie viele Tafelrunden es in Atlan gab. Es waren genau 189. Davon stimmten 92 gegen und 97 für den Plan. Und einige von denen, die sich für das Neue Atlan aussprachen, hatten ihre Entscheidung nur mit knapper Mehrheit getroffen.

Die meisten Adligen, mutig angeführt von Graf Erin und Graf Mandarr, befürworteten die Umsiedlung, aber Diarr benutzte die geringe Differenz zwischen den Ja- und den Nein-Stimmen als ein Argument dagegen. Damit sei erwiesen, sagte er, daß es in Atlan eine starke Stimmung gegen den Vorschlag gebe, und das müsse man berücksichtigen. Es sei gewiß, daß sich die Diener, die bereits eine beträchtliche Minderheit darstellten, dagegen richten würden. Er wollte uns allen klarmachen, daß deren religiöse Einstellung eigentlich genau dem entspräche, was unser großer Gott En uns durch den Hohenpriester Jateph kundgetan habe.

»Habt Ihr Einfluß auf die Diener?« fragte König Rastinn scharf.

Eine kurze Pause entstand. Ich sah, wie sich Diarrs Gesichtsausdruck veränderte, als spüre er, daß hier Gefahr lauerte.

»Ich bin Hoherpriester von En und respektiere jeden, der versucht, ein geheiligtes Leben zu führen, wie dies auch die Diener tun«, erklärte er mit einem merkwürdigen Unterton in der Stimme.

Das war eigentlich keine Antwort, aber Rastinn begriff, was gemeint war. »Ihr habt also einen gewissen Einfluß«, stellte er fest. »Dann kann ich Euch nur empfehlen, ihn zu nutzen, um sie für die

Unterstützung des Projekts zu gewinnen. Ich möchte nicht, daß irgend jemand unsere Aktionen behindert.«

Rastinn war der König. Er war an die Empfehlungen des Rates gebunden, wenn eine Mehrheit sich deutlich für oder gegen etwas aussprach. Doch wenn die Mehrheit nur gering ausfiel oder eine Spaltung spürbar war, dann konnte er selbst die Entscheidung treffen, was er jetzt auch tat. Ich hörte, wie Narr erleichtert aufseufzte.

»So lautet mein Urteil«, verkündete König Rastinn. »Das Neue Atlan wird errichtet. Wenn das Glück es will und unser jetziges Atlan überlebt, werden wir zwei Atlan haben: zwei Städte, zwei Länder, zwei große Tempel zur größeren Ehre von En. Falls nicht, finden wir hoffentlich noch genügend Zeit, um das Überleben unserer Kultur in einem neuen Lande zu sichern. Prinz Ivorr, ich beauftrage dich mit der Ausarbeitung der Pläne und deren Ausführung. Wähle die Männer aus, die dir helfen sollen, und berichtet mir vom Fortschritt der Planungen und welche Mittel du dafür benötigst. Deine erste Aufgabe soll darin bestehen, einen passenden Platz auszuwählen. Möglicherweise wurden auf früheren Erkundungsfahrten bereits genügend Informationen gesammelt, so daß wir nicht erneut Schiffe aussenden müssen. Wir dürfen keine Zeit verlieren. Damit du dich sofort ans Werk machen kannst, erkläre ich diese Ratsversammlung für beendet.«

Er gab weder Diarr noch sonst jemandem die Chance, erneut das Wort zu ergreifen, sondern erhob sich und verließ den Raum. Ivorr sprang auf und bedeutete dem Sklaven durch einen Wink, den Gong zu schlagen, um für Ruhe zu sorgen. Und ohne zu zögern begann er die Namen jener Personen zu nennen, die ihm helfen sollten. Man hatte den Eindruck, er habe alles bereits vorher mit Rastinn abgesprochen.

Narr gehörte zu ihnen; ebenso Erin, Mandarr, Bryen, Quinn, Rynard der Buchmacher und Zebard der Schiffbauer. Und ich.

Die wenigen Auserwählten wurden am folgenden Morgen zu einem Treffen im Haus von Graf Mandarr zusammengerufen. Ich äußerte Bedenken, ob ich die richtige Wahl sei. Mein Selbstbewußtsein hatte einen schweren Dämpfer erlitten, und ich erklärte, daß meine Tafelrunde wenig zu bieten habe, ja daß man sogar gegen den Plan gestimmt habe.

Prinz Ivorr war kurz angebunden.

»Hier zählt nicht das Votum Eurer Tafelrunde, Ashinn. Mein Bruder, der König, hat seine Entscheidung getroffen, und Eure Tafelrunde wird sie akzeptieren müssen, wie alle anderen auch. Es stimmt nicht, daß Ihr zu wenig Einfluß habt; das Problem ist das übergroße Gewicht der Diener in der Tafelrunde. Ich will Euch dabeihaben, weil Ihr Narrs Adoptivsohn seid. Ihr kennt ihn, Ihr kennt mich, und Ihr habt viele Bekannte in der Stadt. Ihr seid jung und tüchtig. Es wird viel zu koordinieren geben, und ich glaube, einiges davon könntet Ihr übernehmen. Natürlich müßtet Ihr Eure Arbeit bei Meister Chesnon beenden.«

Ich wollte abermals Einwände vorbringen, wurde aber kurz abgefertigt.

»Ashinn, unsere Welt ist aus den Fugen geraten. Unser gemütliches Leben wird sich ändern, auch Eures.«

»Ich weiß«, gab ich zu. »Aber es geht darum, sich nützlich zu machen.«

»Wir finden schon eine Verwendung für Euch«, versicherte mir Prinz Ivorr.

Das Gebot der Geheimhaltung war aufgehoben worden. Ausrufer waren bereits in den Straßen unterwegs, um die Entscheidung des Rates bekanntzugeben. Die Mitglieder von Rynards Zunft (sie trat für die Umsiedlung ein, wenn auch mit knapper Mehrheit) ließen bereits Schriftrollen herstellen, um sie öffentlich zu verteilen. In ihnen wurde die Ratsentscheidung ausführlich erklärt.

Nach der Versammlung, auf der wir die notwendigen Arbeiten skizzierten – und ob des Umfangs beinahe verzweifelten –, hatte ich keine Eile, in das Haus von Meister Chesnon zurückzukehren. Ich hätte ihm erklären müssen, daß mein Leben sich unwiderruflich geändert hatte. Daher nahm ich einen Umweg und ging an zwei Druckwerkstätten vorüber. Aus beiden hörte man das Rumpeln der Rollen, die Pergamentblätter gegen die Druckstöcke mit den hölzernen, mit Tinte eingefärbten Buchstaben preßten.

Bereits die Gerüchte hatten für große Nervosität unter den Menschen gesorgt, aber die öffentliche Ankündigung führte zu Panik. Als ich Chesnons Haus erreichte, herrschte ein Chaos wie an jenem Tag, als die Turmspitze abgebrochen war. Keiner war noch an seinem Arbeitsplatz, überall standen die Menschen in Grüppchen zusammen, um neueste Nachrichten auszutauschen. Einige waren in Tränen aufgelöst, einer der Sklaven hatte sich als Diener offenbart und andere um sich geschart, um im Garten gemeinsam mit ihnen zu beten. Er versicherte ihnen, daß En und alle anderen Götter ihre Gläubigkeit und Aufopferung sehen und sie vor dem Untergang retten würden.

Jonard wanderte im Garten umher und versuchte vergeblich, sie zur Rückkehr an ihre Arbeit zu bewegen. Er sah so erschöpft und müde aus, daß ich besorgt zu ihm eilte. Als ich ihn am Arm berührte, sank er am Brunnen nieder und brach in Tränen aus.

»Ich bin zu alt, Ashinn, um das alles zu begreifen. Ich möchte in Frieden mein restliches Leben verbringen und wünsche mir einen ruhigen Tod. Ich möchte mein Heim nicht verlassen, um mit einem Schiff in die Fremde zu segeln. Aber ich möchte auch nicht in den Fluten ertrinken. Ich verkrafte das alles nicht.«

Ich legte den Arm um ihn, ratlos, was ich hätte sagen sollen. Ich selbst hatte etwas mehr Zeit gehabt, den Schock zu überwinden, aber ich wußte genau, was er empfand.

Schließlich führte ich ihn nach drinnen und bat einen jungen Sklaven, der noch einigermaßen bei Verstand schien, sich um Jonard zu kümmern. Dann machte ich mich auf die Suche nach meinem Arbeitgeber.

Er war in seinem Privatbüro, wo er in Gedanken versunken auf und ab ging. Auch er hatte Angst vor dem Tod oder dem Ertrinken, zugleich sah er die Chance, ein riesiges Vermögen mit dem Bau von Schiffen zu verdienen, die die Menschen und ihr Hab und Gut in das Neue Atlan bringen würden. Und so hatte er über Zebard hastig Befehle an alle Schiffswerften ausgegeben, auch an jene in Durion.

Alle müßten sich auf eine Nachfrage nach großen Booten einrichten, so erzählte später Zebard. Sie müßten Material auf Lager nehmen, sich auf Mehrarbeit einstellen und Berichte liefern, welche Anzahl von Schiffen welcher Größe jede Werft im kommenden Jahr bauen könne.

»Wir brauchen Holz in riesigen Mengen, und nur En weiß, wo es herkommen wird! Wir importieren viel, aber wir haben nicht genug auf Lager für ein so gewaltiges Projekt. Wir haben auch nicht genug Zeit, um neues zu besorgen«, klagte Chesnon.

»Notfalls werden wir jeden Baum auf Atlan fällen«, tröstete ich ihn. »Wofür sollen wir die Wälder stehenlassen.«

»Oh, sag das nicht. Ich habe die schlechte Nachricht noch nicht ganz verdaut«, meinte Chesnon niedergeschlagen. »Ich habe versucht, die Unterlagen durchzusehen, Listen der Lieferanten und was bereits bestellt ist ...«

Aber nach einem kurzen Blick durch den Raum bemerkte ich, daß er wohl als erstes einfach Rollen von Pergament wütend durch den Raum geschleudert hatte. Er begann sie aufzusammeln, während ich mit ihm sprach.

Die Mitteilung, daß ich sofort aufbrechen müsse, überraschte ihn nicht.

»Ich dachte mir schon so etwas. Das läßt sich nicht ändern. Kann Keneth deine Arbeit übernehmen?«

»Meister Chesnon, es tut mir leid.« Ich beugte mich hinab, um ihm zu helfen, die Listen vom Boden aufzulesen. »Ich war sehr glücklich hier und habe viel gelernt. Ich ...«

»Du kannst die respektvolle Anrede sein lassen. Du bist Sprecher einer Tafelrunde und Ratsmitglied. Sehr bald schon wirst du nicht mehr für mich arbeiten. Leg die Listen bitte hier auf meinen Schreibtisch.« Er fuhr sich mit der dicken, olivfarbenen Hand über den Kopf. So wie sein Haar aussah, mußte er das in den letzten Stunden schon häufiger getan haben. »Ich kann es noch immer nicht fassen. Unser Atlan kann doch nicht einfach ausgelöscht werden. Und die Idee, ein Neues Atlan zu bauen ... glaubst du, daß wir das schaffen können? Wie sollen wir eine ganze Stadt, ein ganzes Volk verpflanzen?«

»Ich denke, wir sollten einen Schritt vor den anderen setzen. Und jeder Tag hat nur vierundzwanzig Stunden.«

»Steht schon fest, wo das Neue Atlan liegen soll?«

Ich schüttelte den Kopf. »Fast alles ist noch offen.«

Er wiederholte immer wieder mit entsetztem Gesichtsausdruck, daß er sich das alles nicht vorstellen könne. »Aber wir werden es wohl akzeptieren müssen. Wann willst du aufbrechen?«

»Morgen früh«, erklärte ich. »Wir haben keine Zeit zu verlieren.« Bevor ich meinen Pflichten ein letztes Mal nachkam, beendete ich kurzentschlossen das Gebet der Dienerschaft im Garten und scheuchte sie zurück an die Arbeit. Ich konnte vielleicht meine Tafelrunde nicht meinen Wünschen unterwerfen, aber die Haussklaven würde ich schon an die Kandare nehmen. Als wieder Ordnung im Haus eingekehrt war, ging ich in die Küche, um Keneth und Alexahn reinen Wein darüber einzuschenken, was sie erwartete. Ich bereitete zum letzten Mal Meister Chesnon ein Abendessen zu, und es wurde eines der besten, das er je bekommen hatte.

Als Vorspeise gab es gebratenes Gemüse, dazu gebackenen Papageienfisch in Limonensoße, als zweiten Gang Salat und als dritten Gang zarte Lammfleischrolle in Rotweinsoße mit Pilzen. Dazu viele verschiedene Gemüsearten. Der Nachtisch bestand aus einem Aprikosendessert mit Ananasstücken. Obwohl Meister Chesnon normalerweise nur ein Glas Wein zum Essen trank, servierte ich ihm dieses Mal zwei besonders gute Weinsorten. Er begann das Mahl mit einem trockenen Weißwein aus den Weinbergen von Durion. Zur Lammrolle offerierte ich einen samtigen Rotwein, die Spezialität von Xetlan.

Zum Nachtisch bat er mich an seine Tafel. Ich kostete ebenfalls vom Dessert und trank mit ihm ein Glas Rotwein. Er dankte mir für meine Dienste, und ich dankte ihm dafür, daß er ein so geduldiger Arbeitgeber gewesen war, vor allem in meinen ersten Tagen. Dann erhoben wir das Glas auf das Neue Atlan.

Am Morgen ging ich ein letztes Mal durch die Küche, die mein Königreich gewesen war. Ich überprüfte die Lagerräume im Keller und riet Keneth, die zur Neige gehenden Lebensmittel schnell aufzufüllen, da wegen der schweren Schäden auf den Bauernhöfen die Preise bald steigen würden.

»Aber wir dürfen auf eine bessere Zukunft hoffen«, sagte ich beim Abschied. »Im Neuen Atlan.«

Viel Zeit zur Trauer hatte ich nicht mehr. Ich hatte Narr wissen lassen, wann er mich erwarten könne. Er überfiel mich sofort mit zwei Dingen. Zum einen befinde sich seine Küche, seit sein Küchenchef in der Flutwelle umgekommen sei, in einem miserablen Zustand. Der Nachfolger arbeite nicht zufriedenstellend. Ob ich das nicht übernehmen könne?

»Zumindest offiziell. Du wirst genügend anderes zu tun haben. Du könntest dir einen guten Stellvertreter suchen und nur ein wenig ein Auge drauf haben. Dafür wäre ich dir sehr dankbar. Es gäbe dir ja auch Gelegenheit, deine Fähigkeiten weiterhin unter Beweis zu stellen.«

Ich sagte natürlich zu, aber noch bevor ich meinen Satz beendet hatte, wechselte er zu seinem zweiten Anliegen. Ich könne mir eine Stunde Zeit nehmen für einen Rundgang durch die Küche, aber mehr nicht an diesem Tag, meinte er. Wir sollten uns dann sofort zusammensetzen und über das Projekt des Neuen Atlan sprechen. Wir müßten alle Ideen und Fragen, die uns einfielen, festhalten. Ein neues Treffen mit dem Prinzen sei bereits verabredet. Es würde in zwei Tagen im Prinzenpalast stattfinden.

Alle vom Prinzen ausgewählten Personen waren bei diesem Treffen anwesend: Narr und ich, Erin, Mandarr, Bryen, Rynard und Zebard sowie Quinn. Ivorr hatte noch weitere Gäste geladen, darunter Devonn, den Sprecher der Maurer und der verwandten Zünfte. Seine Tafelrunde gehörte zu jenen, die mit großer Mehrheit für den Plan gestimmt hatten. Wie Zebard war er etwas klein, aber sehr kräftig. Seine Schultern waren überbreit, gemessen an seiner Größe. Auch Luken, der Sprecher der Landmesser, war anwesend. Er war groß und dünn und ging dementsprechend krumm, auch wirkte er leicht verbittert. Das konnte ich gut verstehen. Die Tafelrunde der Landvermesser hatte entgegen seinem Vorschlag gegen das Neue Atlan gestimmt. Das war erstaunlich, wenn man bedachte, wieviel Arbeit es bei dem Plan gerade für sie zu tun geben würde.

Kapitän Collen, der nach dem Erdbeben einen Bericht in der Ratsversammlung abgegeben hatte, vertrat in dieser Runde den Sprecher der Seeleute, der krank geworden war. Und neben Narr saß ein wenig verloren unter all den Männern meine Stiefschwester Oriole.

»Ivorr hat zugestimmt, obwohl ihn die Idee, eine Frau unter uns zu haben, etwas überrascht hat«, erklärte mir Narr, als wir beim Aufbruch vor dem Haus auf sie warteten. »Aber Frauen betrifft die Sache genauso, und wir werden ganz sicher Ärzte brauchen. Sie kann für beide sprechen. Der jetzige Sprecher der Ärzte ist anscheinend schon ein Diener. Er hat sich geweigert zu kommen.«

Auch Alanard, der Vertreter der Inseln des Sonnenuntergangs, hatte es abgelehnt, an der Sitzung teilzunehmen. »Er segelt nach Hause, um König Argen von den Entwicklungen hier zu berichten«, erklärte der Prinz mit ausdrucksloser Stimme. »Aber er hat erklärt, daß die Inseln ihre eigene Kolonie gründen würden, falls sie dies für notwendig halten. Er nannte es Kolonie und nicht eine neue Stadt. Das wird er wohl auch König Argen vorschlagen. Ich befürchte, und das ist auch König Rastinns Meinung, daß die Inseln die Gelegenheit nutzen werden, um sich ganz von Atlan zu lösen. Wir werden das natürlich nicht zulassen und hoffen, die Angelegenheit friedlich lösen zu können. Wir haben nichts dagegen, wenn auf dem Westlichen Kontinent von den Inseln des Sonnenuntergangs ein zweites Neues Atlan erbaut wird, solange sie selbst die Arbeit und die Kosten übernehmen.«

Dann ließen wir unseren Inspirationen und Überlegungen freien Lauf und erörterten die bei früheren Treffen gemachten Vorschläge, wie unser Plan, eine ganze Gesellschaft umzusiedeln, in die Tat umgesetzt werden könnte.

Habt ihr eine Vorstellung, was das bedeutet?

Wir würden aus dem Nichts beginnen. Nicht einmal der Ort stand fest. Das war jedoch keine allzu schwere Frage. Wenn die Inseln des Sonnenuntergangs eine Kolonie auf dem Westlichen Kontinent gründen wollten, dann sollten wir besser anderswo Ausschau halten. Collen hatte seinen Bericht über alle geeigneten Plätze im Norden mitgebracht, aber nach kurzer Diskussion waren wir uns einig, daß der Norden nicht für eine Besiedlung in Frage kam. Das Klima mochte sich ändern, vielleicht aber auch nicht. Auf jeden Fall würden viele Menschen diese Regionen als zu kalt empfinden, und viele unserer Nahrungsmittel konnten dort nicht angebaut werden.

Nun blieben noch der Östliche Kontinent und die Seichte See. Der größte Teil des Östlichen Kontinents wies in seinen Uferbereichen undurchdringlichen Dschungel auf, doch waren Siedlungsplätze an den Stränden der Seichten See begutachtet worden. Dort lebten freilich mancherorts feindliche Stämme, und wir wollten nicht auch noch einen Krieg führen müssen, bevor wir uns niederlassen konnten. Eine andere Erkundungsgruppe war in noch weiter im Osten liegende Gefilde vorgestoßen, fast bis zum entfernten Ende der Seichten See. Man hatte diese zuerst in Betracht gezogen, dann wieder verworfen, weil die Entfernung zu groß war. »Aber es könnte sich lohnen, weiter zu segeln, wenn wir dafür in Ruhe unser Land wiederaufbauen können«, meinte der Prinz.

Die Berichte über die verworfenen Siedlungsplätze lagerten in den Archiven der Akademie, und die Beamten hatten sich bereits darangemacht, sie herauszusuchen, sie aber noch nicht gefunden.

»Wir müssen weiterkommen. Sollten wir nicht bei der Suche helfen?« schlug Narr vor.

Und so bestand die erste Aufgabe des Rates des Neuen Atlan, wie wir uns nannten, darin, in den Gewölben der Akademie mit Laternen die Holzgestelle mit dicht gerollten Pergamenten zu durchsuchen. Viele Rollen waren nicht einmal beschriftet.

»Was für eine sträfliche Achtlosigkeit«, schimpfte Narr und blies den Staub von einer Rolle. »Der Kustos des Archivs sollte bestraft werden. Wo steckt er?«

»Er ist tot«, antwortete Ivorr lakonisch. »Er ist umgekommen, als die Mauer des Äußeren Kanals einstürzte. Er wußte genau, wo sich alles befand. Er hatte alles in seinem Kopf gespeichert.«

»Das erste Gesetz des Neuen Atlan lautet, daß alles Wissen aufgeschrieben werden muß«, meinte Narr. »Nichts darf weggeräumt werden, ohne beschriftet zu sein.«

»Das erste Gesetz? Eine Regel, wie man Dokumente archiviert, statt eines Erlasses, der die regelmäßige Teilnahme am Tanz zur Pflicht macht? Diarr würde einen Schlaganfall bekommen.« Ivorr nahm eine Rolle nach der anderen hoch.

»Ich wünschte, das würde wirklich passieren«, meinte Narr bissig.

Schließlich fanden wir die vermißten Berichte. Sie waren gut erhalten, weil man sie in Schachteln aufbewahrt hatte. Schnell brachten wir sie an den Ratstisch und machten uns an unsere erste Entscheidung.

Viele geeignete Plätze lagen tatsächlich am östlichen Ende der Seichten See. Unter normalen Bedingungen hätte es Tage, ja sogar Monate ernsthafter Überlegungen bedurft, darunter einen bestimmten auszusuchen. Wir schafften es in wenig mehr als einer Stunde. Wir verwarfen alle Orte, in deren Nähe bereits andere Stämme lebten. Und auch alle Inseln oder Halbinseln, sogar große. Keiner wußte, wie schnell der Meeresspiegel steigen würde. Schließlich einigten wir uns auf einen Ort am südöstlichen Rand der Seichten See. Er wurde beschrieben als freies Gelände in der Nähe eines Flusses, aber weit stromaufwärts. Das Land lag etwa 500 Fuß über dem Meeresspiegel. Es gab hier sowohl Wälder als auch Wiesen. Die Wiesen konnten als Weiden für die Schafe und das Vieh dienen, aber auch als Baugebiet für die zu gründende Stadt. Die Wälder würden genügend Holz für die Häuser liefern und Wild unsere Nahrungsgrundlage sein.

»Das Jagen könnte zu einem wichtigen Bestandteil des Lebens im Neuen Atlan werden«, meinte Erin.

Wir schauten uns an. In der hochentwickelten Kultur von Atlan gab es wenig Spielraum für das Jagen, obwohl es Erin und anderen jungen Edelleuten gefiel, Falken zu züchten, um sie auf Vogeljagd auszusenden.

Doch der uns vorliegende Bericht sprach von Antilopen, wilden Ziegen und vielen anderen kleinen Tierarten, die sich zum Verzehr eigneten. Es war eine Menge Land vorhanden. Das Volk von Atlan würde neue Fleischarten kennenlernen, sich in neuen Sportarten engagieren. Ein Gefühl wilder Erregung ergriff von mir Besitz. Das Atlan, das ich mein ganzes Leben lang gekannt hatte, schien mir auf einmal zu eng. Es war ein heißer, unangenehmer Platz, dem ich plötzlich entkommen wollte. Und unser gegenwärtiges Verhängnis erschien mir auf einmal wie eine wunderbare Gelegenheit.

Graf Mandarr holte mich in die Realität zurück. »Nach dieser Karte gibt es einen Fluß und einige Bäche«, meinte er, »aber keine natürlichen heißen Quellen. Wir werden das Wasser selbst erhitzen müssen.«

»Das ist nicht so wichtig«, entgegnete Erin. »Wir können nicht erwarten, daß das Neue Atlan all die Dinge bietet, die wir von hier kennen. Es wird Unterschiede geben.«

»Die Bauweise der Häuser wird anders sein«, stimmte ihm Prinz

Ivorr zu, der den geologischen Bericht studierte. »Sie haben dort viel Stein, aber das meiste davon ist grauer Granit oder rosafarbener Sandstein. Unsere neue Stadt kann keine Kopie von Atlan werden. Es sei denn, wir transportieren Gestein aus großer Entfernung dorthin.«

Nach dieser ersten Sitzung erfaßte mich eine merkwürdige Stimmung. Ich empfand zwar noch immer eine gewisse Erregung, spürte aber auch großes Bedauern, ja fast etwas wie Heimweh, obwohl wir noch gar nicht fort waren.

Und dieses Heimweh erfüllt mich noch heute.

Unsere Pläne kamen schnell voran. Wir einigten uns auf regelmäßige Treffen, die nicht alle im Prinzenpalast stattfanden. Wir trafen uns gelegentlich bei Narr, manchmal auch bei Bryen. Bryen und seinem Haushalt schien es zu gefallen, das Haus mit neuem Leben zu erfüllen. Das Anwesen lag auf der nördlichen Seite der Unterstadt in der Nähe des Inneren Kanals. Es war etwas kleiner als das von Chesnon, aber Bryen war, anders als Chesnon, kein besonderer Freund von großen Gelagen.

Nach dem Tod seiner Frau vor ungefähr zwölf Jahren hatte Bryens Vater alle Einladungen eingestellt, und Bryen hatte damit gar nicht erst angefangen. Er war gelegentlich Gast bei Erins Festen, hielt aber nie selbst welche ab. Jetzt, da seine Schwester Oxona tot war und sein Vater sich nach Durion zurückgezogen hatte, fand er Besuch durchaus wünschenswert. Er freute sich, einige der unbenutzten Räume mit Landkarten und Zeichnungen zu füllen. Und gern stellte er einen Raum für das aus Lehm geformte Modell des möglichen Neuen Atlan zur Verfügung.

Nach jeder Sitzung erstattete der Prinz Rastinn und Diarr Bericht, aber keiner von beiden mischte sich in unsere Entscheidungen ein. Die Gelder der königlichen Schatzkammer standen uns zur Verfügung.

Unser nächstes Unterfangen bestand darin, eine ausreichende Zahl von Landvermessern, Steinhauern und Sklaven anzuheuern, die den vorgesehenen Platz für den Bau der Stadt roden und die Steine behauen sollten. Für ihren Transport benötigten wir mehrere Dreimaster. Erin bot uns zwei seiner Handelsschiffe an, die wir dankbar annahmen.

Zusätzlich mußten wir riesige Mengen von Getreide, Butter, Honig, eingemachtem Obst, gepökeltem Fleisch, lebenden Ziegen und Schafen einkaufen, um sie mit der ersten Gruppe loszuschikken. Sie würden viel Zeit für die Rodung brauchen und wahrscheinlich nicht mehr nach Atlan zurückkehren. »Ihre Frauen könnten mit dem nächsten Schiff nachkommen. Aber wir müssen sofort mit dem Ackerbau beginnen«, meinte Ivorr und hielt schriftlich fest, daß auch erfahrene Bauern für die erste Expedition benötigt würden.

Erin war nicht nur ein guter Falkner, sondern auch ein treffsicherer Bogenschütze. Er übernahm es, einige Männer in der Jagd auszubilden. Oriole machte einen Besuch bei der Hohenpriesterin Janna und fand durch deren Hilfe einige Ärzte, die bereit waren, mit der ersten Mannschaft aufzubrechen. Gleichzeitig bereiteten wir eine Volkszählung in Atlan und Xetlan vor.

Dazu wurden Fragebögen entworfen, und wir heuerten Männer an, die jeden Einwohner persönlich aufsuchen und befragen würden. Bei dieser Arbeit wurde mir klar, daß wir, falls unser geliebtes Atlan untergehen sollte, soviel wie möglich über seine Vergangenheit aufschreiben mußten, damit dieses Wissen nicht verlorenging. So entschloß ich mich, viele dieser Befragungen selbst durchzuführen.

Mit einem Ranzen, der Federn, Messer und Tintenfaß enthielt, machte ich mich auf den Weg. Ich kam zu Fuß in Gegenden von Atlan, die ich noch nie zuvor gesehen hatte. Am ersten Tag absolvierte ich eine Runde durch die feuchten Hüttensiedlungen der Unterstadt, die dicht an die Wasserfluten grenzten. Dabei sah ich noch wesentlich schlimmere Behausungen als jenen Myrtenhof, aus dem ich Keneth herausgeholt hatte. Am folgenden Tag begab ich mich auf die dem Inselinnern zugewandte Seite der Unterstadt und fand mich in einem Gewirr von engen Straßen wieder, wo die Häuser sich gegenseitig zu stützen schienen und Wohnungen und kleine Geschäfte kreuz und quer ineinandergeschachtelt waren. Armut und Wohlstand, Erfolg und Mißerfolg vermischten sich hier auf eine Weise, wie ich das noch nie gesehen hatte.

Es war ein außergewöhnliches Stadtviertel. Es strahlte Energie aus. Ich kam in einen von Lärm erfüllten Hof, wo die merkwürdigsten Gerüche aufstiegen, von einem Seifensieder auf der einen und von einem Färber auf der anderen Seite. Nachdem ich so viele Leute wie möglich befragt hatte, ging ich mit zugehaltener Nase hinaus. Ich überquerte die Straße und begab mich zu einem Goldschmied und Juwelier, dessen kleiner dunkler Laden nicht sehr verheißungsvoll aussah. Dahinter befand sich eine recht große Fabrik, wo wertvolles Silbergeschirr und edler Schmuck hergestellt wurden und mir zwei riesige Wachhunde entgegensprangen. Es gab nur wenige Hunde in Atlan, und ich hatte noch nie solche monströsen Biester gesehen, nicht einmal auf dem Land.

Der Hof neben diesem Unternehmen schloß mit einem Bogengang ab, neben dem sich auf einer Seite eine kleine, sehr bescheidene Bäckerei befand und auf der anderen Seite ein Stoffladen, in dem alles so eng war, daß ich erst ganze Reihen von Stoffen beiseite schieben mußte, um den Besitzer zu finden. Eine Treppe führte vom Bogengang hinauf in die erste Etage zu Walards Töpferei und zu Marendy, der Näherin. Und innerhalb des Hofes gab es noch ein Fuhrunternehmen, eine Vermittlungsagentur für Küchenpersonal und einen Zahnzieher.

Als sich der Tag dem Ende zuneigte und mir die Beine immer schwerer wurden, traf ich auf eine Hochzeitsprozession. Das grün- und goldfarbene Hochzeitskleid der Braut war kostbar. Ein Dutzend Fackelträger begleitete den Zug, ebenso einige Musiker. Diese Hochzeitsgesellschaft konnte es sehr wohl mit jenen aus der Oberstadt aufnehmen.

Der Bezirk faszinierte mich nicht nur, sondern machte mir auch Sorgen. Es war nicht leicht gewesen, Antworten auf meine Fragen zu erhalten; aber die, die ich dennoch bekam, enthüllten ein verstecktes Beziehungsgeflecht. Der Seifensieder war zum Beispiel mit der Schwester des Färbers verheiratet. Marendy, die Näherin, wurde von einem der Gesellen des Juweliers hofiert. Der Juwelier wiederum, ein vielseitiger Mann, besaß etwa zwölf Wohngebäude im näheren Umkreis. Der Bäcker war ein Cousin ersten Grades vom Töpfer …

Ich überlegte, wie man eine solche Gemeinschaft verpflanzen könne. Natürlich würden sie davon profitieren und mehr Platz für ihre Läden erhalten. Prinz Ivorr hatte bereits darauf hingewiesen, daß man die Weitläufigkeit der neuen Stadt hervorheben müsse. Die meisten Menschen würden sich kooperativer zeigen, wenn man ihnen sagte, daß es dort fertige Wohnungen und Läden gab, in die sie einziehen konnten. Und zwar wesentlich größere als ihre alten.

Aber wahrscheinlich würden diese Menschen nach dem Umzug nicht in der gleichen Konstellation zusammenbleiben können. Die Beziehungsstrukturen würden sich verändern und auch die Stimmung. Neben den Vorteilen würden Verluste auftreten, und die Veränderungen würden sehr plötzlich hereinbrechen.

Zu plötzlich, meinte ich ängstlich, als ich dem Prinzen am Ende dieses Tages Bericht erstattete. Für jeden Mann oder jede Frau, die begeistert wären von dem Neuen, großzügigeren Atlan, würde es einen Menschen geben, der lebenslang dem Alten nachtrauerte. Am härtesten würde es für die ältere Generation sein.

»Was ist besser, zu ertrinken oder sich umzustellen?« erinnerte mich Prinz Ivorr. »Wir werden die Gemeinschaften soweit wie möglich intakt lassen. Der Grundriß der neuen Stadt wird auf der Basis des alten erstellt. Aber was ist wichtiger: daß Nachbarn zusammenbleiben oder daß sie überleben?«

Viele Leute in Atlan waren sehr betrübt über die Aussicht, zwangsweise umgesiedelt zu werden. Während der ersten beiden Tage meiner Befragungen traf ich manch einen, der so entsetzt war über den Gedanken eines Umzugs, daß er die Gefahr leugnete. Andere wiederum klammerten sich an die Hoffnung, daß wir die Katastrophe abwenden könnten, wenn wir nur Ens Wünsche befolgten.

Ich führte diese Arbeit noch zwölf Tage lang fort und erlebte einiges dabei. Manche Leute griffen mich mit Waffen an – mit Schwertern, Küchenmessern, Besenstielen, einer Mistgabel. Ein wütender Bibliothekar schlug mehrmals mit einer bronzenen Hülle für Pergamentrollen nach mir, bevor ich mich in Sicherheit bringen konnte.

Aus heutiger Sicht mag das komisch klingen, aber damals war es das ganz bestimmt nicht. Schließlich mußten wir die Stadtgarde einschalten. Sie unterstand König Rastinn, der uns die Erlaubnis gab, ihre Dienste in Anspruch zu nehmen. Sie begleiteten uns und klärten die Leute, die sich der Befragung verweigert hatten, über ihre Pflichten auf. Und so nahmen am Ende fast alle Einwohner Atlans an der Volkszählung teil.

Allmählich begann die Öffentlichkeit, das Projekt aufmerksam zu verfolgen. Zwar versuchten die Diener immer noch, dagegen zu predigen, aber König Rastinn schob dem bald einen Riegel vor. Man erzählte sich, er habe zu diesem Thema einen Streit mit dem Hohenpriester Diarr ausgetragen. Prinz Ivorr wurde nicht müde, die Vorteile einer Umsiedlung zu verkünden, und gegen Ende des Winters konnte er die ersten Schiffe auf die Reise schicken.

Am Tage ihrer Abfahrt wurden die Reisenden in einer langen Prozession von der Zitadelle hinunter über die Rote Straße zum Hafen geleitet, als würde eine Armee in den Krieg ziehen. Die Einwohner Atlans säumten die Straßen und winkten. Bevor die Schiffe aus dem inzwischen reparierten Äußeren Kanal hinaus aufs Meer segelten, hielt der Prinz eine Rede am Kai. Und überall in den Straßen fanden Feste statt, bezahlt und organisiert von Ivorr, Erin und Mandarr, denen ein großer Teil der Anwesen in der Stadt gehörte.

Rastinn hatte mit seiner Entscheidung, das Neue Atlan erbauen zu lassen, die Gegner des Projekts überrumpelt. Die Landvermesser, die sich bei der Abstimmung ja ablehnend verhalten hatten, erhielten den vom König unterzeichneten schriftlichen Befehl, Freiwillige für die Expedition zu stellen. Sonst, so hieß es in einer Fußnote, würden Männer zwangsverpflichtet werden.

Es bereitete jedoch keine große Mühe, freiwillige Helfer zu finden. Die Mitglieder der Tafelrunde stellten nur einen Bruchteil der Landvermesser in Atlan dar, und es waren vor allem ältere Männer. Daneben gab es eine ganze Menge eifriger junger Männer, die auf der Suche nach beruflichen Herausforderungen waren. Ich erhielt ein ähnliches Schreiben, da auch Köche gebraucht wurden, und stellte fest, daß meine von der Diener-Sekte beeinflußte Tafelrunde auch nicht die ganze Zunft repräsentierte.

Vielleicht lief alles zu glatt. So viele fröhliche, tatkräftige Menschen brachen in das ferne Land an der Seichten See auf. Wir hätten sie später zu Hause noch gut gebrauchen können.

Eine Armee von sechs Sechziger-Einheiten begleitete sie. An den ausgesuchten Plätzen sollte es angeblich keine fremden Stämme geben, aber man konnte ja nie wissen. Umherziehende Gruppen konnten die neue Stadt überfallen. Lion war zum Kommandeur der Truppe ernannt worden und trug ob dieser Auszeichnung die entsprechenden Zeichen an seinem Kragen, eine Brosche mit einer roten Kamelie in Goldrand.

Der Frühling brachte außergewöhnlich hohe Flutwellen, auch die Flüsse schwollen durch den Regen stark an. Beides ließ den Meeresspiegel steigen, und nicht nur Felder standen wieder unter Wasser, auch die Unterstadt wurde erneut überflutet. Einen Monat später mußten einige Bezirke im Osten der Unterstadt aufgegeben werden. Das war ein böses Omen.

Die Arbeiten gingen nun rascher voran. Bryen fuhr nach Durion, um seinen Vater zu bitten, trotz seines fortgeschrittenen Alters die Schiffswerften in Durion zu beaufsichtigen. »Ich glaube, das tut ihm ganz gut«, meinte er bei seiner Rückkehr. »Sich aufs Altenteil zurückzuziehen paßte nicht recht zu ihm.«

»Ich bin froh, daß es wenigstens einem gutgeht«, brummelte Narr. Er hatte gemeinsam mit anderen versucht, die Geschwindigkeit zu berechnen, mit welcher der Meeresspiegel anstieg. »Wir wissen nicht, wieviel Eis in den Gletschern steckt und ob die südlichen Gletscher ebenfalls schmelzen. Wir können nur analysieren, wie schnell der Meeresspiegel in den vergangenen sechs Jahren gestiegen ist. Wäre der Anstieg konstant, können wir uns noch mehrere Jahre Zeit lassen; beschleunigt er sich jedoch, haben wir vielleicht nur noch zwei Jahre Zeit. Wir müssen uns auf das Schlimmste gefaßt machen.«

»Laßt uns vorsichtig mit diesem Wissen umgehen«, meinte Prinz Ivorr. »Wir könnten natürlich die schlechten Vorhersagen nutzen, um die Leute anzuspornen, das Projekt zu unterstützen, aber wir wollen, daß sie es mit Begeisterung tun und nicht aus Panik.«

Dem ersten Expeditionskorps sollte im Sommer ein zweites folgen, mit Architekten, Maurern, Zimmerleuten und einer größeren Anzahl von Sklaven für die ungelernten Tätigkeiten. Die Architekten hatten bereits Pläne ausgearbeitet. Die Daten stammten aus der Volkszählung, in der wir Einzelheiten über die Größe der Wohnungen und Geschäfte wie auch über die Anzahl der in den Haushalten lebenden Personen ermittelt hatten. Daher konnten die Handwerker sofort nach ihrer Ankunft mit dem Bauen beginnen. In den Schiffswerften wurde fleißig gehämmert und gesägt, niemand konnte mehr Vergnügungsboote in Auftrag geben. Nur ein paar Fischer- und Handelsboote wurden daneben noch gebaut.

Die Volkszählung wurde vom Sekretariat des Prinzen mit Rechenschiebern und vielen zusätzlichen Verwaltungsgehilfen ausgewertet. Sie brachte eine alarmierende Einwohnerzahl ans Tageslicht. Wir hatten zwar gewußt, daß Atlan überbevölkert war, aber daß Atlan und Xetlan zusammen eine Bevölkerung von insgesamt drei Millionen Menschen besaßen, war ein Schock für uns. Als wir ausrechneten, wie viele Dreimaster wir dafür benötigen würden, drohte unser Enthusiasmus in Panik umzuschlagen.

Dennoch behielten wir die Nerven, denn Panik brachte uns auch nicht weiter. Und das Risiko, daß alles aus den Fugen geraten könnte, war groß. Die Diener predigten ohnehin unerbittlich gegen das Neue Atlan. Es war unmöglich, ständig geeignete Maßnahmen gegen sie zu ergreifen, denn Diarr unterstützte sie, und bald wurde offenkundig, daß sie einen großen Prozentsatz der Bevölkerung darstellten. Viele, die sich bisher im verborgenen gehalten hatten, bekannten sich nun öffentlich zu ihnen. Es hätte Aufruhr bedeutet, hätte man all ihre Redner verbannt.

Und so gingen die Predigten gegen unsere Pläne weiter. Jene, die nicht offen das Neue Atlan verdammten, verfochten immerhin die Meinung, das wichtigste Gebäude in der neuen Stadt müsse der Tempel sein. Dafür sammelten sie bereits jetzt fleißig Geld.

Das bringt mich zum Thema Finanzen. Man hatte uns erlaubt, uns aus Rastinns Schatzkammer zu bedienen, aber auch dieses Geld würde irgendwann zur Neige gehen. Die Kosten für das Projekt wuchsen schier ins Unermeßliche. Wir hatten der Bevölkerung erklärt, die Volkszählung habe nichts mit neuen Steuern zu tun. Bald aber erkannten wir, daß wir doch zusätzliche Abgaben erheben mußten. Diese brachten jedoch nicht genug ein, so daß wir daneben noch um freiwillige Spenden bitten mußten. Diese Aufgabe übernahm Oriole, denn sie hatte ein besonderes Talent dafür. Aber das Geld blieb dennoch knapp.

Die Menschen spendeten mehr als freudig für den neuen Tempel. Dies war ein Zeichen unterschwelligen Widerstands gegen das Projekt. Wir begriffen es sehr wohl. Viele, vor allem die Diener, hatten religiöse Einwände, andere wollten einfach ihre Heimat nicht verlassen.

Es wurde Sommer. Die ersten Schiffe kehrten aus dem Neuen Atlan zurück, Lion war mit von der Partie. Wir erfuhren, daß alles für den Beginn der Bauarbeiten vorbereitet wäre. Es habe allerdings einige Störungen gegeben. So seien über dreißig Männer durch ein Fieber umgekommen, mehr als hundert Personen seien in gesundheitlich geschwächtem Zustand. Das bedeutete, daß das Land zwar gerodet worden war, die Pflanzungen auf den Feldern jedoch nicht so gut vorangekommen waren wie erwartet. Auch müßten die Männer von Atlan noch viel über das Jagen lernen, erklärte Lion. Einige gute Speerwerfer seien Löwen und Leoparden zum Opfer gefallen.

Man dürfe sich dadurch nicht entmutigen lassen, meinte Ivorr. Rückschläge seien zu erwarten gewesen. Die zweite Expedition machte sich auf den Weg. Lions Einheiten wurden gegen eine Truppe der Stadtgarde ausgetauscht. Lion steckte sich nun das Zeichen der Stadtgarde an den Helm und leitete Patrouillen in der Stadt, anders als die übrigen Kommandeure. Lion war eben Lion. Er nahm das Leben ernst.

Ich habe von Dingen erzählt, die uns Furcht einflößten und uns entmutigten. Ich habe auch davon gesprochen, daß mich schon damals Heimweh ergriff. Und doch stelle ich rückblickend fest, daß ich mich am besten an die euphorische Stimmung dieser Zeit erinnere. Das Projekt war sehr komplex und kaum zu bewältigen, aber gerade aus diesem Grund war es auch unglaublich aufregend.

Ich erinnere mich noch, wie ich jeden Morgen aufwachte mit dem Gefühl, einen harten, langen Tag vor mir zu haben, aber es wurde nie langweilig. Nachdem ich die Befragungen beendet hatte, wandte ich meine Aufmerksamkeit der Organisation von Lebensmittelvorräten zu. Das heißt, ich mußte auf den Inseln des Sonnenuntergangs und bei den Siedlungen auf dem Westlichen Kontinent große Mengen von Paprika, Corve und Samen bestellen, da wir nicht genügend selbst produzieren konnten.

Diese Aufgabe wurde erschwert, als Alanard plötzlich mit einer Beschwerde von König Argen von den Inseln des Sonnenuntergangs zurückkehrte. Die Inseln wollten eine ihrer Festlandkolonien zur Stadt ausbauen, so daß sie im Notfall die Inseln evakuieren konnten. Daher müßten sie ihre eigenen Vorräte aufstocken, und die Inseln des Sonnenuntergangs könnten uns nur die Hälfte der bestellten Lebensmittel liefern. König Argen ließ außerdem verlauten, daß der direkte Handel mit dem Westlichen Kontinent aufhören müsse. Von nun an würden solche Geschäfte seiner Erlaubnis bedürfen. Ungenehmigte Ladungen würden beschlagnahmt werden.

Gerade zu diesem Zeitpunkt stand uns nicht der Sinn nach kriegerischen Auseinandersetzungen. Ich rechnete also unsere Bedürfnisse herunter, so weit es ging, stellte jedoch sicher, daß wir noch immer genügend Saatgut haben würden, um die Felder um das Neue Atlan so zu bestellen, daß wir von der Außenwelt unabhängig wären. Erin stellte uns zwei weitere Handelsschiffe zur Verfügung, die zu Kriegsschiffen umfunktioniert wurden, damit die bereits bestellten Lebensmittel vom Westlichen Kontinent sicher unseren Hafen erreichen konnten. Argen griff zwar eines dieser Frachtschiffe an, aber unsere Soldaten konnten seine Soldaten zurückschlagen.

In der Zwischenzeit durchlebte Atlan einen kalten, feuchten Sommer. Man könne sich kaum vorstellen, daß das Weltklima sich erwärme, meinte Narr, als wir in jenem Monat, der als der wärmste im Jahr galt, dicke Umhänge hervorholen mußten.

Wenn ich Zeit hatte, verfaßte ich Berichte über meine Arbeit für den Rat und nahm an Sitzungen der Tafelrunde teil, während Bryen und Narr den Anstieg des Meeresspiegels in regelmäßigen Abständen kontrollierten. Gleichzeitig fand Narr noch immer die Zeit, eine neue, verbesserte Version seines Dampfwagens in der Gießerei der Akademie bauen zu lassen.

»Das tue ich nicht zu meinem Privatvergnügen«, klärte er Prinz Ivorr auf, als dieser sich wunderte, womit Narr seine Zeit verbrachte. »Ihr wart schon immer ein bißchen anders als die anderen«, meinte der Prinz darauf nur, mischte sich aber nicht weiter ein.

Die Mitglieder des Rates des Neuen Atlan arbeiteten häufig von Sonnenaufgang bis spät in die Nacht. Es gab immer neue Aufgaben zu erfüllen, die der eine oder andere auf Grund seines Berufes am besten erledigen konnte. Oriole führte ihre Praxis weiter, half uns aber, wo immer sie konnte. Ich versuchte nicht länger, ihr meine Liebe anzutragen. In dieser Phase meines Lebens brannte meine Verehrung für meine Stiefschwester nur auf kleiner Flamme. Sie registrierte es auch kaum, und ich war offen gestanden häufig zu müde, um mehr zu tun. Ich erinnere mich, daß ich eines Tages in Narrs Keller etwas holen wollte. Ich setzte mich nur für einen

Augenblick nieder, und schon war ich eingeschlafen. Erst mitten in der Nacht war ich verwirrt wieder aufgewacht.

Und so kam es, daß Oriole und ich in dieser Zeit einfach nur Freunde und Kollegen waren. Ihr Verhalten gegenüber Bryen unterschied sich glücklicherweise kaum von dem, das sie mir gegenüber an den Tag legte. Ich war erleichtert. Die Erschaffung des Neuen Atlan war zu wichtig, um durch private Rivalitäten beeinträchtigt zu werden.

Allein Prinz Ivorr schien noch genug überschüssige Energie zu besitzen, um sich einem Liebesleben zu widmen. Oriole traf häufig Janna und natürlich auch ihre geschwätzigen Dienstboten. Sie berichtete mir, man erzähle sich, daß der Prinz die Verantwortung für alle Hofdamen seiner Frau übernommen habe. Die älteren habe er mit Pensionen und Wohnrecht in seinem Palast bedacht, mit den jüngeren verbringe er seine Nächte. Er solle auch eine Lieblingsfrau namens Rianna haben. Ich fragte mich immer wieder, wie er das nur schaffte.

Aber neben einem Zustand ständiger Erschöpfung gab es für mich auch sehr erfüllende Momente. Jeden Tag fand sich etwas Neues, das man auszuprobieren hatte. Mein Selbstbewußtsein, das durch meine widerspenstige Tafelrunde etwas gelitten hatte, erfuhr einen enormen Aufschwung. Ich lernte, keine Angst zu haben, wenn Schwierigkeiten auftauchten, sondern Freude an der Entwicklung von Lösungen zu empfinden.

Ich sagte bereits, daß ich mich sehr gern an meine Zeit als Küchenchef bei Meister Chesnon erinnere. Aber die Phase, die wir mit der Planung des Neuen Atlan verbracht haben, würde ich als unser Goldenes Zeitalter bezeichnen.

Ich nenne sie so, weil es eine Zeit der Hoffnung war. Jenseits aller Gefahren und Mühen lag eine neue Zukunft. Wir konnten sie uns in unserer Phantasie in den schönsten Farben ausmalen, die leuchtende Stadt auf einem sonnigen Hügel. Der Sommer neigte sich, als die ersten Schatten über dieses Projekt fielen.

Die ersten Anzeichen ernsthafter Probleme waren zunächst nicht als solche wahrnehmbar. Es begann eines Morgens, als Prinz Ivorr in der Unterstadt unterwegs war. Seine Anwesenheit zog stets eine große Menschenmenge an. Dieses Mal rief jemand: »Prinz Ivorr als

König!« Andere stimmten in den Ruf ein. Ivorr schüttelte den Kopf und lachte, aber irgendein Schwätzer mußte diesen Zwischenfall natürlich König Rastinn berichten. Zwei Tage später fand eine Ratsversammlung statt, eine normale Tagung, bei der keine Sprecher zugegen waren. Narr war jedoch eingeladen und erzählte mir danach, daß Rastinn kaum mit Ivorr gesprochen und ihn nicht eines Blickes gewürdigt habe.

Ivorr ließ durch Ausrufer verkünden, daß er ein Untertan Rastinns sei wie jeder andere Bewohner Atlans. Und daß er Rufe wie »Ivorr als König« künftig nicht mehr hören wolle. Im nachhinein glaube ich, daß das ein Fehler war. Ivorr hätte die Sache einfach auf sich beruhen lassen sollen.

Bald darauf verschärfte die Diener-Sekte ihre Propaganda und bezichtigte uns eines gotteslästerlichen Verhaltens. Allerdings herrschte in der Tat eine ausgelassene Weltuntergangsstimmung. Die Menschen wollten genießen, so lange dies noch möglich war. Ununterbrochen wurde irgendwo gefeiert.

Graf Erin hielt besonders wilde Festivitäten ab. Ich weiß das, weil ich einige davon besucht habe. Anscheinend hatte auch ich hin und wieder noch etwas überschüssige Energie, denn ich erinnere mich, daß ich eines Abends ziemlich betrunken in den Straßen der Oberstadt tanzte.

Ich erinnere mich auch ganz schwach daran, daß ich mich auf einem Fest mit einer Prostituierten unter einem Tisch in Erins Speisehaus fleischlichen Gelüsten hingab. Noch am selben Abend ging ich mit ihr, Erin und einigen anderen zum Haus eines strenggläubigen Dieners, um dort lauthals zu verkünden, damit auch ja alle es hörten, daß er nach ihr geschickt habe.

Schließlich aber setzte ein Mangel an Lebensmitteln und ein Anstieg der Preise den zahllosen Banketten und dem wilden Treiben ein Ende. Selbst der Mangel habe manchmal eben seine Vorteile, meinte einer meiner Kollegen trocken.

Eine Verrücktheit konnte allerdings nicht eingedämmt werden – die Wagenrennen. Sie wurden gewissermaßen zu einer öffentlichen Obsession.

Rennen waren schon bald nach der großen Flutwelle wieder aufgenommen worden, obwohl die zerstörten Zuschauerränge nicht erneuert worden waren. Auch Glücksspiele nahmen zu, obwohl

Geld allgemein knapp wurde; man wunderte sich, wie sich die Leute das überhaupt noch leisten konnten. Manche konnten ihre Spielschulden nicht bezahlen und wurden als Sklaven verkauft. Und Sklaven konnte man im Neuen Atlan gut gebrauchen. Dies führte jedoch auch zu Problemen. Früher hatte man die in Sklaverei verkauften Männer zwar von ihren Familien getrennt, sie durften sich jedoch weiterhin sehen. Jetzt wurden sie in ein fernes Land geschickt, und das schürte die Unruhe.

Auch mit unseren eigenen Finanzen stand es weiterhin nicht zum besten. Graf Mandarr suchte den Schatzmeister auf, als es zu Verzögerungen bei der Bezahlung von Rechnungen kam. Ihm wurde erklärt, daß Rastinn alle Belege persönlich durchgehe, bevor er die Zahlung genehmige. »Wie kann er nur solche dummen Bemerkungen von der Straße ernst nehmen!« Prinz Ivorr schäumte vor Wut. »Ich habe mein Bestes versucht, um Rastinn zu überzeugen, daß ich nicht sein Feind bin, aber er vertraut mir nicht. Ich war ihm nützlich, als er die Pläne für das Neue Atlan durchsetzen wollte und einen Sündenbock für Diarr brauchte. Jetzt ist wieder alles beim alten. Vermutlich glaubt er, daß ich Geld aus der Kasse nehme, um mir die Stimmen der Leute zu kaufen!«

Allmählich verkehrte sich das positive Bild des Neuen Atlan in der Öffentlichkeit in sein Gegenteil. Es hatte lange keine Erdbeben, Stürme oder Flutwellen mehr gegeben, und der Anstieg des Meeresspiegels schien sich verlangsamt zu haben. Das Gefühl der Bedrohung ließ nach. Die Fluten und Stürme des vergangenen Jahres hatten Ernten zerstört und den Schiffsverkehr behindert. Viele Güter waren knapp geworden oder wurden für das Bauprojekt verwendet. Das Leben der Menschen war zusehends schwerer geworden.

»Sie haben es nicht leicht«, räsonierte Prinz Ivorr bei einem Treffen, nachdem er bei einer Fahrt durch die Stadt mit einer Ananasfrucht beworfen worden war. »Die hohen Preise und die Steuer für das Neue Atlan nagen schwer an ihnen.«

Graf Mandarr strich sich über den grauen Spitzbart. »Das ist ein schlechtes Zeichen. Ich habe gehört, daß man sich im Volk besonders über die Praxis aufregt, neu versklavte Männer in das ferne Land zu schicken. Vielleicht sollte man Männern, die nicht in die Sklaverei hineingeboren wurden, das Recht lassen, sich freiwillig zu melden.«

»Das können wir uns nicht leisten«, erwiderte Erin.

»Vielleicht brächte es uns aber Wohlwollen ein. Und davon brauchen wir mehr als genug. Die Diener haben schon wieder eine Kampagne gestartet, um die Öffentlichkeit gegen das Projekt aufzustacheln.«

»Ich habe mir eine Gegenmaßnahme ausgedacht«, sagte Prinz Ivorr. »Aber zunächst sollten wir uns unserem Tagesgeschäft widmen. Wir müssen auf den Schiffen genügend Platz für die Haushaltsgegenstände und das persönliche Gepäck der Leute einkalkulieren ...«

Wir machten uns an die Arbeit und ließen für den Moment Fragen wie hohe Preise, Steuern, die Rechte der Sklaven und die Bedeutung einer fliegenden Ananas beiseite. Erst nachdem wir eine vorläufige Entscheidung getroffen hatten, hörten wir uns Prinz Ivorrs Vorschlag an.

»Ich dachte, wir sollten all diejenigen belohnen, die einen außergewöhnlich hohen Beitrag für das Projekt leisten. Die großzügig ihre Zeit zur Verfügung stellen, die uns mit Geld oder Waren unterstützen oder das Neue Atlan aufbauen helfen. Sie und ihre Erben sollen den Titel ›Gründer des Neuen Atlan‹ tragen. Wir werden jeden einzelnen in den Prinzenpalast einladen, um ihm eine wunderschöne Kette zu überreichen, die nur Gründer tragen dürfen. Falls nötig, werde ich selbst in das Neue Atlan reisen, um die Auszeichnungen dort vorzunehmen. Wenn ihr die Idee gut findet, werde ich einen Entwurf anfertigen und eine gewisse Stückzahl sofort produzieren lassen. Ich dachte an eine Kette in Gold mit Karneol- und Topassteinen.«

Uns allen gefiel die Idee. Oriole war besonders angetan, als ihre Frage, ob Frauen auch Gründerinnen in ihrem eigenen Namen sein dürften, von Ivorr bejaht wurde. Wir beschlossen, daß der Prinz einen Entwurf aufsetzen und ihn König Rastinn vorlegen sollte.

Drei Tage später erschien ein atemloser Läufer schon frühmorgens vor Narrs Haus, um uns zu einem unvorhergesehenen Treffen in den Prinzenpalast zu rufen. Als alle Ratsmitglieder versammelt waren, verkündete Prinz Ivorr aufgebracht, König Rastinn habe seine Idee schlichtweg verworfen. »Ohne die Kette oder ein äußeres Zeichen ist die Sache sinnlos. Ein Titel muß mindestens durch einen Schmuck für alle sichtbar sein. Ich habe die Kosten dafür aufgelistet, aber mein Bruder will die Mittel nicht zur Verfügung stellen.«

Quinn, der Eisenschmied, meinte beruhigend. »Nun, vielleicht ist dieses äußere Zeichen nicht so wichtig. Wir haben so viele Dinge anzuschaffen …«

»Was hat denn das damit zu tun?« rief Ivorr. »Rastinn denkt, ich will mich bei den Leuten nur beliebt machen. Er glaubt, ich will ihn beim Volk ausstechen. Er ist besessen von der Idee, daß ich ihn vom Thron stürzen will. Und dieses äußere Zeichen ist ganz und gar nicht unwichtig. Ich glaube, es könnte die allgemeine Stimmung wieder auf unsere Seite bringen. Wir müssen etwas tun. Die Diener agitieren immer lauter gegen das Projekt, und niemand hindert sie daran.«

»Was können wir unternehmen?« fragte ich.

»Ich werde meinen Plan wohl selbst finanzieren müssen. Etwas anderes bleibt mir nicht übrig.«

Er hatte bereits einen großen Teil seines Vermögens in das Projekt gesteckt, und wir wußten es. Narr schlug vor: »Wir werden alle etwas beisteuern.«

Wieder einmal, so glaube ich, tat Prinz Ivorr etwas, das gutgemeint war, aber negativ aufgenommen wurde. So ließ er einerseits verkünden, welche Vorteile es mit sich brächte, Gründungsmitglied des Neuen Atlan zu werden. Gleichzeitig jedoch wurden auch Zugeständnisse bekanntgegeben. Männer, die in die Sklaverei verkauft wurden, würde man nun nicht mehr automatisch ins Neue Atlan schicken. Und alle Sklaven sollten nach dem Aufbau der neuen Stadt die Möglichkeit erhalten, ihre Freiheit zum halben Preis zurückzukaufen.

Der Prinz legte diese Vorschläge korrekterweise zuerst Rastinn vor. Dieser unterschrieb die Dokumente. Aber obwohl die Ausrufer sie im Namen des Königs verkündeten, wußte man doch allgemein, daß meist Prinz Ivorr hinter Entscheidungen steckte, die das Neue Atlan betrafen. Und so hielt man ihn auch für den Urheber der neuen Maßnahmen. Wir erreichten zwar, was uns vorgeschwebt hatte, nämlich einen Stimmungsumschwung zugunsten der Umsiedlung. Doch förderte es auch die Popularität des Prinzen. Einmal warfen Frauen Blumen vor seinen Wagen, bei einem anderen Zwischenfall kam ein Betrunkener aus einem Lokal gerannt und pries den vorbeigehenden Prinzen als König des Neuen Atlan.

König Rastinn erfuhr davon und reagierte prompt.

Ich wohnte der Ratssitzung nicht bei, auf der Rastinn neben einem kühl lächelnden Diarr verkündete, daß er beschlossen habe, den Bann auf die Kleidertracht und den Haarstil der Diener aufzuheben. Ferner werde er den Predigern der Diener das Recht zugestehen, zu predigen, wie es ihnen gefiele. »Was tut es, wenn sie sich öffentlich gegen das Neue Atlan stellen? Wenn dieses neue Reich unserem Gott En zusagt, wird er es nicht fallenlassen. Und vielleicht wird man die Worte der Diener in bezug auf die Moral auch ernster nehmen, wenn sie königliche Billigung genießen. En selbst hat dem Hohenpriester Jateph offenbart, daß ihn unser gottloses Verhalten erbost hat. Doch was haben wir unternommen, um es wiedergutzumachen? Die meisten Menschen besuchen zwar jetzt regelmäßig das Tanzritual, aber unmittelbar danach gehen sie zu Wagenrennen, verspielen ihr Geld und stürzen sich in Ausschweifungen. Wenn die Diener also eine neue Frömmigkeit beispielhaft vorleben, auch im täglichen Leben, so wird das zu Ens Wohlgefallen und zu unser aller Vorteil sein.«

»Er hat einen Handel abgeschlossen!« Narr bebte vor Wut, als er ins Haus gestürmt kam und mich aus meiner Kammer schleppte, wo ich darüber brütete, wie viele Lebensmittel auf einem Frachtschiff untergebracht werden konnten. »Rastinn hat einen Handel mit Diarr abgeschlossen, damit dieser im Fall einer Erhebung von Ivorr ihm die Tempelwache zur Seite stellt.« Er fuhr sich wild durch die Haare. »Ivorr wird ihm niemals den Thron streitig machen. Er hat genug anderes zu tun. Der König hat Diarr mit viel Macht ausgestattet. Und Diarr gehört zur Diener-Sekte. Er wird sich jetzt offen als deren Führer zu erkennen geben. Ich sage dir, Ashinn, Diarr sollte man keine Privatarmee von unbedarften, frömmlerischen Menschen zur Verfügung stellen. Er lebt in einer völlig vergeistigten Welt, wo sich alles um En dreht. Alles geschieht, weil En es will; Naturgesetze erkennt er nicht an. Ich mag gar nicht darüber nachdenken, was jetzt aus unserem Neuen Atlan wird.«

Unsere schlimmsten Befürchtungen wurden noch übertroffen. Wir hatten damit gerechnet, daß von nun an Diener in den Straßen offen gegen das Neue Atlan wettern würden, aber Diarr war viel gerissener. Vier Tage später nahmen Narr, Oriole und ich wie gewohnt am Tanzritual teil. Bevor es begann, richtete Diarr das Wort an die Anwesenden.

»Was will er denn?« murmelte Narr.

Und starr vor Entsetzen saßen wir da und hörten zu, wie Diarr uns die Frage stellte, weshalb wir so sicher sein könnten, daß der Meeresspiegel nicht auch bis zum Neuen Atlan ansteigen könne.

Ein unruhiges Raunen ging durch die Menge, doch Diarr fuhr unbeeindruckt fort.

»Ich wollte bereits beim Auslaufen der ersten Schiffe dieses Thema zur Sprache bringen, aber man schenkte mir kein Gehör. Jetzt erhebe ich erneut meine Stimme. Wir wissen nicht, und das geben auch die Wissenschaftler zu, wieviel Wasser in den Gletschern gefroren ist. Wir wissen daher auch nicht, wie hoch die Fluten steigen können. Es entzieht sich ebenfalls unserer Kenntnis, warum es auf der Erde wärmer wird, geschweige denn um wieviel Grad. Falls es tatsächlich wärmer wird.«

Viele lachten. Wir hatten in den vergangenen Tagen zwar gutes Wetter gehabt, aber das war eine Ausnahme in diesem Sommer gewesen. »Der Meeresspiegel ist gestiegen. Das Eis scheint weiterhin zu schmelzen. Und es wird bald wärmer werden.«

Die fröhliche Stimmung vertrieb er schnell, indem er in einen warnenden Tonfall wechselte. »Was ist, wenn die Erde sich noch weiter erwärmt, nachdem alles Eis geschmolzen ist? Was ist, wenn En uns als weitere Strafe die Hitze schickt? Denkt darüber nach und sucht Reinigung von aller Schuld. Das allein ist unsere Rettung, nicht die Boote, die gebaut werden.«

Ich saß wie benommen auf meinem Platz. Warum hatten wir so etwas nicht vorausgesehen? Diarr hatte schon früher in diese Richtung gepredigt.

Dann begann der Tanz, der uns ein wenig ablenkte, denn er hatte ein glückliches Thema. Er beschrieb eine Legende, nach der En einst um eine irdische Jungfrau geworben und mit ihr die königliche Linie von Atlan begründet hatte.

Ein Zwischenspiel erzählte die Geschichte von Sayadons erfolglosem Werben um Lyuna. Diese Tanzsequenz war berühmt für ihre Schönheit. Exquisit bewegten sich die Tänzer durch das Amphitheater. Die Figur der Lyuna wurde nicht von Saraya dargestellt, sondern von einem jüngeren Mädchen. Dieses war zwar weniger brillant als Tänzerin, aber sehr anmutig. Ein Mädchenchor begleitete sie mit fröhlichen Weisen. Und ein sonorer Männerchor stützte die Gesänge von Sayadon.

Die Aufführung war wirklich gelungen. Aber sobald wir den Tempel verlassen hatten, rückte Diarrs unerfreuliche kleine Ansprache wieder in den Mittelpunkt unseres Denkens.

»Irgendwie hat Diarr sogar recht«, meinte Narr. »Wir wissen nicht, wie lange die Erwärmungsphase anhält oder wie weit das Meer ansteigt. Aber die Eismengen an den Polen sind begrenzt. Bryen und ich versuchen, Schätzungen über einen maximal möglichen Anstieg des Wasserpegels anzustellen. Wir glauben nicht, daß der Meeresspiegel höher als dreihundert Fuß steigen wird. Das bedeutet, das Neue Atlan ist absolut sicher. In bezug auf die Erwärmung können wir natürlich keine Vorhersagen machen. Aber es gibt auch keinen Grund, weshalb wir nicht versuchen sollten, uns zu retten. Wir müssen unsere Argumente veröffentlichen, um gegen diesen Unsinn anzugehen.« Er hielt abrupt inne. »Ich werde sofort Prinz Ivorr aufsuchen.«

»Können wir Diarr nicht davon abhalten, diesen Blödsinn herumzuposaunen?« fragte Oriole verzweifelt.

»Nicht daß ich wüßte«, erklärte ihr Narr. »Bisher hat das Büro des Neuen Atlan im Prinzenpalast gute Arbeit geleistet. Fast zehntausend Menschen haben sich registrieren lassen, um bei der ersten Massenevakuierung ins Neue Atlan aufzubrechen. Wußtest du das, Oriole? Die Dreimaster für die Passagiere sind fast fertig, und eine Flotte von Frachtschiffen wird in den nächsten Tagen auslaufen.«

»Ja, Ashinns Schiffe mit den Samen brechen heute auf, nicht wahr?«

»Noch vor Einbruch der Dunkelheit«, bestätigte ich.

Wir hatten am Mittagstanz teilgenommen. Die Luft am frühen Nachmittag war warm, ein für Atlan typischer Sommertag. »Dann werden sie bei gutem Wetter lossegeln. Bring bitte Oriole nach Hause, Ashinn. Ich begebe mich indessen zum Prinzenpalast.«

Da standen wir und schauten auf Atlan hinab. »Ich kann nicht glauben, daß die Stadt bedroht ist«, brach es plötzlich aus Oriole heraus. »Sie ist unser Zuhause.«

Fiahn fuhr mit dem Wagen vor. Impulsiv schlug ich vor: »Laß uns zu Fuß durch die Stadt zurückgehen. Sie uns noch einmal ansehen und den Tag genießen. Wir könnten auch die Abfahrt der Schiffe beobachten. Bitte, komm mit.«

Sie zögerte einen Augenblick. »Na schön«, meinte sie dann und rief Fiahn zu, er solle allein zurückfahren.

Der Himmel war mit einem feinen Dunstschleier überzogen, aber die Sonne hatte dennoch Kraft. Wie immer an solchen Sommertagen fühlte man sich beschwingt und erregt. Der Duft spätblühender Blumen mischte sich mit dem leichten Schwefelgeruch des Tangs.

Wir waren jung, und das letzte Tanzritual hatte eine gewisse Magie ausgestrahlt. Als wir hinab in die Stadt wanderten, ließen wir den Schatten von Diarrs bösen Worten hinter uns.

»Was sollen wir uns mit diesem aufgeplusterten Diarr belasten«, rief Oriole. »Laß uns den Tag genießen. Überhaupt, ich war noch nie in dieser kleinen Straße hier. Komm, Ashinn!«

Ich ergriff ihre Hand, und gemeinsam stürzten wir uns in das Gewirr schmaler Gassen und steiler Treppen. Wir hüpften eilig die Stufen hinab und vergnügten uns, wie wir es als Kinder getan hatten.

Auf einer Treppe, die schon sehr ausgetreten war, wären wir beinahe gestürzt. Wir retteten uns gerade noch mit einem Sprung zur Seite in ein Gebüsch. Als wir kurz stehenblieben und nach Luft schnappten, begann ich zu lachen. Und schon ging es weiter.

Oriole hatte ein waches Auge und entdeckte so manches Gäßchen, das mir unbekannt war.

»Schau, dort drüben ist noch ein Durchgang.«

»Wo? Oriole, du zerrst mich zu einer Wand ...«

»Dort hinter dem Busch, Dummkopf ...« Schon zwängte sie sich durch einen schmalen Spalt zwischen zwei Häusern.

»Wo um alles in der Welt willst du hin?«

»Zum Inneren Kanal. Ich habe ein gutes Gespür für Himmelsrichtungen.«

Die Gasse wand sich zwischen gemauerten Gärten und führte schließlich zu einem Tunnel.

»Wo sind wir?« fragte ich. Meine Stimme hallte von den feuchten Steinwänden wider. »Sind wir unter der Weißen Straße?«

»Ich glaube, wir befinden uns unter der Rennbahn. Da, schau!« rief Oriole triumphierend, als wir am Ende des Tunnels in einer schmalen Gasse zwischen den Lagerhäusern ans Tageslicht traten. Wir waren genau an der Stelle herausgekommen, wo die neue Passagierflotte vor Anker lag. Sechzig Dreimaster, eine stolze Zahl, waren fast fertig zum Auslaufen. Arbeiter führten die letzten Pinselstriche aus. Am Bug eines jeden Schiffes prangte eine Figur, die unsere Vorstellung von En versinnbildlichte. Das Gesicht des Gottes selbst war goldfarben angemalt, und die Flammen um seinen Kopf waren in Rot und Gold gehalten.

Nur wenige Schritte entfernt lag Chesnons Werft, wo eifriges Hämmern ein deutliches Zeichen dafür war, daß sich weitere Schiffe im Bau befanden.

»Da ist ein Fährschiff«, rief Oriole. »Laß uns damit zur Unterstadt übersetzen.«

In der Unterstadt verirrten wir uns. Wir suchten Zuflucht in einer kleinen Schenke, wo wir zur Erholung einen Becher Wein tranken. Es war starker Rotwein, der uns zu Kopf stieg. Am späten Nachmittag verließen wir die Schenke und liefen weiter vergnügt durch die Straßen.

Wir überquerten eine Brücke, und plötzlich entdeckte ich, daß wir uns in jenem bunt zusammengewürfelten Stadtteil befanden, wo ich die Befragungen durchgeführt hatte. Ich zeigte Oriole die Bäckerei und den Hof des Seifensieders. Rasch gingen wir weiter, bis wir in breitere Straßen mit gepflegteren Häusern kamen. Dort mieteten wir eine Sänfte, um uns ein wenig auszuruhen.

Wir ließen uns zum Jaison-Platz bringen. Von dort bummelten wir Hand in Hand durch die Straßen, wichen Ochsenkarren aus, kamen bei Eynar vorbei, dessen Terrasse gut besucht war. Wir gingen weiter und liefen einer Hochzeitsgesellschaft über den Weg. Beim Versuch, ihnen auszuweichen, lagen wir uns auf einmal in den Armen und küßten uns.

Es war ein richtiger Kuß. Unsere Lippen öffneten sich, und unsere Zungen spielten miteinander. Hitze durchflutete unsere beiden Körper. Als wir uns wieder voneinander lösten, konnte ich nur immer wieder stammeln: »Oriole, Oriole«, als wäre das ein Zauberspruch.

Dann blieben wir schweigend stehen, bis schließlich Oriole traurig den Kopf schüttelte. »Ashinn, das hätten wir nicht tun sollen. Ich hätte es nicht tun sollen. Es tut mir leid.«

»Das muß dir nicht leid tun. Warum denn? Oh, Oriole, meine Liebe, du wirst nie wissen, was ein Hafen bedeutet, wenn du nicht in die Welt hinausgesegelt bist.«

»Bitte, Ashinn, ich will nicht heiraten oder mir einen Liebhaber nehmen. Das habe ich dir gesagt. Außerdem müssen wir in der Tat zuerst in die Welt hinaussegeln.« Das klang für mich so, als würde sie eines Tages vielleicht bereit sein, ihre Vorstellungen zum Thema Liebe und Ehe zu ändern. Ich schaute sie sehnsuchtsvoll an, wagte aber nicht, darauf etwas zu sagen. Auch berührte ich sie nicht mehr.

Oriole wies plötzlich hinter uns. »Ashinn, schau mal.«

Ich drehte mich um. Von unserem Standort aus konnten wir das Meer sehen. Zwei Schiffe verließen langsam den Hafen. Allerdings war nur wenig Wind in den Segeln.

»Das sind meine Saatschiffe«, erklärte ich. »Sie sind unterwegs zum Neuen Atlan.«

»Ich weiß. Aber das meinte ich nicht. Schau, dort, im Süden. Sie werden kein gutes Wetter haben.«

Mir wurde auf einmal bewußt, daß die Luft schwül war und der Himmel sich dunkel verfärbt hatte. Am südlichen Horizont zeigten sich erste Blitze. Und während ich weiter das Meer beobachtete, sah ich, wie eine Sturmböe die Segel der Schiffe blähte.

»Laß uns nach Hause gehen«, meinte ich.

Wir brauchten lange für den Heimweg, denn wegen des Sturms mußten wir uns immer wieder unterstellen. Es regnete noch immer, als wir schließlich in den Hof eilten. Das Gewitter war jedoch vorüber, und der Wind hatte sich gelegt.

Unerwartet kam Bryen aus dem Haus gestürmt. »Dank sei En, daß euch nichts passiert ist!« Er klang sehr erregt und ergriff Oriole am Arm. »Kommt schnell herein.«

»Was willst du hier?« wollte ich wissen.

»Ich war in der Akademie und überprüfte gerade Narrs Dampfmaschine, als er mich abholte, um Prinz Ivorr aufzusuchen. Aber wir sind schon seit Stunden zurück. Wo wart ihr?« Er schob uns vorwärts über die Terrasse. »Wir warten seit Ewigkeiten auf euch.«

»Wir sind durch die Stadt spaziert und dann in das Gewitter geraten. Bryen, was ist los?« fragte Oriole.

»Es gibt schlechte Nachrichten.« Bryen öffnete die Tür zu Narrs Salon. »Oder habt ihr es schon gehört?«

»Was gehört?« fragte ich. Dann sah ich Narr. Er saß, den Kopf in den Händen vergraben, auf einem Diwan. »Pflegevater, was ist?«

»Hast du es nicht gesehen?« fragte er, ohne aufzublicken.

»Nein. Was?«

»Deine Schiffe«, erklärte Bryen. »Deine Schiffe sind im Sturm zusammengestoßen und samt Ladung und Menschen gesunken. Genau vor der Küste von Atlan.«

Wir hatten zwei Schiffe verloren, zwei Mannschaften und zwei wertvolle Ladungen mit Samen, aber damit hörte das Unglück noch nicht auf. Es war, als würde alles auseinanderfallen. Nun brach genau jene Panik aus, die wir immer zu verhindern versucht hatten. Die Diener verschärften ihre Angriffe, nannten die Katastrophe ein Zeichen von En, daß er das Neue Atlan ablehne. Die Spenden für das Projekt sanken drastisch, während sehr viel Geld jetzt in Diarrs Hände floß für den neuen Tempel oder die Erneuerung der Fiale auf dem alten Tempel.

Wir versuchten natürlich, die Menschen zu überzeugen, daß das Neue Atlan nun um so schneller erbaut werden müsse. Wir veröffentlichten unsere Schätzungen über den maximalen Anstieg des Meeresspiegels. Wir engagierten Ausrufer, die von eifernden Dienern mit Steinen beworfen wurden. Gelegentlich kam es sogar in den Straßen zu gewalttätigen Auseinandersetzungen zwischen Anhängern und Gegnern des Neuen Atlan.

Und danach spitzte sich die Lage zu.

Der Niedergang

Während dieses arbeitsreichen, aufregenden Jahres begab ich mich gelegentlich in die Küche meines Pflegevaters, um mich dort etwas zu beschäftigen, und da mir diese Arbeit sehr vertraut war, beruhigte sie mich. Ich inspizierte den großen unterirdischen Vorratsraum, hielt fest, wieviel Fleisch und Butter gelagert war, zählte die großen runden Käse und die gefüllten Weinfässer; dann erteilte ich meinem Stellvertreter, einem angelernten jungen Mann namens Ryen, weitere Anweisungen. Die Küche war mein Reich, hier fühlte ich mich wohl.

Allmählich jedoch begann ich mir Sorgen zu machen um die Zukunft meines Berufes. Prinz Ivorr sprach davon, auch Atlans Lebensstil auf die neue Siedlung zu übertragen; aber ich bezweifelte, ob ihm dies gelingen würde. Würde es im Neuen Atlan einen Platz geben für Leute wie mich? Oder würde ich auf all die Finessen meiner Kunst verzichten und mich damit begnügen müssen, schlicht Kartoffeln zu kochen und Fleisch zu braten für Leute, die keine Zeit hatten für ein gepflegtes Mahl?

An einem solchen Tag, ich war wieder einmal in der Küche und wusch mir die Hände, kam Oriole hereingelaufen, packte mich am Arm und drängte mich mitzukommen, denn es sei etwas Schreckliches passiert. »Ich habe Angst um meinen Vater. Komm schnell!«

»Ist etwas mit Narr?«

»Ja, komm!«

»Ryen, mach hier weiter!« rief ich und folgte ihr mit nassen Händen hinaus in den Hof. Ohne weitere Erklärungen zog sie mich zum Stallgebäude, wo ein Bursche damit beschäftigt war, das Pferd für Orioles Einspänner zu zäumen. Narr hatte ihn ihr überlassen, damit sie ihre Patienten in der Stadt aufsuchen konnte. »Schnell!« rief sie, griff nach den Zügeln und sprang auf den Wagen. Ich folgte ihr, wie ich war, mit schmutziger Schürze.

»Aber was ist denn geschehen?« fragte ich abermals, als wir durch das Tor fuhren.

»Die Priesterschaft hat meinem Vater verboten, weiter an seinem Dampfwagen zu arbeiten«, erklärte Oriole. »Du weißt doch, daß er in der Akademie an einem neuen Modell arbeitet?«

»Ja, es ist fast fertig. Er möchte den Wagen in Kürze vorführen.«

»Daraus wird nichts werden. Diarr hat heute morgen Soldaten der Tempelwache geschickt, um ihn zerstören zu lassen. Er hält ihn für etwas Unheiliges, das die Bewohner Atlans von der Verehrung der Götter ablenkt. Die Diener hörten, wie die Vorführung angekündigt wurde, schickten eine Abordnung zum Hohenpriester und baten ihn, sie zu unterbinden. Sie sagen, daß En uns fließendes Wasser und die Kraft von Stieren und Pferden gegeben habe und daß es ein Frevel sei, dies verbessern zu wollen. Der Sechzigerführer erklärte es, während seine Männer den Wagen zertrümmerten. Und jetzt ...«

»Aber wohin fahren wir denn?« fragte ich, als wir um die Ecke in die Weiße Straße schossen und nicht den Weg zur Zitadelle und zur Akademie einschlugen.

»Zum Jaison-Platz! Vater ist außer sich vor Wut! Er ist zum Platz gelaufen, um dort eine öffentliche Ansprache zu halten. Ich weiß nicht, was passiert. Ashinn, viele Leute haben Angst, vor En, vor dem Meer, vor den Dienern und vor Diarr. Wenn mein Vater auf dem Jaison-Platz steht und Diarr als Dummkopf bezeichnet und behauptet, daß En gar nicht existiere oder sich nicht im geringsten um uns kümmere ... Ich weiß nicht, was dann geschieht. Du bist einer der wenigen, auf die er hört. Ich möchte, daß du ihn zur Vernunft bringst und überredest, mit nach Hause zu kommen.«

Wir waren noch ein gutes Stück vom Platz entfernt, als wir schon aufgeregtes Geschrei hörten. Oriole brachte das Gefährt zum Stehen, als drei Wachsoldaten uns entgegentraten.

»Hier geht's nicht weiter, Dame. Auf dem Platz ist es zu einem Tumult gekommen.«

»Wir suchen Graf Narr«, rief Oriole. »Ist er hier?«

»Er hat das Ganze vom Zaun gebrochen mit seinen verrückten Reden!« sagte einer der Soldaten. »Kehrt um und bringt Euch in Sicherheit!«

»Er ist mein Vater!« gab Oriole zurück und hieb mit der Peitsche auf ihr Pferd ein. Dieses machte einen Satz nach vorn, und die Wachen sprangen eilends zur Seite. Einer der Männer versuchte, auf den Wagen zu springen, aber ich stieß ihn herunter. Der Mann stürzte zu Boden, und wir bogen um eine Ecke. Dann jedoch wieherte das Pferd erschreckt auf, als es eine Mauer von Soldaten vor sich sah und den Lärm hörte, der zu uns herüber drang.

Ich stand auf und spähte über die Köpfe der Soldaten. Auf dem Platz wurde gekämpft. Wurfgeschosse flogen durch die Luft: Steine, Ziegel, Beine von Tischen und Stühlen oder Dinge, die aus Einkaufskörben herausgerissen worden waren. Ich erblickte meinen Freund Eynar, der in der Tür seines Speisehauses stand und die Hände vor den Kopf schlug. Die Überreste seines Verkaufsstandes lagen auf dem Gehsteig um ihn herum. Die Menschen prügelten sich mit den Soldaten und auch untereinander. Ich sah ein halbes

Dutzend Leute, die wie entfesselt auf ein am Boden kauerndes Opfer einschlugen, und einen flüchtenden Mann, der von seinen Verfolgern eingeholt und gegen eine Mauer geschleudert wurde. Nicht weit entfernt davon hatten Männer und Frauen eine Rücken-an-Rücken-Formation gebildet und versuchten, den Angriffen einer Horde Frauen standzuhalten, die in Dienertracht gekleidet waren, sie wüst beschimpften und mit Gegenständen bewarfen.

»Aber wo ist mein Vater?« schrie Oriole. »Wo ist mein Vater?« Ungeachtet aller Gefahren trieb sie ihr Pferd an.

»Du bist verrückt!« schrie ich. »Wir können hier doch nichts ausrichten ... Du bringst uns beide um ... In Ens Namen, kehr um ...«

Oriole ignorierte mich, peitschte ihr Pferd weiter voran und schrie: »Macht Platz! Macht Platz!« Jemand versuchte, an meiner Seite auf den Wagen zu klettern, aber ich stieß ihn zurück. Dann sah ich, daß Oriole auf das Menschenknäuel zusteuerte, das sich Rükken an Rücken verteidigte, und einen Augenblick später wurde mir klar, daß sich Narr in seiner Mitte befinden mußte.

»Vater! Vater!« kreischte Oriole. Sie fuchtelte mit ihrer Peitsche und ließ sie auf all jene herunterknallen, die sich uns in den Weg stellten, während ich mit einem im Gemenge erbeuteten Knüppel um mich schlug. Eine Frau, die zur Diener-Sekte gehörte, schrie Oriole zu: »Gottlose Hure!« Dann wurden wir mit einem Hagel von Wurfgeschossen eingedeckt. Ich wäre beinahe vom Wagen gerissen worden, als ein schwerer Dreschflegel mich an den Rippen traf. Ein Stein streifte Orioles linken Oberarm. Auch das Pferd wurde durch ein Geschoß getroffen und begann auszuschlagen, doch das gereichte uns zum Vorteil. Die Leute flohen vor den zukkenden Hufen, und einen Augenblick später waren wir bei der Gruppe angelangt. Narr stolperte uns entgegen, noch jemanden hinter sich her ziehend. Überrascht stellte ich fest, daß es Lavindy war, die Sklavinnenhändlerin, die aus einer Kopfwunde blutete. »Sie braucht deine Hilfe, Oriole«, keuchte Narr.

»Schnell unter den Sitz, du Dummkopf!« brüllte ich respektlos meinen Pflegevater an. »Wir müssen dich hier herausbringen! Wie konntest du nur in so etwas hineingeraten?«

»Hineingeraten? Ich habe es begonnen!« antwortete Narr stolz vom Boden des Wagens herauf.

»Du bist doch verrückt«, gab ich zurück.

»Dann sind alle verrückt! Die ganze Welt ist verrückt geworden! Alle Bewohner von Atlan haben den Verstand verloren! Sie werfen den Priestern Gold vor die Füße, aber wenn man ihnen sagt, daß sie es lieber den Schiffbauern geben sollen, dann bezeichnen sie einen als Frevler und bewerfen einen mit allen möglichen Dingen.«

Oriole versuchte den Wagen zu wenden, doch die Menge hatte uns mittlerweile eingekreist. Haßverzerrte Gesichter starrten herauf zu uns, Schimpfwörter flogen durch die Luft. Dann prasselten abermals Gegenstände auf uns hernieder; ich wurde von einem großen, nassen Fisch am Kopf getroffen.

Doch nun rückte die Stadtgarde auf den Platz vor. Ihre Knüppel hoben und senkten sich. Die Menge wich fluchend zurück. »Laßt uns durch. Wir müssen eine verletzte Frau retten!« brüllte ich und zog Lavindy hoch, so daß die Soldaten sie sehen konnten. »Sie ist meine Mutter«, fügte ich hinzu.

Glücklicherweise sah keiner dieser Männer, daß Narr, der Urheber des Tumults, zu meinen Füßen kauerte.

Oriole gelang es schließlich, den Wagen zu wenden, und das schweißnasse Pferd, dem Schaum von den Lippen tropfte, stob über den Platz.

»Um Ens willen, paß auf, daß wir jetzt nicht umstürzen!« rief ich. »Langsamer! Wir möchten sicher nach Hause kommen!«

»Sicher?« fragte Narr von unten herauf. Ich sah, daß er bleich war, aber nicht aus Angst, sondern aus Wut. Seine Kiefer bebten vor Zorn. »In einer Welt, die von Verrückten bevölkert ist, gibt es keine Sicherheit, Ashinn!«

Narrs Haushalt befand sich in heller Aufregung. Die Kunde von dem Tumult war uns vorausgeeilt. Harion und Fiahn kamen über den Hof gelaufen, um uns zu begrüßen, und Fiahn riß entsetzt die Hände hoch, als er das schweißüberströmte Pferd und die hellroten Flecken sah, wo das arme Tier von Geschossen getroffen worden war.

Auch Juny kam herausgelaufen und schluchzte vor Dankbarkeit, als sie sah, daß Narr noch lebte. Wir stiegen aus dem Wagen. Lavindy war noch benommen und blutete, doch Oriole kümmerte sich sogleich um sie. Juny drängte mich, ein warmes Bad zu nehmen und meine Verletzungen verarzten zu lassen, und führte Narr weg.

Meine Verwundungen waren nicht schlimm. Nachdem ich gebadet und mich eingeölt hatte, machte ich mich auf die Suche nach Narr. Er saß noch immer in einem Badezuber. Doch die Frau, die seine verkratzte Haut und die Beule auf seinem Kopf abwusch, war nicht Juny, sondern Ocean. Sie sah, daß ich überrascht war, und preßte die Lippen zusammen.

»Er ist mein Gemahl«, sagte sie, als hätte ich dies bestritten. »Ich darf mich noch immer um ihn sorgen, wenn er weggeht und Dummheiten anstellt, und ich darf mich auch um ihn kümmern, wenn er verletzt ist. Ich habe diese Juny weggeschickt. Hast du auf dem Platz vielleicht zufällig meine Niomy gesehen?«

»Niomy?« fragte ich.

»Sie war wegen einiger Besorgungen unterwegs, und vermutlich ist sie zu einem Markt in der Nähe des Jaison-Platzes gegangen«, sagte Narr ungeduldig. »Bis jetzt ist sie nicht zurück.«

»Sie ist auch schon früher manchmal verspätet von Besorgungsgängen zurückgekommen«, sagte Ocean. »Aber wenn sie in den Krawall geraten ist, wurde sie vielleicht verletzt. Ich dachte, du hättest sie gesehen.«

Ich schüttelte den Kopf. Meine Pflegemutter preßte abermals die Lippen zusammen. »Wenn sie mich wieder zum Narren hält«, sagte sie, »soll sie mich kennenlernen. Sie ist sonst ein brauchbares Mädchen und kann gut auf der Myalin spielen, aber ...«

»Aber was?« fragte Narr. Er schien verstimmt, daß ihm Junys Handreichungen vorenthalten wurden.

»Lion hat mich gestern aufgesucht«, erklärte meine Pflegemutter. »Er sagte, ich solle keine Zeit damit verschwenden, Musik zu hören. Schon als Kindern sei uns beigebracht worden, daß das falsch ist, außer bei der Tanzzeremonie.«

»Was für ein Unsinn!« knurrte Narr und schickte sich an, aus dem Zuber zu steigen. »Ich möchte, daß sich meine Familie im Salon versammelt«, sagte er, als ich ihm ein Handtuch reichte. »Ashinn, sag Harion, er soll sie alle zusammentrommeln.«

Kurz darauf hatten wir uns in Narrs Salon eingefunden. Juny saß auf einem Sofa in respektvoller Entfernung von Narr. Lavindy, deren Kopf bandagiert war und deren Augen ihre übliche Forschheit vermissen ließen, saß am anderen Ende dieses Sofas, während Narr uns erzählte, daß sie ihm wahrscheinlich das Leben gerettet habe.

»Wäre Lavindy nicht gewesen, wäre ich vielleicht umgebracht worden. Ich hatte mir von Eynar einen Tisch ausgeliehen, von dem aus ich meine Rede halten wollte. Ich versuchte den Leuten klarzumachen, daß sie sich nicht von den Priestern blenden lassen sollten, daß die Priester uns alle sterben lassen würden. Prinz Ivorr sollten sie Geld spenden, nicht dem Tempel. Aber die Menge wurde wütend und begann mich mit Gegenständen zu bewerfen, dann kam ein Hüne und zerrte mich vom Tisch herunter. Er wollte mich gerade mit seiner Faust niederschlagen, die so groß war wie eine Melone, als Frau Lavindy …«

»Ich ging über den Jaison-Platz, nachdem ich einen Verkauf getätigt hatte«, erklärte Lavindy. »Ich hatte eine schwere Geldtasche bei mir.«

»Und die hat sie dem Hünen auf den Kopf gedroschen, da ging der zu Boden, nicht ich«, sagte Narr triumphierend.

»Ich weiß nicht, was du dir dabei gedacht hast«, meinte Ocean. »Solche Dinge zu verkünden! Ich gehe nur selten aus, aber ich kenne die Stimmung, die in der Stadt herrscht. Es ist ein Wunder, daß du lebend davongekommen bist.«

»Wir verstehen alle, Vater, daß du …«, sagte Oriole.

»Wirklich, Oriole?« Narr wandte sich zu ihr. »Verstehst du wirklich, was das bedeutet, was im Augenblick passiert? Diarr hat Männer zur Akademie geschickt, um meinen Dampfwagen zerstören zu lassen. Und in der Eisengießerei, so hat er verfügt, dürfen nur noch Gegenstände hergestellt werden, die von ihm genehmigt sind, zum Beispiel Eisenschwerter für die Tempelwache. Es ist mittlerweile anscheinend schon eine Sünde, überhaupt zu denken und etwas zu erschaffen. Es ist einfach ungeheuerlich!«

Niemand erwartete jemanden, und daher überraschte es uns, als Harion Oberführer Lion ankündigte. Noch mehr erstaunte es uns, daß Oceans Zofe Niomy mit ihm hereinkam, bescheiden einen Schritt hinter ihm. Als sie Lavindy erblickte, schien sie Angst zu bekommen.

»Ocean, ich bringe dir Niomy zurück«, sagte Lion, nachdem er uns kurz zugenickt hatte. Er war in voller Montur, angetan mit Brustpanzer, Helm und Schwert. »Sie hat sich verspätet, aber daran bin ich schuld. Ich war auf dem Jaison-Platz, bei der Stadtgarde, die ausgesandt wurde, um den Tumult zu ersticken. Ich nehme an«, sagte Lion grimmig und warf Narr einen kurzen Blick zu, ihr wißt daß es einen Krawall gegeben hat. Ich fand Niomy, als sie in einem Hauseingang Schutz suchte. Sie hatte große Angst, und ich ließ sie durch eine Eskorte zum Haus eines Freundes bringen, gleich neben dem Platz, bis die Ordnung wiederhergestellt war. Dann holte ich sie und brachte sie hierher.«

»Der Oberführer war sehr gut zu mir. Ich bin ihm sehr dankbar«, sagte Niomy, die noch immer ein wachsames Auge auf Lavindy hatte.

»Gut. Hör auf, Frau Lavindy so verschreckt anzustarren, Niomy. Sie ist nicht gekommen, um dich zurückzuholen. Sie wurde bei dem Krawall verletzt, und meine Tochter hat sie versorgt. Aber daß ihr alle in Sicherheit seid, ist dir wohl kein Wort des Dankes wert?« sagte Ocean und wandte sich an Narr. »Hingehen und einen Krawall auslösen! Was immer du für eine Entschuldigung vorbringen magst.«

»Ja, unter anderem deswegen bin ich gekommen«, sagte Lion. »Ich muß mit dir reden, Narr. Ich habe die Macht und auch das Recht, dich einsperren zu lassen für das, was du heute angestellt hast. Aus Rücksicht auf meine Schwester werde ich davon absehen, aber ich möchte dir raten, auf jegliche Wiederholung des heutigen Theaters zu verzichten.«

»Theater? Ist es jetzt verboten, an den Gemeinsinn zu appellieren?«

»Nun, es führt dazu, daß die Leute in den Straßen gegeneinander kämpfen, Verkaufsstände demolieren und die Stadtgarde mit einem Steinhagel eindecken. Und du hast mehr getan, als nur an den Gemeinsinn zu appellieren. Du hast unseren Gott En und seine Priester beleidigt. Das ist Blasphemie.«

»Der Gott En und die Priester halten es wohl für völlig in Ordnung, Menschen ertrinken zu lassen. Solche Götter und Priester müssen beschimpft werden«, erwiderte Narr. Er blickte seinen Schwager finster an. »Du bist in Uniform, Lion, aber mir fällt auf, daß deine Haare länger geworden sind. Bist du zur Diener-Sekte zurückgekehrt?«

»Ja.« Lions Stimme klang kühl und hart. In seinem Gesicht bildeten sich scharfe Falten, er kam mir wie ein Fremder vor. »Und warum auch nicht?« erwiderte er distanziert. »Der Mangel an

Frömmigkeit scheint uns ins Verderben zu stürzen. Siehst du das nicht so?«

»Natürlich nicht!« entgegnete Narr. »Wirklich, Lion! Du gehst von der Annahme aus, daß eine Naturkatastrophe dem Willen der Götter entspringt. Kann es sich nicht auch um die Wirkung eines Naturgesetzes handeln? Wenn das Meer tagein, tagaus gegen die Klippen schlägt, wird es sie eines Tages unterminiert haben, und es werden einige Felsbrocken herunterfallen. Wenn ein Mann nun an diesem Tag auf den Klippen spazierengeht und ein Felsblock ihn tötet – liegt es daran, daß er die Götter erzürnt hat oder daß er im falschen Moment dort unterwegs war?«

»Aber es wäre sicherer«, beharrte Lion, »wenn man davon ausgehen würde, daß die Götter in gewisser Weise daran beteiligt sind, und wenn man den Versuch unternehmen würde, herauszufinden, wodurch wir sie erzürnt haben. Jateph hat doch die Große Anrufung durchgeführt …«

»Wie können wir wissen, daß seine Botschaft von En stammte? Vielleicht kam sie aus den Tiefen seiner eigenen Seele.«

Lion lief rot an. »Ich rate dir, das nicht öffentlich hinauszuposaunen. Wenn die aufgebrachte Menge dich nicht umbringt, dann tut es Diarr. Ich warne dich, Narr. Ich glaube, es gibt etwas, das wir alle hier vergessen haben.«

»Und was wäre das?« fragte Narr.

»Dieses Jahr ist das Jahr von Lyuna«, antwortete Lion.

»Ja, und?« erwiderte Narr.

»Es endet mit den sieben Tagen der Stillen Zeit«, antwortete Lion. »Früher war es Brauch, während der Stillen Zeit Atlan von den Gottlosen zu säubern. Es gibt Vorschläge, diesen Brauch wieder aufleben zu lassen.«

Alle Anwesenden starrten ihn sprachlos an. Doch nachdem Narr sich von seiner ersten Verblüffung erholt hatte, packte ihn abermals der Zorn. »Ihn wieder aufleben lassen? Wer schlägt das vor?«

»Der Hohepriester Diarr«, sagte Lion, »und die Führer der Diener-Sekte. Diarr hat uns die Ehre erwiesen, unsere Überzeugungen offiziell anzuerkennen. Nach den Regeln der Diener hat er dadurch einen neuen Namen erhalten. Er heißt jetzt Herausforderung. In der Öffentlichkeit wird man ihn Herausforderung-Diarr nennen. Die Ausrufer werden dies morgen verkünden.«

»Hat eine Namenszeremonie stattgefunden?« bellte Narr ihn an. »Warst du dabei?«

»Ja.«

»Dann befindet sich Atlan also praktisch in der Hand der Diener«, meinte ich. »Was sagt König Rastinn dazu?«

»König Rastinn genießt unsere Unterstützung. Und er weiß sie zu schätzen«, antwortete Lion.

»Ich nehme an, du willst darauf anspielen, daß er glaubt, von seinem Bruder drohe ihm Gefahr«, sagte Narr. »Es gibt keine solche Gefahr. Rastinn braucht eure Unterstützung nicht. Aber was hat das alles denn noch für einen Sinn?«

»Seid Ihr gegen das Neue Atlan?« fragte Oriole plötzlich. »Und gegen den Dampfwagen meines Vaters?«

»Diarr hat verfügt, daß der Dampfwagen ein Frevel ist«, erwiderte Lion. »Ich akzeptiere seine Entscheidung. Und was das Neue Atlan betrifft: Ich fürchte, es ist gegen Ens Willen, aber Diarr hat das noch nicht öffentlich verkündet. Ich bin jedenfalls bereit, diese Frage in Ens Hände zu legen, und enthalte mich einer eigenen Meinung.«

»Wie großzügig«, entgegnete Narr sarkastisch.

Lion blickte ihn düster an. »Laß uns nicht darüber streiten. Ich flehe dich an, Narr, nimm meine Warnungen ernst. Bei der nächsten Stillen Zeit könntest du in Gefahr geraten. Sieh dich vor. Trotz meiner Auseinandersetzungen mit dir möchte ich nicht, daß dein Name auf der Liste jener erscheint, die vernichtet werden sollen. Ich bitte dich, halte keine aufrührerischen Reden mehr. Und du würdest auch gut daran tun, dein eigenes Leben neu zu ordnen. Du könntest zum Beispiel damit beginnen, deine Konkubine wegzuschikken. Und du, Oriole ... gegen deine Arbeit als Ärztin habe ich nichts einzuwenden, aber ich habe dich auf dem Platz gesehen, und mir gefällt es nicht, wenn du so offen auf einem Wagen herumfährst. Wenn du dich in die Stadt begeben mußt, nimm eine geschlossene Sänfte.«

»Wie die Frauen der Diener?« fragte Oriole scharf und klang dabei schon fast wie ihr Vater. Ich schaute sie von der Seite an und dachte, daß man ihr den falschen Namen gegeben hatte. Sie war kein Singvogel, sondern ein junger stolzer Falke, der lieber sterben würde, als sich daran hindern zu lassen, seine Flügel zu gebrauchen.

Aber Lion konnte den Falken nicht sehen; er sah nur ein Mädchen, das sich nicht auf das beschränkte, was er für angemessen hielt. »Ist das so schlimm?« fragte er sie.

»Für mich schon«, erwiderte Oriole.

»Lion«, sagte Narr, »früher einmal – zum Beispiel als du dich für den Expeditionsleiter eingesetzt hast, der hingerichtet werden sollte –, hielt ich dich für einen vernünftigen Mann, den ich als Freund betrachten konnte. Du hast dich sehr verändert, und zwar zum Schlechten. Ich wäre dir sehr verbunden, wenn du dich um deine eigenen Angelegenheiten kümmern und es Oriole und mir überlassen würdest, wie wir uns verhalten. Wir brauchen deinen Rat nicht.«

»Doch, du brauchst ihn!« rief Ocean. »Auch ich sage, schick dieses Mädchen weg.«

Juny schwieg. Sie saß still auf ihrem Platz, während sich die Augen aller Anwesenden auf sie richteten. »Lion«, sagte Narr, »wenn du dich mit Ocean unterhalten willst, zieh dich bitte mit ihr in ihre Gemächer zurück. Du bist in dem Teil des Hauses, der mir untersteht, nicht länger willkommen.«

Ocean stand auf und ging wortlos hinaus. Lion folgte ihr, und auch Niomy stand auf. Als sie an Lavindy vorüberging, schaute sie sie nicht an, aber es lag etwas Triumphierendes in ihren Schritten.

Lavindy brach als erste das Schweigen. »Ich habe versucht, diesem Mädchen beizubringen, was man von ihr erwartet, aber es war schwierig. Sie kann nicht akzeptieren, daß sie jetzt eine Sklavin ist. Sie war stolz darauf, in Begleitung des Oberführers zu sein; das habe ich gesehen.«

»Macht Euch keine Gedanken um Niomy«, sagte Oriole. »Wir haben wichtigere Probleme. Wenn die Diener soviel Einfluß in Atlan erlangen, kann alles mögliche passieren. Aber es hat keinen Sinn, auf dem Jaison-Platz gegen sie zu predigen, Vater. Das war einfach eine Dummheit. Wir müssen uns etwas anderes überlegen.«

Narr war an Junys Seite getreten und hatte sie an sich gezogen. Sie hatte sich von uns abgewandt und ihr Gesicht an ihn gedrückt. Er strich zärtlich über ihr Haar. »Wir brauchen Zeit zum Nachdenken«, sagte er. »Es gibt vieles, worüber wir nachdenken müssen. Ich bezweifle nicht, daß Prinz Ivorr uns bald zu sich rufen wird. Wir sollten dann bereits mit Vorschlägen aufwarten, wie wir auf diese jüngsten Entwicklungen reagieren können – wenngleich nur En weiß, was zu tun wäre. Könnte Ashinn uns etwas zu essen machen? Wir können eine Stärkung gebrauchen, und vielleicht kommen uns mit vollem Magen bessere Ideen. Nach dem Mahl werde ich in meine Bibliothek gehen und meine Schriftrollen aufräumen. Ich habe schon häufig festgestellt, daß eine Arbeit, die die Hände fordert, dem Geist freie Bahn läßt. Morgen früh sind wir vielleicht schon ein Stück weiter. Es gibt einiges«, schloß Narr, »wovor ich jetzt große Angst habe.«

Die Botschaft an der Wand

*I*ch bereitete das Essen zu und schickte auch eine Mahlzeit hinauf zu Ocean, die sich noch mit Lion in ihren Gemächern aufhielt. Aber es fiel mir schwer, mich zu konzentrieren, ich war innerlich aufgewühlt.

Ebenso wie Narr hatte ich Angst. Bei Lions ominösem Hinweis auf den alten Opferbrauch in der Stillen Zeit war mir ein kalter Schauer über den Rücken gelaufen. Ich fürchtete auch um Oriole. Als ich nach Beendigung des Mahls sah, daß Ocean und Lion sich auf der Galerie neben Oceans Räumen aufhielten, überließ ich Ryan die restliche Küchenarbeit und machte mich auf die Suche nach meiner Stiefschwester.

Ich fand sie bei Harion, dem sie dabei half, eine Abstellkammer auszuräumen, damit Narr sich zu Hause wieder eine kleine Werkstatt einrichten konnte. »Ich müßte Arzneien zubereiten«, sagte sie, »aber ich bin so abgelenkt, daß ich vielleicht die Substanzen falsch abwiege und ein tödliches anstatt ein heilendes Mittel herstelle. Zumindest kann ich mich durch diese Arbeit von meiner Mutter und meinem Onkel fernhalten. Wie kann sich Lion nur mit diesem Verbrecher Diarr verbünden?«

Ich gab Harion durch einen Blick zu verstehen, er möge uns alleinlassen. »Ich weiß es nicht«, sagte ich, nachdem er gegangen war,

»aber ich glaube, du solltest hinaufgehen und dich höflich von deinem Onkel verabschieden.«

»Warum?«

»Er mag dich, glaube ich. Das könnte uns eines Tages nützen.«

»Du willst, daß ich zu ihm gehe und ihm etwas vorheuchle?«

»Nenn es, wie du willst. Aber ich möchte, daß du jemanden hast, der dich schützt, falls Narr oder mir etwas zustößt«, erwiderte ich.

»Ashinn, hör auf!«

»Ich meine es ernst. Geh zu ihm, Oriole.«

Als wir mit dem Ausräumen des Lagerraums gerade fertig waren, erschien eine Zwölfer-Einheit der Tempelwache. Ihr Hauptmann sagte, er hätte den Auftrag, das Haus nach, wie er es nannte, frevlerischen Erfindungen zu durchsuchen. Insbesondere interessierten sie sich für die Werkstatt, wo *Graf Narr* – der Hauptmann betonte den Namen sarkastisch – das erste Modell seines blasphemischen pferdelosen Wagens gebaut habe.

»Es ist nicht da«, erwiderte Narr. »Wir haben es zerlegt, weil ich einige Bestandteile für den neuen Wagen brauchte, für den, der heute morgen zerstört wurde.«

»Dann habt Ihr doch bestimmt nichts dagegen, wenn wir uns selbst davon überzeugen«, meinte der Hauptmann.

Die Soldaten schüchterten uns ein, aber wir machten uns ein kleines Vergnügen daraus, sie in jenen Raum zu führen, der früher Narrs Werkstatt beherbergt hatte, in dem nun aber Orioles Behandlungsraum und Apotheke lagen. Die finster dreinblickenden Männer kamen nach kurzer Zeit wieder heraus, worauf ihnen ihr Anführer befahl, den Rest des Hauses zu durchsuchen.

Auch diese Suchaktion verlief ergebnislos. Zwar zerstörten sie nichts, aber wir spürten, daß sie erbittert waren und sich nur mühsam von Übergriffen zurückhalten konnten. Sie trampelten durch den Stall, wo sie die Pferde aufschreckten, durchsuchten den Wagenschuppen und den Lagerraum, der nun fast völlig leer war, stocherten in der Küche herum und stiegen in den unterirdischen Kühlraum hinunter, wo sie argwöhnisch die Weinfässer, das Fleisch und das Geflügel auf den Haken und die Käseräder in den Regalen anstarrten.

»Ihr scheint gern Käse zu essen«, sagte einer von ihnen, als sei dies ein Vergehen.

»Das tun wir«, erwiderte Narr kalt. »Und wir mögen ihn voll ausgereift. Deshalb lagern wir ihn hier. Wollt Ihr ein Stück probieren?« Er nahm eines der Käseräder, riß die Hülle auf und hielt es dem Soldaten unter die Nase.

Nachdem die Männer begriffen hatten, daß sie hier nichts finden würden, stiegen sie wieder zum Erdgeschoß hinauf und nahmen sich die Wohnräume vor. Sie trampelten durch die Schlafzimmer, die Bäder, rissen Geschirrtruhen auf, zerrten Kleider aus Wandschränken und leerten sogar Orioles Schminkkästchen auf den Boden. Sie durchsuchten das Badehaus der Sklaven, die Nähstube der Mägde und Narrs Bibliothek, wo sie Schriftrollen willkürlich auf den Boden warfen.

Schließlich gaben sie auf und gingen, nachdem sie Narr noch verkündet hatten, daß seine Aktivitäten künftig genau überwacht werden würden. Verärgert machte mein Pflegevater sich daran, seine Schriftrollen zum zweiten Mal an diesem Tag zu ordnen, während Oriole und ich die Sklaven beruhigten. Danach gingen wir hinaus in den Hof und setzten uns neben einem Brunnen auf eine Bank.

»Ich habe dir noch gar nicht dafür gedankt, daß du geholfen hast, meinen Vater zu retten«, sagte Oriole. »Ich danke dir von ganzem Herzen, Ashinn. Das war ein schrecklicher Tag ...«

Sie brach plötzlich in Tränen aus und wehrte sich nicht, als ich einen Arm um sie legte. Ich hob ihr Gesicht zu mir und küßte sie, und sie erwiderte den Kuß. Doch dann zog sie sich zurück und schüttelte den Kopf. »Oh, Ashinn, nein. Nein.«

»Warum nicht?« fragte ich und ließ sie los. Sie hatte zu weinen aufgehört, aber ihr Gesicht war noch immer sehr verhärmt. Sie hatte nun nichts mehr von einem jungen Falken, sie war nur noch ein müdes und ängstliches junges Mädchen. Ich mochte diese Falten zwischen ihren Augenbrauen nicht, die den Anschein erweckten, als würde sie ständig über Fragen nachgrübeln, auf die sie keine Antwort fand.

Langsam kam das Haus zur Ruhe. Das Durcheinander, das die Tempelwache angerichtet hatte, wurde beseitigt. Doch bevor der Tag zu Ende ging, bekamen wir noch einen weiteren Besucher. In einer Sänfte erschien Eynar und fragte, ob er mit mir reden könne.

Ich hatte mich in die Küche zurückgezogen, wo ich den Bediensteten einen Vortrag darüber hielt, wie man in dieser schwierigen Zeit Verschwendung vermeiden könnte, und zeigte ihnen, wie sich auch Fleischreste nutzen ließen, indem man sie in kleine Stücke hackte, mit Kräutern, Eiern und Mehl mischte, zu Bällchen formte und briet. Ich beauftragte Rynar damit, die Arbeit zu Ende zu führen, und ging mit Eynar hinaus auf den Hof.

»Ich weiß, daß ich dich bei der Arbeit störe«, sagte er entschuldigend, »aber ich bleibe nur einen Augenblick. Ich hörte, daß Graf Narr in den Tumult auf dem Jaison-Platz verwickelt war.«

»Das kann man wohl sagen«, erwiderte ich trocken. »Aber er ist wohlbehalten wieder nach Hause gekommen, ebenso wir anderen.«

»Ihr anderen?«

»Seine Tochter Oriole und ich haben ihn mit einem Wagen dort herausgeholt. Hast du das nicht gewußt?«

»Nein. Ich sah zwar einen Wagen, konnte aber nicht erkennen, wer darinsaß. Ich war mit anderen Dingen beschäftigt«, sagte Eynar. »Mein Speisehaus ist fast vollständig zerstört. Es wird einen großen Teil meiner Ersparnisse kosten, die Schäden zu beseitigen und es wieder neu zu eröffnen, aber ich habe mich entschlossen, mir darüber keine Gedanken mehr zu machen. Ich bin später zur Zitadelle gegangen und habe das Büro des Neuen Atlan aufgesucht.«

»Um dich registrieren zu lassen?«

»Ich habe mich für das erste Evakuierungsschiff angemeldet, das in acht Tagen in See stechen soll. Um dir das mitzuteilen, bin ich hergekommen. Ich möchte mich verabschieden.«

Ich rief Narr, wir gingen in seinen Salon und tranken auf Eynars bevorstehende Reise. Eynar war niedergeschlagen, was nach den Ereignissen dieses Tages durchaus verständlich war, und schien angesichts des bevorstehenden Abschieds rührselig zu werden. Ich versuchte ihn ein wenig aufzumuntern. »Es wird nicht für immer sein. Wir brechen früher oder später alle zum Neuen Atlan auf.«

»Wenn euch nicht einer daran hindert«, erwiderte Eynar. »Ich möchte weg, so lange es noch geht.«

»Ich wünsche dir alles Gute und würde am liebsten auch gleich mitkommen«, sagte ich. »Es wird ein großes Abenteuer sein, mit dem ersten Schiff zu reisen. Ich habe die Listen durchgesehen. Es ist eine gute Mischung: einzelne Leute, ganze Haushalte, Menschen aus allen Ständen – der Graf von Shondian hat sich mit seiner gesamten Familie eingetragen –, Angehörige verschiedener Berufe. Genau das, was man braucht, um eine neue Gemeinschaft aufzubauen.«

»Ich werde einen Imbißstand aufmachen, um die Arbeiter zu verköstigen, die die Häuser erbauen«, sagte Eynar. »Vielleicht sehe ich euch beide noch einmal vor der Abfahrt. En möge euch beschützen.«

»Und auch dich, mein Freund«, entgegnete ich.

»Ich bin mir nicht sicher, ob ich an En glauben soll«, meinte Eynar. »Obwohl ...« Seine alte Zuversicht blitzte wieder kurz auf. »Wenn man sich auf einem Schiff befindet, ist es vielleicht besser, man vertraut sich dem Schutz Sayadons an.«

Zwei Tage später wurden Narr, Oriole und ich von Ivorr zu einer Besprechung in den Prinzenpalast gerufen. Als wir eintrafen, hatte sich dort bereits der Großteil der Mitglieder des Rates des Neuen Atlan versammelt, bis auf Davenn, den Steinmetz, und Luken, den Landvermesser. Anwesend waren jedoch Bryen, Zebard und Rynard, ebenso Mandarr, Erin, Quinn und Kapitän Collen, der soeben von einer Fahrt in den Norden zurückgekehrt war, wo er Bauholz und Zinn geholt hatte. Sie waren alle erbost über die Wendung, die die Ereignisse genommen hatten. Am meisten schien Erin empört. Er war ein umgänglicher junger Mann, der daran glaubte, daß man den Göttern und den Gesetzen den nötigen Respekt erweisen solle – vorausgesetzt, sie standen seinen wilden Festen nicht im Wege oder dem, was er als »gesunden Menschenverstand« bezeichnete. Er meinte, wenn die Diener sich weiter durchsetzten, würden wohl bald auch alle Feste verboten werden.

Schon als ich den Raum betreten hatte, war mir die Frau aufgefallen, die auf einem Sofa in der Ecke saß, doch erst als Oriole mich auf sie aufmerksam machte, erkannte ich, daß es Janna war, die Hohepriesterin der Frauen. Sie trug einen unauffälligen braunen Umhang über einem dunkelgrünen Kleid und dazu schlichte braune Sandalen.

Prinz Ivorr stellte sie vor, und sie lächelte uns höflich an. »Ich geselle mich zu Euch, meine Freunde. Ihr braucht keine Angst zu haben vor mir. Ich bin hier, weil ich das Projekt des Neuen Atlan billige und unterstütze, das sich nun in Gefahr befindet.« Sie hob abwehrend eine Hand. »Nein, die Arbeit am Neuen Atlan wird nicht unterbrochen werden. Der Hohepriester Diarr ist zu klug, um dies zu verfügen. Es gibt immer noch viel Unterstützung für das Projekt. Aber die Gefahr wächst.« Ihr Lächeln war verschwunden. »Ich bin hierhergekommen, um Euch zu warnen und Euch mitzuteilen, daß zwei Eurer Mitglieder verhaftet wurden. Davenn wurde gestern festgenommen, weil er beim Treffen der Tafelrunde der Steinmetze öffentlich Diarr kritisiert hat, und Luken wurde heute morgen eingesperrt, weil er seit sieben Tagen die Tanzzeremonie nicht mehr besucht hat. Das kann man als den Beginn einer Kampagne gegen Euch betrachten. Der Rat des Neuen Atlan ist zwar nicht aufgelöst, aber Ihr alle seid nun zur Zielscheibe geworden. Wenn Ihr Euch nur die kleinste Gesetzesverletzung zuschulden kommen laßt, dürfte man Euch unter Arrest stellen. Und wenn einmal mehrere von Euch im Kerker sitzen, wird der Rat des Neuen Atlan – und das gesamte Projekt – sang- und klanglos untergehen.«

Wütender Protest erhob sich, aber Janna brachte uns abermals durch eine Handbewegung zum Schweigen. Sie war noch immer die ehrfurchtgebietende Priesterin.

»Diarr ist ein Mann, vor dem Ihr Euch in acht nehmen müßt. Er genießt die Unterstützung der Armee, der Königlichen Garde und der Stadtgarde, und auch die Tempelwache hört auf seinen Befehl, denn mittlerweile scheinen alle Kommandeursposten von Mitgliedern der Diener-Sekte besetzt worden zu sein. Schon zu Lebzeiten Jatephs erlangte Diarr mehr Einfluß, als ihm zustand, und er nutzte seine Macht geschickt aus. Und seit er die Armee kontrolliert, beherrscht er auch Rastinn. Ihr dürftet Eure Rechnungen schwerlich noch bezahlt bekommen. Das Geld, das durch die Steuer für das Neue Atlan eingenommen wurde, wird für den Tempel verwendet, und schon bald soll mit dem Wiederaufbau der goldenen Fiale begonnen werden. Ich habe das Risiko auf mich genommen, hierherzukommen, weil Ihr über diese Entwicklungen Bescheid wissen müßt, um vorgewarnt zu sein, und weil ich Euch durch meine Anwesenheit zeigen wollte, daß ich auf Eurer Seite stehe.«

»Und dieses Risiko dürfte nicht gering sein«, meinte Ivorr. »Wir schulden Dame Janna großen Dank.«

»Ich kann es kaum glauben. Diarr hat Atlan verraten!« rief Erin.

»Diarr vermutet«, fuhr Janna fort, »daß ich mich gegenwärtig in meinen Gemächern aufhalte, meditiere und um göttlichen Rat bete, ob ich ihn unterstützen soll oder nicht. Ich habe vor, zu gegebener Zeit an die Öffentlichkeit zu treten und zu verkünden, ich hätte eine Vision der Göttin Kya gehabt, die mir befohlen habe, Diarrs Autorität anzuerkennen. Ich glaube, es wirkt überzeugender, wenn ich den Anschein erwecke, daß ich nicht freiwillig nachgegeben habe. Wann immer ich also Diarr öffentlich unterstützen werde, wird es geheuchelt sein. Ich bin Janna, die Hohepriesterin der Frauen, damit auch Hohepriesterin Sayadons, der Ersten Mutter, und Kyas, der Göttin alles Lebenden. Ich bin davon überzeugt, daß wir um das Leben unserer Bevölkerung, insbesondere unserer Kinder kämpfen müssen und daß deshalb das Neue Atlan gebaut werden muß. Es ist meine Pflicht, das Leben zu verteidigen. Wenn En unser Leben bedroht, ist er mein Feind, und ich muß mich ihm widersetzen.«

Sie stand auf. »Ich muß jetzt gehen. Ich brauche keine Begleitung, Prinz Ivorr. Ich verlasse den Palast durch die Hintertür, wie ein normaler Bürger.« Sie lächelte uns zu, legte eine Hand auf ihr Herz, um uns zu segnen, griff nach ihrem Überwurf und verließ leise den Raum.

Kaum war sie gegangen, begannen alle wild durcheinanderzureden, doch Ivorr sorgte für Ruhe. »Jetzt wissen wir also, wo sie steht«, sagte er. »Und ich kann den Ausführungen Jannas noch etwas hinzufügen. Ich weiß sehr wohl, daß ich nur deshalb noch auf freiem Fuß bin, weil ich über eine gewisse Unterstützung in der Bevölkerung verfüge. Dasselbe gilt für Narr. Die Volksmeinung in Atlan ist nach wie vor tief gespalten. Nicht alle haben sich hinter Diarr geschart, und die meisten Leute, die sich für das erste Evakuierungsschiff eingetragen haben, lassen sich in ihren Reisevorbereitungen nicht beirren.«

»Manche tragen sich auch jetzt noch kurzentschlossen ein«, sagte ich und dachte an Erin.

»Ja, ich weiß«, bestätigte der Prinz. »Und deswegen sind Narr und ich bisher unbehelligt geblieben. Diarr und Rastinn fürchten, unsere Anhängerschaft könnte wachsen, wenn sie uns hinter Schloß und Riegel stecken. Und seltsamerweise hegt mein Bruder noch immer eine gewisse Zuneigung zu mir. Aber er fürchtet mich auch, und Ihr, Narr, habt damit, daß Ihr diesen Tumult angezettelt und den Dampfwagen erfunden habt, mehr als genug getan, um verhaftet zu werden. Diarr möchte nur seine Position noch weiter festigen, bevor er …« Der Prinz fuhr mit einem Finger über seinen Hals.

»Mag sein, daß wir persönlich in Gefahr sind«, meinte Narr. »Aber daß das ganze Projekt gefährdet ist, glaube ich nicht. Das Neue Atlan nimmt Gestalt an. Die Baumaßnahmen haben begonnen. Dem letzten Bericht zufolge sind die Schutzwälle bereits zum Teil errichtet, und auch das Fundament der Zitadelle wurde schon gelegt. Rund sechshundert Mann halten sich bereits dort auf, und das erste Evakuierungsschiff bricht in sechs Tagen auf. Das Projekt gewinnt eine Eigendynamik. Es läßt sich nicht mehr aufhalten.«

»Doch«, widersprach der Prinz. »Dame Janna hat es ausgesprochen, und sie hat recht. Wenn die Unterstützung von hier ausbleibt, wird das Neue Atlan eingehen wie eine Blüte, die vom Ast abgeschnitten wird.«

Sofort begannen wieder alle durcheinanderzureden. Das Volk von Atlan, riefen einige, werde nicht zulassen, daß dem Projekt die Unterstützung entzogen würde. Das Überleben der Bevölkerung Atlans und Xetlans hinge von der Verwirklichung des Projekts ab, und es gebe genügend entschlossene Männer und Frauen, es durchzuführen.

»Ganz zu schweigen von den vielen Leuten, die bereits lukrative Aufträge erhalten haben, wie zum Beispiel die Mitglieder meiner Zunft«, sagte Zebard, der Schiffbauer.

»Ich bin nicht so sicher«, meinte der Prinz. »Im Augenblick gibt es noch viel Unterstützung für das Neue Atlan, doch da Diarr sich auf das Militär stützen kann, ist er in einer starken Position. Dennoch gibt es einiges, was wir unternehmen können. Bis jetzt sind das Projekt und unser Komitee noch legal. Wir müssen auf die Straßen Atlans gehen und unsere Botschaft laut verkünden. Wir müssen die Gedanken der Menschen beeinflussen, die Hoffnung der Leute schüren …«

»Und ihr Geld einsammeln«, ergänzte Quinn säuerlich. »Dem Tempel fließen große Summen zu, um diese verdammte goldene Turmspitze zu erneuern, die am Ende vielleicht noch aus dem Meer herausragen wird, eine schöne, glänzende Erinnerung und eine Gefährdung der Schiffahrt, wenn es noch Schiffe gibt, nachdem Atlan versunken ist.«

»Nachdem ist genau das richtige Wort, nicht falls«, bemerkte Bryen, und Kapitän Collen nickte grimmig.

»Ich habe es selbst gesehen auf meiner letzten Fahrt in den Norden«, sagte Collen. »Die Eismasse bröckelt ab. Das Meer ist voll von treibenden Eisschollen. Fast wäre mein Schiff mit einem Eisberg zusammengestoßen.«

Ich dachte an das Meer. Ich spürte es überall um uns, sah vor meinem geistigen Auge, wie Welle um Welle auf Atlan zurollte. Mich fröstelte, und ich spürte, daß auch Oriole neben mir zitterte. Sie fühlte, was ich fühlte, und sah, was ich sah. Ich wollte ihr etwas sagen, das sie beruhigte, aber Ivorr ergriff wieder das Wort.

»Wir müssen diese Tatsachen öffentlich bekanntmachen. Ich werde Ausrufer engagieren. Erin, Mandarr, Ihr sprecht mit den Grafen, den Mitgliedern des Königlichen Rates und all Euren Freunden. Sprecher, Ihr informiert Eure Kollegen von den übrigen Tafelrunden. Redet mit Euren Mitgliedern, Euren Kunden und Lieferanten. Ihr alle, sprecht in Euren Haushalten, mit Euren Dienern und Sklaven, mit den Händlern auf dem Markt, mit den Nachbarn und allen Leuten, die Ihr auf der Straße trefft! Oriole, redet Ihr mit Euren Patienten und Freundinnen. Und Rynard, Euer Gewerbe wird nun erneut gebraucht. Ich werde ein neues Flugblatt entwerfen, und Ihr sollt es drucken.«

Zu den schlimmen Begleiterscheinungen dieser Zeit gehörte es, daß man nicht wußte, wem man noch trauen konnte. Die Mitglieder der Diener-Sekte, die man nicht immer sofort erkannte, waren überall. Manche Ausrufer weigerten sich, unsere Botschaft zu verkünden, mit der Begründung, sie sei ein Versuch, En die für ihn bestimmten Spenden vorzuenthalten und die Autorität des Tempels zu untergraben – zwei Beschuldigungen, die zweifellos zutrafen.

Doch einige der Ausrufer, die sich geweigert hatten, waren nur vorsichtig gewesen, denn jene, die auf die Straßen hinausgingen, wurden sogleich verhaftet. Man ließ sie zwar später wieder frei, aber sie mußten Strafen zahlen und schwören, nie mehr derart »aufrührerische und frevelhafte Aufträge« anzunehmen.

Inzwischen mußte jemand aus Rynards Zunft bei den Behörden Meldung gemacht haben. Das neue Flugblatt wurde gerade in einer Werkstatt in der Nähe des Jaison-Platzes gedruckt, als die Tempelwache erschien, die Druckausrüstung und die handschriftliche Vorlage beschlagnahmte, die Werkstatt schloß und das gesamte Personal festnahm. Auch Rynard wurde verhaftet.

Wir erfuhren sehr schnell davon, denn Prinz Ivorr informierte die Mitglieder des Rates des Neuen Atlan und sagte das nächste Treffen ab. Wir seien zwar noch nicht zu einer illegalen Vereinigung erklärt worden, hieß es in seinem Schreiben, aber von nun an sei Geheimhaltung geboten.

Der Läufer, den er zu Narr schickte und der nicht die Livree des Prinzen trug, hatte noch einige weitere Nachrichten bei sich. Am folgenden Tag nahm ich daher eine Sänfte in die Unterstadt und mietete mich in einer heruntergekommenen Pension ein, in der den Gästen keine Fragen gestellt wurden.

Narr und ich richteten ein System ein, das es uns auf Umwegen ermöglichte, den Kontakt zwischen den einzelnen Mitgliedern des Rates des Neuen Atlan aufrechtzuerhalten. Ich begab mich zu Meister Chesnon, wechselte ein paar Worte mit dem alten Jonard, unterhielt mich mit meinen früheren Kollegen in der Küche, stellte fest, daß Chesnons gesamter Haushalt das Neue Atlan unterstützte, und schickte Alexahn, der noch bis vor kurzem ein Läufer gewesen war, mit ein oder zwei Botschaften durch die Stadt.

Auch Niomy, die dem Neuen Atlan ihre Dienste angeboten hatte, fungierte als Kurier. Sie eilte zu Fuß oder in einer Sänfte durch die Stadt und überbrachte weiteren Mitgliedern unseres Komitees Schriftrollen.

Am folgenden Abend trafen sich die Mitglieder unserer Gruppe, die noch auf freiem Fuß waren, in jenem Raum, den ich angemietet hatte. Der Prinz mußte auch Janna informiert haben, denn sie erschien ebenfalls. Offensichtlich war es ihr gelungen, unbemerkt die Zitadelle zu verlassen und eine Sänfte zu nehmen. In ihren schlichten Kleidern hatten die Träger sie nicht erkannt.

Wir hatten uns alle unauffällig gekleidet. Kaum jemandem dürfte der gelenkige junge Mann in dem abgewetzten braunen Gewand aufgefallen sein, der zu Fuß durch die im Dämmerlicht liegenden Straßen eilte. Prinz Ivorr war ebenso vorsichtig gewesen wie wir alle.

Aber es empörte ihn. »Hier sind wir nun«, sagte er, als wir um den runden Tisch versammelt waren. »Ich bin ein Prinz von königlichem

lichem Geblüt, Rastinns Thronfolger, und arbeite an einem Projekt zur Rettung jener Kultur, die zu führen ich eines Tages die Ehre haben werde, aber ich bin gezwungen, mich mit meinen Helfern unter konspirativen Bedingungen zu treffen, als planten wir einen Raub oder ein Attentat.«

»Mir macht es durchaus Spaß«, bemerkte Erin und zeigte uns grinsend den geflickten Ärmel seines Obergewands. »Das habe ich meinem zweiten Gärtner gestohlen.«

»Steht es denn wirklich so schlimm?« fragte Bryen. »Die Schiffe für die erste Evakuierungsfahrt liegen noch immer im Inneren Kanal, und ständig werden weitere Boote in den Werften gebaut.«

»Tatsächlich?« fragte der Prinz. »Ich möchte Euch über die jüngsten Entwicklungen in Kenntnis setzen. Die Redner der Diener versuchen nun schon gezielt, die Leute davon abzuhalten, sich in die Evakuierungslisten einzutragen. Ich hörte einen von ihnen auf meinem Weg hierher. Er erzählte der Menge, daß En das Neue Atlan nicht billige und daß jeder, der dorthin fahre, sich nach seinem Tode unter den Verdammten wiederfinden werde und auf ewig durch die Unterwelt werde wandern müssen. Erwähnen möchte ich auch, daß in den letzten sieben, acht Tagen rund zwölfhundert Personen ihre Registrierung für die erste Fahrt rückgängig gemacht haben. Aber nur ein Dutzend sind neu dazugekommen.«

»Das reicht nicht, um den Verlust wettzumachen«, bemerkte Mandarr. »Zweifellos gewinnt die andere Seite allmählich die Oberhand.«

»Und uns wird gleichzeitig jede Möglichkeit genommen, dem Volk von Atlan unseren Standpunkt darzulegen«, sagte Narr. »Wir können gar nicht mehr auf die Gefahr hinweisen.«

Collen, Quinn und Zebard murmelten zustimmend. »Die Werften werden bald aufhören zu arbeiten«, meinte Zebard. »Sie haben Schwierigkeiten, ihre Arbeiter zu bezahlen. Einige der freien Arbeiter haben sich bereits zurückgezogen, aus Angst, En gegen sich aufzubringen.«

»Diarrs Denken«, sagte Narr, »wird von einem Traum – oder einem Alptraum – geprägt, diesem großen Gott En, einem allmächtigen, rachsüchtigen Wesen, und er möchte, daß wir Zeit und Energie aufwenden, um dieses ... dieses Ungeheuer zu besänftigen, während die Eisberge schmelzen und der Meeresspiegel steigt. Er möchte buchstäblich, daß wir im Tempel knien, während die Fluten über uns zusammenschlagen.«

»Wir verschwenden unsere Zeit«, sagte Janna. »Sollten wir nicht besser darüber sprechen, wie wir uns wieder mehr Bewegungsspielraum verschaffen können? Wir haben einiges zu sagen, aber man verbietet uns, es in den Straßen zu verkünden oder auf Flugblättern zu verbreiten. Als einziges Mittel bleibt uns, so scheint es, nur noch das persönliche Gespräch, aber das ist zu wenig. Ich tue im Tempel, was ich kann, aber ich muß bereits selbst sehr vorsichtig sein.«

»Ihr habt doch eine Technik, die Ihr als ›Durchdringen‹ bezeichnet, nicht wahr?« Narr lehnte sich zurück, verschränkte die Beine und legte seine Hände hinter den Kopf. »Könnt Ihr nicht auf direktem Weg den Geist der Bewohner Atlans erreichen?«

»Vater!« rief Oriole entsetzt.

»Dame Janna, ich bitte um Entschuldigung«, sagte Prinz Ivorr. »Narr, wir dürfen froh sein, daß sich die Hohepriesterin zu uns bemüht hat. Sarkasmus ist hier völlig unangebracht, und da ich Eure Einstellungen kenne, kann ich diese Bemerkung nicht anders einstufen.«

»Ich habe es aus reiner Verzweiflung erwähnt«, erwiderte Narr. »Ich entschuldige mich, Dame Janna.« Sein Blick suchte den ihren. »Ich glaube nicht an die Götter oder an Hellsichtigkeit. Aber ich wünschte, ich könnte es, ich wünschte, wir könnten die Menschen auf diese Weise erreichen. Doch das ist wohl nicht möglich, oder?«

»Ich habe es nicht als Beleidigung aufgefaßt«, erwiderte Janna ruhig. »Und in gewisser Weise habt Ihr recht, Graf Narr. Nicht in der Frage, ob es Hellsichtigkeit gibt oder nicht. Ich kenne Eure Ansichten hierzu und muß Euch sagen, daß Ihr Euch irrt. Und das sage ich aus eigener Erfahrung. Aber Ihr habt recht, wenn Ihr vermutet, daß sie uns in dieser Situation nicht weiterhilft. Ich habe es bereits versucht. Doch Gedanken, wie intensiv sie auch ausgesendet werden, können nur von Menschen aufgenommen werden, die bereit sind dazu. Viele haben ihren Geist dagegen verschlossen, zum Beispiel Diarr. Ich habe an die Tür seines Geistes geklopft, aber sie ist hart wie Eisen. Er nimmt meine Gedanken nicht auf, sondern sendet eigene aus. Er hat versucht, meinen Geist mit furchterregenden Bildern von En zu erfüllen. En mit einem Kopf, der von einer Flamme gekrönt wird, und dessen Mund wie eine Schlange nach mir schnappt. Auch Zula, die Hohepriesterin der Jungfrauen, hat er mit diesen Bildern gepeinigt. Sie ist mehr als einmal nachts zu mir gekommen, weil die Bilder sie nicht schlafen ließen. Wir wissen, daß sie von Diarr kommen.«

»Aber was in Ens Namen – oder besser nicht in seinem Namen – können wir dann tun?« rief Quinn.

Bryen hieb plötzlich mit beiden Fäusten auf den Tisch. »Es ist doch verrückt! Als ob die Leute nicht wüßten, welche Gefahren drohen! Es gab Erdbeben, die Flutwelle, Überschwemmungen und die Berichte der Erkundungsflotte! Das Neue Atlan war schon zu einem Bestandteil unseres Lebens geworden. Wie können sie sich jetzt wieder davon abwenden? Wie können sie denken, daß ...«

Er suchte nach Worten.

»Die Leute denken doch nicht«, brummte Narr. »Sie sind von Angst erfüllt, aber sie denken nicht, und wenn Diarr sie davon abhalten kann, ihren Verstand zu benutzen, wird er das tun.«

»Narr hat recht.« Prinz Ivorrs Gesicht wirkte müde; seine Wangen waren eingesunken, und eine tiefe Furche lag zwischen seinen Augenbrauen. »Ja, die Menschen haben Angst, aber noch nicht genug. Anfangs haben wir versucht, das Aufkommen von Angst so weit wie möglich zu unterbinden: jetzt aber brauchen wir sie. Wir müssen den Leuten soviel Angst einjagen vor dem, was auf sie zukommt, daß sie aus den Grenzen ausbrechen, die Diarr ihnen auferlegt hat, und das Recht auf Selbstverteidigung verlangen.«

»Einverstanden.« Erin hatte seine Ellbogen auf den Tisch gestützt und rieb die Fäuste aneinander. »Es ist also unsere Aufgabe, meine Freunde, die Bewohner Atlans so sehr in Angst und Schrekken zu versetzen, daß sie nicht mehr ein noch aus wissen. Und wir müssen es tun, bevor irgend jemand uns daran hindert. Doch wie wir das bewerkstelligen sollen, kann ich im Augenblick auch nicht sagen.«

Orioles Gesicht hellte sich auf. »Aber ich!« rief sie.

Und in diesem Moment kehrte meine kleine Schwester, die ich verloren hatte, als sie eine Frau geworden war und den Namen Oriole angenommen hatte, wieder zu mir zurück. Hier saß sie, meine Spielgefährtin, mit ihren hellen, listigen Augen und schlug nun abermals ein gefährliches Abenteuer vor. Es war in der Tat gewagt, aber es konnte funktionieren. Es mußte funktionieren.

»Es ist ungesetzlich«, meinte Zebard.

»Ungesetzlich? Unser ganzes Projekt wird über kurz oder lang als ungesetzlich gelten!« erwiderte Narr.

»Ich glaube, Zebard meint, daß es gefährlich ist«, sagte Quinn.

»Und die Erdbeben, die Flutwellen und Überschwemmungen sind es nicht?« Narr sah ihn verständnislos an.

»Hört auf«, mischte sich Janna ein. »Hört auf. Wir sollten uns nicht noch zerstreiten. Ich glaube, wir müssen es mit diesem Plan versuchen, obwohl wir dazu vielleicht mehr Helfer benötigen, als wir im Augenblick aufbringen können. Wir müssen jedermann hinzuziehen, der bereit ist, uns zu unterstützen. Um die Gefahr einer Entdeckung abzuwenden, müssen wir rasch handeln. Es ist eine schwere Aufgabe, schwerer, als Ihr Euch vorstellen könnt, Oriole. Wir müssen uns ferner darüber im klaren sein, daß das Unternehmen wirklich gefährlich ist. Zebard und Quinn haben recht. Jeder, der mitmacht, muß wissen, daß er ein großes Risiko eingeht. Denn es gibt noch etwas, das ich Euch sagen muß.«

Wir schauten sie betreten an.

»An jenem Abend, an dem Zula wegen ihrer schlimmen Träume zu mir kam«, sagte Janna, »unterhielt ich mich lange mit ihr, und irgendwann spät in der Nacht hörte ich in der Ferne ein Geräusch. Es kam aus der Richtung des Amphitheaters. In der folgenden Nacht wachte ich zur selben Zeit auf, um zu lauschen, und hörte es abermals. Ich warf mir einen dunklen Umhang über und ging zum Amphitheater. Dort stellte ich mich in den Schatten eines Eingangs und beobachtete, was vor sich ging. Eine Gruppe von Tänzern probte im Beisein von Diarr den Tanz des Todes. Ich glaube, es soll wieder ein Opfer zur Tiefnacht dargebracht werden. Da wir uns in einem Lyuna-Jahr befinden, folgt der Tiefnacht die Stille Zeit. Ich warne Euch: Nehmt Euch in acht! Was immer Ihr tut, laßt Euch nicht erwischen.«

»Was ist denn los?« fragte ich Oriole, als wir gemeinsam die Versammlung verließen. »Du warst so lebhaft, als du deine Idee vorstelltest, aber jetzt bist du wieder sehr ruhig geworden. Hast du Bedenken, weil es gefährlich ist?«

»Nein, nicht deswegen. Damit müssen wir zurechtkommen. Es ist nur ... ich habe die Verbindung zu ihr verloren.«

»Zu wem?«

»Zu Lyuna. Wenn ich meditiere, finde ich keinen Zugang mehr in ihr. Ich spüre ihre Gegenwart nicht mehr. Sie hat mich immer so beruhigt. Ich konnte sie spüren, kühl und selbstgenügsam, ihrer selbst sicher in ihrer silbernen Schönheit. Nun aber entgleitet sie mir. Manchmal …«

»Ja?«

Ihre Stimme wurde leiser. »Manchmal bin ich sogar wütend auf sie. Indem er ihr nachstellt, bringt Sayadon die Fluten zum Steigen.«

»Oriole …« Ich suchte nach Worten. »Oriole, betrachte das Meer einfach als Meer und den Mond als Mond.«

»Du sprichst genau wie mein Vater«, erwiderte Oriole. »Ach, warum mußte das alles nur geschehen? Ich war so glücklich auf Xetlan, so zufrieden mit meinem Leben dort. Ich wollte doch nur meine Ruhe haben!«

»Aber wir müssen versuchen, uns zu retten«, widersprach ich.

»Das weiß ich! Wir alle wollen leben, und was dieser Diarr predigt, ist die Verehrung des Todes! Aber warum werden wir überhaupt vom Tode bedroht? Wie konnte En das zulassen? Jetzt wirst du mir bestimmt gleich erwidern, daß En wahrscheinlich gar nicht existiert. Und mein Vater würde sagen, daß er bestimmt nicht existiert.«

»Wahrscheinlich hat er recht«, meinte ich.

Wir wußten nicht, ob wir überwacht wurden, was die Durchführung unseres Planes wesentlich erschwerte. Zudem waren wir unschlüssig, welche Vorkehrungen wir treffen sollten. Schließlich versuchten wir, uns gegen die schlimmsten Eventualitäten, mit denen wir rechnen mußten, zu wappnen.

Wir brauchten aktive Leute für die Aufgabe, was bedeutete, daß Janna und Mandarr nicht mithelfen konnten; Mandarr war schon zu alt und Janna nicht kräftig genug. Darüber hinaus hielten wir es für unklug, daß prominente Mitglieder des Rates des Neuen Atlan sich persönlich beteiligten. Es würde ihnen selbst und dem Neuen Atlan mehr nutzen, wenn sie darauf verweisen konnten, daß sie zur fraglichen Zeit anderweitig beschäftigt waren. Das bedeutete, daß wir ohne Prinz Ivorr und Graf Erin auskommen mußten. Auch

Narr, so beschlossen wir, sollte zu Hause bleiben. Er protestierte dagegen, wurde aber überstimmt.

Erin wollte gleichfalls widersprechen, lenkte jedoch schließlich ein, als wir ihm vorschlugen, an dem fraglichen Abend ein Fest zu veranstalten, was uns die Gelegenheit geben würde, uns zu versammeln. »Wunderbar!« sagte er. »Ich habe schon lange kein Fest mehr gegeben. Am Ende glauben die Leute schon, ich könnte mich den Dienern angeschlossen haben.«

»Dann habt Ihr jetzt eine Gelegenheit dazu«, meinte der Prinz. »Immerhin hat Diarr Feste noch nicht verboten, aber das könnte auch bald geschehen.«

»Ich weiß«, erwiderte Erin. »Bei meinem letzten Fest – und das ist schon einige Monate her – erschienen ein paar Priester vor meinem Haus und fragten, ob hier irgendwelche unmoralischen Dinge vonstatten gehen würden.«

»Und was habt Ihr ihnen geantwortet?« fragte Narr interessiert.

»Ich habe sie hereingebeten und einem von ihnen den Arm um die Schultern gelegt«, antwortete Erin. »Aber er hat sich freigemacht und sofort das Weite gesucht, hatte vielleicht Angst, er könnte sich anstecken.«

»Macht diesmal nicht soviel Lärm«, sagte der Prinz.

»Soll ich Euch auch einladen?« wollte Erin wissen.

»Das könnt Ihr tun, aber ich werde ablehnen und statt dessen Rastinn bitten, an diesem Abend mit mir zu speisen.«

Daß wir zusätzliche Helfer brauchten, beunruhigte uns. Am Ende aber waren wir insgesamt doch zehn Personen. Wir vom Rat des Neuen Atlan waren fünf. Zebard, Quinn und Collen, obwohl nicht mehr die Jüngsten, hatten darauf bestanden, mitzumachen, ebenso Oriole. »Es war meine Idee, und die Frauen werden zusammen mit den Männern ertrinken, wenn wir nicht von Atlan wegkommen«, erklärte sie.

Die übrigen vier mußten wir außerhalb des Rates suchen. Mit Juny wollte Narr uns nicht reden lassen, aber Niomy zeigte sich interessiert, und Oriole meinte, sie werde dafür sorgen, daß die Zofe an diesem Abend freibekam.

Dann fiel mir ein, daß uns auch Alexahn kürzlich geholfen hatte. Er hatte nicht gewußt, welche Botschaft er beförderte, aber ihm war klar gewesen, daß sie mit dem Neuen Atlan zu tun hatte. Ich begab mich zu Chesnon. Keneth und Alexahn erklärten sich bereit, uns zu unterstützen, und Chesnon legte ihnen keine Hindernisse in den Weg. Er sagte, er wolle gar nicht genau wissen, wofür ich ihre Hilfe brauchte.

Damit waren wir neun. Die zehnte Person war eine Freiwillige, mit der wir nicht gerechnet hatten. Erin hatte Lavindy gefragt, ob sie irgendein Mädchen habe, das sie uns als Serviererin für diesen Abend zur Verfügung stellen könne, wie er es umschrieb. Lavindy, die wußte, daß Erin zum Rat des Neuen Atlan gehörte, und die noch immer sehr aufgebracht war über ihr Erlebnis auf dem Jaison-Platz, bot selbst ihre Hilfe an. Sie war zwar nicht unbedingt für eine aktive Rolle geeignet, aber wir brauchten noch einen Späher, und kaum jemand konnte sich in Atlan ungehinderter bewegen als Lavindy, deren Dienste von jedermann in Anspruch genommen wurden und die zu jeder Zeit an jedem Platz auftauchen konnte, ohne Verdacht zu erregen. Lavindy wurde also als Wache engagiert.

Wir organisierten alles recht schnell, denn Lyuna war bereits am Schwinden. In der ersten mondlosen Nacht waren wir bereit.

Wir begaben uns in gemieteten Sänften zu dem Fest. Oriole und Niomy, die als deren Zofe auftreten sollte, nahmen zusammen eine Sänfte, ich folgte in einer Einzelsänfte.

Im Laufe des Tages hatte unsere Anspannung immer mehr zugenommen. Schon lange, bevor wir aufbrechen mußten, waren wir gebadet und angekleidet.

Narr meinte, es sei besser, mit etwas Verspätung statt zu früh zum Fest einzutreffen. Er begleitete uns nicht zu den Sänften, sondern verabschiedete sich auf der Terrasse. »Ich wünschte, ich könnte mitkommen. Und ich habe das Gefühl, dich, Oriole, hätte ich nicht mitgehen lassen sollen. Aber ...«

»Es war meine Idee«, erwiderte seine Tochter und versuchte zu lachen, was ihr aber mißglückte.

»Paßt auf euch auf und kommt wohlbehalten wieder zurück, meine Tochter, mein Sohn.«

Er umarmte uns, als würden Oriole und ich in den sicheren Tod gehen. Gewiß konnten wir festgenommen und zu schweren Strafen, vielleicht auch zur Sklaverei verurteilt werden. Narr wäre zwar imstande gewesen, uns freizukaufen, aber er hätte dies durch eine dritte Partei tun müssen, denn der direkte Freikauf von versklavten Angehörigen war verboten. Als ich den Hügel zu Erins Haus hinaufgetragen wurde, wünschte ich, wir hätten uns niemals auf dieses Unterfangen eingelassen.

Erins Haus stand in einem geräumigen Garten und hatte einen Empfangshof, von dem aus Bogengänge zum Garten, zum Stall und zu einem Innenhof führten, in dem es nicht nur einen Springbrunnen, sondern auch ein Schwimmbad gab.

Als wir ankamen, war es schon dunkel, und die farbigen Laternen, die sich wie Girlanden über die Mauern zogen, beleuchteten das Haus. Der Empfangshof war bereits voll mit Sänften und Wagen. Erins Gemahlin, die ein schlichtes blaugrünes Kleid trug, und seine beiden Konkubinen, die in respektvollem Abstand hinter ihr Aufstellung genommen hatten, begrüßten die Gäste unter dem Bogen, der zum Schwimmbad führte. Köstliche Düfte wehten zu uns herüber.

»Stellen wir uns vor, wir gehen tatsächlich nur zu einem Fest«, sagte ich zu Oriole und Niomy, nachdem wir unsere Träger bezahlt hatten.

Oriole lächelte tapfer, und auch Niomy, die sehr nervös war, brachte ein schüchternes Lächeln zustande. Am meisten zehrte an unseren Nerven, daß wir nun eine Weile warten mußten. Wir konnten erst verschwinden, wenn unsere Anwesenheit allgemein wahrgenommen worden und die Zeit für das Zusammentreffen mit den anderen gekommen war. Wir waren vier Stunden vor Mitternacht erschienen, mußten aber noch drei weitere, schier endlose Stunden ausharren.

Niomy zog sich vorschriftsmäßig in den Raum zurück, der für das Dienstpersonal vorgesehen war. Oriole und ich spazierten durch Erins prunkvolles Haus, während wir mit diesem und jenem Gast ein paar Worte wechselten. Die Räume waren sehr geschmackvoll eingerichtet. Von den weißen Wänden stachen purpurrote Balken und Pilaster ab, und Verzierungen wie Wandgemälde oder dekorative Lampenständer waren dezent integriert. Im Speisesaal bedeckte ein großes Gemälde, das ein Wagenrennen darstellte, eine ganze Wand, die übrigen Wände waren kahl. Die Goldblumen, die die Pilaster zierten, waren detailliert ausgearbeitet, aber schnörkellos. Alle Lampenständer waren in schlichten Formen gehalten und bestanden aus durchsichtigem Alabaster. Nirgends gab es eine Spur der überladenen und pompösen Formen und Figuren, die Chesnon bevorzugte und die in seinem Haus jeden Winkel ausfüllten.

Lavindy war mit den Mädchen erschienen, die sie gelegentlich auslieh, und auch Bryen hatte sich eingefunden. Wir begegneten den beiden während unseres Rundgangs und begrüßten sie, blieben jedoch nicht lange bei ihnen stehen. Ich hielt mich stets in der Nähe von Oriole auf, insbesondere als der reichlich zur Verfügung stehende Wein seine Wirkung zu entfalten begann. Ich sehnte mich danach, meine strapazierten Nerven durch Wein etwas zu entspannen, und ich vermute, den übrigen ging es genauso, aber dazu durften wir uns keinesfalls hinreißen lassen. Wir erlaubten uns jeweils nur einen Becher.

Es hinderte uns jedoch nichts daran, die exzellenten Speisen zu kosten. Erin hatte klugerweise kein Mahl mit einer festen Sitzordnung arrangiert, bei dem die Gäste lange Zeit an einem Platz ausharren mußten. Er wollte, daß sich alle frei bewegten, was uns ermöglichte, uns unbemerkt abzusetzen. Die Mahlzeiten waren auf Tischen in verschiedenen Räumen angerichtet, nicht nur im Speisesaal, so daß sich die Gäste selbst bedienen konnten.

Da es zu kalt war zum Schwimmen, hielt sich niemand am Wasserbecken auf. Drinnen jedoch wurde getanzt, und schließlich erschien auch Garreth mit seinen Mädchen, die uns mit frivolen Liedern und Tänzen unterhielten. Allmählich heizte sich die Stimmung auf, und Erins Frau zog sich mit seinen Konkubinen zurück. Sie forderte Oriole auf, ebenfalls zu gehen, und Oriole konnte nur mit Mühe verhindern, daß sie weggeführt und mit den übrigen Damen des Hauses zusammengesperrt wurde. Sie flüchtete sich in ein Gespräch mit Lavindy, bis Erins Frauen verschwunden waren, dann gesellten sich beide zu mir.

Oriole trug einem Sklaven auf, Niomy zu holen, und sagte leise: »Es ist noch ein wenig früh, aber ich glaube, wir sollten jetzt gehen, denn wenn Erins Gemahlin mich sucht, könnten wir Schwierigkeiten bekommen. Die Nacht ist dunkel; selbst wenn wir auf die anderen warten müssen, laufen wir keine Gefahr.«

Wir spazierten durch das Haus, mit Lavindy im Gefolge, und entdeckten Bryen, der so tat, als er sei er genauso betrunken wie die Leute, mit denen er sich unterhielt. Ich fing seinen Blick auf, als wir vorübergingen. Im nächsten Raum trafen wir auf Erin, der sich selig auf einem Sofa ausstreckte, unter sich eine von Lavindys hübschen Bedienungen. Er hatte seine Kleider abgelegt und die junge Frau ebenfalls, aber sie war nicht ganz nackt, denn ihre Brust war mit einer Mischung aus zerstoßener Ananas, Rosinen und Kokosnußflocken bedeckt, die Erin genußvoll ableckte. Er nahm keine Notiz von uns.

Wir gingen weiter, schlüpften durch eine kleine Tür, die halb durch einen Pilaster verdeckt wurde, und befanden uns im Garten. Hier war es so dunkel, daß wir kaum den weiß gepflasterten Weg erkennen konnten, der durch eine Pappelallee zu einem Außentor führte. Erin hatte es unverschlossen gelassen, und als wir uns ihm näherten, bewegte sich etwas unter den Ästen eines Baumes. Keneth und Alexahn warteten hier auf uns. Nach wenigen Augenblikken kam auch Bryen.

Die übrigen sollten auf der Kuppe des Hügels zu uns stoßen. Aber wir waren noch nicht ganz bereit, unsere Aufgabe in Angriff zu nehmen, denn alle bis auf Alexahn und Keneth trugen wir unsere besten Kleider und mußten uns erst umziehen.

Keneth hatte einen Sack bei sich, aus dem er einige dunkle Umhänge und mehrere robuste Sandalen hervorzog, die für draußen besser geeignet waren als die flauschigen Ausgehschuhe, die wir trugen. Wir wechselten unser Schuhwerk, streiften unseren Schmuck ab und zogen die feinen Obergewänder aus. Darunter trugen wir etwas praktischere Kleidung. Keneth stopfte die abgelegten Kleidungsstücke in seinen Sack und schulterte ihn. Dann warfen wir uns die Umhänge über. Ich öffnete das Tor und führte die anderen hindurch.

Wir standen am Anfang einer Gasse, die weiter oben in die Weiße Straße mündete. Wir blickten uns aufmerksam um. Ein paar helle Flecken näherten sich uns und entpuppten sich schließlich als die Lichtstrahlen, die durch die Löcher einer abgedunkelten Laterne drangen, die Zebard in den Händen hielt. Hinter ihm tauchte Quinns bullige Gestalt auf, und ihm folgte Collen.

»Wir haben die Ausrüstung«, knurrte Zebard. »Wir haben sie in Mandarrs Garten abgeholt. Er hatte wie versprochen eine Seitentür unverriegelt gelassen. Also, dann los. Weißt du noch den Wortlaut, Ashinn?«

»Hier.« Ich griff in einen Beutel, der an den Gürtel meines alten Obergewands genäht war, und zog ein zusammengerolltes Stück Pergament hervor. »Leuchte darauf«, flüsterte ich. »Wir müssen die Worte auswendig lernen.« Wir kauerten uns nieder, und Zebard hielt die Laterne über das Pergament. Bryen und Narr hatten den Text entworfen. Er umfaßte fünf Botschaften, als Fragen formuliert:

Wo werdet Ihr an dem Tage sein,
an dem Atlan im Meer versinkt?

Wollt Ihr ins Neue Atlan umsiedeln
oder wollt Ihr lieber Schwimmen lernen?

Vertraut Ihr auf die Gnade Ens?

Wäret Ihr in einem gut gebauten Schiff nicht sicherer?

Glaubt Ihr an En?
dann sorgt dafür, daß er weiterhin angebetet werden kann –
im Neuen Atlan

Habt Ihr Euch für das Neue Atlan eingetragen?
dann seht zu, daß Ihr nicht zurückgelassen
werdet und ertrinkt.

Wir konnten diese Fragen nicht als Flugblätter verteilen oder auf den Straßen verkünden. Aber es würde den Leuten einen ziemlichen Schock versetzen, wenn sie sie lasen, in mannshohen schwarzen Buchstaben, die wir auf die weiße Mauer der Zitadelle schreiben würden.

Wozu wir die Menschen aufforderten, war in höchstem Maße ungesetzlich. Es stellte schon seit langem einen Gesetzesverstoß dar, Graffiti an die Mauern der Zitadelle zu malen; inzwischen war es bereits gefährlich, an anderen Mauern Botschaften anzubringen, falls ihr Inhalt als frevlerisch eingestuft wurde. Doch wenn es uns gelang, die Menschen zu erreichen, hatte es sich gelohnt, sich dieser Gefahr auszusetzen.

»Es sind fünf Botschaften, und wir sind zehn Leute«, sagte Bryen. »Dame Lavindy soll Wache stehen, so daß für die Malarbeit noch neun bleiben. Jeweils zwei Leute übernehmen einen Text; ich selbst schreibe den dritten allein, weil er kürzer ist als die übrigen. Die Gruppe, die als erste fertig wird, hilft den anderen. Alles klar?«

Die Ausrüstung, die Quinn erwähnt hatte, lag im Schatten eines Baumes: Leitern und Pinsel sowie mehrere Töpfe mit fertig gemischter Farbe. Wir nahmen sie und trugen sie die kurze Strecke zur Zitadelle.

Niemand war zu sehen. Die letzte Tanzzeremonie dieses Tages war längst vorüber, und in der Stadt schliefen die meisten Menschen schon. Der Fuß der Zitadellenmauer und die umgebende Straße lagen in tiefem Schatten. An der Mauer hielten wir inne und warteten, bis sich die Schritte der Wachen, die oben auf der Mauer patrouillierten, entfernt hatten.

Wir bildeten natürliche Paare. Keneth und Alexahn arbeiteten zusammen, ebenso Zebard und Quinn, beide etablierte Sprecher von Tafelrunden und seit langem befreundet. Bryen meinte, ich solle mit Collen ein Team bilden und die beiden Frauen miteinander ebenfalls, aber ich wendete ein, daß Männer längere Arme hätten als die Frauen und daß deshalb in jedem Team ein Mann sein sollte. Daher, so sagte ich, würde ich mit Oriole arbeiten und Collen mit Niomy.

»Ihr könnt zwei Schriftzeichen gleichzeitig anbringen«, meinte Bryen. »Ihr habt jeder eine Leiter. Stellt sie nebeneinander auf, mit genügend Zwischenraum für einen Buchstaben. Jeder lehnt sich dann nach rechts und beginnt zu arbeiten. Wenn ihr fertig seid, rückt ihr die Leitern weiter nach rechts und beginnt mit den nächsten beiden Buchstaben. Auf diese Weise ist der Abstand zwischen den Zeichen ungefähr so breit wie eine Leiter, das genügt. Alle Botschaften bis auf die dritte brauchen zwei Zeilen, wobei die zweite eine halbe Mannslänge unter der ersten angebracht werden sollte.«

Nachdem dies besprochen war, teilten die Arbeitsteams das Handwerkszeug untereinander auf und begaben sich zu ihren vorgesehenen Positionen an der Mauer. Wir hatten einen Bereich ausgewählt, der an der Südseite der Zitadelle verlief, zwischen der Weißen und der Schwarzen Straße.

Obwohl auf der Brüstung Wachen umhermarschierten, war die

Aufgabe nicht so gefährlich, wie sie uns zunächst erschienen war. Über uns erstreckte sich noch ein gehöriges Stück Mauer, so daß jemand, der von oben herunterschaute, nur ins Dunkel blickte. Als wir die Wachen zurückkommen hörten, erstarrten wir dennoch und drückten uns eng an die Leitern. Wir sprachen natürlich nur so wenig wie nötig und auch dann nur im Flüsterton.

Das Aufmalen der Buchstaben erwies sich als schwieriger als ich erwartet hatte. Die weiße Mauer war zwar gut sichtbar, aber ich mußte meinen Farbtopf mit der linken Hand halten, den Pinsel in die schwarze Farbe tauchen, mich dann nach rechts lehnen und in dem Zwischenraum zwischen meiner und Orioles Leiter den Buchstaben, der höher war als ich selbst, in den richtigen Proportionen an die Wand malen. Überdies hatte die Farbe die unangenehme Eigenschaft, in den feinen Spalten zwischen den Steinblöcken, aus denen die Mauer bestand, zu versickern.

Als ich meinen ersten Buchstaben betrachtete, stellte ich fest, daß er zu mager ausgefallen war. Ich mußte ihn nachziehen und verstärken. Oriole war bereits vor mir fertig geworden. Ihr schien diese Arbeit wesentlich leichter von der Hand zu gehen als mir. Sie stieg auf die Leiter und schwang den Pinsel, als würde dies zu ihrer täglichen Beschäftigung gehören. Sie verschob ihre Leiter und nahm sich den dritten Buchstaben vor, während ich herunterstieg und gerade den ersten vollendet hatte. In diesem Augenblick ging ein seltsames Geräusch durch die Stille der Nacht.

Wir hielten inne und lauschten. Es kam von rechts, vom Tempeleingang her. Bald schwoll das leise Murmeln zu einem lauten Rufen an, und dann ertönten die Glocken des Tempels über uns. Lavindy kam herbeigeeilt und rief: »Schnell, lauft weg!« Im gleichen Augenblick kreischte jemand hinter ihr. »Sie haben Niomy geschnappt!« stieß sie hervor und verschwand in der Dunkelheit.

Hinter der Biegung der Zitadellenmauer wurden Fackeln entzündet. Ich packte Oriole am Arm und lief mit ihr in eine kleine Gasse. Da bog eine Verfolgerschar um die Ecke, die so groß war, daß wir unseren Augen kaum trauten. »Wo kommen die denn plötzlich alle her?« flüsterte Oriole entsetzt. »Haben sie uns erwartet?«

Es waren Hunderte, die Sicheln schwangen und wie Dämonen brüllten. Wir kauerten uns in den Schatten, fürchteten, jede kleinste

Bewegung könne uns verraten. Einige der Verfolger sahen unsere Leitern, packten sie, als seien es lebende Feinde, und zertrümmerten sie. Sie entdeckten auch den Sack mit unseren Festgewändern, schlitzten ihn auf und rissen seinen Inhalt in Stücke.

Später erfuhren wir, daß es sich bei dieser Meute um die Teilnehmer der abendlichen Tanzzeremonie gehandelt hatte. Diarr hatte sie aufgestachelt und ihnen mitgeteilt, es gebe Anhaltspunkte, daß frevlerische und aufrührerische Elemente planten, in der Nacht die Mauern der Zitadelle zu entweihen. Er befahl ihnen, sich im Amphitheater auf die Lauer zu legen und uns zu ergreifen. Wir waren in eine Falle gegangen.

Überall um uns herum herrschte Aufruhr. »Sie schwärmen aus«, flüsterte Oriole. »Hör doch.«

Stimmen und Fackeln kamen immer näher. Rasch eilten wir die Gasse hinunter. Wir hörten, wie hinter uns die Meute in die Gasse eindrang und mit ohrenbetäubendem Gejohle, das ich noch immer in meinen Alpträumen höre, unsere Verfolgung aufnahm.

Sie hätten uns auch erwischt, hätten wir nicht im Licht einer Laterne eine kleine Brücke gesehen, da wo die Gasse einen Bach überquerte. Die Brücke hatte eine niedrige Brüstung. Wir sprangen darüber und landeten auf glitschigen Steinen, über die gurgelnd kaltes Wasser floß. Felswände ragten links und rechts von uns empor. Wir stapften das Bächlein hinauf, stolperten mehrmals, wurden am ganzen Körper naß und rissen uns die Hände auf, bis wir schließlich an einer Stelle landeten, die wir mehr durch Riechen als durch Sehen als einen Garten erkannten.

Wir liefen über Gras, brachen durch ein kleines Gebüsch und blieben schließlich am Stamm eines Olivenbaums keuchend stehen. Dann hörten wir die Rufe schon wieder und sahen, daß unsere Verfolger nicht aufgegeben hatten. Das Licht von Fackeln drang in den Garten.

Wir liefen weiter und erreichten ein Tor. Es war versperrt, aber indem wir auf einen Strauch kletterten, gelangten wir hinüber. Auf der anderen Seite kamen wir in eine Gasse, die wir hinunterliefen.

Doch die gesamte Oberstadt war voll von Verfolgern. Die Leute strömten aus ihren Häusern; jedes Tor und jeder Hauseingang schien Feinde auszuspucken, und in Windeseile verbreitete sich die Nachricht, daß nach Leuten mit farbverschmierten Gewändern gesucht werde. Wir wurden entdeckt und zogen erneut eine brüllende Horde von Verfolgern an.

Die Glocken läuteten noch immer. Mittlerweile hatten wir gänzlich die Orientierung verloren. Wir wollten nach Hause, fanden aber den Weg nicht mehr. Wir schleppten uns durch Gassen, halfen uns gegenseitig über Mauern und änderten unsere Richtung so oft, daß wir nicht mehr wußten, wo Osten und wo Westen war. Als wir erneut in einen Garten gelangten, wähnten wir uns schon in Sicherheit. Keuchend ließen wir uns auf den Boden sinken, doch schon kam eine Meute herangestürmt, und wir mußten unsere schmerzenden Lungen abermals mit Luft füllen und unsere Flucht fortsetzen.

Ich verspürte stechende Schmerzen in der Seite und war schweißgebadet. Oriole ging es nicht besser. Doch inzwischen hatten sich unsere Augen an die Dunkelheit gewöhnt, und plötzlich wußte ich, wo wir waren.

Wir liefen die Treppe hinunter, über die wir am Vortag Hand in Hand geschlendert waren. Vor uns, versteckt hinter einem Busch, lag der Eingang zu jenem schmalen Spalt zwischen zwei Häusern, in den Oriole mich damals gezogen hatte. Diesmal zog ich sie dorthin. Wir kauerten uns nieder, bemühten uns, nicht allzulaut zu keuchen, und lauschten auf den Lärm der Verfolger, die draußen vorüberstoben.

»O Lyuna«, flüsterte Oriole, als sie wieder zu Atem gekommen war. »O Lyuna, ich danke dir.«

»Lyuna hat damit nichts zu tun«, brummte ich. »Du hast diesen Durchgang entdeckt, und ich habe ihn wiedererkannt! Jetzt wissen wir wenigstens, wo wir sind. Wenn sich alles beruhigt hat, können wir heimgehen.«

»Ob auch die anderen entkommen sind?« fragte Oriole zitternd.

Vorsichtig krochen wir den Durchgang entlang. Als wir uns der Stelle näherten, wo er einen breiteren Gang kreuzte, vernahmen wir erneut Geschrei. »Langsam«, flüsterte ich.

Wir erreichten das Ende des Durchgangs und spähten ängstlich aus unserem Schlitz heraus. Es war niemand zu sehen, doch über uns hörten wir grauenhafte Geräusche: verzweifelte Rufe und ein Poltern, als werde eine Tür eingeschlagen. Dazwischen rief jemand: »Holt diese Gotteslästerer heraus!« Die Jagd hatte sich offensichtlich ausgeweitet. Diarrs Meute attackierte die Häuser all jener, die als Feinde betrachtet wurden. Ich dachte an Narr und spürte, wie mir die Galle hochkam. Vielleicht war er geflohen, ja, wahrscheinlich, aber das bedeutete noch nicht, daß er in Sicherheit war. Als wir die breitere Straße hinunterschauten, entdeckten wir an ihrem Ende eine Öffnung zwischen zwei Gebäuden, durch die man einen Blick auf die Unterstadt hatte. Überall erhellten Fackeln die Nacht, und dann stieg plötzlich eine Feuerzunge empor, und eine weitere folgte. Der Wahnsinn breitete sich aus. Terror und Raserei verschlangen die Stadt, in keinem Winkel war man mehr sicher.

»Mein Vater!« flüsterte Oriole. »Wir müssen feststellen, ob er in Sicherheit ist. Mit einem Boot könnten wir auf dem Kanal bis in die Nähe seines Hauses rudern. Auf dem Wasser sind wir ebenso sicher oder gefährdet wie anderswo. Es gibt ein paar Boote in Chesnons Werft. Sie ist nicht weit entfernt, wir müssen nur durch den Tunnel unter der Rennbahn gehen.«

Wir krochen weiter. Die Straße war leer. Wir schlüpften in den Tunnel. An seinem Ende lag der Durchgang zwischen den Lagerhäusern, und hier stießen wir auch auf den Inneren Kanal, dessen Wasser dunkel glänzte. Die Schiffe der Evakuierungsflotte schaukelten an ihren Ankern, ihre Maste hoben sich deutlich vom Himmel ab. Auf der anderen Seite des Kanals standen mehrere Häuser in Flammen, und der Wind trug das Feuer weiter. Wir gingen vorsichtig weiter, bis zu jener Stelle, wo unser Durchgang einen Pfad kreuzte, der entlang des Kanals verlief, dann nach rechts abbog und zu Chesnons Werft führte.

Doch als wir uns dem Ausgang näherten, brach abermals der Lärm der Verfolgermeute über uns herein, diesmal ganz nahe. Wir blieben stehen und spähten wie Mäuse aus ihrem Loch.

»Sie sind in der Werft!« sagte Oriole. »Gütiger En, sie sind in die Werft eingedrungen. Oh, Ashinn! Nein!«

Über dem Werftgelände züngelte eine Flamme empor. Sie mußten Öl verwendet haben, um ein Gebäude so schnell in Brand zu stecken. Die Flamme hatte eine häßliche Farbe, blutrot, und sie schleuderte Funken und Qualm von sich. Einen Augenblick später flammte ein zweites Feuer auf, ganz in der Nähe des Inneren Kanals. Oriole klammerte sich entsetzt an mich.

Ich sah, wie sich das Feuer in den bemalten Bordwänden der

Schiffe auf dem Wasser spiegelte. Dann stand plötzlich die gesamte Takelage des Dreimasters in Flammen, der uns am nächsten lag, und rasch griff das Feuer von einem Schiff zu anderen über. Flammen umhüllten die Galionsfiguren am Bug der Schiffe. Auf einigen hatten Handwerker geschlafen, die mit den letzten Arbeiten beschäftigt gewesen waren. Wir hörten Schreie und sahen, wie Männer über Bord sprangen. Bei einigen hatte bereits die Kleidung Feuer gefangen.

Irgendwo am Ufer erhob sich triumphierendes Gebrüll.

»Sie haben die Flotte in Brand gesteckt! Sie sind verrückt geworden!« Oriole heulte beinahe. Ich hielt ihr den Mund zu.

»Zurück!« zischte ich ihr zu. »Zurück in den Tunnel!«

Doch in diesem Augenblick erbebte die ganze Stadt. Aufgeschreckte Vögel erhoben sich kreischend in die Lüfte, und unter unseren Füßen wogte der Boden wie eine Wasseroberfläche. Oriole verlor das Gleichgewicht und stürzte. Ich warf mich neben sie auf die Erde. Dachziegel schlugen hinter uns herab, die Wand eines Lagerhauses bekam Risse, und ein Fensterladen stürzte herunter und hätte mich beinahe getroffen.

Ein seltsames Krachen und Poltern aus dem Tunnel zeigte an, daß ein Teil davon einstürzte. Ich warf einen Blick über die Schulter und sah, daß eine schäumende Flutwelle den Kanal heraufrollte. Die brennenden Schiffe taumelten und zuckten, als befänden sie sich im Todeskampf. Tief in der Erde rumorte es bedrohlich.

Doch die Verfolger brüllten weiterhin siegestrunken. Sie waren schon ziemlich nah. Jeden Augenblick mußten sie in das kurze Straßenstück eindringen, das uns von der Werft trennte, und uns entdecken.

»Schnell«, murmelte ich. »Hoffentlich ist der Tunnel noch passierbar.«

Selbst wenn er noch nicht verschüttet war, gingen wir ein großes Risiko ein, denn es konnte ein zweiter Erdstoß folgen. Doch die Meute fürchteten wir mehr. Wir rappelten uns auf und eilten zum Eingang des Tunnels. Doch kaum hatten wir ihn betreten, spürten wir Geröll unter unseren Füßen und stießen dann auf ein großes Mauerstück, das uns den Weg versperrte. Erde rutschte von oben nach. Rasch traten wir den Rückzug an.

»Das Lagerhaus«, flüsterte ich. »Da wo der Fensterladen heruntergefallen ist.«

Das Sims des Fensters, von dem sich der Laden gelöst hatte, befand sich eine Mannslänge hoch über dem Boden. Ich stemmte Oriole hinauf. Nachdem sie hineingestiegen war, fand sie etwas, worauf sie stehen konnte, und beugte sich heraus, um mir nach oben zu helfen. Schließlich rutschte auch ich über das Fenstersims ins Haus.

»Ich hoffe, das Feuer breitet sich nicht weiter aus«, sagte ich nervös und warf einen Blick auf das orangefarben flackernde Rechteck des Fensters.

»Diese Lagerhäuser bestehen alle aus Stein und haben Schieferdächer, soweit ich weiß. Aber der Wind ist das andere Problem. Am besten, wir vergewissern uns, wo die Türen sind, damit wir notfalls schnell hinausfinden.«

Während wir uns an den Händen hielten, erforschten wir den Raum. Etwas, das wie Filzrollen aussah, war an den Wänden und in der Mitte gestapelt. In einer der Wände entdeckten wir zwei Türen. Sie waren verschlossen, aber wir würden sie notfalls aufbrechen können. Wir setzten uns an einen Platz, von dem aus wir das Fenster im Auge behalten konnten.

Wir hörten, wie die Meute sich im Freudentaumel erging und En pries. Doch weder die Verfolger noch das Feuer schienen näher zu kommen. »Es ist absurd«, sagte Oriole mit einer Mischung aus Schluchzen und Kichern, »aber ich wünschte, ich könnte mir an diesem Feuer die Hände wärmen. Mir ist so kalt.«

Auch ich fror. Nun, da wir uns vorläufig in Sicherheit befanden, spürten wir auf einmal, daß wir beide völlig durchnäßt waren. »Wir müssen irgendwie trocken werden«, meinte Oriole. »Sonst holen wir uns ein Fieber.« Sie deutete auf die Filzballen. »Könnten wir uns denn nicht damit abtrocknen?«

Ich trug mein Gürtelmesser bei mir. Während ich einen Ballen aufschlitzte, sagte ich: »Ich weiß etwas Besseres. Ich schneide ein paar Tücher zurecht, wir ziehen unsere Kleider aus und wickeln uns darin ein. Du hast recht. Wenn wir die nassen Sachen nicht vom Leib bekommen, werden wir krank.«

Im Dämmerlicht legten wir unsere feuchten Kleider ab, hüllten uns in den weichen Filz und legten uns nebeneinander hin, während das Flackern der brennenden Schiffe und der Werft sich im Fenster spiegelte. Der Lärm Atlans, das sich im Würgegriff mörderischen Wahnsinns befand, schwoll an und ebbte wieder ab, und der erschreckende Geruch von Rauch stach uns in die Nasen.

»Das wird nicht die einzige Werft sein, die sie niederbrennen«, sagte Oriole. »Vermutlich stecken sie gleich alle in Brand. Alle Schiffe werden vernichtet werden, und es ist meine Schuld.«

»Nein, das stimmt nicht«, widersprach ich.

»Doch. Ich hatte die Idee mit den Botschaften an der Wand, und das ist nun dabei herausgekommen. Die Zukunft Atlans geht heute nacht in Flammen auf.«

»Hör auf, dir Vorwürfe zu machen.« Ich hätte sie am liebsten geschüttelt. »Es ist nicht deine Schuld, auch nicht meine. Schuld sind diese Verrückten da draußen und derjenige, der uns verraten hat.«

»Wir wurden verraten?«

»Jemand muß es getan haben«, erwiderte ich grimmig. »Sie haben uns erwartet. Jemand, der wußte, was wir planten, muß es ihnen gesagt haben.«

»Aber ...«

Sie schwieg. Dann vernahmen wir einen langgezogenen, durchdringenden Schrei. Einen kurzen Augenblick lang grub sich Todesangst in unsere Ohren. Als der Schrei leiser wurde und schließlich verstummte, hatte vermutlich gerade jemand sein Leben ausgehaucht.

Wir erschauderten und rückten enger zusammen. In das Mitleid mit der armen Seele, der sich dieser Schrei entrungen hatte, mischte sich die Erkenntnis, daß es auch uns hätte treffen können. Ich legte meine Arme um Oriole, wie um sie vor allem Bösen zu schützen, und wortlos schoben wir unsere Tücher zur Seite und schmiegten uns unter einer behelfsmäßigen Decke nackt aneinander, wärmten uns gegenseitig und streichelten uns, zuerst so, wie man ein verängstigtes Tier streichelt, dann intensiver und forschender, begierig darauf, uns gegenseitig zu erregen.

Es gelang mir, mich einen Augenblick zu beherrschen, und ich flüsterte: »Bist du dir sicher, Oriole, daß du das wirklich willst? Was ist ... was ist mit Lyuna?«

Ich wußte nicht, was ich tun würde, falls sie sich sträubte, denn mir erschien es, als wäre mein Glied so groß wie die goldene Fiale und brauche sie so nötig wie ich das Wasser oder die Luft.

Doch sie wich nicht zurück. »Ich habe Lyuna verloren, oder vielleicht hat auch sie mich verlassen. Ich habe mich nur so lange an sie geklammert, weil mein Vater um jeden Preis versuchte, mich von ihr wegzuziehen. Ja, ich will dich, Ashinn.«

Und einen Augenblick später, als ich in sie eingedrungen war und dem Höhepunkt zuzutreiben begann und an ihrem schneller werdenden Atem und ihrer schweißnassen Haut erkannte, daß auch sie der Erfüllung zustrebte, flüsterte sie: »Das ist alles, was uns in einer solchen Nacht noch bleibt. Draußen werden Menschen umgebracht. Versuchen wir, zu leben, so gut es geht. Nicht nur uns zu lieben. Versuchen wir, richtig zu leben.«

Dann war es vorbei. Wir lagen erschöpft aufeinander und hielten uns umklammert. »Das war dein erstes Mal, nicht wahr?« fragte ich. »Geht es dir gut, Liebste? Habe ich dir weh getan?«

»Ich habe es nicht bemerkt, falls du es getan hast. Ich wollte es ... Ich wußte nicht, daß es so sein würde, Ashinn. Ich wußte überhaupt nichts. Ich danke dir, Ashinn.«

Die Feuer waren erloschen, das Getöse hatte sich entfernt. Wir schliefen ein. Als wir wieder erwachten, war es im Fenster grau, und in Atlan herrschte Ruhe. Wir hörten, daß es regnete; die Luft roch nach frischer Asche und verkohltem Holz.

Wir lagen auf einem Steinboden, eingehüllt in purpurfarbene Tücher, die, wie wir jetzt erkannten, zur teuersten Ware eines Kaufmanns gehört haben mußten. Ich legte Orioles Gesicht frei und küßte sie auf die Nasenspitze. Sie schlug die Augen auf.

»Ashinn, wo sind wir?«

»Wir liegen in einem zugigen Lagerhaus und müssen überlegen, ob wir es wagen können, nach Hause zu gehen.« Ich griff nach unseren Kleidern. »Ich glaube, unsere Sachen sind inzwischen trocken, aber meine sind sehr mit Farbe beschmiert. Damit sollte ich wohl nicht auf die Straße gehen. Am besten, wir werfen unsere alten Kleider in den Kanal und versuchen, aus dem, was wir hier zur Verfügung haben, etwas zu machen, das wir unbesorgt tragen können.«

Oriole setzte sich auf. Zum ersten Mal sah ich meine Geliebte in ihrer vollen Schönheit, ihr glattes goldbraunes Haar, die kleinen Brüste, die ich wie Äpfelchen in meinen Händen gehalten hatte, ihre schlanken Beine. Sie hob die Augen.

»Habe ich geträumt?« fragte sie. »Oder ist es wirklich geschehen?«

»Ja, es ist geschehen. Und jetzt ist ein neuer Tag angebrochen. Bereust du es?« Ich musterte sie aufmerksam.

»Ich habe Lyuna verloren«, sagte sie. »Für immer. Wer mit einem Mann geschlafen hat, kann keine Anhängerin Lyunas mehr sein.«

Ich rührte mich nicht. »Tut es dir leid?«

Sie schüttelte den Kopf. »Nein. Wo waren denn die Götter in der letzten Nacht? Außerdem habe ich schon seit langem immer ein Stück mehr von ihr verloren. Ich wollte ihr lauschen, konnte jedoch ihre Stimme nicht mehr hören. Deshalb war ich so wütend, als du nach Xetlan kamst, um mich zu holen. Ich spürte, daß meine letzten Versuche, meine gewohnte Lebensweise aufrechtzuerhalten, zum Scheitern verurteilt waren. Sie wurde immer weniger greifbar für mich. Meine Arbeit zog mich zu den Menschen; ich fühlte, daß ich bei ihnen sein, nicht mehr allein sein wollte. Seit ich wieder zu Hause bin, habe ich Lyuna mehrmals Opfergaben in ihren Schrein gebracht, aber ich fühlte mich dort wie eine Fremde. Mir kam es vor, als wolle sie mich nicht mehr akzeptieren. Ich kann mich nicht mehr als eine private Zitadelle betrachten, wie es im *Pfad der Lyuna* gefordert wird …«

»Das sollst du vielleicht auch gar nicht. Oder vielleicht soll es unsere Zitadelle sein. Wir sind nicht blutsverwandt, Oriole. Willst du mich heiraten? Würde Narr das erlauben?«

Ich verstummte. Wie war es Narr ergangen in der Raserei dieser Nacht?

»Wir müssen nach Hause!« rief Oriole verzweifelt. »Wir müssen sofort nach Hause!«

Wir rechneten nicht damit, irgendwo noch ein benutzbares Boot zu finden, und fürchteten uns vor dem Inneren Kanal und den verkohlten Überresten der Flotte, die aus dem Wasser ragten. Außerdem liefen an den Ufern Menschen umher. Wir dachten, wir würden weniger auffallen, wenn wir zu Fuß den Hügel der Zitadelle umrundeten.

Es wurde ein furchtbarer Marsch. Der Regen durchnäßte unsere provisorisch geschneiderten Gewänder und löste die Farbe aus ihnen. Die Meute war verschwunden, doch die Luft war erfüllt von Angst; überall, wo das Erdbeben seine Spur hinterlassen hatte, lagen Mauerreste und Schutthaufen herum. Zweimal mußten wir

Umwege einschlagen, weil Straßen durch geborstene Wasserrohre überflutet waren. Wir passierten Gruppen von Leuten, die in den Ruinen zusammengestürzter Häuser nach Überlebenden suchten.

Doch viele der Toten in dieser Nacht waren nicht durch das Beben umgekommen. In den Straßen sahen wir die Leichen von Menschen, die zu Tode geprügelt oder erstochen worden waren. Einige Opfer hatte man buchstäblich in Stücke gerissen.

Orioles Gesicht war ebenso sehr von Tränen wie vom Regen überströmt, als wir uns Narrs Haus näherten. Mein Magen verkrampfte sich. Wir bogen um die letzte Ecke und atmeten erleichtert auf, als wir das unbeschädigte Haus erblickten. Doch die Angst überfiel uns erneut, als wir die Soldaten sahen, die davor Aufstellung genommen hatten. Als sie uns entdeckt hatten, kam ein Sechzigerführer auf uns zu. »Seid Ihr Oriole und Ashinn, die Tochter und der Pflegesohn von Graf Narr?«

»Ja, warum?« fragte ich.

»Ihr braucht keine Angst zu haben«, sagte der Sechzigerführer. »Graf Narrs Haus wurde durch Oberführer Lion unter Schutz gestellt. Die Wachen sind gestern abend aufgezogen. Niemandem im Haus wurde ein Haar gekrümmt, doch man stellte fest, daß ihr abwesend wart. Geht am besten gleich hinein.«

»Aber warum hat Onkel Lion …«, hob Oriole an, hielt dann jedoch inne. Unser Plan war zweifellos im vorhinein bekanntgeworden. Lion wollte seine Schwester und deren Haushalt schützen. Er hatte beabsichtigt, uns alle daran zu hindern, zur Zitadelle zu gehen, doch wir hatten das Haus zu früh verlassen.

Ich konnte mich vor Erschöpfung kaum mehr auf den Beinen halten und hatte fürchterlichen Hunger. Aber ich mußte einen Versuch unternehmen. Ich verzog empört mein Gesicht. »Was ist überhaupt hier los? Wir waren gestern abend auf einem Fest, aber auf dem Heimweg haben uns einige Leute gejagt und gedroht, uns umzubringen. Wir mußten weglaufen und uns verstecken.«

»In diesen merkwürdigen roten Tüchern?« fragte der Sechzigerführer, während er uns musterte.

»Ja, wir fielen in ein Flüßchen.« Oriole folgte meinen Vorgaben. »Wir holten uns trockene Tücher aus einem Lagerhaus, aber wir werden selbstverständlich dafür bezahlen. Falls der Kaufmann noch lebt«, fügte sie spitz hinzu.

Der Sechzigerführer grinste. Er wirkte nicht wie jemand, der mit den Dienern sympathisierte.

»Das ist eher unbedeutend, verglichen mit dem, was sich letzte Nacht in Atlan ereignete. Kommt herein.«

Als wir das Haus betreten hatten, stellten wir fest, daß Lions beschützendes Schwert zwei Klingen hatte. Narr und sein Haushalt standen nicht nur unter seinem Schutz, sondern auch unter Arrest. Oriole und mir wurde mitgeteilt, daß wir das Haus nur noch mit Genehmigung des Oberführers Lion verlassen dürften. Doch darum kümmerten wir uns zunächst nicht. Wir wurden umarmt von einem dankbaren Narr, dessen gerötete Augen davon kündeten, daß er vergangene Nacht nicht geschlafen hatte. »Bryen und Niomy sind auch hier«, sagte er, sobald wir außer Hörweite der Soldaten waren.

»Niomy!« rief Oriole. »Wir dachten, sie wäre geschnappt worden.«

»Das wurde sie auch, aber sie konnte sich irgendwie losreißen und fliehen. Dann hat sie Bryen getroffen, und beide haben sich hierher durchgeschlagen. Ocean habe ich gesagt, daß Niomy krank ist. Aber von den übrigen gibt es keine Nachricht.«

»Vater«, sagte Oriole, »sie haben die Flotte in Brand gesteckt. Alle Schiffe auf dem Fluß, die in ein paar Tagen in See stechen sollten, sind zerstört.«

»Ich weiß.« Narr klang, als sei schon jeglicher Zorn verraucht. »Die Soldaten erfuhren davon und haben es uns mitgeteilt. Ich weiß nicht, was wir jetzt tun sollen, und im Augenblick bin ich auch zu müde, um darüber nachzudenken. Am besten, ihr macht euch erst einmal frisch.«

Das war ein guter Ratschlag, und wir hatten uns kaum gewaschen und saubere Kleidung angezogen, als Lion angekündigt wurde.

»Ich habe dein Haus umstellen lassen, um meine Schwester zu schützen, nicht dich«, sagte er unverblümt zu Narr, während er mit dem Helm unter dem Arm in der Mitte des Salons stand. »Ich nehme an, sie hält sich in ihren Gemächern auf? Zu Ocean habe ich vollstes Vertrauen, aber dir, Narr, möchte ich sagen, daß ich weiß, daß du zu den Hintermännern dieser verabscheuungswürdigen Tat gehörst, die an der Mauer der Zitadelle verübt wurde. Du kannst von Glück reden, daß mir diese Information persönlich und privat übermittelt wurde. Im Interesse meiner Schwester habe ich den Behörden nur mitgeteilt, daß ein Informant mich über eine geplante Aktion unterrichtet hat.« Sein finsterer Blick wanderte zu mir und Oriole. »Und jetzt hat es den Anschein, daß auch meine Nichte und mein Stiefneffe die ganze Nacht unterwegs waren. Deshalb möchte ich gern wissen, was ihr getan habt.«

»Wir wissen nichts von irgendwelchen verabscheuungswürdigen Taten«, sagte Oriole und nahm meine Hand. »Ashinn und ich«, fuhr sie fort, »wir lieben uns. Wir waren gestern abend auf einem Fest bei Graf Erin, Onkel, haben es aber zeitig wieder verlassen. Wir sind spazierengegangen und haben am Inneren Kanal den Sternenhimmel betrachtet, als wir plötzlich in einen Krawall gerieten. Wir mußten vor einer wütenden Menschenmenge fliehen. Bei der Flucht fielen wir in einen Bach und versteckten uns dann in einem Lagerhaus, bis es hell wurde.«

»Wirklich?« Lions Gesichtsausdruck veränderte sich nicht. »Ich frage mich, was schlimmer wäre: daß meine Nichte an einer gotteslästerlichen Tat beteiligt war oder daß sie die ganze Nacht mit ihrem Geliebten unterwegs war.«

»Mit ihrem Verlobten«, korrigierte ich. »Wir wollen heiraten. Und ich möchte darauf hinweisen, Oberführer, daß dies nur uns und Orioles Eltern etwas angeht.«

Narr, der schweigend zugehört und nur kurz geblinzelt hatte, als seine Tochter und sein Pflegesohn aus heiterem Himmel ihre Verlobung bekanntgaben, mischte sich nun ein. »Ashinn hat recht. Oriole ist wohl deine Nichte, Lion, aber meine Tochter, und wenn jemand sich Sorgen um sie machen muß, dann bin ich es. Nun, was ist mit diesem frevelhaften Vorfall? Dürfen wir erfahren, worum es ging? Aber laßt uns zuvor etwas trinken.«

Juny und Marsha erschienen mit Tabletts, und Oriole und ich nahmen dankend jeweils einen Becher Corve entgegen. Das Getränk war heiß und belebend und schmeckte paradiesisch. Juny setzte sich neben Narr.

Lion hätte sie eigentlich begrüßen müssen, aber er sah sie nicht. Finster blickte er auf seinen Schwager. »Gestern nacht«, sagte er, »wurde der Versuch unternommen, Parolen an die Mauern der Zitadelle zu schmieren. Diese Mauern zu beschreiben ist verboten. Ich wurde darüber jedoch schon vorher von jemandem informiert, der uns auch mitteilte, daß es sich um gotteslästerliche Botschaften handeln würde. Dabei wurde auch dein Name und der von Prinz Ivorr genannt. Ich behielt jedoch die Namen für mich und berichtete nur, daß eine derartige Aktion geplant sei. Hast du dazu etwas zu sagen?«

»Wie lautete denn die gotteslästerliche Botschaft?« fragte Narr interessiert.

»Die Frevler wurden gestört, bevor sie ihr Werk richtig beginnen konnten. Die wenigen Buchstaben, die sie angebracht haben, werden gerade abgewaschen.«

»Dann wirst du also nie erfahren, was an die Mauern geschrieben werden sollte? Wie schade. Vielleicht war es etwas Wichtiges.«

»Hör zu, Narr. Ich möchte nicht derjenige sein, der mit dem Finger auf dich zeigt, weil meine Schwester mir mehr als einmal zu verstehen gegeben hat, daß sie trotz deines schändlichen Verhaltens noch immer etwas für dich empfindet. Sie und ich, wir gehören beide zu den Dienern, deren Regeln verlangen, daß man sich auch von engen Verwandten trennt, wenn diese sich etwas Schwerwiegendes zuschulden kommen lassen. Wir haben gegen dieses Gebot verstoßen und damit Schuld auf uns geladen. Aber es besteht keine Notwendigkeit, daß ich deinen Namen preisgebe. Den Behörden ist klar, daß der Rat des Neuen Atlan hinter dieser Aktion steckt, und jeder in Atlan weiß, daß du ein Gegner der Diener und des Hohenpriesters Diarr bist. Du stehst sowieso unter Verdacht, und ich habe Befehl, dich bis auf weiteres unter Hausarrest zu stellen. König Rastinn hat ähnliches für Prinz Ivorr angeordnet. Man könnte es eine Art Schutzhaft nennen«, fuhr Lion grimmig fort. »Eine derjenigen, die namentlich genannt wurden – die Sklavenhändlerin Lavindy – kam letzte Nacht ums Leben. Sie wurde bei der Zitadelle gefaßt. Du und der Prinz, ihr wart natürlich nicht dort. Lavindy, euer bedauernswertes Werkzeug, wurde bei lebendigem Leib in Stücke gehauen.«

Ich wandte den Blick ab.

»Begreifst du nicht, Lion«, entgegnete Narr, »daß dieser verrückte Hohepriester für diesen Gewaltausbruch verantwortlich ist? Die Schiffe sind verbrannt, und in wenigen Tagen sollte die Evakuierung beginnen. Es wird Monate dauern, bis sechzig neue Dreimaster gebaut sind.«

»Es wird keine Evakuierung mehr geben«, sagte Lion. »En hat uns gestern nacht seine Macht und seinen Willen demonstriert. Der Hohepriester Diarr hat eine Proklamation herausgegeben, die bereits auf den Straßen verkündet wird. Es widerspricht eindeutig dem Willen Ens, Schiffe zu bauen, deren Zweck darin besteht, die Menschen aus Atlan wegzutransportieren. Alle noch funktionsfähigen Evakuierungsschiffe sind zu zerstören. Nur Schiffe, die ausschließlich Handelszwecken dienen, sollen erhalten bleiben. Das Projekt Neues Atlan wird sofort eingestellt und der Rat des Neuen Atlan aufgelöst.«

Wir hatten wohl alle damit gerechnet, konnten es aber nun doch nicht fassen.

»Lion, hast du den Verstand verloren?« schrie Narr. »Du kannst doch diesen hirnverbrannten Unsinn nicht glauben? O ja, ich weiß, du verachtest mich, aber das sollte doch keinen Einfluß auf dein Verhalten in der Öffentlichkeit haben. Um Ens willen! Du warst doch derjenige, der den später hingerichteten Leiter der Expedition in Schutz nahm. Damals hast du für die Vernunft Partei ergriffen ...«

Lion unterbrach ihn durch eine Handbewegung.

»Gewiß, der Mann war unschuldig. Der Meeresspiegel ist tatsächlich gestiegen, und die Eiskappen beginnen zu schmelzen. Ich bestreite nicht, daß sich diese Veränderungen vollziehen, aber ich frage mich, wodurch sie ausgelöst wurden, und im Gegensatz zu dir schreibe ich sie nicht dem blinden Zufall zu. Ich glaube, En hat sie bewirkt. Wir sind alle seine Geschöpfe, und nichts geschieht ohne seinen Willen. Wenn er uns also diese Heimsuchungen gesandt hat, muß er sehr zornig auf uns sein, und wir müssen uns fragen, welche Schuld wir auf uns geladen haben.

Ich stehe noch immer auf der Seite der Vernunft, Narr, aber ich bin auch zu meinen Wurzeln zurückgekehrt. Ich versuche, auf Ens Stimme zu hören. Letzte Nacht brachte En zum Ausdruck, daß er den Bau der Schiffe nicht billigt. Wir können uns nur retten, wenn wir uns reinigen. Dieser Reinigungsprozeß wird heute nacht stattfinden. Am Abend werden dich Soldaten abholen, Narr. Sie werden dich und alle Mitglieder deines Haushalts zum Tempel bringen, wo du einer Zeremonie beiwohnen wirst. Viele Zuschauer werden freiwillig kommen, du jedoch wirst zwangsweise vorgeführt, damit du etwas lernst. Ich versuche dich zu retten, Narr, ob du es mir glaubst oder nicht. Die Tempelbehörden haben keinen Beweis dafür, daß du an der Aktion der letzten Nacht beteiligt warst. Wende dich der Verehrung Ens zu, und du wirst deiner gerechten strengen Bestrafung entgehen.«

Oriole setzte ihren Becher ab und rief: »Onkel Lion, was ist denn über Euch gekommen? Ihr habt Euch vollkommen verändert!«

»Der Dienst für En verändert die Menschen, Nichte.«

»Aber macht er sie auch freundlicher?« Sie klang genau wie ihr Vater.

Es hatte keinen Sinn. »Du bist meine Nichte«, sagte Lion. »Und ich wünsche dir alles Gute. Aber du mußt noch viel lernen, und es täte mir leid, wenn dies schmerzhaft für dich wäre. Aber heute abend wirst du damit anfangen.«

»Wer war es?« fragte Oriole. »Wer hat uns verraten? Und warum hat er oder sie sich an Lion gewandt und ihm auch nur wenige Namen genannt? Es sieht fast so aus, als wollte jemand einige von uns schützen. Kam der Verräter aus diesem Haus?«

»Und was soll heute abend im Tempel passieren?« fragte ich.

»Eine Hinrichtung vermutlich«, sagte Narr. »Wir sind hier, ebenso Bryen und Niomy. Lavindy ist tot, aber es bleiben noch die anderen. Und wir wissen nichts von ihnen.«

Ich hoffte, daß wenigstens Keneth entkommen war, mein Kollege, der stets ein wenig hilflos wirkte und ganz und gar nicht darauf vorbereitet war, durch den Stier zu Tode getrampelt zu werden.

Narr wirkte müde und tief besorgt. »Ich wünschte, ich könnte mit Prinz Ivorr in Kontakt kommen. Hier kann ich nicht das geringste unternehmen.« Er machte eine verzweifelte Geste, doch dann hellte sich sein Gesicht plötzlich auf. »Oriole, was sollte das Gerede bedeuten, du seiest mit Ashinn verlobt? Wolltest du damit nur Lion täuschen?«

»Nein.« Oriole warf mir einen kurzen Blick zu, und ich lächelte sie aufmunternd an. »Es stimmt«, sagte sie.

Wir erzählten abwechselnd, was sich in der vergangenen Nacht ereignet hatte.

»Vater, es war eine schreckliche Nacht«, so schloß Oriole, »mir erschien es, als befänden wir uns nicht mehr in der wirklichen Welt.

Aber jetzt … Es stimmt, Ashinn und ich möchten heiraten. Ich könnte bereits schwanger sein.«

Narr starrte uns fasziniert an. »Du meinst, ihr habt letzte Nacht miteinander geschlafen, als alles in Flammen aufging und überall Leute umgebracht wurden?«

»Ja«, sagte ich, »das haben wir getan.«

»Da bricht die Welt um uns zusammen, und ihr …«

»Gewiß«, sagte Oriole. »Aber gerade weil sich solch schreckliche Dinge ereignet haben, ist es an der Zeit, sich zu lieben und das Leben zu feiern. Das ist das einzige, was uns noch bleibt. Nun, da die Schiffe zerstört sind, wird es für uns möglicherweise keine Zukunft mehr geben. Vielleicht trage ich ein Kind im Leib, das niemals zur Welt kommen oder gleich nach seiner Geburt in den Fluten ertrinken wird. Aber wir müssen es versuchen, wir müssen daran glauben, daß es noch eine Zukunft gibt, und darum kämpfen. Ich will Ashinn heiraten.«

»Ich verstehe.« Narr strich sich mit der Hand über den Kopf. »Juny würde es genauso sehen. Sie ist traurig, weil sie von mir kein Kind bekommen kann … Aber es ist unglaublich. Da sitzen wir hier, inmitten von Chaos und Verwüstung, unsere Kultur ist dem Untergang geweiht, aber wir sprechen übers Heiraten und Kinderkriegen. Befassen wir uns als nächstes damit, welches Brautkleid du tragen wirst, Oriole? Und da ihr beide hier festsitzt, wie wollt ihr dann die Hochzeitsprozession vom Haus der Braut zu dem des Bräutigams durchführen? Wo soll sie anfangen? Und kann Ryen ein Hochzeitsmahl zubereiten, das Ashinns Billigung findet?«

»Vater, bitte!«

»Oh, sehr gut!« Narr hob die Hände und ließ sie wieder sinken. »Mir erscheint diese Diskussion einfach irrsinnig, aber ihr haltet sie wohl für vernünftig. Oriole, sag mir eines: Bist du sicher, daß du Ashinn heiraten willst?« Narr hatte sich noch nie durch besonders taktvolles Verhalten ausgezeichnet. »Warum denn nicht Bryen?«

»Nein, Ashinn. Ich weiß, daß Bryen mich heiraten möchte, aber es tut mir leid, und ich werde es ihm selbst sagen. Ich habe mich für Ashinn entschieden.«

»Nun gut«, meinte Narr.

Und erst als sie den Raum verlassen hatte, wandte er sich an mich und sagte: »Hat sie dir gegenüber eigentlich Lyuna erwähnt?«

»Das ist vorbei«, antwortete ich. »Aber sprich darüber nicht mit ihr. Ich glaube, es hat ihr sehr weh getan.«

»Es ist vorbei«, wiederholte Narr. »Wenigstens etwas, über das ich froh sein kann.«

Die Warnung

Die Meute strömte schon am Vormittag wieder auf die Straßen. Als wir uns in den Garten hinauswagten, sahen wir neue Rauchsäulen zum Himmel aufsteigen. Wir machten uns Sorgen um die anderen, die uns bei unserem nächtlichen Abenteuer unterstützt hatten, und um alle unsere Freunde.

Marsha, die Enkelin unseres Haushofmeisters, fand für uns heraus, was mit ihnen geschehen war. Mit ihren sechzehn Jahren war sie zu einem hübschen Mädchen herangewachsen mit großen dunklen Augen und lockigen braunen Haaren, die sie offen auf die Schultern fallen ließ. Mittags wurden unsere Wachen von Männern abgelöst, die am Vormittag vermutlich in der Stadt unterwegs gewesen waren. Marsha kam auf die Idee, ihnen Speis und Trank zu bringen und sie ein wenig auszufragen.

Mit Tränen in den Augen kam sie zurück und berichtete, daß die Häuser all jener Bürger, die sich für die Evakuierungsfahrten eingetragen hatten, angegriffen worden seien. Eynars Speisehaus am Jaison-Platz, das bereits durch den Krawall beschädigt worden war, hatte man niedergebrannt; Eynar selbst war ermordet worden, seine halbverbrannte Leiche hatte man unter der Asche gefunden.

Narr wurde wütend und stampfte mit den Füßen auf, fluchte und sagte, er werde sich weigern, heute abend zum Tempel zu gehen.

Und doch blieb uns nichts anderes übrig. Lion sandte uns eine Eskorte, die aus zwölf finster dreinblickenden Tempelwächtern bestand. Wir wurden zu Fuß zur Zitadelle geführt, bis auf Ocean, für die Lion eine mit Tüchern verhängte Sänfte schickte. Sie war uns voraus, wir übrigen folgten mit einigem Abstand. Einmal trat uns eine Gruppe von Menschen in den Weg und rief: »Das ist Narr, der

Gottlose!« Dann bewarfen sie uns mit Steinen, doch die Soldaten drängten sie rasch ab.

Bryen, der im Gästehaus den ganzen Tag geschlafen hatte, war gerade noch rechtzeitig aufgewacht, um mit uns ein kurzes Mahl einzunehmen, auf das allerdings niemand richtig Appetit hatte.

»Ich glaube«, sagte er plötzlich, »daß ich euch Glück wünschen muß. Narr hat es mir gesagt.«

Seine ruhigen braunen Augen hielten meinem Blick stand.

»Es tut mir leid«, sagte ich.

»Keine Ursache. Sie hat ihre Wahl getroffen. Das muß ich akzeptieren. Du bist nun der Glückliche«, sagte Bryen.

»Viel Glück dürfte nicht vor uns liegen«, erwiderte ich.

»Ich weiß. Deshalb will ich nicht mit dir streiten, Ashinn. Auch ich habe Angst.«

»Wir alle haben Angst«, sagte ich.

Als wir den Tempel erreichten, empfing uns Lion in voller Rüstung und half Ocean beim Aussteigen aus der Sänfte. Er begrüßte uns durch ein kurzes Nicken und ging uns ins Amphitheater voraus. Wir bemerkten sogleich, daß irgend etwas ungewöhnlich war, denn man hatte die Lampen entzündet, was bedeutete, daß der Tanz länger als üblich dauern und sich in die Nacht hineinziehen würde.

Narr versuchte von Lion zu erfahren, was hier ablaufen würde, doch Lion gab sich verschlossen. »Das wirst du schon sehen.«

Das Amphitheater füllte sich. Auch einige andere Gruppen wurden von Wachen hereingeführt. Dazu gehörten die Grafen Erin und Mandarr mit ihren Haushaltsmitgliedern. Bryen stieß mich an und deutete nach links, wo ich mit Erleichterung sah, daß auch Meister Chesnon, Keneth und Alexahn hereingeleitet wurden.

Doch von unseren übrigen Freunden war nichts zu sehen, und als Prinz Ivorr hereinkam, war auch er von Wachen umringt, die König Rastinns, nicht Ivorrs Livree trugen. Er sah uns und hob kurz die Hand zur Begrüßung, doch wandte er den Blick rasch wieder ab.

Dann erschienen der König und die Priesterschaft. Diarr schien auf seltsame Weise gewachsen zu sein, als habe seine neue Machtfülle ihn ein paar Zoll größer werden lassen. Zula, die Priesterin der Jungfrauen, sah aus wie sonst auch, doch Janna, die Vertreterin der Frauen, wirkte gedrückt, und ihre Schultern waren eingefallen.

Dann kündigte der Gong den Beginn des Tanzes an.

Man hatte ein trauriges Thema gewählt: der Kummer Kyas, wenn der Herbst naht und En sich zurückzuziehen beginnt. Kya die Mutter, in ein dunkelgrünes Kostüm gekleidet, das fast schwarz wirkte, verkörperte die Einsamkeit und die Sehnsucht und verfolgte mit trauerumflorten Augen ihren Gemahl, als dieser sich entfernte. Sie sank in die Knie, fuhr sich mit den Händen durch die Haare, erhob sich wieder, versuchte sich einzureden, daß es ihr nichts ausmache, wirbelte eine Weile herum, ermüdete schließlich, gebeugt vom Alter, und sank abermals auf die Knie. Darauf erschienen ihre Jungfrauen und tanzten, um sie zu unterhalten. Einmal versuchte sie, sich ihnen anzuschließen, schleppte sich dann jedoch zur Seite und kniete erschöpft nieder.

Zu trauriger Musik trug der Chor einen Bittgesang vor, um En zur Rückkehr zu bewegen, wobei jedoch klar war, daß er dies nicht tun würde. Die Szene endete mit einem bewegenden Gedicht über Alter, Tod und Einsamkeit.

Schließlich lag Kya mit dem Gesicht nach unten auf dem Boden, eine kleine dunkle Gestalt, umgeben von hellem Licht. Dieser Tanz gehörte zu den trostlosesten, die ich jemals gesehen hatte. Doch bis jetzt war alles noch ziemlich harmlos gewesen, und man hatte uns bestimmt nicht für diese Darbietung hergebracht.

Als die Zeremonie vorüber war und die Schauspieler, der Chor und die Musiker abgetreten waren, herrschte Stille im Amphitheater. Man hörte nicht das übliche Türenschlagen. Statt dessen stand Diarr auf und hob seine Hände. »Bleibt alle sitzen!« Er hatte eine kräftige Stimme, die bis in alle Winkel drang. »Und verhaltet euch ruhig! Der Tanz ist noch nicht zu Ende!«

Die Stille im Rund dauerte an, und nichts geschah, außer daß die Dämmerung allmählich in die Nacht überging und die Luft im Amphitheater so stickig wurde, als braue sich ein Sturm zusammen.

Dann begann eine der großen Bronzeglocken zu schlagen, mehrmals. Nachdem sie aufgehört hatte und ihr Echo verhallte, hörten wir Trommeln.

Sie waren zunächst leise, wurden dann jedoch lauter, als sie näher kamen. Schließlich marschierten die Trommler herein, ihre Instrumente um den Hals gehängt, so daß sie beide Hände zum Schlagen benutzen konnten. Ihre Kolonne teilte sich in zwei Gruppen, die sich entsprechend dem Spiralmuster auf dem Boden aufstellten, so daß sie sich gegenüberstanden und dem König und der Priesterschaft ihr Profil darboten. Dann sank jeder von ihnen langsam in die Knie. Das Trommeln ging in einen tiefen, eindringlichen Rhythmus über, der mir einen Schauer über den Rücken jagte.

Dann kamen Musiker mit Blasinstrumenten herein. Sie knieten sich vor die Trommler und begannen eine laute, schrille Melodie zu spielen, die ich noch nie zuvor gehört hatte. Ich schaute zu den Thronen der Priester und sah Janna, die sich vorgebeugt und das Gesicht in den Händen vergraben hatte.

Darauf erschienen zwei Soldaten der Tempelwache, die einen gewöhnlich aussehenden Tisch hereintrugen. Dieser hätte in dem sich entfaltenden Drama für einen Mißklang sorgen müssen, wirkte jedoch allein durch seine Schlichtheit bedrohlich. Er würde hier bestimmt nicht verwendet werden, wenn er nicht irgendeine schreckliche Bedeutung hatte.

Der Tisch wurde in die Mitte des Spiralmusters gestellt. Die Wachen verbeugten sich vor der Priesterschaft und dem König und entfernten sich. Dann traten zwei junge Priesterinnen ein und warfen ein scharlachrotes Tuch über den Tisch.

Daraufhin erschienen erneut die Tänzer.

Sie waren in rote Gewänder gekleidet und tanzten nun zu feierlicher Musik. Langsam kreisten sie um die Arena und betraten schließlich das Spiralmuster, das in ihr Zentrum führte. Sie umkreisten den Tisch, teilten sich und bildeten schließlich zwei Reihen vor den knienden Musikern. Die Musik verstummte, auch die Tänzer verharrten – zwei regungslose geschwungene Linien, die den scharlachroten Tisch umschlossen. Mein Herz begann zu klopfen.

Es folgte eine Pause. Dann wurde von vier Wachen eine mit einem Baldachin überspannte Sänfte in die Arena getragen. Auch hier war alles scharlachrot: der Baldachin, die Pfosten und die Träger, bis auf das Mädchen, das darin saß.

Es war Saraya. Sie war schön und wurde von der Hälfte der Männer Atlans verehrt. Ich träumte zwar nicht mehr davon, mit ihr zu schlafen, empfand aber noch immer eine gewisse Zuneigung zu ihr. Und obwohl sie scheinbar still dasaß, wußte ich, daß ihre schlanken Hände die Stuhllehnen angsterfüllt umklammerten.

Die Männer setzten die Sänfte hinter dem Tisch ab und zogen

sich zurück, woraufhin die Musik erneut einsetzte und die Tänzer wieder zum Leben erwachten. Die Musik war zunächst getragen, gewann jedoch zusehends an Tempo. Die Tänzer drehten sich auf den Zehenspitzen, ihre Gewänder wirbelten umher wie von Flammen erhellte Wolken. Sie bewegten sich nun nicht mehr in einem Kreis, sondern entsprechend dem Spiralmuster auf dem Boden, umrundeten in immer enger werdenden Bahnen das Zentrum und umschlossen schließlich Saraya und diesen unheimlichen Tisch, bis das Mädchen nur noch als weißer Farbtupfer in ihrer Mitte zu erkennen war.

Das Tempo steigerte sich; die Trommeln dröhnten, und die Pfeifen kreischten. Als ich um mich blickte, sah ich, wie unterschiedlich die Zuschauer darauf reagierten. Auf einigen Gesichtern sah ich Angst, auf anderen Bedrückung; manche schienen auch eine Art sexueller Erregung zu empfinden.

Dann brach die Musik plötzlich ab. Die Stille trat so unvermittelt ein, daß ich einen Augenblick dachte, ich wäre taub geworden. Sarayas Träger traten vor und hoben ihren Stuhl über die Köpfe der Tänzer. Diese streckten ihre Hände nach oben und zogen sie von ihrem Sitz. Sie legten sie auf den Tisch, und ich glaubte zu sehen, wie sie sich schwach wehrte. Dann nahmen die Männer den Stuhl weg. Die Trommeln setzten wieder ein, und die Tänzer sanken auf den Boden, mit dem Gesicht nach unten.

Saraya lag mit dem Rücken auf den Tisch, ihre Hand- und Fußgelenke hatte man an die Tischbeine gefesselt. Ihr Kopf wurde nach hinten gebogen, so daß ihr bleiches Gesicht in das Dunkel des Himmels hinaufstarrte.

Der Hohepriester Diarr erhob sich und stieg die Stufen seines Thrones hinunter in die Tanzarena.

Ich hörte Saraya keuchen. Sie zerrte an ihren Fesseln und warf ihren Kopf heftig von einer Seite zur anderen.

In diesem Augenblick begriff ich.

Diarr schritt geradewegs auf den Tisch zu. Die Tänzer bildeten einen Durchgang für ihn. Diese Darbietung mußte ausgiebig geprobt worden sein.

Entsetzt betrachtete ich das sich windende Mädchen auf dem Tisch, Saraya, deren hingebungsvoller Tanz mich so oft bezaubert hatte.

Und nun verstand ich auch, was Hellsichtigkeit bedeutete. Ohne Willensanstrengung und auch ohne mich dagegen zu wehren, drang ich zu Saraya durch.

So ist das also, dachte ich. Oriole kennt es. Sie lebt mit dieser Fähigkeit, sie pflegt sie. Man sitzt hilflos an seinem Platz, ist unfähig zu fliehen, während sich der Geist mit dem eines anderen Menschen verbindet. Ich werde Teil von Saraya. Ich erlebe ihren Tod mit.

Diarr hatte den Tisch erreicht und blieb stehen. Ich hörte, wie er mit lauter Stimme verkündete, diese Frau habe den Tanz entehrt, indem sie die Jungfrau Kya dargestellt habe, obwohl sie keine Jungfrau mehr sei; deshalb werde er nun ihr Leben durch den Tanz des Todes En darbringen, um ihn zu besänftigen und um Gnade zu bitten.

Während seiner Ansprache lag Saraya vor ihm, und ich konnte ihr Schluchzen hören. Dann sah ich, wie Diarr einen Dolch hervorzog, ihn hochhob und mit beiden Händen umklammerte.

Ich habe keine Vorstellung davon, wie lange das alles dauerte; es erschien mir wie eine Ewigkeit. Während dieses ganzen Vorgangs befand ich mich ebenso in Sarayas Körper wie in meinem. Ihre Angst brach sich in mir Bahn. Schweiß lief über mein Gesicht, und mein Magen drehte sich um. Schließlich kam es mir vor, als ob nicht nur ich, sondern auch Oriole zu Saraya geworden sei und da unten auf dem Opfertisch liege. Ich spürte die Wucht des Stoßes, empfand den Schmerz, litt den Todeskampf und wurde ohnmächtig. Als ich einige Augenblicke später wieder zu mir kam, schüttelte mich Juny, und Narr und Oriole warfen ängstliche Blicke über ihre Schulter. Ich kehrte ins Leben zurück, wie jemand, der aus tiefem Wasser auftaucht.

Es war also geschehen. Das Durchdringen war wirklich möglich. Nichts kann diese Erfahrung in mir mehr auslöschen. Ich kann nur hoffen, daß Saraya es gespürt hat.

Die Trommeln schlugen ein leises Geleit für Saraya; ihr blutbeflecktes weißes Gewand wurde hinausgebracht. Mir war übel, aber diese schreckliche Abendunterhaltung schien noch immer nicht zu Ende zu sein. Die Türen blieben geschlossen. Bevor Sarayas Leichnam hinausgetragen wurde, hoben die Tempelsklaven den Holzboden an, so daß der Sand zum Vorschein kam, und von irgendwoher vernahm man das Brüllen eines Stiers.

Diarr war auf seinen Thron zurückgekehrt. Nun ergriff König Rastinn das Wort. Er wiederholte zunächst, was Diarr über die beabsichtigte Schändung der Zitadelle vorgetragen hatte. Die meisten der Beteiligten, sagte er, seien leider entkommen. Eine sei getötet worden, sowie mehrere andere Gotteslästerer, die als geheime Feinde der Hohenpriesterschaft und des Königs bekannt gewesen seien.

Doch einer der Übeltäter sei lebendig gefaßt worden. Er sei am Morgen vom König und der Priesterschaft verhört worden und solle nun durch die Hörner des Stiers sterben, nicht als Opfergabe im Tanz des Todes, sondern als gewöhnlicher Krimineller.

Der Übeltäter war Quinn. Ich versuchte, nicht hinzusehen, und hielt meine Augen die meiste Zeit geschlossen. Aber ich hörte das Schnauben des Stiers und das Donnern seiner Hufe, als er zum Angriff überging, und das Aufstöhnen und die Rufe der Zuschauer sagten mir nur allzu deutlich, daß Quinn verzweifelt den Hufen zu entkommen suchte.

Wenn ein Stier aufgab und das Opfer nicht durchbohrte, bedeutete das nach unserem Gesetz, daß En dem Betreffenden Gnade erwiesen hatte und die Todesstrafe aufgehoben werden mußte. Doch dies geschah nie, weil man immer dafür sorgte, daß der Stier in Kampfeslust war, bevor er in die Arena geführt wurde.

Nach einer Weile wurde Quinn in die Enge getrieben, und der Stier packte ihn. Er wurde nicht sofort getötet, wie auch viele andere Opfer nicht. Ich riß meine Augen auf, weil er schrie. Der Stier wurde eingefangen und hinausgeführt. Dann versetzte jemand Quinn mit einem Speer den Todesstoß.

Als wieder Ruhe eingekehrt war, nahm König Rastinn erneut das Wort. Er sagte, das Schicksal, das Quinn erlitten habe, drohe allen, die sich dem Willen der Götter, wie er sich durch die Priesterschaft offenbare, widersetzten. En habe unmißverständlich zu erkennen gegeben, daß er keine Flucht dulden werde. Das Projekt Neues Atlan sei unwiderruflich beendet. Und wer Personen kenne, die sich gegen Ens Willen ausgesprochen hätten, müsse diese den Behörden melden, selbst wenn es sich dabei um Familienangehörige handele.

Nur auf diese Weise, fuhr er fort, könne Atlan gereinigt werden;

nur dadurch könne der Zorn Ens abgewendet und Sayadon noch einmal bezähmt werden.

Ich lauschte dem Vortrag wie benommen. Auch alle meine Nachbarn waren still. Schließlich hörten wir das Geräusch der Türen, die sich öffneten, und unsere Bewacher drängten uns, aufzustehen. Als wir hinausgeleitet wurden, nahm ich Orioles Hand. Ihre Finger waren eisig kalt, und ihre Augen blickten leer. Auch Narr und Bryen wirkten gezeichnet. Doch als wir ins Freie kamen und Lion meiner Pflegemutter in die Sänfte half, sah ich, daß Ocean einen heiteren, fast zufriedenen Gesichtsausdruck hatte. Als habe sie das Spektakel genossen.

Nein, das war nicht möglich. Ich mußte mich irren. Aber Niomy, die zu ihrer Herrin in die Sänfte stieg, wollte uns nicht anschauen. Sie hatte die Augen niedergeschlagen. Vielleicht hatte auch sie das Gesicht ihrer Herrin gesehen und schämte sich. Ich wandte mich ab.

Als wir Narrs Haus erreichten, entließ man uns noch immer nicht. Lion verkündete, daß Bedienstete und Sklaven weiter ihren Arbeiten nachgehen könnten, doch alle übrigen Bewohner sollten sich im Speisesaal einfinden, da er eine Ansprache halten wolle.

Narr schnaubte, denn schließlich war es nicht Lions Haus.

»Ich muß mich erleichtern und brauche frische Kleider«, sagte ich feindselig.

Lion bedachte mich mit einem grimmigen Lächeln. »Das erlaube ich dir.«

»Ich lebe hier«, gab ich zurück. »Ich brauche Eure Erlaubnis nicht, wenn ich den Abtritt aufsuchen möchte.«

»Völlig richtig«, sagte Narr. »In diesem Haus, Lion, bist du mein Schwager und nicht der Oberführer.«

»Und ich bin hier Gast«, bemerkte Bryen. »Auch ich möchte mich zunächst frischmachen, bevor ich mich in den Speisesaal begebe.«

»Wenn das Haus erst voller Soldaten ist«, sagte Lion, »werdet ihr euch wundern, was ihr alles nicht mehr ohne Erlaubnis tun könnt. Aber geht und wascht euch. Ich habe nichts dagegen. Ashinn stinkt! Aber vergeudet keine Zeit!«

In meinem Gemach riß ich mir die Kleider vom Leib, erleichterte mich und ließ mir dann ein Bad ein. Ich beeilte mich, denn obwohl ich Lions Auftreten mißbilligte, scheute ich mich, ihn zu verärgern, weil er einfach zuviel Macht besaß. Nachdem ich gebadet hatte, zog ich mich so schnell wie möglich an und machte mich auf in den Speisesaal.

Die anderen hatten sich bereits eingefunden, und obwohl Lion die Sklaven ausgenommen hatte, war auch Harion zugegen, der eine gewisse Verbundenheit mit Narr empfand, sowie Niomy, die neben ihrer Herrin saß. In Oceans Gesicht, das von einer Lampe beschienen wurde, entdeckte ich wiederum diesen seltsam zufriedenen Ausdruck. Sogar als meine Augen auf ihr ruhten, schob sie die Zungenspitze heraus und leckte sich die Lippen.

Meine Pflegemutter erschien mir mittlerweile wie eine Fremde. Ich sah, daß Oriole sich auf einen Schemel gesetzt hatte, der weit entfernt von ihrer Mutter stand. Ich suchte mir einen Stuhl und setzte mich neben sie, und erneut schlangen sich unsere Hände ineinander, aber Oriole wandte sich nicht zu mir. Sie starrte geradeaus, als sehe sie in der Ferne irgendeine schreckliche Szene vor sich. Ihre Finger waren noch immer eiskalt.

Juny saß wie Oriole auf einem niedrigen Schemel, hatte ihre Knie mit den Händen umklammert und warf ständig ängstliche Blicke zu Narr, der mit Bryen auf einem Sofa saß. Beide waren still und blickten finster drein.

Lion, der offensichtlich auf mich gewartet hatte, stand auf. Sobald ich mich gesetzt hatte, begann er, uns eine Strafpredigt zu halten. Er warnte uns, mit unseren gottlosen Verschwörungen, wie er es bezeichnete, fortzufahren, und sagte, die hohe Position, die er nun innehabe, erlaube es ihm, darauf Einfluß zu nehmen, wer verhaftet wurde und wer nicht. Nur seiner Liebe zu seiner Schwester sei es zu verdanken, daß einige von uns – seine Augen ruhten auf Narr, Bryen und mir – noch nicht dasselbe Schicksal erlitten hätten wie Quinn. Unser Hausarrest werde fortdauern.

»Ich kann es einfach nicht begreifen, daß du dich auf die Seite des Wahnsinns gestellt hast. Wo ist dein Verstand geblieben, Lion? Warum denkst du nicht?«

»Ich nutze meine Macht, um euch zu beschützen«, erwiderte Lion.

»Wovor? Offensichtlich nicht vor dem Meer!«

»Nur En kann uns davor schützen. Verehrt ihn, betet zu ihm, kehrt zum Glauben zurück. Sonst gibt es keine Hoffnung mehr für euch.«

»En anbeten? Diesen überempfindlichen Gott, der, nur weil er sich beleidigt fühlt, die gesamte Bevölkerung Atlans, vielleicht auch die ganze Welt untergehen lassen will? Du möchtest, daß wir die Grausamkeit und die Rachsucht anbeten. Warum sollten wir das tun?«

Lions Gesicht lief rot an. »Das ist Blasphemie!«

»Nein«, widersprach ich, über mich selbst erstaunt. »Was Ihr sagt, ist Blasphemie. Wenn es En gibt, dann hat er alles erschaffen, nicht nur die Erde, auch die Sterne. Einige davon sind größer als die Sonne, und ihr Licht braucht viele Lebenszeiten, um zu uns zu gelangen, und niemand weiß, wie weit sich das Sternenmeer erstreckt. Vielleicht ist es unendlich! Die Kraft, die all das geschaffen hat, kann nicht so rachsüchtig und böse sein, wie Ihr vorgebt. Nur kleine Geister sind so, und dieser Geist ist ganz bestimmt nicht klein. Ihr beleidigt En, indem Ihr ihm dies unterstellt. Ihr seid der wahre Gotteslästerer!«

Ich dachte schon, Lion würde vor Zorn und Wut gleich zerspringen. Ich weiß nicht mehr, wie es mir gelang, meine Rede zu Ende zu führen. Ich glaube, er unterbrach mich nicht, weil er zu bestürzt war.

Narr und Bryen stimmten mir zu und riefen: »Gut gesagt!« Dann griff Oriole ein.

»All dies sind nur Worte«, sagte sie. »Keiner von euch weiß, worüber er spricht.« Ihre Stimme hatte einen seltsam gebieterischen Ton. Lion, der gerade den Mund aufmachen wollte, hielt inne. Wir alle wandten uns ihr zu.

Sie sprach niemanden direkt an, und ihre Augen waren noch immer in die Ferne gerichtet. »Es war schrecklich, dort im Amphitheater«, sagte sie. »Aber solche Erlebnisse können die Tore zur Hellsichtigkeit aufstoßen. Keine Meditation, kein tiefer Schlaf hat meinen Geist so weit geöffnet. Ich bin heute abend durchgedrungen, und noch kein Durchdringen war so wie dieses, jedenfalls für mich.«

»Ich weiß«, sagte ich. »Auch mein Geist hat sich geöffnet. Ich bin zu Saraya durchgedrungen.«

Oriole, die in die Erinnerung an ihr eigenes Erlebnis versunken war, nahm davon keine Notiz. »Ich bin durchgedrungen«, sagte sie, »nicht zu einem lebenden Wesen, sondern zu einem lebenden Stein. Ich dachte, daß mir das niemals gelingen würde. Aber ich bin in die Sprünge und Risse des Gesteins unter unseren Füßen eingedrungen. Ich bahnte mir meinen Weg durch sie, wurde gedrückt, wo seine Kanten aneinanderstoßen, wurde in der Hitze versengt, die unsere Quellen erwärmt, sank tief ein in das Herz des geschmolzenen Steins weit unten und wurde wieder nach oben gezogen durch die Kraft, die in seinem Inneren aufsteigt.

Ich sage euch, das Meer ist nicht die einzige Gefahr, die uns bedroht! Nicht einmal die größte! Im Norden und Süden hat sich das Eis zurückgezogen und sein beschwerendes Gewicht vom Gestein genommen, und dieses formt sich nun zu neuen Gebilden. Die Wellen dieser Veränderungen pflanzen sich durch die ganze Welt fort. Die Hauptgefahr kommt nicht aus dem Meer, sondern aus der Erde unter uns.«

Ihre Augen hatte sie nun auf Lion gerichtet. »Ich sage Euch, Onkel Lion, wir müssen Atlan verlassen. Wenn wir es nicht tun, werden wir mit ihm in die Luft fliegen. Das hat nichts mit En oder Sayadon zu tun. Es hat zu tun mit Gestein und Feuer und blinden Gewalten, die sich durch keinerlei Bitten besänftigen lassen. Hört mir zu. Berichtet es in der Zitadelle. Aber beeilt Euch, denn uns bleibt nicht mehr viel Zeit. Wir haben keine Zeit mehr, eine neue Stadt zu bauen, Schiffe auszusenden und die Menschen nacheinander zu evakuieren. Wir müssen schlicht alle Boote zu Wasser lassen, so schnell es geht, sie mit so vielen Menschen beladen, wie sie tragen können, und aufbrechen – irgendwohin, solange es nur weit von hier weg führt.«

Sie verstummte; ihr Atem ging keuchend.

Lion sagte: »Es tut mir leid, Nichte. Du hast heute abend häßliche Dinge gesehen, und das Entsetzen darüber hat deinen Geist vernebelt. Das bedauere ich. Wenn dein Vater klüger gewesen wäre, hättest du das alles nicht erleben müssen. Du solltest dich hinlegen und ein Beruhigungsmittel nehmen. Ich vermute, daß die frevlerischen Äußerungen Narrs und Ashinns ebenfalls diesem Schock entsprangen. Ich werde nicht darüber Bericht erstatten – dieses eine Mal nicht. Ich wünsche euch eine gute Nacht.«

Und er ging.

»Was hat es denn noch für einen Sinn?« Oriole kauerte sich auf ihrem Schemel zusammen. »Was hat es überhaupt noch für einen Sinn? Will denn keiner zuhören?«

Ich ging zu ihr und legte meine Arme um sie. Sie begann zu schluchzen. Ich hielt sie fest, bis der Sturm vorüber war.

Der Verrat

In der Nacht im Lagerhaus hatte Oriole sich eingeredet, sie sei an der Vernichtung der Flotte schuld, da die Idee mit der Botschaft an der Wand von ihr stammte. Nun machte sie sich für den Alptraum im Amphitheater verantwortlich. Ich unterbrach ihre Selbstbezichtigungen, indem ich barsch sagte: »Wir mußten etwas unternehmen. Wenn sich Haß und Wut schon so stark aufgestaut hatten, mußten sie früher oder später ausbrechen. Wenn nicht letzte Nacht, dann nächste Woche.«

Als sich Oriole schließlich wieder beruhigt hatte, zog Juny sie aus meinen Armen, setzte sie auf ein Sofa und half ihr, sich die verweinten Augen zu trocknen. Oriole schaute in die Runde und sagte: »Ich weiß. Ihr habt recht. Wenn Atlan die Wahrheit nicht erfährt, wird keiner von uns überleben. Schuld ist vor allem derjenige, der uns verraten hat. Wer könnte das nur gewesen sein?«

In dem Schweigen, das nun folgte, starrten wir uns an. Mein Blick ging zu Ocean hinüber, deren offensichtliche Genugtuung höchst befremdlich wirkte. Sie ergriff als erste das Wort. »Ich war in eure Überlegungen nicht eingeweiht«, sagte sie. »Ich weiß sehr wenig über diese Angelegenheit. Aber es gibt eine Person hier, der man alles zutrauen kann.«

»Ich verstehe«, sagte Juny. »Ihr meint mich. Für Euch bin ich eine Verräterin, aber von einer anderen Art.«

»Ja, das bist du. Es wird bald verboten werden, sich Konkubinen zu nehmen. Mein Bruder hat es angekündigt.«

»Ich habe mir diesen Lebensweg nicht ausgesucht. Wie oft muß ich es noch sagen? Aber seit ich hier bin, freue ich mich, an der Seite von Narr, meinem Herrn, leben zu können. Glaubt mir, ich habe ihn in keiner Weise verraten. Ich würde niemals etwas tun, was Narr verletzen könnte, und, gütiger En, ich möchte nicht ertrinken! Ja, ich wollte, daß die Botschaft an die Mauer geschrieben wurde. Auch ich möchte wissen, wer die Tempelbehörden informiert hat!« rief Juny erbittert.

»Niemand verdächtigt dich, Juny.« Narr sprach zu ihr mit einer Zärtlichkeit, die ich in seiner Stimme noch nie gehört hatte. »Niemand, der dich kennt.«

Ocean stand auf. Da ich meine Pflegemutter nun objektiver als jemals zuvor betrachtete, bemerkte ich, daß sie sich mittlerweile vollkommen von Narr getrennt hatte. Sie war eine typische Diener-Frau in mittleren Jahren geworden, schlicht im Denken und Auftreten und übergewichtig. Sie besaß einen watschelnden Gang und schien ungern jemandem direkt in die Augen zu sehen. Eine heimtückische Überlegung beschlich mich. War Ocean vielleicht die Verräterin? Hatte sie unsere Pläne auf irgendeine Weise aus Niomy herausbekommen? Aber die Vorstellung erschien mir so schrecklich, daß ich sie nicht zu äußern wagte.

»Ich möchte mich zurückziehen«, sagte Ocean. »Begleite mich, Niomy. Aber nicht du, Oriole. Dich möchte ich zur Zeit nicht um mich haben.«

»Und ich dich auch nicht«, erwiderte Oriole unfreundlich. »Dir hat gefallen, was du heute abend erlebt hast. Ich habe es an deinem Gesicht gesehen.«

Ocean reagierte nicht auf diese Bemerkung, sondern verließ den Raum, gefolgt von Niomy. Nach einem kurzen Schweigen meinte Narr, da wir noch kaum etwas gegessen hätten, könnte Harion für uns etwas zubereiten. »Aber du bleibst hier, Ashinn. Ich möchte nicht, daß du jetzt in der Küche verschwindest.« Nachdem Harion gegangen war, wandte sich Narr an Bryen. »Widmen wir uns nun dem Wesentlichen. Bryen, kannst du uns sagen, ob das, was Oriole behauptet, möglich ist? Daß die Gefahr aus der Erde unterhalb Atlans kommt, meine ich?«

»Es *ist* möglich«, erklärte Oriole.

»Bryen?«

»Ja, es wäre möglich«, sagte Bryen. »Ich glaube zwar nicht an Hellsichtigkeit, aber …«

»Menschen, die dazu nicht veranlagt sind, glauben nie daran«, erwiderte Oriole. »Aber wenn man es einmal erlebt hat, weiß man es.«

»Ich habe es heute abend auch erlebt«, warf ich ein. »Ebenso wie Oriole, obwohl ich nicht die Felsen durchdrungen habe.« Ich hielt inne, überwältigt von der Erinnerung an das Erlebnis.

»Die Gefahr kommt aus der Erde«, beharrte Oriole.

»Laßt mich doch meine Ausführungen zu Ende bringen«, sagte Bryen. »Man hat mir eine Frage gestellt, aber keiner hört sich meine Antwort an. Ich sagte, daß ich nicht an Hellsichtigkeit glaube. Sie spielt in meinem Beruf keine Rolle mehr. Früher aber versuchten die Geomantiker, wie man sie nannte, die Erde auf diese Weise zu erforschen. Einige sollen dadurch Entdeckungen gemacht haben, die später bestätigt wurden. Wir besitzen heute Erkenntnisse, die vermuten lassen, daß Orioles Aussagen richtig sein könnten. Gestein sieht sehr fest aus, bewegt und verschiebt sich jedoch, wenn Druck darauf ausgeübt wird. Die Eiskappen müssen ein enormes Gewicht besessen haben. Wenn es sich stark vermindert, muß das Auswirkungen auf die darunterliegenden Gesteinsschichten haben.«

Er leerte ein Zinntablett und hielt es hoch. »Zinn biegt sich«, sagte er. »Dadurch entsteht dieses Geräusch. Nun, auch Gestein kann sich biegen, in größerem oder kleinerem Ausmaß. Dadurch werden wahrscheinlich die Erdbeben ausgelöst. In jüngster Zeit erlebte Atlan schwerere Beben, als man sie bisher kannte. Das letzte große Beben ereignete sich vor fünfundzwanzig Jahren, das vorhergehende den Aufzeichnungen zufolge vor zweieinhalb Jahrsechzigern.«

»Dann glaubst du also«, sagte Narr, »daß meine Tochter recht haben könnte, auf welchem Wege auch immer sie zu ihren Erkenntnissen gelangt ist?«

»Ich habe recht«, rief Oriole wütend.

»Vielleicht. Aber wenn ja, was willst du nun unternehmen?« fragte Narr. »Was können wir tun?«

Das war der Kern unseres Problems. Wir waren gefangen und nicht in der Lage, mit den Bewohnern Atlans Kontakt aufzunehmen, weder mündlich noch über Flugblätter oder mit an die Wand geschriebenen Botschaften. Wir konnten uns auch nicht mit den überlebenden Mitgliedern unseres Komitees verständigen, nicht einmal mit Prinz Ivorr.

Und selbst wenn sich in Atlan auf wundersame Weise ein Meinungsumschwung zu unseren Gunsten vollzogen hätte, wären uns die Hände gebunden gewesen, weil die Evakuierungsflotte zerstört worden war.

»Wenn Oriole recht hat«, sagte ich, »was wird dann passieren?«

»Der ganze Hügel von Atlan könnte in die Luft fliegen«, antwortete Oriole. »Es beginnt wahrscheinlich mit Erdbeben, mehreren kleineren Erschütterungen, die einem letzten großen Beben vorausgehen. In der Stadt wird Panik ausbrechen. Alle werden dann Atlan verlassen wollen, aber es wird keine Schiffe für sie geben.«

Bryen bemerkte: »Vielleicht wird man Rastinn und Diarr ermorden.«

»Das wäre sehr hilfreich«, meinte Narr sarkastisch. »Eine schöne Vorstellung, aber das werden wir wohl kaum erleben.«

»Pflegevater«, sagte ich, »wir sind alle müde und erschöpft. Ich glaube, wir sollten schlafen gehen und morgen weiterreden.«

Bevor wir uns zurückzogen, tat Narr etwas Erstaunliches. Er trat zu Oriole, nahm sie an der Hand, führte sie zu mir und legte ihre Hand in meine. »Vielleicht ist keine Zeit mehr für eine Hochzeit«, sagte er ernst. »Die wenige Zeit, die uns noch verbleibt, gehört euch, meine Tochter, mein Sohn. Nutzt sie.«

Dann verließ er rasch den Raum, als sei er über sich selbst erstaunt. Juny kam herein, gab uns beiden einen Kuß und folgte ihm. Bryen sagte sichtlich angestrengt: »Ich beglückwünsche euch beide.« Dann ging auch er.

Ich wandte mich an Oriole. »Ich glaube, dein Vater hat uns soeben miteinander vermählt.«

»Gefällt dir das nicht?«

»O doch!«

»Als ich heimkehrte«, sagte Oriole, »befand ich mich noch auf dem Pfad der Lyuna. Meine Kammer ist noch sehr schlicht, deshalb würde ich lieber in deine gehen.«

Wir waren so erschöpft, daß wir beide sofort einschliefen. Doch als wir am Morgen erwachten, in dieser seltsamen Übergangszone zwischen Nacht und Tag, liebten wir uns und taten, als gäbe es weder das schreckliche Gestern noch das furchterregende Morgen, sondern nur das Hier und Jetzt.

Doch dieser Moment währte nur kurz. Schließlich mußten wir

aufstehen und uns an den Frühstückstisch begeben. Narr, Juny und Bryen hatten sich bereits eingefunden, aber Ocean und Niomy erschienen nicht. Bryen schaute mich und Oriole an, als schmerze ihn unser Anblick.

Narr schwieg, bis wir alle mit dem Essen fertig waren, und sagte dann: »Nun?« Alle schüttelten die Köpfe und gaben dadurch zu verstehen, daß uns über Nacht keine neuen Ideen gekommen waren.

»Was bleibt uns also noch übrig?« sagte Narr. »Mir scheint, daß alle unsere Bemühungen von Anfang an zum Scheitern verurteilt waren. Wir könnten uns genausogut ans Ufer stellen und dem Meer befehlen, sich zurückzuziehen. Oder auf den Boden stampfen und der Erde sagen, sie soll aufhören zu beben. Wenn es trotz allem einigen Menschen gelingen sollte, Atlan zu verlassen, und wir zu ihnen gehören, welche Zukunft erwartet uns dann? Wir würden als Halbwilde unser Leben fristen müssen. Und selbst wenn wir zum Neuen Atlan gelangen könnten, stünden wir vor einem kaum begonnenen Projekt. Um es fertigzustellen, bräuchten wir die Hilfe aller Bewohner des alten Atlan.

Wir müßten Häuser bauen, müßten jungfräuliches Land unter den Pflug nehmen und zu bebauen versuchen und wie die Barbaren Tiere jagen. Wir müßten wilde Schafe zähmen, um Wolle zu erhalten – falls jemand von uns in der Lage wäre, sie zu Kleidern zu weben! Wir hätten keine Zeit mehr für wissenschaftliche Studien oder Experimente, keine Zeit mehr, Bücher zu schreiben. Nein, lieber würde ich sterben als so leben!«

Ich sagte: »Wir dürfen nicht verzweifeln. Ich jedenfalls möchte noch nicht sterben.«

Für Oriole und mich hatte das Leben erst begonnen. Verbitterung und Wut erfüllten mich. Ich fand keine Worte, um meine Stimmung zu beschreiben.

Als ich mich an diesem Morgen gewaschen und einen Hahn aufgedreht hatte, aus dem üblicherweise angenehm warmes Wasser kam, war mir siedendheißes entgegengeschossen. Atlans Quellen waren heißer geworden. Beim Gedanken daran, was dies wahrscheinlich bedeutete, wurde mir übel.

Oriole, die neben mir saß, mischte sich ein.

»Wir können einfach nicht aufgeben!« rief sie. »Ich bin jung, und

Ashinn ebenfalls. Wir wollen Kinder haben. Wir wollen leben! Wie können diese frömmlerischen Dummköpfe in der Zitadelle uns vorschreiben, was wir zu tun haben? Glaubst du nicht, sie wären froh, wenn wir davonsegeln würden?«

»Nein«, antwortete Narr. »Sie könnten den Gedanken nicht ertragen, daß wir uns ihrer Kontrolle entziehen. Vor allem nicht, wenn wir eine größere Zahl von Menschen davon überzeugen würden, mit uns zu kommen.«

»Oh, in Ens Namen!« stöhnte Oriole.

Während wir uns ratlos anschauten und schwiegen, vernahmen wir draußen Niomys laute Stimme, die wütend und ängstlich zugleich klang. Narr und ich sprangen auf und eilten zur Tür. Sie öffnete sich, gerade als wir sie erreichten, und Harion kam herein, der Niomy am Arm hinter sich her zerrte.

Er zog eine kleine Pergamentrolle aus seinem Obergewand und hielt sie Narr entgegen. »Ich glaube, Ihr solltet Euch das ansehen, Herr«, sagte er. »Ich sah, wie das Mädchen aus den Gemächern von Dame Ocean kam und sich verstohlen umblickte, bevor sie zum Tor ging. Ich versuchte natürlich, herauszufinden, was sie zu verbergen hatte, und habe sie gezwungen, mir diese Schriftrolle zu geben ...«

»Du hattest kein Recht, mir das abzunehmen!« schrie Niomy.

Narr nahm die Pergamentrolle entgegen. »Sie ist an den Oberführer Lion adressiert. Die Herrin ist berechtigt, ihrem Bruder zu schreiben, Harion. Ich weiß nicht ...«

»Aber mir gefiel die Heimlichtuerei des Mädchens nicht, Herr«, sagte Harion. »Jemand hat Euch schließlich verraten. Die Schriftrolle war nicht versiegelt, und ich habe sie an mich genommen, um sie zu lesen. Vielleicht war das falsch, aber dafür kann ich mich nicht entschuldigen, nur für die Schmerzen, die sie Euch bereiten wird.«

»Wovon redet er?« fragte Narr Niomy.

»Die Herrin hat mir aufgetragen, sie dem Wächter am Tor zu übergeben«, antwortete Niomy. »Ich muß tun, was sie mir befiehlt, sonst schlägt sie mich. Sie hat mich schon letzte Nacht geschlagen, weil sie meinte, ich hätte etwas mit den Schmiereien an der Mauer der Zitadelle zu tun. Ich habe Angst vor ihr.«

Narr öffnete die Schriftrolle. Sie war nicht sehr lang, so daß er sie rasch überfliegen konnte.

Dann reichte er sie mir. »Lies, Ashinn. Lies es laut vor. Ich vermag es nicht.«

Ich kannte die Handschrift nicht, aber die Schriftzeichen waren fein säuberlich gemalt und ließen auf die Hand eines jungen Schreibers schließen.

»›An den Oberführer Lion‹«, las ich, »›mit Grüßen von Ocean, seiner Schwester. Als im Tempel der Tanz des Todes und die Hinrichtung des Verbrechers vorüber waren, wurden wir gebeten, Informationen über Personen weiterzugeben, die sich eines todeswürdigen Vergehens schuldig gemacht hätten, auf daß Atlan gereinigt werden könne ...‹«

Ich brach ab und wandte mich an Niomy. »Das hat meine Pflegemutter geschrieben?«

»Sie hat es mir diktiert.« Niomy zeigte auf Harion. »Er beschuldigt mich, als ob es mein Brief wäre. Ich habe ihn nur auf Geheiß meiner Herrin geschrieben.«

Meine Augen hatten bereits den Rest des Textes erfaßt. »Du hättest ihn sofort Graf Narr bringen sollen.«

»Das habe ich nicht gewagt!«

»Ruhig Blut«, sagte Bryen. »Das Mädchen ist eine Sklavin und hat Angst.«

»Setz dich, Mädchen«, sagte Narr und winkte Niomy zu einem Sofa. »Lies weiter, Ashinn.«

Mir wollte die Stimme versagen. »›Ich möchte berichten, daß ich gehört habe, wie die Konkubine Juny, die nun das Bett meines Gemahls teilt, blasphemisch über die Götter sprach, über sie lachte und aufmüpfige Lieder verfaßte, die sie den Haussklaven vorsingt. Sie vergiftet die Luft Atlans und sollte dem Stier vorgeworfen werden. Ich bin bereit, vor dem Hohenpriester Diarr höchstselbst zu beschwören, was ich hörte.‹«

»Nein!« kreischte Juny. »Das habe ich niemals getan ...«

Oriole legte einen Arm um sie. »Ich weiß. Wir alles wissen es. Es sind alles Lügen. Aber hab keine Angst. Dir wird nichts geschehen.«

Niomy blickte uns mit großen Augen ängstlich an. Narrs Gesicht alterte zusehends, als ich ihn beobachtete. Er ging zu Juny und legte ihr beruhigend eine Hand auf die Schulter.

»Pflegevater«, sagte ich, »laß uns den Brief zerstören und sicherstellen, daß kein weiterer geschrieben wird, und lassen wir es damit bewenden.«

»Nein«, erwiderte Narr. »Harion, hole mein Weib.«

»Herr? Sie wird sich weigern zu kommen. Ich kann sie doch nicht herbeizerren wie das Mädchen.« Er deutete mit einem Nicken auf Niomy.

»Ich gebe dir die Erlaubnis dazu. Bring sie her, sage ich.«

Als Harion den Raum verließ, erhob sich Bryen, aber Narr schüttelte den Kopf. »Nein, du bleibst. Möglicherweise betrifft es dich genauso wie alle anderen.«

»Aber ...«

»Hast du Harion nicht gehört?« fragte Narr scharf. »Er war argwöhnisch, weil uns jemand verraten hat, darum hat er Niomy aufgehalten. Wenn es nun ...« Es fiel ihm schwer, die Worte auszusprechen. »Wenn es nun meine eigene Frau gewesen wäre? Sie wurde als Angehörige der Diener-Sekte geboren und ist wieder zu ihr zurückgekehrt. Wir haben uns einander entfremdet. Hast du mit deiner Herrin über unsere Pläne gesprochen, Niomy? Wußte sie, daß wir unsere Botschaft an die Mauer der Zitadelle schreiben wollten? War sie es, die ihren Bruder davon in Kenntnis gesetzt hat?«

Niomy zuckte die Achseln. Da ging die Tür auf, und Ocean kam hereingewatschelt. Harion hatte keine Gewalt anwenden müssen. Sie hatte beim Frühstück ihr Kleid bekleckert und blickte mürrisch drein. »Du wünschst mich zu sprechen, Narr?«

»Ja. Komm herein und setz dich.« Narr bedeutete Harion, ebenfalls Platz zu nehmen. Respektvoll wählte dieser einen kleinen Schemel. Ocean setzte sich auf ein Sofa und zog ihre Beine hoch. Dann entdeckte sie Niomy, und ich sah, wie sich ihre Augen verengten.

»Ich weiß«, begann Narr, »daß du Juny haßt. Aber das gibt dir nicht das Recht, Lügen über sie zu verbreiten und Briefe an deinen Bruder zu schicken, in denen du ihn bittest, sie umbringen zu lassen. Ich habe den Brief hier, also streite es nicht ab. Was hast du dazu zu sagen?«

»Daß es mir leid tut, daß du in den Besitz des Briefes gelangt bist«, antwortete Ocean. Sie starrte Juny feindselig an. »Mich hätte es gefreut, dich in der Arena umherlaufen zu sehen, wenn der Stier dich verfolgt, meine Liebe. Ich hätte es genossen, deine flehentlichen Blicke zu sehen, deine angstgeweiteten Augen, wenn du erkennst, daß es für dich keine Gnade mehr gibt und du allein bist mit dem Tod, daß er dich nicht mehr retten kann. Ich hätte es gern gesehen, wenn sich die Hörner in deinen Leib gebohrt hätten und das Blut herausgespritzt wäre.« Sie wandte sich an Narr. »Genügt dir das?«

Juny stöhnte leise auf. »Es ist alles gut«, flüsterte Oriole.

»Ja«, sagte Ocean, »tröste meine Rivalin, Tochter. Ich habe dich aus Xetlan holen lassen, damit du mich trösten sollst. Eine schöne Hilfe warst du mir.«

»Ist das der einzige Brief, den du an deinen Bruder geschickt hast?« fragte Narr. »Jemand hat uns verraten, Ocean. Jemand hat den Behörden mitgeteilt, was wir an der Zitadelle planten. Warst du es? Hast du auf irgendeine Weise von unseren Plänen erfahren und dein Wissen darüber weitergegeben?«

»Nein, mein Gemahl, das habe ich nicht getan! Ich erfuhr von euren Plänen erst durch meinen Bruder, und selbst wenn ich davon gewußt hätte, wäre es mir nicht in den Sinn gekommen, dich zu verraten. Obwohl du dich kalt und abweisend gezeigt und niemals gezögert hast, mich mit anderen Frauen zu betrügen, empfinde ich noch immer etwas für dich. Ich würde dich niemals ans Messer liefern. Traust du mir das zu? O nein, mein Gemahl, nicht ich bin die Verräterin, sie ist es«, sagte Ocean und deutete auf Niomy.

Das Mädchen saß still auf seinem Platz und schien den Atem anzuhalten.

»Sie hat es mir in der letzten Nacht erzählt«, fuhr Ocean fort. »Sie war stolz darauf und dachte, ich würde mich darüber freuen, aber das war nicht der Fall. Vielleicht hast du unsere Auseinandersetzung gehört.«

Narr fand als erster die Sprache wieder. »Und warum hast du dich nicht erfreut?« wollte er wissen. »Du hast dich doch wieder den Dienern angeschlossen, wie dein Bruder Lion. Niomy hat deiner Sache genutzt.«

»Sie ist eine Sklavin in diesem Haushalt, und Sklaven können nicht einer Sache nutzen, sondern nur ihren Eigentümern. Ich hätte sie als Spionin zu deinen Treffen schicken können, wenn ich gewollt hätte.«

Oriole sagte mit belegter Stimme: »Ich dachte, du haßtest die Diener, Niomy. Sie haben dir doch verboten, deine Myalin zu spielen, und du hast deswegen geweint.«

»Das geschah auf Befehl von Oberführer Lion.« Niomy reckte das Kinn. Ihre Augen blickten ängstlich, doch ihre Stimme klang stolz. »Und wenn er erfährt, daß ich gestern nacht geschlagen wurde, wird er bestimmt etwas dazu sagen. Er befahl Dame Ocean, mir die Musik zu verbieten, damit ich dieses Theater vorspielen konnte, das Euch davon überzeugen sollte, daß ich mit Euch sympathisiere. Ich habe dem Prediger der Diener schon zugehört, bevor er mich damals bei dem Aufruhr in der Stadt rettete. Deshalb auch bin ich manchmal zu spät von meinen Botengängen zurückgekommen. Wir unterhielten uns an diesem Tag, und ich traf ihn auch danach noch ein paarmal insgeheim ... Ich sollte vorgeben, daß ich die Diener hasse, und herauszufinden versuchen, was Ihr vorhattet, denn er war davon überzeugt, daß Ihr irgend etwas aushecken würdet. Er wollte seine Schwester schützen, aber auch Atlan vor Unheil bewahren ...«

»Interessante Wertmaßstäbe«, bemerkte Narr. »Wir wollten nichts weiter, als die Bevölkerung und die Kultur von Atlan vor dem Untergang retten, und werden dafür als Missetäter gebrandmarkt. Wirklich erstaunlich!«

»Wenn die Flut kommt, dann ist es Ens Wille, und die einzige Möglichkeit, Atlan zu retten, besteht darin, En zu besänftigen«, rief Niomy.

»Das glaubst du doch nicht im Ernst!« schrie ich sie an.

»Doch! Auch Oberführer Lion glaubt es. Ich habe ihm alles berichtet, was ich über Eure Pläne erfuhr.«

»Quinn wurde dem Stier vorgeworfen«, sagte Oriole. »Lavindy wurde von der aufgehetzten Meute ermordet. Was Zebard widerfahren ist, wissen wir noch immer nicht. Ashinn und ich sind nur knapp dem Tod entgangen. Ist dir das alles gleichgültig?«

»Ihr hättet Euch nicht gegen den Willen Ens stellen dürfen!«

»Wenn ich noch einmal diesen Ausspruch höre, platzt mir der Kragen!« rief Bryen zornig.

Ocean mischte sich ein. »Was spielt es für eine Rolle, was diese Sklavin glaubt oder nicht glaubt? Sklaven denken doch immer das, was ihre Herren ihnen sagen.« Sie blickte Niomy finster an. »Ich bin diejenige, die dir sagt, was du zu denken hast, niemand sonst, nicht einmal Oberführer Lion. Dieses ganze Gerede über Flutwellen und den Zorn der Götter! O ja, Narr, ich weiß, du hältst mich für ein dummes Weib, das den ganzen Tag Süßigkeiten in sich hineinstopft und nicht denken kann. Aber ganz so ist es nicht. Ich kenne die Menschen. Es droht keine Gefahr vom Meer. Ein paar Überschwemmungen? Nun ja, die gibt es hin und wieder. Aber sie sind nützlich, wenn die Menschen untereinander um die Macht kämpfen. *Folgt mir, und ich rette Euch vor dem Untergang! Wählt mich als Führer, und ich beschütze Euch vor dem Zorn Ens!* O ja! Ich liebe meinen Bruder, aber ich durchschaue ihn. Er möchte über das Militär herrschen. Diarr hat ihm bereits ein hohes Amt übertragen. Nun, dabei wünsche ich ihm alles Gute, aber mich geht das nichts an, und noch weniger dich, kleine Sklavin! Vor allem gehört es nicht zu deinen Aufgaben, ihm dabei zu helfen, Anklagepunkte gegen meinen Ehemann zu sammeln.«

»Aber in bezug auf Juny warst du nicht so edelmütig«, bemerkte Narr ruhig.

Ocean lächelte. »O nein, natürlich nicht. Ich habe zwar einst die Diener-Sekte verlassen, bin jedoch mittlerweile zu der Ansicht gelangt, daß ihre Ideale durchaus sinnvoll sind. Du hast mir eine Konkubine vor die Nase gesetzt, Narr. Ich bin so töricht, noch immer etwas für dich zu empfinden, aber ich bin nicht verpflichtet, auch ihr Zuneigung entgegenzubringen. Laß sie unter den Hörnern des Stiers sterben!«

»Ich wollte diesen Brief nicht schreiben«, sagte Niomy. »Ich wußte, daß alles erlogen ist, und ich habe nichts gegen Juny. Aber sie drohte mir, mich wieder zu schlagen. Also habe ich es getan. Was wäre mir denn sonst übriggeblieben?«

Niemand antwortete ihr; ich glaube, keiner von uns wußte, was er sagen sollte. Niomy schaute von einem zum anderen, und dann brach es aus ihr heraus wie aus einem aufgesprengten Schleusentor. »Nein, ich weiß, ich darf niemals sagen, was ich wirklich denke. Ich soll immer meine Zunge im Zaum halten, weil ich nur eine Sklavin bin. Ich muß mich anschreien und schlagen lassen und darf mich nicht einmal wehren. Ich darf keine eigenen Überzeugungen haben. Ich bin ein Nichts. Aber das stimmt nicht! Nein, nein! Ich wurde als Freie geboren und durfte eine eigene Meinung haben, und ich bin immer noch derselbe Mensch. Was wißt Ihr denn darüber, wie es ist, versklavt zu werden? Juny weiß es, aber Ihr anderen nicht. Oberführer Lion ist der einzige, der mich als Mensch behandelt hat, seitdem ich verkauft worden bin. Wollt Ihr wissen, worüber ich mich am meisten gefreut habe, als die Menge uns bei der Zitadelle angriff? Daß diese Lavindy …«

»Für dich immer noch die Herrin Lavindy!« schrie Ocean sie an.

»Diese Lavindy. Ich bezeichne sie nicht mehr als Herrin, nein! Am meisten gefreut habe ich mich, als ich sah, wie Lavindy getötet wurde. Ich hatte es mir so sehr gewünscht! Vor allem deswegen habe ich Oberführer Lion Eure Pläne verraten. Ich wollte, daß sie stirbt! Diese Frau hat mich wie ein Stück Vieh gekauft. Sie kam auf den Sklavenmarkt, musterte mich von oben bis unten, untersuchte meine Zähne, meine Hände und fragte, ob ich die Myalin spielen oder Haare schneiden könne. Dann fragte sie mich …« Niomy wandte sich mit hochrotem Kopf ab »… ob ich noch Jungfrau sei. Falls irgendein Käufer sich für mich interessierte. Ich wollte nicht antworten, und sie schlug mich, mitten auf dem Markt, unter all den Zuschauern, und befahl mir, aufrecht zu stehen und Respekt zu zeigen …«

Wir waren alle sprachlos vor Verlegenheit. Sogar Ocean sagte nichts mehr, obwohl ihr Gesichtsausdruck nichts Gutes ahnen ließ für Niomy, wenn sie später wieder allein sein würden.

»Als Lavindy mich gekauft hatte«, fuhr Niomy fort, »brachte sie mich zu ihrem Haus und sagte, wenn ich tue, was man mir aufträgt, würde es mir gutgehen. Am folgenden Tag fragte ich sie etwas, sie aber sagte, ich wäre jetzt eine Sklavin und hätte kein Recht mehr, zu denken oder Fragen zu stellen, und dann schlug sie mich, als ich widersprach. Jetzt hat die aufgebrachte Menge sie erledigt. Sehr gut! Sehr gut!« rief Niomy und lachte und schluchzte und stieß hervor, es sei ihr gleichgültig, was wir mit ihr täten, Oberführer Lion werde sich um sie kümmern, und wenn er es doch nicht tun würde, werde sie sich eben umbringen und uns auf diese Weise entrinnen.

Sie war hysterisch. Oriole trat zu ihr und schüttelte sie. »Hör auf, Niomy!«

Ocean erhob sich. »Ich werde sie beruhigen. Überlaßt sie mir. Sie wird nie wieder eine solche Szene machen, das verspreche ich.«

»Bestimmt nicht.« Narr erhob sich ebenfalls und trat in die Mitte des Raums. »Niomy, sei ruhig!« Seine Stimme hatte etwas Gebieterisches, was seine Wirkung nicht verfehlte. Niomy keuchte und wurde ruhig. »Und du, Ocean«, sagte Narr, »setz dich auch. Ich bin noch nicht fertig. Wir haben einige sehr interessante Dinge gehört, das muß ich schon sagen.«

Widerwillig nahm Ocean wieder Platz, und Niomy kauerte sich am Rand des Sofas zusammen.

»Was du gesagt hast, Niomy«, begann Narr, »hat einiges für sich. Es muß in der Tat schrecklich sein, sein Heim und seine Freiheit zu verlieren und auf dem Markt wie eine Stute verkauft zu werden. Ich habe schon mehrmals die Rechtmäßigkeit der Sklaverei in Frage gestellt. Aber es stimmt nicht, daß Sklaven nicht das Recht besitzen, eine eigene Meinung zu haben. Dir stand die gesetzlich vorgeschriebene freie Zeit zu. Du warst berechtigt, deine Kenntnisse und Fertigkeiten einzusetzen – Geld zu verdienen und zu sparen, um dir eines Tages die Freiheit wieder zu erkaufen. Es gibt freie Männer und Frauen in den Elendsquartieren, die dankbar wären für das Leben, das die Sklaven in der Stadt führen. Du hast Essen und Kleidung erhalten, und zumindest ich habe dich nie verletzend behandelt. Auch meine Tochter nicht. Wir haben dich zu unseren Beratungen hinzugezogen, zu unserem Unglück. Aus Haß auf einen Menschen – auf Lavindy – hast du Kräfte freigesetzt, die vielleicht zur Zerstörung von ganz Atlan führen werden. Denk darüber nach. Und jetzt zu dir, Ocean.«

Es entstand eine Pause, während Narr und Ocean einander musterten. Oriole saß starr auf ihrem Platz und ließ ihre Augen zwischen ihren Eltern hin und her wandern.

»Es ist schwer«, sagte Narr schließlich. »Sehr schwer. So viele Jahre. So vieles, was wir miteinander geteilt haben. Ich kann das alles kaum in Worte fassen.«

Wir wußten alle, was er meinte. Die Zeit, als der stattliche junge Freigeist Narr um Ocean, die bezaubernde Tochter aus einer Diener-Familie, geworben, sich im geheimen mit ihr getroffen und sie gedrängt hatte, mit ihm wegzugehen, bis sie ihn schließlich erhörte und sie heirateten und Hand in Hand zu ihrem Vater gingen.

Und dann die Ehejahre, die Freuden der Liebe und die Geburt Orioles. Der Kummer darüber, daß keine weiteren Kinder kamen; der Tag, an dem Narr mich aus einem eingestürzten Haus geholt und als seinen Sohn adoptiert hatte. All das und zweifellos noch viel mehr, dürfte ihm durch den Kopf gegangen sein, denn wer weiß, was sich im verborgenen zwischen zwei Menschen ereignet, die so eng miteinander verbunden sind? Sie erfahren Zeiten der Entfremdung und des Schmerzes und hämmern auf dem Amboß der Gefühle ihr gemeinsames Leben zurecht.

Narr räusperte sich.

»Ich kann dir vieles verzeihen«, sagte er. »Du sagst, daß du noch immer etwas für mich empfindest und daß du mich nicht an deinen Bruder verraten würdest. Ich glaube dir und danke dir dafür. Aus diesem Grund kann ich dir auch deine Eifersucht auf Juny verzeihen. Ich kann sie verstehen. Ich hätte auch Juny von dir ferngehalten, dir alles gegeben, was du wünschtest, ich hätte sogar dein Lager geteilt, wenn ich dort noch willkommen gewesen wäre. Doch ich war dort nicht mehr erwünscht, schon lange, bevor Juny kam, wenn du dich erinnerst.«

»Es gab andere vor ihr. Keine Konkubinen, sondern andere Frauen«, sagte Ocean mit steinerner Miene.

»Das stimmt. Wir sollten jetzt nicht über die Gründe streiten. Es war ein Fehler. Aber eines, Ocean, kann ich nicht vergessen. Gestern sahen wir im Tempel, wie Saraya und mein Freund Quinn starben. Du hast diesen Anblick genossen. Und heute hast du versucht, Juny, die dir nichts getan hat, dasselbe Schicksal zu bereiten. Du wolltest auch sie sterben sehen. Und das kann ich dir nicht verzeihen. Eines der schlimmsten Merkmale des Kultes der Diener ist es, daß sie Freude bei solchen Darbietungen empfinden.«

Es entstand abermals eine Pause. Ocean schwieg.

»Ich habe keine juristischen Gründe, mit denen ich eine Scheidung von dir beantragen könnte«, hob Narr wieder an. »Du mußt daher meine Ehefrau bleiben und weiter in meinem Hause leben. Aber das ist alles. Praktisch sind wir geschiedene Leute. Du hast deine Gemächer, in denen du wohnst; die Mahlzeiten nimmst du ebenfalls dort ein, keinesfalls in meinem Speisesaal. Mein Haushalt wird ohne meine Zustimmung keine Anordnungen von dir mehr entgegennehmen. Harion wird es dem Personal erklären. Die Vorrechte, die Dame Ocean als Ehefrau genossen hat, werden widerrufen. Sie darf zum Beispiel keinen meiner Wagen mehr benutzen. Ich werde jeden Sklaven verkaufen, der Anweisungen von ihr entgegennimmt.«

»Das kannst du nicht tun!« schrie Ocean. »Eine Ehefrau hat gesetzliche Rechte, die man ihr nicht versagen kann!«

»Dennoch werde ich sie dir nehmen. Selbst Lion wird mich nicht daran hindern können, meine Sklaven zu verkaufen. Ich werde dir jeden Monat ausreichend Geld zu Verfügung stellen, Ocean, um Möbel oder Süßigkeiten zu kaufen. Du kannst eine Sänfte mieten, wenn du ausgehen willst, und einen Läufer, wenn du jemandem eine Botschaft schicken willst, wobei ich jede Botschaft jedoch zuvor überprüfen werde. Ich selbst werde deinen Bruder über dieses neue Arrangement in Kenntnis setzen. Ich werde dir eine Sklavin zuweisen, die dich bedient; fürs erste kann Marsha diese Aufgabe übernehmen. Niomy werde ich verkaufen. Du wirst niemals mehr die Hand gegen Marsha oder irgendwelche anderen Sklaven erheben. Wenn du es vorziehst, dich von mir scheiden zu lassen und zu deinen Leuten zurückzukehren, werde ich dir keine Steine in den Weg legen. Und jetzt geh in deine Räume.«

Einen Augenblick lang war Ocean wie erstarrt. Dann schrie sie »Nein!« und warf sich Narr zu Füßen. Der trat rasch einen Schritt zurück, und Ocean umklammerte seine Knie. Sie begann zu stammeln, bat ihn, sich doch an all die Dinge zu erinnern, die sie miteinander geteilt hatten, und daß nur ihre große Liebe für ihn sie dazu gebracht habe, ihre Rivalinnen zu hassen. Narr beendete diese peinliche Szene, indem er sie abschüttelte und den Raum verließ. Ocean blieb wie ein Haufen Elend auf dem Boden zurück.

Oriole ging zu ihr, wurde jedoch zurückgewiesen. Schließlich zog ich Ocean hoch und führte sie zu ihren Gemächern, wo sich bereits Marsha eingefunden hatte und sich an einem Kohlenbecken zu schaffen machte. »Ich bringe sie zu Bett und kümmere mich um sie«, sagte sie. »Ist sie krank?«

»Das ist eine lange Geschichte«, erwiderte ich. »Mein Vater wird dir alles erklären. Im Augenblick braucht sie vor allem Ruhe.« Ich ließ sie allein, da ich wußte, daß meine Pflegemutter bei Marsha in guten Händen sein würde, und ging langsam in den Speisesaal zurück.

Narr, Oriole und Bryen hielten sich noch dort auf. Wir wußten nicht, was wir miteinander reden sollten, und als unerwartet Oberführer Lion erschien, war dies für uns fast eine Erleichterung.

Lion trug seine volle Rüstung und wurde von einer Gruppe von vierundzwanzig Männern begleitet. Wir standen in der Tür und beobachteten ihn, als er näher kam. »Was ist das auf seinem Helm?« fragte Bryen.

Lion nahm den Helm ab, doch als er ihn unter den Arm klemmte, stach uns das goldene Sonnenrad ins Auge, das nun darauf befestigt war. Wir starrten es verblüfft an. »Müssen wir dir gratulieren?« fragte Narr. Er legte eine Hand auf sein Herz und verbeugte sich. »In welcher Garde bist du Oberbefehlshaber geworden?«

»In welcher Garde? In allen«, erwiderte Lion. »Es gibt jetzt nur noch eine Schutztruppe. Die Königliche Garde ist mit der Stadt- und der Tempelwache vereinigt worden, und ich habe das Oberkommando erhalten. Ja, ich glaube durchaus, daß eine Gratulation angebracht wäre.« Er klang völlig gelassen, als habe er sich bereits an die Machtfülle gewöhnt, die ihm übertragen worden war.

»Und was wurde aus den ehemaligen Kommandeuren?«

»Es gab Schwierigkeiten in der Zitadelle«, erklärte Lion ruhig. »Leider mußten wir feststellen, daß die Befehlshaber der Königlichen Garde und der Stadtgarde eine Verschwörung angezettelt hatten mit dem Ziel, die Zitadelle zu übernehmen und Prinz Ivorr auf den Thron zu setzen. Da Prinz Ivorr mit dir befreundet ist, wird es dich freuen, zu hören, daß er selbst nicht an dem Umsturzversuch beteiligt war. Obwohl es müßig wäre, darüber zu spekulieren, wie er sich wohl verhalten hätte, falls der Putsch gelungen wäre. Nach einem kurzen Gefecht gelang es der Tempelwache und einigen loyalen Sechziger-Einheiten aus der Königlichen Garde, die Aufständischen niederzuwerfen. Der Kommandeur der Tempelwache wurde dabei getötet. Von den beiden aufständischen Befehlshabern beging einer Selbstmord, der andere wird heute abend dem Stier vorgeworfen. König Rastinn und der Hohepriester Diarr haben mir die Ehre erwiesen, mich zum Oberbefehlshaber der nun vereinigten Armee zu ernennen. Dieses Amt ist natürlich mit einem Sitz im Rat verbunden.«

»Sehr schön«, meinte Narr. »Und was führt dich hierher?«

»Außer dem Aufruhr im Militär«, antwortete Lion, »gab es noch andere Schwierigkeiten in der Stadt. Da du ja unter Hausarrest stehst, hast du nichts davon mitbekommen.«

»Wovon sprichst du?«

»Auf Anordnung des Hohenpriesters sollten alle Evakuierungsschiffe, die noch nicht verbrannt waren, zerstört werden«, sagte

Lion. »Aber dagegen regte sich Widerstand, der vom Sprecher Zebard organisiert wurde.«

»Dann lebt er also noch!« entfuhr es mir.

Lion starrte mich an. »Ich fürchte, nein, Ashinn. Der Aufruhr wurde niedergeschlagen und die Anweisungen des Hohenpriesters wurden ausgeführt. Zebard fand dabei den Tod, ebenso wie einige andere Aufrührer, zu denen auch dein früherer Arbeitgeber Chesnon gehörte.«

»Mein Arbeitgeber?« rief ich. »Er war auch mein Freund!«

»In Zeiten wie diesen muß man manche alte Freundschaft vergessen«, meinte Lion.

Diese Nachricht erschütterte mich so sehr, daß ich nichts mehr sagen konnte. Teilnahmslos stand ich da, während Oriole sich nach Zebards Familie erkundigte und Lion ihr mit kaum verhüllter Genugtuung antwortete, daß der Hohepriester, dem daran gelegen sei, unter Beweis zu stellen, daß die Diener durchaus zu Mitleid und Gerechtigkeit in der Lage seien, verfügt habe, daß weder Zebards Frau noch seine Kinder als Sklaven verkauft werden würden. »Ihr Haus und ihr Besitz wird beschlagnahmt, doch sie selbst bleiben frei und können bei Freunden oder Bekannten, die sie aufnehmen wollen, Zuflucht suchen.«

»Wir werden sie aufnehmen, wenn niemand sonst es tut«, sagte Narr.

»Dazu werdet ihr wohl keine Gelegenheit mehr haben«, erwiderte Lion. »Damit komme ich zum Grund meines Besuches. Man rechnet damit, daß es bald zu weiteren Unruhen kommen wird. Deshalb kann ich keine Männer mehr für eure Bewachung abstellen. Ich bringe euch zur Zitadelle, in Prinz Ivorrs Palast. Dort könnt ihr ihm beim Hausarrest Gesellschaft leisten, und der Prinzenpalast ist auch ziemlich sicher. Er besitzt keine geheimen Ein- oder Ausgänge. Meine Schwester wird euch natürlich begleiten. Ich habe das Gefühl, daß sie im Palast sicherer untergebracht ist als hier, und vielleicht möchte sie auch gar nicht allein hierbleiben. Auch zwei Mitglieder von Chesnons Haushalt werden sich zu euch gesellen. Du kennst sie, Ashinn. Es sind Keneth und Alexahn, die wir ebenfalls unter Bewachung nehmen werden. Die übrigen bleiben auf freiem Fuß, bis jemand gefunden ist, der Chesnons Besitz übernimmt.«

»Wärst du ein bißchen früher gekommen«, sagte Narr, »hättest du eine recht unerfreuliche familiäre Auseinandersetzung miterlebt. Zwischen deiner Schwester und mir ist es endgültig aus. Aber ich glaube, der Palast des Prinzen ist groß genug, damit Ocean und ich uns gegenseitig aus dem Weg gehen können.«

»Ihr zieht gleich heute um. Ihr braucht weder Möbel noch Geschirr mitzubringen. Packt ein, was ihr an persönlichen Sachen mitnehmen wollt, und versammelt euch zwei Stunden nach Mittag auf dem Hof. Ein Ochsenkarren wird für euch bereitstehen.«

»Du scheinst ziemlich in Panik zu sein«, meinte Narr. »Wäre es nicht einfacher, wenn du zugibst, daß, wenn das Meer weiter steigt, immer mehr Leute Angst bekommen und nach Schiffen rufen werden, die sie wegbringen?«

Es war vergebliche Mühe. »Es ist meine Pflicht«, erwiderte Lion, »die Befehle König Rastinns und des Hohenpriesters auszuführen, und sie haben angeordnet, ausdrücklich den Offenbarungen Ens zu folgen, die dem Hohenpriester Jateph mitgeteilt wurden.«

»Dann kümmert es Euch also nicht«, sagte Oriole mit zitternder Stimme, »ob Eure Familie und deren Freunde umkommen? Dann macht es Euch nichts aus, wenn ich sterbe oder meine Mutter, Eure Schwester, die Ihr zu lieben vorgebt?«

»Ich versuche, euch so gut wie möglich zu schützen, indem ich euch hinauf in die Zitadelle bringe«, entgegnete Lion. »Dort seid ihr sowohl vor dem näherrückenden Meer als auch vor jedem Aufruhr sicher. Doch wenn Atlan zum Untergang verurteilt ist, dann wird keiner von uns diesem Schicksal entrinnen können. Wir sind in Ens Hand.«

Er sprach diese Worte weder aggressiv noch traurig aus, sondern leichthin, als rezitiere er aus einer Predigt oder als rede er mit sich selbst. Seit seiner Teilnahme am Prinzenmahl bei Chesnon hatte er sich so stark verändert, daß man ihn kaum mehr wiedererkannte. Sogar seine Augen waren auf seltsame Weise ausdruckslos geworden.

»Ich gehe nicht in die Zitadelle!« rief Oriole als einzige. »Ich habe es immer und immer wieder gesagt, die größte Gefahr droht vom Berg, nicht vom Meer. Dort oben wäre ich auf dem Gipfel des Berges eingesperrt.«

Lion ging nicht darauf ein. »Der Karren und eure Begleiter werden zwei Stunden nach Mittag hier sein. Seht zu, daß ihr bis dahin fertig seid.«

»Wollt Ihr mir denn nicht zuhören?« schrie Oriole.

Ich nahm sie bei den Händen. »Liebste, beruhige dich. Es hat keinen Sinn.«

»Sie kann sagen, was sie will«, bemerkte Lion. »Bei den Dienern akzeptiert man es, wenn Frauen hysterisch werden. Wir erlauben ihnen zu reden – oder auch zu kreischen. Doch ihre Worte finden keine Beachtung.«

»Eine unpassende Einstellung, wenn die betreffende Frau Euch gerade mitteilt, daß das Haus in Flammen steht!« schleuderte ihm Oriole entgegen.

Lion reagierte auch darauf nicht. »Ich möchte mich von euch verabschieden«, sagte er, zu uns gewandt. »Ich kann euch nicht begleiten, denn ich habe noch viele wichtige Dinge zu erledigen. Ich ...«

Plötzlich kam Marsha hereingestürzt. Sie schien die schwarzgolden gekleidete Gestalt des Oberbefehlshabers gar nicht wahrzunehmen.

»Die Herrin! Kommt schnell! Bitte!«

Ocean lag in ihrem Badebecken, den Kopf unter Wasser, das rot gefärbt war und ihre Gesichtszüge verzerrte. Sie hatte sich die Pulsadern aufgeschnitten.

Lion, anders als wir an den Anblick von Toten gewöhnt, übernahm sofort das Kommando. Er rief Sklaven herbei, die das Wasser ablaufen ließen, und half Narr dabei, den Leichnam herauszuheben. »Meine arme Schwester«, sagte er in echter Trauer. Sie hätte ihn menschlicher erscheinen lassen, wäre sie nicht durch einen Blick auf Narr begleitet gewesen, der mich frösteln machte. Narr hatte sich in der Gewalt, doch seine Haut war grünlich verfärbt, und ich sah Tränen in seinen Augen. Ich half, meine Pflegemutter in ein Leichentuch einzuwickeln und den nassen Boden aufzuwischen. Ich war froh, daß ich irgend etwas tun konnte.

Bryen hatte die Aufgabe, Oriole zu erklären, was geschehen war. Doch als Narr Oriole holen ließ, um ihr Gelegenheit zu geben, sich von ihrer Mutter zu verabschieden, begleitete ich sie. Sie weinte in meinen Armen eine Weile, bis Lion uns alle wieder in den Speisesaal zurückbefahl und sogleich zur Sache kam.

»Meine Schwester hat sich umgebracht. Ich möchte wissen, weshalb. Nun, Narr?«

»Wenn du glaubst, daß es mir nicht nahegeht, irrst du dich«, bemerkte Narr, »und auch wenn du meinst, ich würde nicht um sie trauern. Nimm das bitte zur Kenntnis.«

Lion wurde berichtet, daß Ocean versucht hatte, Juny in den Tod zu schicken. »Ich verstehe«, sagte er schließlich. »Meine Schwester wuchs in einer Familie auf, in der Ehebruch undenkbar war. Du hast sie betrogen und eine Konkubine ins Haus gebracht. Und dann hast du sie verstoßen, weil sie ihre Rivalin nicht leiden konnte.«

»Nein, weil sie versuchte, ihre Rivalin zu ermorden«, entgegnete Narr. »Weil sie sich am Tod Sarayas ergötzt hat und beim Anblick von Quinns Blut, das an den Hörnern des Stiers klebte, und weil sie Juny dieselben Qualen bereiten wollte.«

»Diese Qualen sind das Los der Frevler. Strenggenommen müßten die meisten in diesem Raum das Schicksal Quinns teilen. Mir ist klar, daß ihr alle an dem Versuch beteiligt wart, die Tempelmauern zu entweihen.«

»Ja«, sagte Oriole verbittert. »Und wir wissen auch, wer uns verraten hat – Niomy.«

»Als ich ihre Informationen dem Hohenpriester weitergab«, sagte Lion, »teilte ich ihm lediglich mit, ich habe erfahren, daß jemand plane, Parolen an die Mauern der Zitadelle zu schreiben. Der Rat des Neuen Atlan stand bereits unter Verdacht, doch ich nannte euch nicht namentlich, aus Rücksicht auf meine Schwester. Nun aber braucht sie meinen Schutz nicht mehr. Sie hat sich durch eigene Hand umgebracht und wurde von dir, Narr, dazu getrieben. Du kannst dich nicht länger hinter ihr verstecken.«

»Und jetzt hast du vor, uns zu denunzieren? Oder speziell mich? Schließlich kann ich nicht glauben, daß du dich gegen meine Tochter oder gegen Ashinn wenden wirst.« Narr sprach ruhig und bedächtig, aber ich sah die geschwollenen Adern an seinem Hals.

»Das weiß ich noch nicht«, erwiderte Lion. »Ihr werdet euch zur Zitadelle begeben, wie angeordnet. Morgen werdet ihr unter Bewachung an Oceans Einäscherung teilnehmen. Wenn ihre Asche im Wind verstreut ist, kehrt ihr in Prinz Ivorrs Palast zurück. Wie es weitergeht, werden wir sehen. En wird mir zeigen, was ich zu tun habe.«

Niomy sollte nicht mit uns kommen. Lion ließ sie aus ihrer Kammer holen und in einer Sänfte wegbringen. Ich sah, wie er einen Arm um ihre Schultern legte, als er sie hinausführte, dann kehrte einer seiner Männer zurück und reichte Narr einen Lederbeutel. »Das ist der Kaufpreis für Eure Sklavin Niomy«, sagte er. »Befehl von Kommandeur Lion. Ihr habt von jetzt an keine Rechte mehr auf sie.«

»Ich will kein Geld«, raunzte Narr ihn an. »Ich hätte sie ihm geschenkt, wenn er sie verlangt hätte.«

Uns wurde befohlen, unsere Sachen zu packen, und wir kamen dieser Aufforderung wie benommen nach. Lion kritisierte, daß wir so vieles mitnehmen wollten, ließ uns jedoch gewähren. Einmal riß er die Umhüllung eines unförmigen Bündels auf und wollte wissen, wozu wir ein massives Eisengefäß brauchten, doch als Oriole ihm erklärte, daß sie darin ihre Arzneien braue, zeigte er sich einverstanden.

»Ich gehöre nicht zu denen, Nichte, die glauben, daß Frauen keine Ausbildung erhalten sollten«, sagte er zu ihr. »Wir brauchen Ärztinnen.«

»Danke, Onkel«, erwiderte Oriole, aber es klang nicht freundlich.

»Ich verzeihe dir deine Schärfe«, bemerkte Lion. »Du bist in Trauer.«

Uns wurden ein paar Bedienstete zugestanden. Harion blieb zurück, um das Haus zu hüten, trug jedoch Marsha auf, mit Oriole zu gehen, und Narr bat Fiahn, ebenfalls mitzukommen, denn wir wußten, daß Marsha und Fiahn einander sehr verbunden waren.

Dann wurden wir zu Fuß den Hügel hinaufgeführt. Ich ging neben Oriole.

»Ich habe solche Angst, Ashinn«, meinte sie.

»Was hat Kommandeur Lion wohl mit uns vor?«

»Onkel Lion? Nein, nicht vor ihm habe ich Angst. Oh, ich glaube, er könnte versuchen, uns oder meinem Vater ein Leid anzutun, aber er wird nicht mehr viel Zeit haben, um großen Schaden anzurichten.«

»Dann hast du also eher Angst vor der Zitadelle?« fragte ich.

»Ja. Für dich ist diese Angst nicht wirklich, für mich aber

schon. Ich bin durch die Felsen gedrungen, Ashinn. Und ich habe Angst.«

Für den Rest des Weges gingen wir Arm in Arm, um uns gegenseitig zu wärmen. Es gab nichts mehr zu sagen.

Janna

Ich erwachte aus einem unruhigen Schlaf und nahm in der Dämmerung allmählich die luxuriöse Einrichtung meines Schlafgemachs im Prinzenpalast wahr. Goldene Einlegearbeiten schimmerten matt in der Holzvertäfelung der Decke, und ich konnte die Verzierungen an der Bronzetür erkennen, die in ein sehr geräumiges Bad führte.

Ein solcher Raum hätte mit dem Duft von Blumen oder aromatischem Holz erfüllt sein sollen; statt dessen roch es dort nach Schwefel. Über der Stadt hatte schon immer ein leichter Schwefelgeruch gelegen, aber nun war er stärker geworden.

Neben mir regte sich Oriole. Auch sie fand in diesen Tagen nur wenig Schlaf. Wir aßen von goldenem und silbernem Geschirr, und unser Bett war mit Daunen gefedert, doch wir waren noch immer Gefangene, trauerten um Ocean und lebten in ständiger Angst. Ich drehte mich zu ihr, und nach kurzer Zeit umschlangen wir uns, suchten unsere Bedrückung im anderen zu verlieren.

»Ich weiß, ihr möchtet gern eine richtige Hochzeit«, hatte Narr zu uns gesagt, »aber Diarr hat seinen Priestern jegliche Zeremonie für Bürger verboten, die er als Personen von zweifelhaftem Charakter ansieht. Dies wurde einen Tag nach Oceans Bestattung verfügt. Doch ich glaube, ich habe euch deutlich genug zu verstehen gegeben, daß ihr in meinen Augen bereits verheiratet seid. Ich sage es noch einmal, und damit soll es besiegelt sein.«

Dann hatte er in einer kleinen, sehr anrührenden Zeremonie unter Prinz Ivorrs Dach seinen Segen bekräftigt, indem er Oriole die goldenen Armbänder ihrer Mutter überreichte, die er Ocean vor ihrer Einäscherung abgenommen hatte. Damit waren wir nun mit allen Rechten und Pflichten Mann und Frau, und obwohl der Tod über uns lauerte wie ein Falke mit großen schwarzen Flügeln, fühlten wir uns im Augenblick jung und voller Leben.

Ich löste mich von Oriole. Das Liebesspiel machte uns immer durstig. Ich griff nach den Bechern und dem Weinkrug, die neben dem Bett standen. Oriole sagte: »Wein trocknet mich noch mehr aus. Kann ich Wasser haben?« Also ging ich mit einem der Becher ins Bad. »Es ist schon wieder lauwarm«, sagte ich entschuldigend, als ich ihr das Wasser brachte.

»Ich weiß. Aber immerhin ist es Wasser.«

Ich ging zum Fenster. Von hier aus konnte man die Stadt übersehen; sie bot einen niederschmetternden Anblick. Die Fluten, die der Neumond gebracht hatte, waren noch verheerender gewesen, als man erwartet hatte, und das Meer war wieder weiter vorgerückt. Die Stadt würde bald eine Insel sein.

»Gestern nacht habe ich in der Ferne Kampfgetümmel gehört«, sagte Oriole. »Hast du es auch gehört?«

»Ja. Aber jetzt ist es ruhig. Wahrscheinlich hat die Armee wieder alles niedergeschlagen, wie üblich.«

Ich sagte »wie üblich«, weil es nun häufiger zu Krawallen kam. Einige Bewohner Atlans, die allmählich zur Vernunft gekommen waren, hatten versucht, sich der Schiffe zu bemächtigen, die noch funktionstüchtig waren, in der Hoffnung, damit zu entkommen. Doch diese Versuche waren rigoros unterbunden worden, und fast an jedem Abend wurde nun der Tanzboden im Amphitheater angehoben, damit die Stiere ihrer Hinrichtungsarbeit nachgehen konnten.

»Warum nur sind Diarr und seine Anhänger so blind und uneinsichtig?« fragte Oriole. »Sie werden genauso sterben wie alle anderen, wenn es zu Ende geht. Warum unternimmt König Rastinn nichts?«

»Er hat nichts mehr zu sagen«, erwiderte ich. »Er hat Diarr das Feld überlassen. Diarr predigt seinen Anhängern, daß sie von En auserwählt sind und daß sie, auch wenn sie sterben, in die Große Halle Ens unter den Sternen eingehen werden. Sie glauben ihm. Mit solchen Leuten kann man nicht diskutieren. Und was Diarr selbst betrifft: Wenn er seine fanatische Haltung aufgibt, verliert er seine Macht. Das könnte er nicht ertragen.«

»Genauso würde mein Vater reden. Du bist in vieler Hinsicht wie mein Vater.«

»O nein, das stimmt nicht. Ich kann mich zum Beispiel nicht von der Küche fernhalten, nicht einmal hier. Ich mag es, mit meinen Händen zu arbeiten, vor allem zu kochen, und dabei neue Gerichte zu erfinden. Dein Vater dagegen hält sich für außergewöhnlich.«

»Auch er mag es, mit den Händen zu arbeiten und etwas zu erfinden. Denk an seinen Dampfwagen. Du gleichst ihm mehr als du dir eingestehst.«

»Vielleicht. Besser, wir ziehen uns jetzt an.«

»Warum? Haben wir heute etwas vor?«

»Nein. Aber wir sollten so tun«, sagte ich. »Also, waschen wir uns und gehen wir zum Frühstück hinunter.«

Oriole seufzte, stellte jedoch ihren Becher zurück und schlüpfte aus dem Bett. Ich lehnte am Fenster und beobachtete sie, wie sie zu der Truhe ging, in der unsere Kleider verstaut waren. Dort herrschte ein ziemliches Durcheinander, denn wir hatten in großer Eile gepackt. Ich hatte die bestickten Babyschuhe hineingeworfen, die ich getragen hatte, als Narr mich in den Ruinen gefunden hatte, aber zwei gute, brauchbare Umhänge zurückgelassen, während Oriole mehrmals darüber geklagt hatte, daß sie ihre Lieblingshalskette nicht mitgenommen hatte. Sie beugte sich hinunter, um ein Obergewand herauszunehmen, hielt inne, schlug sich die Hände vor den Mund und rannte ins Bad.

Ich lief hinter ihr her. »Oriole, was ist? Bist du krank?«

»Nein.« Oriole drehte den Hahn auf und ließ lauwarmes Wasser in ihren Mund laufen. »Gleich geht es mir wieder besser. Das ist mir schon einmal passiert, als du nicht zu Hause warst ... Ich bekomme ein Kind, wie dumm. Unser Kind. Ja, jetzt geht's wieder.«

»Ein Kind?« fragte ich verwundert. »So schnell schon?«

»Ich glaube, ich bin gleich in der ersten Nacht schwanger geworden«, sagte Oriole. »Das war vor ungefähr zwanzig Tagen. Meine Periode ist seit sechs Tagen überfällig.« Sie schlang ihre Arme um mich und drückte ihr feuchtes Gesicht an meine Brust. »Oh, Ashinn, wo soll es aufwachsen? Vielleicht wird unser Kind nie geboren werden. Ich kann es nicht zur Welt bringen! Ich will mein Kind bekommen, aber ich habe Angst zu sterben. Ich bin fast froh darüber, daß Mutter schon tot ist. So bleibt ihr vieles erspart. Die Gefahr liegt genau unter unseren Füßen. Der Schwefelgeruch, das warme Wasser in den Rohren statt des kalten – das sind Warnsignale.

Wird es plötzlich und schnell geschehen oder werden wir von Feuer und geschmolzenem Gestein überrollt werden? Oh, Ashinn!«

»Beruhige dich.« Sie geriet in Panik, wenn sie daran dachte, was sich in dem Gestein unter uns zusammenbraute. Auch ich hatte Angst, und mein Magen verkrampfte sich, aber ich wußte, ich mußte um unser beider willen Ruhe bewahren.

»Ich trage ein Messer bei mir. Nachts liegt es unter meinem Bett, tagsüber steckt es in meinem Gürtel. Das solltest du auch tun.«

»Ein Messer? Wofür?«

»Um es schnell zu erledigen. Es gibt keinen anderen Weg, um zu entkommen ...«

»Oriole, hör mir zu! Im Augenblick sind wir noch am Leben, und wir müssen etwas zum Frühstück essen. Ist dir noch immer übel, oder kannst du etwas essen? Du mußt essen.«

»Ich will's versuchen«, sagte Oriole.

Wir badeten zuerst. Ich verzichtete darauf, einen Sklaven zu rufen, und ließ das Wasser selber ein. Die erotische Stimmung des Tagesanbruchs war verflogen, doch wir wuschen uns gegenseitig den Rücken, trockneten uns ab und trösteten uns durch den körperlichen Kontakt. Dann begaben wir uns in den Speisesaal.

Die anderen waren bereits versammelt, und damit meine ich jene Gruppe, die sich – ungeachtet aller sozialen Unterschiede – aus jenen Personen gebildet hatte, die seinerzeit den Plan faßten, die Mauern der Zitadelle zu beschreiben, und jenen, die diesem Personenkreis nahestanden. Wir aßen immer zusammen in dem Speisesaal, der vom Prinzen und dessen Gästen benutzt wurde. Auch Marsha und Fiahn galten als Mitglieder, weil sie sich Oriole und Narr verbunden fühlten.

Erin und Mandarr waren nicht unter uns, denn aufgrund ihrer hohen Stellung und ihrer Fähigkeit, andere zu bestechen, waren sie auf freiem Fuß geblieben, wenngleich sie beobachtet wurden, wie Prinz Ivorr berichtete. Doch Juny gehörte zu uns, ebenso die hübsche, große ehemalige Sklavin Rianna, die nun Prinz Ivorrs Hauptmätresse und damit den anderen Frauen übergeordnet war.

Ich weiß nicht, ob Diarr den Prinzen daran gehindert hätte, zu heiraten oder sich eine offizielle Konkubine zu nehmen, doch Ivorr hatte es nicht versucht. Er sagte uns jedoch, Rianna sei nun mit allen Rechten und Pflichten seine neue Prinzessin. Sie war in den

Plan, die Mauer der Zitadelle zu beschreiben, eingeweiht gewesen und hatte sogar zur Formulierung einiger Parolen beigetragen.

Oriole und ich waren hier nicht das einzige nur inoffiziell verheiratete Paar. Am selben Abend, an dem er Oriole die Armreifen ihrer Mutter überreichte, hatte Narr auch Marsha und Fiahn seinen Segen erteilt, Prinz Ivorr hatte einen guten Wein aus seinem Keller geholt, und Juny hatte ein paar traditionelle Hochzeitslieder vorgetragen. Für einige kurze Stunden war es uns gelungen, die Gefahr zu verdrängen, in der wir schwebten.

Doch bald holte uns die Wirklichkeit wieder ein. Wir fürchteten uns nicht nur vor Wasser und Feuer, sondern auch vor dem, was Lion möglicherweise ausheckte. Ocean war tot, und Lion machte Narr dafür verantwortlich. Wenn mein Pflegevater bis jetzt unbehelligt geblieben war, dann wohl nur deswegen, weil Lion an ihm ein besonderes Exempel statuieren wollte. Als Oriole und ich den Speisesaal betraten, fanden wir die übrigen in gedrückter Stimmung vor.

Insbesondere Prinz Ivorr war niedergeschlagen. Am vorhergehenden Tag hatte er sich schweren Herzens entschlossen, die Tiere in seiner Menagerie, die er ursprünglich ins Neue Atlan mitnehmen wollte, töten zu lassen, damit sie in ihren Käfigen nicht elend zugrundegingen. Er hatte sich von Oriole ein Betäubungsmittel besorgt, dann hatten einige Soldaten unserer Bewachungstruppe den Tieren unter seiner Aufsicht die Kehlen durchgeschnitten.

Nun saß der Prinz abseits von den anderen und starrte mit düsterer Miene durch das Fenster in den Hof mit den geschlossenen Toren hinaus.

Narr bedachte uns mit einem gemurmelten Morgengruß, dann brachte Marsha uns einen Krug heiße Corve. Ich goß Oriole ein wenig davon ein; sie nippte vorsichtig daran, doch das warme Getränk schien ihr gutzutun.

Plötzlich sprang Prinz Ivorr an seinem Fenster auf. »Was ist los?« fragte Narr. Auch alle anderen Anwesenden wandten sich dem Fenster zu.

Über den Hof bewegte sich eine Gruppe von zwölf Wachsoldaten, die von Kommandeur Lion angeführt wurde. In ihrer Mitte schritt majestätisch Janna, die Hohepriesterin der Frauen, in ihrem grüngoldenen Ornat.

Die Gruppe strebte dem Eingang der Empfangshalle zu. Einen Augenblick später ging die Tür auf, und Janna kam herein. Lion bellte einen Befehl, worauf die Tür hinter ihr wieder geschlossen wurde. Wir sprangen auf, und jeder legte eine Hand auf sein Herz.

»Es besteht kein Anlaß für Förmlichkeiten«, sagte Janna. Sie setzte sich auf das erstbeste Sofa, legte ihren juwelengeschmückten Kopfputz ab und blickte wehmütig durch das Fenster in den Hof, wo Lion mit seiner Truppe wieder abmarschierte. »Meine Freunde, ich bin nun ebenso wie ihr eine Gefangene. Und ich habe noch nicht gefrühstückt. Darf ich mich euch anschließen?«

»Aber das ist entwürdigend! Warum seid Ihr alleine hier? Wo sind Eure Bediensteten? Immerhin seid Ihr eine Hohepriesterin!« Ivorrs Verstimmung hatte nun ein Ziel gefunden. Er schleuderte Janna seine Fragen entgegen, als seien es Anschuldigungen.

Janna jedoch lächelte nur und nahm das Tablett, das Marsha ihr sogleich brachte. »Ich sah keinen Grund, weshalb mein Haushalt meine Gefangenschaft teilen sollte. Nicht einmal meine Sklaven wollte ich mitnehmen, ganz zu schweigen von meinen jungen Priesterinnen. Kommandeur Lion war einverstanden. Ich habe sie weinend zurückgelassen, die armen Dinger, aber wenigstens sind sie frei.«

»Aber warum hat man Euch verhaftet?« fragte Narr. »Doch nicht weil Ihr ...«, er senkte die Stimme, »... weil Ihr Euch mit uns eingelassen habt?«

»Mit Personen von zweifelhaftem Charakter, wie man neuerdings sagt?« Janna schüttelte den Kopf. »Nein, davon wissen sie nichts. Ich bin hier, weil ich offen gesagt habe, daß Atlan zum Untergang verurteilt ist und daß wir versuchen sollten, am Neuen Atlan weiterzubauen. Und ich möchte Euch auch vor etwas warnen ...«

»Ehrwürdige Frau«, unterbrach Oriole sie ziemlich unhöflich. Janna wandte sich zu ihr. »Ja, meine Liebe?«

»Ehrwürdige Frau, Ihr habt gesagt, Atlan wird untergehen. Weil das Meer steigt? Oder weil ... nun, könnte es etwas damit zu tun haben, daß die Quellen sich immer mehr erwärmen?«

Janna zog verblüfft die Augenbrauen hoch. »Ja, das glaube ich schon. Dann wißt Ihr also auch darüber Bescheid?«

»Darüber, was es bedeutet?« fragte Prinz Ivorr. »Ja. Dame Oriole behauptet, es durch Hellsichtigkeit erfahren zu haben. Ich möchte mich dazu nicht äußern. Doch die Erwärmung der Quellen und der Schwefelgeruch sind Anzeichen, die jeder hier versteht.«

»Das stimmt.« Bryen nickte. »Bisher hat es in Atlan dergleichen nicht gegeben, doch unsere Erkundungstrupps haben diese Anzeichen auch anderwärts festgestellt. Sie weisen auf vulkanische Aktivität hin. Unter unseren Füßen braut sich etwas zusammen, während wir hier von Verrückten gefangengehalten werden!« rief er und hieb mit der Faust auf den Tisch.

»Ja«, erwiderte Janna müde. »Ich weiß darüber aus zwei Quellen: der Hellsichtigkeit und den wissenschaftlichen Abhandlungen, die ich darüber gelesen habe. Doch im Augenblick herrscht Diarr in Atlan und kann sich auf die Armee stützen. König Rastinn spielt Brettspiele mit seinen Damen, katalogisiert seine Kunstsammlung und klammert sich an den Gedanken, daß Atlan hier schon immer existiert hat und weiter existieren wird. Ihr habt recht, wenn Ihr von Verrückten sprecht. Diarr hält sich für das Werkzeug Ens. Er wird von seinem eingeschlagenen Kurs nicht abweichen und auch niemandem gestatten, ihn in Frage zu stellen. Doch gestern habe ich eben dies getan. Ich stand in der Ratsversammlung auf und sagte ihm ins Gesicht, daß uns eine Gefahr droht, die noch größer ist als jene aus dem Meer, daß sie nichts mit den Göttern zu tun hat, sondern ausschließlich eine Frage der Geologie ist. Ich wurde sofort von Wachen umringt und aus der Ratskammer geführt.«

»Ihr habt gesagt, daß Ihr uns vor etwas warnen wollt«, bemerkte Prinz Ivorr. »Meint Ihr damit die Gefahr aus der Erde?«

»Nein, o nein. Es ist etwas ganz anderes, über das Ihr auch Bescheid wissen solltet. Ich fürchte, es ist dem Gehirn von Kommandeur Lion entsprungen, Eurem Schwager, Graf Narr. Vor meinem plötzlichen Abgang aus der Ratskammer hörte ich noch, wie er den Vorschlag machte und Diarr ihn akzeptierte. Niemand widersprach. Diarr formulierte sofort ein Dekret, das die Ausrufer heute abend in den Straßen verkünden werden.«

»Und worum geht es?« fragte Narr.

»Alle Bewohner der Stadt, die älter als zwölf Jahre sind, sollen durch einen Eid geloben, daß sie an die Götter glauben und sich dem Willen Ens unterwerfen«, sagte Janna. »Das betrifft auch Gefangene. Ihr müßt Euch darauf einstellen. Wer sich weigert, soll wegen Gottlosigkeit angeklagt werden.«

»Und das hat sich mein Onkel Lion ausgedacht?« fragte Oriole.

»Etwas Ähnliches haben wir doch alle erwartet, nicht wahr?« sagte Narr. »Das zielt vor allem auf mich. Lion möchte mich zwingen, entweder meine Ehre aufzugeben oder unterzugehen. Auf diese Weise möchte er seine Schwester rächen.«

Oriole durchbrach die Stille, die eingetreten war, durch den Ausruf: »Wenn wir doch nur fliehen könnten!« Wir alle wandten uns ihr zu, denn einen Augenblick lang glaubten wir, sie habe eine gute Idee, auf die noch niemand sonst gekommen war.

»Wohin denn fliehen?« fragte Prinz Ivorr. »Nach der Vernichtung der Flotte ist Atlan ein einziges Gefängnis. Es gibt keine Möglichkeit mehr zur Flucht.«

»Nein«, widersprach Janna, »das stimmt nicht. Zugegeben, ich weiß auch nicht, wie wir von hier entkommen könnten, doch wenn es uns gelänge, würde es einiges ändern. Ein paar Schiffe sind der Zerstörung entgangen. Euer Vater hat sie gesehen, Bryen.«

»Bergenn?« fragte Ivorr. »Ihr meint die Schiffe, die er in Durion gebaut hat? Doch die Befehle bezogen sich auch auf diese Flotte.«

»Ja, schon, aber dort wurden sie nicht ausgeführt. Ich habe es mit Bergenns Unterstützung verhindert. Ich wußte, daß ich ihm vertrauen konnte.«

»Ihr habt es verhindert!« Narr riß die Augen auf. »Aber wie?«

»Ich bin in Durion geboren«, antwortete Janna. »Die Küste dort ist von kleinen Höhlen und Wasserarmen durchzogen, die von oben kaum zu sehen sind. Ich schickte eine Botschaft an Bergenn. Diarr war zunächst noch ganz mit den Schiffen in Atlan beschäftigt, und seine Männer brachen erst zwei Tage später nach Durion auf. Ich schrieb Bergenn, er solle alle seetüchtigen Schiffe, alte wie neue, zu versteckten Ankerplätzen bringen und mit haltbarem Proviant beladen, ebenso mit Metallen, Kleidung, Werkzeugen und Samen. Auch einige halbfertige Schiffe solle er verstecken und insgeheim fertigstellen. Außerdem bat ich ihn, so rasch wie möglich eine Botschaft nach Xetlan zu senden. Auch dort befanden sich Schiffe im Bau, die Diarr zerstören lassen würde. Die Südküste Xetlans ähnelt stark der Küste um Durion und besitzt ebenfalls versteckte Buchten. Mein Kurier ist wohlbehalten wieder zurückgekehrt und hat keinen Verdacht erregt, soviel ich weiß.«

»Aber als Diarrs Männer nach Durion und Xetlan kamen, werden sie sich doch gewundert haben, wo die vielen Schiffe geblieben sind?« meinte Narr.

Janna lächelte. »Das Gerücht, daß ein solcher Befehl erlassen worden sei, dürfte den Männern vorausgeeilt sein. Ich empfahl Bergenn, ihnen zu sagen, daß er bereits Entsprechendes veranlaßt habe. Er sollte sich als loyaler Anhänger der Diener ausgeben und einige überzeugend aussehende Haufen mit Asche auf den verschiedenen Werften verteilen. Das mit der Asche war Erins Idee.«

»Erin?« fragten wir unisono.

»Er war mein Bote«, erklärte Janna.

»Aber das ist doch nicht möglich! Auch er steht unter Bewachung!« widersprach Narr.

Nun lachte Janna. »Weiß denn keiner von Euch, daß es noch einige alte Geheimgänge gibt, durch die man die Zitadelle verlassen kann?«

»Die Tunnel?« fragte Ivorr verblüfft. »Aber die sind doch beim großen Erdbeben eingestürzt – vor mehr als fünfundzwanzig Jahren.«

»Nicht alle«, entgegnete Janna. »Das Tunnelsystem war sehr weit verzweigt. Die Gänge wurden zwar nicht mehr benutzt, aber einige blieben begehbar und sind immer noch intakt. Als ich Hohepriesterin wurde und in das Haus zog, das der Inhaberin dieses Amtes zusteht, entdeckte ich in der Bibliothek eine Karte dieser Geheimgänge und stellte daraufhin einige Nachforschungen an. Habt Ihr Euch nie gefragt, wie es mir gelang, ungesehen zu Euren Treffen in der Unterstadt zu kommen? Ich benutzte niemals eines der Tore der Zitadelle. Das Tunnelsystem erstreckte sich nicht nur innerhalb, sondern auch außerhalb der Zitadelle. Einer seiner Ausgänge liegt zufällig auf dem Grund von Erins Haus. Ich konnte daher Erin aufsuchen und ihm seine Mission genau erklären, ohne daß einer von uns außerhalb seines Hauses gesehen worden wäre.«

Wir alle lachten. Doch bald brachte uns Oriole, die gleich wieder ernst geworden war, zum eigentlichen Thema zurück. »Dann könnte also ein kleiner Teil der Bewohner Atlans doch noch entkommen, wenn es in Durion einige funktionsfähige Schiffe gibt?«

»Ja«, erwiderte Janna. »Ich habe den Mitgliedern meines Haushalts, meinen Priesterinnen und den Sklaven, aufgetragen, durch die Geheimgänge die Zitadelle zu verlassen, sich nach Durion durchzuschlagen und an Bord dieser Schiffe zu gehen. Dann sollen sie zum Bauplatz des Neuen Atlan aufbrechen. Alles muß sehr schnell gehen.«

»Können wir denn nicht auch ausbrechen?« rief Oriole. »Lieber sterbe ich im Kampf mit den Wachsoldaten, als daß ich hier herumsitze und darauf warte, daß der Boden unter uns in die Luft fliegt!«

»Wir würden zweifellos umkommen, wenn wir sie zu überrumpeln versuchten«, meinte Prinz Ivorr. »Die Wachen sind uns zahlenmäßig überlegen und sehr aufmerksam. Ein Ausbruchsversuch wäre meines Erachtens der reine Selbstmord. Sind wir dazu alle bereit?«

»Ich glaube nicht«, sagte ich und warf einen Blick zu Narr. »Es gibt noch etwas, das ihr nicht wißt. Ich erfuhr es auch erst heute morgen. In diesem Raum befindet sich noch eine weitere Person, die aber unsichtbar ist. Oriole ist schwanger.«

Unter den gegebenen Umständen waren Glückwünsche unangebracht. Doch Narr umarmte seine Tochter, und Bryen, der wohl selbst gern der Vater dieses Kindes gewesen wäre, klopfte mir dennoch auf die Schultern, und Juny sagte ernst: »Oh, wie wunderbar. Ich beneide dich, Oriole.«

»Ich wünschte, ich wäre richtig mit Oriole verheiratet«, bemerkte ich traurig.

»Aber ich bin doch hier«, sagte Janna. »Ich kann die Zeremonie durchführen.«

»Eine Konkubinen-Zeremonie meint Ihr wohl«, sagte Oriole, die nicht sehr begeistert klang.

Janna lachte. »Es herrschen außergewöhnliche Umstände. Normalerweise wäre für die Eheschließung ein Priester nötig, doch auch eine Priesterin von Kya kann sie vornehmen, wenn sich kein Priester Ens findet. Ich bin immer noch eine Priesterin, wenn auch in Gefangenschaft, und aufgrund von Diarrs Dekret können wir keinen Priester holen. Also, wenn Ihr wollt, kann ich Euch rechtmäßig trauen.«

Sobald der Frühstückstisch abgeräumt war, rief Ivorr Zymon, seinen Haushofmeister, und wir setzten uns alle an die Tafel und bereiteten uns auf die Zeremonie vor.

Keneth war durch die ständige Angst apathisch geworden, doch ermutigt durch Alexahn, begann auch er Interesse für unser Hochzeitsfest zu entwickeln. »Ihr beide könnt daran mitwirken«, sagte ich, »und euch in der Küche nützlich machen.«

In der Küche herrschte starker Personalmangel. Da Prinz Ivorr zu den Personen mit zweifelhaftem Charakter gehörte, hatten viele seiner freigeborenen Bediensteten ihn verlassen, entweder weil sie sich tatsächlich zu den Dienern bekannten oder als deren Anhänger gelten wollten.

»Hammelkeulen sind üblich auf einem Fest«, sagte ich zu Keneth und Alexahn. »Vielleicht könnt ihr irgendwo welche auftreiben.«

»Noch sind nicht alle meine Vorräte aufgebraucht. Das müßte sich machen lassen«, sagte der Prinz.

»Gut. Keneth kann dazu eine meiner süßen Soßen machen.«

»Und außerdem ist noch die Brennende Frucht zuzubereiten. Ihr könnt keine Hochzeit feiern ohne Brennende Frucht.«

Wir lachten. Was wir als Brennende Frucht bezeichneten, war ein Dessert aus zerhackten Obststückchen in einer sehr heißen braunen Soße. Diese seltsame Mischung sollte die Heirat symbolisieren, weil sie zugleich »leidenschaftlich heiß, angenehm süß und fruchtbar« war. Bei armen Leuten kam oft nur diese Speise auf den Festtisch.

»Und dann gibt es noch den Honigkuchen«, sagte Prinz Ivorr. »Er muß irgendwie eine phantasievolle Form besitzen. Keneth, du kannst sie entwerfen.«

Mit Freude sah ich, daß Keneths Augen aufleuchteten, und auch Alexahn lächelte, als er es bemerkte.

»Ich freue mich für dich«, sagte Narr zu Oriole. »Was auch immer geschieht, du hast wenigstens dein Hochzeitsfest gehabt, deine grünen und goldenen Gewänder und deine Fackelprozession, selbst wenn wir sie im Hof des Palastes veranstalten müssen.«

»Sieh am besten gleich in deiner Kleidertruhe nach, ob du etwas findest, was zu diesem Anlaß paßt«, sagte ich zu Oriole. »Hast du nichts in Grün und Gold mitgebracht?«

»Jedenfalls nichts, das wie ein Hochzeitskleid aussieht. Ich habe ein Kleid in schlichtem Grün, zu dem ich goldenen Schmuck anlegen könnte. Ich konnte nicht meinen gesamten Schmuck mitbringen, aber ich glaube, ich habe ein paar goldene Anhänger hier.«

Prinz Ivorr räusperte sich. »Prinzessin Liya ist tot«, sagte er. »Aber ihre Hochzeitsgewänder liegen noch immer in ihrer persönlichen Truhe. Oriole kann sie sich ausleihen. Sie müssen vielleicht ein bißchen geändert werden, aber ich glaube, das ließe sich bewerkstelligen.«

»Zwar kann ich besser Wunden nähen als Kleider«, sagte Oriole freimütig, »aber ich will es versuchen. Danke, Prinz Ivorr.«

»Ich werde Euch die Näharbeit abnehmen«, bemerkte Janna.

»Auch der Bräutigam muß ordnungsgemäß gekleidet sein«, sagte Bryen. »Ashinn, hast du irgendwelche Kleider, die zu einem Bräutigam passen?«

»Ich habe ein rotes Obergewand hier«, sagte ich. »Nun, sehen wir nach, ob wir es finden, Oriole.«

Der Prinz beauftragte Rianna, die Hochzeitsgewänder zu holen, und Oriole und ich kehrten in unsere Unterkunft zurück, um in unserer Kleidertruhe zu wühlen. Wir waren ziemlich aufgeregt. Ich fand das rote Obergewand, das einen goldenen Saum besaß, und hielt es hoch. »Das werde ich tragen.«

»Es ist prachtvoll!« rief Oriole. »Aber aus deinen hübschen bestickten Schuhen bist du wohl herausgewachsen.« Sie lachte.

Ich legte das Gewand beiseite und nahm die Schuhe entgegen. »Wie schön sie noch aussehen. Ich weiß nicht, weshalb ich sie mitgenommen habe. Aus Sentimentalität vermutlich. Oriole! Wir könnten sie doch für unser Kind aufbewahren!«

Kaum hatte ich es ausgesprochen, wurde mir bewußt, daß ich das besser nicht hätte sagen sollen. Es war sehr unwahrscheinlich, daß das Baby sie jemals benötigen würde. Oriole wandte sich ab und biß sich auf die Lippen.

Doch kurz darauf lächelte sie wieder. »Ja, das könnten wir tun. Sie sind wirklich hübsch. Komm, zeigen wir sie den anderen.«

Im Speisesaal waren Janna und Rianna damit beschäftigt, Massen von grünem und goldenem Stoff zu prüfen, während Prinz Ivorr Pergament gebracht hatte, auf dem Narr gerade schrieb. Er blickte auf, als wir hereinkamen. »Ihr solltet morgen heiraten. Ich schreibe hier auf, was zu tun ist und wer es erledigen soll. Wir werden Lion um die Erlaubnis bitten, daß die Prozession für eine kurze Strecke den Prinzenpalast verlassen darf, um durch ein anderes Tor wieder zurückzukehren.«

»Lion?« fragte Oriole entsetzt. »Aber dann wird er vielleicht die ganze Zeremonie untersagen?«

»Das glaube ich nicht«, meinte Narr. »Als ich nach einem Priester suchte, der euch vermählen könnte, bat er Diarr, in diesem Fall eine Ausnahme zu machen. Lion wäre es zwar am liebsten, wenn ich tot wäre, du aber bist noch immer seine Nichte, die Tochter seiner Schwester. Ich glaube nicht, daß Lion sich in eine Zeremonie einmischt, die von Janna durchgeführt wird.«

»Es soll Unglück bringen, wenn die Prozession nicht von außen in das Haus des Bräutigams einzieht, und ich nehme an, daß in diesem Fall der Palast als das Haus des Bräutigams gilt«, sagte Rianna.

»Wir dürfen auch die Fackeln nicht vergessen«, bemerkte Oriole.

»Ich habe Zymon bereits gebeten, welche zu besorgen«, sagte Prinz Ivorr. »Was habt Ihr hier schon alles zusammengetragen? Ist das Ashinns Obergewand?«

»Ja, und mein Goldschmuck«, antwortete Oriole. »Und wir dachten, jeder würde diese hübschen bestickten Schuhe sehen wollen. Ashinn trug sie als kleines Kind.«

Janna, die früher die beste Näherin Atlans gewesen war, streckte die Hand nach den Schuhen aus und untersuchte sie interessiert. »Einfach wunderhübsch. Wer hat sie hergestellt?«

»Ich weiß es nicht«, sagte ich. »Ich war ein Opfer des ersten großen Erdbebens. Ich bin Narrs Pflegesohn, wie Ihr wißt. Als ich aus den Trümmern eines zusammengestürzten Hauses hervorgezogen wurde, trug ich diese Schuhe.«

»Wirklich? Die Stickerei erinnert mich an ...«

Jannas Stimme wurde unsicher. Sie trug die kleinen Schuhe zum Fenster, um sie genauer in Augenschein zu nehmen. Als sie zurückkam, lächelte sie.

»Das Muster der Stickerei kam mir doch gleich bekannt vor«, sagte sie. »Es stammt von mir. Häufig habe ich meine Muster an andere Leute weitergegeben, so daß es überall in Atlan Nachbildungen davon geben kann. Aber das hier ist keine Nachbildung. Es ist meine eigene Arbeit. Bestimmte Techniken habe ich niemandem gezeigt. Und ich weiß, daß ich dieses Muster nur einmal verwendet habe.«

Alle schwiegen erstaunt. »Wollt Ihr damit sagen, Ihr wißt, woher diese Schuhe stammen?« fragte ich schließlich. »Heißt das ... Dame Janna! Könnt Ihr mir sagen, wer meine Eltern waren?«

»Wer hat Euch damals gefunden?«

»Ich«, antwortete Narr. »Und ich kann bestätigen, daß er die Schuhe trug.«

»Ich kenne diese Schuhe«, sagte Janna. »Bei Mutter Kya, ich habe sie nicht vergessen. Und wenn ich sechzigmal sechzig Jahre leben würde, könnte ich sie nicht vergessen. Verzeiht bitte.« Und Janna, der würdevollen Hohenpriesterin der Frauen, traten Tränen in die Augen. »Wo genau wurdet Ihr gefunden, Ashinn?« fragte sie schließlich leise. »In welchem Teil der Stadt, meine ich?«

»Im Westteil der Unterstadt«, antwortete Narr für mich. »In der Palmenallee, unweit der Stelle, wo sie die Straße der Silberschmiede kreuzt.«

»Oh, Mutter Kya!« entfuhr es Janna.

Sie setzte sich, hielt die Schühchen vor ihre Augen, bis die Spannung unerträglich wurde und Prinz Ivorr sagte: »Dame Janna, wollt Ihr Euch nicht erklären?«

»Habt Ihr gesehen, wie die Tänzerin Saraya starb?« fragte Janna unvermittelt.

»Ja«, sagte ich, »aber ...«

»Wißt Ihr auch, weshalb sie sterben mußte? Weil sie unrein war, wie es hieß. Sie hatte den Tanz von Kya der Jungfrau dargeboten, obwohl sie selbst keine Jungfrau mehr war. Glaubt Ihr, es war gerecht, daß sie deshalb geopfert wurde?«

»Natürlich nicht!« gab Narr zurück. »Aber was hat das mit Ashinn zu tun?«

»Auch ich war früher Tempeltänzerin«, sagte Janna. »Und auch ich stellte Kya die Jungfrau dar, obwohl ich nicht mehr jungfräulich war. Damals mußte ich nicht befürchten, deswegen getötet zu werden. Doch ich hatte bereits begonnen, mich auf die Laufbahn einer Priesterin Kyas vorzubereiten. Man hätte mir die Aufnahme in den Priesterstand verwehren können. Als ich feststellte, daß ich schwanger war, sagte ich es niemandem. Aber ich wollte das Kind bekommen. Deshalb täuschte ich eine Rückenverletzung vor und bat um die Erlaubnis, den Schrein von Kya der Heilerin auf Xetlan aufsuchen zu dürfen.«

»Und dort habt Ihr entbunden?« fragte Narr scharf.

»Ja«, antwortete Janna. »Ich nannte einen falschen Namen und sagte, ich hätte Angst vor meinem Vater. Ich glaube, die Ärztin, die mich behandelte, muß etwas geahnt haben ...«

»Vielleicht konnte sie geistig zu Euch durchdringen. Aber im Schrein hilft man den Menschen und verurteilt sie nicht.«

»Schließlich brachte ich das Kind zur Welt. Es war ein Junge.«

»Wann genau wurde er geboren?« wollte Narr wissen.

»Nächstes Jahr sind es siebenundzwanzig Jahre«, antwortete Janna. »Ich hatte ein wenig Geld vom Vater des Kindes bekommen. Und er sorgte auch für die Unterbringung des Knaben. Er konnte ihn nicht in sein Haus aufnehmen, seine Frau hätte sich dagegen gesträubt. Aber er fand eine kinderlose Familie mit gutem Ruf, die sich um unseren Sohn kümmerte. Sie lebte in einem Haus im Westteil der Unterstadt. In der Palmenallee, ungefähr da, wo diese die Straße der Silberschmiede schneidet.«

»Dame Janna!« rief ich. »Wollt Ihr damit sagen, daß Ihr meine Mutter seid?«

»So sieht es aus, Ashinn«, antwortete Janna.

Ich ging auf sie zu und streckte meine Arme aus. Dann sah ich, wie ernst ihr Gesicht war.

»Was ist denn?« fragte ich.

»Der Name deines Vaters«, sagte sie. »Ich habe dir noch nicht den Namen deines Vaters genannt.«

»Ja, und? Wie hieß er?«

Als sie antwortete, sah sie nicht mich, sondern Narr an. »Ashinns Vater war Euer Vater, Graf Narr. Er besuchte seinen Sohn, bevor er ums Leben kam. Ich war im Tempel als Tänzerin beschäftigt, als das Beben begann. Erst zwei Tage später konnte ich nachsehen, was sich in der Unterstadt ereignet hatte. Die Leute, die in den Trümmern nach Überlebenden und nach ihren Habseligkeiten suchten, sagten mir, daß in dem Haus, in dem das Kind gewohnt hatte, alle umgekommen seien. Niemand wußte etwas von einem Kind, das gerettet worden sei. In all diesen Jahren glaubte ich daher, mein Sohn sei nicht mehr am Leben …«

Narrs Hand lag auf meiner Schulter und drückte mich nieder. »Ashinn ist mein Pflegesohn. Und jetzt sieht es so aus, als sei er auch mein Bruder.«

»Ja«, sagte Janna. »Wußtet Ihr nicht, daß Euer Vater eine Affäre mit mir hatte?«

»Er hatte viele Affären. Meine Mutter war zutiefst eifersüchtig. Es stimmt, sie hätte nie zugelassen, daß er eines der Kinder, die aus diesen Verbindungen entstanden, adoptierte. Aber sie war erfreut, als ich einen Waisenknaben als Sohn annahm. Sie starb einige Monate nach dem Beben. Wenn sie das gewußt hätte!« sagte Narr. »Ihr Verhältnis zu meinem Vater war zerrüttet, nachdem er eine Affäre mit einer Tempeltänzerin angefangen hatte. Ich wußte nicht, wie sie hieß, auch nicht, daß dies etwas mit seinen Besuchen in der Palmenallee zu tun hatte. Er hatte viele Freunde und besuchte sie auch häufig. Ich hätte mir niemals träumen lassen, daß ... Ashinn!« Er wandte sich verzweifelt mir zu. »Glaub mir, ich hatte keine Ahnung.«

Nun begriff ich, doch ich brachte kein Wort heraus. Meine Kehle war wie zugeschnürt. Vor meinem geistigen Auge erschien Orioles anmutige Nacktheit, so wie ich sie an diesem Morgen gesehen hatte, und mein gesamter Körper schmerzte bei dem Gedanken an ihren. Ich warf ihr einen Blick zu und sah, daß sie ins Leere starrte und die Hände auf ihren Bauch preßte.

»Meine Lieben«, sagte Janna leise zu Oriole und mir. »Ihr könnt nicht heiraten. Ihr seid Onkel und Nichte. Solche Eheschließungen sind nicht erlaubt.«

Oriole wandte sich zu mir, und ich konnte mich plötzlich wieder rühren. Wir fielen uns in die Arme und hielten uns fest umschlungen, als fürchteten wir, man könnte uns gewaltsam auseinanderreißen. Ich spürte Orioles Tränen durch den Stoff meines Obergewands. Ich drückte mein Gesicht, meine Hände gegen ihre Haare, fühlte, wie weich sie waren, und roch die Kräuter, mit denen sie sie gewaschen hatte. Sie warf den Kopf verzweifelt hin und her, als winde sie sich im Todeskampf. Niemand versuchte uns zu trennen. Dazu bestand auch keine Notwendigkeit. Wir beide verabschiedeten uns auf unsere Weise voneinander.

»Ich ertrage es nicht«, stammelte Oriole an meiner Schulter, und ich hörte, wie ich mit brüchiger Stimme antwortete: »Ich auch nicht.«

Doch während dieser Szene spürten wir, daß sich unsere Herzen bereits voneinander entfernten, als befänden wir uns an Bord von Schiffen, die in entgegengesetzte Richtungen davonfuhren. Ich sah auf und begegnete Bryens Blick. Sofort jedoch wandte er den Kopf ab.

Als wir langsam die Arme sinken ließen und uns voneinander lösten, sagte ich: »Oriole bekommt ein Kind von mir. Was wird damit?«

»Diese Gesetze«, bemerkte Narr, »wurden gemacht, weil die Kinder von engen Verwandten häufig geistig oder körperlich krank waren. Du bist Ärztin, Oriole. Du weißt, daß so etwas vor allem geschieht, wenn ein Kind von beiden Elternteilen Defekte und Schwächen erbt. Allerdings muß ich auch sagen, daß sich unsere Familie bisher durch ein außergewöhnliches Maß an kreativer Intelligenz ausgezeichnet hat. Dein Kind wird ohne geistige Gebrechen zur Welt kommen. Mach dir keine Sorgen.«

»Das spielt alles keine Rolle«, sagte Oriole und ließ sich auf ein Sofa sinken. Rianna und Juny traten zu ihr. »Aber Ashinn und ich …« Ihr fehlten die Worte.

Ich versuchte an ihrer Stelle, das Richtige zu sagen. »Auch wenn wir miteinander verwandt sind, können wir uns immer noch lieben. Wir sind Onkel und Nichte, aber auch Bruder und Schwester.«

»Aber das ist doch nicht das, was wir wollen!« Oriole blickte von einem Gesicht zum anderen, sah jedoch überall nur Traurigkeit und Mitleid, aber keine Hoffnung. »Wir werden morgen heiraten!« schrie sie. Niemand antwortete ihr. Oriole sprang auf und lief hinaus.

Janna trat an meine Seite.

»Mein Sohn. Mein verlorener, mein geliebter Sohn. Ich wünschte, diese Erkenntnis hätte dir Glück gebracht statt dir Kummer zu bereiten. Es tut mir leid.«

Sie hielt noch immer den kleinen Schuh in der Hand. Ich konnte ihn nicht mehr sehen. Ich wollte schreien, daß ich genauso denke wie Oriole, daß ich sie nicht nur als Bruder und Onkel lieben wolle. Mich drängte es, Janna wegzustoßen, sie zu schlagen …

»Reiß dich zusammen, Ashinn«, sagte Narr. »Wir haben noch anderes zu tun.«

»Es ist nicht Eure Schuld«, sagte ich zur Hohenpriesterin, meiner Mutter. »Es ist nicht deine Schuld. Vielleicht werden wir eines Tages, das heißt falls uns noch eine Zukunft bleibt … Ich brauche Zeit. Ich muß trauern. Vor einer halben Stunde noch war ich ein Bräutigam. Aber jetzt laßt mich allein«, sagte ich, flüchtete nach draußen und lief ziellos im Hof herum. Schließlich kehrte ich in unser Schlafgemach zurück. Dort waren Marsha und Juny damit beschäftigt, Orioles Sachen auszuräumen.

»Dame Rianna hat einen anderen Raum für Dame Oriole gefunden«, sagte Marsha unbeholfen.

»Es tut uns leid«, meinte Juny. »Wirklich sehr leid.«

An ihren hellen Augen sah ich, daß sie es ernst meinte. Aber ich konnte im Augenblick keine Gesellschaft gebrauchen.

»Ich weiß«, erwiderte ich. »Und ich danke euch. Bitte, nehmt die Sachen und geht. Gebt diese Armreifen Narr. Ich möchte allein sein.«

Es wurde eine einsame Nacht. Ich möchte nicht sagen, daß es die schlimmste Nacht war, die ich jemals verbracht habe, denn es sollten noch schlimmere folgen. Aber ich glaube, niemals vorher und auch nicht danach habe ich mich so verlassen gefühlt. Es war furchtbarer, als wenn Oriole gestorben wäre. Ein geliebter Mensch, der einem durch den Tod genommen wird, ist auch tatsächlich nicht mehr da. Als ich mit Oriole zu Oceans Einäscherung gegangen war, hatte ich um Ocean getrauert; mir war bewußt geworden, daß der Platz, den sie in unserem Leben, in der Welt eingenommen hatte, nun für immer leer bleiben würde. Die Leere jedoch, die ich nun empfand, war eine ganz andere.

Oriole lebte und atmete und lag zweifellos ebenfalls wach, nur ein paar Räume von mir entfernt, und vergoß, ebenso wie ich, ihre Tränen in der Dunkelheit. Wir konnten uns noch immer sehen, miteinander reden, konnten uns die Hand geben und sogar freundschaftliche Küsse austauschen.

Doch niemals mehr würden wir ein Liebespaar sein dürfen. Und plötzlich kam es mir so vor, als ob alles, was sich zwischen uns ereignet hatte, schon immer mit einem Hauch von Blutsverwandtschaft behaftet gewesen war und daß Oriole sich vielleicht deshalb nur so langsam mir genähert hatte, weil sie es irgendwie gespürt haben mußte. Ich lag wach und verfluchte Janna, die uns das angetan hatte. Ohne sie hätten wir es nie erfahren.

Dann erinnerte ich mich, wie oft ich früher darüber nachgegrübelt hatte, wer wohl meine leiblichen Eltern gewesen sein mochten und wie es sein würde, eine richtige Mutter zu haben. Hätte ich damals herausgefunden, daß Janna meine Mutter war, wäre ich wohl vor Freude in die Luft gesprungen.

Nun aber starrte ich durch die Dunkelheit zu dem grauen Fenster. Ich schaute hinauf zu den friedlichen Sternen, die noch am Himmel stehen würden, wenn Atlan schon längst vernichtet worden wäre, und ich dachte an die Weite des Raumes, die sie beschienen, und dieser Gedanke beruhigte mich schließlich ein wenig. Kurz vor Tagesanbruch schlief ich ein.

Doch als ich aufwachte, erfaßte mich abermals der Schmerz, denn dies hätte unser Hochzeitstag sein sollen. Eine Hochzeit zwar, die von drohenden Gefahren überschattet worden wäre, ein verzweifelter Akt der Hoffnung, aber dennoch mein Hochzeitstag, an dem Oriole und ich durch einen Fackelzug zu unserem Ehebett geleitet worden wären.

Zwei Tage blieb ich in meinem Gemach. Rianna und Juny brachten mir die Mahlzeiten, aber ich aß kaum etwas.

Am dritten Tag erschien der Hohepriester Diarr, um uns den verlangten Eid abzunehmen und sich von allen Anwesenden in Prinz Ivorrs Palast feierlich versichern zu lassen, daß sie an En glaubten und seinen Willen akzeptieren würden.

»Warum hast du nicht gelogen?« fragte Narr verärgert. »Wie alle anderen auch?«

»Ich glaube nicht, daß alle gelogen haben«, erwiderte ich. »Sie denken wie Janna und sind der Ansicht, daß der Wille Ens wohl nicht mit dem identisch ist, was Diarr behauptet, daß er aber dennoch existiert und die Erde erschaffen hat. Als ich Oriole aus Xetlan holte, glaubte sie an Lyuna, wahrscheinlich auch an En. Ich vermute, in irgendeinem Teil ihres Herzens tut sie es noch immer. Aber ich nicht.«

»Du glaubst an Hellsichtigkeit«, sagte Narr.

»Ja, seit ich eine eigene Erfahrung gemacht habe, wenngleich ich nicht weiß, wie sie funktioniert und woher sie kommt. Aber ich kann nicht dasselbe über die Existenz Ens oder irgendeines anderen Gottes sagen. Die einzige Autorität, die uns den Glauben an die Götter lehrt, ist die Priesterschaft, die aber erscheint mir nicht als glaubwürdige Quelle. Ich konnte nicht schwören, daß ich glaube, ich konnte es einfach nicht.«

»Ich wünschte, du hättest einfach gelogen! Verdammt, Bryen hat es doch auch getan. Er glaubt genausowenig an die Götter wie du oder ich.«

»Und warum hast du dann nicht gelogen?« fragte ich.

In unserem Gefängnis gab es zwei schlichte Betten, einfache Matratzen, die auf dem Boden lagen und mit Stroh gefüllt waren. Decken waren nicht vorhanden, aber wir brauchten auch keine; in der kleinen steinernen Zelle war es nicht kalt. Narr saß auf einer der Matratzen und hatte die Hände um die Knie geschlungen. Im Licht der einzigen Lampe konnte ich seinen Gesichtsausdruck nicht erkennen, doch ich bemerkte das Funkeln in seinen Augen, als er mich anschaute.

»Ich hatte doch keine große Chance«, sagte er. »Lion griff ein und sagte, es habe keinen Sinn, von mir den Glaubenseid erzwingen zu wollen; selbst wenn ich ihn leistete, würde doch jeder wissen, daß ich ihn nicht ernst meinte. ›Dieser Mann hat sein Leben lang die Götter geleugnet‹, sagte er. ›Wenn er hier einen Eid leistet, geschieht es nur aus Angst.‹ Damit hatte er recht. Er hat das alles geplant, schon seit langem.«

»Aber wenn du gesagt hättest, du würdest darauf bestehen, den Eid zu leisten, wärst du vielleicht ungeschoren davongekommen. Diarr hatte das zu entscheiden, nicht Lion.«

»Mach dir keine Sorgen um mich. Wir reden jetzt über dich, Ashinn. Ich frage dich abermals: Warum hast du nicht gelogen?«

Ich saß mit verschränkten Beinen auf der anderen Matratze, lehnte mich an die Wand und spürte den warmen Stein an meiner Schulter. »Ich glaube, daß Oriole, was immer sie glaubt oder nicht glaubt, den Eid im Interesse ihres Kindes geleistet hätte. Und wenn ich ihr Ehemann gewesen wäre, hätte ich sie dazu gedrängt. Aber …«

»Ja, Ashinn?«

»Ich habe Oriole verloren. Was bleibt mir denn noch? Und ich konnte nicht zulassen, daß du allein hier eingesperrt wirst.«

»Angenommen, sie hätten dich zum Schwur aufgefordert, bevor du wußtest, was ich sagen würde?«

»Dann hätte ich später meinen Eid widerrufen.«

Narr stieß einen tiefen Seufzer aus, in dem sich Müdigkeit und Unverständnis mischten.

»Oh, Ashinn, mein geliebter Pflegesohn …«

»Und Halbbruder.«

»Ja. Das ist wirklich außergewöhnlich, nicht wahr? Ich habe oft darüber nachgedacht, wie ähnlich wir uns sind. Ich dachte, es würde daran liegen, daß ich dich erzogen habe. Nun sehe ich, daß es dir angeboren ist. Ashinn, mein lieber Bruder, du hast überstürzt gehandelt. Du meinst, nun, da du Oriole verloren hast, spielt es keine Rolle mehr, was mit dir geschieht, aber glaube mir, wenn die Zeit kommt, wirst du deine Ansicht ändern. Sie werden uns umbringen, ist dir das klar?«

»Ja, aber ...«

»Aber wir sterben sowieso früher oder später, willst du sagen? Hör mir zu. Im Prinzenpalast hätten wir vielleicht eine Chance gehabt. Wenn sich die Situation zuspitzt, werden die Bewohner Atlans ausbrechen. Ihr Lebenswille wird übermächtig werden, vielleicht erfaßt er auch die Wachen, die um den Palast verteilt sind. Möglicherweise hätten wir dann entkommen können. Aber welche Chance haben wir hier drinnen, falls wir immer noch hier sind, wenn es passiert?«

Ich blickte niedergeschlagen die Wände entlang und hinauf zu dem winzigen Fenster unserer Zelle.

»Du warst sehr beherrscht, als sie dich festnahmen«, sagte Narr trocken. »Hoch erhobener Kopf, ruhiger Gang, ich habe dich bewundert.«

»Auch du hast dich gut gehalten.«

»Ja. Wir sind wirklich zwei unerschrockene Helden, eingesperrt im Kerker der Zitadelle von Atlan. Ist dir übrigens aufgefallen, daß die Wände ziemlich warm sind? Und auch der Boden?«

»Ja. Ich wünschte, sie hätten mir nicht mein Messer abgenommen.«

Plötzlich wurden Riegel zurückgeschoben, und die schwere Kerkertür ging auf. Zwei Wachsoldaten begleiteten einen Sklaven herein, der ein Tablett auf den Boden stellte. Dann zogen sich die drei wieder zurück, ohne ein Wort gesprochen zu haben. Die Tür fiel hallend ins Schloß, und die Riegel wurden wieder vorgeschoben. Wer niemals eingesperrt war, niemals das Zuschlagen von Kerkertüren gehört hat, kann nicht ermessen, wie das auf einen Menschen wirkt.

Dieser Bericht ist eine Klageschrift für Atlan, das ich verloren habe, aber dennoch bin ich dankbar, daß ich mit dem Leben davongekommen bin. Manchmal gehe (oder besser humpele ich, da meine Gelenke nun allmählich steif werden) auf den Klippen umher und denke an diese stickige Zelle, selbst wenn ein kalter Wind weht und Wolken über den Himmel jagen. Ich richte meinen Dank nicht an den Gott En. Es genügt, daß ich Opfergaben darbringe; wenn niemand sie entgegennimmt, spielt es keine Rolle; falls sie doch in Empfang genommen werden, möchte ich gar nicht wissen, von wem.

Narr war aufgestanden und hatte das Tablett näher in Augenschein genommen. »Lampenöl, Brot, getrocknetes Fleisch und Obst, Wasser – lauwarm, aber wohl sauber. Sie halten sich an Jaisons Gesetz:

Gefangene, die auf ihren Prozeß warten, sollen Licht sowie ausreichend Speis und Trank erhalten. Vor dem Prozeß soll ihnen ermöglicht werden, sich zu waschen und saubere Kleider anzuziehen, auf daß ein Angeklagter, falls er für schuldig befunden wird, keinen Anlaß habe, seinen Herrscher zu verfluchen.

Wahrscheinlich machen sie uns noch den Prozeß, bevor sie uns hinrichten. Trink etwas Wasser. Du mußt ebenso wie ich ja schon ausgetrocknet sein von der Hitze und dem Schwefelgeruch hier. Wenn sie uns vor Gericht stellen, erhältst du eine zweite Chance. Du kommst vielleicht mit dem Leben davon, wenn du dich bereit erklärst, den Glaubenseid zu leisten. Ich dürfte wahrscheinlich nicht soviel Glück haben.« Er reichte mir den Wasserkrug. »Lion hat Macht. Ich bin sicher, er wird sie beim Prozeß einsetzen, wenn er es für notwendig hält, aber wohl kaum zu meiner Verteidigung.«

»Wenigstens sind Juny und Oriole noch frei. Was meinst du, wann wird die Verhandlung stattfinden?«

»Mir eilt es nicht«, entgegnete Narr. »Unter bestimmten Umständen könnte man sich hier fast heimisch fühlen. Ashinn …«

»Ja, Pflegevater? Ich möchte dich weiterhin so ansprechen. Eine lebenslange Gewohnheit läßt sich nicht leicht ändern.«

»Ich weiß. Ashinn, mein Sohn, ich hätte dir dies nicht zumuten sollen. Ich wünschte, du wärst frei und in Sicherheit. Ich wünschte, du wärst nicht hier, und bin doch froh über deine Gesellschaft.«

Ich weiß nicht mehr, wieviel Zeit bis zur Verhandlung verstrich. Unserem Bartwuchs nach zu schließen, mußten es ein paar Tage gewesen sein. Man hatte uns verboten, uns zu rasieren. Ich nehme an, damit wir uns nicht selbst verletzten oder unsere Wachen mit der Klinge angriffen. Aber wir bekamen genug zu essen, brackiges Wasser zu trinken und die Möglichkeit, uns zu waschen. In dieser Zeit ereigneten sich zwei kleinere Erdbeben, die unsere Zelle erzittern ließen. Auch wenn sie harmlos waren, erschreckten sie uns doch. Wir waren froh, als wir abgeholt wurden, um vor dem Rat zu erscheinen. Immerhin kamen wir dadurch aus der düsteren Zelle heraus.

In Begleitung der Soldaten befanden sich Barbiere, die uns unter den wachsamen Blicken der Wachen rasierten und uns die Haare schnitten. Außerdem bekamen wir saubere Kleidung aus dunkelblauem, doch recht rauhem Stoff.

Dann geleitete man uns hinaus. Wir mußten viele Stufen hochsteigen, um ans Tageslicht und zu jener Stätte zu gelangen, in der über unser Leben verhandelt werden sollte.

Man führte uns in den Ratssaal und forderte uns auf, uns auf eine Bank am anderen Ende zu setzen. Nach der engen Zelle beeindruckte uns der große, helle Raum. Die meisten Ratsmitglieder – dazu gehörten auch die Sprecher der Tafelrunden – saßen auf Bänken unterhalb eines Podiums, auf dem König Rastinn und der Hohepriester Diarr nebeneinander in hochlehnigen Stühlen mit kunstvoll geschnitzten Wappen und kostbaren Goldeinlegearbeiten thronten.

Der König war von Kopf bis Fuß in Purpur gekleidet, Diarr trug einen neuen, noch prachtvolleren Kopfschmuck als sonst, der ihn wie ein funkelnder Strahlenkranz umgab. Die beiden würdigten einander keines Blickes. Als ich sie betrachtete, gewann ich den Eindruck, daß zwischen ihnen eine gewisse Rivalität herrschte. Ich überlegte, ob uns das nutzen würde.

Etwas niedriger saß Zula, die Hohepriesterin der Jungfrauen. Die Rückenlehne ihres mit Silber eingefaßten Stuhls befand sich in Kniehöhe der beiden Männer. Ihr junges Gesicht wirkte ernst und war so fahl wie ihr weißes Gewand. Aber es ließ sich nicht feststellen, was sie dachte.

Natürlich fehlten einige Ratsmitglieder. Janna war nicht anwesend, auch nicht Graf Mandarr und Prinz Ivorr. Doch Erin war erschienen, offensichtlich erfreute er sich wieder der Gunst des Hohenpriesters. Auch Lion war anwesend. Er blickte ernst drein, trug ein schwarzgoldenes Gewand und hielt seinen Helm mit dem Sonnenbanner in den Händen. Er musterte uns teilnahmslos, als wären wir Fremde.

Alle Anwesenden waren uns wohlbekannt, einige sogar Freunde von uns. Aber sie hatten sich hier eingefunden, um über uns zu richten.

»Ich möchte gern wissen, ob das Urteil schon feststeht oder nicht«, flüsterte mir Narr zu.

Erst nach einiger Zeit wurde mir bewußt, daß sich der Beginn der Verhandlung verzögerte. Offensichtlich wurde noch jemand erwartet. Die Köpfe wandten sich erwartungsvoll der Tür zu. Die Schreiber und der Gong-Sklave waren bereit, ihre Aufgaben zu erfüllen.

Dann endlich kündigte Füßescharren das Eintreffen von Prinz Ivorr an.

Wie üblich war er fürstlich gekleidet. Er trug ein erlesenes rosafarbenes, reich besticktes Wollgewand, das mit Gold gesäumt war. Dazu seinen kostbaren Anhänger aus Gold und Kristall und viele Ringe an den Fingern. Begleitet wurde er von Soldaten, die eindeutig als Bewachung und nicht als Ehrenwache dienten. Seine Handgelenke waren mit einer glänzenden Bronzekette gefesselt. Er wirkte seltsam entrückt. Obwohl er beim Eintreten zu uns herüberblickte, erkannte er uns nicht.

Er wurde zu einer Bank geführt. Dann endlich ertönte der Gong. Als er verklungen war, erhob sich Diarr und sprach ein Gebet, in dem er für die bevorstehende Aufgabe um göttliche Führung bat. Als er geendet hatte, klemmte sich ein Beamter, der an einem kleinen Tisch saß, Augengläser auf die Nase, nahm eine Rolle und sprach: »Graf Narr, Ashinn, Pflegesohn von Narr, und Prinz Ivorr – erhebt Euch.«

Wir standen auf. Alle starrten uns an. Dann wurden wir aufgefordert, laut unsere Namen zu nennen. Wir kamen diesem Befehl nach, auch Prinz Ivorr.

»Bleibt stehen«, fuhr der Beamte fort und breitete eine weitere Rolle aus. »Narr und Ashinn, folgende Anklagen werden gegen Euch erhoben. Erstens werdet Ihr der Blasphemie bezichtigt, weil Ihr nicht an die Religion von Atlan glaubt und Euch geweigert habt, den Eid gegenüber En zu leisten und Euch seinem Willen zu unterwerfen. Zweitens werdet Ihr beschuldigt, die Autorität des Hohenpriesters von En in Frage gestellt zu haben, indem Ihr versucht habt, das Volk von Atlan aufzuwiegeln, sein Schicksal selbst in die Hand zu nehmen, statt Ens Botschaft an seinen Diener, den Hohenpriester Jateph, zu beachten. Drittens werdet Ihr des Versuchs angeklagt, Prinz Ivorr, den Bruder von König Rastinn, dazu aufgefordert zu haben, Ränke zu schmieden, um selbst König zu werden.«

»Wie bitte?« platzte Narr heraus, er wurde jedoch von der Speerspitze eines Wachsoldaten sogleich zur Ordnung gerufen.

Der Beamte las ungerührt weiter. »Viertens seid Ihr angeklagt, durch diese Vergehen die kollektive Schuld von Atlan verstärkt zu haben. Dadurch erhält En weiteren Anlaß, auf sein Volk zornig zu sein.«

Er machte eine Pause und wandte seine Aufmerksamkeit Prinz Ivorr zu. »Ivorr, Bruder von König Rastinn, gegen Euch werden folgende Anklagen erhoben: Erstens, Ihr habt, ebenso wie Narr und Ashinn, die Autorität des Hohenpriesters in Frage gestellt. Zweitens wird Euch vorgeworfen, eine Intrige gegen Euren Bruder, König Rastinn, geschmiedet zu haben, um ihn vom Thron zu stoßen. Damit habt Ihr die Gesetze Atlans gebrochen. Drittens werdet Ihr beschuldigt, durch diese Verbrechen ...«

Während er den Abschnitt verlas, in dem von Ens Zorn die Rede war, blickten Narr und ich uns verständnislos an und schauten dann zu Ivorr, der vor sich hinstarrte. Endlich war der Beamte zum Ende gelangt und nahm wieder Platz. Erneut ertönte der Gong.

König Rastinn sagte: »Die Gefangenen dürfen Platz nehmen.«

Es war üblich bei uns, daß sich Angeklagte während eines Prozesses setzen durften. Dadurch sollte die Aufmerksamkeit des Gerichts auf die Zeugen gelenkt werden, die ihre Aussage im Stehen machten. Die Tatsache, angeklagt zu sein, bedeutete nicht zwangsläufig, daß man auch schuldig war. Also wurden die Gefangenen während eines Prozesses höflich behandelt.

Ich war froh, mich setzen zu können, denn ich war so erschöpft, daß ich es nicht mehr lange ausgehalten hätte. Ich überlegte, was als nächstes passieren würde. An dieser Stelle war es üblich, daß der König die Angeklagten fragte, ob sie etwas zu sagen hätten. Diese Vorschrift wurde nicht immer befolgt, doch diesmal schien sich König Rastinn an die Regeln zu halten. Er beachtete allerdings nicht die Reihenfolge der Anklagepunkte, denn als ersten rief er Prinz Ivorr auf.

Erst allmählich wurde uns klar, daß er bereits wußte, was Ivorr sagen würde. Er wollte ihm lediglich eine Möglichkeit geben, dies auszusprechen.

Mit rasselnden Ketten erhob sich Ivorr. »Meine Herren und Ratsmitglieder, Priester, Priesterin Zula und mein König und Bruder, Ihr habt gehört, weshalb ich hier vor Euch stehe. Meinem Bruder, König Rastinn, versichere ich, daß ich niemals beabsichtigte, ihn vom Thron zu stoßen. Allerdings stimmt es, daß wir vor kurzem Streit miteinander hatten. Ich glaubte, daß uns durch den Anstieg des Meeresspiegels Gefahr drohe, und drängte ihn, an einem anderen Ort eine neue Stadt zu bauen und das Volk von Atlan auf Schiffen dahin umzusiedeln.

Anfangs waren wir uns einig, aber später habt Ihr Eure Meinung geändert. Ihr habt die Offenbarungen des Hohenpriester Jateph akzeptiert und seinem Nachfolger Diarr beigepflichtet, der die einzige Möglichkeit, Ens Zorn abzuwenden, darin sieht, ihm wieder demütig zu dienen und der Gottlosigkeit in Atlan ein Ende zu bereiten.

Aus diesem Grund zerstritten wir uns. Doch ich versichere Euch, daß ich es später sehr bedauerte. Mir wurde bewußt, daß ich meine Ziele nur verfolgen konnte, wenn ich Euch herausforderte, erkannte aber, daß dies nicht Ens Willen entsprach. Nun aber«, fuhr Prinz Ivorr fort, »akzeptiere ich, daß der Plan eines Neuen Atlan vollkommen falsch war und ich einen schweren Fehler begangen habe, indem ich ein solches Ziel verfolgte.«

Narr rang nach Luft. Für mich jedoch stellte die Aussage des Prinzen eine Überraschung dar. Ivorr versuchte wohl, seine eigene Haut zu retten. Ich fühlte mich nur zu Tode erschöpft, als habe sich mein Körper in Blei verwandelt. Doch Ivorr war noch nicht am Ende. Mit ruhiger Stimme, in der jedoch eine gewisse Anspannung nicht zu überhören war, fuhr er fort:

»Gestern, mein König, habe ich Euch unmißverständlich zu verstehen gegeben, daß ich meine Torheit eingesehen habe. Ich leistete meinen Glaubenseid auf En und bekundete meine Unterwerfung unter seinen Willen. Zudem gab ich Euch ein Versprechen, das ich jetzt öffentlich wiederhole.

Hiermit unterwerfe ich mich Euch und schwöre meiner Gottlosigkeit ab. Ich hoffe, daß ich dadurch Atlan von der Gefahr befreie, die meine Person darstellt, und dazu beitragen kann, Ens Zorn in Erbarmen zu verwandeln.«

»Wovon redet Ihr?« rief Narr dem Prinzen durch den Saal zu. Obwohl der Wachsoldat versuchte, ihm Einhalt zu gebieten, sprang er auf. Er wurde auf seinen Sitz zurückgedrängt, und eine eiserne Faust verschloß ihm den Mund, doch König Rastinn warf ihm einen fast nachsichtigen Blick zu:

»Graf Narr ist ein ordentliches Mitglied dieses Rats, und wir alle kennen sein impulsives, herrisches Wesen. Laßt ihn los. Narr, wenn Ihr nochmals unterbrecht, müßt Ihr den Raum verlassen.

Aber ich werde Eure Frage beantworten. Ihr habt Prinz Ivorr gefragt, was er damit sagen wolle. Ich werde es Euch erklären. Dieses Jahr ist ein Jahr der Lyuna. Auf die Tiefnacht folgt die Stille Zeit. Wie Ihr zweifellos längst erraten habt, wird die Tiefnacht nach altem Brauch mit dem Tanz des Todes begangen. Ihr habt bereits einen solchen Tanz erlebt, er wurde von der schönen, aber verdorbenen Saraya dargeboten. Dieses Mal wird mein Bruder, Prinz Ivorr, den Hauptpart übernehmen; er selbst hat es angeboten.«

Ich glaubte zu träumen. Aus Narrs Gesichtsausdruck schloß ich, daß es ihm genauso ging.

»Auch Ihr und Euer Pflegesohn Ashinn solltet zu jenen gehören, die im Amphitheater dem Stier gegenübertreten sollten. Doch ich habe Prinz Ivorr gestattet, hier mit Euch zu reden. Er wird Euch eine Möglichkeit geben, Gnade zu erlangen.«

Das war eine Überraschung. Lions erbarmungsloser Blick, der auf Narr gerichtet war, verriet, daß er in dieser Frage überstimmt worden war. Diarr mußte sich auf die Seite von Rastinn gestellt haben. Warum?

»Bruder«, sagte der König, »ergreife das Wort. Narr und Ashinn, Euch empfehle ich zuzuhören.«

»Meine Freunde«, hob Ivorr an. Er klang nicht wie jener Ivorr, den wir kannten. Seine Stimme war kalt und fremd, und ich fand, daß er schmal geworden war. »Vermutlich habt Ihr angenommen, daß Ihr hierhergebracht wurdet, damit Euch der Prozeß gemacht werde. Doch das ist nicht der Fall; es ist bereits bewiesen, daß Ihr in allen Anklagepunkten schuldig seid. Ihr habt Euch beide geweigert, den Glaubenseid zu leisten, und das macht Euch in Anklagepunkt eins schuldig.«

Unvermittelt brach er ab und legte den Kopf schräg. Unter unseren Füßen spürten wir ein leichtes Beben. Die Pergamentrollen des Beamten raschelten, eine fiel auf den Boden. Tief unter uns war ein Dröhnen zu hören, als würde ein Sack Steine ausgeschüttet.

Wir schwiegen, bis das Beben vorüber war.

»Fahrt fort«, sagte Diarr. »Es besteht kein Grund zur Beunruhigung.«

»Was die drei übrigen Anklagepunkte betrifft«, meinte Ivorr, »so ist allgemein bekannt, daß ich den Bau des Neuen Atlan nicht alleine plante. Ihr, Narr und Ashinn, Ihr habt zu meinen eifrigsten Helfern gehört. Ihr habt mich dazu gedrängt, Ens Volk aus seiner Heimat in die Fremde zu führen. Nun sehe ich ein, daß dies ein von vornherein zum Scheitern verurteilter Versuch war, denn wer kann Ens Zorn entfliehen? Es gibt keinen Winkel auf der Welt, wo er uns nicht erreichen kann. Ich erinnere mich, wie wir darüber sprachen, daß wir die Verehrung Ens fördern würden. Doch das waren leere Worte. Narr, in Wirklichkeit hofftet Ihr, daß im Neuen Atlan die Anbetung der Götter nicht mehr praktiziert würde ...«

Narr begann wohl deshalb nicht gleich wieder zu toben, weil er sprachlos war. Er zwang sich, ruhig durchzuatmen. Ich selbst saß wie erstarrt.

»... Es besteht kein Zweifel«, hörte ich Ivorr sagen, »daß Ihr die Autorität des Königs und der Priesterschaft in Frage gestellt und versucht habt, das Volk von Atlan in die Irre zu führen, und daß Ihr mich fast in Gegensatz zu meinem Bruder, dem König, gebracht hättet. Ein solches Verhalten konnte die Sündenlast Atlans nur erhöhen. Ihr seid nicht hier, damit Eure Schuld oder Unschuld festgestellt werde. Aber da wir einst Freunde waren, habe ich die Erlaubnis erhalten, Euch eine letzte Chance zu geben, Euer Leben zu retten. Ihr braucht nicht unter jenen Verbrechern zu sein, die die

Erfordernisse der Stillen Zeit erfüllen. Ich gebe mein Leben freiwillig …«

Er stockte kurz, fing sich jedoch schnell wieder und fuhr fort. »Wenn Ihr wie Eure Freunde und Eure Bediensteten, die in meinem Palast bleiben, den Glaubenseid ablegt, dann bezahle ich mit meinem Leben allein für Eure Vergehen. Der Hohepriester Diarr ist bereit, Euren Eid entgegenzunehmen. Legt ihn ab, und Ihr werdet in meinen Palast gebracht, wo Ihr vielleicht längere Zeit ausharren müßt, aber in Sicherheit und mit etwas Komfort leben könnt. Was sagt Ihr dazu?«

Er schwieg. Dann ergriff Rastinn das Wort. »Nun, Narr und Ashinn. Ich frage Euch ebenfalls: Was sagt Ihr dazu?«

Ich hatte keine Ahnung, was ich erwidern sollte. Hier wurde uns eine hilfreiche Hand entgegengestreckt, aber ich wußte nicht, ob ich sie ergreifen sollte.

Ich hatte das Gefühl, aus zwei Personen zu bestehen, die in einem Körper vereint waren. Die eine war jener Ashinn, der vor kurzem den Eid verweigert hatte und dazu stand. Der andere war der müde, ängstliche Ashinn, der durch dieses Gericht eingeschüchtert wurde und überdies jetzt wußte, wie es war, in einer Zelle zu sitzen und an den Tod zu denken. Dieser andere Ashinn hätte am liebsten seine Haut gerettet.

Ich erinnere mich, daß ich mich über Prinz Ivorrs Mut und seine Großzügigkeit wunderte, doch zugleich verärgert war, weil er sich vom Neuen Atlan distanziert hatte und mit uns sprach, als seien wir Verbrecher.

Ich war auch noch aus einem anderen Grund zornig auf ihn, denn mittlerweile war mir klargeworden, weshalb Rastinn und Diarr diese Inszenierung erlaubten. Rastinn hatte seinem Bruder noch nie getraut, wußte aber nicht, wie er ihn loswerden konnte. Nun schlug Ivorr ihm selbst vor, wie er sich seiner entledigen konnte.

Rastinn blickte drein, als habe er ein Geschenk erhalten. Diarr sah wohl in Ivorr eine größere Gefahr als in Narr und bestimmt eine weitaus größere als in Ashinn.

Narr neben mir gab keinen Laut von sich. Nichts unterbrach die lähmende Stille. Die Ratsmitglieder rutschten unbehaglich auf ihren Bänken hin und her.

»Das Gericht wartet auf die Antwort der Angeklagten«, sagte Diarr schließlich.

Narr räusperte sich, stand langsam auf und richtete den Blick auf Prinz Ivorr.

»Ich nehme an, Ihr versucht, unser Leben zu retten, und dafür danke ich Euch. Aber es ist noch einiges zu klären. Es wurde gesagt, es stehe bereits fest, daß wir der Verbrechen, die man uns zur Last legt, schuldig seien und sie nicht leugnen könnten. Doch wir – zumindest, was mich angeht – können sie rechtfertigen. Ich verlange eine Anhörung, um unser Handeln zu erläutern.«

Prinz Ivorr wollte etwas sagen, das sich wie ein Widerspruch anhörte, doch er wurde unerwartet durch die klare Stimme von Zula unterbrochen.

»Wir alle kennen Graf Narr. Er besitzt ein gutes Herz, aber ein ungestümes Temperament. Laßt ihn nicht reden – in seinem eigenen Interesse.«

»Auch die Priesterin der Jungfrauen hat ein gutes Herz.« Lion stand auf und wandte sich an den Rat. »Aber ein Angeklagter hat das Recht, sich zu verteidigen, wenn er es wünscht.«

Ich ergriff den Arm meines Pflegevaters und flüsterte ihm zu: »Er will, daß du dich verteidigst, weil er hofft, du gräbst dir damit dein eigenes Grab. Tu's nicht!«

Narr löste sich aus meinem Griff, ohne mich anzublicken.

»Befehlshaber Lion hat das Gesetz richtig zitiert«, sagte Diarrs kalte Stimme. »Mit Erlaubnis des Königs möge Narr fortfahren.«

»Die Erlaubnis ist gewährt«, bemerkte Rastinn. Lion nahm mit zufriedenem Gesichtsausdruck wieder Platz, und Narr sagte: »Ich möchte dem Hohenpriester eine einfache Frage stellen.«

»Ihr seid hier, um Antworten zu geben, nicht, um Fragen zu stellen«, erwiderte Diarr. »Doch ...«, und er lächelte unangenehm, »ich erlaube es. Also stellt Eure Frage.«

Er geht in eine Falle, dachte ich. Oh, Narr, Narr!

»Was unterscheidet die Menschen von den Tieren?« fragte Narr.

»Ihr nennt das eine einfache Frage?« bemerkte Diarr. »Ich würde sie eher als sehr kompliziert bezeichnen. Doch es gibt darauf eine eindeutige Antwort. Die Tiere wissen nichts von den Göttern und können sie deshalb nicht verehren. Nur die Menschen können es. Ist Eure Frage damit beantwortet?«

Narr liebte nichts mehr als Streitgespräche. »Das ist eine der möglichen Antworten«, entgegnete er und wirkte so entspannt, als diskutiere er mit Freunden beim Essen, einen Becher Wein in der Hand. »Aber es gibt noch eine andere. Der Mensch ist das einzige Lebewesen, das Selbstbewußtsein besitzt, das einzige, das über Geist und Phantasie verfügt. Und wie wurden wir zu diesem Wesen? Wir unterscheiden uns von den Tieren, weil wir uns besser als sie an unsere Umwelt anpassen konnten; unsere Fähigkeit zu überleben, hängt zum großen Teil von unserer Fähigkeit zu denken ab. Wir überlegen, wie wir einer Gefahr begegnen können. Und gerade jetzt sind wir mit einer gewaltigen Gefahr konfrontiert und müssen einen Ausweg finden, wenn wir überleben wollen.

Ich entschuldige mich nicht dafür, daß ich darauf gedrängt habe, einen neuen, sicheren Ort für unser Volk zu suchen. Da Atlan so niedrig liegt, wird es unweigerlich untergehen, wenn das Eis schmilzt und der Meeresspiegel weiter ansteigt. Als denkende Wesen ist es unsere Pflicht, nach einem Ausweg zu suchen. Wenn unsere Überlieferungen stimmen, verhielten sich unsere Vorfahren genauso. Sie hatten bestimmt Gründe, gerade hierher zu kommen. Vielleicht drohte ihnen in ihrer ursprünglichen Heimat Gefahr von anderen Stämmen, vielleicht flohen sie auch vor dem Eis. Hätten sie untätig gewartet, bis ihnen die Götter ein Zeichen sandten, wären wir heute nicht hier. Wenn wir wollen, daß unser Volk eine Zukunft hat, ist es unsere Pflicht, alles zu tun, um es zu retten.«

Er hielt inne. Diarr verzerrte sein Gesicht zu einem Grinsen. »Aber, Narr, wir wissen doch, was zu tun ist. Der Hohepriester Jateph sagte es uns mit seinem letzten Atemzug. Wir müssen in uns gehen und Ens Zorn abwenden.«

»Beweist mir«, fuhr Narr fort, »daß es En wirklich gibt. Oder Sayadon oder Kya oder Lyuna. Wir haben Erde und Meer, Sonne und Mond. Wir wissen, daß sie existieren und woraus sie bestehen. Es gibt keinerlei Beweis, daß mehr dahintersteckt, und selbst wenn es so wäre, hätten wir trotzdem die Verantwortung, uns durch unseren eigenen Einfallsreichtum zu retten, genau wie es unsere Vorfahren taten. Oder was glaubt Ihr?«

»Die Offenbarung des Hohenpriesters Jateph war eindeutig und kompromißlos«, erwiderte Diarr. Es schien, als spreche er einen Monolog. Seine Stimme klang klar, ja sogar laut, doch sein Geist nahm keinen Augenblick Kontakt mit dem von Narr auf, auch nicht, als er ihn namentlich anredete. Sein Blick schien wie nach innen gerichtet.

»Der menschliche Geist«, fuhr er fort, »ist tatsächlich jenem des Tieres überlegen, doch er kann nicht alles beantworten. Man muß auch seine Grenzen erkennen. Es gibt vieles, was unser Verstand nicht erfassen kann. Wir müssen gewisse Dinge glauben, ohne hinter ihr Geheimnis dringen zu wollen. Es ist unsere Freude und unser Privileg – ein Privileg, das kein Tier je besitzen wird –, unseren begrenzten menschlichen Geist den Göttern zu Füßen und unser Schicksal in ihre Hände zu legen.«

»Nein«, widersprach Narr.

Einige Ratsmitglieder blickten verdutzt. Diarr wurde blaß vor Zorn, denn ein solcher öffentlicher Widerspruch stellte für ihn eine Beleidigung dar. Aber Narr fuhr unbeirrt fort.

»Der Geist des Menschen mag Grenzen haben, dennoch unterscheidet er ihn von allen anderen Geschöpfen auf der Welt. Das Denken aufzugeben und alles ohne einen schlüssigen Beweis zu akzeptieren bedeutet, die menschliche Natur zu verraten. Wenn wir nicht handeln, um unser Leben und das unserer Kinder, ja unseres Volkes, zu retten, werden wir damit auch alle zukünftigen Generationen verraten.«

Lion sprang auf. »Mein König! Hoherpriester Diarr! Das ist Blasphemie! Müssen wir diesen Mann weiter anhören?«

»Leistet den Eid!« ließ sich Prinz Ivorrs Stimme vernehmen. »Um Ens willen, Narr, hört auf und leistet den Glaubenseid!«

Lion wandte sich zum Podium, wobei er uns den Rücken zukehrte. »Als ergebener Diener Ens flehe ich Euch an, mein König, und Euch, Hoherpriester, das Angebot des Eides zurückzunehmen. Wenn Narr ihn leistete, würde er einen Meineid schwören.«

Es entstand Tumult. Einige Ratsmitglieder riefen, Narr treibe Blasphemie, doch andere steckten die Köpfe zusammen und tuschelten eifrig miteinander. Narr hatte auf einige durchaus Eindruck gemacht, überlegte ich. Aber niemand würde aufstehen und ihn verteidigen. Der Feind in Gestalt von Diarr und Lion besaß zuviel Macht.

Narr hob die Stimme und verschaffte sich trotz allen Lärms Gehör. »Befehlshaber Lion hat einen Grund, mich zu hassen, mein

König. Es geht um eine private Fehde!« Der Tumult legte sich. »Ich bezweifle«, sagte Narr eisig, »ob der Hohepriester noch immer bereit ist, mir den Eid abzunehmen. Vielleicht wäre er so liebenswürdig, uns folgende Frage zu beantworten: Wäre der große Gott En zufrieden, wenn ich lediglich die richtigen Worte spräche, ohne sie jedoch zu ernst zu meinen?«

Im Saal war es jetzt totenstill. »Die Antwort lautet nein«, erwiderte Diarr kalt. »Als Befehlshaber Lion Euch das Recht absprechen wollte, den Eid zu leisten, wollte ich Euch trotzdem die Gelegenheit geben, Euch zu retten. En hätte in Euer Herz gesehen und die Wahrheit erkannt. Nun jedoch habt Ihr Eure wahre Gesinnung offenbart. Nein, ich würde Euch den Eid nicht abnehmen, auch wenn Ihr mich darum bitten würdet.«

»Bitte!« meldete sich Zula erneut zu Wort. »Bitte, sollten wir denn nicht alle, auch Narr, unseren Glauben an En zeigen, der uns alle erschaffen hat? Atlan ist noch nicht zerstört, und vielleicht läßt uns En in seiner Güte noch ein wenig Zeit, geheuchelte Frömmigkeit in echte zu verwandeln. Vielleicht werden die Göttinnen in ihrer Barmherzigkeit Fürbitte für Narr einlegen. Ich habe Lyuna darum gebeten. Wenn Narr den Eid leistet, wird er erkennen, daß dieser ein Geheimnis birgt. Ein Glaubensbekenntnis besitzt eine eigene Kraft. In dem Augenblick, da Ihr die Worte des Eides sprecht, Graf Narr, werdet Ihr feststellen, wie sie in Euch eindringen. Gebt dem Glauben eine Chance, und er wird Euch zuteil werden.«

»Ich verstehe«, sagte Narr. »Ich soll mich selbst belügen, und wenn ich das nur lange und intensiv genug betreibe, werde ich schließlich meine eigenen Lügen glauben? Das meint Ihr doch?«

Zula zitterte, als hätte er sie geschlagen. Sie war jung, überlegte ich. Sie hatte zweifellos den *Pfad der Lyuna* studiert und ausführlich über Lyuna nachgedacht, doch sie hatte ein abgeschirmtes, beschütztes Leben geführt. Sie konnte Menschen wie Narr nicht verstehen. Seine Reaktion brachte sie aus der Fassung. Fast tat sie mir leid.

»Ich glaube, Dame Zula«, sagte Diarr, »daß Narrs Frage eine rhetorische Frage war. Ich bezweifle, daß er sich zu dem Eid bereitfinden würde, selbst wenn er ihn leisten dürfte. Nun, Narr?«

»Ich will sagen«, fuhr mein Pflegevater fort, »daß ich nicht an die Götter glauben kann, da ich noch nie einen überzeugenden Beweis für ihre Existenz erhalten habe. Geheuchelter Glaube würde bedeuten, die Macht des Denkens zu verraten, das mich als Mensch auszeichnet. Deshalb vermag ich es nicht.«

»Und wie steht Ihr zu der Offenbarung des Hohenpriesters Jateph?« wollte Diarr wissen.

»Ja, wie schon? Ein alter Mann, der hungrig, durstig und erschöpft ist und im Sterben liegt, wird von Phantasien heimgesucht. Natürlich tauchen darin Bilder auf, die sein Leben beherrscht haben. Weshalb sollte ich mehr darin sehen? Im Grunde spricht gerade die Offenbarung des Hohenpriesters Jateph dafür, daß sie nicht von einem Gott stammen kann, der die Welt erschaffen hat, denn dann würde sie von Vernunft zeugen. Sein Gott erwartet von uns, daß wir herumsitzen und auf unseren Untergang warten. Nein, ich glaube nicht an En und will mich nicht selbst überlisten, an ihn zu glauben. Ich werde den Eid nicht leisten. Wie schade, daß die Priesterschaft keinen Respekt vor der Integrität des menschlichen Geistes besitzt.«

Erneut entstand Aufruhr, der sich erst wieder legte, als der durchdringende Klang des großen Bronzegongs den Raum erfüllte. »Damit ist das Verhör abgeschlossen«, sagte der König. »Hoherpriester Diarr, es ist nun Zeit, daß die Ratsmitglieder ihren Urteilspruch fällen.«

Die Ratsmitglieder, die vom Hohenpriester einzeln aufgerufen wurden, gaben ihr Urteil ab. Es fiel einmütig aus:

Schuldig, schuldig, schuldig.

»Trotz des ehrenwerten Versuchs meines Bruders, Euch zu retten«, sagte der König, »werdet Ihr zum Tode verurteilt. Am ersten Tag der Stillen Zeit wird der Boden des Amphitheaters hochgehoben, und Ihr werdet in der Arena dem Stier von En nackt gegenübertreten und sterben. Bringt ihn weg!«

Wir wurden getrennt. Ich hatte es nicht erwartet und klammerte mich verzweifelt an Narr, als er weggezerrt wurde, aber sie stießen mich zurück. Dann sah ich, daß die Augen der Versammlung nun auf mich gerichtet waren.

»Ashinn«, sagte Prinz Ivorr, als sich die Tür hinter meinem Vater geschlossen hatte, »Ihr seid nicht Narr, Ihr könnt Eure eigene Wahl treffen. Ich frage Euch, was ich auch ihn gefragt habe: Wollt Ihr den Eid leisten? Ashinn, ich bitte Euch, legt ihn ab. Laßt mich nicht in dem Bewußtsein sterben, daß ich weder Euch noch Euren Pflegevater habe retten können.«

So verloren, wie ich da mitten im Raum stand, war mir, als befände ich mich bereits in der Arena des Amphitheaters. Hilflos starrte ich Ivorr an und hätte am liebsten ihm und mir zuliebe gerufen: »Ja, ja, ich werde ihn leisten.« Doch es kam kein Wort über meine Lippen.

Der König sagte: »Heute stehen hier vor uns zwei Angeklagte. Ashinn, Pflegesohn von Narr, Ihr entscheidet über Euer Schicksal, ebenso wie Euer Pflegevater über seines entschieden hat. Aber Ihr könnt für Euch selber sprechen. Auch Ihr seid im Sinne der Anklage schuldig, aber Ihr habt die gleiche Chance, Euch zu retten. Ashinn, redet.«

Er hielt inne, und ich starrte ihn verzweifelt an, unfähig, auch nur eine Silbe zu äußern. Da ergriff Diarr das Wort.

»Wir wollen Schritt für Schritt vorgehen. Ashinn, glaubt Ihr an die Götter oder nicht?«

»Ich weiß nicht«, erwiderte ich.

»Ihr seid also nicht derselben Meinung wie Narr?« fragte Diarr. »Er glaubt an gar nichts. Aber Ihr seid nur nicht sicher? Ashinn, dieses Gericht will Euch nicht töten! Wir sind Ens Diener, nicht seine Henker.«

»Ich frage mich, ob auch Saraya das begriffen hat«, entfuhr es mir. Dann verstummte ich, wie vom Donner gerührt, und erwartete, daß sie mich sofort verurteilten.

Doch Rastinn sagte lediglich: »Es ist verständlich, daß junge Männer von Frauen wie Saraya fasziniert sind. Vergeßt sie, Ashinn. Sie ist tot, und Ihr müßt über Euer Leben nachdenken. Wohl hat Euch Narr aufgezogen, doch Eure Ansichten scheinen sich von den seinen zu unterscheiden. Sagt uns, worin.«

Das war einfacher. Mein Herz, das wie verrückt gehämmert hatte, beruhigte sich ein wenig. Zumindest konnte ich über eine Sache die Wahrheit sagen, ohne das Gefühl zu haben, daß es gefährlich war.

»Ich glaube an Hellsichtigkeit und habe sie selbst erfahren. Es gibt Dinge auf der Welt, die man nicht allein mit den fünf Sinnen erfassen kann.«

Damit hätte ich es bewenden lassen sollen, doch ich war von Narr zu intensiv geschult worden, um seinen Einfluß einfach abschütteln zu können. »Aber ich spreche aus Erfahrung, nicht aus blindem Glauben. In dieser Hinsicht schließe ich mich Narr an. Ich glaube an Hellsichtigkeit, denn ich habe den Beweis, daß es sie gibt, auch wenn ich nicht genau weiß, wie sie funktioniert.«

»Ihr wißt nicht, wie sie funktioniert«, wiederholte Ivorr meine Worte laut und wandte sich zum Podium. »Ich bin überzeugt«, sagte er, »daß dieser Mann fähig ist, zu glauben. Er muß diese Fähigkeit nur besser entwickeln.«

»Ja, dieser Meinung bin ich auch«, stimmte Lion zu.

Er sah mich an, und zu meinem Erstaunen zeigte sein Blick Mitgefühl. Gewiß, er haßte Narr, aber nicht mich. Er wollte nicht, daß auch ich in die Falle ging, die er für seinen Schwager ausgelegt hatte. Vielleicht wollte er mich sogar retten. Er glaubte sicherlich noch, daß ich mit Oriole verlobt war.

Nun ergriff Diarr erneut das Wort. »Ashinn! Hört mir zu. Seid Ihr fähig zu glauben und bereit, es zu versuchen? Werdet Ihr den Eid ablegen?«

Die Hohepriesterin Zula war von Narr gekränkt worden, aber sie schien dennoch bereit zu sein, sich für mich einzusetzen. »Was auch immer für einen Glauben Ihr habt«, sagte sie zu mir, »und wie immer Ihr ihn bezeichnen mögt, so scheint Ihr doch nicht leugnen zu wollen, daß es ein Mysterium gibt?«

»Nein«, stimmte ich ihr zu. »Das leugne ich nicht.«

»Wegen der Hellsichtigkeit? Oder habt Ihr auch bei anderer Gelegenheit Kontakt mit dem Mysterium gehabt? Vielleicht in einem Heiligtum? Oder wenn En morgens am Himmel steht oder Lyuna bei Nacht?«

Ich entsann mich, welche Ehrfurcht ich im Schrein von Kya in Xetlan empfunden hatte und hier im Heiligtum der Zitadelle. Ich erinnerte mich an großartige Sonnenuntergänge und daran, wie ich mit Oriole den Mond bewundert hatte. »Ja«, bestätigte ich.

»Ihr habt die Gegenwart der Götter in ihrem Heiligtum empfunden?«

»Ich weiß nicht. Ich fühlte etwas. Aber vielleicht waren es nur die Gebete und die Verehrung der Menschen, die vorher hier gelebt hatten. Vielleicht war es ihr Glaube, den die Steine ausströmten. Der menschliche Geist vermag vieles, und man unterschätzt ihn häufig. Ich weiß nicht, was ich damals in dem Schrein empfunden habe.«

»Und unter dem Himmel, den Erscheinungsformen von En und Lyuna und den Sternen, die Lyuna begleiten?«

Dieses Mal fühlte ich mich sicherer. »Die Sonne ist ein Feuerball. Lyuna besteht aus Felsgestein. Die Sterne sind große, weit entfernte Sonnen. Selbst die Priester leugnen es nicht. Die Sonne, der Mond und die Sterne sind schön, der Sonnenaufgang einmalig. Der Mondschein kann ... voller Zauber sein. Dennoch bleiben sie, was sie sind.«

»Aber woher kommt die Ehrfurcht, die sie Euch einflößen?« fragte Zula. »Woher kommt das Gespür für ihre Schönheit?«

»Das kann ich Euch nicht sagen. Das ist Teil des Geheimnisses, und ich habe ja schon gesagt, daß ich die Existenz des Mysteriums nicht leugne.«

»Dann leistet den Eid«, forderte mich Zula auf, »und laßt das Mysterium in Euch wirken, bis es keines mehr ist und sich in Wissen verwandelt hat.«

»Bitte«, mischte sich Prinz Ivorr ein. »Ashinn, tut es für mich.«

Ich fühlte mich elend. Lion beobachtete mich aufmerksam. Da fing unter uns die Erde erneut zu beben an. Es war nur ein ganz schwaches Beben. Doch diesmal hörten wir draußen einen Aufschrei und ein entferntes Poltern. Und wieder rutschten die Schriftrollen des Beamten hin und her.

»Das ist Ens Warnung an Euch«, sagte der König. »Wollt Ihr dem Stier gegenübertreten und in die Unterwelt hinabsteigen, wo die Verdammten für alle Ewigkeit in dunklen Höhlen eingeschlossen sind?«

»Oder glaubt Ihr auch nicht an ein Leben nach dem Tode?« erkundigte sich Diarr. »Nun, Ashinn? Glaubt Ihr an die Unterwelt, in die die Verdammten geschickt werden, und an die Hallen von En hinter den Sternen, wo die Seligen die Ewigkeit mit ihrem Schöpfer teilen? Oder nicht?«

»Ich würde es gerne glauben«, sagte ich. »Ich will damit sagen, daß ich gerne glauben möchte, daß der Tod nicht das Ende ist. Keiner mag sich vorstellen, daß er für immer ausgelöscht ist. Doch allein der Wunsch, daß etwas wahr sei, bedeutet noch nicht, daß es auch tatsächlich so ist.«

»Ashinn, bitte«, meldete sich Lion erneut zu Wort. »Teilt nicht das Schicksal Eures Pflegevaters!«

Wenn ich den Eid leistete, überlegte ich, was würde es bedeuten? Narr würde es nicht helfen, aber ich konnte meine eigene Haut retten und bei Oriole sein, zumindest als Freund, wenn das Ende von Atlan kommen würde.

Ohne Narr fühlte ich mich verlassen. Ich wollte jemanden neben mir haben, jemanden, der mich unterstützte. Ich wünschte es mir fast so sehnsüchtig wie die Rettung vor dem Stier. Nun, Narr war nicht mehr hier. Ich wollte, daß sich die Versammlung mit mir solidarisierte, mir Beifall zollte.

In demütigem, besänftigendem Ton sagte ich: »Mein Glaube ist nicht so, wie Ihr ihn Euch vorstellt.« Ich blickte Diarr an. »Ich übe den Beruf eines Meisterkochs aus. Vielleicht wißt Ihr nicht genau, wie eine Soße zubereitet oder ein kompliziertes Menü zusammengestellt wird, doch Ihr glaubt daran, weil Ihr all diese Speisen gekostet habt. Aber was würdet Ihr sagen, wenn ich Euch einen leeren Teller präsentierte und Euch aufforderte, zu glauben, daß darauf Speisen lägen?«

Ich schwieg. Niemand sagte etwas. Prinz Ivorr schüttelte langsam den Kopf, und Lion wirkte enttäuscht. Es gab keine unverfängliche Möglichkeit, meine Gedanken auszudrücken. Ich hielt aus reiner Furcht inne.

Erneut sah ich Lions Augen auf mir ruhen. Dieses Mal entdeckte ich einen unbehaglichen Ausdruck darin. Er wich meinem Blick aus und richtete ihn auf das Pult, wo der Beamte seine Rollen ordnete. Und auf einmal begriff ich, daß er unsicher war. Obwohl er von klein auf der Diener-Sekte angehört hatte, als Oberbefehlshaber über beachtliche Macht verfügte und die fanatische Politik von Diarr unterstützte, war er unsicher. Vielleicht hatte er sich zu sehr mit den überschwemmten Feldern um Atlan beschäftigt, und sein gesunder Menschenverstand hatte sich aufgebäumt? Vielleicht war er irgendwann nachts aufgewacht und hatte sich gefragt, ob der Glaube, dem er sein Leben lang anhing, nicht ein bloßes Phantasiegespinst war?

Aber er würde es nicht zugeben. Ich war noch immer allein.

Das Gericht wartete. Ich öffnete den Mund und wollte sagen: ›Ich kann nicht so glauben, wie Ihr es Euch vorstellt, doch ich leiste den Glaubenseid und vertraue En, daß er mir den richtigen Glauben schenke.‹ Doch die Worte gingen mir nicht über die Lippen.

Als ich schließlich meine Stimme wiederfand, sagte ich etwas völlig anderes, etwas, das mir bestimmt nicht zum Heil gereichen würde:

»Ich bin gefragt worden, ob ich an das Mysterium glaube. Ja, ich glaube daran. Doch genau darum geht es: Ich akzeptiere, daß das Universum ein Mysterium darstellt, Ihr jedoch nicht. Ihr seid diejenigen, die das Mysterium leugnen. Ihr behauptet, Euch sicher zu sein. Aber wie können wir es wagen vorzugeben, daß wir die Antwort schon kennen? Die Antwort auf etwas, das wir nicht verstehen? Ihr habt nicht das Recht, zu behaupten, daß Ihr Euch sicher seid.« Meine Empörung hatte mich so sehr übermannt, daß ich vorübergehend meine Angst vergaß. »Ihr, Hoherpriester Diarr« – wie Narr hatte ich jetzt nichts mehr zu verlieren – »habt nicht das Recht, zu behaupten, Ihr würdet die Antworten kennen, da Ihr sie nicht kennen könnt. Wenn die Götter existieren, haben sie stets nur durch den Mund eines Menschen gesprochen, und wer kann sich anmaßen zu behaupten, daß diese Worte von einem Gott stammen und nicht von einem Menschen? Es ist sehr einfach, zu anderen Menschen zu sagen: Hört zu, ich habe eine Botschaft von En. Beweist es! Beweist, daß Eure Botschaft wirklich von En kommt – oder von Sayadon, von Kya oder Lyuna! Wenn es die Götter gibt, haben sie sich uns nie persönlich zu erkennen gegeben, sondern stets auf eine Art und Weise, die, gelinde ausgedrückt, fragwürdig ist. Mich aufzufordern, an diese Götter zu glauben, ist eine Beleidigung. Ihr verlangt von mir, ich solle meinen Verstand aufgeben. Narr hat recht: Unsere Fähigkeit zu denken, unterscheidet uns von den Tieren. Mein Geist stellt meine private Zitadelle dar, meine unverletzte Grenze …« Ich sah Zulas entsetzten Gesichtsausdruck, als ich die Worte aus dem *Pfad der Lyuna* zitierte, die sie bestimmt auswendig kannte, die ich hier aber in einem völlig anderen Zusammenhang vorbrachte. »Und ich werde sie unverletzt lassen«, fuhr ich fort. »Ich würde auch nicht in die Zitadelle Eures Geistes eindringen, Hoherpriester Diarr, ich würde nie verlangen, daß Ihr meine Glaubensvorstellungen teilt. Was gibt Euch das Recht, in die meinen einzudringen und zu fordern, daß ich meinen Verstand unterdrücken und an die Götter, an ein Leben nach dem Tode und an Ens Botschaften glauben soll?«

Im Saal herrschte Totenstille. In die Gesichter der Anwesenden war mein Tod eingeschrieben. Doch ich konnte nicht aufhören und kam jetzt zu meinem letzten entscheidenden Satz.

»Ich bedauere: Ich kann den Glaubenseid nicht leisten.«

Alles weitere verlief so, wie ich es erwartet hatte. Immer wieder hörte ich »schuldig«. Schließlich wurde ich offiziell von König Rastinn dazu verurteilt, in der zweiten Nacht der Stillen Zeit Narr in die Arena zu folgen.

Als ich aus dem Saal geführt wurde, war ich immer noch aufgewühlt von meinen eigenen herausfordernden Worten, doch ich empfand Genugtuung, weil meine Ehre unangetastet geblieben war. Noch hatte ich mir nicht viele Gedanken über meine Zukunft gemacht. Bevor ich den Raum verließ, kämpfte sich Lion zu mir durch. »Du bist ein Dummkopf, Ashinn! Warum hast du nicht einfach den Eid abgelegt und dich damit gerettet? Kann ich dir noch irgendeinen letzten Wunsch erfüllen?«

Ich erinnerte mich an den unbehaglichen Ausdruck in seinen Augen und an seinen Blick zu den Schriftrollen, die während des Bebens hin und her gerutscht waren.

»Ja«, erwiderte ich, »da wäre noch etwas.«

Er gebot den Soldaten, stehenzubleiben, damit ich in Ruhe mit ihm reden konnte. Wir unterhielten uns kurz. Am Ende sagte er, wobei sich die Furche zwischen seinen Augenbrauen vertiefte: »Warum soll ich es Janna erzählen?«

»Fragt mich nicht«, erwiderte ich. Er gab meiner Eskorte ein Zeichen. Die Männer packten mich an den Armen und zogen mich hinaus. Über die Schulter rief ich ihm zu: »Tut es einfach!«

Die Hochzeit

Während der Zeit, die Narr und ich im Prinzenpalast verbringen mußten, waren wir fast vollkommen von der Außenwelt abgeschnitten gewesen, aber dennoch hatten uns einige Nachrichten erreicht. So erfuhren wir zum Beispiel, daß die Akademie mit der Begründung geschlossen worden war, sie sei eine Brutstätte des Widerstands, und gerüchteweise hörten wir ferner, daß Oberbefehlshaber Lion das Mädchen Niomy geheiratet habe. Doch auch von dem, was wir unter uns besprachen, drang einiges nach außen. Wahrscheinlich standen einige von Ivorrs Sklaven im Sold des Feindes. Jedenfalls fand Lion eines Tages heraus, daß Oriole schwanger war.

Er wußte jedoch nichts davon, daß ich der Vater war. Uns allen war klar, daß es im gegenwärtigen religiösen Klima am besten war, darüber Stillschweigen zu bewahren. Alexahn verbreitete unter den Sklaven, daß Oriole und ich uns zerstritten hätten.

So traf es sich gut, daß ich mich noch unter Arrest befand, als Lion in den Prinzenpalast gestürmt kam und verlangte, daß Oriole unverzüglich heiraten solle. Wäre ich zugegen gewesen, hätte es peinlich werden können.

Er erschien am Tag vor der Verhandlung, wie ich später erfuhr. Oriole versuchte, sich einer Unterredung zu entziehen, doch Lion ließ durch Janna ausrichten, er werde sie durch Wachsoldaten holen lassen, wenn sie nicht freiwillig käme. Das Gespräch verlief wenig erfreulich, und Janna, die Oriole bereits als eine Art Ersatztochter betrachtete, begann sich Sorgen zu machen. Als sie am nächsten Morgen Oriole alleine in dem großen Sessel am Fenster des Speisesaals antraf, setzte sie sich zu ihr.

»Ihr hattet seit gestern Zeit zum Nachdenken, Oriole. Ich wünschte, Ihr würdet auf Euren Onkel hören. Oder auf mich.«

»Das würde mir nicht viel helfen«, widersprach Oriole. »Ihr beide habt unablässig auf mich eingeredet, aber ich bin nicht taub. Er möchte, daß mein Vater stirbt; das weiß ich ganz genau, und das ist auch der Grund, warum ich nicht auf ihn hören werde – oder auf Euch, falls Ihr ihn unterstützt. Warum schlagt Ihr Euch auf seine Seite?«

»Weil er in dieser Frage recht hat. Er sagt, daß Ihr einen Ehemann braucht, wenn Ihr ein Kind bekommt. Ich bin bereit, diese Eheschließung durchzuführen; der Oberbefehlshaber hat versprochen, sich nicht einzumischen, und zum Glück steht uns auch ein passender Bräutigam zur Verfügung. Der Oberbefehlshaber weiß nicht, daß Ihr und Ashinn verwandt seid, aber Ashinn kommt sowieso nicht in Frage. Sollte er morgen verurteilt werden, könnt Ihr ihn nicht heiraten, weil ihr dann mit ihm als Sklavin verkauft werden würdet; und selbst wenn er nicht in die Sklaverei geschickt wird, wäre er durch die Haft gebrandmarkt. Er eignet sich einfach nicht zum Ehemann der Nichte des Oberbefehlshabers. Bryen aber hat den Glaubenseid abgelegt und wird vielleicht bald freigelassen werden. Er hat sich als Bräutigam angeboten, und der Befehlshaber wünscht, daß Ihr dieses Angebot annehmt. Ich bin derselben Meinung.«

»Aber ich will es nicht. Und ich kann es nicht!« rief Oriole zornig. »Ich weiß, daß ich Ashinn nicht haben kann, aber er ist der einzige, den ich will! Was spielt es denn noch für eine Rolle? Wir werden sowieso alle sterben! Schaut doch hinaus!« Sie deutete auf den Hof. »Seit Tagen ist er nicht mehr gefegt worden. Die Sklaven hat der Mut verlassen, und zwar nicht nur, weil Prinz Ivorr sich entschlossen hat zu sterben. Weil Atlan insgesamt zum Untergang verurteilt ist. Sie wissen es, und wir auch.«

»Der Prinz ist ein tapferer Mann«, sagte Janna. »Und Rianna ist ein tapferes Mädchen. Sie hat die anderen Frauen getröstet und versucht, mit Zymons Hilfe den Haushalt wieder in Ordnung zu bringen. Ich bewundere sie.«

»Ihr wollt damit sagen, sie verhält sich so, als gäbe es für uns eine Zukunft, und ich solle es genauso machen? Als ich heute morgen aufwachte, brachte ein Erdstoß mein Bett zum Erzittern, und seitdem sind zwei weitere kleine Beben gefolgt. Habt Ihr gehört, daß die öffentlichen Bäder geschlossen wurden? Eine der Sklavinnen hat es mir berichtet. Sie erfuhr es von dem Mann, der die Holzkohle bringt. Heißer Schlamm soll aus der Erde hochgeschossen sein. Glücklicherweise ereignete es sich in der Nacht, als sich niemand dort aufhielt. Und Ihr wollt, daß ich einen Mann heirate, den ich nicht liebe – um einen Vater präsentieren zu können für ein Kind, das niemals geboren werden wird?«

»Aber dennoch eßt Ihr noch und wascht Euch und zieht frische Kleider an«, meinte Janna.

»Die Macht der Gewohnheit«, entgegnete Oriole.

»Nicht mehr? Oder liegt es auch daran, daß ein Teil von Euch noch immer nicht aufgegeben hat? Wir wissen nicht genau, was passieren wird und wann es geschehen wird. In der Zwischenzeit sollten wir uns auf alle denkbaren Möglichkeiten einrichten. Und eines kann ich Euch sagen: Wenn wir das, was uns bevorsteht, überleben sollten, wird es immer noch ein Atlan geben, und es wird unter der unerbittlichen Herrschaft der Diener stehen. Eine Frau mit einem Kind, aber ohne Ehemann wird sich dann, wie bereits Euer Onkel Lion Euch klarzumachen versuchte, in einer sehr schwierigen Lage befinden. Sogar Konkubinen wird man dann vielleicht verfolgen.«

»Und er hat mir ein Beispiel gegeben, indem er selbst geheiratet hat«, bemerkte Oriole gehässig. »Wenn ich nur daran denke, daß Niomy nun meine angeheiratete Tante ist!«

»Niomy wäre eine anständige junge Frau geblieben, hätte man sie nicht zur Sklavin gemacht«, sagte Janna. »Oriole, wenn Euer Kind doch auf die Welt kommen sollte und Ihr dann noch unverheiratet seid, wird man es Euch nehmen und wahrscheinlich aussetzen. Dann wird es sterben, falls es nicht von einigen Bewohnern der Hüttensiedlung aufgenommen wird.«

»Ja, das hat mein Onkel auch gesagt. Der arme Bryen«, erwiderte Oriole zynisch. »Wie müßte er sich vorkommen, wenn er nur aus diesem Grund als Ehemann akzeptiert werden würde.«

»Bryen sieht es nicht so. Befehlshaber Lion hat unklug gehandelt«, sagte Janna nachdenklich. »Er hätte Bryen für sich selbst sprechen lassen sollen, anstatt Euch unter Druck zu setzen. Bryen liebt Euch. Ich habe mit ihm geredet und bin sogar zu ihm durchgedrungen. Er liebte Euch schon, bevor Ihr nach Xetlan gegangen seid. Könnt Ihr das nicht berücksichtigen?«

»Nein. Es ist ... es ist ohne Bedeutung. Ich kann nur an Ashinn und an meinen Vater denken und daran, was mit ihnen geschehen könnte. Bryens Liebe – das ist so, wie wenn man von einem Bettler belästigt wird, während man auf dem Weg zu einer Bestattung ist. Einer Bestattung? Oh, En, wie konnte ich das nur sagen?« rief Oriole bestürzt. »Mein Vater und Ashinn werden heute vor den Rat geführt! Ach, hätte ich doch niemals diesen Eid geleistet! Dann hätte ich bei meinem Vater und bei Ashinn bleiben können und wäre mit ihnen gestorben, wenn es soweit kommen sollte. Und ich hätte auch meinem Onkel keine Probleme bereitet!«

»Ihr tut ihm unrecht, wenn Ihr glaubt, er würde sich darüber freuen«, entgegnete Janna. »Er macht sich ernsthaft Sorgen um Euch.«

»So sehr, daß er bereit ist, mich zur Waise zu machen?« Oriole wandte den Blick wieder zum Fenster und faßte dann plötzlich Janna am Ärmel. »Da ist er. Onkel Lion kommt über den Hof.«

Lion kam allein, er mußte den Wächter am Tor daran gehindert haben, ihn anzukündigen. Er trug seinen Helm in der Hand, wie es sich für einen Soldaten gehörte, wenn er zu einem gesellschaftlichen Ereignis ging, doch er blieb grußlos in der Tür stehen. Beide Frauen erhoben sich.

»Sagt uns bitte, was geschehen ist«, bat Oriole.

»Es tut mir leid, dir mitteilen zu müssen, Nichte, daß die Situation sehr ernst ist. Sowohl dein Vater als auch Ashinn hatten die Möglichkeit, sich zu retten, doch keiner von beiden fand sich bereit, den Eid zu leisten. Prinz Ivorr hat sein Bestes getan. Aber sie stritten mit ihm und mit dem Hohenpriester, so daß dem Rat keine andere Wahl blieb. Beide wurden in allen Anklagepunkten für schuldig befunden und sollen dem Stier gegenübertreten, Narr am ersten Abend der Stillen Zeit, Ashinn am nächsten. Es tut mir leid, Oriole, aber sie haben es sich selbst zuzuschreiben.«

»Sie müssen sterben?« flüsterte Oriole. »Mein Vater und Ashinn müssen sterben?«

»Ashinn!« flüsterte Janna. Sie sank auf den Fenstersessel und biß sich auf die Lippen. »Ashinn!«

Bryen, der an der Terrassentür erschien und unschlüssig war, ob er eintreten solle, sorgte für eine willkommene Unterbrechung. »Kommt herein, Bryen«, sagte Janna schwach. »Befehlshaber Lion hat uns berichtet, wie die Verhandlung ausgegangen ist.«

»Und wie?« Bryen musterte die Gesichter der Anwesenden und erstarrte. »Ich kann es mir denken.«

»Sie werden sterben«, sagte Lion. »Am ersten beziehungsweise zweiten Abend der Stillen Zeit, wegen Blasphemie der übelsten Art.«

»Ich bin überzeugt, daß Ihr als Ratsmitglied in so herausgehobener Position Euer möglichstes getan habt, um sie zu retten.« Orioles Stimme klang plötzlich hart. »Vor allem meinen Vater.«

»Sie hätten sich selbst retten können.« Der Führer der Armee wandte sich an Bryen. »Ich habe es bereits erklärt. Sie hätten nur den Eid zu leisten brauchen. Sie haben ihre Chance vertan.«

Jannas Gesicht war kreidebleich. Aber sie hatte sich nun wieder in der Gewalt und zwang ihre Stimme zur Gelassenheit. »Oriole, ich weiß, wie schrecklich das für Euch ist. Aber auch für Bryen, denn Narr war sein Lehrer, und Ashinn ist sein Freund. Ich weiß, daß er versuchen wird, Euch zu helfen, aber auch Ihr müßt ihm helfen. Indessen ...« Sie stand auf und wandte sich an Lion. »Ich möchte alleine mit Euch sprechen, Befehlshaber. Wollt Ihr bitte mit mir kommen?«

Lion hielt ihr die Terrassentür auf. »Auch ich wollte gerade ein paar private Worte mit Euch wechseln, Dame Janna«, sagte er. »Wohin sollen wir gehen?«

»Im Hof gibt es eine Bank«, antwortete Janna.

»Wolltet Ihr mich wirklich allein sprechen?« fragte Lion, als sie sich gesetzt hatten. »Oder wolltet Ihr nur Bryen mit meiner Nichte allein lassen?«

Janna faltete ihre Hände im Schoß. Wie sollte sie den Aufruhr in ihrem Herzen verbergen? Den Sohn zu verlieren, den sie eben erst wiedergefunden hatte ... Sich vorzustellen, wie er von den Hörnern des Stiers aufgespießt würde ... Sie mußte ihm helfen, und sie war entschlossen, es zu tun.

»Ja, ich wollte sie allein lassen«, sagte sie, »und das war eine gute Gelegenheit. Aber ich wollte auch wirklich mit Euch sprechen. Ihr könnt Euch bestimmt denken, was ich zu sagen habe. Kann denn nichts mehr getan werden, um Orioles Vater und Ashinn zu retten? Ihr verfügt jetzt über beträchtlichen Einfluß. Wollt Ihr ihn nicht nutzen?«

»Was erwartet Ihr von mir?« fragte Lion barsch. »Soll ich die Armee hinter mich scharen, einen Putsch durchführen, den König und den Hohenpriester absetzen und dann die Gefangenen freilassen?«

»Wohl kaum. Ich dachte eher an eine Begnadigung. Oder an eine Aufschiebung der Hinrichtung. Irgend etwas, das sie noch eine Weile am Leben läßt«, sagte Janna und hörte die Verzweiflung, die in ihrer Stimme lag. »Oder das ihnen Hoffnung gibt.«

»Und warum sollte ich es tun?« Lion ging nicht darauf ein. »Zumindest Narr hat seinen Tod verdient.«

»Seid Ihr Euch dessen so sicher?« Jannas dunkle Augen blickten zornig. »Ihr habt eine Wut auf ihn. Ich war ein paarmal hier bei Narr und seiner Familie und weiß, daß er Eure Schwester unglücklich gemacht hat und daß sie sich schließlich umgebracht hat. Ich verstehe, daß Ihr ihn deswegen haßt. Aber niemand sollte die Gesetze mißbrauchen, um seine privaten Rachegelüste zu befriedigen.«

»Wenn er den Glaubenseid geleistet hätte, wäre er mit dem Leben davongekommen«, entgegnete Lion steif. »Ebenso Ashinn. Jetzt aber kann ich nichts mehr für sie tun.«

»Nicht einmal Oriole zuliebe?«

»Dame Janna, um Euch zufriedenzustellen, könnte ich sagen, ich hätte meine Meinung geändert und würde versuchen, sie zu retten. Aber das wäre gelogen. Ich kann ihnen nicht helfen. Es steht nicht in meiner Macht. Aber wie schon gesagt, auch ich wollte mit Euch reden, und zwar wegen Oriole.«

»Ja, Befehlshaber?«

»Nachdem gestern das Urteil über Ashinn gesprochen worden war«, begann Lion, »fragte ich ihn, ob es irgend etwas gäbe, was ich noch für ihn tun könne. Er antwortete, er wünsche sich, daß Oriole Bryen heirate und daß beide freigelassen würden. Ich sagte ihm, das stünde nicht in meiner Macht. Dann fragte er mich, ob ich nicht ein kleines Zugeständnis erwirken könne, falls Ihr, wie es das Gesetz erlaubt, die Hochzeitszeremonie leitet.«

»Weiter«, forderte Janna ihn auf.

»Keiner von Euch darf Prinz Ivorrs Palast verlassen«, sagte Lion. »Aber es ist nicht üblich, daß eine Hochzeitsprozession im selben Hause endet, von dem sie ausgegangen ist. Ashinn bat darum, daß man dem Brautpaar erlaube, das Fest in Eurem Priesterpalast abzuhalten und dort auch die Hochzeitsnacht zu verbringen, damit der Fackelzug von dort seinen Ausgang nehmen kann. Ich sagte ihm, das könne ich ermöglichen. Und dann bat er mich um eine weitere Kleinigkeit: Euch alles zu berichten, was wir besprochen hatten. Das habe ich hiermit getan.«

»Aber Ihr wißt nicht, warum er Euch um diesen Gefallen bat?«

»Nein, wißt Ihr es?«

»Ich glaube schon«, antwortete Janna.

»Vielleicht ist es am besten, wenn ich nicht weiter frage?«

»Ja. Wenn ich Oriole zu dieser Heirat bewegen kann, haltet Ihr dann Eure Zusage bezüglich der Hochzeitsfeierlichkeiten ein?«

»Selbstverständlich. Ich möchte, daß meine Nichte auf traditionelle Weise heiratet, soweit dies unter den gegebenen Umständen möglich ist.«

»Ich rede mit Oriole. Vielleicht kann ich sie diesmal umstimmen.«

»Ich wünschte«, sagte Lion und ließ seinen Blick über den Hof schweifen, »daß es mir möglich wäre, Oriole freizulassen. Ich habe meine Nichte schon als kleines Kind liebgewonnen. Aber seit sie eine Frau geworden ist, mißbillige ich vieles, was sie tut. Sie ist für meine Begriffe zu freimütig, und ich hege den starken Verdacht, daß sie auch an dem Versuch, die Mauern der Zitadelle zu entweihen, beteiligt war. Dennoch empfinde ich große Zuneigung zu ihr; sie ist schließlich die Tochter meiner Schwester.«

Janna lächelte plötzlich. »Man kann uns hier nicht hören, aber Ihr werdet es mir wohl trotzdem nicht eingestehen, oder?«

»Was eingestehen, Dame Janna?«

»Daß Ihr möchtet, daß Oriole wieder ihre volle Bewegungsfreiheit erlangt.«

Lion antwortete nicht. Schließlich murmelte er ein paar Abschiedsworte und erhob sich. Als er gegangen war, kehrte Janna in den Speisesaal zurück. Bryen und Oriole saßen nebeneinander am Fenster. Oriole schien geweint zu haben, denn Bryen hatte einen Arm um sie gelegt. Sie blickten auf, als Janna hereinkam.

»Habt Ihr es den anderen schon gesagt?« fragte Bryen.

»Noch nicht, aber ich werde es gleich tun. Zuerst muß ich noch mit Euch beiden reden. Es ist im Grunde ganz einfach. Bryen und Oriole, es ist sehr wichtig, daß ihr heiratet, weil ...«

»Ich bin bereit«, erwiderte Bryen.

Oriole schüttelte den Kopf. »Es ist noch zu früh. Nicht daß ich dich nicht mag, Bryen. Du warst gestern sehr nett zu mir, und ich weiß, daß ich dich neulich nicht sehr freundlich behandelt habe. Aber solange mein Vater und Ashinn mit dem Tode bedroht sind ...« Ihre Stimme wurde lauter. »Ich kann es nicht tun. Noch nicht. Ich ...«

»Gerade wegen Ashinn und Eurem Vater ist es wichtig, daß Ihr heiratet«, sagte Janna. »Ihr könnt und Ihr müßt es tun. Hört mir beide zu ...«

»Herrin, ich weiß, wie schwer es für Euch ist ... und En weiß, daß wir alle Angst haben. Aber es ist Euer Hochzeitstag, und es gibt keinen Zweifel, daß Prinzessin Liyas Hochzeitskleider Euch sehr gut stehen. Nehmt es mir bitte nicht übel, wenn ich sage, daß Ihr aus-seht wie eine Königin. Ich hoffe, daß sich am Ende doch noch alles zum Guten wendet und Ihr und Meister Bryen noch ein langes und glückliches Leben vor Euch habt.«

»Danke, Marsha. Das hoffe ich auch. Ich … ich bin überzeugt, daß das, was ich tue, das beste für mich ist.« Oriole warf rasch einen Blick zu ihrer Zofe, dann zu Juny, die letzte Hand an den Kopfputz der Braut legte. »Vielleicht sollte ich nicht zuviel darüber reden«, meinte Oriole.

Juny nickte kurz. »Ich weiß«, sagte sie leise. »Prinz Ivorrs Sklaven sind überall, und wer weiß, wie viele von ihnen in Diarrs Diensten stehen?« Etwas lauter fügte sie hinzu: »Wollt Ihr Euren Kopfputz ausprobieren?«

»Ja, bitte.«

Juny brachte ihr die Kopfbedeckung. »Woraus besteht das? Es fühlt sich an wie Blei?«

»Es ist reines Gold«, sagte Juny. »Was sonst?«

»Hoffentlich habe ich dann heute abend nicht Kopfweh!« meinte Oriole, und alle drei lachten.

Nun war er also gekommen, ihr Hochzeitstag, ganz wie sie und Ashinn es geplant hatten. Heute würde sie hier im Prinzenpalast ihrem Bräutigam Liebe und Treue geloben. Janna würde in Vertretung des Hohenpriesters Diarr ihren Eid entgegennehmen, und Zymon, der Hausverwalter, würde ihr an Stelle von Narr die ehelichen Armbänder überreichen. Sie konnte kaum glauben, daß es nun doch noch soweit gekommen war.

In der Ankleidekammer, in der sie sich befand, stand ein silberner Spiegel in Körpergröße. Marsha polierte ihn mit einem feuchten Tuch. »Herrin, kommt und betrachtet Euch im Spiegel.«

Oriole raffte ihr Kleid und durchquerte den Raum.

Sie erkannte sich kaum wieder.

Das Hochzeitskleid bestand aus feinstem Leinen und war so lebendig grün wie frisches Gras und mit soviel Goldstickereien verziert, daß sie sich aufgrund seines Gewichts nur langsam bewegen konnte. Es reichte bis zu ihren grüngoldenen Schuhen hinunter, und seine weiten Ärmel überdeckten teilweise ihre Handrücken. Der tiefe spitze Ausschnitt vorn und hinten würde bestimmt nicht die Billigung der Diener finden, dachte Oriole, doch die Kleidervorschriften der Diener-Sekte waren noch nicht allgemein verbindlich.

In Atlan trugen Bräute meist ein goldenes Haarkränzchen, das mit grünen Steinen durchsetzt war. Doch Orioles Kopfputz war mehr als ein Kränzchen. Es war eine goldene Krone, die vorn hoch aufragte und mit massiven grünen Achatstücken verziert war. Orioles dunkles Haar stieg darin wie eine glänzende Säule empor, kunstvoll geflochten und mit Goldfäden durchwirkt. Ihre bernsteinfarbenen Augen blickten ihr nun entgegen, gedämpft durch das Silber des Spiegels und klar konturiert durch Junys sorgfältig aufgetragene Schminke, in einem Gesicht, das jedoch kühl und beherrscht wirkte.

Es war ein wunderschönes Gesicht, aber nicht warm, nicht sanft gerötet und einladend, wie man es von einer Braut erwartete.

Ich wünschte, mein Vater könnte hier sein. Und ich wünschte … oh, Ashinn, Ashinn, mein Geliebter.

»Ich höre Musik«, sagte Juny. »Ich bin froh, daß der Oberbefehlshaber uns erlaubt hat, Garreth und seine Mädchen zu engagieren. Ich meine, ich freue mich für sie. Der Nachmittag schreitet voran. Es wird allmählich Zeit.«

»Ja. Ich bin bereit.«

»Hier muß noch eine Haarsträhne gerichtet werden«, sagte Juny und machte sich an Orioles Hinterkopf zu schaffen. In diesem Augenblick erzitterte der Raum leicht, und Orioles Bild im Spiegel zerbrach, als sei dieser ein Teich, in den jemand einen Stein hineingeworfen hatte. Es ging jedoch schnell vorüber. »Das ist heute schon die vierte Erschütterung«, sagte Oriole.

»Überall spürt man kleine Beben«, bemerkte Marsha. »Auch unten in der Stadt, aber sie sind harmlos. Einige der Wachsoldaten, die uns das Essen bringen, haben mit uns geredet und sagen, daß die Leute sich allmählich daran gewöhnen. Sie verstecken ihren Schmuck und lassen ihre Herdfeuer nicht mehr unbeaufsichtigt. Ein paar Wasserleitungen sind zerborsten, und von einigen Dächern sind Ziegel heruntergefallen, doch sonst gibt es keine größeren Schäden.«

»Aber in den öffentlichen Bädern schießt noch immer ein heißer Wasserstrahl in die Luft, den man noch nicht unter Kontrolle bekommen hat«, bemerkte Juny.

»Macht schnell mein Haar fertig«, sagte Oriole. »Es wird Zeit.«

Janna hatte sich frühzeitig für die Hochzeitszeremonie angekleidet, um noch bei der Organisation mithelfen zu können.

»Keneth und Alexahn, ihr wißt, was ihr zu tun habt. Habt ihr die Karte vervielfältigt, die ich angefertigt habe?«

»Ja, Dame Janna.« Keneth war nervös, doch Alexahn grinste und schien sich offenbar sehr auf das nun bevorstehende Abenteuer zu freuen.

»Wie ich höre, sind alle Angehörigen meines Haushalts verschwunden«, sagte Janna. »Ich habe verbreiten lassen, daß ich meine Priesterinnen angewiesen habe, zu ihren Familien zurückzukehren und ihre Sklaven mitzunehmen, aber die Behörden sind verwirrt, weil niemand gesehen hat, wie sie die Zitadelle verließen. Wir müssen vorsichtig sein. Prinz Ivorrs Sklaven helfen bei der Organisation des Festes, aber einigen von ihnen kann man nicht trauen. Schade, daß wir nicht wissen, welche es sind. Ich glaube, es wäre am besten, sie zu schikanieren und mit viel Arbeit einzudecken. Dann sind sie weniger achtsam, und wenn sie später befragt werden, können sie nicht mehr berichten, was sie alles gesehen und gehört haben.«

»Es tut mir leid um diejenigen, die uns treu ergeben sind. Aber wenn sie Glück haben, kommen sie ungeschoren davon. Sklaven macht man im allgemeinen nicht verantwortlich für das Verhalten ihrer Herren. Das ist einer der Vorteile, den das Leben als Sklave bietet«, meinte Alexahn mit breitem Grinsen.

»Ja, aber werde nicht unverschämt, Alexahn. Ich hoffe, die vertrauenswürdigen Sklaven haben tatsächlich Glück. Sie werden es brauchen. Alsdann, habt ihr den Handkarren mit dem vorbereiteten Essen fertig?«

»Ja, Dame Janna«, antwortete Keneth.

»Ihr müßt den größten Teil der Nacht gearbeitet haben. Ruht euch ein wenig aus. Ihr werdet auch diese Nacht kaum ein Auge zutun können. Habt ihr die Reiseflasche, die Dame Oriole euch gegeben hat?«

»Ja.«

»Ich wünschte, wir hätten zehn solcher Reiseflaschen«, bemerkte Janna bedauernd. »Nun gut. Bringt die Sachen hinüber in meine Küche, und treibt die Sklaven gehörig an. War Ashinn in Chesnons Küche auch ein Antreiber?«

»Ja, manchmal«, erwiderte Keneth.

»Oft«, korrigierte ihn Alexahn.

»Dann denkt an Ashinn und versucht ihn nachzuahmen. Viel Glück«, sagte Janna.

Die Zeremonie war vorüber. In einem Raum, den man dem Anlaß entsprechend geschmückt hatte, waren Oriole und Bryen vor die Priesterin Janna getreten, hatten geschworen, sich zu lieben und füreinander und ihre Kinder zu sorgen und sich an die Ehegesetze Atlans zu halten. Sie hatten aus einem Becher Rotwein getrunken, dann hatte Janna sie zu Mann und Frau erklärt, und Zymon hatte Oriole die ehelichen Armreifen übergestreift. Diesmal waren es nicht Oceans Armbänder, sondern modernere, die Befehlshaber Lion geschickt hatte. »Aber wir können froh sein, daß er und seine Frau sich entschieden haben, nicht an der Zeremonie teilzunehmen«, meinte Janna.

Nachdem das Ehegelübde abgelegt war, hatten Garreth und seine Mädchen musiziert und getanzt. Nun aber war es dunkel geworden, und die Gäste hatten sich mit Fackeln in den Händen zu einem Zug formiert, der das frisch vermählte Paar über den Hof, durch das Tor und über den Prinzenpalast in den Priesterbezirk und zu Jannas Haus geleiten sollte. Auch die zur Bewachung eingeteilten Soldaten hatten sich freundlicherweise bereit erklärt, Fackeln zu tragen.

Im Haus hatten einige von Ivorrs Sklaven Jannas ehemaliges Schlafgemach für das Paar vorbereitet, und im Speisesaal wurden die Tische gedeckt. Der Handkarren war so oft zwischen den beiden Gebäuden hin und her gezogen worden, daß die Wachen das Zählen aufgegeben hatten. Neben vorgekochten Speisen und zusätzlichem Geschirr hatte man darauf auch eine Reihe unförmiger Gegenstände befördert, die von Tüchern verhüllt waren und, wie gesagt wurde, zu dem Podest gehörten, auf dem das Paar während des Festes sitzen würde.

Janna war schon den ganzen Tag sehr geschäftig; sie lief hierhin und dorthin, überwachte alle Arbeiten, tadelte und kritisierte und war stets in Eile. Sie hoffte, daß die Verwirrung, die durch das hektische Treiben erzeugt wurde, ausreichen würde.

Die Prozession machte sich auf den Weg. Garreth und seine Mädchen begleiteten sie mit ihren Liedern. Janna führte die Gruppe gemessenen Schrittes an, Oriole und Bryen gingen hinter ihr. Ihnen folgten Marsha, Fiahn und Juny, dann kamen Rianna und die übrigen Frauen aus Ivorrs Haushalt. Das Licht der Fackeln tanzte auf dem Wasser des Springbrunnens und auf den Steinplatten der Galerie. Bryen suchte nach Orioles Hand. »Wenn wir mit dem Leben davonkommen, wirst du das nie mehr vergessen.«

»Ich weiß.« Orioles Finger schlossen sich um seine. »Ich hätte dir irgendwann das Ja-Wort gegeben, wenn wir etwas mehr Zeit gehabt hätten. Es ist nur so schwer, einen Traum beiseite zu schieben und gleich wieder in einen anderen einzutauchen.«

»Das wird sich geben. Mach dir keine Gedanken. Er und ich ... wir waren Freunde und für eine Weile auch Rivalen, obwohl wir nicht miteinander kämpften. Jetzt sind wir keine Gegner mehr, und darüber bin ich wirklich froh.«

»Ich auch.«

Die Tür von Jannas Haus stand offen, und Zymon, der vorausgegangen war, begrüßte die Gruppe. Von drinnen hörte man Lärm und Gepolter. Ein Sklave rief, daß er die Girlanden in der Schlafkammer ordnungsgemäß aufgehängt habe und deshalb nicht verstehen könne, daß einige von ihnen heruntergefallen seien. Irgendwo weinte eine Dienstmagd; aus der Küche drang der Krach von scheppernden Pfannen, und Keneth beschwerte sich lautstark, er sei von Taugenichtsen umgeben, und rief, er könne sich nicht vorstellen, weshalb der Prinz ein solches Pack von unfähigen Schwachköpfen beschäftigt habe, die nicht einmal wüßten, daß man Eischaum nicht mit einem feuchten Besen schlagen dürfe!

»Du meine Güte«, sagte Janna.

Mach weiter, Keneth. Gut gemacht, Alexahn. Laßt das Chaos ausbrechen!

In Zeiten der Gefahr verändern sich die Regeln des Lebens. Diese Veränderungen vollzogen sich bereits damals, obwohl niemand es richtig wahrnahm. Die Härte und die Rücksichtslosigkeit, die bald Bestandteile unseres Lebens werden sollten, setzten sich immer mehr durch.

In Atlan kümmerte sich ein gut gestellter Haushalt stets um seine

Sklaven. Narr betrachtete es als seine Pflicht, seinen Sklaven ein angemessenes Auskommen zu ermöglichen. Sie mußten genügend Nahrung und Kleidung erhalten und gut untergebracht sein. Narr gewährte den Sklaven nicht nur die gesetzlich vorgeschriebene freie Zeit, sondern ging darüber hinaus. Wäre in seinem Haus ein Brand ausgebrochen, hätte er wahrscheinlich erst sie und dann sich selbst gerettet.

Chesnon hätte ähnlich gedacht und gehandelt und unter normalen Umständen auch Janna und Prinz Ivorr. Doch angesichts der existentiellen Gefahren, die uns drohten, verloren die alten Regeln ihre Gültigkeit.

Von Prinz Ivorrs Gefolge wußten nur Rianna und die fünf Hofdamen Bescheid, die früher Prinzessin Liya gedient hatten, sowie Zymon und die Kinder des Prinzen und deren Amme.

Daneben gab es noch weitere fünfzig Personen in Ivorrs Haushalt, die jedoch, so wurde schweren Herzens beschlossen, zurückgelassen werden sollten. Man hoffte, daß sie später nicht der Komplizenschaft beschuldigt werden würden. Wenn ihnen das erspart blieb, würde es ihnen später nicht schlechter ergehen als den übrigen Angehörigen von Narrs, Chesnons oder Bryens Haushalten.

Diesem ersten Bruch der Regeln des Zusammenlebens sollten später weitere folgen.

Trotz der Überlastung der Sklaven und der allgemeinen Anspannung wurde es ein prachtvolles Fest, wie man mir später berichtete. Ich wünschte, ich hätte daran teilnehmen können und es wäre mein eigenes Hochzeitsfest gewesen ...

Die meisten Gäste stopften soviel wie möglich in sich hinein, da keiner wußte, wann er das nächste Mal ein Festessen vorgesetzt bekommen würde. Auch die Wachsoldaten nahmen daran teil. Nachdem das Mahl beendet war, bei dem gebratenes Geflügel, Beefsteaks, Räucherfisch, Salate unterschiedlichster Art und Konfekt aufgetischt wurden, nickte Janna Keneth und Alexahn zu: »Es wird Zeit für den zweiten Hochzeitskelch.«

Aus dem ersten Hochzeitskelch, der bei der Ablegung des Ehegelübdes gereicht wurde, tranken nur Braut und Bräutigam. Der zweite, der gebracht wurde, nachdem sich das Brautpaar in sein Hochzeitsbett begeben hatte, kreiste unter allen Festgästen. Keneth und Alexahn gingen in die Küche, um den Kelch zu holen, und verstärkten bei dieser Gelegenheit noch einmal die Verwirrung unter den Sklaven.

Janna lauschte den Geräuschen, die aus der Küche drangen, und lächelte still in sich hinein. Dann stand sie auf, nahm eine Fackel aus einer Wandhalterung, trat zu den Brautleuten und sagte: »Kommt.«

Sie führte Bryen und Oriole zu ihrer Hochzeitskammer. Die meisten übrigen Gäste, auch die drei Wachsoldaten, griffen nach Fackeln und folgten ihnen hinaus auf die Terrasse, über eine Treppe hinauf zur Galerie und in das Schlafgemach. Garreth und seine Mädchen, die auf ihren Myalin spielten und sangen, bildeten die Nachhut.

Über das Bett hatte man die Blüten von Herbstblumen gestreut, und durch den gesamten Raum zogen sich grüngoldene Girlanden. Eine aromatisierte Kerze, die auf einer Kommode stand, verströmte wohligen Duft.

Janna geleitete das Brautpaar hinein und schloß hinter ihm die Tür. Die Gäste warteten draußen. Nachdem die beiden in das Bett geschlüpft waren, öffnete Janna die Tür wieder und ließ die anderen herein. Keneth und Alexahn brachten den zweiten Hochzeitskelch, aus dem nun alle tranken. Und als schließlich alle guten Wünsche vorgebracht waren, bat Janna die Hochzeitsgesellschaft, sich zurückzuziehen.

Sie schloß die Tür, kehrte an das Bett zurück und sagte leise: »Es läuft alles, wie geplant. Heute morgen ist es mir gelungen, Erin zu erreichen, und ich glaube, es besteht die Möglichkeit, nach Durion zu kommen. Die Wachen haben ihr Mittel bekommen und werden in einer halben Stunde einschlafen. Keneth und Alexahn werden sich in Kürze auf den Weg machen. Garreth und seine Mädchen musizieren noch eine Weile im Speisesaal und verschwinden dann mit Juny, die darauf bestanden hat, daß sie mitkommen. Die anderen folgen nach und nach. Ich komme in ungefähr einer Stunde zurück, um Euch zu holen.«

Oriole sagte nervös: »Hoffentlich schöpft Onkel Lion keinen Verdacht. Wenn irgend etwas schiefgeht ...«

»Nein, nein«, erwiderte Janna. »Macht Euch keine Sorgen. Ich glaube schon, daß er etwas ahnt, aber er verschließt die Augen davor. Er möchte, daß Ihr entkommt. Doch wenn er wüßte, wie viele Menschen zusammen mit Euch fliehen werden, und wer ... der arme Mann, er könnte mir fast leid tun.« Sie schwieg eine Weile, und ihr Gesichtsausdruck wurde ernst. »Ich muß Euch beiden noch etwas sagen. Ich habe Euch rechtskräftig miteinander vermählt. Ihr habt das Ehegelübde abgelegt und aus dem Hochzeitskelch getrunken. Heute abend sind wir im Begriff, einen Plan in die Tat umzusetzen, der Euch und anderen eine neue Zukunft eröffnen kann. Aber vergeßt nicht: Wenn alles gelingt, müßt Ihr diese Zukunft zusammen verbringen, als Mann und Frau. Dies ist Eure Hochzeitsnacht, und Euch bleibt nur noch eine knappe Stunde. Das muß genügen. Ihr versteht? Ich hoffe, daß Ihr, wenn ich zurückkehre, die Ehe nicht nur mit Worten und Wein vollzogen habt. Viel Glück.«

Noch immer erzähle ich, Ashinn, diese Geschichte, aber da ich selbst nicht zugegen war, gibt es einiges, was ich nicht weiß und vielleicht auch gar nicht wissen möchte. So kann ich zum Beispiel nicht sagen, was in der Hochzeitskammer geschah, nachdem Janna hinausgegangen war. Noch heute scheue ich mich, daran zu denken.

Oriole war mir so vertraut geworden, als wäre ich schon lange mit ihr verheiratet gewesen. Ich kannte alles an ihr, ihre Zartheit und ihre Geschmeidigkeit, ich hatte ihre Wärme gespürt, den Duft ihres Haares und ihrer Haut in mich aufgenommen, hatte ihre überraschten und freudigen Ausrufe gehört und mich unter ihren Berührungen gelabt.

Und ich bin froh darüber und noch immer ein wenig eifersüchtig auf Bryen.

Ich weiß nur soviel: Als Janna zurückkehrte, schliefen die beiden.

Der Geheimgang

Als man uns in den Kerker zurückbrachte, wurde Prinz Ivorr zusammen mit Narr und mir in eine Zelle gesteckt, jedoch nicht in jene, in der wir ursprünglich untergebracht gewesen waren. Die neue Zelle lag in der Mitte des Hofes, und wir mußten auf dem Weg dorthin mehrere Gitter passieren. Vor einem letzten großen Gitter, das in den Boden eingelassen war, blieben wir schließlich stehen.

Unsere Bewacher hoben es an, daraufhin erschienen zwei weitere Soldaten mit einer Leiter. Dann wurde uns befohlen, hinunterzusteigen. Die Wachen blieben oben zurück. Ich sah, wie sie uns nachschauten, während ich mich Sprosse für Sprosse nach unten tastete und versuchte, nicht Prinz Ivorr auf die Finger zu treten, der vor mir hinabstieg. Als wir unten ankamen, wurde die Leiter hochgezogen, und das Gitter fiel dröhnend wieder an seinen Platz. Wir blickten uns um.

»Es hätte schlimmer kommen können«, meinte Ivorr. »Zumindest haben wir genug Licht.«

Wir befanden uns in einem geräumigen Raum aus Stein, der mit schlichten Holzbänken ausgestattet war, auf denen zusammengefaltet grobe Felle lagen. Daneben gab es einen Tisch und einen vier Fuß hohen Steinblock, in den ein Waschbecken mit einem Hahn eingelassen war. In einer Ecke stand ein Eimer.

»Wißt Ihr, wo wir hier sind?« fragte Prinz Ivorr. Wir schüttelten die Köpfe. »Wir befinden uns in der Zelle der Verurteilten«, sagte er. »Schön von ihnen, daß sie uns zusammenbleiben ließen. Das ist vor allem gut für Euch, weniger für mich.«

»Ich verstehe nicht«, sagte ich.

»Sie möchten, daß jene, die unter den Hörnern des Stieres sterben sollen, in möglichst guter Verfassung sind, wenn sie in die Arena geführt werden«, erwiderte der Prinz. »Dann halten sie dem Stier länger stand und bieten dem Publikum ein packenderes Schauspiel. Ich erwarte daher, daß man uns gut verköstigen wird. Euch beide wird man vielleicht hin und wieder in den Hof hinaufführen, damit Ihr Euch körperlich ertüchtigen könnt. Narr wird aufgrund seines Alters im Hof spazierengehen dürfen, Ashinn jedoch werden sie zum Laufen zwingen. Ich kenne das alles. Mir dürfte das erspart bleiben, denn ich soll nicht durch den Stier, sondern beim Tanz des Todes sterben. Ich habe eine rein passive Rolle zu spielen.«

Ich ließ mich auf die nächste Bank sinken und legte meinen Kopf in die Hände. Narr setzte sich neben mich. »Ich habe dir das eingebrockt, Ashinn«, sagte er. »Du hättest den Eid schwören und dich nicht durch meine Erziehung beeinflussen lassen sollen.«

»Ich kann mir nicht vorstellen, anders zu sein, als ich bin«, erwiderte ich müde. »Jetzt bin ich mit dir und Prinz Ivorr hier, und wir müssen das Beste daraus machen.«

Das waren mutige Worte, doch in Wirklichkeit hatte mich meine Zuversicht verlassen. Allmählich begann ich zu begreifen, was ich getan hatte. Ich glaube, meinen beiden Mitgefangenen erging es ähnlich. Für diesen und die beiden nächsten Tage mußten wir uns gegenseitig helfen, unsere Angst zu bezähmen.

Prinz Ivorr hielt sich am tapfersten, doch einmal sagte er: »Werdet Ihr auch ständig von Erinnerungen an vergangene glückliche Tage heimgesucht?«

Gewiß, so war es, doch seltsamerweise erinnerte ich mich nicht an die großen Momente in meinem Leben, wie zum Beispiel an jene Nacht mit Oriole im Lagerhaus, sondern eher an alltäglichere Dinge. Im Geiste durchmaß ich Meister Chesnons Küche und scheuchte Keneth umher. Selbst die Verheißung von Ens Gefilden hätte mir keine größere Freude bereiten können. Ich wollte leben, und die Tatsache, daß ich mein Schicksal selbst gewählt hatte, stellte alles andere als eine Hilfe dar. Narr erging es ähnlich. Mehr als einmal brachen wir zusammen. Mich überkam vor allem Panik, wenn ich mir jene schrecklichen letzten Augenblicke vorstellte, in denen die Hörner des Stiers mich durchbohren würden. Ich war noch nie ein Held gewesen.

Bis zur Tiefnacht waren es noch sechs Tage, bis zu meiner Hinrichtung acht. Die letzten beiden Tage würden die schlimmsten werden, dachte ich, wenn zuerst Ivorr und dann Narr hinausgeführt werden würden und ich meine letzten Stunden allein im Kerker würde zubringen müssen.

Doch auch als wir noch zusammen waren, machten uns vor allem die Nächte zu schaffen. Sie schienen endlos zu sein. Wir besaßen keine Lampen und waren der Dunkelheit ausgeliefert. Wir lagen in voller Kleidung auf den Bänken, weil wir uns noch verletzlicher gefühlt hätten, wenn wir irgend etwas ausgezogen hätten, und weil die Bänke zudem ziemlich hart waren. In den ersten beiden Nächten tat keiner von uns ein Auge zu.

Doch wie Ivorr vermutet hatte, holten sie Narr und mich jeden Tag hinauf. Ich wurde von einem Soldaten im Hof umhergescheucht, der mich mit gezücktem Speer verfolgte. Narr marschierte unzählige Male von einem Ende des Hofes zum anderen. Als wir wieder in unsere Zelle zurückkehrten, trafen wir auf Prinz Ivorr, der ebenfalls rastlos umherwanderte. In der dritten Nacht schliefen wir schließlich alle drei ein.

Doch bald wurde ich durch ein quietschendes Geräusch auf dem Fußboden wieder geweckt.

Klopfenden Herzens setzte ich mich auf, schwang meine Füße von der Bank und schüttelte Prinz Ivorr. Aber der war bereits wach, und einen Augenblick später sagte Narrs Stimme: »Woher kommt denn dieser Lärm?«

Wir vernahmen abermals das Quietschen und bemerkten dann, ein paar Schritte entfernt, einen schwachen, geisterhaften Lichtschein. Ivorr sprang von seinem Lager auf und wollte darauf zulaufen.

»Halt!« rief eine Stimme vom Boden her. »Noch ein Schritt, und Ihr stürzt in das Loch. Wartet und bleibt ruhig!«

Der Lichtschein nahm an Helligkeit zu, und schließlich wurde eine Laterne sichtbar, die unmittelbar aus dem Boden emporzuwachsen schien. Wir erblickten eine Öffnung an einer Stelle, die zuvor durch eine Steinplatte bedeckt gewesen war. Ihr entstieg eine Gestalt, die ein knielanges Männergewand trug, ihrer Statur nach jedoch eindeutig eine Frau war.

»Janna!« entfuhr es Prinz Ivorr.

»Psst!« Janna hob die Laterne hoch und betrachtete uns. »En sei Dank. Ihr seid alle drei hier und auch schon vollständig angezogen.« Sie beugte sich über die Öffnung und sprach leise mit jemandem, der offenbar unten stand. »Alles in Ordnung. Ich habe mich nicht getäuscht; sie sind hier.« Dann wandte sie sich wieder uns zu. »Ist jemand von Euch verletzt oder krank?«

»Nein, Dame Janna«, antwortete Narr. »Wir sind alle bei guter Gesundheit, aber …«

Janna schnitt ihm das Wort ab. »Wir müssen uns beeilen. Bevor jemand das Licht durch die Gitter sieht.« Sie hielt die Laterne so, daß sie die Falltür zu ihren Füßen beleuchtete. »Steigt hinunter, so schnell und so leise wie möglich. Hier sind Stufen.«

»Aber wohin … ?« Narr hatte sich noch immer nicht gefangen.

»Wir steigen in einen der unterirdischen Gänge unter der Zitadelle«, sagte Janna. »Früher brachte man die Opfer auf diesem Weg in die Arena. Ihr nutzt ihn zur Flucht. Doch jetzt beeilt Euch!«

Die Stufen waren ausgetreten, aber breit und nicht zu verfehlen. Am Fuße der Treppe warteten zwei weitere Personen, die ebenfalls schlichte Obergewänder trugen und eine Laterne in der Hand hielten. Es waren Bryen und Oriole.

»Sie wollten unbedingt mitkommen«, sagte Janna. »Falls ich Hilfe brauchen würde, sagten sie.«

»Wir hätten das Warten nicht ausgehalten«, meinte Bryen.

Wir umarmten uns kurz. Am längsten hielt ich Oriole im Arm. An ihren Handgelenken sah ich die ehelichen Armreifen. Janna griff in eine Nische in der Mauer und zog an einer Vorrichtung, die die Falltür über uns zuklappen ließ.

»Sie läßt sich von oben nicht öffnen«, sagte Janna. »Nun sind wir einigermaßen sicher. Aber wir dürfen keine Zeit verlieren.«

Als ich unsere Umgebung wahrnahm, erkannte ich, daß wir uns in einem muffigen Gang mit steinernen Wänden befanden, der auf einer Seite in einer Sackgasse endete. Auf der anderen verloren sich die Lichtstrahlen der Laterne in der Finsternis eines Tunnels, der tief in die Erde hineinführte. Mich schauderte, denn der Gang erinnerte mich an die Geschichten über die Unterwelt, in der die Verdammten auf ewig umherwandern müssen. Narr betrachtete Janna bewundernd.

»Das ist also einer der Geheimgänge. Und Ihr, Dame Janna, habt ihn in der Vergangenheit allein erforscht?«

»Es sieht so aus, als haben viele dieser Gänge die Erdbeben überstanden«, bemerkte Bryen. »Vielleicht liegt es an dem Winkel, in dem sie die Gesteinschichten schneiden. Aber stellenweise sind sie auch stark verschüttet.«

»Früher wurden die Verurteilten durch diese Gänge geführt«, sagte Oriole. »Auf dem Weg hierher spürte ich ihre Angst. Ich könnte niemals alleine hier gehen. Ich glaube, Dame Janna ist die tapferste Frau in ganz Atlan.«

»Im Augenblick ist sie auch die ungeduldigste«, entgegnete Janna. »Folgt mir bitte.«

Als wir uns auf den Weg machten, fragte Prinz Ivorr plötzlich: »Woher wußtet Ihr, wo wir waren? Wir hätten doch auch irgendwo anders eingesperrt werden können.«

»Man hat Euch in die traditionellen Zellen der Verurteilten gesteckt«, antwortete Janna. »Diarr legt großen Wert auf Tradition, so daß ich hoffen durfte, Euch hier zu finden. Aber ich war sehr erleichtert, als ich Euch wirklich fand. Ich hatte bereits versucht, auf geistigem Wege zu Euch durchzudringen, aber ich konnte nur Dunkelheit und Furcht spüren, und das einzige Bild, das ich sah, war ein Stier mit blutigen Hörnern.«

Ich freute mich zwar, aus dem Kerker befreit zu sein, hatte jedoch noch immer Angst und fürchtete, die Laternen könnten plötzlich ausgehen. Janna führte uns scheinbar ruhig den Gang entlang und hielt die Laterne in die Höhe, so daß ihre massige Gestalt einen riesigen Schatten an die Wand warf. Er erinnerte mich an das Bild von Kya im Schrein auf Xetlan.

Zum ersten Mal dachte ich an Janna in Verbindung mit dem unbekannten Mann, der mein und Narrs Vater gewesen war. Narr, so hieß es, glich ihm sehr. Narr hatte bei Frauen stets mehr als nur den sexuellen Reiz und hausfrauliche Qualitäten gesucht, und mein Vater dürfte ihm darin sehr ähnlich gewesen sein. Jannas Stärke dürfte ihn besonders angezogen haben.

Ich wünschte, ich hätte mehr von ihrem Mut geerbt.

Im Gang war es sehr warm, und die Wärme nahm noch zu.

Der Tunnel hatte viele Windungen und führte manchmal abwärts, dann wieder nach oben. Hin und wieder verspürten wir einen Luftzug, der durch einen verborgenen Schacht drang. Doch das änderte wenig an der stickigen Atmosphäre, die das Atmen erschwerte.

Plötzlich vernahmen wir aus der Ferne ein schwaches Grollen, worauf uns ein Schwall heißer Luft entgegenschlug. Gesteinsbrokken fielen vor uns zu Boden. Wir blieben stehen und drängten uns nervös zusammen. Oriole und Bryen hielten ihre Laternen neben Janna, um festzustellen, was geschehen war.

»Es ist nicht schlimm«, sagte Janna. »Leider dauert es so lange, weil wir den längeren Weg nehmen müssen. Der kürzeste Weg aus der Zitadelle wurde an jenem Tag verschüttet, an dem die Turmspitze herabstürzte. Das Geräusch, das wir eben gehört haben, kam vermutlich von jener Stelle. Die Tunnel bilden noch immer ein weitverzweigtes Netz, und es gibt mehr als nur einen Weg nach draußen. Aber wir haben es bald geschafft.«

Wir gingen weiter. Prinz Ivorr wollte wissen, wie unsere Retter entkommen waren, und mich interessierte besonders Jannas Bericht über Lion, der wahrlich alles getan hatte, worum ich ihn ersucht hatte.

»Er mag Oriole«, sagte ich. »Und er ist kein Dummkopf. Ich wußte, er würde begreifen, daß es ihr die Flucht ermöglichen würde, wenn er meinen Wünschen nachkäme. Weiß er, Dame Janna, daß es noch andere Ausgänge aus dem Priesterhaus gibt?«

»Früher besaßen alle Priesterhäuser solche Ausgänge«, erwiderte Janna. »Zweifellos werden sich manche Leute daran erinnern. Er hat es jedoch vermieden, mir Fragen zu stellen. Ich fürchte, das Verschwinden von drei zum Tode verurteilten Gefangenen wird ihm einen schweren Schock bereiten.«

»Wo erreicht der Tunnel Euer Haus?« fragte Narr, und Janna erzählte ihm, wie die Wachsoldaten durch einen betäubenden Trank aus Orioles Arzneischrank eingeschläfert worden waren und die Gäste nacheinander durch eine verborgene Falltür im Boden ihres privaten Schreins verschwunden waren.

»Normalerweise liegt ein Teppich mit einem Labyrinth-Muster über die Tür. Heute abend schob ich den Teppich beiseite und stellte einen Stuhl als Markierung über die entsprechende Steinplatte. Ich erklärte jedem, der es wissen mußte, daß sich in einer Ecke dieses Steins ein fingergroßes Loch befindet. Steckt den Zeigefinger hinein, sagte ich, und ihr werdet einen Hebel ertasten. Zieht daran, und die Steinplatte wird zur Seite klappen. Es gibt eine Treppe nach unten und ein Rad in der Mauer, durch das man die Platte wieder an ihren Platz bringen kann. Unten stellte ich Laternen und Zunderbüchsen bereit.«

»Ich glaube, es konnten alle entkommen«, sagte Oriole. »Einige sind sofort nach Durion aufgebrochen, aber Keneth und Alexahn sowie Juny erwarten uns am Äußeren Kanal mit einem Boot. Fiahn und Marsha halten außerhalb der Stadt die Reisewagen bereit; auch

Graf Erin wird dort sein. Er und Graf Mandarr haben die Wagen zur Verfügung gestellt. Dame Janna hat alles organisiert.«

»Wie habt Ihr das nur geschafft?« fragte Prinz Ivorr.

»Ich konnte durch den Tunnel zu Erins Haus gelangen«, antwortete Janna.

»Erin war bei unserer Verhandlung anwesend«, sagte ich. »Kann man ihm trauen?«

»O ja«, antwortete Janna. »Er hat zwar den Glaubenseid abgelegt und mit Diarr Frieden geschlossen, doch nur, um einer Verhaftung zu entgehen. Auch Mandarr hat den Eid geleistet, aber er steht noch immer unter Verdacht, weil er ein Cousin und enger Freund des Prinzen ist. Er darf die Oberstadt nicht verlassen, kann aber Erin besuchen. Erin sagte, er werde Mandarr und die Frauen durch die unterirdischen Gänge nach draußen bringen. Mandarr wird die Frauen nach Durion begleiten.«

Ich lauschte Jannas weiteren Erklärungen mit wachsender Sorge und dachte an die Sklaven, die wir zurückgelassen hatten. Irgend etwas würde schiefgehen, davon war ich überzeugt. Vielleicht würden wir durch ein neues Beben im Felsen gefangen oder von jemandem verraten werden. Es waren zu viele Leute in diesen Plan eingeweiht. Ich begann zu schwitzen.

Ich hörte das Wasserrauschen im selben Augenblick wie Janna. Da dem Berg zahlreiche Quellen entsprangen, hätte uns das nicht überraschen müssen, und doch blieb Janna abrupt stehen und legte den Kopf schief. Sie sagte nichts und ging nach einer kurzen Pause weiter, aber als ich folgte, wußte ich, daß meine Befürchtungen sich bewahrheiten würden.

Es ging abwärts, nicht steil, aber stetig. Das Rauschen wurde allmählich lauter und die Luft nicht nur wärmer, sondern auch feuchter. Schwaden von Wasserdampf tauchten im Licht der Laterne auf. Wir schauten uns an, schwiegen jedoch.

Aus den Schwaden wurden Wolken, und das Rauschen schwoll zu einem Dröhnen an. Janna blieb abermals stehen. Wir rückten zu ihr auf und folgten mit unseren Blicken dem Lichtstrahl. Er vermochte den wirbelnden Wasserdampf kaum zu durchdringen, doch hin und wieder riß ein Luftzug den Nebel auf und zeigte uns, was vor uns lag. Unser Tunnel mündete in einen heißen, dampfenden Bach, der aus einem Gang zu unserer Rechten floß.

Janna wandte sich um, sie sagte etwas, sah jedoch an unseren Mienen, daß wir sie nicht verstehen konnten, und bedeutete uns durch Zeichen, wir sollten umkehren. Wir zogen uns ein Stück zurück, bis das Geräusch leiser wurde und die Hitze abnahm. Dann blieb Janna wieder stehen.

»Wir haben großes Glück«, sagte sie. »Wenn wir auf der anderen Seite der Stelle wären, wo das Wasser durchgebrochen ist, säßen wir in der Falle. Aber es gibt noch andere Wege nach draußen, genauer gesagt zwei. Einen davon möchte ich lieber nicht benutzen, der andere ist besser. Es bedeutet allerdings, daß wir noch einen längeren Marsch vor uns haben. Wir müssen ein Stück zurück, bis wir zu einer Abzweigung nach links stoßen.«

Wir fanden diese Abzweigung und folgten ihr bis zu einer Weggabelung, nach welcher wir schließlich zu einer langgezogenen Rechtskurve gelangten. Hier wies uns Janna an, einzeln hintereinander zu gehen, weil das Tunnelstück vor uns teilweise eingestürzt sei. »Es ist begehbar, aber wir müssen vorsichtig sein.«

Als wir das Ende der Biegung erreichten, sahen wir, daß die eine Hälfte des Durchgangs durch massive Felsbrocken versperrt war, die bei einem früheren Beben herabgestürzt waren. Doch auch die andere Hälfte war durch Schutt blockiert, der erst vor kurzer Zeit heruntergerutscht zu sein schien, denn es hing noch immer eine Staubwolke in der Luft.

»Ich wußte es«, sagte ich und lehnte mich zitternd an die Wand. »Ich wußte, daß wir hier nicht mehr herauskommen Ich habe es die ganze Zeit gespürt.«

»Das war vermutlich jenes Grollen, das wir vorhin gehört haben«, meinte Prinz Ivorr. »Aber Ihr habt noch einen zweiten Weg erwähnt. Ist er begehbar?«

»O ja«, antwortete Janna. »Ich hoffe es zumindest, aber ...«

»Ist er zu gefährlich?« wollte Oriole wissen.

»Nein, eigentlich nicht.«

»Aber was ist dann damit, Dame Janna?« fragte Bryen.

»Können wir denn nicht endlich aus diesem Staub heraus?« sagte Prinz Ivorr.

Janna schien froh zu sein, daß sie ihre Antwort noch ein wenig hinauszögern konnte. Sie führte uns bis zur Weggabelung zurück. Hier blieb sie stehen.

»Wir können auch die andere Richtung nehmen«, sagte sie. »Aber wir müssen einen Umweg machen, weil hier ein Teilstück eingestürzt ist. Das ist jedoch nur möglich, wenn wir ... wenn wir ein Sakrileg begehen.«

»Ein Sakrileg?« fragte Oriole belustigt.

»Was für ein Sakrileg?« wollte der Prinz wissen.

Janna, die uns bisher so unerschrocken geführt hatte, fuhr sich mit einer Hand nervös über die Stirn. »Ich habe mir vorgenommen, Euch in Sicherheit zu bringen. Und ich werde Euch auf diesen Weg führen, wenn es sein muß, aber dabei müssen wir den Schrein von En durchqueren.«

»Den Schrein von En?« Im Schein von Orioles Lampe bemerkte ich, wie sich der Arm des Prinzen mit einer Gänsehaut überzog. Auch mich durchfuhr ein Schaudern. Oriole und Bryen rückten enger zusammen. Jetzt begriffen wir.

»Der Tradition zufolge wird der Fluch Ens über Atlan kommen, falls irgend jemand außer dem Hohenpriester oder dessen designiertem Nachfolger diesen Schrein betritt«, sagte Ivorr.

Wir alle schwiegen eine Weile. Dann brach Narr los: »Ist denn Atlan nicht bereits genügend verflucht? Wenn Ihr an En glaubt, Ivorr, dann könnt Ihr ihm doch auch einen gewissen Verstand zubilligen. Falls En wirklich so allmächtig ist, wie allgemein angenommen wird, müßte er doch einsehen, daß uns keine andere Wahl bleibt.«

»Ich stimme Narr zu«, sagte Bryen. »Wenn wir hier herauskommen wollen, müssen wir alles versuchen. Und wir haben keine Zeit mehr zu verschwenden. Dame Janna, bitte führt uns weiter!«

»Euch alle?« fragte Janna.

»Ja.« Oriole und ich antworteten gleichzeitig.

»Prinz Ivorr?«

»Laßt ihn hier, wenn er nicht will«, brummte Narr. »Aber es wäre besser, wenn Ihr mitkommt, Ivorr. Das Sakrileg wird auf jeden Fall begangen werden, ob mit oder ohne Eure Beteiligung.«

»Wenn Dame Janna bereit ist, uns zu führen, folge ich ihr«, erwiderte der Prinz schweren Herzens.

»Ich bin es, wenn Ihr es wünscht«, entgegnete Janna. »Möge Mutter Kya sich für uns verwenden.«

Wir machten uns auf den Weg. Auch dieser Gang war abschüssig. Bald kam uns starker Schwefelgeruch entgegen, und es wurde heißer. Als wir eine weitere Gabelung passierten, deutete Janna darauf. »Diesen Weg hätten wir genommen, wenn er nicht überflutet wäre.«

Ich fühlte mich nach wie vor unwohl, doch ich hatte begriffen, daß ich diese Empfindung unterdrücken mußte. Wir ließen die Gabelung hinter uns, und die Hitze und der Geruch verminderten sich allmählich. Der Tunnel führte nun wieder aufwärts.

Ivorr war offensichtlich sehr unglücklich, doch er sagte nichts. Auf dem Scheitelpunkt der Steigung schien unser Weg erneut blokkiert zu sein. Doch Janna reichte ihre Lampe Narr und drückte gegen einen der Steinblöcke in der Mauer. Er drehte sich leise nach innen, und der gegenüberliegende Block schwang nach außen.

»Hier müssen wir durch«, sagte Janna. »Dahinter liegt der Schrein.«

»Habt Ihr diesen Durchgang schon einmal benutzt?« fragte Ivorr.

»Natürlich nicht.« Janna schien verärgert zu sein. »Ich hätte Euch nicht hierher geführt, wenn es eine Alternative gegeben hätte. Als ich das System der Gänge erforschte, hatte ich eine Karte bei mir. Als ich diese Stelle erreichte, beugte ich mich hinein und streckte meine Laterne eine Armlänge nach vorne, um mich zu überzeugen, daß ich die Karte richtig gelesen hatte. Ich konnte in den Schrein hineinsehen und erkannte ihn nach der Beschreibung, die ich besaß. Aber es wird ziemlich eng werden«, meinte sie, während sie an ihrer fülligen Gestalt hinunterblickte. »Zumindest für mich.«

Es war für jeden schwierig. Zuerst mußte man ein Knie auf einen Sims legen und dann mit dem Kopf nach vorne durch die schmale Öffnung schlüpfen. Janna wäre beinahe steckengeblieben, wir mußten ihr behilflich sein, doch schließlich schaffte auch sie es. Dann nahmen wir unsere Laternen wieder auf und betraten den Schrein.

Wir befanden uns in einem warmen, kreisförmigen Raum und standen auf einem goldenen Pflaster. Als ich erkannte, daß die Wärme von unten aufstieg, bückte ich mich, um den Boden zu berühren und hätte mir fast die Finger verbrannt. Janna hob ihre Laterne in die Höhe, und wir erblickten einen schwarzen, konisch geformten Stein, der in der Mitte des Raumes hoch aufragte.

»Ist das …?« fragte Narr.

»Ja. Wir befinden uns im Herzen des Schreins von En«, antwortete Janna.

Wir alle legten instinktiv eine Hand auf unsere Brust, während wir den Stein betrachteten. Sogar Narr. In Atlan umgab diesen Ort eine derart starke Aura des Heiligen, daß niemand sich hier hätte aufhalten können, ohne auf irgendeine Weise seine Ehrerbietung zu bezeugen. Ich jedoch empfand mehr als Ehrerbietung. Die unbestimmbare Furcht, die mich die ganze Zeit gequält hatte, erreichte hier ihren Höhepunkt. Hier ist es, sagte etwas in mir. Hier lauert die Gefahr.

Daher reagierte ich nicht überrascht, als Oriole nach vorne eilte und am Rande des Pflasters, wo eine schmale kreisförmige Öffnung um den Stein verlief, auf die Knie fiel. Sie spähte nach unten und neigte den Kopf zur Seite, um zu lauschen. Dann sprang sie wieder auf und lief mit entsetztem Gesichtsausdruck zurück. Bryen fing sie auf.

»Oriole, was ist los?«

»Es ist ... gleich ... soweit.« Oriole konnte kaum sprechen. »Hier liegt das Zentrum. Von hier kommt die Gefahr.« Sie deutete mit einem zitternden Finger auf den dunklen Kreis um den Stein.

Narr nahm Bryen die Laterne ab, trat nach vorn und schaute in den schwarzen Spalt hinunter. »Hier unten liegt die Quelle der Hitze«, sagte er. Dann hielt er die Laterne höher und musterte den schwarzen Stein, diesmal nicht ehrfürchtig, sondern neugierig. »Das ist also der sogenannte Phallus von En«, bemerkte er. »Einige unserer Forscher haben solche Steine beschrieben, die auf den Gipfeln alter Vulkane aufragen. Ich habe die Bilder gesehen, die sie davon angefertigt haben. Die Steine waren zwar größer als dieser hier, dennoch möchte ich behaupten, daß es sich auch bei diesem um ein rein vulkanisches Gebilde handelt.«

»Narr«, sagte Prinz Ivorr heiser, »das ist der Schrein von En, unser bedeutendstes Heiligtum.«

»Wenn das Ding aus einem Vulkan herausragt, der eigentlich schon längst erloschen sein sollte«, erwiderte Narr, »dann ist es gefährlich.«

Oriole stöhnte auf. Janna sagte: »Ich möchte nicht, daß wir länger hierbleiben. Gehen wir weiter.«

Sie wandte sich einer Treppe zu, die zu einer Tür führte, die ebenfalls mit Gold verkleidet zu sein schien. Wir folgten ihr eilends. Die Tür war nicht verschlossen und öffnete sich, als Janna dagegen drückte. Kurz darauf befanden wir uns im Freien.

Es war noch immer tiefe Nacht. Wir blieben einen Augenblick stehen und schauten nach oben, doch Janna führte uns weiter, über eine freie Fläche und dann durch eine zweite goldene Tür. Wir gelangten in einen bogenförmigen Gang, der aus blutrotem Stein erbaut war und ebenso erdrückend wie bedrohlich wirkte. Ich ging auf Zehenspitzen und wagte nicht zu sprechen.

Janna geleitete uns in ein Gewirr von Gängen, die sich vielfach gabelten und ineinander verschlangen. Narr bemerkte verblüfft: »Wir sind in einem Labyrinth.«

Seine Stimme hallte wider, und wir alle zuckten zusammen. An diesem unheimlichen Ort klang seine Stimme wie eine Herausforderung, doch wir wußten nicht zu sagen, wie mächtig das Wesen oder die Kraft war, die herausgefordert wurde.

»Seid ruhig«, sagte Janna. »Ich glaube, ich habe etwas gehört.«

Wir lauschten angestrengt. Doch abgesehen von unseren Atemgeräuschen war es ruhig im Labyrinth. Jannas verkrampftes Gesicht begann sich zu entspannen. Aber dann hörten wir es alle. Schritte. Wir waren nicht allein.

Janna gab das Zeichen zum Rückzug. Sie führte uns ein Stück weit in einen anderen labyrinthischen Gang hinein und bedeutete uns dann, die Laternen zu löschen. Dabei deutete sie auf den Zunderbehälter an ihrem Gürtel, um uns zu zeigen, daß sie die Lichter jederzeit wieder anzünden konnte. Wir warteten in der stickigen Dunkelheit.

Die Schritte wurden lauter. Es war offenbar mehr als nur eine Person. Wir erblickten einen Lichtschein und erstarrten.

Doch dann wurde das Licht schwächer, die Schritte entfernten sich von der Gabelung und erstarben schließlich. Aber Janna bewegte sich nicht. Flüsternd sagte sie: »Wenn der Hohepriester Diarr im Schrein beten will, geht er allein hinein. Seine Begleiter werden also bald zurückkommen. Sie werden ihn so lange allein lassen, wie er ihnen aufgetragen hat, und ihn später wieder abholen. Wir dürfen erst weitergehen, wenn sie vorbei sind.«

Der Gedanke, daß sich Diarr mit uns in diesem Labyrinth befand und so nahe an uns vorübergegangen war, war erschreckend. Ich stellte mir vor, wie er plötzlich um die Ecke bog, sich uns in den Weg stellte und höhnisch lächelnd seine Freude darüber zeigte, daß es uns nicht gelungen war, ihm zu entkommen.

Doch es geschah nichts. Wir warteten schier endlos. Wir konnten die ausgelöschten Dochte unserer Laternen riechen. Aber alle Laternen verströmten einen Duft, selbst wenn sie angezündet waren, und falls die Priester diesen Geruch wahrnahmen, würden sie ihn ihren eigenen Lampen zuschreiben. Schließlich hörten wir Schritte näher kommen. Abermals huschten Lichtstrahlen durch den Gang, und wir hielten den Atem an. Dann verklangen die Schritte, und es wurde ruhig.

Die Laternen wurden wieder angezündet. Wir gingen vorsichtig weiter, sprachen nicht und bemühten uns, auch kein Geräusch zu verursachen.

Ohne Janna wären wir wohl stundenlang in diesem Irrgarten umhergelaufen. Sie jedoch geleitete uns zielstrebig zu einer Stelle, an der ein weiterer Gleitstein den Eingang zu einer Treppe öffnete, die uns erneut in einen unterirdischen Gang führte. Dieser verlief in einer Zickzacklinie steil abwärts, als führe er in das Herz der Erde. Einmal rief Oriole, wir sollten umkehren, es sei zu gefährlich, doch Janna widersprach.

»Wir gehen nur unter der Oberstadt ein Stück den Hügel abwärts. Dieser Gang verläuft genau unterhalb der Schwarzen Straße. Sie liegt nur ein paar Fuß über unseren Köpfen.«

Schließlich gelangten wir in einen geraden, langgestreckten Bereich, in den mehrere andere Gänge mündeten. Als wir kurz darauf eine gewöhnlich wirkende Tür passiert hatten, deren Rahmen jedoch von der anderen Seite im Mauerwerk nicht auszumachen war, gelangten wir in einen Tunnel, der sich von den bisherigen deutlich unterschied. Es wehte ein frischer Luftzug hindurch. Einen Augenblick später befanden wir uns in einer Allee in der Unterstadt. Wir hatten unterirdisch den Inneren Kanal passiert und sahen nun die Sterne über uns. Im Osten war der Himmel schwach erhellt.

»Es beginnt zu dämmern«, sagte Janna. »Und wir haben noch viel zu tun.«

Wir gingen langsam die Allee entlang. In der Stadt war es noch ruhig, doch die ersten Vögel begannen bereits zu singen. Ich sah

Wasser vor uns schimmern und erkannte, daß wir den westlichen Verbindungskanal erreicht hatten. Unter unseren Füßen knirschten die Bretter eines Landungsstegs. Janna und Bryen hielten ihre Laternen höher, und auf einem Boot, das am Steg angelegt hatte, schwenkte auch jemand eine Laterne. Dann kam Juny aus dem Boot und umarmte Narr, und Keneth sagte: »Wir haben uns große Sorgen gemacht. Es gab wieder ein Beben.«

»Wir haben an euch dort unten gedacht«, meinte Alexahn, der mit einem Ruder das Boot ruhig hielt.

»Ein Gang war verschüttet, und wir mußten einen Umweg nehmen. Es tut mir leid, daß ihr so lange warten mußtet«, sagte Janna. »Aber jetzt steigt ein. Wie ich sehe, gibt es Platz für vier Ruderer. Bryen und Ashinn, ihr seid jung und kräftig und könnt die beiden übrigen Ruderplätze einnehmen. Wir müssen den Äußeren Kanal erreichen, bevor es hell wird. Konntet ihr die Boote besorgen? Graf Erin sagte, er würde sein Bootshaus am Verbindungskanal offen lassen, aber er hatte dort nur drei Boote. Haben es alle geschafft, wegzukommen?«

Die Antwort kam nicht gleich. Als ich mich auf die Bank setzte und nach dem Ruder griff, sah ich, wie Alexahn den Kopf schüttelte.

Narr schaute die beiden entsetzt an. »Was ist passiert? Wurde jemand gefaßt?«

»Nein«, antwortete Alexahn. »Wir hatten alles vorbereitet, um uns im Bootshaus zu treffen. Es waren ziemlich viele Leute: wir drei, Rianna und Zymon, die Frauen des Prinzen und seine Kinder, Garreth und seine Truppe sowie Marsha und Fiahn. Aber es gab nicht genügend Boote. Wir brauchten noch eines für Fiahn, und deshalb habe ich eins gestohlen – dieses hier. Wir haben es an einem Landungssteg abgeschnitten und an einem gut erreichbaren Platz versteckt und wollten dann den anderen sagen, daß sie aufbrechen können. Wir haben es nicht zum Bootshaus gebracht, weil es uns dort nur im Weg gewesen wäre …«

»Weiter, weiter!« rief Narr ungeduldig, während wir auf das Wasser hinausruderten. »Was ist geschehen, und wen hat es erwischt?«

»Als wir zum Bootshaus zurückkehrten, kam eine Gruppe von Wachsoldaten vorüber«, sagte Alexahn. »Wir versteckten uns im Schatten einer Mauer, und dann ereignete sich das Beben. Ein schwerer Steinbrocken stürzte auf Fiahn herunter, und er ... nun, er war sofort tot.«

»Gütiger Himmel«, stöhnte Narr. »Aber wo ist Marsha? Hast du sie mit Rianna weggeschickt?«

»Nein, Herr«, erwiderte Keneth. »Sie wollte nicht gehen. Wir konnten sie nur mit Mühe daran hindern, loszuschreien, als sie es erfuhr, und dann rief sie, sie wolle zu ihrem Vater, und lief davon. Inzwischen müßte sie bei Eurem Haus angekommen sein, Graf Narr, falls sie nicht den Soldaten in die Arme gelaufen ist.«

»Wenn dem so wäre, würde man schon überall nach uns suchen«, sagte Juny. »Ich vermute, sie ist zu Hause bei Harion. Das ist vielleicht auch das beste für sie.«

»Nein«, widersprach Oriole. »Aber wir können jetzt nichts mehr für sie tun. Die arme Marsha. Ich hoffe nur, daß es ihr und Harion irgendwann doch noch gelingt zu entkommen.«

»Wir mußten Fiahn dort zurücklassen, wo er starb«, sagte Keneth. »Wir wollten es nicht, aber was hätten wir tun sollen?«

»Nichts, es war schon richtig so«, beruhigte ihn Narr.

Ich schwieg. Wir befanden uns nun in der Mitte des Verbindungskanals. Ich konzentrierte mich auf das Rudern und verschwendete meinen Atem nicht für unnützes Gerede. Fiahn mußte bleiben wo er war, denn wir mußten weiter. Es war ein weiterer Schritt der Anpassung an die Härte der neuen Welt, die uns erwartete. Ich dachte an Fiahn: sein ruhiges Gesicht, wie gut er mit Pferden umgehen konnte, wie sehr die kleine Marsha ihn geliebt hatte. Er war in Narrs Haus geboren worden, ich hatte ihn von klein auf gekannt. Es fiel mir schwer, zu glauben, daß er nicht mehr lebte.

»Zumindest vorläufig sind wir in Sicherheit«, sagte Janna. »Die Wachen, die wir betäubt haben, schlafen bestimmt noch. Aber die Jagd wird beginnen, wenn sie aufwachen. Könntet ihr nicht ein bißchen schneller rudern?«

Wir legten uns stärker ins Zeug, und das Boot schoß geschmeidig durch die Fluten. Prinz Ivorr bemerkte, daß der Tunnel uns glücklicherweise zur rechten Seite der Schleuse geführt hatte, denn dadurch würden wir nicht die Aufmerksamkeit der Schleusenwärter erregen. Ich warf einen Blick über die Schulter und sagte: »Ist das dort nicht Erins Bootshaus? Von hier ist es nicht mehr weit bis zum Äußeren Kanal. Ich glaube, ich sehe ihn schon ...«

Mein Ruder stieß in die Luft statt ins Wasser, und plötzlich fand ich mich auf dem Boden des Bootes wieder, ebenso meine drei Mitruderer. »Was macht ihr denn?« brüllte Narr und zog seinen Fuß unter meinem Körper hervor. Das Boot schwankte bedenklich und begann sich plötzlich heftig im Kreis zu drehen. Oriole schrie auf, aber ihr Schrei verlor sich in dem tiefen Dröhnen, das von allen Seiten über uns zusammenzuschlagen schien. Die gesamte Oberstadt wurde erschüttert, und Erins Bootshaus verschwand vor unseren Augen in einer Kaskade aus Steinen, Brettern und Ziegeln. Von der uns abgewandten Seite des Zitadellenhügels stiegen dicke Wolken indigofarbenen Rauchs auf.

»Rudern!« schrie Bryen.

Ich sah, was er meinte: die Wellen trieben uns ans Ufer. Aus der Stadt hörten wir Schreie, Pferde wieherten ängstlich, und als es allmählich heller wurde, sahen wir, daß die Menschen in großen Scharen an die Ufer strömten. Boote wurden zu Wasser gelassen in der Hoffnung, daß man auf dem Meer sicherer sei als an Land.

Schließlich gelang es uns doch, das Boot wieder in die Mitte des Kanals zu lenken und in die breiteren Gewässer des Äußeren Kanals zu rudern. Der hatte sich jedoch mittlerweile fast in einen See verwandelt, an dessen Ufer die Dächer überfluteter Häuser emporragten. Die Wellen schlugen von einer Seite zur anderen, brachen sich aneinander und wirbelten Schaumfetzen hoch. In der Luft hing ein beißender Geruch, und auch das unterirdische Grollen und Dröhnen, das den Zitadellenhügel zum Erzittern brachte, war noch nicht verstummt.

»Nach rechts!« schrie Janna. »Wir müssen bei der Schwarzen Brücke an Land gehen. Von dort geht es nach Durion!«

Wir kämpften uns über den See. Langsam rückte das Ufer näher, und als wir die Spitze der Flutwelle erreicht hatten, begann der Äußere Kanal wieder seine ursprüngliche Form anzunehmen.

Narr meinte, wir sollten sofort anlegen. Aber nun, da zu beiden Seiten wieder die Ufer sichtbar wurden, erkannten wir, daß es dort kaum sicherer war als auf dem Wasser. Hier reihte sich ein Gebäude an das andere: Lagerhäuser und Bootsschuppen sowie Werkstätten, die viel Wasser brauchten, Färbereien und Mühlen.

»Bei der Schwarzen Brücke hören die Gebäude auf!« rief Janna. »Dort wächst Gras am äußeren Ufer. Da können wir anlegen.«

»Wir müßten die Brücke jetzt schon sehen«, meinte der Prinz.

Bryen schaute über die Schulter und rief entsetzt: »Sie ist nicht mehr da!«

An der Stelle, wo die Brücke gewesen war, umspülten schäumende Wellen ein paar schwarze Steinpfeiler, die aus dem Wasser ragten. Obwohl wir noch ein gutes Stück entfernt waren, konnten wir auf dem Wasser kleine Punkte ausmachen, bei denen es sich um die Köpfe von Menschen handeln mußte, die zu schwimmen versuchten. Ich meinte, auch einen Pferdekopf zu erkennen, bevor die Strömung ihn verschluckte.

Janna drängte uns, schneller zu rudern, um vielleicht noch jemanden retten zu können, doch nun riß Prinz Ivorr das Kommando an sich: »Wenn wir das tun, kentern wir und können niemandem mehr helfen, am wenigsten uns selbst! Das Boot kann sich in einer solchen Strömung nicht halten! Rudert ans Ufer! Tut, was ich euch sage!«

Narr und Janna protestierten, aber Ivorr packte sein Ruder, stieß damit zuerst Bryen und dann mich in den Rücken und befahl Alexahn, ihm zu helfen, das Boot ans Ufer zu manövrieren. Bis wir uns wieder erholt hatten, waren die meisten der Schwimmer schon verschwunden.

Wir stiegen aus und schauten uns um. Überall herrschte Chaos. Die Hälfte der Holzhütten in der Armensiedlung, die vor uns lag, war eingestürzt, mehrere brannten, weil offenbar die Herdfeuer außer Kontrolle geraten waren. Bewohner der Siedlung kamen auf uns zugelaufen. Sie erkannten vermutlich nicht, daß sie Janna und Prinz Ivorr vor sich hatten, wohl aber, daß es sich um Personen mit Autorität handelte. Sie wollten von uns wissen, was geschehen war und was sie tun sollten.

»Rettet euch!« rief Oriole den Leuten zu. »Verlaßt die Stadt! Nehmt die Straße nach Durion! Dort gibt es Schiffe! Meidet die Stadt, begebt euch auf das Meer! Macht euch auf nach Durion!«

Sie wiederholte es immer wieder, während wir vorübereilten. Einige Leute hefteten sich sogleich an unsere Fersen, die meisten jedoch liefen erst zu ihren Häusern, um ihre Angehörigen zu holen und ein paar Habseligkeiten zusammenzuraffen.

Am Ende der Straße herrschte ein noch größeres Chaos. Bereits früh am Morgen gab es regen Verkehr auf der Brücke, da täglich Milch und andere landwirtschaftliche Erzeugnisse in die Stadt gebracht wurden. Die Leute, die sich schon jenseits der Brücke befunden hatten, bevor sie eingestürzt war, hatten zu Fuß, in Reisewagen und mit Ochsenkarren, die hoch mit Säcken und Milchkannen beladen waren, die Flucht angetreten.

»Weiter!« Janna trieb uns voran. »Der Treffpunkt ist ein gutes Stück entfernt von der Stadt. Erin sagte, das wäre sicherer. Außerdem war es für ihn auch nicht so weit, denn er mußte seine Leute aus Tarislan herbringen«, rief sie keuchend. Der Rauch hüllte uns nun ein, so daß wir zu husten begannen. Janna war nicht mehr die Jüngste und hatte die ganze Nacht nicht geschlafen. Ich erkannte, daß sie sich für uns verantwortlich fühlte, nun aber todmüde war. Ihre Kleider waren zerrissen und schmutzig, ihr Haar hatte sich gelöst, und ich sah, daß es von grauen Strähnen durchzogen war.

In diesem Augenblick wurde mir zum ersten Mal richtig bewußt, daß sie meine Mutter war, daß sie mich auf die Welt gebracht hatte, man ihr dann jedoch das Recht verwehrt hatte, mich aufzuziehen und mitzuerleben, wie ich heranwuchs. Sie wäre mir eine bessere Mutter gewesen als Ocean, dachte ich, aber dann erinnerte ich mich an all das, was Ocean mir gegeben hatte, und ich schämte mich.

Ich erforschte Jannas Gesicht nach vertrauten Zügen und fand sie auch. Ich hatte ihr Kinn und ihre Nase, und vielleicht hatte ich auch meine praktische Veranlagung und meine Vorliebe für kulinarische Genüsse wie für wissenschaftliche Experimente von ihr geerbt.

Ich ging neben ihr. Sie schaute mich an, und unsere Blicke trafen sich. Vielleicht gingen ihr ähnliche Gedanken durch den Kopf. Doch sie sagte nur: »Es ist noch eine Meile bis zur Brücke. Der Treffpunkt ist ein kleines Zitronenwäldchen. Erin sagte, er werde versuchen, dafür zu sorgen, daß wir unterwegs die Pferde wechseln können.«

Wir erreichten das Wäldchen. In seinem Schatten, unsichtbar von der Straße aus, standen zwei vierspännige Reisewagen, neben denen Erin und ein Diener uns erwarteten.

Auch Narr war schon alt, ihm schienen nun die Beine zu versagen. Als Oriole und ich das bemerkten, halfen wir ihm auf den Wagen. Wir drängten uns fast alle auf einem Wagen zusammen, denn der andere war mit Stoffbündeln und anderen Gegenständen beladen. Mit diesem Wagen fuhren Keneth, Alexahn und Erins Diener.

Es waren kräftig gebaute Pferde. Erin züchtete neben Rennpferden auch stämmige Zugpferde, die selbst schwerbeladene Karren mit einer durchschnittlichen Geschwindigkeit von sieben Meilen in der Stunde über eine längere Strecke ziehen konnten. Die Tiere waren nervös, sie schwitzten, rollten die Augen und legten die Ohren an, da das Zittern der Erde und der beißende Geruch sie verstörten.

»Ist für frische Gespanne gesorgt?« fragte Prinz Ivorr. »Dann könnten wir in acht Stunden in Durion sein.«

»Mandarr wollte sich darum kümmern«, erwiderte Erin. »Aber ...« Er warf einen Blick zurück zu den Leuten auf der Straße und den Rauchwolken, die noch immer den Hügel herunterzogen. »Aber ich weiß nicht, wie es aussehen wird, wenn wir die Zwischenstationen erreichen. Wenn es so weitergeht, sind wir vielleicht die einzigen, die es bis Durion schaffen.«

»Es ist ein weiter Weg von der Stadt«, meinte Narr. »Dort ist man sich der Gefahr vielleicht noch gar nicht voll bewußt, und viele Leute, die jetzt weglaufen, kehren wieder zurück, wenn die Beben aufgehört haben.«

»Falls es dann noch eine Stadt gibt, in die sie zurückkehren können«, bemerkte Oriole.

»Wie viele Schiffe liegen in Durion?« fragte Prinz Ivorr nach einer Weile. Wir fuhren durch Tarislan und kamen gut voran. Wir hatten bereits die meisten übrigen Gefährte überholt, und bis jetzt hatten noch nicht viele Landbewohner ihre Häuser verlassen.

»Wir konnten etwa dreißig Schiffe in Sicherheit bringen«, sagte Janna. »Bergenn hat gute Arbeit geleistet. Ihr könnt stolz sein auf Euren Vater, Bryen. Darunter sind auch einige von Euren Schiffen, Graf Erin, nicht wahr?«

»Ja, vier«, antwortete Erin. »Wir werden mit einem von ihnen in

See stechen. Übrigens, Mandarr und die anderen treffen wir in Bergenns Haus. Wenn alles geklappt hat, werdet Ihr dort auch Rianna und Zymon vorfinden, Prinz Ivorr.«

Ein Funkenregen, der wohl aus einem Herd herausgeschleudert worden war, wirbelte den Rauch über uns durcheinander und drückte ihn auf uns herunter. »Ich hoffe es!« sagte Ivorr. »Dame Janna, Ihr möget behaupten, daß uns keine andere Wahl blieb, als in den Schrein von En einzudringen. Aber wenn das hier nicht Ens Fluch ist, was ist es dann?«

»Das hat nichts damit zu tun, daß wir den Schrein betreten haben«, sagte Oriole. »Es wäre in jedem Fall passiert. Wie oft muß ich es noch wiederholen? Ich habe es im Felsen gespürt, schon lange bevor man uns in den Prinzenpalast brachte.«

Erin fragte, was Ivorr mit dem Schrein gemeint habe, und Janna erklärte es ihm. Der eher pragmatisch denkende Erin neigte Orioles Ansicht zu. Und dennoch trieb er die Pferde zu einer schnelleren Gangart an.

An den ersten Teil der Reise kann ich mich nur noch bruchstückhaft erinnern, weil ich vor Erschöpfung mehrmals einnickte. Auch Janna und Narr wurden vom Schlaf übermannt. Ich weiß aber noch, daß Ivorr fragte, was in den Stoffbündeln in dem anderen Wagen sei.

Er war nicht der einzige, den Bryens Antwort erstaunte. Narr döste noch, aber ich setzte mich auf. »Das habt ihr alles durch die Tunnel geschleppt? Und durch die Öffnung im Boden von Dame Jannas privatem Schrein?«

»Es war ziemlich schwierig«, sagte Oriole. »Unser Handwagen wäre in der Falltür fast steckengeblieben. Und auch die Wächter machten uns zu schaffen, als wir das alles zu Dame Jannas Haus brachten. Sie stellten Fragen, und wir sagten, es handele sich um Kochgeschirr und Teile unseres Ehrenpodests.«

»Gütiger Himmel!« rief ich.

Janna war aufgewacht und lächelte. »Ich machte mir Sorgen, es könnte unsere Flucht behindern. Aber Oriole legte so großen Wert darauf, um Narr eine Freude zu machen.«

»Was für eine Freude?« fragte Narr, ohne die Augen aufzuschlagen.

»Wir dachten, es würde dich freuen, wenn wir die Einzelteile deines Dampfwagens mitnähmen, des ersten, der nicht zerstört worden ist.«

»Was? Was hast du gesagt? Ihr habt meinen Dampfwagen …?« Nun setzte sich auch Narr auf.

Prinz Ivorr lachte, doch Erin zog mißbilligend die Augenbrauen hoch. »Dieses Ding, das damals außer Kontrolle geraten ist und die Pferde des Prinzen scheu gemacht hat?«

»Ich habe ihn seitdem verbessert«, erwiderte Narr. »Ich wollte ihn perfektionieren, bevor ich mit dem Bau des zweiten Modells begann. Ich glaube, jetzt ist er sicher, vorausgesetzt es sind alle Teile vorhanden.«

»Es ist alles da«, sagte Oriole. »Dampfabzug, Räder, Karosserie, Kessel, Ofen und sogar Holzkohle.«

»Ich … ich bin überwältigt«, stöhnte Narr.

Während die Pferde dahinstoben und der Rauch, der von der Stadt aufstieg, hinter uns zur Erde sank, erzählten wir Erin, wie wir die Einzelteile des Wagens gerettet und vor den Tempelwachen versteckt hatten, als sie Narrs Haus durchsuchten – bis hin zu den Rädern, die wir im Kühlkeller unter dem Käse verbargen.

»Und als wir zum Prinzenpalast gebracht wurden«, schloß Oriole, »brachten wir alle diese Dinge versteckt in unserem Gepäck mit. Onkel Lion war argwöhnisch und zog von einem der Kessel das Tuch herunter. Ich mußte ihm erklären, daß ich meine Arzneien darin braute.«

»Deshalb also hat Dame Janna mich gebeten, noch einen zweiten Wagen für das Gepäck bereitzustellen?« Erin schien entgeistert. »Mir liegt es fern, mit der Hohenpriesterin zu streiten, aber ich habe mich schon gefragt, warum Leute, die dem Untergang entkommen wollen, so viele Sachen mitnehmen müssen. Ich dachte, es würde sich um Schätze handeln.«

»Das stimmt auch!« rief Narr.

»Ich verstehe nicht«, sagte Erin. »Sollen wir das alles zum Neuen Atlan bringen? Was kann es uns dort nutzen?«

»Ich weiß es nicht«, entgegnete Narr. »Im Unterschied zu meiner Tochter kann ich die Zukunft nicht vorhersehen. Aber ich weiß, daß diese Erfindung die Krönung meines Lebenswerks darstellt. Sie ist der Beginn einer neuen Wissenschaft und verdient es deshalb, aufbewahrt zu werden.«

»Sie ist auch eine zusätzliche Last für unsere Pferde«, meinte Erin. »Wenn ich das gewußt hätte, wäre ich dagegen gewesen. Meiner Ansicht nach sollten wir auf der Stelle anhalten, die Sachen abladen und hier zurücklassen.«

»Was? Das können wir nicht tun!« Oriole wurde wütend. »Ich habe sie für meinen Vater mitgenommen. Er braucht sie.«

»Ganz recht«, sagte Narr. »Wenn ihr den Dampfwagen hierlaßt, müßt ihr auch auf mich verzichten. Ohne ihn gehe ich nicht.«

Auch Prinz Ivorr schienen nun Zweifel zu beschleichen. »Narr, es tut mir leid, aber habt Ihr das alles richtig begriffen? Das Neue Atlan – falls wir es jemals erreichen – wird ganz anders sein als das alte. Wahrscheinlich wird es Generationen dauern, bis wieder eine Zeit kommt, in der Gelehrte und Erfindungen eine Rolle spielen, und der Dampfwagen wird bis dahin völlig verrostet sein.«

»Nur über meine Leiche könnt Ihr ihn abladen«, beharrte Narr.

Erin zuckte mit den Schultern. »Wie Ihr wollt. Ich hoffe, wir müssen das später nicht bereuen.«

Ich warf einen Blick zurück. Das schwache Zittern der Erde hielt noch immer an, und der Rauch aus dem Hügel von Atlan wirkte so schmutzig wie Abwasser. Täuschte ich mich, oder war er wirklich dichter geworden?

Der Exodus

»Also«, sagte der Hohepriester Diarr und blähte die Nasenflügel in seinem bleichen Gesicht, »heute morgen konnte der Tanz nicht aufgeführt werden, und zwar nicht wegen schlechten Wetters, was En als Entschuldigung akzeptieren würde, sondern weil die Tänzer nicht erschienen. Verängstigte Menschen kamen zum Tempel, um Trost und Hoffnung zu suchen und die Götter durch ihre Hingabe zu besänftigen, doch sie mußten feststellen, daß die Tänzer sie im Stich gelassen hatten. Bislang konnte man sie auch nirgends finden, selbst die Hohepriesterin Zula ist verschwunden. Vermutlich haben sie sich den Horden der Gottlosen angeschlossen, die gegenwärtig dem Zorn Ens zu entkommen suchen. Und nun erfahren wir zu allem Überfluß, daß auch alle Eure Schutzbefohlenen entflohen sind, Befehlshaber Lion? Was habt Ihr dazu zu sagen?«

Jene Ratsmitglieder, die in der Kürze der Zeit aufzutreiben gewesen waren, hatten sich in einem der Gärten der Zitadelle versammelt. Das Dach der Ratskammer war eingestürzt, und auch das silberne Gewölbe über den privaten Schreinen der Priester hatte Risse bekommen. Niemand wagte es mehr, sich in den Gebäuden aufzuhalten.

»Es sieht so aus, als sei ich übertölpelt worden, Hoherpriester«, sagte Lion.

»Übertölpelt? Schließlich habt Ihr Eurer Nichte gestattet, ihre Hochzeit an einem Ort abzuhalten, an dem man einen Zugang zu geheimen Tunneln vermutete. Ihr gesteht zwar nicht ein, daß Ihr Eurem Schwager Narr und seinen Mitgefangenen zur Flucht verholfen habt, doch diese Schlußfolgerung liegt nahe. Wenn wir genügend Zeit hätten, würde ich nicht davor zurückschrecken, die Wahrheit aus Euch herauszupressen.« Diarr hustete. Der Wind blies zwar den Rauch von der Zitadelle weg, doch die Luft war noch immer sehr trübe und kratzte im Hals. »Vielleicht«, fuhr Diarr krächzend fort, »hat sich En entschlossen, wegen Eurer Perfidie jetzt Tod und Verderben zu schicken.«

»Ich glaube nicht, daß die Götter mich für so wichtig halten«, erwiderte Lion. Sein Gesicht wirkte ruhig; er wahrte seine Würde.

»Das seid Ihr auch nicht«, entgegnete Diarr angewidert. »Aber die Handlungen eines Mannes wiegen manchmal schwerer als der Mann selbst. Eine Maus vermag ein Pferd zu erschrecken und dem Wagenlenker dadurch das Genick zu brechen. Hofft nicht darauf, daß die Armee Euch zu Hilfe kommen wird. Ganz gleich, ob Ihr perfide oder einfach nur unfähig seid, Ihr verdient nicht länger den Respekt der Soldaten. Woher kommt denn dieser beißende Rauch?«

»Von den öffentlichen Bädern«, antwortete einer der anwesenden Adeligen. Er hatte sich so hastig angezogen, daß er sein Obergewand mit der Innenseite nach außen trug. »Dort wurde bereits durch einen Geysir kochender Schlamm in die Luft geschleudert, wie Ihr zweifellos wißt. Und heute morgen ereignete sich eine weitere Eruption.«

Diarr hatte die halbe Nacht auf Knien im Schrein von En verbracht und war nun müde. Doch seine Wut hinderte ihn daran, sich ein wenig Ruhe zu gönnen. »Nun«, sagte er, »vielleicht können wir doch noch etwas tun. Wir sollten noch einmal versuchen, En zu besänftigen, bevor er uns alle vernichtet. Sind die heiligen Stiere in Sicherheit?«

»Sie wurden aus ihrem Stall geholt und in die Gärten des Prinzenpalasts geführt«, antwortete ein anderes Ratsmitglied.

»Sehr gut.« Diarr wandte sich an den Gongsklaven. »Du lauf zum Stierhüter! Richte ihm aus, er möge einen Stier für eine Hinrichtung fertigmachen. Es sind keine besonderen Vorbereitungen nötig, der Stier soll nur stark genug gereizt werden, damit er gleich auf Anhieb tötet.« Dann wandte er sich an die Soldaten. »Zwei von Euch gehen zum Meister des Amphitheaters – falls er noch da ist – und sagen ihm, er soll sofort den Boden anheben. Er möge sich nicht daran stören, daß es nicht die übliche Zeit ist. Die ganze Welt ist verrückt geworden. Falls ihr ihn nicht finden könnt, holt euch ein paar Sklaven und hebt den Boden selber hoch. Und ihr übrigen, nehmt diesen Mann hier fest!« Er zeigte auf Lion.

Als die Männer, die er bis vor kurzem noch befehligt hatte, vortraten, sagte Lion: »Könnte vielleicht jemand meine Ehefrau davon verständigen, daß ich verhaftet worden bin? Dieses Recht steht mir von Gesetzes wegen zu! Sie hält sich mit ihrer Zofe im Nachbargarten auf.«

»Das verlangt das Gesetz in der Tat«, sagte Diarr. »Jemand soll sie holen. Ich werde unterdessen versuchen, König Rastinn zu sprechen. Er sollte der Hinrichtung beiwohnen.«

Wir wechselten unsere Pferde einmal in Tarislan und ein zweites Mal in einem von Mandarrs Häusern, das ungefähr zwei Dutzend Meilen tief im Gebiet Loriar lag. An beiden Orten empfahl Erin allen Leuten, die wir antrafen, sich so schnell wie möglich nach Durion zu begeben. In Tarislan ordnete er an, alle Pferde seines Gestüts, die nicht benötigt wurden, freizulassen.

»Mehr kann ich nicht für sie tun. Wir können sie nicht alle mitnehmen«, sagte er.

»Hoffentlich versucht Harion, auch meine Wagenpferde aus der Stadt zu bringen«, bemerkte Narr sorgenvoll.

Ich hatte richtig erkannt, daß der Rauch dichter wurde. Er hatte uns verfolgt und sich wie eine unheilverkündende Wolke über den Himmel ausgebreitet. Wir durchquerten Loriar in einem seltsamen Dämmerlicht. Es war erst kurz nach Mittag, doch der Himmel verfinsterte sich zusehends, Aschenteilchen und Staub rieselten herunter und legten sich als dünne Schicht über den Boden.

»Der Rauch holt uns ein«, sagte Oriole.

»Wir können nicht mehr viel schneller fahren«, erwiderte Bryen.

Niomy hatte darum gebeten, noch ein paar Augenblicke mit ihrem Gemahl allein verbringen zu dürfen. In einem kleinen, leeren Raum im Tempel neben dem Amphitheater hielt Lion seine Frau zum Abschied in den Armen.

»Ich wollte dir alles geben«, sagte er. »Ich habe dich Narr abgekauft, um dich zu befreien, habe den Eid vor En abgelegt, um dein Mann zu werden. Ich wollte dich zu einer großen Dame machen, mich um dich kümmern und dich beschützen, wie das in der Diener-Sekte Tradition ist. Ich wollte dich davor bewahren, dich allein in der rauhen Männerwelt behaupten und mit anderen Frauen um die Gunst deines Ehemannes buhlen zu müssen. Du solltest dich immer sicher fühlen können. Doch ich habe dir durch die Heirat keinen guten Dienst erwiesen. Die Frauen von Männern, die unter den Hörnern des Stiers sterben, werden verkauft. Sollte Atlan überleben, wird dir dieses Schicksal blühen. Oh, Niomy, meine Liebste, es tut mir ja so leid.«

Niomy war leichenblaß und starr vor Entsetzen; sie konnte nicht einmal weinen. Ihre Augen waren riesengroß. »Was meinst du damit: Wenn Atlan überleben sollte? Atlan gab es doch schon immer. Oh, ich kann das alles nicht glauben. Es ist alles ein böser Traum. Bald werde ich erwachen und dich an meiner Seite finden.«

»Es ist kein Traum, Niomy. Leider ist es nur allzuwahr.«

»Nein, das kann nicht sein! Was war das für ein Geräusch?«

»Das war ein Stier«, erklärte ihr Lion. »Er brüllt.« Plötzlich löste er sich aus ihren Armen, wandte sich ab und hielt sich die Hände vor den Mund, um die aufsteigende Übelkeit zu bekämpfen.

Hinter ihnen öffnete sich die Tür, und die Wachen polterten herein. Ihr Hauptmann war einst Lions Freund gewesen. Unbewegt sagte er: »Befehlshaber Lion, es ist Zeit.«

Das Amphitheater war bis auf ein paar Risse in den Mauern und zwischen den Sitzen unbeschädigt geblieben. Doch Zuschauer gab es nicht viele, da keine Zeit geblieben war, diese zu versammeln. Die Glocken hatten nur eine kleine Gruppe von Leuten herbeigelockt; einige waren auch, als sich am Himmel die Rauchwolke gebildet hatte, herbeigeeilt, um zu beten.

Doch die meisten Bewohner Atlans flohen entweder aus der Stadt oder versuchten verzweifelt, mit den durch die Beben und die Eruption verursachten Schäden fertig zu werden: Sie weinten um die Toten, versorgten die Verwundeten, versuchten Verschüttete zu befreien, Mauern abzustützen und Habseligkeiten aus den Trümmern zu bergen.

Nackt betrat Lion die Arena. Er besaß keine andere Waffe als seine bloßen Hände. Noch arbeitete Lions Verstand fieberhaft und registrierte alles, was um ihn herum vorging, als gehöre er noch zu diesem Leben, und so bemerkte Lion auch, daß es Diarr nicht gelungen war, König Rastinn zu bewegen, hier zu erscheinen. Auch Zula und die Tempeltänzerinnen schienen sich geweigert zu haben, an dem Schauspiel teilzunehmen.

Aber Niomy war anwesend, links und rechts von einem Wachsoldaten flankiert. Sie hatte ihm erklärt: »Ich will dir so nah wie möglich sein.« Lion hatte versucht, sie davon abzubringen, aber sie hatte darauf bestanden, und er war zu erschöpft gewesen, um mit ihr darüber zu streiten. Er brauchte seine ganze Kraft, um dem Tod ins Auge zu sehen.

Der Stier, ein schwarzes Ungeheuer, war schon durch den beißenden Geruch, der in der Luft lag, und die Erschütterungen der Erde aufs höchste gereizt. Dann entdeckte er den Mann in der Arena und erkannte, daß er an ihm seine Wut auslassen konnte. Er hatte schon des öfteren solche Geschöpfe durch die Arena gejagt und auf die Hörner genommen. Er scharrte mit den Hufen und senkte die langen, geraden Hörner, die geschärft und mit Goldbändern verziert worden waren. Dann ging er zum Angriff über und wirbelte mit den Hufen den Sand auf.

Lion, der wußte, daß sein Leben zu Ende ging, hatte sich vorgenommen, ganz ruhig auf den Tod zu warten, unbeweglich dazustehen, um die Zuschauer ihres Vergnügens zu berauben und Niomy zu schonen. Doch jetzt, da es soweit war, vermochte er es nicht. Er sah, wie der Stier mit seinen geschmückten Hörnern auf ihn zusprengte, und verhielt sich so wie alle anderen Opfer in der Geschichte Atlans: er wich ihm aus und lief los.

Der Stier raste an ihm vorbei, kam rutschend zum Stehen, machte kehrt und verfolgte sein Opfer. Lion hinterließ eine Zickzackspur. Sand hing an seinen Füßen und ließ ihn langsamer werden. Er hörte, wie Niomy aufschrie. Dicht hinter sich vernahm er die Hufe. Er spürte, wie der massige, heiße Körper immer näher kam. Dann wurde er plötzlich mit solcher Wucht in den Rücken gestoßen, daß es anfangs nicht einmal schmerzte; er verlor den Boden unter den Füßen und sah die Gesichter der Zuschauer unter sich, die mit offenem Mund zu ihm hochblickten. Dann schlug sein Körper auf dem Boden auf. Über ihm kauerte der Stier, wieder bohrte er seine Hörner in ihn und warf ihn ein zweites Mal hoch. Und wieder fiel Lion auf den Boden zurück. Dann verlor das Ungeheuer das Interesse an ihm und zog sich zurück. Lion sah Blut aus seinem Körper strömen. Dann kamen die Schmerzen.

Jemand schrie: »Das Netz!« Ein anderer: »Bringt den Speer!«

Lion drehte leicht den Kopf und sah, wie sich Niomy den Wachen entwand. Sie setzte über die Schranke und fiel neben ihm auf die Knie.

»Lion, Lion ...«

»Geh ... weg!« Er versuchte, schnell zu sprechen, doch seine Stimme war schleppend und schwer. »Sie haben den Stier noch nicht eingefangen ... Niomy ... der Stier ...«

»Ich weiß. Ich komme mit dir! Ich will nie, nie wieder Sklavin sein!« schrie Niomy, mehr an die Zuschauer gewandt denn an Lion. Sie sprang hoch und steuerte geradewegs auf den Stier zu. Dieser starrte sie einen Augenblick verunsichert an, dann aber senkte er den Kopf und raste auf das Mädchen zu.

Durch den Schleier seiner Schmerzen sah Lion, wie Niomy hochgeschleudert und niedergetrampelt wurde. Er hörte ihre Schreie, sah, wie sie den Stier mit dem Netz einfingen und Niomy sich auf dem Boden wand. Die Hörner hatten ihren Magen durchbohrt, so daß die Gedärme heraushingen.

Sie töteten sie aus Erbarmen mit dem Speer, und Lion sah, wie sie plötzlich ruhig auf der Erde lag. Dann wandten sich die Speerwerfer ihm zu. Lion flehte zu En, doch En blieb stumm. Kurz bevor der

Speer ihn traf, hatte Lion die Vision, daß En mit dem Flammengesicht, En, dessen Diener er gewesen war, dessen Rache er seinen Schwager ausgeliefert und dessen Erbarmen er Atlan überantwortet hatte, nichts anderes war als ein Bild auf einer dünnen Fassade, und dahinter erwarteten ihn weder Wunder noch Belohnungen, nur die ewige Finsternis.

Zula, die Hohepriesterin der Jungfrauen, saß zitternd im Heck eines Schiffs, das eigentlich nicht dafür gebaut war, das Meer zu überqueren, aber dennoch seinen Zweck erfüllte.

Als sie am frühen Morgen nach dem Erdbeben aus der Zitadelle geflüchtet und durch die Stadt zum Inneren Kanal gelaufen war, hatte sie bemerkt, daß am Anlegeplatz noch viele kleine Schiffe festgezurrt waren. Nur große Schiffe hatte man zerstört.

Diarr beabsichtigte nicht, den normalen Handel einzustellen oder zu verhindern, daß Waren über die Wasserwege in die Stadt gebracht wurden. Die Mannschaft eines kleinen Schiffes hatte bereits die Segel gesetzt, und Zula sprach zum letzten Mal in ihrem Leben mit der Autorität einer Hohenpriesterin: »Wenn Ihr glaubt, Ihr könntet so lange wegbleiben, bis sich in Atlan wieder alles beruhigt hat, muß ich Euch sagen, daß es hier nie mehr sicher sein wird«, erklärte sie. »Ihr solltet besser zum Neuen Atlan segeln. Nehmt Ihr mich mit?«

»Wir wissen nicht, wo das Neue Atlan liegt«, sagte der Kapitän.

Doch während er sprach, blickte er zu der Rauchwolke hoch, die drohend über der Stadt schwebte, und fuhr sich mit der Hand nachdenklich über den struppigen Bart.

»Ich habe eine Seekarte«, sagte Zula.

Alle Ratsmitglieder besaßen eine Karte, in der der Seeweg zum Neuen Atlan eingezeichnet war. In ihrer Eile hatte Zula alles zurückgelassen, außer der Karte, die, so meinte sie, vielleicht von Nutzen sein könnte.

Als sie im Morgengrauen aus dem Priesterbezirk geflohen war, begegnete sie ein paar Tänzerinnen, die sich ängstlich vor ihrer Unterkunft versammelt hatten. Unverblümt hatte sie ihnen zu verstehen gegeben, daß sie fliehen sollten. »Ich besitze die Gabe der Hellsichtigkeit und glaube, das Ende Atlans steht bevor«, hatte sie ihnen erklärt. »Rettet euch, solange ihr noch könnt!«

»Warum wißt Ihr das, aber Diarr nicht?« hatte eine der Tänzerinnen gefragt.

»Er weiß es auch, aber er will es nicht zugeben«, erwiderte Zula. »En sei mit euch, oder Lyuna. Versucht euch nach Durion durchzuschlagen.«

Sie hatte befürchtet, Diarr würde Wachen an den Toren aufstellen, um Leute wie sie oder die Tänzerinnen an der Flucht zu hindern, doch ihre Sorge hatte sich als unberechtigt erwiesen.

»Also kommt mit uns«, meinte der Kapitän schließlich. »Wir nehmen die Karte als Anzahlung.« Es wurde höchste Zeit. Der Rauch hatte sich am Himmel ausgebreitet, und sogar draußen über dem offenen Meer fiel der Aschenregen. Zula hatte sich in eine Decke gehüllt, hielt sich damit Mund und Nase zu und schützte sich gegen den kühlen Wind.

Sie wußte, was der Kapitän gemeint hatte, als er sagte, die Karte könne als Anzahlung dienen. Sie machte sich keine Illusionen über ihre Zukunft. Ihre Zeit als Hohepriesterin der Jungfrauen war vorbei. Sehr bald würde sie weder Priesterin noch Jungfrau mehr sein. Sie wußte nicht mehr, ob es nicht doch klüger gewesen wäre, in Atlan zu bleiben und sich in Ens Willen zu ergeben.

König Rastinn war geblieben, aber nicht um Ens Willen zu erfüllen. Die Erdbeben und der Rauch hatten ihm sehr wohl verraten, was er wissen mußte. Sie bedeuteten das Ende von Atlan. Es gab wenig Hoffnung zu entkommen, und er fühlte sich zu schwach, um es zu versuchen, geschweige denn, in einem Neuen Atlan, das erst noch erbaut werden mußte, die Zügel wieder in die Hand zu nehmen. Sein Bruder Ivorr schien dem Gefängnis entkommen zu sein. Rastinn wünschte ihm nun, da ihre langjährige Rivalität überwunden war, alles Gute.

Er löste seinen Haushalt auf und empfahl den Höflingen und Wachen, Bediensteten und Sklaven, sich zu retten. Nur seine beiden Konkubinen bat er, bei ihm zu bleiben. Diese waren es gewöhnt, ihm zu gehorchen. Sie hatten wohl Angst, kamen aber nicht auf die Idee, sich zu widersetzen.

Bevor er auch seinen Leibarzt entließ, bat er ihn ein letztes Mal um seine Hilfe.

Dann bat er seine Konkubinen, ihm zu folgen, und begab sich zu dem Gemach, in dem er seine Kunstsammlung aufbewahrte. Die meisten Artefakte hatten unter den Erdbeben nicht gelitten, da er dafür gesorgt hatte, daß sie in weichen Tüchern in gut verschlossenen Schränken aufbewahrt worden waren.

Doch jetzt öffnete er die Schränke und holte sie heraus, drängte seine zitternden Frauen, ihm zu helfen. Ihm schwebte vor, im Tode als letztes diese beiden geliebten Frauen und seine kostbaren Kunstgegenstände zu sehen, die ihm soviel Freude bereitet hatten.

Aber das Gift wirkte nicht schmerzlos. Weder er noch seine Konkubinen fanden Zeit, sich auf etwas anderes als auf ihren Todeskampf zu konzentrieren.

Als ein neuerliches Beben die Mauern des königlichen Palastes einriß und die drei Körper unter einer Steinlawine begrub, spürten sie schon nichts mehr davon.

Wir fuhren auf die niedrigen Küstenhügel zwischen Atlan und Durion zu, und wenn wir zurückblickten, sahen wir, daß die untere Seite der Rauchwolke, die auf Atlan zuschwebte, feuerrot glühte. Kleinere Beben erschütterten die Erde; unsere Pferde wollten zweimal durchgehen und konnten nur durch die Last, die sie zogen, im Zaum gehalten werden. Aus Bauernhöfen und Dörfern strömten verängstigte Menschen auf die Straße. Wir hörten das Dröhnen einer Flutwelle, die sich an der Südküste brach und in die Flußtäler strömte.

Doch die meisten von uns dösten vor sich hin, wir waren viel zu erschöpft. Bryen, Ivorr und ich wechselten uns mit Erin und seinem Diener beim Fahren ab, so daß sich jeder einmal ausruhen konnte. Unsere Haut war trocken, und unsere Augen brannten. Erin hatte sich um Lebensmittel, Wasserflaschen und Wein bemüht, die unter den Sitzen verstaut lagen. Wir waren dankbar dafür.

Nachdem ich die Zügel übergeben hatte, fiel ich erneut in Schlaf und begann zu träumen, oder ich glaubte zu träumen. Heute vermute ich, daß diese Träume eher mit meiner Hellsichtigkeit zu tun hatten. Ich sah die junge Hohepriesterin Zula auf einem Schiff, sah eine Reling und das Meer dahinter. Sie zog sich den Umhang vor den Mund und die Nase. Ihre Augen blickten ängstlich.

Dann änderte sich das Bild. Ich sah Rastinn und zwei Frauen, die tot auf dem Boden lagen, zwei leere Weinbecher neben sich,

Schaum vor dem Mund. Dann änderte sich das Bild abermals. Ich entdeckte Rynard, meinen ehemaligen Freund, das Gesicht vor Angst verzerrt. Mit blutigen Knöcheln hämmerte er gegen eine verriegelte Gefängnistür. In meinem Traum oder meiner Trance wußte ich, daß er in der Stillen Zeit in die Arena geführt werden sollte, wußte auch, daß seine Wärter geflohen waren und ihn ohne Nahrung und Wasser in einer Zelle zurückgelassen hatten, deren Mauern allmählich heiß wurden. Ich fuhr stöhnend hoch. Im Zwielicht erkannte ich, daß ein Regen aus Asche und Ruß fiel.

Mittlerweile befanden wir uns zwischen den Hügeln, nur noch eine Stunde von Durion entfernt. Etwas abseits des Weges lag ein Gehöft, das mir von meiner Reise zu Oriole in Erinnerung war. Es schien verlassen zu sein, zumindest war kein Herdrauch zu sehen. Auch die Straße war menschenleer.

Wenn nichts Unvorhergesehenes passierte, bevor wir nach Durion gelangten, so dachte ich, hatten wir eine Chance.

Wir befanden uns jetzt in einem schmalen Hohlweg; die Hänge auf beiden Seiten waren mit Gestrüpp bedeckt. Als wir um eine Kurve bogen, hinderte uns ein Baumstamm, der quer über dem Weg lag, am Weiterfahren. Prinz Ivorr und Erin lenkten die Wagen. Sie griffen so heftig in die Zügel, daß sich die Pferde aufbäumten. Da sprangen plötzlich aus dem Gestrüpp Männer, griffen nach den Zügeln und kreisten uns ein. Ihre Gesichter und Hände waren voller Steinstaub. Ihr Anführer legte eine Hand auf den Wagen, ich sah die Schwielen und den alten Schorf an den Knöcheln, auch der Bronzering um seinen Hals entging mir nicht. Es waren aus dem Steinbruch entsprungene Sklaven.

»Was wollt ihr?« fragte Prinz Ivorr.

»Euren Wagen und Eure Pferde! Los, runter!« Die Stimme des Mannes klang heiser. »Schnell, schnell!«

»Heißt das, daß wir zu Fuß weitergehen sollen?« fragte Janna.

»Ja, werte Dame!« schrie einer der Männer. Sie hatten sie nicht erkannt. Für sie war sie keine Halbgöttin, nur eine Frau in mittleren Jahren in schmutzigen, unweiblichen Kleidern. »Ja! In Durion sollen Schiffe im Hafen liegen.« Er deutete auf die Rauchwolke. »Das Ende von Atlan wurde vorausgesagt, und es sieht ganz so aus, als sei es jetzt soweit. Wir wollen nicht herumsitzen und darauf warten. Also, heraus aus dem Wagen, sonst machen wir euch Beine.«

»Ich bin Janna, die Hohepriesterin der Frauen. Als Vertreterin und Sprecherin der Göttin Kya, der Mutter von uns allen, befehle ich euch, uns unbehelligt weiterfahren zu lassen!«

Einige der Männer kicherten hämisch, andere brüllten vor Lachen, und der Anführer sagte in schleppendem Ton: »Was bedeuten uns Priesterinnen? Sklaven im Steinbruch haben keine Zeit, in den Tempeln herumzurutschen und zu beten. Wenn es Kya gibt, dann hat sie uns schon längst vergessen. Also kann sie uns gestohlen bleiben. Raus mit euch!«

Auf eine solche Situation waren wir nicht vorbereitet. Wohl besaßen wir ein paar Messer und Peitschen, auch einen Speer zur Verteidigung, aber das war alles. Ivorr griff nach dem Speer.

»Das würde ich sein lassen«, knurrte der Anführer, während er die Tür aufriß.

Es waren ungefähr zwanzig Männer. Ivorr zögerte. An seiner Stelle griff nun Alexahn nach dem Speer, sprang vom Wagen und zielte auf den Anführer.

Das war zwar sehr tapfer, endete aber tödlich für ihn. »Wie du willst!« schrie der Anführer und sprang zur Seite. Drei Männer ergriffen Alexahn, entrissen ihm die Waffe und durchbohrten ihn. Alexahn schrie, er sackte zu Boden, krümmte sich und spuckte Blut. Dann zuckte er noch einmal und war tot.

Keneth schrie in ohnmächtiger Wut auf. Der Anführer grinste. »Möchte noch jemand den Helden spielen? Oder wollt ihr schön brav aussteigen und uns diesen Wagen und die Pferde überlassen? Und vielleicht ...«, sein Blick ruhte auf Oriole und Juny, »... vielleicht auch diese hübschen Dinger. Davon bekommen wir im Steinbruch nicht gerade viel zu sehen. Wenn wir nicht bis Durion kommen, sterben wir zumindest glücklich.«

»Und wenn wir es doch schaffen«, fügte einer der Männer unter dem Gejohle der anderen hinzu, »nehmen wir sie mit. Bei uns sind sie sicherer als bei euch. Und sie werden schneller auf dem Schiff sein.«

Jetzt war ein Kampf unvermeidlich, ob wir eine Chance hatten oder nicht. Jeder, der ein Messer besaß, zückte es. Ivorr hob seine Peitsche. Ich war ohne Waffe, doch dann entdeckte ich eine gläserne Weinflasche. Ich zerschmetterte sie am Wagen, der Hals ließ sich gut umklammern, und die Zacken würden bestimmt abschreckend wirken.

Aber dann wurden wir erneut von einer dunklen, beißenden Wolke eingehüllt und konnten uns gegenseitig kaum noch sehen. Die Pferde wieherten und bäumten sich auf. Als sich der Rauch ein wenig verflüchtigt hatte, hatten es sich unsere Angreifer plötzlich anders überlegt.

»Los, greift nach den Zügeln! Nichts wie weg hier!«

»Schmeißt sie raus!«

»Laßt die Mädchen sein, sie behindern uns nur ...«

»In Durion gibt's jede Menge Weiber, schauen wir, daß wir von hier wegkommen.«

Narr räusperte sich und sagte leise: »Raus mit euch, alle. Tut, was ich sage. Beeilt euch.« Laut rief er: »Wir steigen aus. Im hinteren Wagen befindet sich ein schweres Gerät. Ihr solltet es besser abladen, damit ihr die Last loswerdet. Es hat keinen Wert.«

Ich fragte mich, ob er wohl den Verstand verloren hatte. Sollten wir zu Fuß nach Durion gelangen und auch noch die Einzelteile seines Dampfwagens mit uns schleppen? Doch wir hatten keine Zeit, ihm zu widersprechen. Wir stiegen alle aus und drängten die Mädchen in das Gesträuch, für den Fall, daß die Feinde nun doch ihre Meinung wieder ändern sollten.

Die Steinbrucharbeiter untersuchten die Wagen und entdeckten im zweiten die Stoffbündel. Sie riefen, wir seien wohl verrückt, solch nutzloses Zeug mit uns herumzuschleppen, und begannen, Narrs Erfindung vom Wagen herunterzuwerfen.

Dann stiegen sie auf den Kutschbock und trieben die verängstigten Pferde mit der Peitsche an. Die entflohen bereitwillig dem beißenden Wind und Rauch. Wir standen in der Staubwolke, die sie hinterließen, und starrten ihnen nach.

»Und nun?« fragte Prinz Ivorr. »Narr, Ihr werdet doch wohl nicht erwarten, daß wir das alles tragen?«

»Natürlich nicht«, sagte Oriole, die wieder aus den Büschen auftauchte. »Es trägt uns. Was sonst?«

»Das ist absurd.« Erin war zutiefst verärgert. »Wie soll das gehen?«

»Genau«, pflichtete ihm Ivorr bei. »Wir haben kein Gefährt, mit dem wir die Vorrichtung verbinden könnten, und es gibt auch keinen Platz für Fahrgäste. Außerdem benötigen wir Holzkohle und Wasser.«

»Holzkohle haben wir«, erwiderte Oriole.

»Aber nicht genug.« Narr sah sich um. »Ein Sack bringt uns nicht weit. Das ist das Problem bei meiner Erfindung – sie frißt den Brennstoff. Doch vor ungefähr einer Meile sind wir an einem Gehöft vorbeigekommen, das verwaist zu sein schien. Mit etwas Glück finden wir dort einen Wagen oder Ähnliches und Wasser und Treibstoff. Wenn nicht, müssen wir eben zu Fuß weiter.« Er bemerkte unsere skeptischen Blicke. »Wir sind noch gut zehn Meilen von Durion entfernt. Es ist ein langer Weg, und wir können erst bei Einbruch der Nacht dort sein. Das ist unsere einzige Chance, falls es uns nicht gelingt, den Dampfwagen in Betrieb zu setzen.«

»Also gut.« Ivorr hatte einen Entschluß gefaßt. »Einige von uns gehen zum Gehöft zurück, die übrigen bauen unter Eurer Leitung, Narr, den Wagen zusammen.«

»Einverstanden«, sagte Erin. Er hielt es für selbstverständlich, daß er und Ivorr die Befehle gaben.

»Aber können wir den armen Alexahn einfach hier liegenlassen?« fragte Keneth, der neben der Leiche seines Freundes kniete. »Ihr habt ihn mit keinem Wort erwähnt. Macht sich auch nur einer von euch Gedanken um ihn?«

Ich kniete ebenfalls nieder und erklärte ihm behutsam, daß wir keine andere Wahl hätten, als Alexahn hier zurückzulassen. Wir würden ihn neben die Straße in ein Grab betten, und Janna würde ein Gebet für ihn sprechen. Ivorr ließ mich zu Ende reden, wartete aber ungeduldig hinter mir. Als ich fertig war, zog er mich hoch und zerrte mich mit sich.

»Gut, gut«, brummte ich, als Ivorr, Bryen und ich uns auf den Weg machten. »Aber Ihr solltet daran denken, daß Keneth gerade seinen Geliebten verloren hat.«

»Keneth und Alexahn haben uns bei unserer nächtlichen Aktion an der Mauer der Zitadelle geholfen«, bemerkte Ivorr, »und sie halfen bei der Flucht aus Jannas Haus. Also sind sie unsere Freunde. Aber sonst, das sage ich ganz offen, hätte ich sie nicht mitgenommen. In der Welt, in die wir uns begeben, brauchen wir Frauen und Männer, die für Nachwuchs sorgen. Da bleibt nicht viel Platz für Leute wie Keneth und Alexahn.«

Ich war so bestürzt, daß mir die Worte fehlten. Bryen bemerkte es und sagte: »Das ist ungerecht. Und was ist mit Janna? Genaugenommen müßten wir dann auch sie zurücklassen.«

»Nein. Janna hat ihren Beitrag geleistet«, widersprach Ivorr und marschierte forsch vor uns her. »Ashinn kann es bezeugen. Sie besitzt ein großes Wissen, und das wird für uns sehr wertvoll sein. Ich bezweifle jedoch, daß auch Keneth viel Weisheit zu bieten hat.« Er sah sich zu mir um. »Ashinn, blickt nicht so mürrisch drein. Aus Achtung Euch gegenüber nehme ich ihn mit. Aber Ihr scheint nicht bemerkt zu haben, wie sich die Welt verändert hat. Die alten Regeln gelten nicht mehr. Würde ich sonst mit einer Waffe in der Hand auf ein Gehöft zugehen, in der Absicht, mir Treibstoff und Wasser mit Gewalt zu nehmen, falls die Bewohner es nicht freiwillig herausrücken wollen?«

In Krisensituationen zeigt sich der wahre Charakter eines Menschen. Ich hätte mir früher nicht vorstellen können, daß ich mich bei Hof erheben und der Ratsversammlung die Stirn bieten würde, und ich hatte auch noch nie zuvor festgestellt, wie rücksichtslos Prinz Ivorr sein konnte.

Zum Glück war das Gehöft menschenleer. Wir fanden drei Wagen, eine Menge Holzkohle in Säcken, ein paar Weinfässer, Bronzeketten und einen Brunnen. Das Wasser war warm, was uns diesmal sogar als angenehm erschien.

Wir leerten die Weinfässer – »Welche Verschwendung«, brummte Prinz Ivorr –, füllten sie mit Wasser, luden sie zusammen mit den Holzkohlesäcken auf einen der Wagen und fuhren zu den anderen zurück. Narr hatte mit den Frauen die Dampfmaschine schon fast vollständig zusammengebaut. Auch Keneth half ihnen mittlerweile. Wir legten letzte Hand an und befestigten die Maschine mit der Kette an dem Wagen. Hie und da mußten wir noch etwas zurechtbiegen oder -hämmern, doch dann waren wir fahrbereit.

So beförderte uns schließlich Narrs revolutionärer Wagen nach Durion. Die Räder quietschten und knarrten auf der holprigen Straße. Der Qualm, der aus dem Auspuff strömte, war fast genauso dicht und stinkend wie jener über uns. Alles wackelte und ratterte, doch wir kamen voran. Eine Meile vor Durion ging uns die Holzkohle aus, und der Dampf verpuffte. Doch nun konnten wir den Weg zu Fuß fortsetzen.

Narr ließ seine Maschine nur sehr ungern zurück. Er streichelte sie, als sei sie ein lebender Gegenstand. Er entschuldigte sich sogar bei ihr, daß er sie zurücklassen müsse.

Die Maschine spukt noch immer durch meine Träume. Ich lege den Weg nach Durion noch einmal zurück, aber diesmal unter Wasser. Ich sehe Fische durch den Hohlweg schwimmen, wo uns die Steinbrucharbeiter überfielen. Ich gelange zu der Stelle, wo wir den Dampfwagen zurückließen. Der Auspuff ist mit Rankenfüßern verkrustet und mit Anemonen bewachsen.

Doch das ist alles Unsinn. Es gibt heute keine Spur von diesem Hohlweg mehr und auch nicht von Narrs Maschine. Aber mir gefällt der Gedanke, daß mein Traum der Wahrheit entspricht, denn zu Fuß hätten wir sehr lange bis nach Durion gebraucht.

Unser Ziel war Bergenns Haus. Wir nahmen einen Weg über den Hügel, von dem aus wir den Hafen überblicken konnten. Dort entdeckten wir die Dreimaster. Am Kai drängten sich viele Menschen, die aus allen Richtungen nach Durion geströmt waren. Einige Schiffe waren bereits ausgelaufen; wir sahen, wie sie auf den Horizont zufuhren. Wieder andere Schiffe steuerten auf den Hafen zu. Oriole zählte acht Dreimaster, die vermutlich von den verborgenen Ankerplätzen kamen. Bergenn hatte wirklich gute Arbeit geleistet.

Es wurde bald Nacht. Wir waren voller Ruß und Asche und scheuten uns, einen Blick auf den immer größer werdenden roten Feuerball hinter uns zu werfen. Janna und Narr waren erschöpft und wurden langsamer. Juny wandte sich um und wartete auf Narr. Ich ging ebenfalls zurück, um sie zur Eile anzutreiben. Sie schienen sich über etwas zu streiten. Juny wirkte sehr niedergeschlagen. »Los, beeilt euch«, sagte ich wütend und trieb sie an wie der Hirte die Herde.

Als wir schließlich vor Bergenns Hof standen, kam er uns entgegen, Mandarr an seiner Seite. Er umarmte seinen Sohn Bryen und sagte: »Wir haben keine Zeit, ins Haus zu gehen. Wir sind schon alle zum Aufbruch bereit.«

»Wir müssen die Flut nutzen«, bemerkte Mandarr emotionslos. »Selbst nach dem Ansteigen des Wasserspiegels können die großen Dreimaster hier bei Ebbe nicht auslaufen. Viele Leute befinden sich bereits an Bord eines von Erins Schiffen: Garreth und seine Truppe, die beiden Mädchen, die ich mitgebracht habe, deine Frau und deine Konkubinen, Erin ...«

»Und mein gesamter Haushalt«, bemerkte Bergenn. »Aber Zymon und Rianna sowie Eure Damen, Prinz Ivorr, wollten unbedingt warten. Aber …«, seine Stimme verriet Besorgnis, »sind das auch wirklich alle? Wir haben mit mehr Personen gerechnet.«

Bryen erzählte von Fiahn, Marsha und Alexahn, und inzwischen kamen auch die anderen aus dem Haus und gesellten sich zu uns. Rianna trat auf Prinz Ivorr zu und sagte: »Alle sind in Sicherheit, auch die Kinder.« Er küßte sie, schob sie dann von sich und meinte: »Aber jetzt müssen wir uns auf den Weg machen.«

»Nicht alle«, wandte Narr ein.

Etwas in seiner Stimme ließ uns aufhorchen, selbst wenn seine Worte nicht so unheilvoll geklungen hätten.

»Was ist?« fragte ich.

»Ich wünsche euch alles Gute«, sagte Narr. »Ich wünsche euch eine gute Reise und eine glückliche Zukunft im Neuen Atlan, aber ich komme nicht mit euch.« Er blickte Oriole und mich an und streckte uns die Hände entgegen. »Meine Tochter«, sagte er, »und mein Sohn, der auch mein Bruder ist. Hier sagen wir uns Lebewohl.«

»Was soll das heißen?« fragte Oriole bestürzt.

»Das heißt, daß er nicht mit uns segeln will.« Juny, die neben Narr stand, nahm seinen Arm und schüttelte ihn. »Er hat es mir bereits unterwegs gesagt. Er möchte hierbleiben! Narr, das kannst und darfst du nicht tun, bitte …«

Nichts an Juny erinnerte im Augenblick an die bezaubernde Tänzerin aus jener Festnacht bei Meister Chesnon. Sie sah aus wie ein verdreckter kleiner Affe. Ihr dunkles Haar war zerzaust und fiel ihr in die Stirn, so daß sie es immer wieder unwirsch zur Seite strich. Ihr Gesicht, das sie flehend zu Narr erhob, war tränen- und rußverschmiert. Doch er schenkte ihr keine Beachtung. Als er sprach, wandte er sich an Oriole und Bryen sowie an mich.

»Hört zu«, sagte er, »ich weiß, was ich tue. Ihr seid jung und könnt euch ein neues Leben aufbauen. Aber ich werde alt und kann nicht von der Hand in den Mund leben, in irgendeiner Hütte, in der ich jeden Tag ums Überleben kämpfen muß. Ich brauche Bücher und Ideen. Ich muß studieren, lehren und experimentieren können. Aber der Prinz hatte recht, als er sagte, daß die Zeit für Erfindungen und Gelehrte mit unserem Tod zu Ende geht. Ihr werdet auch darauf verzichten müssen, aber ihr seid vielleicht noch jung genug, um euch anzupassen. Für mich ist dieses Pionierleben nichts. Also bleibe ich hier.«

»Auch ich könnte ein solches Leben nicht meistern«, sagte Janna. Sie trat vor und stellte sich neben Narr. »Und vielleicht sollte ich als Priesterin von Kya Atlan nicht im Stich lassen. Narr und ich, wir werden einander Gesellschaft leisten. Ihr müßt gehen und euch retten.«

Wir alle widersprachen heftig. Mandarr und Bergenn meinten, obwohl sie nicht mehr jung seien, wollten sie doch auch so lange wie möglich leben. Oriole flehte ihren Vater an, Juny stammelte hysterisch, doch vergeblich.

Ich sah, wie Bryen den Arm um Oriole legte und sie den Kopf an seine Schulter schmiegte. Sie hatten einander, aber ich hatte niemanden. Narr und Janna waren meine Eltern: Narr war mein Pflegevater, den ich von klein auf liebte, und Janna die Mutter, die ich erst vor kurzem gefunden hatte. Ich kann mich nicht mehr genau entsinnen, was ich sagte, ich weiß nur noch, daß ich vor ihnen kniete und schwor, mit oder ohne ihre Zustimmung in Atlan zu bleiben, wenn sie nicht mit uns segelten.

Doch Narr schüttelte den Kopf, und Prinz Ivorr zog mich hoch. »Ashinn, du bist jetzt ein Mann«, sagte Narr. »Du brauchst keine Eltern mehr, du hast dein Leben vor dir. Du wirst zum Neuen Atlan segeln, und meine Tochter ebenso. Oriole, geh mit deinem Gemahl und sorge dafür, daß ein Neues Atlan entsteht. Und du, Juny ...« Er ergriff Junys Hand, aber nur, um sie in meine zu legen. Ich blickte ihn verständnislos an. »Ashinn, kümmere dich an meiner Stelle um sie. Enttäusche mich nicht. Juny, geh mit Ashinn!«

»Das ist ja alles sehr bewegend«, meinte Erin. »Aber wenn wir jetzt nicht schnell aufbrechen, können wir vermutlich erst am Morgen in See stechen, und wer weiß, was bis dahin geschieht?« Während er redete, blickte er stirnrunzelnd zum Himmel hoch, und ich folgte seinem Blick. Die rote Glut war stärker und bedrohlicher geworden.

»Schau nicht so bestürzt drein, Ashinn«, wandte sich Narr an mich. »Du magst Juny doch, nicht wahr? Es wird wohl kein so großes Opfer sein.« Seine bernsteinfarbenen Augen blickten freundlich, aber auch unerbittlich. »Oriole konnte deine Frau nicht werden, aber eines Tages brauchst du eine Frau. Nimm Juny und hab Kinder mit ihr. Ich konnte sie ihr nicht schenken, aber vielleicht kannst du es.« Für einen Moment legte er seine Hand über unsere. »Einst tat ich das für dich und Oriole. Nun tu ich es für dich und Juny. Ihr seid jetzt Mann und Frau. Aber nun geht.«

Ich hätte ihm gern tausend Dinge gesagt, mit ihm gestritten, alle Gründe beleuchtet, weshalb er und Janna sich doch noch anders entscheiden sollten, aber es blieb keine Zeit dafür.

»Erinnerst du dich an den Tag, als die Turmspitze herunterfiel?« fragte Narr auf einmal.

»Ja, natürlich.«

»Weißt du noch, wie erschüttert ich war?«

»Ja, aber ich sehe keinen Zusammenhang ...«

»Mein Entschluß reifte auf dem Weg hierher«, sagte Narr. »Aber ich glaube, ich hatte ihn eigentlich schon vorher gefaßt. Ich glaube nicht an Hellsichtigkeit, und doch meine ich, daß ich sie einst erfahren habe, damals, als die Fiale herunterstürzte. Ich sah, wie es geschah, und mit ebensolcher Deutlichkeit wußte ich im gleichen Augenblick, daß Atlan untergehen würde. Daß die ganze große Stadt um mich herum und das Leben darin dem Untergang geweiht waren. Das bedeutete auch mein Ende, denn ohne Atlan ist das Leben für mich nicht lebenswert. Erinnerst du dich, wie ich darauf bestanden habe, daß Oriole bei uns bliebe und nicht nach Xetlan zurückkehrte? Ich wollte, daß wir alle zusammen wären, wenn es geschähe.«

»Ashinn, Juny, Oriole, kommt jetzt«, forderte uns Ivorr auf.

Narr und Janna gingen gemeinsam ins Haus zurück, so daß sie uns verließen und nicht wir sie. Doch als wir am Hoftor ankamen, war Juny noch immer unschlüssig. »Er kann mich dir nicht aufzwingen«, sagte sie zu mir. »Wenn du mich nicht willst, ist es in Ordnung. Ich komme auch allein zurecht, hier oder im Neuen Atlan. Aber ich sollte bei Narr bleiben, ob er es nun wünscht oder nicht. Ich gehe zurück.«

Trotz all dem Ruß und den verschmierten Tränen und ihrer Angst bewahrte sie ihre erstaunliche Würde, die ich stets an ihr bewundert hatte. Als Narr behauptete, ich würde Juny mögen, hatte er recht gehabt.

»Das tust du nicht«, sagte ich, legte den Arm um sie und drängte sie vorwärts. »Bleib bei mir. Ich brauche jemanden, der mich unterstützt, allein schaffe ich es nicht.«

Als wir den Hügel zum Hafen hinuntergingen, blieben wir dicht beisammen. Doch kurz bevor wir unser Ziel erreichten, wurden wir von der Menge verschluckt. Plötzlich drängten sich unzählige Menschen in Durion. Sie schleppten alle ihre Habseligkeiten mit sich, zogen Handwagen hinter sich her, fuhren auf Ochsenwagen, halfen den Alten oder ließen sie im Stich.

Als wir beim Kai anlangten, war die Nacht vollends hereingebrochen, aber am Hafen brannten Lampen. Die Flutmarken zeigten schon wieder Ebbe an. Dann ereignete sich ein weiteres kleines Beben. Jemand schrie, die Ebbe sei zu schnell eingetreten, etwas Schreckliches würde geschehen. Wir folgten Erin, Prinz Ivorr und ihren Leuten zu Erins Schiff, als plötzlich ein Tumult entstand und schreiende Menschen uns trennten. Irgendwie schaffte ich es, mit Juny und Keneth zusammenzubleiben, doch die Menschenmenge drängte uns vom Ufer ab. Wir versuchten, uns dagegen zu stemmen und zum Ankerplatz zurückzukehren. Doch wir brauchten zu lange. Als wir uns endlich durchgekämpft hatten, wurde die Laufplanke gerade hochgezogen.

Ich hatte gesehen, wie der Prinz und Erin mit ihren Begleitern an Bord gegangen waren. Der Prinz hielt Riannas Arm und trug eines seiner Kinder auf den Schultern. Erins Diener hielt sich eng an seinen Herrn. Ich meinte, auch Mandarr und Bergenn an Deck zu sehen, von wo sie zu uns herunterblickten, war mir aber nicht ganz sicher.

Wir hatten die Chance verpaßt, mit ihnen an Bord zu gehen. Verzweifelt schaute ich mich um und entdeckte, daß wir vielleicht noch die Laufplanke eines anderen Schiffes erreichen konnten. Ich zog Juny und Keneth mit mir. Wir hatten Glück, denn die Menge um uns herum schob uns zu dem Landungssteg.

Nachdem wir außer Atem an Deck gelangt waren, stach das Schiff in See. Wir standen im Heck an der Reling und blickten auf das nachtschwarze Meer hinaus.

Ein Dreimaster steuerte auf den Hafen zu. Ich glaube – und ich hoffe, daß ich mich nicht geirrt habe –, daß sich Bryen und Oriole in der Menschenmenge befanden, die zum Landungssteg drängte. Bryen war von seinem Vater getrennt worden, doch zumindest würde es den beiden gelingen, von Atlan wegzukommen.

Unser Schiff war so überfüllt, daß ich mir nicht vorstellen konnte, wie man hier Schlaf finden sollte oder wie Lebensmittel und Wasser gerecht verteilt werden könnten. Doch ich war dankbar, daß wir hier waren. Als wir die Hafenmündung passierten, hielt ich nach der Markierung an der Mauer Ausschau und stellte fest, daß sie viel höher über dem Wasserspiegel lag, als normal gewesen wäre. Das Wasser floß aus dem Hafen ab wie aus einem löcherigen Eimer.

Erins Schiff glitt schattenhaft vor uns her. Ich blickte zurück und sah, daß nun auch das Schiff, auf dem sich hoffentlich Oriole und Bryen befanden, abgelegt hatte. Unter den Lichtern glänzten die nassen Ruder. Etwas später, als unsere Segel von fluchenden Seeleuten, die ständig über Menschen stolperten, aufgezogen wurden, sah ich, wie das andere Schiff den Hafeneingang passierte. Es war gerade zur rechten Zeit ausgelaufen; etwas später wäre es festgenagelt gewesen und hätte auf die nächste Flut warten müssen.

Unser Schiff änderte den Kurs und schlug die Route nach Osten ein. Schüsseln mit Wasser wurden herumgereicht und Brot und getrocknetes Fleisch. Einige von uns hatten sich auf den Boden gelegt, den Kopf auf den Beutel gebettet, in dem sie ihr Hab und Gut verstaut hatten. In der Ferne sahen wir, wie der Feuerball am Himmel noch glühender geworden war und immer noch Rauch in der Luft hing. Ich glaube kaum, daß irgendeiner von uns wirklich Schlaf fand.

Es lag eine unerträgliche Spannung in der Luft, das Gefühl, daß sich etwas Furchtbares ankündigte. Aber einige Stunden lang geschah nichts, außer daß die Windstärke zunahm. Der Westwind lenkte uns in die richtige Richtung. Er war rein, vertrieb den Rauch und die Asche und erfüllte die Luft mit Salzgeschmack. Hie und da entdeckten wir die Lichter anderer Schiffe, einige schienen von Xetlan zu kommen. Ich drängte Juny und Keneth, meinem Beispiel zu folgen und etwas zu essen und zu trinken.

Alle Kajüten waren bereits überfüllt, noch bevor wir das Schiff betreten hatten. So legten wir uns an der Stelle nieder, wo wir uns gerade befanden, und schmiegten uns aneinander, um es warm zu haben. Zumindest war es hier trocken. Vor Erschöpfung nickten wir ein.

Als das Schiff nach Osten drehte, wechselte der Wind und entfernte uns noch weiter vom Land. Das war ein Segen, denn es hatte wieder begonnen, Asche zu regnen, und die Luft war erneut von beißendem Rauch erfüllt. Donner grollte, und ein Blitzstrahl ließ mich hochschrecken.

Entsetzte Rufe erhoben sich auf dem Schiff. Alle drei waren wir sofort hellwach. Wir rappelten uns hoch und starrten gebannt zum Hügel von Atlan.

Trotz der Dunkelheit konnten wir alles deutlich erkennen, denn Atlan war in purpurrotes Licht getaucht. Wir sahen den Rauch, der im Norden des Hügels aufwallte. Darunter lag die Quelle dieses Lichts, ein Schlot, aus dem ein glühender Fluß geschmolzenen Felsgesteins floß, langsam den Inneren Kanal in Rauchwolken hüllte, sich wie eine glänzende Schlange weiterbewegte und in der Unterstadt verschwand.

Doch das Licht kam nicht nur von der Lava. Große Teile der Ober- und der Unterstadt standen in Flammen. Ungläubig starrten wir hinüber. Wir konnten die Menschen, die nicht entkommen waren, wir konnten die brennenden Geschäfte und Häuser, die einst das Leben und die Träume vieler Bewohner dargestellt hatten, nicht sehen, aber wir wußten, daß sie dort waren und daß jenes Atlan, das wir so geliebt hatten, im Sterben lag.

Plötzlich sah ich im Geiste Narrs Haus vor mir. Ich sah es so deutlich, daß ich es fast hätte berühren können. Ich sehe es immer noch vor mir. Damals wie heute kann ich einfach nicht glauben, daß es ausgelöscht ist.

Ich spürte Junys Hand. »Harion und Marsha«, sagte sie. »Und alle anderen, die zurückgeblieben sind. Und Narrs schöne Pferde.«

»Vielleicht konnten sie doch noch aus der Stadt fliehen«, sagte ich.

Der Donner grollte erneut, und ein Blitzstrahl zerteilte den Rauch. Augenblicklich fing es an zu regnen, ein schmutziger Regen, der schwarze Streifen auf unseren Kleidern und Gesichtern hinterließ. Wir rückten enger zusammen und versuchten, einander davor zu schützen. Da verspürten wir unter uns einen dumpfen Schlag, als ob eine Riesenfaust vom Meeresboden hochgeschnellt wäre und unserem Boot einen Stoß versetzte. Wellen türmten sich über uns, das Meer tobte und warf unser Schiff wie eine Nußschale hin und her.

Dann explodierte der Hügel von Atlan.

Einen Augenblick lang war die schüsselförmige Spitze mit der zusammengestürzten Mauer der Zitadelle noch deutlich sichtbar. Dann stieg ein neuer, glänzender Feuerball empor, aus dem Flammen und flüssiges Felsgestein in den Himmel geschleudert wurden. Die Detonation ließ unser Schiff erzittern.

Jene Seite des Hügels, aus dem die Lava floß, klaffte weit auf und spuckte einen neuen, gewaltigen Feuerstrom aus. Es folgte eine weitere Explosion, und der größte Teil des Hügels war verschwunden.

So also ging Atlan unter. Es wurde nicht einfach nur erschüttert, zertrümmert und verbrannt, nein, es ging unter. Meine Stadt, meine Heimat, meine Kindheit waren ausgelöscht.

Danach nahmen der Wind und die Wellen so sehr an Heftigkeit zu, daß wir uns flach auf den Boden legen und uns festhalten mußten, um nicht über Bord gespült zu werden, denn von allen Seiten türmten sich die Wogen über uns und schlugen auf das Deck nieder.

Während ich von Regen und Meerwasser durchnäßt auf dem Boden lag und nach Luft rang, hörte ich, wie ein Mast umstürzte, vielleicht waren es auch mehrere. Darauf folgten die Schreie und das Jammern der Getroffenen. Ich spürte, wie das Schiff hochgehoben wurde und wieder herunterfiel, als ob eine einzige Riesenwelle unseren Kiel hochgeschleudert hätte. Und in diesem Augenblick hatte ich aufs neue eine Vision.

Weit entfernt erblickte ich das eingestürzte Silbergewölbe, und ich sah, wie auf einem grasbewachsenen Fleck Lion Diarr gegenüberstand und dieser ihn verurteilte. Dann erlebte ich, wie Lion und Niomy starben. Ich hörte, wie sie vergeblich En anriefen. Danach verschwanden sie, und ich sah den Hohenpriester, wie er durch den blutroten Irrgarten eilte und dem Schrein von En zustrebte. Ich beobachtete ihn, wie er sich dort zu Boden warf, vor Angst jedoch wieder aufsprang, als Rauch aus der Öffnung rings um den schwarzen Stein aufstieg und ihn einhüllte.

Dann brach plötzlich ein Feuerschwall aus dem Boden unter dem

Schrein hervor. Diarr verschwand, ebenso der große schwarze Stein, und ich war wieder in Durion.

Ich sah Narr und Janna und versuchte, Narr an der Schulter zu berühren. Doch meine Hand war nicht materiell, ich war nur im Geiste bei ihnen.

Während Regen an die Fenster schlug, saßen sie in Bergenns Haus und tranken Wein. Ich hörte, wie sie sich unterhielten.

»Eure Tochter Oriole ist Ärztin. Sie hat mir dies gegeben«, sagte Janna und holte eine kleine Phiole aus ihrem Gewand. »Nein, es ist nicht das Mittel, mit dem wir die Wachen eingeschläfert haben. Dieses hier ist tödlich. Sie gab es mir schon vor ihrer Hochzeit. Jetzt, glaube ich, können wir darüber froh sein. Es ist besser, schnell als langsam zu sterben. Wir können es unter den Wein mischen, wenn Ihr wollt.«

Narr erhob sich und ging zum Fenster. »Es gibt immer noch eine kleine Chance«, sagte er. »Wenn die Eruption nachläßt …«

Blauweiße Blitze zuckten über den Himmel und mischten sich mit der roten Farbe des glühenden Gesteins, als der Hügel von Atlan explodierte und das Feuer von den Wolken widergespiegelt wurde. Das Haus erzitterte. Auch Janna sprang auf und lief zu einem der Fenster.

»Wir haben keine Zeit mehr!« rief sie. »Nicht einmal mehr für den Wein. Atlan ist am Ende!«

Und nun sah auch ich, was sie sah: die gewaltige Flutwelle, die von Nordosten heranrollte. Einer ihrer Ausläufer schlug über Xetlan zusammen, der Rest rollte weiter, stieg in die Höhe und erhob sich über Durion, wuchs höher hinauf als die Hafenmauern, schlug über die Dächer der Stadt …

Ich befand mich wieder auf dem Schiff. Um mich herum herrschte ein heilloses Durcheinander. Keneth lag am Boden und hatte die Arme schützend über den Kopf gelegt und die Knie angezogen, und Juny drückte sich an mich. Ich legte einen Arm um ihre Schultern und hielt sie fest.

Das Schiff war vom Kurs abgekommen, hatte zwei Masten verloren, und seine Segel waren zerfetzt. In der Nacht jedoch ließ der Wind nach, und am Morgen trieben wir langsam über eine noch immer nicht zur Ruhe gekommene See, die jedoch nicht mehr so bedrohlich wirkte.

Es kam kein Land in Sicht, doch der Himmel war von Wolken bedeckt, die aus Rauch und Staub bestanden. Auf dem Wasser trieben vereinzelt brennende Holzstücke. Atlan oder was davon noch geblieben sein mochte, lag irgendwo hinter dem Horizont. Wir sahen keine anderen Schiffe. Der Sturm hatte uns weit abgetrieben.

Schließlich fanden wir ein Segel, das noch intakt war, zogen es auf dem verbliebenen Mast auf und versuchten, Kurs auf Südosten zu nehmen. Doch kurz darauf brach eine neue Sturmbö, von Süden kommend, über uns herein.

Als wir uns verzweifelt in Sicherheit zu bringen versuchten, wußte ich mit absoluter Sicherheit, daß wir niemals die Seichte See und das Neue Atlan erreichen würden, ich wußte, daß ich Oriole, sofern sie noch lebte, nie wiedersehen würde. Und ich wußte, daß Narr, mein Pflegevater, und Janna, meine Mutter, tot waren.

Neues Land

Wir trieben immer weiter nach Norden, unter einem grauen, trüben Himmel, dessen Wolkendecke niemals aufriß. Wir waren alle erschöpft, und die meisten, auch viele Ruderer, waren seekrank geworden. Es dauerte mehrere Tage, bis wir Land sahen, und bevor wir nach einem Ankerplatz Ausschau halten konnten, liefen wir auf Grund.

Es war Ebbe, und nur ein schmaler, seichter Streifen Wasser lag zwischen uns und der Küste, so daß wir an den Strand waten konnten. Froh und dankbar betraten wir wieder festen Boden. Es gelang uns, den Großteil unseres Frachtgutes aus dem Schiff zu bergen und an Land zu bringen. Bei der nächsten Flut brach das Schiff auseinander.

Später bauten wir ein kleines Boot, das wir mit einigen Männern, die herausfinden sollten, ob von Atlan noch etwas übriggeblieben war, südwärts schickten. Sie kehrten wohlbehalten, aber mit furchtbaren Nachrichten zurück.

Als sie sich Atlan näherten, so berichteten sie, sei das Meer so stark von umhertreibendem Holz und dichten Schlingpflanzen bedeckt gewesen, daß sie nicht weiter vorankamen. Im Westen dagegen sei das Meer offen gewesen, darum hätten sie einen Umweg eingeschlagen und sich Atlan von Süden her genähert. Der Wind oder die Strömung hätten das Geröll nach Nordosten getrieben, und sie seien zu einem Punkt gelangt, von dem aus man Atlan hätte sehen müssen.

Aber es war nicht mehr da. Meine Vision, die ich an Bord des Schiffes gehabt hatte, war kein Alptraum gewesen. Es war nichts mehr zu sehen, bis auf einige verstreute Inselchen, die früher vielleicht die Spitzen von Atlans oder Xetlans Bergen gebildet hatten. Der Hügel über der Stadt war in viele kleine Teile zersprengt worden, und auch das fruchtbare Tiefland am Fuße der Berge und die grüne, gewellte Landschaft Xetlans waren verschwunden.

Als ich davon erfuhr, ging ich hinaus, um eine Weile allein zu sein. Ich entsinne mich, daß ich mir vorstellte, wie das Meer über Xetlan hinwegrollte, die Flußtäler hinaufeilte und sich schließlich in das zentrale Becken ergoß, wo der Schrein von Kya der Heilerin gewesen war. Ich malte mir aus, wie der Brunnen, an dem Oriole mich einst erwartet hatte, noch immer versuchte, sein Wasser in das Meer zu speien, und der schlichte weiße Raum, in dem sie so viele Jahre geschlafen hatte, von dunklem Unkraut überwuchert wurde.

Die Teilnehmer der Erkundungsexpedition waren traurig nach Hause zurückgekehrt. Ich sage »nach Hause«, denn dieser düstere Zufluchtsort im Norden war nun unsere Heimat, die einzige, die wir noch besaßen.

Hier leben wir seitdem mehr schlecht als recht. Es ist uns bis jetzt nicht gelungen, irgendeine Form von städtischem Leben aufzubauen, denn es mangelt uns an so vielem. Batas wachsen zwar auch in kühlem Klima, doch als wir unsere Fracht durchforsteten, stellten wir fest, daß keine Knollen eingeladen worden waren. Wir besaßen zwar Corve-Sämlinge, doch sie gedeihen hier nicht, genausowenig wie Oliven, Pfeffer und die übrigen Obstsorten, die wir mitbrachten, mit Ausnahme von Äpfeln. Es gelang uns allerdings, einige Gemüsesorten zu ziehen, zum Beispiel Zwiebeln, Lauch und Gurken, und wir hatten auch Saatkorn an Bord für eine widerstandsfähige Getreideart, die an den Berghängen Atlans angebaut wurde. Das Brot, das wir daraus backen, ist jedoch sehr grob.

Wir mußten das Fischen und Jagen erlernen. Anfangs waren wir jeden Tag hungrig. Meine Kochkünste erwiesen sich als wertvoll, und bald mußte ich auch andere darin unterrichten. Die mangelhafte Ernährung schwächte uns und machte uns anfällig für Krankheiten. Viele verließ auch der Lebensmut. Zu ihnen gehörte Keneth, der die Kälte und die harten Lebensbedingungen nicht ertragen konnte und unablässig um Alexahn trauerte. Er starb knapp ein Jahr nach unserer Landung.

Auch der Bau passabler Unterkünfte erwies sich als schwierig. Ursprünglich hausten wir in Höhlen. Es gab niemanden unter uns, der die Bearbeitung von Steinen beherrscht hätte. So mußten wir uns damit begnügen, die Wände unserer Erdlöcher durch Granitblöcke zu verstärken.

In den ersten Jahren waren wir im Grunde nur damit beschäftigt, uns in diesem Gebiet zu behaupten, das die eingeborenen Stämme zu ihrem Territorium zählten. Aber auch hier stieg der Meeresspiegel, und als die Höhlen, in denen wir Zuflucht gesucht hatten, überflutet wurden, mußten wir weiter ins Landesinnere ziehen. Hier lernten wir schließlich, Hütten zu bauen und sie durch Palisaden und Gräben gegen Angriffe zu schützen.

Heute leben wir in Hütten aus Torf und Stein auf einem Berghang auf der Spitze einer schmalen Halbinsel. Wir waren niemals zahlreich genug, um uns neues Land zu erkämpfen, wenngleich wir Waffen aus Bronze und Eisen besaßen.

Doch auch Metallgegenstände zerbrechen irgendwann. Viele unserer Waffen und Werkzeuge sind inzwischen verrottet und können nicht ersetzt werden, da wir keine Möglichkeit haben, Metall zu schmelzen, und weil auch nicht die richtigen Erze vorhanden sind.

Vieh hatten wir seinerzeit nicht an Bord, aber mittlerweile haben wir wilde Ziegen domestiziert, die gute Milch geben; nur der Käse, der daraus erzeugt wird, stinkt für meinen Geschmack zu sehr. Aus den langen, zotteligen Haaren dieser Ziegen hofften wir Tücher weben zu können, doch die daraus hergestellten Kleider kratzen stark. Allmählich verlernen wir das Spinnen und Weben, ebenso das Töpfern und das Schreiben und vieles andere mehr.

Am Ende werden wir in den Stämmen der Barbaren aufgehen.

Wir erfuhren nie, was aus den anderen Schiffen wurde. Ich weiß nicht, ob eines von ihnen jemals das Neue Atlan am östlichen Rand der Seichten See erreichte oder ob sie alle untergingen. Ich kann auch nicht sagen, was aus den Inseln des Sonnenuntergangs und den Siedlungen auf dem Festland wurde und ob die Aufbauversuche im Neuen Atlan von irgend jemandem weitergeführt wurden.

Die Hellsichtigkeit läßt sich nicht auf Befehl aktivieren. Sie brachte mir auf keine dieser Fragen eine Antwort. Sie zeigte mir nie, wie es Oriole ergangen war. Doch ich glaube, ich hätte es irgendwie erfahren oder gespürt, wenn sie während unserer Flucht umgekommen wäre. So kann ich nur hoffen, daß sie und Bryen irgendwo einen sicheren Platz gefunden haben.

Wenn ihnen dies gelungen ist, dann könnte unser Kind, das wir verbotenerweise in die Welt gesetzt haben, mit dem Leben davongekommen sein und vielleicht schon selbst Nachwuchs haben.

Durch unsere Blutsverwandtschaft verstehe ich Oriole sehr gut. Sie war nicht geschaffen für ein Leben der Enthaltsamkeit, für sie bildeten Liebe, Sex und Kinder nur Etappen in ihrem Reifeprozeß. Falls ihr ein langes Leben beschieden war, wird sie nicht als Jungfrau oder Mutter, sondern als große Alte ihre Erfüllung erlangt haben. Wenn sich ihr die Chance geboten hat, wird sie eine Sybilline geworden sein, die man wegen ihrer Weisheit ehrte und im Streit fürchtete und die manche wegen ihrer Integrität auch haßten.

Solches war die Erfüllung, die von der Natur für sie vorgesehen war. Seit unserer Trennung denke ich jeden Tag an sie und wünsche aus tiefstem Herzen, daß sie dieses Ziel erreichen möge.

Gerne würde ich auch wissen, ob Ivorr und Erin, diese intelligenten, wenngleich manchmal etwas skrupellosen Aristokraten, überlebt und Nachkommen hinterlassen haben. Falls ja, lebt in ihnen der Funke, der den Aufstieg Atlans ermöglichte und der vielleicht eines fernen Tages eine neue Flamme entzünden und irgendwo auf der Welt ein Neues Atlan entstehen lassen wird.

Vielleicht entsteht es sogar hier. Ich bin ja ein Nachkomme Narrs, und meine Kinder tragen nicht nur sein Erbe in sich, sondern auch all das, was ich ihnen über den Mut und die schöpferische Kraft meiner Mutter Janna vermitteln konnte.

Ganz zu schweigen von dem Beitrag meiner Frau. Denn Juny wurde meine Gemahlin, nicht um Orioles Platz einzunehmen, sondern um sich einen eigenen zu schaffen, und sie schenkte mir viele Kinder, bevor sie starb.

Narr hatte zu Recht ihre geistigen Fähigkeiten gerühmt. Juny verfügte über einen wachen Verstand, der sich oft als sehr nützlich erwies. Sie erinnerte sich daran, was Narr ihr über die Herstellung von Bronze und Eisen erzählt hatte, und versuchte dieses Wissen an die Jüngeren weiterzugeben – doch vergeblich, wie ich fürchte. Juny war es auch, die neue Ideen für den Bau unserer Hütten entwickelte. Sie schlug vor, Steine zu sammeln, damit dicke Mauern aufzuschichten, diese mit Lehm zu verfestigen und dann ein Dach aus eng verwobenen Zweigen darauf zu legen, das mit Lehm geglättet und schließlich mit einer Torfschicht bedeckt werden sollte.

Meine Kinder werden, so hoffe ich, an ihre Nachkommen mehr als nur jene Intelligenz weitergeben, die wir ihnen vermittelt haben, sondern auch eigenes Wissen, das sie sich erworben haben. Und bestimmt werden sich auch die Barbaren im Laufe der Zeit ändern.

Für das Neue Atlan, von dem ich träume, habe ich diesen Bericht verfaßt. Ich verwende dazu Lehmtafeln, weil sie sehr haltbar sind, und eine Tinte, die ich nach einem in Atlan verwendeten Rezept herstelle. Meine beiden ältesten Söhne haben mir versprochen, diese Tafeln in einer Truhe in mein Grab zu legen. Mein Ältester hat schöne Goldketten hergestellt, mit denen die Tafeln in der richtigen Reihenfolge zusammengebunden werden sollen. Wir besitzen sehr viel Gold, denn das Schiff war reichlich damit beladen; manchmal jedoch wünschte ich, wir hätten statt dessen Batas mitgenommen.

Es mag makaber klingen, daß ich schon über mein Begräbnis spreche, doch ich bin müde, und meine Knochen schmerzen jedes Jahr mehr. Nun, da dieser Bericht abgeschlossen ist, der mir so sehr am Herzen lag, kann ich in Ruhe sterben.

Mein Atlan bildete die höchste kulturelle Entwicklungsstufe, die die Menschheit bis dahin erlangt hatte. Wenn diese Tafeln eines Tages entdeckt und entschlüsselt werden, wird eine neue Hochkultur entstanden sein. Zu jenen, die diese Tafeln finden, sage ich: Falls ihr ein Neues Atlan gebaut habt, dann freut euch darüber, daß ihr es wart, die es geschaffen haben, daß es euer Werk ist und allein von euch bewahrt werden muß, ebenso wie euer Leben nur euch gehört. Ihr seid nicht das Eigentum von Göttern, und genausowenig ist es euer Atlan.

Wenn ich an die Existenz Ens glaubte, hätte ich mich schon längst von diesem erbarmungslosen Tyrannen abgewendet. Wie auch immer das Geheimnis beschaffen sein mag, das hinter dem Universum liegt, es hat zweifellos nichts zu tun mit En oder irgendwelchen anderen Göttern. Sie spiegeln nur wider, was die Menschen denken.

Ich erinnere mich oft an Atlan. Es wird immer lebendiger, je mehr Zeit vergeht. Ich schließe meine Augen, und Oriole und ich sind wieder das junge Liebespaar, das Hand in Hand durch die Straßen läuft. Ich befinde mich in Eynars Speisehaus und beobachte die Sänften und Wagen, die den Jaison-Platz passieren. Ich scheuche Keneth in Meister Chesnons Küche umher und bereite wieder einmal ein Prinzenmahl zu. Und ich sitze mit Narr beim Frühstück in seinem Hofgarten.

Ich sehe die goldene Turmspitze und das Silbergewölbe, die im morgendlichen Sonnenlicht erstrahlen. Ich sehe Barkassen auf den Kanälen, die Holz und Getreide, Pfeffer und exotische Früchte, kostbare Metalle und Edelsteine in die Stadt bringen. Ich sehe die Lagerhäuser und die Werkstätten, die überfüllten Stadtviertel, in denen ich die Befragungen zur Volkszählung durchführte. Ich sehe Straßen voll mit Sänften und Menschen in bunten Gewändern.

Ich sehe das Land außerhalb der Stadt, die Wiesen, Felder und Hügel, Durion, das sich an seinen Hafen schmiegt, und die Fähren, die nach Xetlan auslaufen.

Noch heute fällt es mir schwer zu glauben, daß all dies nicht mehr existiert. Mir erscheint es noch immer so wirklich …

Nachwort

Noch lange wird über die Bedeutung dieser Lehmtafeln gestritten werden, die in einem Grab in einer Höhle in Cornwall gefunden wurden, nachdem ein Erdrutsch den Eingang freigelegt hatte.

Daß es sich um eine Fälschung handelt, ist unwahrscheinlich, da eine Untersuchung der Skelette und der Artefakte mit der Radiokarbonmethode ergab, daß das Grab zwischen 8500 und 8000 vor Christus angelegt worden sein muß. Wenig zweifelhaft erscheint es auch, daß diese Tafeln die Wahrheit über die Legende von Atlantis enthalten.

Ashinns Bericht, der ziemlich einfach zu entschlüsseln war, da er sich klugerweise einer Art Bilderschrift bediente, stimmt in wesentlichen Teilen mit den Erkenntnissen überein, die uns über das Ende der letzten Eiszeit vorliegen. Demzufolge scheint vor ungefähr 14000 Jahren – etwa um 12000 vor Christus – das Eis allmählich zurückgewichen zu sein. Dieser Prozeß vollzog sich über einen längeren Zeitraum nur sehr langsam, beschleunigte sich jedoch nach 8500 vor Christus. Der Meeresspiegel stieg, was dazu führte, daß England ungefähr 7500 Jahre vor Christus vom Kontinent abgeschnitten wurde.

Der Rückzug der Gletscher könnte durchaus von zunehmenden vulkanischen Aktivitäten begleitet worden sein. Es spricht einiges für die These, daß diese Vulkanausbrüche ausgelöst wurden, als sich der Druck verminderte, den die Eismassen auf die Gesteinsschichten ausübten.

Der Roman legt es nahe, daß die Atlantier mit den Bewohnern Südamerikas verwandt waren, da sie Kartoffeln und Kaffee kannten (Batas und Corve lassen sich kaum als etwas anderes deuten), ebenso Mais und Pfeffer. Vermutlich wurde Südamerika schon früher besiedelt als allgemein angenommen wird. Und Atlantis scheint im Gebiet der heutigen Azoren gelegen zu haben.

Es bleiben jedoch einige offene Fragen: Überlebten zum Beispiel neben Ashinns Gruppe noch andere Einwohner von Atlantis? Falls dem so war, dürften sie unter ähnlich primitiven Bedingungen ihr Dasein gefristet haben, wie Ashinn es hier schildert, und im Lauf der Zeit in den eingeborenen Stämmen aufgegangen sein. Es gibt keine gesicherten Hinweise darauf, daß vor den Ägyptern und den Sumerern, deren Hochkulturen vor ungefähr 5000 Jahren entstanden, schon andere Zivilisationen existierten.

Manche Aspekte des Lebens in Atlantis, wie es Ashinn beschreibt, lassen wiederum eine gewisse Kontinuität vermuten und legen es nahe, daß verschiedene Gruppen von Überlebenden ihre Traditionen bewahrten und nachkommenden Generationen vererbten, bis dieses Wissen schließlich in neuen Hochkulturen wieder zur Geltung kam.

Die Sumerer lebten wahrscheinlich in Häusern, die jenen in Atlantis ähnelten, und bauten Rundhöfe mit Galerien, die die oberen Stockwerke verbanden. Ihre Bezeichnung für »Herr« lautete *En*, und sie besaßen einen Gott namens *Enlil* (»Herr des Sturmes«). Die Erde nannten sie *Ki*, was eine gewisse Ähnlichkeit mit Kya aufweist, der Erdgöttin der Atlantier.

Die Sumerer wie die Babylonier verwendeten die Zwölf und die Sechzig als Zähleinheit, wie es Ashinn zufolge auch die Atlantier taten.

Rituelle Tänze, in denen ein Labyrinth eine zentrale Rolle spielte, sowie der Brauch, Menschen, die als Opfer dargebracht werden sollten, durch einen Stier töten zu lassen, bilden eine Gemeinsamkeit mit der antiken Hochkultur auf Kreta. Offensichtlich ist auch der Zusammenhang zwischen Sayadon und dem griechischen Meeresgott Poseidon sowie zwischen Lyuna und der Luna, der lateinischen Bezeichnung für Mond.

Unzweifelhaft ist, daß das Neue Atlan, von dem Ashinn spricht, nie gebaut wurde. Doch wenn seine Fundamente gelegt wurden, existieren sie vielleicht noch und liegen irgendwo im östlichen Mittelmeerraum verborgen. Es bleibt zu hoffen, daß sich eines Tages Archäologen mit jenen Stätten beschäftigen, die aufgrund der bisherigen Erkenntnisse dafür in Frage kommen. Sollten diese Ausgrabungen wie auch immer geartete Funde zutage fördern, müßte man sie als Beweis für Ashinns Geschichte betrachten. Doch bis dahin werden wir uns wohl noch einige Zeit gedulden müssen.

Inhalt

Marion Zimmer Bradley

Die Feuer von Troia
Roman
Aus dem Amerikanischen von Manfred Ohl und Hans Sartorius
Band 10287

Luchsmond
Erzählungen
Aus dem Amerikanischen von V. C. Harksen und Lore Straßl
Band 11444

Lythande
Erzählungen
Aus dem Amerikanischen von V. C. Harksen und Lore Straßl
Band 10943

Die Nebel von Avalon
Roman
Aus dem Amerikanischen von Manfred Ohl und Hans Sartorius
Band 8222

Die Wälder von Albion
Roman
Aus dem Amerikanischen von Manfred Ohl und Hans Sartorius
Band 12748

Die Herrin von Avalon
Roman
Aus dem Amerikanischen von Manfred Ohl und Hans Sartorius
Band 14222

Fischer Taschenbuch Verlag

fi 1588 / 11

Tad Williams

Der Drachenbeinthron
Erzählungen
Aus dem Amerikanischen von Verena C. Harksen
Band 13073

Der Abschiedsstein
Roman
Aus dem Amerikanischen von Verena C. Harksen
Band 13074

Die Nornenkönigin
Roman
Aus dem Amerikanischen von Verena C. Harksen
Band 13075

Der Engelsturm
Roman
Aus dem Amerikanischen von Verena C. Harksen
Band 13076

Die Insel des Magiers
Roman
Aus dem Amerikanischen von Oliver Koch
Band 12683

Traumjäger und Traumpfote
Roman
Aus dem Amerikanischen von Hans J. Schütz
Band 8349

Fischer Taschenbuch Verlag

fi 916 / 2

Donna Gillespie

Mondfeuer

Roman

Aus dem Amerikanischen von Manfred Ohl und Hans Sartorius

Band 13191

Faszinierendes Frauenschicksal und Epochenroman vor dem Hintergrund historischer Wandlungen in Europa. Auriane ist die Tochter eines Chattenfürsten. Ihr wird geweissagt, daß sie eines Tages ihren Stamm anführen wird, dafür aber auch in einem fremden Land schwere Leiden erdulden muß. Als sie älter wird, erfüllt sich die Prophezeiung und Auriane wird zu einer Art »heiligen Johanna«, die die anderen Krieger durch ihre Tapferkeit überzeugt. Sie kommt als Gefangene nach Rom und wird dank ihrer Fechtkunst als Gladiatorin zu einem Liebling der Publikumsmassen und Geliebte eines vornehmen Patriziers. In Rom besteht sie zahllose Gefahren, bis hin zu einem Kampf auf Leben und Tod mit ihrem ärgsten Widersacher im Circus maximus, bevor sie nach Germanien zurückkehrt.

Fischer Taschenbuch Verlag

fi 396 / 4

Barry Hughart

Die Brücke der Vögel

Roman
aus einem alten China, das es nie gegeben hat

Aus dem Amerikanischen von Manfred Ohl und Hans Sartorius

Band 8347

Während seiner Sergeanten-Zeit in Fernost schloß Hughart Bekanntschaft mit der klassischen chinesischen Literatur. Mit der Amerikanern eigenen Unbefangenheit lockt Barry Hughart den Leser in eine seltsame mythologische Welt mit Göttern und Ungeheuern, guten und bösen Menschen, die so in China nie bestanden hat, dafür aber jeden Leser, der in sie eintaucht, nicht mehr losläßt. Die bizarre Geschichte beginnt mit einem Verbrechen an Kindern des Dorfes Ku-fu. Ein heimtückisches Gift läßt sie erstarren und hilflos dem Tod entgegendämmern. Nur die Heilkraft der ›Großen Wurzel der Macht‹ kann sie retten. Der uralte chinesische Meister Li macht sich zusammen mit seinem Adlatus Nummer Zehn, dem Ochsen, auf die Suche nach der Ginseng-Wurzel. Proteus Li und Muskelprotz Ochs bestehen erfolgreich die ausgefallensten Abenteuer – und retten am Ende natürlich die Kinder und die vom Ruin bedrohten Seidenbauern von Ku-fu.

Stephan Grundy

Rheingold

Roman

Aus dem Englischen von Manfred Ohl und Hans Sartorius

Band 12464

Stephan Grundy erzählt nicht einfach den Mythos nach, er schreibt über Menschen, die unter schwierigen Konstellationen leben und auf ihre Weise versuchen, das Beste daraus zu machen. Jeder geht seinen individuellen Weg, auch in der von den Göttern bestimmten Welt. *Rheingold* ist daher nicht nur die Geschichte von den Wälsungen, von Sigmund, Siglind und Sigfrid, dem Drachentöter, eine Geschichte über die Gier nach Macht, die Hoffnung auf Liebe und den Wunsch, mit den göttlichen Gesetzen in Einklang zu leben. Es ist auch die Geschichte von Fabelwesen und Göttern, die sich und die Ihren sammeln für einen letzten Kampf, bevor auch ihre Zeit abläuft. Die Schicksale der Menschen und der Götter sind eng miteinander verwoben. Die Götter zeigen menschliche Bedürfnisse und die Menschen haben magische Fähigkeiten. Beide stehen in so engem Zusammenhang, daß auch ihr Untergang unvermeidbar miteinander verknüpft ist.

Fischer Taschenbuch Verlag

fi 880 / 4

Stephan Grundy

Wodans Fluch

Roman

Aus dem Englischen von Verena C. Harksen

Band 13763

Fünfzehn Jahre zählt Hagan, der als zweiter Sohn des Burgunderkönigs in Worms aufwächst – ein einsamer, einzelgängerischer Knabe, durch seine Mutter Grimhild und den Seher der Burgunder mit dunklem Wissen ausgestattet. Seinem älteren Bruder Gundahari, dem Thronerben, ist er ebenso treu verbunden wie seinem Volk und seiner Familie. Als Unterpfand für die Bündnistreue der Burgunder kommt Hagan an den Königshof von Attila. Dort freundet er sich mit Waldhari von Aquitanien und Hildegund, einer suebischen Fürstentochter an, wird Begleiter und Beschützer ihrer großen Liebe. Er verteidigt unter Einsatz seines Lebens die Liebe zwischen Waldhari und Hildegund vor den Nachstellungen Attilas und den politischen Interessen seines Bruders Gundahari. Hagans Zeit ist eine Zeit des Umbruchs. Die Völkerwanderung hat Europa in Bewegung versetzt, drei Religionen – der germanische Götterglaube, der hunnische Schamanismus und das erstarkende Christentum – wetteifern um die Gläubigen.

Fischer Taschenbuch Verlag

fi 881 / 3